RITUAL
Höhle des Schreckens

Douglas **PRESTON**
Lincoln **CHILD**

RITUAL

Höhle des Schreckens

Deutsch von Klaus Fröba

Weltbild

Originaltitel: *Still Life with Crows*
Originalverlag: Warner Books, New York

Besuchen Sie uns im Internet:
www.weltbild.de

Die Autoren

Douglas Preston arbeitete jahrelang am *New York Museum of Natural History* und verfasste mehrere Sachbücher zu wissenschaftlichen Themen. 1994 schrieb er gemeinsam mit dem ehemaligen Verlagslektor Lincoln Child seinen ersten Roman *Relic*, der sofort zu einem international gefeierten Bestseller wurde. Seitdem fügt das Erfolgsteam regelmäßig einen Bestseller an den anderen. *Relic* und *Formula* sind auch als Taschenbuch im Weltbild Buchverlag erschienen.

Weltbild Taschenbuch

Lincoln Child
widmet dieses Buch seiner Tochter Veronica.

Douglas Preston
widmet es Mario Spezi.

1

Medicine Creek, Kansas, Anfang August, die Stunde des Sonnenuntergangs.

Von Horizont zu Horizont erstreckt sich das wogende gelbe Meer der Maisfelder, der Himmel sieht aus, als zürne er. Sooft ein Windhauch durch die Stängel streicht, scheinen die Kolben flüsternd und raunend zum Leben zu erwachen, aber sobald dem Wind der Atem ausgeht, verstummt der Spuk. Die Hitzewelle dauert nun schon seit drei Wochen an, die ausgelaugte Luft dümpelt wie ein flirrender Schleier über den Feldern.

Zwei Straßen durchschneiden das gelbe Meer, eine von Nord nach Süd, die andere von West nach Ost. An ihrer Schnittstelle liegt die Stadt: eine Ansammlung grauer, eng aneinander gedrängter Gebäude, die freilich, je weiter das Zentrum zurückbleibt, immer mehr von Einzelhäusern abgelöst wird, danach kommt noch die eine oder andere Farm – und dann nichts mehr. Ein von kümmerlichen Bäumen gesäumter Bach fließt, von Nordwesten kommend, Richtung Stadt, schlängelt sich träge um sie herum und verschwindet dann Richtung Südosten. Das Bemerkenswerteste an ihm sind seine Biegungen und Schleifen, fast ein Phänomen in der eintönigen, wie am Reißbrett entworfenen Landschaft. Nur im Nordosten, wo auf einem Hügel ein paar Bäume stehen, findet das Auge ein wenig Abwechslung.

Südlich der Stadt ragt – wie ein Fremdkörper im schier endlosen Gelb – ein riesiges Schlachthaus in die Höhe, auf dessen Wellblechwänden sich im Laufe der Jahre Staub und Schmutz abgelagert haben. Wenn Wind aufkommt, driftet ein schwacher Geruch von Blut und Desinfektionsmitteln nach Süden, denn dorthin treibt der Wind, wenn er denn weht, alles. Knapp am Horizont ragen drei hohe Maissilos auf – wie eine bizarre Fata Morgana, die unwillkürlich an einen gestrandeten Dreimastschoner denken lässt.

Die Temperatur beträgt exakt fünfundvierzig Grad. Hitzegewitter malen das grandiose Schauspiel lautlos zuckender Blitze an den nördlichen Horizont. Der Mais steht über zwei Meter hoch, prall gefüllte Kolben drängen sich dicht an dicht, bis zur Ernte sind es noch zwei Wochen.

Zwielicht senkt sich über die Landschaft, das Orange des Himmels färbt sich blutrot, in der Stadt gehen die ersten Lichter an. Ein schwarz und weiß lackierter Streifenwagen der Ortspolizei prescht die Hauptstraße hinunter, die Scheinwerfer bohren sich in die beginnende Dunkelheit. Er fährt stadtauswärts, dorthin, wo es nur das wogende Gelb gibt.

Etwa drei Meilen vor dem Fahrzeug schrauben in der Thermik einige Truthahngeier ihre engen Kreise über den Maisfeldern. Sie stoßen hinab, steigen auf, kreisen eine Weile und tauchen wieder in das gelbe Meer ein – ein rastloses, scheinbar sinnloses Spiel.

Sheriff Dent Hazen fummelte fluchend an den Knöpfen des Armaturenbretts herum, was aber nichts half: Er konnte die Hand noch so oft vor das Gebläse legen, es verströmte nur lauwarme Luft, und wenn er es stärker aufdrehte, spuckte es Staub. Er kurbelte das Seitenfenster herunter und schnippte seine Zigarettenkippe hinaus. Wenn nur diese verdammte Bullenhitze nicht gewesen wäre!

Und da war noch etwas, was Hazen irritierte: die Truthahngeier, die unaufhörlich auf- und abstiegen, genau vor seiner Nase. Elende Mistviecher!, dachte er und hatte nicht übel Lust, ihnen mit der doppelläufigen Winchester eins überzubrennen.

Er nahm den Fuß vom Gas und bog in einen der holprigen Feldwege ein, die wie ein Gitternetz Tausende Quadratmeilen Mais rings um Medicine Creek durchzogen. Als er mit dem Streifenwagen nicht mehr weiterkam, hielt er an und schaltete – eigentlich nur aus Gewohnheit – die kreisenden Dachlichter ein. Warum, zum Teufel, blieben die gottverdammten Geier nicht auf dem Boden, wenn sie ein Stück Aas entdeckt hatten? Hazen beschloss, die Viecher für alle Fälle im Auge zu behalten.

Jetzt ging's bloß noch zu Fuß weiter. Er würde sich quer durch die ausgedorrten Maisstängel zwängen müssen, was das Ganze noch beschwerlicher machte; schon beim bloßen Gedanken daran wurde ihm flau im Magen. Einen Moment lang spielte er mit dem Gedanken, wieder in den Dienstwagen zu steigen und möglichst schnell in die Stadt zurückzukehren. Nur, dafür war es schon zu spät, er hatte den Anruf Wilma Lowrys schon ins Dienstbuch eingetragen. Die Alte hatte den lieben langen Tag nichts Besseres zu tun, als aus dem Fenster zu gaffen und dem Sheriffbüro jedes verendete Stück Vieh zu melden. Aber es war für heute der letzte Anruf gewesen. Und wenn er's recht bedachte: Die Überstunden am Freitagabend verhalfen ihm umso sicherer zu einem langen, faulen Angelwochenende im State Park am Hamilton Lake, wo er sich – das wusste Dent – den Staub der ganzen Woche aus der Kehle spülen würde.

Er zündete sich hustend eine neue Zigarette an. Mal sehen, welche blöde Kuh sich da wieder ins Maisfeld verirrt und an dem süßen Zeug überfressen hatte, worauf sie mit aufgeblähtem Bauch verendet war. Was die Frage aufwarf, seit wann es zu den Aufgaben des Sheriffs gehörte, totes Vieh aufzuspüren? Leider kannte er die Antwort nur zu gut: seit der Amtsveterinär in den Ruhestand gegangen war – ohne Nachfolger, weil Medicine Creek keinen mehr brauchte. Jahr für Jahr gaben mehr Farmerfamilien auf, der Viehbestand schrumpfte und mit ihm die Einwohnerzahl. Die ganze County ging zum Teufel.

Hazen kramte die Stablampe aus dem Handschuhfach, rückte das Koppel zurecht, schulterte das Gewehr und bahnte sich einen Weg durch die sperrigen Maisstängel. Zum Kotzen, heute wollte die schwüle Luft anscheinend überhaupt nicht mehr weichen! Und drin, mitten im Maisfeld, wurde es bestimmt noch unerträglicher.

Das Frühjahr war feucht gewesen, die Hitzewelle hatte erst vor wenigen Wochen eingesetzt. Das Getreide stand dieses Jahr höher, als Hazen es je erlebt hatte, die Stängel überragten ihn um gut dreißig Zentimeter. Als ihm der moderig-süße Maisgeruch in die Nase stieg, fiel ihm ein, wie er als Kind einmal vor seinem großen Bruder ins Maisfeld geflüchtet war und dann geschlagene zwei Stunden gebraucht hatte, um wieder herauszufinden.

Tief zog er den Rauch seiner Zigarette ein und stapfte los. Das Feld gehörte der Buswell Agricon aus Atlanta, daher war es Hazen schnurzegal, wie viele Stängel und Kolben er umknickte. In spätestens zwei Wochen rückten die Männer von Agricon sowieso mit riesigen Maschinen an und ernteten alles ab. Der Mais wurde zu den Silos gekarrt und später mit der Bahn an Abnehmer im ganzen Land geliefert, bis er schließlich – wenn er nicht zu Biosprit verarbeitet wurde – in den Mägen wiederkäuender Rinder verschwand, die ihrerseits, zu saftigen Lendenstücken aufgeteilt, auf den Tellern wohlhabender Feinschmecker in New York oder Tokio landeten. Was für eine Welt!

Hazen kämpfte sich – inzwischen mit laufender Nase – Reihe um Reihe durch das Maisdickicht. Er schnippte die Zigarettenkippe weg; erst hinterher fiel ihm ein, dass er besser daran getan hätte, sie vorher auszutreten. Ach, hol's der Henker! Die Jungs von der Buswell Agricon würden es nicht mal merken, wenn ihnen ein paar tausend Hektar Mais abbrannten. Eigentlich müssten sich ja die Großbetriebe darum kümmern, verendetes Vieh aus ihren Feldern zu holen. Aber deren Bosse hatten bestimmt noch nie auch nur einen Fuß in ein Maisfeld gesetzt.

Hazen stammte wie fast alle in Medicine Creek aus einer Farmerfamilie, die ihren Boden an Großbetriebe wie Buswell Agricon verkauft hatte. Deshalb war die Bevölkerungszahl seit über einem halben Jahrhundert ständig geschrumpft; die eingeschlagenen Fensterscheiben aufgegebener Farmhäuser, deren Dächer knapp aus dem wogenden Gelb spitzten, gaben beredtes Zeugnis davon. Hazen war geblieben, nicht etwa, weil er an Medicine Creek gehangen hätte, nein, er hing allenfalls an seiner Uniform, und es gefiel ihm, dass die Leute ihm mit Respekt begegneten.

Er gehörte zu der Stadt, so wie sie zu ihm gehörte. Wenn er sich in Medicine Creek so wohl fühlte, lag das vor allem daran, dass er hier alles kannte: die Leute, jede finstere Ecke und jedes düstere Geheimnis. Er konnte sich einfach nicht vorstellen, woanders zu leben.

Plötzlich blieb er stehen und ließ den Lichtstrahl der Stablampe über die Maiskolben huschen. Eben noch hatte die Luft nichts als Staub zu ihm getragen, nun aber machte sich ein anderer Geruch bemerkbar: der Pesthauch der Verwesung, fünfzig Meter vor ihm, schätzte er. Die Geier zogen weiter ihre Kreise, nun in größerer Höhe. Stille hüllte ihn ein, kein Lüftchen regte sich. Er nahm die Winchester von der Schulter und zwängte sich – inzwischen allerdings vorsichtiger geworden – weiter durch den Irrgarten aus Maisstängeln.

Der widerliche Gestank, von süßlichem Maisduft überlagert, wurde stärker. Obwohl der rot glühende Abgesang des Abendhimmels der Dunkelheit gewichen war, konnte Hazen inmitten der Stängel eine kahle Stelle ausmachen, eine Art Lichtung.

Nur, die hätte es dort nicht geben dürfen. Merkwürdig.

Er fasste die Waffe fester, schob mit dem Daumen die Sicherung nach vorn und legte, soweit die dicht stehenden Stängel das zuließen, einen Schritt zu. Und schließlich blieb er wie festgewurzelt stehen und starrte mit ungläubigen Augen auf die Lichtung.

Es dauerte einen Augenblick, bis ihm klar wurde, worauf er starrte.

Das doppelläufige Gewehr rutschte ihm aus der Hand, der Abschussknall zweier Patronen gellte ihm in den Ohren wider, aber der Sheriff nahm ihn kaum wahr.

2

Zwei Stunden später stand Sheriff Dent Hazen wieder an derselben Stelle, aber inzwischen hatte sich das Maisfeld in das geschäftige Szenario eines Tatorts verwandelt. Rings um die Lichtung waren Natriumdampflampen aufgestellt worden, etwas abseits brummte ein Generator. Die Männer von der State Police hatten eine breite Straße ins Feld gewalzt, auf der inzwischen rund ein Dutzend Dienstfahrzeuge parkte – Streifenwagen, Ambulanzen und was nicht alles, und das nur, damit den Troopern lange Fußmärsche erspart blieben. Jemand von der Spurensuche kroch über den Boden und pickte hier und da mit der Pinzette Beweisstücke auf. Die Polizeifotografen waren zu zweit angerückt, sie schossen Fotos, was das Zeug hielt, und blendeten mit ihrem grellen Blitzlicht alle anderen.

Hazen starrte entsetzt und angewidert auf das Opfer. Sein erster Mordfall. In den dreißiger Jahren, während der Prohibition, hatte es in Medicine Creek schon mal einen gegeben; da war Rocker Manning, als er schwarz gebrannten Whisky kaufen wollte, an einen Gauner geraten, und der hatte ihn kurzerhand umgelegt. Damals hatte Hazens Großvater den Fall bearbeitet. Und den Mörder geschnappt, versteht sich. Aber das war natürlich nicht mit diesem Fall zu vergleichen. Hier hatten sie es eindeutig mit einem Irren zu tun.

Hazen wandte sich ab und blickte stirnrunzelnd auf die frisch geschlagene breite Fahrspur. Da hatten etliche Maiskolben dran glauben müssen. Ganz davon zu schweigen, wie viele Beweise die Trooper möglicherweise dabei vernichtet hatten. Die Jungs gingen offenbar immer so rigoros vor. Unkoordiniert und überhastet, als hätte der Anblick des Opfers sie so schockiert, dass sie's kaum abwarten konnten, endlich fertig zu sein und abhauen zu können.

Hazen hielt nicht allzu viel von den Troopern. Genau genommen reduzierte sich bei denen alles auf grimmige Mienen und blank geputzte Stiefel. Andererseits, er konnte es ihnen nachfühlen, dass sie's so eilig hatten. Bei einem solchen Mord bekamen selbst abgebrühte alte Hasen weiche Knie.

Hazen zündete sich am Stummel seiner Camel die nächste Zigarette an und versuchte sich an den Gedanken zu klammern, dass das überhaupt nicht sein erster Mordfall war. Er hatte gar nichts damit zu tun. Gut, er hatte die Leiche gefunden, aber eindeutig außerhalb der Stadtgrenzen. Also fiel das Ganze, dem Himmel sei Dank, in die Zuständigkeit der Staatspolizei.

»Sheriff Hazen?« Der baumlange Captain der Kansas State Trooper kam mit ausgestreckter Hand auf ihn zu, wobei er mit schwerem Schritt noch ein paar ohnehin schon abgeknickte Stängel zermalmte. Die leicht verzerrte Mundpartie sollte wohl ein Lächeln andeuten.

Hazen schüttelte ihm die Hand, obwohl sie das schon zweimal getan hatten. Vielleicht war der Mann vergesslich, oder er wollte durch das Händeschütteln seine Nervosität abbauen. Oder Hazens Aversion lag schlicht und einfach daran, dass der Captain größer war als er.

»Der Gerichtsmediziner aus Garden City wird in zehn Minuten da sein«, informierte ihn der Captain.

Hazen hätte sich nachträglich sonst wohin beißen können, dass er nicht seinen Stellvertreter Tad hierher geschickt hatte. Dafür hätte er mit Freuden auf das lange freie Wochenende verzichtet und wäre notfalls sogar trocken geblieben, wenn ihm dafür der Schlamassel hier draußen erspart geblieben wäre. Andererseits, die Sache hätte Tad vermutlich überfordert, schließlich war der Junge, um es positiv zu formulieren, gerade mal trocken hinter den Ohren.

»Sieht aus, als hätten wir's mit einem richtigen Aktionskünstler zu tun«, sagte der Captain kopfschüttelnd. »Meinen Sie, der *Kansas City Star* bringt die Story?«

Hazen verkniff sich eine Antwort. Die Aussicht, sein Foto in der Zeitung wiederzufinden, behagte ihm gar nicht. Jemand mit einem Fluoroskop rempelte ihn von hinten an. Gott im Himmel, an diesem Tatort herrschte allmählich ein schlimmeres Gedränge als bei einer Baptistenhochzeit!

Hazen pumpte sich die Lunge mit Nikotin voll, dann zwang er sich, doch noch mal einen Blick auf die Mordszene zu werfen, ehe alles in Plastikbeutel gestopft und weggebracht wurde. Ein kurzer Rundblick genügte, er konnte sich auf sein Gedächtnis verlassen. Was er einmal gesehen hatte, war automatisch in ihm abgespeichert.

Das Ganze erinnerte an eine Szene aus einem Horrorfilm. Jemand hatte eine kreisrunde Lichtung in das Feld geschnitten und dann auf einer Seite die gekappten Stängel im Halbkreis von ungefähr fünfunddreißig Metern Durchmesser in den Boden gerammt. Obwohl der Täter mit unvorstellbarer Grausamkeit vorgegangen war, konnte Hazen nicht leugnen, dass ihn die präzise geometrische Ausgestaltung beeindruckte. Auf der anderen Seite der Kahlstelle ragte ein kleiner Wald aus etwa ein bis anderthalb Meter hohen, oben zugespitzten Stöcken auf. Genau in der Mitte der Lichtung stand eine ähnliche halbkreisförmige Palisade, nur dass dort auf den Stöcken Krähen aufgespießt waren: mindestens zwei Dutzend, mit leeren Augenhöhlen und nach innen gekrümmten Schnäbeln. Und was auf den ersten Blick nach Stöcken aussah, entpuppte sich bei genauerem Hinsehen als Arrangement aus zugespitzten Indianerpfeilen.

Und mitten in dieser halbkreisförmigen, mit toten Krähen drapierten Palisade lag der Leichnam einer Frau. Zumindest vermutete Sheriff Hazen, dass es sich um eine Frau handelte; absolut sicher konnte er nicht sein, die Lippen, die Nase und die Ohren fehlten.

Das Mordopfer lag auf dem Rücken, den Mund so weit aufgerissen, dass man meinen konnte, auf den Eingang einer rosaroten Höhle zu starren. Das Haar der Toten war blond gefärbt, ein Büschel war ihr ausgerissen worden. Die Kleidung hatte der Mörder zerfetzt, aber nicht willkürlich, sondern durch zahlreiche, immer im gleichen Abstand beigebrachte Schnitte. Sie hatten es offenbar mit einem Pedanten zu tun, dem jegliche Unordnung zuwider war. Bei dem Abstand zwischen Kopf und Schultern stimmte etwas nicht, die Proportionen waren verrutscht. Vermutlich hatte der Mörder der Frau das Genick gebrochen, und zwar mit einem einzigen harten Schlag. Denn wenn er sein Opfer erwürgt hätte, wäre das an den unvermeidlichen blutunterlaufenen Stellen zu erkennen gewesen.

Vom Rand der Lichtung führten Schleifspuren zum Fundort, und wenn man die Linie tiefer ins Maisfeld verlängerte, konnte man deutlich die Stellen ausmachen, an denen Stängel abgeknickt waren. Hazen schloss daraus, dass der Mord nicht hier, sondern anderswo verübt worden war. Den Troopern schien das nicht aufgefallen zu sein. Außerdem hatten sie mit ihrem ständigen hektischen Hin und Her neue Spuren im Maisfeld gelegt und die alten verwischt. Er wollte sich schon zu dem Captain umwenden, um ihn darauf aufmerksam zu machen, besann sich aber rechtzeitig eines Besseren. Es war nicht sein Fall, er hatte hier keine Ermittlungen anzustellen. Und wenn er dem Captain von den verwischten Spuren erzählt und ein cleverer Strafverteidiger davon Wind bekommen hätte, würde er – jede Wette – in spätestens zwei Monaten als Zeuge zu der Verhandlung gegen den Mörder vorgeladen werden, um dort seine Behauptung zu wiederholen. Solche spektakulären Mordfälle wurden immer rasch aufgeklärt, und Hazen hatte nicht die geringste Lust, einen irren Mörder durch seine Aussage zu entlasten.

Er zog sich den nächsten Nikotinstoß in die Lunge. Immer schön den Mund halten. Sollten die Troopies ruhig ihre Fehler machen. Sein Fall war's ja nicht.

Als er gerade dabei war, seine Zigarettenkippe mit der Stiefelspitze in den Boden zu drücken, kam wieder ein Wagen die holperige Fahrspur herauf, wild schaukelnd und mit auf und ab tanzenden Scheinwerfern. Auf dem behelfsmäßigen Parkplatz stieg ein Mann im weißen Kittel und mit einem schwarzen Handköfferchen aus: McHyde, der Gerichtsmediziner.

Er sprach kurz mit dem Captain, dann gingen die beiden Männer zu der Leiche hinüber. McHyde sah sich den Tatort aus verschiedenen Blickwinkeln an, ging auf die Knie, zog der Toten Plastikbeutel über die Hände und die Füße, kramte etwas aus dem schwarzen Köfferchen, offenbar ein Thermometer, und schob es der Toten in den Anus. Hazen wusste, dass die Körpertemperatur bei Leichen üblicherweise anal gemessen wird, dennoch kam ihm die Prozedur wie eine Verletzung der Intimsphäre vor. Oh Mann, es gab schon komische Jobs!

Der Gerichtsmediziner begann, unterstützt von zwei, drei Sanitätern, den Leichnam für den Abtransport vorzubereiten. Ein Trooper sammelte die Pfeile mit den aufgespießten Krähen ein, versah jeden Pfeil mit einem Schildchen und verstaute das Ganze in Kühlkisten. Genau in dem Moment spürte der Sheriff einen Druck auf seine Blase – und welchen! So ging's ihm immer nach zu viel Kaffee. Und das war leider noch nicht alles, auch die überschüssige Magensäure machte ihm zu schaffen. Geb's der Himmel, dass das nicht wieder das Vorzeichen für ein Magengeschwür war!

Er sah sich um, niemand schien Notiz von ihm zu nehmen. Also ab ins Maisfeld! Vorsichtshalber verschwand er etwas tiefer darin, als es unbedingt nötig gewesen wäre, aber er wollte nicht riskieren, dass ein Trooper die Urinpfütze entdeckte und eine Probe nahm, die dann womöglich auch noch als Beweismaterial analysiert wurde.

Der Lichtkegel der Natriumdampflampen reichte nicht bis zu ihm, das Stimmengewirr war zu Gemurmel geschrumpft, das Brummen des Generators hörte sich fast beruhigend an, die bizarre Brutalität der Mordszene war in weite Ferne entrückt. Eine leichte Brise kam auf, fast nur ein Hauch, der Sekunden später schon wieder verebbt war, aber der Sheriff nutzte dankbar die Gelegenheit, endlich mal wieder tief durchzuatmen.

So, Reißverschluss auf! Er grunzte und urinierte laut auf den trockenen Boden.

Als er sich Erleichterung verschafft und das Koppel wieder zurechtgerückt hatte, sah er verblüfft, dass zwei Reihen von ihm entfernt ein Stofffetzen an einem dürren Maisstängel hing. Er richtete die Stablampe darauf. Dem Muster und Material nach offenbar ein Stück von der Kleidung der Toten. Er leuchtete mit der Stablampe die nächsten Maisreihen aus, aber da gab's nichts zu sehen.

Er drückte die Schultern durch. Verdammt, er war schon wieder drauf und dran, sich einzumischen, obwohl das nicht sein Fall war! Mal sehen, vielleicht erzählte er den Troopern, was er beim Pinkeln entdeckt hatte, vielleicht ließ er sie's aber auch selber herausfinden. Zumal ja gar nicht sicher war, ob der Stofffetzen irgendetwas zu bedeuten hatte.

Auf der Lichtung wartete bereits der Captain auf ihn. »Sheriff Hazen, zu Ihnen wollte ich gerade.« Er hielt eine topografische Karte von Kansas und einen Entfernungsmesser in der Hand – eins von den Dingern, mit denen man kreuz und quer auf Karten herumradeln und dabei die Entfernung ablesen kann. »Ich möchte Ihnen gratulieren.«

»Aha. Und wozu?«

Der Captain breitete die Karte aus und fing zu radeln an.

»Wie ich festgestellt habe, befinden wir uns auf dem Gebiet von Medicine Creek, und zwar exakt drei Meter fünfzig vor der Grenzlinie.« Er strahlte wie ein Honigkuchenpferd und streckte Hazen die Hand hin. Zum vierten Mal. »Daraus ergibt sich, dass es Ihr Fall ist. Wir werden Sie natürlich, wenn nötig, nach Kräften unterstützen. Aber vor allem wollte ich Sie als Erster beglückwünschen.«

Sheriff Dent Hazen übersah die ausgestreckte Hand, fischte die Schachtel mit den Zigaretten aus der Brusttasche, zündete sich eine an, paffte hektisch und wiederholte fragend: »Drei Meter fünfzig, haben Sie gesagt? Grundgütiger Himmel!«

Der Captain nickte mit geheucheltem Bedauern.

Und da gab sich Hazen einen Ruck und legte los. »Das Opfer wurde woanders ermordet und hierher verbracht. Der Mörder ist von da drüben gekommen und hat die Tote die letzten sechs, sieben Meter über den Boden geschleift. Wenn Sie ein Stück weit in den Mais gehen, finden Sie etwa dort« – er zeigte dem Captain die Richtung – »an einem verdorrten Maisstängel einen von der Kleidung der Ermordeten stammenden Stofffetzen. Er kann nicht zufällig bei einem Spaziergang hängen geblieben sein, denn so groß war die Frau nicht. Das bedeutet, dass der Mörder sein Opfer ein Stück weit auf dem Rücken durchs Maisfeld geschleppt hat. Falls Sie übrigens in der Nähe des Stofffetzens eine Pfütze auf dem Boden sehen: Ich habe dort gepinkelt. Und noch etwas, Captain, tun Sie mir den Gefallen und schicken Sie bis auf den Gerichtsmediziner, die Fotografen und die Jungs von der Spurensicherung alle anderen weg! Wir sind hier an einem Tatort und nicht auf einem Wal-Mart-Parkplatz.«

»Tja, Sheriff, Sie wissen ja: Wir müssen uns alle an unsere Anweisungen halten ...«

»Ab jetzt bekommen Sie Ihre Anweisungen von mir.«

Der Captain schluckte.

»Ich brauche möglichst schnell zwei gut ausgebildete Spürhunde, die den Weg des Mörders zurückverfolgen können«, fuhr Hazen fort. »Und ich möchte ein gerichtsmedizinisches Team aus Dodge City hierhaben.«

»Okay, Sheriff.«

»Und noch was. Falls Pressefritzen hier auftauchen, ziehen Sie sie vorübergehend aus dem Verkehr! Legen Sie sie an die Kette, bis wir mit unserer Arbeit fertig sind.«

»Wie sollen wir die denn aus dem Verkehr ziehen?«

»Verpassen Sie ihnen einen Strafzettel wegen Geschwindigkeitsüberschreitung, das könnt ihr doch besonders gut!«

Der Captain verschanzte sich hinter einer in langen Jahren eingeübten Eisenfressermiene. »Und wenn keiner die Geschwindigkeit überschreitet?«

Sheriff Dent Hazen grinste breit. »Die werden die Geschwindigkeit überschreiten, darauf können Sie getrost Ihren Hintern verwetten, Ihre Jungs werden das schon hindrehen.«

3

Deputy Sheriff Tad Franklin saß tief nach vorn gebeugt an seinem Schreibtisch, erledigte Papierkram und tat so, als gebe es die ungewohnte Ansammlung von Pressereportern und Fernsehleuten vor dem Fenster überhaupt nicht. Bis jetzt hatte er es für eine glückliche Fügung gehalten, dass das Büro des Sheriffs in einem früheren Billigladen untergebracht war, weil ihm das ehemalige Schaufenster ermöglichte, alles zu verfolgen, was sich in Medicine Creek tat, Freunden zuzuwinken und bei vorbeigehenden hübschen Mädchen unauffällig anatomische Studien anzustellen. Aber nun kamen ihm doch Zweifel, ob das wirklich ein so günstiger Arbeitsplatz war.

Wieder kündigte sich ein heißer Augusttag an, der Himmel übergoss die Stadt bereits mit hellem Licht, die draußen parkenden Medientrucks warfen tiefe Schatten, die mürrischen Mienen der Reporter passten dazu. Die armen Kerle hatten sich die ganze Nacht um die Ohren geschlagen, und das dürftige Frühstück in *Maisie's Diner* hatte, wie sich an ihrem übellaunigen Gesichtsausdruck ablesen ließ, auch nicht zu ihrer Aufheiterung beigetragen.

Tad versuchte, sich auf seine dienstlichen Aufgaben zu konzentrieren, aber das war gar nicht so einfach, wenn alle naslang jemand an die Scheibe klopfte oder ihn mit rüden Fragen traktierte. Die Typen konnten einem ganz schön auf den Wecker gehen. Gut, dass Sheriff Hazen hinten in der leeren Arrestzelle eine Mütze Schlaf nahm, er reagierte auf Nervensägen mitunter ziemlich kiebig. Tad ging ans Fenster, riss es auf und setzte eine Amtsmiene auf – oder zumindest das, was er sich darunter vorstellte.

»Würden Sie bitte ein paar Schritte Abstand halten?« Die Reaktion bestand aus halblauten, despektierlichen Bemerkungen und einem Schwall von Fragen. Tad hatte an den Telefonnummern auf den Trucks abgelesen, dass es sich nicht um eine Armada von Kleinstadtreportern handelte, die Jungs kamen aus Topeka, Kansas City, Tulsa, Amarillo und Denver. Aber woher sie auch kamen, hier war für sie kein Blumentopf zu gewinnen. Am besten, sie packten zusammen und fuhren heim.

In dem Moment hörte Tad eine Tür klappen, danach Sheriff Hazens Raucherhusten, und dann tauchte sein Chef persönlich auf: gähnend, mit Bartstoppeln am Kinn und verwuscheltem Haar.

Tad schloss das Fenster. »Tut mir leid, Sheriff, die Burschen geben einfach keine Ruhe.«

Hazen nickte gelassen und geriet nicht mal in Rage, als ein wütender Reporter seinem Herzen mit einer unflätigen Schimpfkanonade Luft machte, in der unter anderem ein »kleinkariertes Arschloch« erwähnt wurde. Er schenkte sich aus der Bürokanne einen Kaffee ein, nahm einen Schluck, verzog das Gesicht und spuckte alles in den Becher zurück.

»Soll ich Ihnen frischen machen, Sheriff?«

»Danke, Tad, ist schon gut.« Hazen drehte sich zu den draußen lauernden Reportern um. »Ich nehme an, die Jungs brauchen was für die Sechs-Uhr-Nachrichten. Wird Zeit, dass wir eine Pressekonferenz abhalten.«

Tad, bar jeder Erfahrung mit Pressekonferenzen, starrte ihn erschrocken an. »Und wie läuft so was ab?«

Hazen lachte, wobei er zwangsläufig seine gelben Raucherzähne entblößen musste. »Wir gehen raus und beantworten ihre Fragen.« Er zog die ehemalige Ladentür auf, gerade so weit, dass er den Kopf rausstrecken konnte.

»Alles in Butter bei euch, Leute?«

Ein Schwall Fragen prasselte auf ihn ein, der allerdings, weil alle durcheinanderschrien, unverständlich blieb.

Der Sheriff reckte den Arm hoch, die Hand besänftigend den Presseleuten zugekehrt. Er trug noch das kurzärmelige Hemd, in dem er gestern losgefahren war, samt der bis zum Nabel reichenden, halbmondförmigen Schweißspur. Dent Hazen war zwar etwas kurz geraten, aber sein Körperbau erinnerte an eine Bulldogge. Tad war zweimal Zeuge gewesen, wie ein widerspenstiger Verdächtiger bei einer Rangelei mit Hazen ein paar Zähne verloren hatte. Seit dieser Erfahrung hielt er sich an die Regel: Leg dich mit keinem unter einssiebzig an.

Die Fragen verstummten, Hazen ließ den Arm sinken. »Mein Deputy Tad Franklin und ich werden Sie über den Stand der Dinge informieren und danach Fragen beantworten. Wir sollten uns also alle wie zivilisierte Leute benehmen, einverstanden?«

Die Reporter formierten sich zu einer Art geordnetem Durcheinander. Scheinwerfer flammten auf, Mikrofone wurden nach vorn gereckt, die Startknöpfe von Rekordern und Kameraverschlüssen klickten.

»Tad, kümmern Sie sich bitte darum, dass unsere Gäste einen Becher frischen Kaffee bekommen!«

Tad sah ihn groß an, aber als der Sheriff verstohlen zwinkerte, griff er zur Kanne, schüttelte sie, verteilte Papierbecher und schenkte reihum ein.

Hazen nickte zufrieden. »Soll uns keiner nachsagen, dass wir in Medicine Creek nichts von Gastfreundschaft verstehen. Langt zu, solange der Vorrat reicht!«

Der eine oder andere Reporter warf zwar einen misstrauischen Blick in seinen Becher, trank ihn aber dann unerschrocken aus und suchte anschließend vergeblich nach irgendeiner Ablage für das leere Gefäß – was angesichts des vor dem Sheriffbüro hängenden Schildes »Keine Abfälle! 100 $ Strafe!« ein gewisses Risiko barg.

Hazen rückte seinen Hut zurecht, baute sich auf dem Bürgersteig auf, drückte, als er die Kameras summen hörte, das

Kreuz durch und schilderte mit trockenen Worten, wie, wo und in welchem Zustand er die Leiche gefunden hatte, beschrieb die Lichtung im Maisfeld und erwähnte auch die aufgespießten Krähen. Bei ihm hörte sich das nicht nach einer Horrorstory, sondern, obwohl er hier und da eine griffige Bemerkung einflocht, nach einem nüchternen, sachlichen Bericht an. Tad Franklin konnte ihn nur bewundern, er hatte gar nicht gewusst, dass sich sein Chef so locker und umgänglich geben konnte.

Nach zwei Minuten war Hazen fertig. Und sofort hagelte es wieder Fragen.

»Einer nach dem anderen!«, sagte der Sheriff. »Wie in der Schule: Wer dazwischenredet, kommt als Letzter dran.« Er deutete auf einen ausnehmend dicken Reporter. »Sie fangen an.«

»Gibt es schon Hinweise auf einen Verdächtigen?«

»Wir verfolgen ein paar sehr interessante Spuren, mehr kann ich vorläufig noch nicht sagen.«

Tad schielte verdutzt auf seinen Chef. Was denn für Spuren? Sie tappten doch völlig im Dunklen.

»Sie!«, rief Hazen den Nächsten auf.

»Stammt das Mordopfer aus der hiesigen Gegend?«

»Nein. Wir sind noch dabei, die Tote zu identifizieren, aber da ich in unserer Gegend jeden kenne, kann ich mit Sicherheit ausschließen, dass sie von hier stammt.«

»Wissen Sie, wie die Frau ermordet wurde?«

»Ich hoffe, der Gerichtsmediziner wird uns das bald sagen können. Sobald wir den Bericht aus Garden City haben, erfahren Sie mehr.«

Zu Tads Verblüffung hielt der Greyhound-Bus aus Amarillo heute vor *Maisie's Diner,* was er gewöhnlich nicht tat, weil in Medicine Creek sowieso niemand aus- oder zustieg. Na ja, vielleicht war's ein verspäteter Reporter.

»Die Lady – ja, Sie. Bitte Ihre Frage, Ma'am?«

Ein energisch aussehender Rotschopf reckte Hazen das

Mikro hin. »Welche Dienststellen sind sonst noch mit den Ermittlungen befasst?«

»Die State Police hat uns dankenswerterweise unterstützt, aber da der Leichnam auf dem Gebiet von Medicine Creek gefunden wurde, sind im Prinzip nur wir zuständig.«

»Und das FBI?«

»Es handelt sich um einen lokalen Mordfall, da mischt das FBI gewöhnlich nicht mit. Wir verfügen hier über alle notwendigen Kräfte, einschließlich eines auf Gewaltverbrechen spezialisierten Labors in Dodge City und der dortigen Mordkommission, die übrigens die ganze Nacht am Tatort war. Machen Sie sich keine Sorgen, dass Tad und ich versuchen könnten, den Fall allein zu bearbeiten! Wenn nötig, fordern wir Unterstützung an, und zwar so laut und energisch, dass wir sie auch bekommen. Wir werden den Fall also schnell aufklären.«

Das röhrende Motorgeräusch, mit dem der Bus die Weiterfahrt antrat, legte der Pressekonferenz eine kurze Zwangspause auf, und nachdem sich die Dieselwolke verzogen hatte, stand ein von Kopf bis Fuß in Schwarz gekleideter schlanker, groß gewachsener Mann auf der anderen Straßenseite und schaute zu ihnen herüber. Die elegante lederne Reisetasche sah nicht nach Reporter aus.

Tad und der Sheriff tauschten kurz einen Blick, dann rief Hazen die nächste Frage auf. »Smitty?« Er nickte Smit Ludwig zu, der beim lokalen *Cry County Courier* in Personalunion als Herausgeber, Reporter und Mädchen für alles fungierte.

»Gibt's eine Erklärung für das seltsame Szenario am Fundort der Leiche? Ich meine, hast du irgendeine Theorie, was die... nennen wir's mal: die rituelle Aufbahrung der Leiche und das ganze Drumherum bedeuten könnten?«

»Drumherum?«, fragte Hazen.

»Du weißt schon, der makabre Zinnober.«

»Nein, hab ich noch nicht.«

»Könnte es sich um eine Art Satanskult handeln?« Tad schielte unauffällig zur anderen Straßenseite hinüber. Der in Schwarz gekleidete Fremde hielt die Reisetasche in der Hand, machte aber keine Anstalten, sich von der Bushaltestelle fortzubewegen.

»Das ist durchaus möglich«, beantwortete der Sheriff Smittys Frage. »Wir schließen das jedenfalls bei unseren Ermittlungen keineswegs aus.«

Der Mann in Schwarz kam langsam zu ihnen herüber. Hazen hatte ihn ebenfalls bemerkt, selbst ein paar Reporter drehten sich neugierig zu ihm um. Hazen fischte einen Glimmstängel aus der Packung in seiner Brusttasche, ging aber, statt ihn anzuzünden, noch einmal auf Smittys Bemerkung ein.

»Ob kultischer Mord, Wahnsinnstat oder was auch immer, ich will von vornherein klarstellen – und das dürfte deine Leser interessieren, Smitty –, dass der Täter mit Sicherheit nicht aus Medicine Creek und vermutlich nicht mal aus dem Bundesstaat Kansas stammt.«

Der Mann in Schwarz war bei der Reportermeute angekommen. Komischer Vogel, fand Tad. Wer läuft denn heute noch an einem gewöhnlichen Wochentag im schwarzen Anzug, mit gestärktem weißem Hemd und Seidenkrawatte herum?

Trotzdem, irgendetwas an ihm beeindruckte den Deputy. Vielleicht waren es die Gesichtszüge, die eine Art unbeugsame Entschlossenheit signalisierten.

Das allgemeine Raunen verstummte, und in die plötzliche Stille hinein sagte der Fremde mit leiser, geschmeidiger Stimme: »Eine durch nichts gerechtfertigte Feststellung, Sheriff.« Alle schienen die Luft anzuhalten. Hazen nahm sich beim Anzünden der Zigarette ungewöhnlich viel Zeit.

Tad musterte den Fremden neugierig. Der Mann war nicht etwa nur schlank, er war so mager, dass man meinen konnte, durch seine Haut hindurchzusehen. Bei den hellen blaugrauen Augen ging es Tad ähnlich. Irgendwie gruselig. Etwa so stellte der Deputy sich die Begegnung mit einem Vampir oder einem auferstandenen Leichnam vor. Nüchtern betrachtet konnte der Mann natürlich auch Beerdigungsunternehmer sein. Jedenfalls hatte er etwas Beunruhigendes an sich.

Nach zwei, drei Zügen an der Zigarette nahm Hazen den Fremden mit strengem Blick aufs Korn und sagte mürrisch: »Ich kann mich nicht erinnern, dass ich Sie nach Ihrer Meinung gefragt habe, Mister.«

Der Fremde zwängte sich durch die Reihen der Reporter, die ihn bereitwillig durchließen, und blieb schließlich zwei Armlängen vor dem Sheriff stehen.

»Der Mörder hat sein grausiges Werk in stockdunkler Nacht vollbracht, Sheriff Hazen.« Unverkennbar die einschmeichelnde Sprachmelodie des tiefen Südens. »Er ist gekommen und gegangen, ohne Spuren zu hinterlassen. Was macht Sie da so sicher, Sheriff, dass er nicht in Medicine Creek zu Hause ist?«

Hazen nahm einen tiefen Zug, blies den Rauch scheinbar zufällig in Richtung des Fremden und konterte: »Und was macht Sie so sicher, dass Sie solche Dinge beurteilen können?«

»Das ist eine Frage, die ich Ihnen lieber in Ihrem Büro beantworten möchte«, antwortete der Fremde. Seine höfliche Handbewegung schien anzudeuten, dass er nur darauf wartete, dem Sheriff und seinem Stellvertreter dorthin zu folgen.

Hazens Geduld war allmählich erschöpft. »Wer, zum Teufel, sind Sie, dass Sie sich anmaßen, mir zu sagen, wann ich in mein Büro gehen soll?«

Der Mann in Schwarz sah ihn nachsichtig an und sagte in seinem tiefen, gewinnenden Ton: »Darf ich vorschlagen, Sheriff Hazen, dass wir auch diese durchaus berechtigte

Frage unter vier Augen erörtern? Und zwar in Ihrem ureigenen Interesse.«

Ehe sich Hazen eine angemessene Antwort überlegen konnte, wandte sich der Fremde zu den Reportern um. »Ich bedaure, Sie davon in Kenntnis setzen zu müssen, dass die Pressekonferenz hiermit beendet ist.« Ruhig und freundlich, in honigsüßem Singsang.

Tad konnte es nicht fassen.

Der Sheriff drehte sich tatsächlich wortlos um und stiefelte in sein Büro.

4

Der Sheriff ließ sich an seinem Schreibtisch nieder und warf einen missmutigen Blick auf die verkratzte Kunststoffplatte. Tad Franklin belegte den Drehsessel mit Beschlag. Und so blieb für den Fremden nur der harte, unbequeme Holzstuhl übrig, auf den Hazen gewöhnlich Zeugen platzierte, die partout nicht mit der Sprache rausrücken wollten. Der Mann in Schwarz verzog keine Miene, schlug ein Bein übers andere und sah den Sheriff erwartungsvoll an.

»Schenken Sie unserem Gast einen Becher Kaffee ein!«, wies Hazen den Deputy grinsend an. Viel konnte nicht mehr in der Bürokanne sein, aber eine halbe Tasse würde es schon noch werden.

»Sehr freundlich von Ihnen«, konterkarierte der Fremde Hazens hinterhältige Attacke, »aber ich trinke nur Tee. Vorzugsweise grünen.«

Tad wurde aus dem Mann nicht schlau. Ein Sonderling. Oder vielleicht ein Schwuler?

Hazen runzelte die Stirn, verlagerte das Körpergewicht und murmelte: »Jeder, wie er's mag.«

Der Fremde zog mit einer geschmeidigen Bewegung ein Ledermäppchen aus der Brusttasche des schwarzen Anzugs, klappte es auf und hielt es Hazen unter die Nase.

Der Sheriff sah sich den Dienstausweis lange an, dann lehnte er sich seufzend zurück. »FBI. Scheiße. Hätt ich mir fast denken können.« Er warf dem Deputy einen warnenden Blick zu. »Ab jetzt haben die Oberverdachtschöpfer das Sagen, Tad.«

»Ja, Sir.« Aber ganz schien es der Deputy noch nicht zu glauben. Der Mann in Schwarz sah seiner Meinung nach nicht wie ein FBI-Agent aus. Was freilich nicht viel heißen wollte, weil ihm noch nie einer begegnet war.

»Also gut, Mister...« Hazen ließ den Satz in der Luft hängen, aber das Fragezeichen war unüberhörbar.

»Special Agent Pendergast.«

»Pendergast? Hm. Ich hab leider ein schlechtes Namensgedächtnis.« Hazen zündete sich eine Zigarette an und begann, hektisch zu paffen. »Sie sind wegen des Krähenmords hier?«

»Ja.«

»In offiziellem Auftrag?«

»Nein.«

»Also aus Eigeninitiative?«

»Einstweilen, ja.«

»Zu welcher Dienststelle gehören Sie?«

»Nach dem Stellenplan zum FBI-Büro in New Orleans. Aber ich habe mit meiner Dienststelle ein – sagen wir – spezielles Arrangement getroffen.« Sein Lächeln wirkte so unschuldig wie das eines Babys.

»Und wie lange gedenken Sie, hierzubleiben?«, erkundigte sich der Sheriff.

»Bis zum Ende meines Urlaubs.«

Hazen richtete sich steil auf. »Sie sind im *Urlaub?* Pendergast, das entspricht nicht den Regelungen für die Zusammenarbeit von Polizeibehörden. Da muss ich vorher das Einverständnis der örtlich zuständigen Agency einholen. Wir sind doch kein Club Méditerranée für Abenteuerurlauber!«

Pendergast ließ ein paar Sekunden verstreichen, dann fragte er: »Hätten Sie mich denn lieber in offizieller Mission hier, Sheriff Hazen?«

Als er keine Antwort bekam, fuhr er fort: »Ich werde mich nicht in Ihre Ermittlungen einmischen, sondern unabhängig operieren. Selbstredend werde ich Sie regelmäßig konsultieren und über gewonnene Erkenntnisse ordnungsgemäß informieren. Etwaiger Lorbeer gehört von vornherein Ihnen, ich mache mir nichts aus Lobhudeleien. Alles, worum ich Sie bitte, ist der übliche höfliche Umgang unter Kollegen.«

Sheriff Hazen runzelte die Stirn. Dass er sich dabei den Buckel kratzte, tat dem Stirnrunzeln keinen Abbruch. »Was den Lorbeer angeht, auf den bin ich nicht scharf. Mir geht's nur darum, den Mistkerl zu schnappen.«

Pendergast nickte zustimmend.

Hazen dachte zwei tiefe Züge lang nach. »Also gut, es ist Ihre Sache, wo Sie Ihren Urlaub verbringen. Aber ich bitte mir aus, dass Sie sich bedeckt halten und den Presseleuten gegenüber nicht zu redselig sind.«

»Natürlich nicht.«

»Wo wollen Sie wohnen?«

»Was würden Sie mir denn empfehlen?«

Der Sheriff lachte schallend. »Viel Auswahl haben Sie da nicht. Die alte Winifred Kraus ist die Einzige, die hier Zimmer vermietet. Sie sind mit dem Bus daran vorbeigekommen: *Kraus' Kavernen,* das alte Haus in den Maisfeldern, etwa eine Meile westlich von hier. Sie wird bestimmt keine Ruhe geben, bevor sie Sie in ihre Höhlen geschleppt hat. Womit Sie dann dieses Jahr sicher der erste Besucher wären.«

»Danke«, sagte Pendergast, stand auf und griff nach der Reisetasche.

Hazen zögerte. »Ich werd Sie hinfahren. Sie haben ja kein Auto dabei.«

»Oh, ich gehe gern zu Fuß.«

»Ach, wirklich?« Hazen grinste. »Wir haben schon wieder über vierzig Grad draußen, und Sie tragen, ehrlich gesagt, nicht gerade die optimale Wanderkleidung.«

»Ich habe gar nicht gemerkt, dass es so heiß ist.« Pendergast drehte sich um und wollte zur Tür gehen, aber Hazen hatte noch eine Frage.

»Wieso haben Sie denn eigentlich so schnell von dem Mord erfahren?«

»Ich habe bei uns im Büro jemanden, der für mich Tickermeldungen und E-Mails über eine bestimmte Art von Verbrechen herausfischt und mich sofort informiert. Aber ich bin, wie schon gesagt, aus eigenem Antrieb hier, sozusagen aus persönlichem Interesse. Es gibt Fälle, die mich neugierig machen. Ich habe gerade drüben im Osten so einen abgeschlossen.«

»Und um welche ›bestimmte Art von Verbrechen‹ handelt es sich Ihrer Meinung nach in unserem Fall?« Hazens Stimme triefte vor Hohn.

»Serienmorde.«

»Sehr spaßig. Mir ist bisher nur ein Mord bekannt.«

Pendergast, endgültig auf dem Weg zur Tür, drehte sich halb zu Hazen um, musterte ihn kühl mit seinen hellgrauen Augen und sagte so leise, dass der Sheriff Mühe hatte, ihn zu verstehen: »Bisher.«

5

Winifred Kraus unterbrach ihre Stickarbeit und starrte auf den seltsamen Anblick, der sich ihr vom Wohnzimmerfenster aus bot und bei dem sie ein ungutes Gefühl beschlich, fast ein Anflug von Angst. Ein merkwürdiges Individuum näherte sich ihrem Anwesen, mitten auf der Straße, von Kopf bis Fuß in Schwarz gekleidet, mit einer Reisetasche in der Hand. Der Mann war noch gut hundert Meter weit weg, aber Winifred hatte scharfe Augen, und so wurde ihr sofort klar, dass dem groß gewachsenen, hageren Fremden etwas anhaftete, was sie an Gruselgeschichten ihrer Kindertage erinnerte. Ihr Vater hatte ihr mal erzählt, auf solche Art komme der Tod, und zwar immer ganz unverhofft, wenn man am wenigsten mit ihm rechne. Er trage keine Schuhe, weil er keine Füße habe, sondern Hufe. Man könne ihn am Schwefelgeruch und der schwarzen Kleidung erkennen. Kein Wunder, dass es ihr eiskalt über den Rücken lief.

Der Mann kam mit langen, stetigen Schritten näher, sein Schatten eilte ihm voraus und schien dabei jeweils das Stück Straße zu verschlingen, das vor ihm lag. Winifred Kraus versuchte sich klarzumachen, dass solche Geschichten nur Ammenmärchen waren, und im Übrigen kam der Tod bestimmt nicht mit einer Reisetasche daher. Trotzdem, wieso lief jemand zu dieser Jahreszeit in Schwarz herum?

Ob es vielleicht ein Handlungsreisender war? Aber warum kam er dann zu Fuß, ohne Auto? In der Cry County war niemand zu Fuß unterwegs, schon lange nicht mehr. Die letzten Fußgänger hatte sie in den Kindertagen gesehen, in der Zeit vor dem Krieg, als jedes Frühjahr Wanderarbeiter auf dem Weg zu den kalifornischen Feldern durchgekommen waren. Da, wo ihre Zufahrt von der Straße abzweigte, machte der Fremde kurz halt, den Blick auf ihr Haus gerichtet. Sie hätte schwören können: direkt auf ihr Wohnzimmerfenster. Und das war für Winifred Kraus Anlass genug, ihre Kreuzsticharbeit endgültig wegzulegen.

Oh Gott, er wollte zu ihr! Und sein Haar war so weiß, die Haut so bleich, und er trug schwarze Kleidung!

Als sie den Türklopfer hörte, schlug sie sich erschrocken die Hand vor den Mund. Sollte sie sich ruhig verhalten und warten, bis er wieder ging? Nur, was machte sie, wenn er nicht wieder ging? Sie lauschte atemlos.

Es klopfte noch einmal, diesmal energischer.

Winifred runzelte die Stirn. Sie benahm sich wie eine alte Zimperliese. Atme tief durch und gib dir einen Ruck! Sie ging in die Diele, hakte die Kette auf und öffnete die Tür einen Spalt weit.

»Miss Kraus?«

»Ja?« Nanu, der Mann machte einen richtigen altmodischen Diener!

»Habe ich das Vergnügen mit Miss Winifred Kraus, bei der Reisende Zimmer mieten können? Und die, wie ich höre, die besten Mahlzeiten in der ganzen Cry County zubereitet?«

»Na ja…«, sagte Winifred geschmeichelt und öffnete, von der Höflichkeit des Fremden beeindruckt, die Tür ein Stück weiter. Das konnte nicht der Tod sein, der hätte keine langen Fisimatenten gemacht.

»Mein Name ist Pendergast«, stellte der Mann sich vor und hielt ihr die Hand hin. Winifred zögerte, aber als sie die angebotene Rechte nahm und spürte, dass sie sich angenehm kühl und trocken anfühlte, waren all ihre Ängste verflogen.

»Sie haben mir einen ziemlichen Schrecken eingejagt, einfach so anspaziert zu kommen. Ich meine, wer geht denn heute noch zu Fuß?«

»Ich bin mit dem Bus gekommen.« Winifred erinnerte sich ihrer Kinderstube, zog die Tür vollends auf und trat beiseite. »Bitte kommen Sie doch rein! Möchten Sie einen geeisten Tee? Sie müssen in dem schwarzen Anzug schrecklich gelitten haben… Ach Gott, was plappere ich denn da so einfältig vor mich hin! Womöglich hat es einen Todesfall in der Familie gegeben?«

»Eistee wäre wundervoll«, sagte der Fremde nur.

Weil sie fürchtete, sich noch mehr zu verhaspeln, eilte Winifred in die Küche, warf Eiswürfel in ein Glas, füllte es mit Tee auf, gab frische Minze dazu, stellte alles auf ein kleines Silbertablett und kam zurück.

»So, hier haben wir Ihren Tee, Mr. Pendergast. Nehmen Sie doch bitte Platz!«

»Sehr liebenswürdig von Ihnen.«

Sie saßen sich im Wohnzimmer gegenüber. Aus der Nähe betrachtet, sah der Fremde jünger aus, als sie gedacht hatte, und das Haar war nicht weiß, sondern hellblond. Alles in allem sah er sehr gut aus, trotz der hellen Augen und des bleichen Teints. Eine elegante Erscheinung.

»Ich habe tatsächlich drei Zimmer, die ich vermiete«, kam sie auf seine Frage zurück, »alle im Obergeschoss. Das Bad müssen Sie sich allerdings mit den anderen Gästen teilen, aber im Augenblick…«

»Ich nehme alle drei Räume. Würden Sie fünfhundert Dollar pro Woche als angemessen akzeptieren? Für die Beköstigung zahle ich natürlich extra. Ich brauche nicht viel, ein leichtes Frühstück, hin und wieder nachmittags einen Tee und abends eine warme Mahlzeit.«

»Also, gewöhnlich verlange ich nicht so viel«, stammelte Winifred verlegen.

Pendergast lächelte. »Ich fürchte, Sie werden feststellen, dass ich ein schwieriger Untermieter bin.«

»Nun ja, wenn Sie meinen…«

Er nahm einen Schluck Tee. »Ich möchte Sie einerseits

nicht erschrecken, andererseits halte ich es für geboten, Ihnen zu sagen, wer ich bin und was mich hierher führt. Sie fragten, ob es einen Todesfall gegeben habe. Nun, das ist, wie Sie vielleicht schon wissen, tatsächlich der Fall. Ich bin Special Agent beim FBI und ermittle in diesem Mordfall in Medicine Creek.« Er zeigte ihr seine Dienstplakette.

»Ein Mord?«

»Wissen Sie nichts davon? Auf der anderen Seite der Stadt, er wurde letzte Nacht entdeckt. Sie werden zweifellos in der Zeitung davon lesen.«

»Oh Gott, wie schrecklich!« Winifreds Gedanken schlugen Purzelbäume. Ein Mord in Medicine Creek?

»Nun habe ich Sie doch erschreckt, entschuldigen Sie bitte! Ich hoffe, Sie werden mich trotzdem als Logisgast aufnehmen.«

»Natürlich, Mr. Pendergast. Ich fühle mich sogar sicherer, wenn ich Sie im Haus habe. Ein Mord – wie entsetzlich!« Sie schauderte. »Wer, um alles in der Welt, kann denn …«

»Ich fürchte, ich muss Sie enttäuschen, wenn Sie nähere Einzelheiten von mir erwarten. Und wenn Sie gestatten, würde ich mir jetzt gern die Räume ansehen. Sie müssen sich nicht unbedingt mit nach oben bemühen.«

Winifred Kraus nickte und sah dem Agent nach, als er die Stufen hochstieg. Wirklich ein liebenswürdiger, höflicher Mensch! Doch dann eilte sie schnurstracks zum Telefon in der Diele. Mal hören, ob Jenny Parker schon mehr wusste. Sie griff zum Hörer und wählte die Nummer ihrer Freundin.

Nach einem kurzen Rundgang entschied sich Pendergast für den kleinsten, nach hinten gelegenen Raum. Die Kommode hatte einen drehbaren Spiegel, davor standen die Waschschüssel und der Wasserkrug. Er zog die oberste Schublade auf, sie roch nach Rosenöl und altem Eichenholz. Die Wände waren in einem viktorianischen Blumenmuster tapeziert, bei der Tagesdecke handelte es sich offenbar um eine Stickarbeit von Miss Kraus, ein Arrangement aus roten Edel- und weißen Pfingstrosen. Alles sehr liebevoll hergerichtet, sogar der Nachttopf fehlte nicht, die Dame des Hauses hatte ihn aus Gründen der Schicklichkeit in eine etwas versteckte Ecke geschoben.

Und die Dielenbretter knarrten, stellte Pendergast auf dem Weg zum Fenster fest. Hinter dem Haus, seitlich versetzt, fiel der Blick auf das schäbige Blechdach eines Andenkenladens. Dahinter führte ein zementierter, recht rissiger Weg zu einer Erdspalte. Man ahnte förmlich rabenschwarzes Dunkel und bodenlose Tiefe. Auf einem Schild stand:

KRAUS' KAVERNEN
DIE GRÖSSTE HÖHLE IN DER CRY COUNTY
Wünschen Sie sich etwas am »Teich der Unendlichkeit«!
Lauschen Sie dem Kristall-Glockenspiel!
Werfen Sie einen Blick in den »Abgrund des Bösen«!
Führungen täglich um 10.00 und 14.00 Uhr
Reisegruppen willkommen, großer Busparkplatz

Das Fenster ließ sich leichter öffnen, als Pendergast in einem so alten Haus vermutet hatte. Stickige, nach Staub und Maiskörnern riechende Luft drang ins Zimmer, das gelbe Meer erntereifer Kolben erstreckte sich bis zum Horizont. Eine Schar Krähen stieg aus den Feldern auf, tauchte aber gleich wieder in sie ein. Im Westen ballten sich Gewitterwolken am Himmel. Die Stille war so öde und bedrückend wie die Landschaft.

Winifred Kraus legte den Hörer auf. Jenny Parker meldete sich nicht. Vielleicht war sie in der Stadt, Neuigkeiten zogen sie immer magnetisch an, egal, ob gute oder schlechte. Winifred beschloss, es nach dem Lunch noch mal zu versuchen.

Ob sie Mr. Pendergast ein zweites Glas Eistee aufs Zimmer bringen sollte? Er war so ein angenehmer, höflicher Mann. Die Südstaatler sogen das offenbar mit der Muttermilch in sich auf. Und was den Tee anging, sie meinte sich zu erinnern, irgendwo gehört zu haben, dass sie den Nachmittag immer auf ihrer schattigen Veranda verbrachten und geeisten Tee tranken. Außerdem war es heute besonders heiß, und Mr. Pendergast hatte den weiten Weg von der Stadt bis hierher zu Fuß zurückgelegt.

Sie ging in die Küche, schenkte frischen Tee ein und hatte die ersten Treppenstufen schon erklommen, als ihr Bedenken kamen. Lass den Mann in Ruhe auspacken, stör ihn nicht! Also wirklich, seit sie von dem Mord gehört hatte, war sie ganz durcheinander. Sie benahm sich wie ein aufgescheuchtes Huhn.

Als sie schon wieder auf dem Rückweg war, kam es ihr vor, als habe sie eine Stimme gehört. Ja, sie war ganz sicher, ihr neuer Untermieter hatte etwas gesagt. Und das konnte, wenn er keine Selbstgespräche führte, eigentlich nur ihr gegolten haben. Ob er nach ihr gerufen hatte?

Sie blieb stehen, neigte den Kopf zur Seite und lauschte. Aber wie das in solchen Fällen meistens ist, auf einmal rührte sich nichts mehr, im ganzen Haus herrschte lautlose Stille. Tja, da musste sie sich wohl geirrt haben.

Doch dann hörte sie noch einmal Pendergasts Stimme. Jeder Irrtum war ausgeschlossen, es war der schmeichelnde, melodische Singsang des Südens. Und diesmal verstand sie sogar, was der Agent sagte.

»Exzellent! Geradezu superb!«

6

Die Straße verlief so schnurgerade, wie sie der Landmesser im neunzehnten Jahrhundert anvisiert hatte. Links und rechts ragten Mauern aus Maisstängeln in die Höhe. Die flirrende Hitze heizte den Straßenbelag derart auf, dass Pendergasts auf Hochglanz polierte Oxfords (feinste Maßarbeit aus John Lobbs Werkstatt in Londons St. James's Street) Spuren im Asphalt hinterließen.

Vor ihm lag die bei dem nächtlichen Einsatz in das Feld gewalzte Schneise. Die tief eingegrabenen Reifenspuren der Polizeifahrzeuge und die Schmutzklumpen, die sie bei der Ausfahrt auf die Straße geschleudert hatten, waren zuverlässige Wegweiser. Die Stelle, die die State Police in der Nacht als Parkplatz benutzt hatte, war mit gelbem Markierband abgesperrt, in dem davor postierten Streifenwagen saß ein gelangweilter Trooper. Da er wegen der Klimaanlage den Motor laufen ließ und sich zudem in einen Schmöker vertieft hatte, bemerkte er den Ankömmling erst, als Pendergast ans Seitenfenster klopfte.

Der Mann fuhr erschrocken hoch, legte das Taschenbuch eilends weg, stieg aus, hakte die Daumen ins Koppelzeug, beäugte den ungebetenen Besucher misstrauisch und fragte: »Wer, zum Teufel, sind Sie?«

Aus der offenen Wagentür schlug Pendergast ein Schwall eiskalter Luft entgegen. Er zuckte seinen Dienstausweis.

»Oh, FBI, tut mir leid, ich hab Sie gar nicht bemerkt.« Der Trooper sah sich suchend um. »Wo steht Ihr Wagen?«

Pendergast überhörte die Frage. »Ich würde mich gern am Fundort der Leiche umsehen.«

Der Trooper zuckte die Achseln. »Tun Sie sich keinen

Zwang an! Viel zu sehen gibt's allerdings nicht mehr. Ist schon alles abtransportiert worden.«

»Macht nichts. Bitte, lassen Sie sich durch meine Anwesenheit gar nicht weiter stören!«

»Wie Sie wünschen, Sir.« Der Trooper stieg sichtlich erleichtert in seinen Dienstwagen und zog die Tür zu.

Der Agent tauchte geschmeidig unter dem Absperrband durch und ging zu der knapp zwanzig Meter entfernten Lichtung hinüber, auf der Sheriff Hazen die Tote gefunden hatte. Der Trooper hatte recht, außer Staub, geknickten Maisstängeln und unzähligen verwischten Fußspuren gab es nicht mehr viel zu sehen. Das heißt, abgesehen von der Stelle in der Mitte der Lichtung, an der sich auf dem trockenen Boden ein nicht sonderlich großer rötlicher Fleck abzeichnete.

Trotz der unbarmherzigen Sonne harrte Pendergast eine Viertelstunde reglos auf der Lichtung aus. Nur seine Augen bewegten sich, während sie all das aufsogen, was die Lichtung – zumindest ihm – noch an Anhaltspunkten preisgab. Dann versenkte er die Hand in den unergründlichen Tiefen seines Jacketts und förderte ein Foto der Leiche zutage, so wie sie aufgefunden worden war, aus nächster Nähe aufgenommen. Ein zweites Foto zeigte die ganze Lichtung einschließlich der auf Indianerpfeile gespießten Krähen und der Palisade aus Stöcken.

Pendergast blendete das Bild aus, das er tatsächlich sah, und ersetzte es in seiner Vorstellung durch die Szene, die sich Sheriff Hazen in der Nacht der großen Polizeiaktion geboten haben musste. Allein und ungestört konnte er sich so lange in das fiktive Szenario versenken, bis er sich sämtliche Details minutiös eingeprägt hatte.

Er ließ die Fotos wieder in der Jacke verschwinden, ging ein paar Schritte und inspizierte dabei den trockenen Boden. Die herumliegenden kräftigen Rispenstängel waren abgebrochen worden, nicht abgeschnitten. Er ging am Rand der künstlichen Lichtung, da, wo der Mais noch unversehrt hochragte, auf die Knie, packte einen der dicken Rispenstängel und versuchte, ihn möglichst dicht über dem Boden abzubrechen. Aber wie sehr er sich auch abmühte, er schaffte es nicht.

Pendergast kehrte auf die Lichtung zurück. Es gab keine Spuren mehr zu verwischen, er brauchte also keine Rücksicht zu nehmen, sondern konnte sich frei bewegen. Hin und wieder pickte er mit der Pinzette etwas vom Boden auf oder zupfte einen vermeintlichen Fremdkörper von einem Maisstängel ab, aber es stellte sich jedes Mal heraus, dass er den Zufallsfund gleich wieder wegwerfen konnte. Fast eine Stunde nahm er sich für die Spurensuche Zeit. Und das bei gnadenloser Hitze und in seinem nicht eben praktischen schwarzen Anzug – und am Schluss war das Ergebnis gleich null.

Am hinteren Rand der Lichtung angekommen, beschloss er, in die weitgehend unversehrten Reihen des Maisfeldes einzudringen. Dabei kam er auch an der Stelle vorbei, an der Sheriff Hazen den an den Stängeln hängen gebliebenen Stofffetzen entdeckt hatte; das zur Markierung angebrachte Schildchen war nicht zu übersehen.

Er suchte die Reihe der Maispflanzen sorgfältig ab, aber es gab so viele Stiefel- und Hundespuren, dass er sich die Mühe sparen konnte. Die Trooper hatten zwei Suchhunde auf die erhoffte Spur angesetzt, aber die Tiere hatten sich nach wenigen Minuten einfach hingekauert, um anzuzeigen, dass sie die Fährte verloren hatten.

Pendergast blieb stehen und zog aus dem Jackett eine Luftaufnahme vom Fundort der Leiche und der Umgebung, aufgenommen vor dem Mord. Immerhin war auf dem Hochglanzfoto zu erkennen, dass die Reihen des Maisfeldes – entgegen dem Eindruck, den man hatte, wenn man mittendrin stand – nicht schnurgerade, sondern eher willkürlich und der Landschaft angepasst gezogen waren. Und so konnte Pendergast anhand der eigenwillig geschwungenen Krümmung ziemlich genau den Punkt bestimmen, an dem er sich befand.

Er zwängte sich mit einiger Mühe durch die angrenzenden Reihen, wobei ihm rasch klar wurde, dass die Luftaufnahme doch eine gute Hilfe war. Sie zeigte nämlich deutlich, dass die Maisreihen, deren Verlauf er folgte, zur Ebene am Rande von Medicine Creek abfielen und schließlich am Bachufer endeten, und zwar da, wo der Bach, nachdem er zuvor eine weite Schleife beschrieben hatte, wieder in Richtung der Stadt floss. Da sich kein Lufthauch regte, glich das Innere des Maisfeldes einem wahren Glutofen, in dem alles Leben gestorben zu sein schien, aber Pendergast spürte die lähmende Hitze anscheinend überhaupt nicht. Der Boden fiel immer deutlicher ab, es konnte nicht mehr weit bis zum Bachufer sein. Die Monotonie der Landschaft wirkte bedrückend, so weit das Auge reichte, gab es nur noch prallvolle, erntereife Maiskolben.

Allmählich lichtete sich die bislang nahezu undurchdringliche Wand aus Maisstängeln, und kurz darauf tauchte vor Pendergast das sandige Bachufer auf. Er blieb stehen und suchte den Boden ab. Und als hätte er's geahnt: Im festen, feuchten Sand zeichneten sich die tief eingedrückten Spuren nackter Füße ab. Er kauerte sich auf den Boden, legte die Hand in einen Abdruck, versuchte, dessen Tiefe abzuschätzen, und kam zu dem verblüffenden Ergebnis, dass der nackte Fuß stellenweise bis über die Knöchel in den Sand eingesunken war. Was den Agent zu der Schlussfolgerung führte, dass der Mörder eine schwere Last getragen hatte – zum Beispiel eine Leiche.

Pendergast stand auf und folgte den Spuren bis zu der Stelle, an der sie sich im Wasser verloren. Dann suchte er das gegenüberliegende Ufer ab, um die Einstiegsstelle zu finden. Vergeblich, obwohl er ein weites Stück am Ufer entlangwanderte, mit der Strömung und in Gegenrichtung. Was zu einer zweiten Schlussfolgerung führte: Der Mörder musste eine weite Strecke im Bachbett zurückgelegt haben.

Pendergast gab die Suche auf, tauchte wieder in das Meer aus Maispflanzen ein und ging zu der künstlich in das Maisfeld geschlagenen Lichtung zurück. Die kleine Stadt Medicine Creek lag wie eine Insel in dem gelben Meer, ging ihm durch den Kopf. Es war sicher nicht einfach, sich einer Stadt zu nähern, in der jeder jeden kannte und Hunderte von Augenpaaren auf der Lauer lagen, um – sei es von der Veranda oder vom Fenster – jedes fremde Auto zu registrieren. Alte Leute haben viel Zeit, und Medicine Creek war eine Stadt der alten Leute geworden.

Für einen Fremden gab es im Grunde nur eine Möglichkeit, die kleine, zwanzig Meilen von der nächsten Ansiedlung entfernt gelegene Stadt ungesehen zu erreichen: Er hätte sich einen Weg durch das Meer aus Maisstängeln bahnen müssen. Und damit lag die dritte Schlussfolgerung nahe: Der Mörder war in Medicine Creek zu Hause, er lebte mitten unter ihnen.

7

Harry Hoch, dessen Agentur für landwirtschaftlichen Bedarf als zweitbeste Adresse in der ganzen Cry County galt, nahm eigentlich keine Anhalter mehr mit, aber in diesem Fall gedachte er eine Ausnahme zu machen. Der Gentleman am Straßenrand sah so unsäglich traurig aus, und sicher nicht ohne Grund, er trug Schwarz. Hochs Mutter war vor knapp einem Jahr gestorben, er wusste, wie einem da zumute ist.

Also lenkte er seinen Ford Taurus auf den geschotterten Seitenstreifen, hielt an, winkte dem Fremden einladend zu und kurbelte, als der Mann näher kam, das Seitenfenster herunter. »Wohin wollen Sie, guter Freund?«

»Zum Krankenhaus in Garden City, wenn Ihnen das nicht zu viele Umstände bereitet.«

Harry Hoch nickte mitfühlend. Im Kellergeschoss des Krankenhauses wurden die Leichen aufbewahrt. Der arme Kerl tat ihm leid. »Kein Problem, steigen Sie ein!«

Er musterte den Mann verstohlen. Mit seinem blassen Teint konnte der sich, wenn er nicht aufpasste, schnell einen bösen Sonnenbrand einfangen. Na ja, er war eben nicht aus der Gegend, das hatte Hoch gleich am Dialekt gemerkt.

»Ich heiße Hoch, Harry Hoch.« Er streckte dem Fremden die Hand hin. Ein fester Händedruck, der sich kühl und trocken anfühlte. »Es ist mir ein Vergnügen, Ihre Bekanntschaft zu machen. Mein Name ist Pendergast.«

Kein Vorname. Vielleicht war das da, wo der Mann herkam, nicht üblich. Hoch drehte die Klimaanlage weiter auf, legte den Gang ein und preschte los.

»Macht Ihnen die Hitze nichts aus, Pendergast?«

»Um ehrlich zu sein, Mr. Hoch, ich fühle mich bei solchen Temperaturen ausgesprochen wohl.«

»Alles schön und gut, aber fünfundvierzig Grad und dazu hundert Prozent Luftfeuchtigkeit?« Hoch lachte. »Da können Sie auf meiner Motorhaube glatt Spiegeleier braten.«

Keine Reaktion, nur ein höfliches Nicken.

Ein komischer Kauz.

Na gut, wenn sein Fahrgast nicht auf einen Plausch aus war, hielt er eben auch den Mund. Er trat das Gaspedal noch mehr durch. Zu sehen gab's hier sowieso nichts, eine Meile sah wie die andere aus, und auf Nebenstrecken wie dieser musste man nicht mit Cops rechnen, die einem ein saftiges Bußgeld wegen Überschreitung der Geschwindigkeitsbegrenzung aufbrummten.

Hoch war prächtig gelaunt. Er hatte gerade eine Erntemaschine (Schnittbreite sechs Reihen!) mit integriertem Häcksler verkauft, alles in allem ein Hundertzwanzigtausend-Dollar-Deal – und bereits der dritte in dieser Saison. Dafür hatte er sich ein Wochenende in San Diego verdient, ordentlich einen zur Brust nehmen und im *Del Mar Blu* ein paar schnuckelige Miezen aufreißen.

Die Straße wurde breiter, links und rechts tauchte eine Ruinenlandschaft auf: halb verfallene Häuser, bei einem zweistöckigen Gebäude – früher der Supermarkt des Ortes – fehlte das Dach, die Zufahrt zum Getreidesilo war völlig verwahrlost...

»Was ist das?«, fragte Pendergast.

»Das ist Crater. Oder richtiger gesagt: Das war Crater. Bis vor dreißig Jahren eine propere Kleinstadt. Inzwischen ausgeblutet wie so viele andere. Zuerst macht die Schule zu, danach der Lebensmittelladen, und wenn dann noch der Saloon schließt, ist es höchste Zeit, zu packen und wegzuziehen. Das Städtesterben ist ansteckend wie eine Seuche. Gestern war's Carter, morgen kann's DePew erwischen, und übermorgen ist vielleicht Medicine Creek dran.«

Pendergast nickte. »Die Soziologie einer sterbenden Stadt ist ziemlich vielschichtig.«

Da Hoch nicht ganz sicher war, was der Fremde damit gemeint haben könnte, verschanzte er sich vorsichtshalber hinter beredtem Schweigen.

Knapp eine Stunde später tauchten die gewaltigen Türme der Silos von Garden City vor ihnen auf; von der in einer Mulde gelegenen Stadt war noch nichts zu sehen. »Ich setze Sie direkt am Krankenhaus ab, Mr. Pendergast«, versprach Hoch. »Und was ich noch sagen wollte – das mit dem Todesfall tut mir leid, wer immer es war. Ich kann nur hoffen, dass es Sie nicht allzu schwer getroffen hat.«

Erst als sie auf die in Bonbonrot gehaltenen, von großen Parkflächen eingerahmten Backsteingebäude des Krankenhauses zufuhren, sagte Pendergast: »Die Zeit ist ein Sturm, der uns alle vor sich hertreibt, Mr. Hoch.«

Harry Hoch brauchte gut eine halbe Stunde, bis er das unheimliche Kribbeln im Nacken, das Pendergast mit seiner rätselhaften Bemerkung ausgelöst hatte, nicht mehr spürte.

Sheriff Hazen kam sich in dem zwei Nummern zu großen Chirurgenkittel und mit dem Papierhäubchen auf dem Kopf wie ein Hanswurst vor. Er starrte verbissen auf den Rollwagen mit der Toten. Am rechten Zeh hing ein Pappschild, aber er wusste auch so, dass es sich um Mrs. Sheila Swegg handelte, zweimal geschieden, kinderlos, wohnhaft im Trailer Park, Wohnwagen 40A, Whispering Meadows bei Bromide in Oklahoma.

Weißer Pöbel, sonst gar nichts.

Und da lag sie nun, auf Edelstahl gebettet, aufgeschnitten wie ein Schlachttier, die entnommenen Organe neben ihr aufgereiht. Die Schädeldecke war geöffnet worden, das Gehirn lag in einer Schale. Der penetrante Verwesungsgeruch erklärte sich damit, dass sie, bevor Hazen gekommen war, über vierundzwanzig Stunden in dem heißen Maisfeld gelegen hatte. Der Gerichtsmediziner, McHyde, ein flotter junger Bursche mit Pferdeschwanz, stand über sie gebeugt am Rollwagen, stocherte und schnippelte fröhlich an ihr herum und diktierte medizinisches Kauderwelsch in das über ihm hängende Mikrofon. Warte nur, Jungchen, dachte Hazen, in fünf Jahren hat dich die bittere Realität so zermürbt, dass dir dein Sonnyboyfrohsinn vergangen ist!

McHyde war inzwischen mit der Kehle der Toten beschäftigt und schnitt mit flinker Hand weiter an dem Opfer herum. Manche Schnitte verursachten ein Geräusch, bei dem sich Hazen der Magen umdrehte. Dem Sheriff war nach einer Zigarette zumute, aber weil ihm das Rauchverbot einfiel, nahm er sich ersatzweise eine Fingerkuppe Mentholbalsam aus dem vorsorglich bereitstehenden Töpfchen und rieb sich das Zeug unter die Nase.

Er versuchte, sich mit appetitlicheren Gedanken abzulenken, mal sehen, ob der Trick auch hier funktionierte: Jayne Mansfield in *The Girl Can't Help It*... die Polkanacht in der *Deeper Elks Lodge*... ein Sonntag am Hamilton Lake im State Park, mit dem Angelzeug und zwei, drei Sechserpacks im Kofferraum... Ja, das waren Aspekte, denen er mehr abgewinnen konnte als Sheila Sweggs sterblichen Überresten.

»Hm«, machte McHyde, »gucken Sie sich das mal an!«

»Was denn?«

»Wie ich vermutet habe, das Zungenbein ist gebrochen. Äh – für das Diktat: zerschmettertes Zungenbein. Womit auch die leichten Quetschungen am Nacken erklärt wären.«

»Sie wurde also erwürgt?«

»Nun, nicht direkt. Er hat ihren Hals gepackt und ihr mit einer ruckartigen Drehbewegung den Wirbel gebrochen. Sie hatte keine Chance, sich zu wehren. Die schwere Verletzung des Rückenmarks hat zum sofortigen Tod geführt.«

McHyde schnippelte weiter. »Der Täter muss mit erheblicher Gewalt vorgegangen sein. Sehen Sie sich das an: Der Ringknorpel des Kehlkopfs wurde vollständig vom Schildknorpel und der Lamina getrennt. Unglaublich, ich habe so etwas noch nie gesehen. Die Luftröhre ist regelrecht zertrümmert. An den Halswirbeln sind vier – nein, sogar fünf Brüche zu erkennen.«

Hazen sah gar nicht hin. »Ich glaub's Ihnen, Doc.«

Der junge Gerichtsmediziner grinste ihn an. »Ihre erste Autopsie, wie?«

»Ach wo«, schwindelte Hazen.

»Klar, es dauert eine Weile, bis man sich an so was gewöhnt, ich kenne das. Besonders im Sommer, weil sie da recht schnell zu riechen anfangen.«

Als der Gerichtsmediziner sich wieder über die Leiche beugte, hatte Hazen plötzlich das Gefühl, dass jemand hinter ihm stand. Er fuhr herum. Und tatsächlich: Pendergast, er war wie aus dem Nichts aufgetaucht.

McHyde sah ebenfalls hoch. »Sir, Entschuldigung, wir sind gerade …«

»Schon in Ordnung«, sagte Hazen. »Er ist vom FBI. Unterstützt mich bei meinen Ermittlungen. Special Agent Pendergast.«

»Aha«, sagte McHyde plötzlich lammfromm. »Würde es Ihnen etwas ausmachen, sich auf dem Tonband zu identifizieren, Special Agent Pendergast? Und legen Sie bitte die bei Autopsien übliche Schutzkleidung an. Sie finden alles da drüben.«

»Natürlich.«

Hazen fragte sich, wie es Pendergast überhaupt geschafft hatte, ohne Auto nach Garden City zu kommen. Aber er war froh, ihn dazuhaben. Es war ihm längst aufgegangen, dass es ganz nützlich sein könnte, seine Erfahrungen zu nutzen. Solange er sich an die Spielregeln hielt, versteht sich.

Als Pendergast zurückkam, schnippelte McHyde am Gesicht der Toten herum. Er schnitt tief in die Haut, schob die darunter liegende gummiartige Schicht nach hinten und klammerte sie fest. Hazen starrte auf die bloßgelegten Muskelstränge, die weißen Sehnen und die dünne Fettschicht.

Widerlich. Die Tote war ohne Nase, Lippen und Ohren schon vorher kein erfreulicher Anblick gewesen, aber jetzt …

»Darf ich?«, fragte Pendergast.

Der Gerichtsmediziner trat ein Stück zurück, Pendergast beugte sich tief über das übel riechende, geschwollene Gesicht. Da, wo die Nase und die Lippen gewesen waren, gähnten blutverkrustete Höhlen. Das blond gefärbte Haar war wie ein Skalp nach hinten geklappt worden, man sah deutlich den dunklen Haaransatz.

Pendergast richtete sich auf. »Offenbar wurden die Amputationen mit einem nur bedingt geeigneten, stumpfen Gegenstand vorgenommen.«

McHyde hob fragend die Augenbrauen.

»Ich würde empfehlen, eine Fotoserie zu schießen und die Vergrößerungen unter dem Mikroskop zu betrachten. Wie Sie sicher bemerkt haben, wurde ein Teil der Kopfhaut abgerissen.«

McHyde stutzte, dann räusperte er sich und sagte sichtlich beeindruckt: »Richtig. Sehr gut.«

Hazen grinste verstohlen. Pendergast führte den Doc vor. Aber wenn der Agent mit seiner Vermutung recht hatte … Es lag ihm auf der Zunge, Pendergast zu fragen, welche Art von »stumpfem Gegenstand« seiner Meinung nach in Frage komme. Aber da spürte er schon wieder das saure Würgen in der Kehle und flüchtete eilends in selige Erinnerungen an Jayne Mansfield.

»Irgendwelche Erkenntnisse, wo Lippen, Ohren und Nase geblieben sind?«, fragte Pendergast.

»Die Polizei hat nichts finden können«, antwortete McHyde mit einem leicht süffisanten Unterton.

Hazen ärgerte sich über den versteckten Vorwurf. Der junge Gerichtsmediziner hatte dauernd was zu meckern, an Hazens Polizeiarbeit im Allgemeinen und an seinem Ergebnisbericht im Besonderen. Dabei waren es die Trooper gewesen, die alle brauchbaren Spuren verwischt hatten.

Während McHyde weiterschnippelte, ging Pendergast um den Rollwagen herum und betrachtete angelegentlich die der Leiche entnommenen Organe – nüchtern und distanziert, als wären es Ausstellungsstücke im Museum.

Dann deutete er auf das Pappschild an Sheila Sweggs Zeh. »Ich sehe, Sie haben sie bereits identifiziert.«

»Ja«, knurrte Hazen. »Eine Rumtreiberin aus Oklahoma. Wir haben ihren Wagen gefunden, eine von diesen koreanischen Blechkisten, die Biogas schlucken. Stand versteckt im Mais, fünf Meilen auf der anderen Seite von Medicine Creek.«

»Irgendeine Ahnung, was sie dort wollte?«

»Wir haben im Kofferraum Schaufeln und Spitzhacken gefunden. Vermutlich war sie auf Andenkenjagd. Die Typen treiben sich an jedem Hügel rum, unter dem ein Indianergrab liegen könnte. Suchen nach alten Kultgegenständen.«

»Und die findet man hier?«

»In unserer Gegend kaum. Aber, na ja, manche Leute leben davon. Reisen von Staat zu Staat und buddeln nach Indianertrophäen, die sie auf Flohmärkten verhökern können. Grabräuber, würde ich sagen, aber das Pack kennt eben keine Skrupel.«

»Ist die Tote vorbestraft?«

Hazen winkte ab. »Kleinkram. Kreditkartenbetrug, Verkauf von gefälschten Fundstücken, Versicherungsschwindel, typische Kleinkriminalität.«

»Respekt, Sheriff, Sie haben offensichtlich eine Menge herausbekommen.«

Hazen nickte geschmeichelt.

»Tja«, warf der Gerichtsmediziner ein, »wir wären dann eigentlich fertig. Haben Sie noch Fragen? Oder sind Sie an etwas Speziellem interessiert?«

»Ja«, sagte Pendergast, »an den Vögeln und den Pfeilen.«

»Die liegen im Kühlfach, ich hol sie Ihnen.« McHyde verschwand und kam kurz darauf mit einem weiteren Rollwagen zurück. Die Krähen waren nebeneinander aufgereiht, die Pfeile lagen als Bündel dahinter, anhand der Nummernschildchen war leicht festzustellen, welcher Vogel zu welchem Pfeil gehörte.

Pendergast sah sich einen der Pfeile sorgfältig an. Als er zum nächsten griff, wurde McHyde ungeduldig. »Solche billigen Repliken kann man an jeder Tankstelle zwischen Denver und hier kaufen. Alles Fälschungen.«

Pendergast hielt den Pfeil unters Licht. »Dieser ist keine Replik, Doktor. Es ist ein echter Cheyennepfeil, von einem der südlichen Stämme, befiedert mit Seeadlerschwungfedern. Stammt aus der Zeit zwischen 1850 und 1870. Eine Sammlung solcher, noch dazu gut erhaltener Originalpfeile bringt bei Sotheby's leicht zehntausend Dollar.«

Hazen schluckte. Der Gerichtsmediziner sah den Agent halb verdutzt, halb ungläubig an. Pendergast griff nach einem der Vögel, hob ihn hoch, fuhr langsam mit zwei Fingern über das Federkleid und stellte fest: »Regelrecht zerquetscht.«

»So?« McHyde machte aus seinem Desinteresse keinen Hehl.

»Ja. Das ganze Knochengerüst ist zersplittert.« Pendergasts Blick schien den Gerichtsmediziner festnageln zu wollen. »Sie haben sicher vor, die Vögel zu sezieren, oder etwa nicht?«

McHyde stöhnte laut. »Zwei Dutzend Vögel? Einer oder zwei werden's ja wohl auch tun.«

»Ich würde dringend empfehlen, alle aufzuschneiden.«

McHyde setzte eine abweisende Miene auf. »Agent Pendergast, ich vermag nicht zu sehen, welchen Sinn das haben sollte. Ich sagte ja schon: Einen oder zwei werde ich mir vornehmen, alles andere wäre Verschwendung an Zeit und Steuergeldern.«

Pendergast legte die Krähe auf den Rollwagen, griff nach einer anderen, fuhr wieder mit prüfenden Fingern über das

Federkleid, wiederholte die Prozedur an einem dritten Vogel und wurde tatsächlich fündig. Ehe McHyde protestieren konnte, suchte er sich ein Skalpell aus der Besteckschale und setzte einen langen, offenbar gezielten Schnitt am Bauch des Vogels.

»Moment mal!«, fuhr der junge Gerichtsmediziner hoch. »Niemand hat Ihnen erlaubt …«

Hazen schien etwas zu ahnen, er verfolgte gespannt jeden Handgriff des Agent.

»Legen Sie die Krähe augenblicklich zurück!«, verlangte McHyde mit erhobener Stimme.

Aber da hatte Pendergast schon mit einem raschen Schnitt den Magen des Vogels geöffnet. Er ließ ein paar halb verdaute Maiskörner herauskullern, dann griff er mit zwei Fingern zu und förderte ein hellrotes, ein wenig zerquetscht aussehendes Stück Fleisch zutage.

Selbst Hazen erkannte sofort, dass es sich um die Spitze einer menschlichen Nase handelte. Er sah schnell weg und kämpfte gegen den jähen Brechreiz an.

Special Agent Pendergast legte die Krähe zu den anderen zurück. »Doktor, ich überlasse es Ihren kundigen Händen, herauszufinden, in welchem Magen Lippen und Ohren gelandet sind.«

Sprach's, streifte die Handschuhe ab, dann die Gesichtsmaske und zuletzt die Gummigamaschen, die er sich über die blank geputzten Oxfords gestülpt hatte. Dann verließ er den Raum, ohne auch nur einen Blick zurückzuwerfen.

8

Smit Ludwig saß vor einer kalt gewordenen Portion Frikadellen an der Theke von *Maisie's Diner* und rührte seit Minuten im Kaffeebecher herum. Es war sechs Uhr abends, seine Aufmacherstory hätte längst fertig sein müssen, aber bisher gab es in dem mysteriösen Mordfall keine neuen Informationen. Vielleicht ist die Sache einfach eine Nummer zu groß für mich, dachte er. Er fühlte sich irgendwie überfordert. Vielleicht war ihm in all den Jahren, in denen er, wenn es nicht gerade einen Autounfall gegeben hatte, nur über Vereinsfeiern und ähnlichen Pipifax berichten konnte, der Biss abhanden gekommen. Wenn er denn je einen gehabt hatte.

Er rührte und rührte im Becher herum.

Im Spiegel über der Theke sah er, dass das Sheriffbüro auf der anderen Straßenseite schon dichtgemacht hatte. Sheriff Hazen war sowieso ein rotes Tuch für ihn. Mimte bei jeder Gelegenheit den Eisenfresser, aber wenn's ernst wurde, zog er den Schwanz ein. Und am meisten stank es Ludwig, dass der Kerl mit keiner einzigen Information rausrücken wollte. Die Trooper gaben sich genauso wortkarg. Vom Gerichtsmediziner ganz zu schweigen, der ließ sich nicht mal am Telefon sprechen. Mit der *New York Times* würden sie bestimmt nicht so umspringen. Weil sie wussten, dass diese Leute sich, wenn sie ihnen nichts erzählten, einfach was aus den Fingern sogen. Ludwig starrte in den Kaffeebecher. Vor dem *Cry County Courier* hatte niemand Manschetten; sie hielten ihn alle für eine Art lokales Witzblatt. Wie sollten die Leute auch Respekt vor ihm haben, wenn er am nächsten Tag fragen kam, ob sie nicht mal wieder eine Anzeige aufgeben wollten. Oder am übernächsten mit dem Lieferwagen angerattert kam, weil Pol Ketchum, sein Fahrer, seine Frau zur Chemotherapie nach Dodge City fahren musste.

Da lag nun die größte Story in der Luft, die Medicine Creek je erlebt hatte, und er hatte nichts für die nächste Ausgabe – absolut nichts. Natürlich, er konnte den Text von gestern ein bisschen umkrempeln, hier und da etwas ausschmücken und die vage Andeutung machen, dass in Kürze sensationelle Enthüllungen zu erwarten seien. Aber das brutale, rätselhafte Verbrechen hatte Medicine Creek aus seinem Dornröschenschlaf aufgeschreckt, die Leute wollten Fakten lesen. Und Smit Ludwig brannte darauf, sie seinen Lesern zu liefern. So eine Chance bot sich so schnell nicht wieder. Und insgeheim sehnte er sich schon immer danach, ein richtiger Journalist zu sein.

Er grinste grimmig in sich hinein. Die Frau war ihm weggestorben, die Tochter graste längst auf den grüneren Weiden an der Westküste, die Zeitung konnte sich finanziell kaum über Wasser halten, und er ging auf die fünfundsechzig zu. In dem Alter *war* man entweder ein richtiger Journalist, oder man schaffte es nie mehr.

Er merkte, dass das Stimmengewirr im Lokal verstummte. Aus den Augenwinkeln nahm er die schwarze Gestalt wahr, die draußen die Speisekarte studierte. Aha, der FBI-Agent interessierte sich anscheinend für Maisies Kochkünste. Und nicht nur das, er kam sogar herein.

Smit Ludwig drehte sich leicht zur Seite, um das Lokal besser im Blick zu haben. Vielleicht ließ sich der Agent die eine oder andere Information entlocken? Unwahrscheinlich, aber einen Versuch war es allemal wert. Wer ausgehungert ist, schnappt selbst nach dem kleinsten Krümel.

Der FBI-Mann – wie hieß er noch mal? – rutschte in eine Sitznische, und Maisie war im Nu bei ihm, um seine Bestellung aufzunehmen. Ihr lautes Organ konnte man nicht überhören, aber bei dem Agent musste Ludwig die Ohren spitzen.

»Ja, das da ist unser heutiges Tagesgericht.« Maisies kräftige Stimme dröhnte durch das Lokal. »Frikadellen.«

»Aha«, sagte der FBI-Mann. »Frikadellen.«

»Jawohl«, bestätigte Maisie. »Mit weißer Soße, pürierten Knoblauchkartoffeln – hausgemacht, nicht aus der Dose – und grünen Bohnen. Grüne Bohnen sind reich an Eisen, und davon könnte Ihnen ein kleiner Schuss nicht schaden.«

Ludwig amüsierte sich königlich. Maisie eröffnete ihre übliche Attacke. Wenn ein Gast am Schluss nicht fünf Kilo zugenommen hatte, rechnete sie sich das als persönliche Schlappe an. Der arme FBI-Mann hatte so gut wie verloren.

»Wie ich sehe, haben Sie auch Schweinefleisch mit roten Bohnen«, sagte der Fremde. »Welche Gemüse servieren Sie dazu?«

»Gemüse? *Unser* Schweinefleisch mit roten Bohnen wird nicht mit Gemüse gepanscht! Wir verwenden nur frische Zutaten. Erst schwenke ich die roten Bohnen in Nackenfett und Zuckersirup, dann lasse ich sie bei kleinster Flamme die Nacht über köcheln, und Sie werden staunen, wie die Ihnen auf der Zunge zergehen. Eins unserer beliebtesten Gerichte. Sie möchten also Schweinefleisch und rote Bohnen?«

Das Gespräch entwickelte sich allmählich zur Lokalbelustigung. Ludwig rutschte noch weiter herum, um nichts zu verpassen.

»Nackenfett, du lieber Gott!«, murmelte der Agent. »Und das gebratene Hühnchen?«

»Zweimal in Maisbutter geschwenkt und knusprig goldbraun gebraten. Dazu gegrillte Süßkartoffeln.«

Der Agent sah leicht gequält aus. Er blickte von der Speisekarte hoch. »In dieser Gegend muss es doch hervorragendes Angusrind geben?«

»Aber ja. Ich kann Ihnen ein Steak braten, von dem Sie

noch Wochen später träumen. Rare, medium oder well done, wie Sie's gern hätten.«

»Haben Sie zufällig ein Lendensteak vorrätig?«

Ludwig gefiel der seiden-, nein, sogar butterweiche Singsang, und dem halben Lokal ging es offenbar genauso.

»Aber ja«, versicherte Maisie. »Nach New Yorker Art zugeschnitten, wenn Sie wissen, was ich meine.«

»Und Sie sagten, Sie seien bereit, es mir auf jede Art zuzubereiten?«

»Wir richten uns immer nach den Wünschen unserer Gäste.« Maisie schielte zu Ludwig hinüber. »Stimmt's, Smitty?«

»Stimmt, Maisie. Die Frikadellen sind ein Gedicht«, schwindelte er grinsend.

»Dann solltest du mal deine aufessen!«, sagte Maisie vorwurfsvoll, bevor sie sich wieder dem Fremden zuwandte. »Nennen Sie mir Ihre Wünsche, ich werd sie prompt erfüllen.«

»Wären Sie eventuell so freundlich, mir ein schönes Lendensteak von etwa einem halben Pfund zu zeigen? Ich meine, so wie es ist, direkt aus der Kühltruhe, nur zum Ansehen.«

Maisie zuckte mit keiner Wimper. Wenn der Gast das Fleisch vorher sehen wollte, bekam er's eben vorher zu sehen.

Ludwig war gespannt, was sie anschleppen würde. Das beste Stück hob sie sowieso für Tad Franklin auf, der Junge war so was wie ihr heimlicher Schwarm. Und schon schwang die Küchentür auf, und Maisie erschien, in der Hand einen Teller, auf dem das rohe Lendensteak prangte.

Pendergast begutachtete es, griff zu Messer und Gabel, schnitt auf einer Seite den Fettrand ab und reichte Maisie den Teller zurück. »Ich wäre Ihnen sehr verbunden, wenn Sie es durch den Fleischwolf drehen würden, mittlere Schnittstärke.«

Ludwig stockte der Atem. Ein Lendenstück durch den Fleischwolf drehen! Er war gespannt, wie Maisie darauf reagieren würde.

Die Wirtin starrte den Agent an, die Tischgespräche im Lokal waren verstummt. »Und wie möchten Sie… Ihren Hamburger gebraten haben?«

»Roh.«

»Sie meinen – völlig roh?«

»Ich meine roh. Bitte servieren Sie es mir mit einem ungekochten Ei – in der Schale, wenn's geht –, etwas fein gehacktem Knoblauch und Petersilie.«

Maisie schluckte trocken. »Ein Brötchen dazu?«

»Nein, danke.«

Maisie nickte, nahm den Teller und verschwand mit ihm in Richtung Küche.

Ludwig ließ einen Moment verstreichen, atmete tief durch, griff nach seinem Kaffeebecher und schlenderte ohne verdächtige Hast zum Tisch des Agent hinüber. Pendergast sah hoch und musterte ihn aus unglaublich blassen Augen.

Ludwig streckte ihm die Hand hin. »Smit Ludwig, Herausgeber des *Cry County Courier.*«

Der Mann schüttelte die hingestreckte Hand. »Ah, Mr. Ludwig – mein Name ist Pendergast. Bitte, nehmen Sie Platz! Ich habe Sie heute Morgen bei der Pressekonferenz gesehen. Ihre Fragen haben mich beeindruckt, Sie haben exakt die entscheidenden Punkte angesprochen.«

Ludwig wurde rot, mit so viel Lob wurde er nur selten bedacht. Er quetschte seine nicht mehr ganz jugendlich wirkende Gestalt so auf die Sitzbank, dass er dem Agent gegenübersaß. Im selben Moment kam Maisie durch die Schwingtür, in der einen Hand den Teller mit dem durchgedrehten Lendensteak, in der anderen den mit den Beilagen und dem rohen Ei. Sie stellte alles vor Pendergast ab. »Fehlt noch etwas?«

»Nein, alles bestens, vielen Dank!«

»Wir geben uns immer Mühe, den Wünschen unserer Kunden zu entsprechen.« Maisie rang sich ein Lächeln ab, aber es wirkte ein wenig gezwungen. Der Mann in Schwarz hatte all ihre Vorschläge abgelehnt und seinen Kopf durchgesetzt – das war ihr noch nie passiert.

Ludwig und sämtliche Gäste verfolgten, wie Pendergast über das rohe Fleisch den klein gehackten Knoblauch streute, Salz und Pfeffer dazugab, das rohe Ei köpfte, über dem Fleisch auskippte, das Ganze mit Messer und Gabel zu einem appetitlichen Hügel formte und als Krönung ein wenig Petersilie darüber streute.

Auf einmal erinnerte sich Ludwig. »Steak Tatar?«, fragte er zögernd.

»Sie sagen es.«

»Ich hab das mal bei einem Fernsehkoch gesehen. Und, wie ist es?«

Pendergast schob sich eine Gabel voll Fleisch in den Mund, kaute mit geschlossenen Augen und versicherte: »Perfekt, es fehlt eigentlich nur ein siebenundneunziger Léoville Poyferré.«

»Aber Sie sollten ruhig mal die Frikadellen versuchen. Zugegeben, Maisie kriegt nicht alles gleich gut hin, aber ihre Frikadellen sind einsame Spitze.«

»Ich werde es in Erwägung ziehen«, versprach Pendergast.

Ludwig sah dem Agent stumm beim Essen zu. »Woher kommen Sie, Mr. Pendergast? Ich rätsle schon die ganze Zeit, wo ich Ihren Dialekt schon mal gehört habe.«

»Aus New Orleans.«

»Sehen Sie! Da habe ich mal Mardi Gras gefeiert.«

»Wie schön für Sie. Ich selbst habe an derlei Lustbarkeiten nie teilgenommen.«

Ludwigs Lächeln gefror. Schluss mit dem Smalltalk! Er musste unbedingt einen Dreh finden, um den Agent aus der Reserve zu locken. »Diese Morde …«, sagte er leise. »Also, das hat uns alle mächtig aufgeschreckt. So was hat's in unserem verschlafenen Nest noch nie gegeben.«

»Ja«, sagte Pendergast reserviert, »einige Aspekte sind sicher atypisch.«

Der Mann wollte nicht anbeißen. Ludwig hielt seinen Kaffeebecher hoch. »Noch einen, Maisie!«

Maisie kam mit der Kanne und einem frischen, für Pendergast gedachten Becher, schenkte ein und sagte spitz: »Smit Ludwig, du könntest dir endlich mal Manieren angewöhnen. Machst du das am Kaffeetisch deiner Mutter genauso?«

Als sie wieder allein waren, entschloss sich Ludwig zum Generalangriff. Er zog sein Notizbuch aus der Tasche. »Hätten Sie für ein paar Fragen Zeit?«

Pendergast wollte gerade die Gabel zum Mund führen, nun setzte er sie ab. »Sheriff Hazen möchte nicht, dass ich der Presse gegenüber Erklärungen abgebe.«

Ludwig beugte sich vor und sagte mit gesenkter Stimme: »Aber ich *brauche* was für die morgige Zeitung. Die Leute in der Stadt verlangen danach. Sie sind verängstigt. Und sie haben schließlich ein Recht auf Informationen, oder? *Bitte!*« Er spürte verblüfft, dass es ihm tatsächlich gar nicht mehr so sehr um seine Zeitung als vielmehr um die Sorgen und Ängste seiner Mitbürger ging.

Pendergast passte sich dem leisen Ton an. »Meiner Meinung nach ist der Mörder ein Ortsansässiger.«

»Was meinen Sie mit ›ortsansässig‹? Aus dem südwestlichen Kansas?«

»Nein, aus Medicine Creek.«

Ludwig merkte, dass er weiche Knie bekam. Unmöglich! Er kannte doch jeden in der Stadt. Der FBI-Agent lag völlig falsch. »Wie kommen Sie auf den Gedanken?«

Pendergast beendete seine Mahlzeit, tupfte sich mit der Serviette den Mund ab und griff zur Speisekarte. »Wie ist das Eis hier, der Pfirsichbecher?«

Ludwig winkte ab. »Fertigprodukt aus der Tiefkühltruhe. Nachtische sind nicht Maisies Stärke.«

Pendergast legte die Karte weg. Er sah sein Gegenüber lange an. Schließlich sagte er: »Medicine Creek ist wie eine Insel, völlig isoliert. Niemand kann sich auf der Straße nähern, ohne sofort bemerkt zu werden. Und durch die Maisfelder wäre es von Deeper, wo es das nächste Motel gibt, ein Fußmarsch von zwanzig Meilen.« Er deutete schmunzelnd auf Ludwigs Notizbuch. »Sie machen sich, wie ich sehe, gar keine Notizen.«

Ludwig lachte nervös. »Geben Sie mir was, was ich drucken kann! Unter meinen Mitbürgern gibt es eine unerschütterlich verankerte Überzeugung, und die lautet: Weder der Mörder noch das Opfer stammen von hier. Das sind Leute von ›weit weg‹. Sicher, auch in Medicine Creek gibt's Krawallbrüder, die Ärger machen. Aber keine Mörder, glauben Sie's mir!«

»Würden Sie mir bitte möglichst genau erklären, was man in Medicine Creek unter ›Ärger‹ versteht?«, bat Pendergast.

Ludwig war klar, dass er nicht mauern durfte, wenn er Pendergast zum Reden bewegen wollte: Eine Hand wäscht die andere. Nur, er hatte beim besten Willen nicht viel zu bieten.

»Na ja, hin und wieder Gewalt in der Familie. Und am Samstag begegnet man nachts betrunkenen Jugendlichen, die dann auch noch auf der Cry Road Autorennen austragen. Und letztes Jahr haben sich ein paar Jungs auf dem Gro-Bain-Gelände mit Fusel und Ecstasy vollgedröhnt. So was in der Art.«

Pendergast schien auf mehr zu warten.

»Kids, die Aerosole schnüffeln. Oder sogar Drogen konsumieren. Und dann natürlich nicht geplante Schwangerschaften.«

Pendergast hob fragend die Augenbrauen.

»Erledigt sich meistens, indem geheiratet wird. Früher hat man die Mädchen zu Verwandten geschickt, und dann hieß es plötzlich, die Familie habe ein Baby adoptiert. Sie wissen ja, wie das in Kleinstädten ist, die Heranwachsenden langweilen sich, und der einzige Zeitvertreib ist eben....«

Ludwig grinste bei der Erinnerung daran, wie seine Frau und er im Highschoolalter samstagnachts mit beschlagenen Scheiben draußen am Bach geparkt hatten. Aber das war schon lange her, seit damals hatte sich die Welt gewaltig verändert.

»Mehr Ärger haben wir hier in der Gegend eigentlich nicht«, behauptete er. »Bisher jedenfalls nicht.«

Der FBI-Agent beugte sich zu ihm hinüber. Er sprach jetzt so leise, dass Ludwig ihn kaum verstehen konnte. »Das Mordopfer wurde als Sheila Swegg identifiziert, aus Bromide in Oklahoma. Kleinkriminalität und Hehlerei. Ihr Wagen wurde fünf Meilen von hier im Mais neben der Cry Road gefunden. Offenbar wollte sie Indianergräber ausbuddeln.«

»Danke.« Das war mehr, als Ludwig erwartet hatte. Nicht nur ein Krümel, nein, ein ganzer Kuchen!

»Und noch etwas«, fügte Pendergast hinzu. »Am Fundort der Leiche wurden mehrere echte Indianerpfeile gefunden, eindeutig von einem Cheyennestamm. In sehr gut erhaltenem Zustand.«

»Ist ja irre«, murmelte Ludwig atemlos.

Doch dann wurde ihr Gespräch jäh unterbrochen, denn draußen auf der Straße entstand Unruhe. Direkt *vor Maisie's Diner* führte Sheriff Hazen ein schlankes junges Mädchen ab, und zwar in Handschellen. Der Teenager protestierte laut, zerrte an den Fesseln und schlug mit seinen spitzen Absätzen um sich. Ludwig wusste natürlich sofort, mit wem sie es zu tun hatten: schwarzer Lederminirock, hochhackige Schuhe, glutrot gefärbtes Haar, blasse, vielfach gepiercte Haut... Dazu die unflätigen Sprüche – geradezu ihr Markenzeichen. Er schnappte etwas wie »Sesselfurzer« und »Glimmstängel paffender Luftverpester« auf.

»Corrie Swanson«, erklärte er Pendergast. »Sie macht alle naslang Ärger. Die Kids nennen solche Typen Barbaren, glaube ich, oder so ähnlich. Corrie und Hazen liegen sich ständig in den Haaren. Wenn er sie allerdings in Handschellen abschleppt, muss sie den Bogen diesmal mächtig überspannt haben.«

Pendergast gab Maisie einen Wink und legte einen großzügig bemessenen Betrag auf den Tisch. »Ich denke, das war nicht unsere letzte Begegnung, Mr. Ludwig.«

»Da bin ich sicher. Und danke für die Infos!«

Nachdem die Tür hinter Pendergast zugefallen war, schlürfte Ludwig seinen Kaffee und sortierte dabei schon mal in Gedanken, was er von dem Agent erfahren hatte. Die Titelseite musste er völlig umbasteln, das war klar. Er brauchte vor allem einen zugkräftigen Aufmacher, bei dem es den Lesern schon beim Frühstück die Socken auszog. Diese Sache mit den Indianerpfeilen würde einschlagen wie eine Bombe, da war er sicher. Bei so was läuft dem Leser eine wohlige Gänsehaut über den Rücken, und Gänsehaut verkauft sich immer gut.

Nur, da lag eine Menge Arbeit vor ihm, wenn er den *Cry County Courier* pünktlich herausbringen wollte. Und er war nicht mehr der Jüngste. Da ist der erste Lack ab, die Puste geht einem schneller aus, und die gottverdammte Luftfeuchtigkeit machte ohnehin seinen Gelenken zu schaffen.

Er stemmte sich hoch. Na und? Wär doch gelacht, wenn ein altes Schlachtross wie er es nicht fertig brächte, sich eine Nacht um die Ohren zu schlagen! Nötigenfalls musste er sich eben hin und wieder mit einem Scotch aufmöbeln.

Auf geht's, alter Junge!, machte er sich Mut. Heute wirst du die Story deines Lebens schreiben.

9

Die Küche, in der Winifred Kraus geschäftig herumpusselte, erinnerte ein wenig an Großmutters Zeiten, aber es mangelte an nichts. Winifred schaffte es mühelos, gleichzeitig den grünen Tee für ihren Logiergast aufzubrühen, seinen frisch gepressten Orangensaft zuzubereiten und das Frühstücksei zu kochen. Es kam ihr gelegen, alle Hände voll zu tun zu haben, desto leichter fiel es ihr, sich von der Morgenlektüre des *Cry County Courier* abzulenken. Wer konnte so ein schreckliches Verbrechen begangen haben? Und die Pfeile, von denen im *Courier* die Rede gewesen war… das bedeutete doch wohl nicht, dass…

Ein Schaudern überlief sie. Sie versuchte, nicht darüber nachzugrübeln, sondern sich ganz auf Pendergasts Frühstück zu konzentrieren. Der Agent war ihr wie ein Geschenk des Himmels ins Haus geschneit. Er schien etwas pingelig zu sein, darum lag ihr sehr daran, ihm alles recht zu machen. Sie hatte die Spitzendecke ihrer Mutter frisch gebügelt auf dem Frühstückstisch ausgebreitet und einen Strauß Ringelblumen dazugestellt. Ihr Gast sollte sich bei ihr so wohl wie möglich fühlen. Und, wie gesagt, außerdem halfen ihr all diese Kleinigkeiten, ihre trüben Gedanken zu verdrängen.

Und in der Tat, während sie die letzten Handgriffe erledigte, spürte sie deutlich, dass sie sich auf Pendergasts Auftauchen freute. Der Agent hatte sie nämlich gebeten, ihn heute Morgen durch die Höhle zu führen. Na gut, er hatte nicht direkt darum gebeten, sich aber für ihren Vorschlag durchaus aufgeschlossen gezeigt. Sie glaubte sogar, ein gewisses Interesse bei ihm bemerkt zu haben. Ihre letzten Besucher hatte sie vor einem Monat durch die Höhle geführt – zwei nette junge Frauen, die den Zeugen Jehovas angehörten und die ihr nach der Führung noch lange Gesellschaft geleistet und angeregt mit ihr geplaudert hatten.

Schlag acht Uhr kam ihr Logiergast die Treppe herunter, wie immer in feierlichem Schwarz. »Guten Morgen, Miss Kraus«, begrüßte er sie aufgeräumt.

Winifred geleitete ihn zum Frühstückstisch und begann aufzutragen. Sie war so aufgeregt, dass sie fast außer Atem geriet. Schon als Kind hatte es sie fasziniert, Gäste zu bewirten. Und damals waren es viele Gäste gewesen, sie kamen aus dem ganzen Land, mitunter standen ihre großen Autos dicht gedrängt auf dem Parkplatz. Das gedämpfte Geplauder beim Frühstück schuf eine ganz eigene Atmosphäre. Und wenn Winifred, wie es ab und zu vorkam, die Besucher allein durch die Höhlen führen durfte, war jedes staunende Raunen und jeder bewundernde Ausruf Musik in ihren Ohren. Sie hatte ihre Sache gut gemacht, sogar ihr Vater hatte nicht mit lobenden Worten gespart. Und obwohl seit dem Bau der Interstate alles anders geworden war, bereitete ihr jede Höhlenführung immer noch großes Vergnügen. Selbst wenn es – wie heute – nur darum ging, einen einzigen Besucher durch die unterirdische Wunderwelt zu führen.

Nachdem Pendergast sein Frühstück beendet hatte, ließ sie ihn noch eine Weile mit dem *Cry County Courier* allein und ging schon mal voraus. Der Gang zur Kaverne war ihr zur festen täglichen Gewohnheit geworden, denn dort gab es auch ohne Besucher immer etwas zu tun, und sei's nur, Glühbirnen auszuwechseln oder angewehtes Laub wegzufegen. Auch jetzt überzeugte sie sich davon, dass alles in Ordnung war, bevor sie die Andenkenbude öffnete und unter dem Schutzdach auf Pendergast wartete.

Kurz vor zehn tauchte er bei ihr auf. Er bezahlte brav seine zwei Dollar für die Eintrittskarte, und sie führte ihn auf dem zementierten Fußweg dorthin, wo die Erde sich auftat. Sie schloss die schwere Vorhängekette auf und öffnete das Eisentor. Wiederum kündigte sich ein heißer Tag an, da war das kühle Lüftchen, das aus dem Höhleneingang drang, eine wahre Wohltat. Sie nahm den Platz ein, an dem sie bei Führungen immer stand, und begann mit den einführenden Worten: einem einstudierten Text, den sie jedes Mal so aufsagte, wie sie ihn vor einem halben Jahrhundert von ihrem Vater übernommen hatte.

»Kraus' Kavernen«, begann sie, »wurden von meinem Großvater Hiram Kraus entdeckt. Er kam 1888 aus der Gegend nördlich von New York nach Kansas, um sich hier eine neue Existenz aufzubauen. Er war einer der frühen Pioniere in der späteren Cry County und erwarb einhundertundsechzig Acre Grund und Boden, direkt am Medicine Creek.«

An der Stelle machte sie wie immer eine kurze Pause, und als sie sah, wie gebannt der Agent an ihren Lippen hing, huschte glückseliges Erröten über ihre Wangen.

»Am fünften Juni 1901 stieß er bei der Suche nach einer verloren gegangenen jungen Kuh auf den Höhleneingang – eher zufällig, denn er war seinerzeit fast gänzlich von Büschen und Gestrüpp zugewuchert und kaum auszumachen. Er kam mit einer Laterne und einer Axt wieder, stieg in die Höhlen ein und begann so mit ihrer Erkundung.«

»Hat er die Färse gefunden?«, wollte Pendergast wissen.

Winifred starrte ihn verdutzt an. Bisher hatte sie noch nie jemand gefragt, was aus der Kuh geworden war.

»Ja, er hat sie gefunden. Sie war in den ›Abgrund des Bösen‹ gestürzt und dort verendet.«

Die Frage schien sie ein bisschen aus dem Konzept zu bringen, aber sie fing sich schnell wieder. »Tja – das fiel etwa in die Zeit, als die Motorfahrzeuge in Amerika populär wurden. Auch auf der Cry Road tauchten die Vehikel auf, hauptsächlich Familien auf dem Weg nach Kalifornien. Hiram Kraus brauchte ein Jahr, um die hölzernen Laufstege und Brücken zu bauen, über die wir gleich gehen werden, und als das geschafft war, konnte er die Kavernen für das Publikum öffnen. Der Eintritt kostete damals einen Nickel.« Wieder eine kleine Pause, weil an der Stelle gewöhnlich leise gekichert wurde. »Die Führungen wurden auf Anhieb zur Attraktion. Später kam die Andenkenbude dazu, in der es – heute wie damals – schön geformte Steine, Mineralien, Versteinerungen und hübsche Handarbeiten zu kaufen gibt, Letztere zugunsten unserer Kirchengemeinde. Höhlenbesucher erhalten übrigens auf alle Artikel zehn Prozent Rabatt.« Ein aufmunternder Blick. »Und nun werden wir, wenn Sie mir bitte folgen wollen, mit dem Abstieg in die Höhlen beginnen.«

Sie stiegen auf einer ausgetretenen, von nackten Glühbirnen ausgeleuchteten Holztreppe etwa hundert Meter tief ins Innere der Erde ab, dann mündeten die breiten Stufen in einen schmaleren Laufsteg, der mit einem scharfen Knick in die erste Kaverne führte.

Hier unten, tief unter der Erde, roch die Luft nach klarem Wasser und feuchten Steinen, denn hier konnte nichts vermodern, und weil in der Höhle keine Fledermäuse hausten, stank es auch nicht nach deren Mist. Vor ihnen schlängelte sich der hölzerne Laufsteg durch einen ganzen Wald aus Stalagmiten, und da Winifreds Großvater hier nicht mit versteckt angebrachten Glühbirnen gespart hatte, kam man sich wie in einer Märchenlandschaft vor. Die Stalagmiten warfen bizarre Schatten auf die Felswände, die Decke der Höhle lag im Dunkel.

Winifred hielt sich bei den Erklärungen und Gesten genau an das väterliche Vorbild. »So, wir sind in der ›Kristallkathedrale‹ angekommen, der ersten der drei größeren Kavernen des Höhlensystems. Die Stalagmiten, die wir hier sehen, ragen über sechs Meter in die Höhe, die Decke der Höhle liegt nahezu dreißig Meter über uns.«

»Überaus eindrucksvoll«, sagte Pendergast, was seine

Führerin mit einem dankbaren Lächeln und einigen zusätzlichen Erläuterungen über die Entstehung der Kalkablagerungen im Südwesten von Kansas belohnte. Pendergast erfuhr, dass das kalkreiche Sickerwasser Jahrmillionen gebraucht hatte, um dieses Naturwunder entstehen zu lassen. Abschließend zählte Winifred noch die Namen auf, die ihr Großvater den verschiedenen Formationen gegeben hatte, zum Beispiel »Die sieben Zwerge«, »Das weiße Einhorn«, die bizarre Komposition von »Nadel und Faden« und den »Bärtigen Santa Claus«. Dann, fand sie, wurde es abermals Zeit für eine Pause, für den Fall, dass jemand – wie sie es in Gedanken automatisch formulierte – Fragen stellen wollte.

Pendergast tat ihr den Gefallen. »Sind eigentlich alle Einwohner von Medicine Creek schon mal hier gewesen?« Winifred wand sich ein bisschen. »Na, ich denke schon. Zumal wir ja von den Ortsansässigen keinen Eintritt verlangen. Das würde unter Nachbarn nur böses Blut machen.«

Und dann hatte sie es auf einmal eilig, Pendergast in die nächste Kaverne zu führen. »Vorsicht, die Decke wird hier niedriger, stoßen Sie sich nicht den Kopf an!«

Gleich darauf waren sie in der neuen Höhle. »Wir befinden uns hier in der ›Bibliothek des Riesen‹. Wenn Sie einen Blick nach rechts werfen, werden Sie verstehen, weshalb mein Großvater der Formation diesen Namen gegeben hat. Die mineralischen Kalkablagerungen haben im Laufe von Millionen Jahren ein Bild entstehen lassen, das verblüffend nebeneinander aufgereihten Büchern ähnelt. Und beim Blick nach links könnte man meinen, das Regal zu sehen, in das die Bücher lediglich noch einsortiert werden müssen.«

Und schon ging die Führung weiter. Sie näherten sich jetzt dem prächtigen »Kristall-Glockenspiel«, Winifreds Lieblingsformation. Und ausgerechnet da wurde ihr erschrocken klar, dass sie ein wichtiges, für diesen Teil der Führung unverzichtbares Utensil nicht dabeihatte. Sie wühlte in ihren Taschen: nichts, alles leer! Sie konnte es kaum fassen. Da hatte sie doch tatsächlich nach fünfzig Jahren Erfahrung als Höhlenführerin das Gummihämmerchen vergessen, ohne das aus der geplanten Überraschung nichts werden konnte! Und ganz nebenbei stellte sie fest, dass auch ihre Taschenlampe in der Andenkenbude liegen geblieben war. Oh Gott, wenn nun plötzlich der Strom ausfallen würde? Nicht auszudenken!

Also wirklich, in all den fünfzig Jahren war ihr so etwas noch nie passiert!

Pendergast spürte ihre innere Unruhe. »Ist irgendwas nicht in Ordnung, Miss Kraus?«

»Ich hab den Gummihammer vergessen, mit dem ich gewöhnlich das Glockenspiel schlage«, gestand sie ihm zerknirscht.

Sie schien den Tränen nahe zu sein.

Pendergast warf einen Blick auf die an Orgelpfeifen erinnernde Stalaktitenformation. »Ich verstehe«, sagte er mitfühlend.

»Ich kann mir gut vorstellen, was für ein wunderschönes Klangerlebnis das gewesen wäre.«

»Man kann Beethovens *Ode an die Freude* darauf spielen!«, verriet ihm Winifred mit weinerlich klingender Stimme. »Der absolute Höhepunkt der Führung!«

»Wie ärgerlich. Dann muss ich wohl noch mal wiederkommen.«

Winifred überlegte fieberhaft, was sie den Besuchern (denn bei Führungen dachte sie immer im Plural) als Ersatz für das ausgefallene Glockenspiel bieten könne.

Pendergast ahnte ihre Verzweiflung und ließ scheinbar beiläufig die Bemerkung einfließen: »In einem Ort wie Medicine Creek gibt es doch ganz sicher viele Traditionen und Besonderheiten, die gewissermaßen das Flair der Stadt ausmachen.«

»Oh ja, das stimmt«, haschte Winifred dankbar nach dem Rettungsanker, den der Agent ihr zuwarf. »Und ich darf behaupten, dass ich fast alles darüber weiß.«

Pendergast beugte sich mit vorgetäuschtem Interesse über eine Gruppe von Kristallen.

»Gestern Abend gab es zum Beispiel vor *Maisies' Diner* ein merkwürdiges Spektakel. Der Sheriff hat ein Mädchen namens Corrie Swanson abgeführt.«

»Ach, Corrie ... die macht dauernd Ärger. Ihr Vater ist davongelaufen, und die Mutter arbeitet als Barmamsell im *Candlepin Castle.* Ich glaube, sie trinkt.« Sie senkte die Stimme zu vertraulichem Flüstern. »Und ... sie lässt sich mit Männern ein.«

»Ach ja?«

Winifred fühlte sich ermutigt. »Oh ja. Und von Corrie erzählen die Leute, dass sie Drogen nimmt. Sie will wie so viele unbedingt weg aus Medicine Creek und anderswo ihr Glück machen. So ist das heute mit den jungen Leuten, sie gehen weg und kehren nie zurück.« Und dann wurde ihr Tonfall giftiger. »Obwohl, da gäb's andere, bei denen ich nichts dagegen hätte, wenn sie für immer weggingen. Dieser Brushy Jim zum Beispiel.«

Dass der Agent sich so angelegentlich für das hübsche Kristallgebilde interessierte, wärmte Winifred das Herz. Wenn sie doch nur mehr solche Besucher hätte! Und so machte es sie absolut nicht stutzig, als Pendergast – wieder in neutralem Ton – sagte: »Ich hatte den Eindruck, dass der Sheriff geradezu versessen darauf war, Miss Swanson zu arrestieren.«

»Das sollte mich nicht wundern. Wissen Sie, unser Sheriff ist ein ausgemachter Grobian. Das ist jedenfalls meine Meinung, und aus der mache ich keinen Hehl. Der Einzige, mit dem er einigermaßen nett umspringt, ist Tad Franklin, sein Deputy.« Sie verstummte, weil sie das Gefühl hatte, vielleicht zu weit gegangen zu sein, aber als Pendergast ihr aufmunternd zunickte, plätscherte der Wasserfall munter weiter. »Sein Sohn ist genauso ein Flegel. Glaubt, bloß weil sein Vater Sheriff ist, dürfte er sich alles erlauben. Terrorisiert die ganze Highschool, hab ich gehört.«

»Und dieser Brushy Jim, von dem Sie sprachen?«

Winifred verdrehte die Augen. »Der übelste Bursche, der einem unterkommen kann! Wohnt auf einem Schrottplatz draußen an der Deeper Road. Spinnt sich alles Mögliche zusammen. Behauptet, er sei ein Abkömmling des einzigen Überlebenden des Medicine-Creek-Massakers. Er war in Vietnam, müssen Sie wissen, da hat er sich bestimmt diesen Knacks geholt. Ein durch und durch verkommener Kerl, wenn Sie mich fragen. Missbraucht den Namen des Herrn, trinkt und setzt nie einen Fuß in die Kirche.«

»Ach ja – ich habe übrigens gestern Abend ein großes Spruchband am Kirchenportal flattern sehen.«

»Das ist wegen diesem Burschen, den irgendeine staatliche Behörde zu uns nach Medicine Creek schickt.«

Der Agent sah sie fragend an.

»Ich verstehe nicht ganz.«

»Er will hier ein neues Maisfeld anlegen. Entweder bei uns oder in Deeper, das wird wohl erst nächsten Monat entschieden. Der Typ selber soll heute hier ankommen. Darum haben die Leute, die bei uns in der Stadt das große Wort führen, schon mal den roten Teppich für ihn ausgerollt. Obwohl er keineswegs allen in Medicine Creek willkommen ist.«

»Worum geht's denn eigentlich?«

»Ach, die wollen eine neue Maissorte testen. Da ist irgendwas beim Saatgut verändert worden. Aber, ehrlich gesagt, mit solchen Sachen kenn ich mich nicht aus.«

»Sehr interessant«, murmelte Pendergast, bevor er plötzlich tiefe Zerknirschung mimte. »Ich muss Sie um Vergebung bitten. Sicher halte ich mit meinen neugierigen Fragen die ganze Führung auf, nicht wahr?«

Winifred lächelte nachsichtig, steuerte aber sogleich den

nächsten Besichtigungspunkt an. »So, jetzt sind wir am ›Abgrund des Bösen‹ angekommen. Mein Großvater hat, als er die Höhle zum ersten Mal gesehen hat, einen Stein in die Tiefe geworfen. Aber, was soll ich Ihnen sagen ...« Sie machte eine dramatische Pause. »Er hat, obwohl er lange, lange gewartet hat, keinen Aufprall hören können. Daran sehen Sie, wie tief dieser Abgrund ist.«

»Woher wusste Ihr Großvater dann, dass die Färse genau in diese Erdspalte gestürzt ist?«, fragte Pendergast.

Winifred zuckte zusammen, sie starrte den Agent ratlos an. Wieder eine Frage, die ihr noch nie jemand gestellt hatte. »Nun ja ... also, das weiß ich wirklich nicht.«

Pendergast lächelte ihr begütigend zu.

»Schon gut. Wie unhöflich von mir, Sie schon wieder zu unterbrechen!«

Und so bewegte sich die denkwürdige Zweiergruppe auf die letzte Station zu, den »Teich der Unendlichkeit«. Winifred war ein wenig enttäuscht, dass der Agent kein Bedürfnis verspürte, in Gedanken einen Wunsch zu formulieren, und sich folgerichtig auch nicht bemüßigt sah, eine Münze in den Teich zu werfen.

Immerhin waren die Münzen ein nicht zu verachtendes Zubrot.

Sie kehrten zur »Kristallkathedrale« und damit zum Ausgangspunkt der Führung zurück, wo Winifred sich, getreu dem Vorbild ihres Vaters, noch einmal an ihre imaginäre Besuchergruppe wandte. »Wie ich bereits sagte, sind alle Teilnehmer an der Führung berechtigt, in der Andenkenbude mit zehn Prozent Rabatt einzukaufen.« Und als sie dem Agent zum Abschied die Hand drückte, stellte sie angenehm überrascht fest, dass in ihrem Handteller ein großzügig bemessenes Trinkgeld lag.

»Ich würde mir gern noch die Handarbeiten ansehen«, sagte Pendergast. »An solchen Sachen bin ich sehr interessiert. Damit könnte ich meiner lieben Großtante Cornelia sicher eine große Freude machen. Sie ist sehr krank, wissen Sie, praktisch an den Rollstuhl gefesselt. Da ist es nicht so einfach, ein passendes Geschenk für die alte Dame zu finden.«

Winifred Kraus lächelte gerührt. Wo gab es das heute noch, dass die junge Generation so liebevoll an ältere Familienmitglieder dachte?

Sie hatte es von Anfang an geahnt, Pendergast war eben ein durch und durch feiner Mensch. Und seine Großtante Cornelia würde sich bestimmt sehr über den in Kreuzstichen bestickten Kissenbezug freuen.

10

Corrie Swanson saß auf der schmalen Klapppritsche in Medicine Creeks einziger Arrestzelle und starrte dumpf auf die graffitiübersäte, ohnehin durch blätternde Farbe unansehnlich gewordene Wand. Die immer wieder gleichen primitiven Sprüche, nur die Handschrift variierte. Aus dem angrenzenden Büroraum hörte sie den Fernseher plärren: eine der schwachsinnigen Soaps für frustrierte Hausfrauen, samt zu Herzen gehender Orgelmusik und theatralischem Schluchzen der weiblichen Hauptdarstellerin. Weiter vorn hörte sie den Sheriff in seinen Clownschuhen rastlos auf und ab gehen. Wie konnte ein so kleinwüchsiger Mann so große Füße haben? Und der Kerl qualmte wie ein Schlot, der ganze Bau stank danach.

Sie hoffte, dass ihre Mutter in etwa vier Stunden wieder nüchtern und damit in der Lage war, sie hier rauszuholen. Was natürlich nicht ohne ihr übliches Gelaber von »einer heilsamen Lehre« abgehen würde. Scheiß drauf – was war das schon für eine Lehre, wenn sie die Nacht unter einem Dach mit dieser Ratte von Sheriff verbringen musste? Andererseits, es war nicht schlimmer, als zu Hause zu sitzen und sich ständig die Nörgeleien der Alten oder, sobald sie betrunken genug war, ihr röchelndes Schnarchen anzuhören. Und viel unbequemer als die durchgelegene Matratze zu Hause war die Klapppritsche in der Arrestzelle auch nicht.

Irgendwo ging eine Tür, wahrscheinlich im Eingangsbereich, dann folgten Gemurmel und schlurfende Schritte. Corrie identifizierte die Stimmen ihres Klassenkameraden Brad Hazen, des Sohns des Sheriffs, und seiner Kumpel

Chad und Biff: das berüchtigte Trio der Hardy Boys. Sie hörte Brad sagen, dass er und seine Kumpane sich irgendein Fernsehprogramm reinziehen wollten. Grund genug für Corrie, sich schleunigst, das Gesicht zur Wand gedreht, auf der Pritsche auszustrecken.

Sie hörte die drei in das angrenzende Büro stiefeln, wo sie zuallererst die Soap abwürgten und dann sofort durch sämtliche Kanäle zappten. Offenbar fanden sie nicht, was sie suchten, die Glotze verstummte. Einer kam in die Nähe ihrer Tür gelatscht.

Die schlurfenden Schritte machten Halt, Corrie hörte, wie Brad den beiden anderen zuraunte: »He, Leute, guckt mal, wer da drin ist!«

Sie flüsterten miteinander, kicherten leise, und zur Krönung hielt es einer von ihnen für den genialsten Witz aller Zeiten, mit aufgeblähten Backen einen Furz nachzuahmen, was die beiden anderen prompt mit lautem Gelächter honorierten.

»He, wie stinkt's denn hier?«, fragte Brad. »Ist etwa einer von euch in was reingetreten?« Wieherndes Gelächter.

Brad näherte sich den Gitterstäben. »Na, Schnuckelchen, was hast du jetzt wieder angestellt?«

Corrie dachte nicht daran, sich umzudrehen. »Der Zwerg, den du für deinen Erzeuger hältst, Sheriff Rattenfratze, hat an der Tankstelle eine halbe Stunde den Motor laufen und bei offenem Fenster den Schlüssel stecken lassen, während er drin was Süßes gemampft hat. Da hat's mir eben in den Fingern gejuckt.«

»Von *wem* redest du?«

»Oh Mann, hast du was mit den Ohren? Von dem Kettenraucher, der mit seiner Qualmerei anscheinend nicht nur sein, sondern auch schon dein Hirn vernebelt hat.«

Brad fragte in scharfem Ton: »Meinst du etwa meinen Vater?«

»Endlich ist der Groschen gefallen, du Trottel!«

Chad und Biff hatten schon zu einem neuen Lachanfall angesetzt, schluckten aber ihr Glucksen schnell hinunter.

»Hört euch die blöde Tussi an!«, explodierte Brad. »Ich hab wenigstens einen Vater, was du nicht behaupten kannst. Vielleicht kann dir deine Mutter mehr erzählen, wenn sie mal nicht besoffen ist.« Er lachte meckernd, und Chad demonstrierte sofort Solidarität, indem er die billige Nummer mit dem Furz wiederholte.

»Deine Alte ist doch die größte Schlampe in der ganzen Stadt!«, setzte Brad noch eins drauf. »Oder hast du vergessen, dass sie vor gerade mal einem Monat genau dort gesessen hat, wo du jetzt sitzt? Wegen Trunkenheit und öffentlichem Ärgernis – oder wie das heißt. Der Apfel fällt nicht weit vom Stamm.«

Die Hardy Boys wollten sich ausschütten vor Lachen. Corrie biss sich auf die Lippen und nahm sich vor, ihnen weiter den Rücken zuzukehren.

Brad verfiel in geheimnisvollen Flüsterton. »Hast du zufällig heute die Zeitung gelesen? Da steht drin, dass der Mörder möglicherweise aus Medicine Creek stammt und so eine Art Satanskult praktiziert. Könnte zu dir passen, du Schlampe. Bei deinem beknackten knallroten Haar und dem schwarzen Augen-Make-up würd's mich nicht wundern, wenn du nachts deinen Hokuspokus abziehst.«

»Du hast es erfasst, Brad«, sagte Corrie, ohne sich umzudrehen. »Bei abnehmendem Mond bade ich im Blut eines frisch geborenen Lämmchens, sage die sieben geheimen Flüche auf und bitte Luzifer, dass er deinen Dödel verkümmern lässt, wenn du überhaupt einen hast!«

Chad und Biff reagierten auf Corries Schlagfertigkeit mit leisem Kichern, während Brad das offensichtlich überhaupt nicht lustig fand.

»Du Miststück!«, fauchte er Corrie an. Er trat an das Gitter der Arrestzelle und zischte ihr zu: »Du glaubst, dass du cool aussiehst mit deinen schwarzen Klamotten. Aber da irrst du dich. Du kannst dich verkleiden, wie du willst, du bleibst immer die Loserin. Und was du da über dunkle Nächte erzählt hast, glaub ich dir aufs Wort. Nachts Tiere abschlachten, das würde zu dir passen. Aber es kann natürlich auch sein, dass du's lieber mit ihnen treibst.« Er grinste gemein. »Denn richtige Kerle wollen bestimmt nichts mit dir zu tun haben. Denen ist ihr bestes Stück zu schade für eine Schlampe wie dich!«

Corrie zahlte es ihm umgehend mit gleicher Münze heim. »Weißt du, das Problem ist, dass ich in Medicine Creek noch keinen richtigen Kerl gesehen habe.«

In dem Moment flog die Tür des Sheriffbüros auf, das Geplänkel verstummte jäh. Sheriff Hazen stutzte und blaffte seinen Sohn an: »Was hast du hier zu suchen, Brad?«

»Ach, Dad, wir haben uns nur ein bisschen mit Corrie unterhalten, das ist alles.«

»Erzähl mir keine Märchen! Ich kann mir schon denken, was du mit deinen Freunden hier gewollt hast. Falls ich dich noch mal dabei erwische, dass du jemanden belästigst, den ich eingebuchtet habe, kannst du umgehend seinen Platz einnehmen, und ich schließe persönlich die Zelle hinter dir zu. Hast du mich verstanden?«

»Ja, Dad.«

»Und jetzt zieh Leine, samt deinen Freunden! Für das Footballtraining bist du sowieso schon spät dran.«

Nachdem die drei wie die begossenen Pudel abgezogen waren, wandte sich Hazen zu seiner Arrestantin um. »Alles in Ordnung mit dir, Swanson?«, fragte er barsch.

Corrie würdigte ihn keiner Antwort, sodass der Sheriff schließlich achselzuckend in sein Büro zurückkehrte.

Und da lag sie nun auf der Pritsche, allein und von allen vergessen, zumindest von ihrer Mutter. Hin und wieder hörte sie aus dem Büro Stimmen, aber die hatten offensichtlich nichts mit ihr zu tun. Na gut, schwor sie sich, noch ein Jahr, dann hau ich ab und komme nie in dieses verdammte Nest zurück. Wobei sie sich allerdings eingestehen musste, dass sie längst hätte weg sein können, wenn sie nicht in der zehnten Klasse eine Ehrenrunde gedreht hätte. Und dass sie sich's selber eingebrockt hatte, dass sie in dieser lausigen Arrestzelle saß.

Sie hörte, dass die Tür zum Sheriffbüro aufging, irgendjemand unterhielt sich mit Hazen. Vielleicht Tad, der Deputy. Oder war ihre Mutter endlich nüchtern? Nein, es war eine fremde Stimme, weich und in geschmeidigem Singsang. Hazen hatte den Fernseher wieder eingeschaltet, Corrie bekam kein Wort von der Unterhaltung mit.

Kurze Zeit später hörte sie schwere Schritte näher kommen. Eine mürrische Stimme blökte: »Swanson?«

Es war der Sheriff. Natürlich wieder mit einem stinkenden Glimmstängel zwischen den Lippen. Schlüssel rasselten, das rostige Zellengitter wurde aufgezogen.

»Dein Arrest ist beendet.«

Corrie rührte sich nicht. In Hazens Stimme lag ein merkwürdiger Unterton – etwas, was sich nach aufgestauter Wut anhörte. Offenbar war er verärgert.

»Jemand hat die Kaution für dich hinterlegt.«

Corrie traute dem Frieden immer noch nicht. Aber da mischte sich eine andere Stimme ein, die tiefe, weiche Stimme mit dem eigentümlichen Akzent, die sie vorhin schon gehört hatte.

»Miss Swanson, Sie können das Gefängnis verlassen.«

Corrie blieb beharrlich bei ihrer Taktik, sich auf der Pritsche nicht umzudrehen. »Wer sind Sie? Hat meine Mutter Sie geschickt?«

»Nein, ich bin Special Agent Pendergast vom FBI.«

Oh verdammt – FBI! Dann musste dies der komische Vogel sein, der wie ein Leichenbestatter herumlief. »Ich brauche Ihre Hilfe nicht!«, ließ sie ihn abblitzen.

Hazen würgte immer noch an seinem Ärger. »Es wär vielleicht besser, wenn Sie Ihr Geld wieder einstecken und sich aus der ganzen Sache raushalten. Zumal es sowieso ein Fall ist, der in meine Kompetenz fällt«, riet er dem Agent übellaunig.

Aber inzwischen war Corrie neugierig geworden. »Was verlangen Sie als Gegenleistung?«, fragte sie den Mann in Schwarz.

»Das besprechen wir vielleicht besser draußen«, sagte Pendergast.

»Aha, es gibt also eine Gegenleistung! Ich kann mir schon vorstellen, was Sie verlangen, Sie perverser Fiesling.«

Sheriff Hazen brach in schallendes Gelächter aus, das allerdings schnell in einem Hustenanfall erstickte. »Na, Pendergast, was habe ich Ihnen gesagt?«

Corrie blieb zusammengerollt wie eine Katze liegen und versuchte, sich irgendeinen vernünftigen Grund einfallen zu lassen, der den Agent dazu bewogen haben konnte, die Kaution für sie zu zahlen. Sie hatte schon gemerkt, dass Hazen diesen Pendergast nicht sonderlich gut leiden konnte. Wozu ihr die alte Spruchweisheit einfiel, dass der Feind deines Feindes dein Freund ist.

Sie wälzte sich herum und stemmte sich ein Stück hoch. Ja, es war tatsächlich der Leichenbestatter, den sie gestern in der Stadt gesehen hatte. Ein Riese, neben dem Hazen sich wie ein Winzling ausnahm.

Sie wollte aber unbedingt auf Nummer sicher gehen. »Heißt das, ich kann einfach hier rausspazieren?«

»Wenn Sie das wollen, ja«, bestätigte Pendergast.

Sie war blitzschnell auf den Beinen und schoss an Hazen und dem Mann in Schwarz vorbei Richtung Tür.

»Vergiss deine Autoschlüssel nicht!«, rief Hazen ihr noch nach.

Corrie blieb unter der Tür stehen und streckte wartend die Hand aus. Aber Hazen dachte nicht daran, auch nur einen Schritt auf sie zu zu gehen. Sie sollte sich die Schlüssel gefälligst abholen. Und das tat sie dann auch.

»Die Rostlaube steht hinten auf dem Parkplatz. Die fünfundsiebzig Dollar Abschleppkosten kannst du später bezahlen.« Corrie schluckte alles hinunter, was ihr auf der Zunge lag, und stürmte in den Hof. Nach der klimatisierten Luft im Sheriffbüro kam sie sich draußen vor, als müsse sie durch dicke Suppe waten.

Im Hof stand ihr Gremlin – und an der Motorhaube lehnte dieser Komiker im schwarzen Anzug. Als sie näher kam, öffnete er die Tür für sie. Sie stieg wortlos ein und zog die Wagentür hinter sich zu.

Nach einigen ungesund klingenden Keuchlauten sprang die Karre endlich an.

Pendergast trat einen Schritt beiseite.

Corrie zögerte einen Moment, dann drehte sie das Seitenfenster herunter und brachte ein mürrisches »Danke« heraus. »Es war mir ein Vergnügen.«

Sie setzte den Fuß aufs Gaspedal, aber plötzlich streikte der Motor. Oh Mann, das durfte doch nicht wahr sein! Sie versuchte, den Gremlin neu zu starten. Der Motor sprang an, spuckte aber erst mal eine beunruhigende Qualmwolke aus.

Wieso stand der Typ vom FBI eigentlich immer noch da? Worauf wartete er? Na gut, im Grunde sah er ganz harmlos aus, das mit dem perversen Fiesling nahm sie im Geiste zurück. Und schließlich überwog ihre Neugier. Sie lehnte sich aus dem Seitenfenster. »Also gut, Mr. Special Agent, was verlangen Sie dafür, dass Sie sich beim Sheriff für mich verwendet haben?«

»Wenn Sie so freundlich wären, mich zu Winifred Kraus zu fahren, würde ich Ihnen das gern unterwegs sagen. Dort wohne ich nämlich.«

Sie zögerte einen Moment, dann murmelte sie: »Steigen Sie ein!«, stieß die Beifahrertür auf und räumte den Papiermüll vom letzten McDonald's-Besuch weg. »Ich hoffe, Sie lassen sich keine Dummheiten einfallen.«

Der Agent lächelte und rutschte mit der Geschmeidigkeit einer Katze neben sie.

»Sie können mir vertrauen, Miss Swanson. Ist das umgekehrt genauso?«

Corrie sah ihn kurz an.

»Nein.«

Die quietschenden Reifen und die qualmende Ölwolke, die der Wagen hinter sich herzog, lockten den Sheriff aus seinem Büro. Er gestikulierte wild und rief Corrie irgendetwas hinterher, aber das ging im Röhren des Motors unter.

11

Bei dem Tempo, das Corrie vorlegte, dauerte es nur Minuten, bis das sogenannte Einkaufszentrum von Medicine Creek neben ihnen auftauchte: drei schmutzig braune Backsteinbauten, in denen sämtliche Ladengeschäfte der Stadt Platz fanden. Die von Rost zerfressene Karosserie des Gremlin ächzte zwar vor Empörung, aber das scherte Corrie nicht weiter. In der Mittelkonsole waren ihre Kassetten verstaut, obenauf ihre Favoriten »death metal«, »dark ambient«, »industrial« und »grindcoremusic«. Sie wühlte mit einer Hand in dem Stapel, zog zunächst Discharge, Shinjuku Thief und Fleshcrawl in die engere Wahl, entschied sich aber dann für Lustmord, und so war es schließlich die schon etwas angestaubte, im Grunde gar nicht zu ihr passende Heresy-Part-One-Kassette, die Pendergast in die Ohren dröhnte. Ihre Mutter erlaubte ihr nicht, zu Hause die Lautstärke voll aufzudrehen, und so hatte sie sich in ihren alten Gremlin einen Kassettenrekorder einbauen lassen.

Irgendwie graute ihr davor, nach Hause zu kommen. Ihre Mutter kämpfte um diese Zeit gewöhnlich gegen den Kater vom Vorabend an, was sie jedoch nicht daran hinderte, schon wieder halbtrunken zu sein – eine brisante Kombination, die sie besonders übellaunig machte. Corrie beschloss, den FBI-Mann bei Winifred Kraus abzusetzen, den Wagen draußen bei den Überlandleitungen zu parken und ein paar Stunden mit einem Buch totzuschlagen.

Sie musterte Pendergast verstohlen aus den Augenwinkeln. »Was haben eigentlich Ihre schwarzen Klamotten zu bedeuten? Ist jemand gestorben?«

»Mir geht's wie Ihnen, ich bin bei der Wahl von Farben ein wenig eigensinnig.«

Corrie zog eine Grimasse. »Übrigens – wie ist das mit der Gegenleistung, von der Sie gesprochen haben?«

»Ich brauche einen Wagen und jemanden, der mich fährt.«

Corrie lachte. »Und da haben Sie sich ausgerechnet für meine komfortable Stretchlimousine entschieden?«

»Nun, ich bin mit dem Bus gekommen und merke allmählich, dass es unbequem ist, alle Strecken zu Fuß zurückzulegen.«

»Trotzdem, das kann nur ein Witz sein. Die Karre ist schrottreif, braucht pro Woche einen Viertelliter Öl, hat keine Klimaanlage und stinkt so bestialisch, dass ich sogar im Winter das Fenster runterkurbeln muss.«

»Ich zahle pro Tag hundert Dollar für Auto und Fahrer, dazu eine feste Pauschale von einunddreißig Cent pro Meile für Öl- und Benzinkosten.«

Hundert Bucks! Mehr Geld, als Corrie je auf einem Haufen gesehen hatte. Da musste irgendwas faul sein. »Wenn Sie so ein hohes Tier beim FBI sind, wo ist dann Ihr Dienstwagen samt dem Fahrer?«

»Solange ich mich im Urlaub befinde, steht mir kein Dienstwagen zu.«

»Alles schön und gut, aber warum *ich?*«

»Ganz einfach, ich brauche jemanden, der sich in Medicine Creek auskennt, einen Wagen und zurzeit nichts Besseres zu tun hat. Sie bringen also sämtliche Voraussetzungen mit. Und volljährig sind Sie doch auch, richtig?«

»Gerade achtzehn geworden. Aber ich hab noch ein Highschooljahr abzureißen. Und ich will mit der Schule so früh wie möglich fertig sein, damit ich endlich aus diesem Rattennest verschwinden kann.«

»Das neue Schuljahr beginnt erst nächsten Monat, und bis dahin hoffe ich meine Arbeit längst abgeschlossen zu haben. Es kommt mir vor allem auf solide Ortskenntnis an, und Sie kennen sich doch in Medicine Creek aus, oder nicht?«

Corrie grinste. »Mehr, als mir lieb ist. Aber haben Sie sich auch Gedanken darüber gemacht, dass der Sheriff was gegen unsere Vereinbarung haben könnte?«

»Ich denke, er wird froh sein, dass Sie einen einträglichen Ferienjob gefunden haben.«

Corrie schüttelte den Kopf. »Ich fürchte, Sie kennen sich mit den hiesigen Spielregeln nicht aus.«

»Dieses Manko gedenke ich mit Ihrer Hilfe bald zu mindern. Also, Miss Swanson, sind wir handelseinig?«

»Hundert Bucks am Tag? Klar sind wir da handelseinig. Und bitte nennen Sie mich nicht ›Miss Swanson‹! Seh ich etwa so aus? Sagen Sie einfach Corrie zu mir!«

»Ich rede Sie mit Miss Swanson an, und Sie sollten als korrekte Anrede Special Agent Pendergast benutzen.«

Corrie schob sich eine knallrote Locke aus der Stirn und verdrehte die Augen. »Okay, Special Agent Pendergast.«

»Ich bin Ihnen sehr verbunden, Miss Swanson.« Pendergast zog eine Brieftasche aus den Tiefen seines Jacketts, entnahm ihr fünf Hundertdollarscheine, löste die Drahtlasche, die das defekte Schloss des Handschuhfachs ersetzen musste, legte die fünf Scheine hinein und hakte die Lasche wieder zu. »Das ist die Vorauszahlung für die erste Woche. Die gefahrenen Meilen schreiben Sie bitte auf! Und Überstunden werden mit zwanzig Dollar je Stunde abgegolten.«

Wieder ein Griff ins Jackett. »Hier ist Ihr Mobiltelefon. Lassen Sie es bitte ständig eingeschaltet, auch wenn Sie abends ausgehen. Private Telefonate sind nicht erlaubt.«

»Wen soll ich in diesem Scheißnest schon anrufen?«

»Das entzieht sich meiner Kenntnis. Und nun darf ich um eine Stadtrundfahrt bitten.«

»Ganz wie Sie wünschen.« Sie vergewisserte sich im Rückspiegel, dass hinter ihr frei war, ließ den Wagen durch ein scharfes Bremsmanöver herumschleudern und fuhr in unvermindertem Tempo Richtung Innenstadt. »Hab ich am Schulcomputer gelernt. Die haben da so ein Spiel abgespeichert, nennt *sich Autodieb kontra Bulle*«, erzählte sie grinsend.

»Sehr beeindruckend, Miss Swanson. Dennoch muss ich darauf bestehen, dass Sie sich bei Dienstfahrten an die Verkehrsregeln halten. Auf dieser Straße gilt zum Beispiel ein Tempolimit von fünfundvierzig Meilen pro Stunde. Und den Sicherheitsgurt haben Sie auch nicht angelegt.«

»Okay, okay«, maulte Corrie und tastete, ohne den Fuß vom Gas zu nehmen, mit der linken Hand nach dem Gurt.

»Das lässt sich bequemer erledigen, wenn Sie einen Moment anhalten«, mahnte Pendergast.

Corrie stöhnte genervt, fuhr aber rechts ran, legte den Gurt an und wäre aus alter Gewohnheit um ein Haar wieder mit quietschenden Reifen losgeprescht. Aber Arbeitgeber, die gut löhnen, soll man nicht verärgern, dachte sie ingrimmig.

Pendergast wollte sich zurücklehnen, merkte aber schnell, dass der Beifahrersitz offenbar einen Knacks abbekommen hatte und so schief nach hinten durchhing, dass das Gesichtsfeld gerade mal bis zur Unterkante des Seitenfensters reichte. Das schien ihn aber nicht sonderlich zu stören, im Gegenteil, er sagte erwartungsfroh: »So, jetzt freue ich mich auf Ihre Führung.«

Corrie sah ihn etwas ratlos an. »Ich fürchte, Sie machen sich falsche Vorstellungen. In dem Nest gibt's praktisch nur übergewichtige Omas und Opas, potthässliche Häuser und jede Menge Mais zu besichtigen.«

»Dann erzählen Sie eben etwas über die Omas und Opas.«

Corries Grinsen floss in die Breite. »Mit Vergnügen. Soeben nähern wir uns Medicine Creek, einem lauschigen Weiler in Kansas, der sich der stattlichen Zahl von einhundertfünfundzwanzig Einwohnern erfreut. Tendenz: rapide abnehmend.«

»Woran liegt das?«

»Fragen Sie das im Ernst? Wer, außer einem ausgemachten Arschloch, bleibt schon freiwillig in so einem Nest.«

Pendergast runzelte die Stirn. »Mich beschleicht zunehmend das Gefühl, dass junge Leute sich heutzutage von Kraftausdrücken eine Bereicherung der Sprache versprechen.«

»Das Wort ›Arschloch‹ ist keine Erfindung von Jugendlichen«, widersprach ihm Corrie. »Das finden Sie sogar bei berühmten Autoren. Schlagen Sie zum Beispiel mal bei Chaucer, Joyce und Shakespeare nach!«

»Mag sein. Ich scheine es mit einer Literaturkennerin zu tun zu haben. Aber Shakespeare hat auch folgende Verse geschrieben:

In einer solchen Nacht,
Wenn sanfter Wind die Bäume zärtlich kost
Und allenthalben andachtsvolle Stille herrscht,
Hält Troilus Wacht auf Trojas starken Mauern,
Sich seufzend in der Griechen Lager sehnend,
In jenes Zelt, in dem er Cressid weiß ...«

Corrie sah ihn groß an. Der Mann meinte das tatsächlich todernst. Wenn der nicht verrückt war!

Für Pendergast war das Thema anscheinend erledigt. »Also gut, starten wir zu unserer Stadtrundfahrt.«

Corrie sah sich ratlos um. Links und rechts Maisfelder, soweit das Auge reichte. »Wir haben schon alles gesehen, was es in Medicine Creek zu sehen gibt.« Pendergast schien ihr gar nicht zuzuhören. »Ich könnte Ihnen höchstens die Hügel zeigen«, fiel ihr ein.

»Welche Hügel?«

»Die indianischen Grabhügel unten am Bach. Die einzige

lohnende Sehenswürdigkeit in der ganzen County. Sie haben bestimmt schon davon gehört. Der Fluch der Fünfundvierzig und der ganze Quatsch.«

Pendergast überlegte einen Moment, dann meinte er: »Sehen wir uns die Hügel lieber ein andermal an. Fürs Erste wäre es mir lieber, wenn wir kehrtmachen und noch einmal durch die Stadt fahren. Möglichst langsam, damit mir nichts entgeht.«

»Ich glaube, das sollten wir lieber lassen. Der Sheriff hat's nicht gern, wenn jemand unnötig durch die Stadt kurvt.«

Pendergast schloss die Augen. »Ich habe Ihnen doch gesagt, dass Sie es mir überlassen sollen, eventuelle Probleme mit dem Sheriff zu klären.«

»Okay, Sie sind der Boss!« Corrie ordnete sich auf der rechten Spur ein, beschrieb beim Abbiegen einen mustergültigen rechten Winkel und lenkte den Gremlin im Schneckentempo durch Medicine Creek.

»Links sehen Sie die *Wagon Wheel Tavern*. Gehört Swede Cahill. Ein richtig netter Kerl, keiner von denen, die einen übers Ohr hauen. Seine Tochter geht in dieselbe Klasse wie ich. Ein Barbiepüppchen, wenn Sie mich fragen. In die Pinte geht man, wenn man sich einen hinter die Binde gießen will, zu mampfen gibt's da nicht viel, nur Slim Jims, Erdnüsse und Mixed Pickles aus dem großen Glas. Ach ja – und Schokolade-Eclairs. Von denen schwärmen alle.«

Pendergast saß reglos in seinem unbequemen, nach hinten durchhängenden Sitz.

»Gucken Sie mal da rüber – sehen Sie die Lady mit dem hochgesteckten Haardutt? Sieht aus wie Frankensteins Braut, finden Sie nicht? Das ist Klick, die Frau von Melton Rasmussen, dem der hiesige Textilladen gehört. Sie kommt wahrscheinlich gerade vom Lunch im *Castle Club*. Ich wette, sie trägt in ihrem Beutel die Roastbeefreste heim, für ihren Hund Peach. In *Maisie's Diner* setzt sie keinen Fuß, weil Maisie mal die Freundin von ihrem Mann war. Bloß, das muss eine Ewigkeit her sein, damals war Melton noch gar nicht ihr Mann. Und davon, was er mit der Frau des Sportlehrers treibt, hat Klick bis jetzt noch nichts mitgekriegt.«

Pendergast verzichtete auf einen Kommentar.

»Ah – und noch so eine alte Schachtel! Die gerade mit dem Nudelholz aus dem Coast-to-Coast-Markt kommt, das ist Mrs. Bender Lang. Vor gut dreißig Jahren ist ihnen das Haus über dem Kopf abgebrannt, ihr Vater ist dabei ums Leben gekommen. Man hat nie rausgefunden, wer da gezündelt hat – und warum.« Corrie zuckte die Achseln. »Manche wollen wissen, dass es der alte Gregory Flatt war. Bei dem war eine Schraube locker, das wussten alle. Hatte sich um den Verstand gesoffen. Eines Tages ist er einfach verschwunden. Jemand hat noch gesehen, wie er ins Maisfeld spaziert ist. Ist nie wieder aufgetaucht, und seine Leiche wurde auch nicht gefunden. Er hatte immer was von UFOs und Außerirdischen gefaselt. Also, ich persönlich glaube, dass die ihm den Gefallen getan und ihn entführt haben. In der Nacht, in der er verschwunden ist, wollen ein paar Leute komische Lichter am nördlichen Himmel gesehen haben.« Sie lachte spöttisch. »Wir leben eben in einer typischen amerikanischen Kleinstadt, bei uns hat fast jeder seine Leiche im Keller.«

Die Bemerkung schien Pendergast wachzurütteln, er schlug zumindest die Augen auf und sah Corrie skeptisch an.

»Das können Sie mir ruhig glauben. Sogar die verschrobene alte Winifred Kraus, bei der Sie wohnen, hat Dreck am Stecken – da kann sie noch so lammfromm tun. Ihr Vater, der Moralapostel, hat gepanschten Fusel geschmuggelt. Und was die kreuzbrave Winifred angeht, die soll als Teenager recht locker gewesen sein.«

Pendergast sah sie verdutzt an.

Corrie kicherte leise in sich hinein. »Oh ja, in Medicine

Creek ist schwer was los. Wenn zum Beispiel Dale Estrem dahinterkommt, wie wild es seine Frau Vera mit dem Metzger aus Deeper treibt, gibt's garantiert ein Blutbad. Dale ist Vorsitzender der Farmergenossenschaft – und der brutalste Kerl in der ganzen Stadt. Sein Großvater kam aus Deutschland, und im Zweiten Weltkrieg hatte er's sehr eilig, dorthin zurückzukehren und für die Nazis zu kämpfen. Sie können sich vorstellen, was das für ein Gerede gab! Lässt einfach seine Familie im Stich! Na ja, er war wenigstens so schlau, sich nie wieder hier blicken zu lassen.«

Pendergast nickte. »Daran hat er sicher gut getan.«

»An verrückten Typen fehlt's uns wirklich nicht, das kann ich Ihnen sagen. Da ist zum Beispiel dieser Scherenschleifer, der jedes Jahr hierher kommt. Kampiert in den Maisfeldern, und niemand weiß so recht, was er eigentlich treibt. Oder Brushy Jim, der's nicht geschafft hat, sich rechtzeitig aus Vietnam abzusetzen. Angeblich soll er dort drüben seinen Lieutenant abgemurkst haben. Ganz Medicine Creek wartet auf den Tag, an dem sie ihn abholen und in die Klapsmühle stecken.«

Pendergast hing mit geschlossenen Augen so erbärmlich schief in seinem Beifahrersitz, dass man meinen konnte, er sei eingeschlafen.

»Das da, das ist der Rexall Drugstore«, leierte Corrie wie eine gelernte Fremdenführerin herunter. »Das leere Gebäude daneben war mal ein Musikladen. Dahinter liegt die Kirche der Lutheraner. Wenn Sie einen fanatischen Eiferer kennenlernen wollen, sind Sie bei Pastor John Wilbur goldrichtig. So, nun kommen wir gleich an Ernies Exxon-Tankstelle vorbei. Sieh an, der Chef steht heute persönlich an der Pumpe! Sein Sohn ist der größte Kiffer in der County, und der Alte hat keine Ahnung davon. Übrigens, der alte Holzschuppen dort drüben, das ist Rasmussens Textilladen. Da vorn liegt das Sheriffbüro, das kennen Sie ja schon. Und rechts sehen Sie *Maisie's*. Ihre Frikadellen sind eine Wucht, aber bei ihrem Nachtisch würde sogar eine ausgehungerte Hyäne die Flucht ergreifen. Oh verdammt...«

Corrie saß plötzlich kerzengerade am Lenkrad und starrte in den Rückspiegel. Aus dem Hof des Sheriffbüros schob sich mit eingeschaltetem Blaulicht der Streifenwagen.

»Ich hab's geahnt, jetzt rückt er uns auf die Pelle!« Sie gab Pendergast einen Snips mit dem Ellbogen. »Wachen Sie auf, ich werde gleich rechts rangewunken.«

Pendergast rührte sich nicht, er schien den Schlaf des Gerechten zu schlafen.

Und tatsächlich, die Sirene heulte auf, aus dem Dachlautsprecher dröhnte die Aufforderung: »Fahren Sie bitte auf den Seitenstreifen und warten Sie im Wagen!«

Hazens grimmiger Ton verhieß nichts Gutes. Corrie kannte die Prozedur aus dem Effeff, sie war schon x-mal rausgewinkt worden. Heute hatte sie zwar theoretisch Geleitschutz durch den Agent, aber der hing so apathisch in seinem Sitz, als hätte er den Sheriff noch gar nicht gesehen.

Die Tür des Streifenwagens flog auf, Hazen kam – lässig mit dem Schlagstock spielend – auf Corries Gremlin zu, stemmte die fleischige Rechte in das offene Seitenfenster und wollte vermutlich gerade loslegen, als er auf dem Beifahrersitz Pendergast entdeckte. Was zu Corries Genugtuung immerhin dazu führte, dass er nervös zusammenzuckte und »Ach du dickes Ei!« murmelte.

Pendergast blinzelte ihn aus einem Auge an. »Irgendein Problem, Sheriff?«

Corrie fing an, die Situation zu genießen. Allein die flammende Röte, die sich auf Hazens Gesicht ausbreitete, und der Anblick der aus dem Hemdkragen quellenden Speckwülste waren das Strafmandat wert, mit dem sie insgeheim rechnete. Im Stillen bat sie den Himmel, es so zu fügen, dass Brad, Hazens missratener Sprössling, möglichst früh genauso aus dem Leim ging wie sein Erzeuger.

»Nun, Agent Pendergast...« Hazen suchte nach Worten.

»Es ist nun mal so, dass wir im Stadtgebiet kein unnötiges Herumfahren dulden. Und Corrie ist bereits zum dritten Mal an meinem Büro vorbeigekommen.«

»Nun, wenn Sie meine Aktivitäten mit so großem Interesse verfolgen, Sheriff«, sagte Pendergast in seinem gewohnt liebenswürdigen Ton, »will ich Sie lieber gleich davon unterrichten, dass wir möglicherweise noch mehrmals bei Ihnen vorbeikommen. Miss Swanson ist nämlich so liebenswürdig, mir die Sehenswürdigkeiten der Stadt zu zeigen. Was Ihnen nicht allzu seltsam erscheinen wird, wenn Sie bedenken, dass ich mich im Urlaub befinde.«

Corrie hielt die Luft an. Angesichts der immer finsterer werdenden Miene des Sheriffs kamen ihr Zweifel, ob der Special Agent die Lage wirklich richtig einschätzte.

Anscheinend doch! Denn Hazen stemmte sich vom offenen Seitenfenster ab, trat einen Schritt zurück und knurrte unwirsch: »Also gut, fahren Sie weiter!«

»Ich danke Ihnen für Ihr Verständnis und würde es bedauern, wenn ich Ihnen Ungelegenheiten gemacht habe«, säuselte Pendergast in seinem honigsüßen Singsang. »Miss Swanson, wollen wir die Besichtigungstour fortsetzen?«

Corrie zögerte einen Augenblick und versuchte, Hazens grimmige Miene zu enträtseln. Aber da sie wie üblich aus der Miene des Sheriffs nicht schlau wurde, sagte sie sich: Ach zum Teufel, was soll's!, senkte den Fuß aufs Gaspedal und fuhr mit quietschenden Reifen los.

12

Eine glutrote Wolke am Horizont kündigte den nahen Sonnenuntergang an. Special Agent Pendergast nahm in *Maisie's Diner* das Abendessen ein, als ein Paketbote vom Federal-Express-Dienst an seinen Tisch trat. »Man hat mir gesagt, dass ich Sie hier finden kann. Tut mir leid, wenn ich Sie beim Essen störe.«

»Nicht weiter schlimm«, erwiderte Pendergast. »Ich bin ohnehin nicht besonders hungrig.«

»Wenn Sie mir bitte hier unterschreiben würden... Ich liefere dann alles bei Ihnen zu Hause ab.«

Pendergast bestätigte den Empfang der Sendung. »Darf ich vorab schon mal einen Blick darauf werfen?«

»Sicher, gern. Mein halber Wagen ist voll damit.«

Der blitzsaubere, direkt vor dem *Maisie's* geparkte Transporter gab einen krassen Kontrast zu der tristen, schmuddeligen Straße ab. Die Heckklappe wurde geöffnet, Pendergast starrte fasziniert auf das halbe Dutzend für ihn bestimmter riesiger Kartons, einige trugen den Aufkleber »Verderbliche, in Trockeneis verpackte Ware!«

»Kommt alles direkt aus New York«, informierte ihn der FedEx-Mann. »Machen Sie ein Restaurant auf oder so was?«

»Nun, zumindest wird es das Ende meiner abendlichen Besuche im *Maisie's* bedeuten«, sagte Pendergast. Und weil er dem Paketboten ansah, dass der aus seiner Bemerkung nicht schlau wurde, fügte er schnell hinzu: »Ja, die Sendung scheint vollständig zu sein. Besten Dank!«

Er sah dem Transporter nach, bis das Zwielicht der beginnenden Dämmerung ihn verschluckte. Dann beschloss er,

Mai*sie's* den Rücken zu kehren und sich auf den Weg zu machen. Das farbenprächtige Schauspiel der untergehenden Sonne im Rücken, ging er mit strammem Schritt nach Osten und hatte nach wenigen Minuten die letzten Häuser der Stadt hinter sich gelassen. Das schnurgerade, links und rechts von Maisfeldern eingerahmte Asphaltband der Straße sah aus wie ein aus Versehen in diese eintönige Landschaft geratener Fremdkörper.

Pendergast legte einen Schritt zu, obwohl er sich selbst nicht genau erklären konnte, was er sich eigentlich von dem abendlichen Ausflug versprach. Er folgte nur einer Intuition, und die Erfahrung sagte ihm, dass Intuitionen, da sie oft das Resultat gewagter Annahmen sind, leicht in die Irre führen können.

Das Tageslicht wurde blasser, Krähen stiegen aus den Feldern auf, die Luft roch nach Maiskolben und Erde. Hinter ihm tauchten rasch näher kommende Scheinwerfer auf, ein Sattelschlepper rumpelte vorbei und zog eine Wolke aus Staub und Dieselgestank hinter sich her.

Die Stadt lag gut zwei Meilen hinter ihm, als Pendergast nach links auf einen holperigen Feldweg abbog. Links und rechts von übermannshohem Mais flankiert, kam er sich wie im Halbdunkel eines Tunnels vor. Nach einer Weile stieg der Weg merklich an, am Horizont zeichnete sich eine Baumgruppe ab, davor machte er drei Erhebungen aus: die Grabhügel.

Das Maisfeld wurde lichter, schließlich verkümmerte der Feldweg zu einem Trampelpfad. Drei mächtige, offenbar sehr alte Pappeln mit rissiger, steinharter Rinde wiesen ihm den Weg. Er konnte schon von weitem abgebrochene Äste ausmachen, die sich wie anklagend verkrümmte Finger nach oben reckten.

Pendergast blieb stehen und warf einen Blick zurück. Richtung Medicine Creek fiel das Gelände sanft, aber stetig ab. Die wenigen Straßenlaternen der Stadt warfen gedämpften Lichtschein auf die Maisfelder, weiter im Süden, auf dem Gro-Bain-Gelände, tauchten starke Scheinwerfer die beginnende Nacht in Tageshelle. Dazwischen schlängelte sich, von Pappeln gesäumt, der Bach durch die nur scheinbar ebene, tatsächlich aber von Senken und Erhebungen durchzogene Landschaft. Die Stelle, an der er stand, war der höchste Punkt im Umkreis von vielen Meilen.

Die Nacht zog wie immer an Sommerabenden schnell einen grauen Schleier über die Umgebung, am Himmel glitzerten die ersten Sterne. Pendergast, in seiner schwarzen Kleidung praktisch unsichtbar geworden, drang in das Dickicht aus Krüppelgehölz und halbhohen Eichensprösslingen ein.

Nach knapp einem halben Kilometer war er an seinem Ziel angekommen: Die Grabhügel lagen direkt vor ihm.

Es waren drei breit ausladende, etwa sechs Meter hohe, im Dreieck angeordnete Erdhügel. An zwei von ihnen waren die Seitenflächen aufgerissen, nackter Sandstein und einige Felsbrocken traten zutage. Die Pappeln sahen aus der Nähe noch ehrfurchtgebietender aus, das Astwerk war zu einem Dach verwachsen, das den kümmerlichen Rest des Tageslichts verschluckte.

Pendergast lauschte auf die Geräusche der Augustnacht. Ein unermüdlicher Insektenchor erfüllte die Luft mit schwirrenden, summenden Lauten, die sich mal zornig, mal freudig erregt anhörten. Glühwürmchchen zogen unter dem Blätterdach der Pappeln lautlos ihre bizarren Bahnen. Die schmale Mondsichel schien, beide Spitzen nach oben zeigend, am Horizont träge vor sich hin zu dösen.

Pendergast stand reglos da. Die Nacht funkelte und glitzerte inzwischen in der vollen Pracht ihres Sternenschmucks. Und in der erhabenen Stille war es auf einmal möglich, Laute und Geräusche wahrzunehmen, die dem menschlichen Ohr sonst verborgen blieben: das leise Rascheln und Scharren kleiner Tiere und sogar den Flügelschlag der Nachtvögel. Unten am Bach heulte ein Kojote, was von einem Hund in der Stadt mit wütendem Gebell beantwortet wurde. Ganz in der Nähe blitzten für den Bruchteil einer Sekunde zwei eng stehende Augen auf. Die erste Grille begann zu zirpen, Sekunden später stimmten sämtliche Artgenossen in ihren Verstecken im Gras ein.

Schließlich riss sich Pendergast von dem tausendfältigen Zauber der Nacht los und ging – sorgsam darauf bedacht, kein welkes Blatt rascheln und erst recht keinen Ast knacken zu lassen – zu den drei Grabhügeln. Das Konzert der Grillen verstummte trotzdem. Er ging vor dem ersten Hügel auf die Knie und wühlte sich mit bloßen Fingern in den Boden. Als er die erste Hand voll Erde ausgehoben hatte, zerrieb er sie zwischen beiden Händen und sog den Geruch ein.

Erde hat – je nachdem, woher sie stammt – einen ganz spezifischen Geruch. Hier, stellte er fest, war es derselbe wie der, nach dem die Werkzeuge im Kofferraum von Sheila Sweggs Wagen gerochen hatten. Er füllte Erde in ein Reagenzglas, verkorkte es und ließ es in einer der schier unzähligen Innentaschen seines Jacketts verschwinden.

Nach einer Weile war der Mond unter den Horizont abgetaucht, die Glühwürmchen blinkten nicht mehr, das ferne Wetterleuchten wurde schwächer, hörte schließlich ganz auf, und auf einmal war alles in rabenschwarze Dunkelheit gehüllt.

Genau darauf hatte Pendergast gewartet.

Und er musste weiter warten. Eine halbe Stunde verrann, ohne dass sich irgendetwas tat. Der Agent wartete geduldig weiter ab. Und dann, nach einer geschlagenen Stunde, verstummte wieder das Zirpen der Grillen. Er wartete mit angespannten Muskeln darauf, dass das Konzert wieder einsetzte, aber alles blieb still.

Er spürte deutlich, dass sich etwas in seiner Nähe aufhielt, rechts von ihm, etwas Großes, das offensichtlich nicht entdeckt werden wollte. Das Etwas, dessen Witterung er aufgenommen hatte, bewegte sich sehr behutsam auf ihn zu – so behutsam, dass es sogar seinem scharfen Gehör entging. Aber die Grillen mit ihren feinen Sensoren hatten das leichte Vibrieren des Bodens registriert.

Pendergast wartete geduckt, bis das rätselhafte Individuum nur noch höchstens anderthalb Meter von ihm entfernt war. Es war stehen geblieben, was vermuten ließ, dass sie sich nun gegenseitig belauerten.

Die ersten Grillen begannen schon wieder zu zirpen, immer mehr fielen in das Konzert ein, aber der Agent ließ sich nicht täuschen; er wusste, dass sein unsichtbarer Gegenspieler ihm immer noch ganz nahe war.

Und dann verlor der Mann – wenn es denn einer war – die Nerven und kam langsam lautlos auf ihn zu. Ein Schritt, zählte Pendergast im Stillen mit, noch ein Schritt... Sein Gegenspieler konnte nur noch eine Armlänge weit entfernt sein. Mit einer blitzschnellen Bewegung rollte sich Pendergast seitwärts ab, zog mit der einen Hand seine Pistole, mit der anderen eine Stablampe aus seinem Jackett und richtete beides auf den Unbekannten. Der grelle Lichtstrahl enthüllte nicht nur, dass er es mit einer sprungbereit am Boden kauernden, ziemlich ungepflegten Erscheinung zu tun hatte, sondern auch, dass der Mann eine doppelläufige Flinte auf die Stelle richtete, an der Pendergast eben noch gestanden hatte. Plötzlich durchbrach mit ohrenbetäubendem Lärm ein Schuss die Stille, der Rückschlag der Waffe riss den Mann von den Beinen, sein erschrockener Schrei ließ darauf schließen, dass er kaum die Absicht gehabt hatte, die Waffe abzufeuern, sondern eher das Opfer seiner Nervosität geworden war. Der Agent warf sich mit einem Satz auf ihn, entriss ihm die Flinte, nahm ihn mit auf den Rücken gedrehtem Arm in den Polizeigriff und hielt ihm mit der anderen Hand die Pistole an die Schläfe. Der Mann machte ein, zwei Sekunden lang den törichten Versuch, sich aus der Umklammerung zu befreien, dann gab er auf.

Pendergast lockerte den Griff und stand auf. »Es ist nie ratsam, eine Waffe überhastet abzufeuern«, belehrte er den Mann. »Sie hätten sich selbst verletzen können.«

»Wer, zum Teufel, sind Sie?«, schrie der Mann, immer noch auf dem Boden kauernd, mit überschnappender Stimme.

»Die gleiche Frage wollte ich Ihnen stellen.«

Der Mann schien sich allmählich von seinem Schock zu erholen, er schaffte es immerhin, aus der kauernden in eine sitzende Haltung zu wechseln. »Nehmen Sie den gottverdammten Lichtstrahl aus meinem Gesicht!«

Pendergast richtete die Stablampe etwas tiefer.

»Und nun verraten Sie mir gefälligst, was Ihnen einfällt, anständige Leute zu Tode zu erschrecken? Wer sind Sie überhaupt?«

Pendergast ahnte, dass es besser war, sich mit Geduld zu wappnen. »Wir sollten uns beide um gepflegte Umgangsformen bemühen. Ich ersuche Sie, den Anfang zu machen und sich auszuweisen.«

»Mister, es ist mir scheißegal, worum Sie mich ersuchen.« Der Mann rappelte sich hoch, zupfte ein paar verwelkte Blätter aus seinem Bart, spuckte einen ausgekauten Priem ins Dunkel und wischte sich mit dem Handrücken die Mundwinkel sauber.

Pendergast zuckte das Mäppchen mit der Dienstmarke und hielt es dem Mann vors Gesicht.

Der Bärtige machte große Augen, dann lachte er verlegen. »FBI – darauf wär ich im Leben nicht gekommen.«

»Special Agent Pendergast«, ließ der Agent ihn wissen, klappte das Mäppchen zu und steckte es weg.

»Mit Leuten vom FBI rede ich nicht.«

»Bevor Sie weitere unbesonnene Äußerungen tun, die Ihnen später Unannehmlichkeiten eintragen könnten, will ich Ihnen Ihre Möglichkeiten aufzählen. Sie können entweder ein unverbindliches Gespräch mit mir führen, zwanglos und ohne nachträgliches Protokoll, oder ...« Pendergast ließ die Fortsetzung des Satzes in der Luft hängen.

»Oder?«

Pendergast entblößte seine makellosen, schneeweißen Zähne zu einem durchaus freundlich gemeinten Lächeln, wobei er freilich nicht bedachte, dass sich das im grellen Licht seiner Stablampe eher wie ein wütend geblecktes Gebiss ausnahm.

Der Bärtige fischte eine Stange Kautabak aus der Hosentasche, biss ein Stück ab, schob es sich in die Backentasche und murmelte etwas in sich hinein, was zweifellos Ähnlichkeit mit einem Fluch hatte.

»Darf ich nun um Ihren Namen bitten?«, erinnerte Pendergast den Bärtigen.

Die Sekunden reihten sich schier endlos aneinander, dann endlich nuschelte der Bärtige mürrisch; »Ach, was soll's! Es ist ja nicht verboten, einen Namen zu haben, schließlich haben Sie ja auch einen. Gasparilla. Lonny Gasparilla. So, kann ich nun meine Knarre wieder haben?«

»Warten Sie.« Der Agent richtete den Lichtstrahl auf das Bündel blutiger Eichhörnchen, das der Bärtige am Gürtel trug. »Sind Sie deswegen hier draußen? Um zu jagen?«

»Dachten Sie, ich will mir die Grabhügel ansehen?«

»Haben Sie in der näheren Umgebung einen festen Wohnsitz, Mr. Gasparilla?«

Der Mann stieß ein bellendes Lachen aus. »Das ist mal ein guter Witz!« Wieder nahm er sich alle Zeit der Welt, ehe er auf die Frage einging. Er deutete mit dem Kopf hinter sich. »Ich hab dort hinten mein Zelt aufgeschlagen.«

Pendergast bückte sich nach der Flinte, klappte den Lauf auf, nahm die leere Patronenhülse heraus und gab Gasparilla die ungeladene Waffe zurück. »Sind Sie so freundlich, mir das Zelt zu zeigen?«

Nach einem Fußmarsch von fünf Minuten waren sie am Ziel angekommen und tauchten, nicht weit von einer Baumreihe entfernt, in das Dickicht eines Maisfeldes ein, von wo aus sie nur dem Trampelpfad folgen mussten, den der Bärtige in den trockenen Boden getreten hatte. Feuchter Modergeruch hing in der Luft, irgendwo in der Nähe murmelte Wasser. In einem Lehmbett flackerte die Glut eines Lagerfeuers, darüber hing ein großer eiserner Kessel, in dem etwas brodelte, dem Geruch nach ein Eintopf aus Kartoffeln, Zwiebeln und Paprikaschoten.

Gasparilla legte ein paar Holzscheite nach, die Flammen schlugen höher und leuchteten den Lagerplatz aus. Viel gab es nicht zu sehen, nur ein schmuddeliges Zelt, einen Holzklotz, der anscheinend als Sitzgelegenheit diente, und eine alte, irgendwo ausrangierte Holztür, die als Tisch herhalten musste.

Gasparilla löste das blutige Bündel vom Gürtel und warf die Eichhörnchen auf die Türplatte. Er kramte ein Messer aus der Hosentasche, schlitzte das erste Tier auf, nahm die Eingeweide heraus und warf sie im hohen Bogen ins Maisfeld. Noch ein paar rasche, geschickte Schnitte, und schon konnte er dem Tier das Fell abziehen. Nachdem er ihm den Schwanz, die Pfoten und den Kopf abgehackt hatte, warf er es in den brodelnden Kessel und wiederholte die Prozedur bei dem nächsten Eichhörnchen.

»Was machen Sie hier in der Gegend?«, setzte Pendergast seine Befragung fort.

»Bin auf der Walz.«

»Auf der Walz?«

»Als Scherenschleifer. In der warmen Jahreszeit klappere ich zweimal im Monat die Kundschaft ab. Im Winter ziehe ich in den Süden, nach Brownsville. Falls Sie was haben – ich schärfe Ihnen alles, von der Kettensäge bis zu den Rotoren Ihres Mähdreschers.«

»Bei dem Beruf brauchen Sie doch ein Fortbewegungsmittel?« – »Pick-up«, sagte der Bärtige einsilbig.

»Wo haben Sie den stehen?«

Gasparilla köpfte das letzte Eichhörnchen und warf es in den Kessel. Dann deutete er mit dem Kopf dorthin, wo die Straße verlief. »Gleich da drüben, falls Sie sich mit eigenen Augen davon überzeugen wollen.«

»Ja«, sagte Pendergast, ohne eine Miene zu verziehen, »das habe ich in der Tat vor.«

»Hören Sie, die Leute in der Stadt kennen mich. Ich hab mir nie was zuschulden kommen lassen, das kann Ihnen der Sheriff bestätigen. Ich verdiene mir den Lebensunterhalt mit meiner Arbeit, genau wie Sie. Aber im Unterschied zu Ihnen schleiche ich nicht im Dunklen durch die Botanik, und ich erschrecke Sie auch nicht zu Tode, indem ich Sie plötzlich mit der Taschenlampe anleuchte.«

»Wenn Sie, wie Sie sagen, bei den Leuten in der Stadt bekannt sind, warum kampieren Sie dann hier draußen?«

»Ich hab gern ein bisschen Ellbogenfreiheit.«

»Und barfuß laufen Sie auch nur zum Spaß?« Pendergast richtete den Lichtstrahl der Lampe auf die schmutzigen Füße des Mannes.

»Schuhe sind verdammt teuer.« Gasparilla kramte eine frische Stange Kautabak aus der Hosentasche, biss ein Stück ab und schob es sich in den linken Mundwinkel. »Aber wenn gerade Fragestunde ist: Was tut eigentlich ein FBI-Mann hier draußen?« Er stocherte, weil der Priem offenbar nicht da saß, wo er ihn haben wollte, eine Weile mit dem Zeigefinger in der Mundhöhle herum.

»Ich vermute, dass Sie die Antwort auf diese Frage selber kennen, Mr. Gasparilla.«

Der Bärtige sah ihn nur verkniffen an.

»Sie hat drüben in den Hügeln gegraben. So war's doch, oder etwa nicht?«

Gasparilla spuckte eine Ladung Tabaksaft aus. »Mhm.«

»Wie lange?«

»Keine Ahnung.«

»Hat sie etwas gefunden?«

Der Bärtige zuckte die Achseln. »Es war nicht das erste Mal, dass jemand dort rumgebuddelt hat. Ich kümmere mich um so was nicht weiter. Wenn ich hier bin, treibe ich mich nur zur Jagd bei den Hügeln herum. Ist nicht meine Art, die Totenruhe zu stören.«

»Dann sind die Hügel also tatsächlich Begräbnisstätten?«

»So heißt es. Hier in der Gegend gab's mal ein großes Massaker. Das ist alles, was ich darüber weiß, und mehr will ich gar nicht wissen. Ich geh nicht gern dahin, krieg jedes Mal eine Gänsehaut. Aber, was soll ich machen? Die Grabhügel sind nun mal der Lieblingsplatz der Eichhörnchen. Die treiben sich alle da drüben rum.«

»Ich habe die Leute von einer Legende erzählen hören, die irgendwas mit den Hügeln zu tun haben muss. Ich glaube, sie haben etwas von einem Fluch der Fünfundvierzig oder so ähnlich erwähnt.«

Gasparilla rührte lange stumm mit einem Stock in seinem Kessel herum, nur von Zeit zu Zeit warf er verstohlen einen Blick auf den Agent.

»Der Mörder ist vor drei Nächten hier gewesen, als wir Neumond hatten. Haben Sie nichts gesehen und gehört?«

Wieder ein Strahl Tabaksaft. »Nichts.«

»Wo haben Sie sich in der Mordnacht aufgehalten, Mr. Gasparilla?«

Gasparilla rührte weiter in dem Kessel herum. »Wenn Sie damit andeuten wollen, dass ich die Frau getötet haben könnte, ist unser unverbindliches Gespräch beendet.«

»Ich würde eher sagen, es hat gerade erst begonnen.«

»Versuchen Sie nicht, mich aufs Kreuz zu legen! Ich hab noch nie jemanden umgebracht.«

»Dann haben Sie keinerlei Grund, mir nicht sagen zu wollen, wo Sie sich in der besagten Nacht aufgehalten haben.«

»Hören Sie, da war ich gerade erst einen Tag vorher in Medicine Creek angekommen. Ich bin am späten Nachmittag rüber zu den Hügeln gegangen, um Eichhörnchen zu jagen. Sie hat da irgendwas ausgebuddelt. Bei Sonnenuntergang war ich wieder hier beim Zelt, und hier hab ich auch die Nacht verbracht.«

»Hat die Ermordete Sie gesehen?«

»Haben *Sie* mich vorhin gesehen?«

»Wo genau hat sie gegraben?«

»Was weiß ich, überall. Ich bin ihr nicht so nahe auf die Pelle gerückt. Wissen Sie, ich rieche es förmlich, wenn irgendwo Ärger in der Luft liegt.«

Gasparilla rührte ein letztes Mal um, zog den Kessel vom Feuer, kramte eine Schüssel und einen verbeulten Löffel aus seinen Siebensachen, füllte eine Portion seines Eintopfs in die Schüssel und fing genüsslich zu essen an.

Und dann stutzte er plötzlich. »Wollen Sie vielleicht auch eine Portion?«

»Ich wäre nicht abgeneigt.«

Gasparilla verschwand wortlos in seinem Zelt und kam mit einer zweiten Schüssel und einem Löffel zurück.

»Danke.« Pendergast bediente sich selber, und als er gekostet hatte, meinte er: »Erinnert mich an einen Seemannseintopf, den ich mal gegessen habe.«

Gasparilla nickte. »Ein echter Burgoo.« Er ließ es sich schmatzend schmecken, fischte hin und wieder einen Knochen aus seiner Schüssel, fuhr sich, als er fertig war, mit dem Handrücken über den Mund und wischte sich zum Schluss ein paar hängen gebliebene Tropfen vom Sud aus dem Bart. Als auch Pendergast die Mahlzeit beendet hatte, stellte der Bärtige die leeren Schüsseln ineinander, griff wieder nach seinem geliebten Kautabak und sagte seelenruhig: »So, Mister, nachdem Sie alles gehört haben, was Sie hören wollten, hoffe ich, dass Sie sich wieder um Ihre eigenen Angelegenheiten kümmern. Ich hab nämlich nach dem Essen gern meine Ruhe.«

Pendergast stand auf. »Gut, Mr. Gasparilla, ich werde Sie in Ruhe lassen. Aber falls Sie das Gefühl haben, dass es doch noch irgendetwas gibt, was Sie mir sagen sollten, ringen Sie sich lieber jetzt dazu durch, statt zu warten, bis ich selber dahinterkomme.«

Gasparilla spuckte aus. »Ich lege keinen Wert darauf, in die Sache reingezogen zu werden.«

»Sie sind bereits mittendrin. Sie sind nun mal der Einzige, der hier draußen kampiert, und damit der Einzige, der den Mord möglicherweise beobachtet hat. Es gibt also nur zwei Möglichkeiten: Entweder sind Sie der Mörder, oder Sie befinden sich in großer Gefahr.«

Gasparilla murmelte etwas in sich hinein, spuckte noch einmal aus, biss ein frisches Stück Tabak ab und fragte: »Glauben Sie an den Teufel?«

Pendergast sah ihn lange an, seine hellen Augen schienen im flackernden Licht der Feuerstelle zu glühen. »Warum fragen Sie mich das, Mr. Gasparilla?«

»Weil ich nicht an ihn glaube. Wenn Sie mich fragen, ist das ganze Gewäsch vom Teufel eine Erfindung der Pfaffen. Aber, Mr. FBI-Agent, das heißt nicht, dass es auf unserem Planeten nicht das Böse gibt. Sie haben mich nach dem Fluch der Fünfundvierzig gefragt. Nun, ich denke, Sie können schon jetzt Ihre Sachen packen und nach Hause fahren. Sie werden nämlich niemals dahinterkommen, was wirklich hinter der ganzen Sache steckt. Wenn ich gesagt habe, dass es auf unserer Erde das Böse gibt, dann habe ich damit gemeint, dass es sich in den meisten Fällen um etwas handelt, was man sich erklären kann. Aber manchmal ...«

Er ließ sich ein paar Atemzüge Zeit, spuckte noch einmal einen Strahl Tabaksaft aus und beugte sich zu dem Agent hinüber, als wollte er ihm ein Geheimnis anvertrauen.

»Manchmal gibt es absolut keine Erklärung.«

13

Smit Ludwig lenkte seinen AMC Pacer in eine der letzten freien Parklücken vor der Kalvarienkirche. An den zahlreichen bereits in der glühenden Augustsonne schmorenden Autos war leicht abzulesen, dass sich der harte Kern der Lutheranergemeinde auch dieses Jahr vollständig versammelt hatte, und um den Grund dafür zu erfahren, hätte ein Fremder lediglich einen Blick auf das in der Hitze schon leicht schrumpelig gewordene Plakat werfen müssen, das in großen Lettern auf das »33. alljährliche Wohltätigkeitsfest mit Truthahnessen« hinwies. Ein anderes, noch größer ausgefallenes Plakat behauptete kühn: »Ganz Medicine Creek heißt Prof. Stanton Chauncy herzlich willkommen!!!« Die drei Ausrufezeichen weckten in Smit Ludwig den Verdacht, dass sie womöglich als vorsorgliche Warnung vor etwaigem Widerspruch gedacht sein könnten. Er stieg aus, tupfte sich mit dem Taschentuch den Schweiß vom Nacken und ging zum Eingang.

An der Tür angekommen, blieb er nachdenklich stehen. Im Laufe der Jahre hatten die Bürger der Stadt sich an einige Illusionen gewöhnt, die sie zwar ruhiger schlafen ließen, im Grunde aber frommer Selbstbetrug waren: das herzliche Einvernehmen zwischen Stadt und Kirche, den Glauben an die heile Pfadfinderwelt ihrer Kinder und die trügerische Hoffnung, das goldene Zeitalter der amerikanischen Farmer sei gerade erst angebrochen. Lieb gewordene Überzeugungen, die der *Courier* eifrig nährte, indem er nur erfreuliche oder allenfalls belanglose Neuigkeiten brachte, um Himmels willen kein Wort über die verbotenen nächtlichen Autorennen und Alkoholexzesse der Jugendlichen, geschweige denn über ausgewachsene Straftaten, bei denen sie erwischt worden waren. Und wenn ihre Zeitung den mangelhaften Arbeitsschutz in den Gro-Bain-Betrieben, die Zahl der gesundheitlich minierten Arbeiter und die Auseinandersetzungen mit der Gewerkschaft herunterspielte, nahmen sie solche Schönfärberei dankbar für bare Münze. Und weshalb? Weil sie im Laufe der Zeit verlernt hatten, dass eine Zeitung informieren und nicht etwa Missstände schönreden soll.

Nun gut, bis gestern war das so gewesen, aber seit gestern war alles anders geworden. Gestern war Ludwigs *Courier* eine richtige Zeitung geworden – eine, die die Wahrheit schrieb. Wobei freilich noch abzuwarten war, wie die Leser darauf reagieren würden.

Er rückte nervös die Fliege zurecht, die er zur Feier des Tages trug. In all den dreiunddreißig Jahren hatte er nie bei dem Wohltätigkeitsfest mit dem gemeinsamen Truthahnessen gefehlt, aber in diesem Jahr wäre er am liebsten im letzten Moment wieder umgekehrt. Es war einer der Augenblicke, in denen ihm seine verstorbene Frau Sarah am meisten fehlte. Mit ihr am Arm wäre alles viel leichter gewesen.

Reiß dich zusammen, Smitty!, ermahnte er sich und stieß die Tür auf.

Der Gemeindesaal war brechend voll, praktisch die ganze Stadt hatte sich versammelt. Einige Anwesende hatten schon Platz genommen und ließen es sich schmecken, andere waren noch dabei, sich am Buffet Kartoffelbrei und grüne Bohnen auf den Teller zu laden, wieder andere standen noch in kleinen Gruppen beisammen und plauderten. Lauter seit Jahren vertraute Gesichter, und genau das gehörte zu den Begleiterscheinungen, die das Leben in einer amerikanischen Kleinstadt so angenehm machen. Nur, machte sich Ludwig klar, Gro-Bain-Arbeiter waren auch dieses Jahr nicht darunter. Auch etwas, worüber in Medicine Creek niemand sprach.

Auf einem großen Spruchband an der Wand wurde Art Ridder, dem Geschäftsführer von Gro-Bain, für die großzügige Spende jener Truthähne gedankt, ohne die diese Wohltätigkeitsveranstaltung nicht denkbar gewesen wäre. Auf einem zweiten, an der gegenüberliegenden Wand angebrachten Banner dankte die Kirchengemeinde der Buswell Agricon für die jährlichen Zuwendungen, dank derer dringende Renovierungsarbeiten in und an der Kirche möglich wurden. Und auf einem dritten Spruchband, dem größten von allen, drückte die Gemeinde ihre Freude darüber aus, dass man den einstimmig zum Ehrengast des Jahres gewählten Professor Stanton Chauncy bald persönlich begrüßen dürfe.

Als Ludwig den Blick durch den großen, von quirligem Leben erfüllten Raum schweifen ließ, entdeckte er auf der anderen Seite des Saales Art Ridder, die an eine wandelnde Teigmasse erinnernde Gestalt in einen weiß und kastanienfarben gestreiften Anzug gezwängt und das stereotype Lächeln um die Lippen, das er angesichts größerer Menschenansammlungen automatisch anknipste. Er schien sich durch die Menge zu bewegen, ohne einen einzigen Schritt zu tun – ein Phänomen, für das Ludwig nur die Erklärung fand, dass jemand wie Ridder nicht auf andere zugehen musste, weil die Leute ohnehin seine Nähe suchten. Vielleicht lockte sie der unterschwellige Blutgeruch an, den Ridder auch durch reichliches Versprühen von Eau de Toilette nicht loswurde, vielleicht lag das Bedürfnis nach Tuchfühlung auch nur darin begründet, dass er der reichste Mann der Stadt war. Er hatte bei Gro-Bain die Palette landwirtschaftlicher Produkte um die Aufzucht der heute so begehrten Truthähne erweitert, und zwar, wie er bei jeder Gelegenheit betonte, auf eigene Kosten. Finanziell hätte er es schon lange nicht mehr nötig gehabt, bei Gro-Bain als Manager zu agieren, zumal ihm, wenn er sich zur Ruhe setzte, eine ansehnliche Abfindung winkte. Aber als Chef der Gro-Bain Agricultural

Products war ihm nahezu automatisch ein Platz im Gemeinderat sicher, und Ludwig vermutete, dass er die damit verbundene Einflussnahme auf Entscheidungen aller Art nicht verlieren wollte.

Auf Dauer konnte es Ludwig nicht verborgen bleiben, dass Ridder von Zeit zu Zeit zu ihm herüberschielte und sich, entgegen seiner Annahme, *doch* langsam, aber stetig auf ihn zubewegte. Alles lief auf eine hautnahe Begegnung hinaus, und der sah Ludwig mit gemischten Gefühlen entgegen. Denn Ridder war von dem gestrigen Artikel im *Courier* sicher nicht allzu angetan. Ludwig musste mit Ärger rechnen.

Doch dann tauchte unverhofft ein rettender Engel auf, und zwar ausgerechnet in Gestalt von Mrs. Bender Lang. Sie drängte sich zu Ridder durch, flüsterte ihm etwas ins Ohr, und sofort eilten beide zur Tür. Ludwig brauchte nicht lange, um sich einen Reim darauf zu machen: Stanton Chauncy musste angekommen sein, sonst hätte der Gro-Bain-Chef nie und nimmer ein solches Tempo vorgelegt.

Auch ein Novum in der Geschichte des alljährlichen Wohltätigkeitsfestes: Bis jetzt war der Ehrengast des Jahres immer ein Ortsansässiger gewesen. Dass es diesmal anders war, legte beredtes Zeugnis davon ab, wie sehr den Bürgern der Stadt daran lag, Dr. Stanton Chauncy von der Kansas State University um den Bart zu gehen, denn schließlich war er es, der kommenden Montag die Entscheidung treffen sollte, ob die nicht unerheblichen Subventionen für das geplante Versuchsprogramm mit gentechnisch verändertem Mais nach Medicine Creek oder nach Deeper …

Eine schrille Stimme riss Ludwig aus seinem Grübeln. »Smit Ludwig, wie konntest du es wagen!« Er drehte sich um und sah dicht vor sich Klick Rasmussens imposanten Haardutt auf und ab wippen. »Wieso soll es denn plötzlich einer von uns gewesen sein?«

»Nun, Klick, ich habe ja nicht behauptet, dass ich davon ausgehe, dass …«

»Wenn du nicht davon ausgehst«, keifte Klick in schrillem Falsett, »warum hast du es dann *gedruckt?«*

»Weil es meine Reporterpflicht ist, alle in Frage kommenden Theorien …«

»Komm mir nicht so! Warum schreibst du nicht einfach nette Artikel, wie du's früher getan hast? Hach, wenn ich daran denke, was für eine liebenswerte Zeitung der *Courier* in all den Jahren gewesen ist!«

»In einer Zeitung können nicht nur freundliche, liebenswürdige Dinge stehen. Sieh mal, Klick …«

Aber Klick ließ ihn nicht ausreden. »Wenn du unbedingt Unsinn drucken willst, warum schreibst du dann nicht etwas über diesen FBI-Agent, der sich in der Stadt herumtreibt und seine Nase in Dinge steckt, die ihn nichts angehen? Warum hat er die alten Legenden von den Geisterkriegern und das Schauermärchen vom Fluch der Fünfundvierzig wieder aufgewärmt?«

»Davon hat nichts in meiner Zeitung gestanden«, wandte Ludwig ein.

»Ach, erzähl mir nichts! Wenn die Leute etwas über alte Indianerpfeile lesen, wissen sie doch, worauf du rauswillst! Mit so was weckt man schlafende Hunde, Smit Ludwig!«

»Lass uns ruhig und vernünftig darüber reden, Klick«, versuchte er, die Frau des Textilhändlers zu besänftigen, aber im selben Moment sah er aus den Augenwinkeln Gladys heranschweben, Swede Cahills Frau. Zwei, drei Schritte trennten sie noch von ihnen, und falls sie etwa die Absicht hatte …

Oh ja, Gladys hatte die Absicht, und sie legte auch gleich los. »Klick, lass Smitty in Ruhe, hörst du? Wir können froh sein, dass wir ihn haben. In anderen Countys gibt's schon lange keine Zeitung mehr, und wenn, dann höchstens ein Anzeigenblättchen.«

Ludwig fürchtete schon, in eine endlose Diskussion verwickelt zu werden, aber da sah er zu seiner Erleichterung Maisie näher kommen. Und da er wusste, dass sie und Klick wie Hund und Katze zueinander standen, schöpfte er Hoffnung. Und tatsächlich, Klick nahm sich nur noch Zeit für einen finsteren Blick, dann rauschte sie hoheitsvoll ab. Ein Entschluss, dem sich Gladys dankenswerterweise anschloss.

»Vielen Dank, Maisie«, schnaufte Ludwig, »du hast mich gerettet.«

»Du weißt doch, Smitty, dass ich immer um dein Wohl besorgt bin«, sagte Maisie lächelnd, und erst als sie nicht stehen blieb, begriff Ludwig, dass sie nicht zu seiner Rettung herbeigeeilt, sondern auf dem Weg zu dem Tisch war, an dem die Truthähne tranchiert wurden. Er war schon auf dem Sprung, sich ihr anzuschließen, als er Pendergast hereinkommen sah. Der Agent blieb, vom Gold des Augusttages scheinbar mit einem Heiligenschein verklärt, an der Tür stehen. Aber sein schwarzer Anzug und seine ernste Miene erinnerten eher an einen Henker. Kein Wunder, dass den braven Bürgern von Medicine Creek eine Gänsehaut über den Rücken läuft, dachte Ludwig. Wie auch immer, Ludwig beschloss, Maisie allein zum Tranchiertisch gehen zu lassen und sich lieber zu Pendergast zu gesellen.

»Ich bin beglückt, Sie zu sehen, Mr. Ludwig. Außer Ihnen und dem Sheriff kenne ich niemand. Ich brauche aber jemand, der mich mit den Leuten bekannt macht. In meiner Heimat gilt es als unschicklich, sich selber vorzustellen, dazu nimmt man immer die Hilfe eines Dritten in Anspruch. Und Sie als Herausgeber und Chefredakteur des *Cry County Courier* kennen sicher alle Anwesenden.«

»Ja, ich denke schon.«

»Ausgezeichnet. Wollen wir mit Mrs. Melton Rasmussen anfangen? Wie ich gehört habe, gehört sie dem Kirchenvorstand an.«

Ludwig schluckte. Ausgerechnet Klick Rasmussen, die er

gerade erst losgeworden war! Er sah sich suchend um. Aha, sie stand drüben am kalten Buffet, zusammen mit Gladys Cahill und der ganzen Creme der selbst ernannten feinen Gesellschaft von Medicine Creek.

»Also gut«, sagte Ludwig gottergeben, »folgen Sie mir!«

Als sie näher kamen, verstummte das lebhafte Geplapper der Damen abrupt. Ludwig glaubte, in dem Blick, mit dem Kick Pendergast maß, eindeutige Abneigung zu lesen.

»Wenn Sie gestatten, möchte ich die Damen gern mit …« Weiter kam Ludwig nicht.

»Ich weiß sehr gut, wer dieser Gentleman ist«, fiel Klick ihm ins Wort, »und wenn es unbedingt sein muss, ist das Einzige, was ich ihm zu sagen habe …«

Den Rest brachte sie nicht mehr über die Lippen, weil Pendergast sie nicht nur mit einer anmutigen Verbeugung verblüffte, sondern überdies mit der Grandezza eines Franzosen nach ihrer Hand griff und sie an seine Lippen führte.

Ein ächzender Laut entrang sich Klicks Kehle, sie glaubte zu spüren, wie ihre Hand förmlich zu schmelzen begann.

»Wenn ich richtig gehört habe, Mrs. Rasmussen, haben wir die geschmackvolle Ausschmückung des Gemeindesaales Ihnen zu verdanken.«

Ludwig kam aus dem Staunen nicht mehr heraus. Woher wusste der Agent denn das schon wieder? Und wie raffiniert er Klick mit seinem Gesäusel um den Finger wickelte!

Klick errötete sanft. »Ja, das stimmt.«

»Ganz bezaubernd. Überaus gelungen!«

»Danke, Mr. Pendergast.«

Der Agent deutete, ohne ihre Hand freizugeben, wieder eine Verbeugung an. »Ich habe schon so viel über Sie gehört, dass ich mich glücklich schätze, endlich Ihre Bekanntschaft zu machen.«

Das Rot auf Klicks Wangen nahm eine zusehends intensivere Färbung an.

Das und Klicks linkische Unbeholfenheit riefen Melton

Rasmussen auf den Plan, der die Szene aus nächster Nähe verfolgt hatte. »Hallo!«, begrüßte er Pendergast mit polternder Freundlichkeit und schaffte es, seine Frau unauffällig in den Hintergrund zu drängen. »Herzlich willkommen in Medicine Creek! Ich bin Mel, Melton Rasmussen. So misslich die Umstände auch sind, die Sie zu uns geführt haben, ich hoffe sehr, dass Sie überall der herzlichen Gastfreundschaft begegnen, für die unsere Stadt und ganz Kansas bekannt sind.«

»Das habe ich bereits bemerkt, Mr. Rasmussen«, versicherte ihm Pendergast, als sie sich die Hand schüttelten.

»Woher kommen Sie, Agent? Ich habe ein bisschen Schwierigkeiten, Ihren Akzent einzuordnen.«

»Aus New Orleans.«

»Ah, aus der schönen Stadt New Orleans! Sagen Sie, stimmt es, dass man da unten Alligatoren isst? Sollen wie Hühnchen schmecken, hab ich gehört.«

»Meine Geschmacksnerven signalisieren mir eher einen Echsen- oder Schlangengeschmack.«

»Na, dann bleiben wir lieber bei unseren Truthähnen«, dröhnte Rasmussen lachend. »Übrigens, Sie müssen gelegentlich mal mein Geschäft besuchen. Sie sind jederzeit willkommen.«

»Sehr freundlich von Ihnen, Mr. Rasmussen.«

Der Textilhändler rückte ein Stück näher an Pendergast heran. »Was ich noch fragen wollte – gibt's in diesem Mordfall neue Erkenntnisse? Neue Spuren?«

»Der Arm des Gesetzes ruht nie, Mr. Rasmussen«, sagte Pendergast vieldeutig.

»Na ja, ich hab da meine eigene Theorie. Möchten Sie sie hören?«

»Es wäre mir ein Vergnügen.«

»Der Bursche, der unten am Bach kampiert, der ist es. Dieser Gasparilla ist mir schon immer verdächtig vorgekommen.«

»Nun mach aber einen Punkt, Mel!«, mischte Kick sich empört ein. »Der kommt doch seit Jahren her und hat noch nie auch nur den geringsten Ärger gemacht.«

»Bei so einem weiß man nie, was er insgeheim ausheckt«, widersprach ihr Mel. »Warum verkriecht er sich in den Maisfeldern? Ist ihm Medicine Creek nicht gut genug?«

Klick starrte ihren Mann verdutzt an. So hatte sie die Sache mit Gasparilla offenbar noch nie gesehen.

Und dann ging ein Raunen durch die Menge, ein paar Hände rührten sich zum Beifall. Ludwig reckte den Hals. Art Ridder und der Sheriff eskortierten einen etwas klein geratenen, hageren Mann mit einem sauber gestutzten Bärtchen in den Gemeindesaal. Mrs. Bender Lang und ein paar andere Damen folgten der Dreiergruppe auf dem Fuße.

Schließlich ergriff Art Ridder das Wort. »Meine Damen und Herren, liebe Freunde und Mitbürger von Medicine Creek, es ist mir eine große Ehre, Ihnen den diesjährigen Ehrengast unseres Festes vorstellen zu dürfen: Professor Dr. Stanton Chauncy von der Kansas State University.«

Brausender Beifall, vermischt mit Entzückensschreien. Chauncy drehte sich kurz um und nickte den Anwesenden ohne erkennbaren Enthusiasmus zu. Als klar wurde, dass er offenbar nicht die Absicht hatte, das Wort an die Bürger von Medicine Creek zu richten, sondern es vorzog, sein Gespräch mit Ridder fortzusetzen, verebbte der Applaus.

Pendergast war inzwischen eine kleine Gruppe von Männern aufgefallen, die sich an dem Begrüßungsapplaus für Chauncy nicht beteiligt hatten und eher den Eindruck machten, als wollten sie unter sich bleiben. Er sprach Ludwig darauf an.

»Ach, die«, sagte der Zeitungsmann, »das ist Dale Estrem mit dem Häuflein derer, die von der Farmergenossenschaft übrig geblieben sind. Die Einzigen, die unbedingt durchhalten wollen und ihre Felder nicht an die großen landwirtschaftlichen Firmen verkauft haben. Sie wollen selbstständige Farmer bleiben. Die Versuche mit gentechnisch verändertem Mais sind ihnen ein Dorn im Auge. Sie befürchten, dass die Veränderungen durch Pollenflug auf ihre Felder übertragen werden könnten und sie irgendwann auch keinen unverfälschten Mais mehr ernten.«

Pendergast nickte, aber sein Interesse schien mehr der Vorstellungstour zu gelten, zu der Ridder den Professor von der Kansas State kreuz und quer durch den Saal schleppte: für den Agent eine einmalige Gelegenheit, unauffällig in Erfahrung zu bringen, wer zu den Honoratioren von Medicine Creek zählte. Und dabei kam ihm eine Idee.

»Es gibt noch ein paar Leute, denen ich gern vorgestellt werden möchte, Mr. Ludwig. Dem Pfarrer zum Beispiel.«

»Kein Problem.« Ludwig sah sich suchend um und entdeckte den Pastor in der Schlange vor dem kalten Buffet. »Da drüben. Kommen Sie einfach hinter mir her!«

»Ich wäre Ihnen dankbar, wenn Sie mir vorher etwas über ihn erzählen könnten.«

Ludwig zögerte, er redete ungern schlecht über andere. »Nun, Pastor Wilbur ist seit mindestens vierzig Jahren bei uns. Er … nun ja, er meint es sicher gut, nur …«

»Ja?«, hakte Pendergast nach.

»Ich will ihm nicht unrecht tun, aber ich denke, man kann sagen, dass er ein bisschen zu distanziert ist. Er kriegt kaum mit, was in Medicine Creek passiert. Oder *nicht* passiert. Etliche in der Gemeinde glauben, dass uns ein jüngerer, agilerer Pastor guttäte. Das würde neuen Schwung in die Gemeinde bringen, und dann kämen vielleicht auch wieder mehr Jugendliche in die Kirche.«

»Ich verstehe. Gehen wir zu ihm rüber!«

Als es für den Pastor keinen Zweifel mehr geben konnte, dass die beiden Männer zu ihm wollten, rückte er aus alter Gewohnheit die Lesebrille zurecht, die ständig auf seiner Nase saß, auch wenn es gar nichts zu lesen gab. Vielleicht hoffte er, sich dadurch ein gelehrsames Aussehen zu verleihen.

»Pastor Wilbur, darf ich Sie mit Special Agent Pendergast vom FBI bekannt machen?«

Wilbur und Pendergast gaben sich die Hand, und der Agent zögerte keine Sekunde, seinen unwiderstehlichen Südstaatencharme sprühen zu lassen.

»Ich beneide Sie, Pastor. Es muss etwas Wunderbares sein, der Seelenhirt einer Gemeinde wie Medicine Creek zu sein.«

Eine Bemerkung, die Wilbur mit sichtlichem Wohlwollen aufnahm. »Nun, mitunter ist das Wissen, dass viele hundert Gläubige zu mir aufblicken und voller Vertrauen an meinen Lippen hängen, eine Last, die meine schwachen Schultern kaum zu tragen vermögen. Aber ich tröste mich mit dem Bewusstsein, dass ich ihnen, wenn ich das in aller Bescheidenheit sagen darf, ein guter Hirte bin.«

»Ich könnte mir vorstellen, dass das Leben in Medicine Creek für einen Pastor nicht allzu viele Probleme mit sich bringt«, versuchte Pendergast, ihm ein paar Informationen über lokale Probleme zu entlocken.

»Gott legt uns Prüfungen auf, aber er begleitet uns auch mit seinem Segen. Wir alle tragen schwer an Adams Erbsünde, aber wenn jemand den Talar angelegt hat, spürt er sie möglicherweise mehr als andere.« Pastor Wilburs Miene hatte den verklärten Glanz eines Märtyrers angenommen.

Ludwig kannte den Ausdruck nur zu gut, er ahnte, dass der Pastor gleich einige der Zitate zum Besten geben würde, mit denen er fast jede Predigt ausschmückte.

»›Denn ach, wer ist es denn, der rastlos sich bemüht, die anvertraute Herde auf den rechten Pfad zu führen?‹« Er musterte den Mann im schwarzen Anzug selbstgefällig über den Rand seiner Lesebrille. »Milton. Ist Ihnen sicher ein Begriff.«

»Natürlich. Aus seiner Elegie *Lycidas*.«

Wilbur sah ihn leicht verunsichert an. »Ja, ich glaube, da haben Sie recht.«

»Übrigens fällt mir gerade eine andere Zeile aus diesem Werk ein: ›Die hungrigen Schafe blicken auf ihren Hirten, aber sie werden nicht gesättigt.‹«

Ludwigs Blick pendelte zwischen dem Pastor und Pendergast hin und her. Er spürte, dass sich eine gewisse Spannung zwischen den beiden Männern aufbaute, kam aber nicht dahinter, worum es bei dem verhaltenen Geplänkel ging.

»Nun«, schob Pendergast in liebenswürdigem Ton jeder denkbaren Verstimmung einen Riegel vor, »ich bin sicher, dass wir uns am Sonntag in Ihrer Kirche wiedersehen. Und ich darf Ihnen, versichern, dass ich mich darauf freue.«

Wilbur war sichtlich erleichtert. »Äh – ja. Ganz meinerseits. Ich meine, ich freue mich ebenfalls.«

Und da dröhnte plötzlich Art Ridders durch das Mikrofon verstärkte Stimme durch den Saal. »Meine Damen und Herren, darf ich um Ihre geschätzte Aufmerksamkeit bitten! Unser Ehrengast würde gern einige Worte an Sie richten. Dr. Chauncy, wenn Sie freundlicherweise das Mikrofon übernehmen …«

An allen Tischen wurden die Gabeln weggelegt, die ungeteilte Aufmerksamkeit galt dem Mann auf dem Podium.

»Verbindlichsten Dank.« Chauncy bedachte den Gro-Bain-Manager mit einem kurzen Kopfnicken, dann wandte er sich an die Anwesenden. »Mein Name ist Stanton Chauncy, ich spreche zu Ihnen im Auftrag der Kansas State University, an der ich die Kommission für die Förderung moderner landwirtschaftlicher Methoden leite.« Seine hohe Stimme und die ein wenig verkrampfte Art, in der er am Podium stand, wirkten affektiert.

»Die genetische Weiterentwicklung des Maisanbaus ist ein äußerst kompliziertes Thema, das ich vor einem Auditorium wie diesem auf keinen Fall erschöpfend behandeln kann. Ein tieferer Einstieg in die Materie setzt gewisse Grundkenntnisse auf den Gebieten der organischen Chemie und der Biologie voraus, die ich sicher nicht als gegeben betrachten darf. Dennoch werde ich heute Nachmittag den Versuch unternehmen, Ihnen einen hinlänglich ausreichenden Überblick über die Zusammenhänge zu vermitteln.«

Das Interesse der Zuhörer schien schlagartig zu erlahmen. Das unisono zu vernehmende enttäuschte Schnaufen hörte sich an, als würde aus einem prall gefüllten Ball die Luft herausgelassen. Statt sofort – nicht erst am Nachmittag – zur Sache zu kommen, dozierte der Mann am Podium über die spezifischen Eigenschaften verschiedener Maissorten, und das in einer Ausführlichkeit, die selbst engagierte Farmer nur langweilen konnte. An allen Tischen griffen die Zuhörer wieder zur Gabel, einige traten einen kleinen Rundgang an, um später gekommene Bekannte zu begrüßen, und die Mienen von Dale Estrem und seinen Mitstreitern von der Farmergenossenschaft wurden zunehmend finsterer.

Ludwig warf einen Blick auf die Uhr. Er konnte nicht ewig hier herumsitzen und sich Chauncys Fachsimpeleien anhören. Es wurde Zeit für ihn, in die Redaktion zurückzukehren und den Artikel für die erste Seite zu schreiben.

Also beschloss er, sich möglichst unauffällig zu verdrücken. Als er an der Tür stand, schien die Nachmittagssonne einen goldenen, vermutlich glühend heißen Teppich über den Rasen vor der Kirche auszubreiten, Ludwig wagte gar nicht, daran zu denken, wie heiß es inzwischen in seinem geparkten AMC Pacer sein mochte.

Und doch war ihm plötzlich leichter ums Herz. Es fehlte nicht viel, und er hätte sich eingeredet, die Hitzeglocke habe die Stadt und ihre Umgebung nicht mehr ganz so unbarmherzig in ihrem Griff. Was, wie er sich eingestand, zu einem guten Teil an seiner optimistischen Grundeinstellung lag. Solange die Menschen in Medicine Creek zusammenhielten, würde es schon irgendwie weitergehen, egal was dieser Chauncy von revolutionären Veränderungen in der Landwirtschaft faselte. So gesehen war das diesjährige Wohltätigkeitsfest samt dem traditionellen Truthahnessen eben doch ein Erfolg gewesen.

Und als er sich gerade, ehe er die Kirchenstufen zum Parkplatz hinunterstieg, noch einmal einen Schwall klimatisierter Luft in die Lunge pumpen wollte, erstarrte er plötzlich.

Aus den Augenwinkeln nahm er wahr, dass im Saal alle Blicke auf die großen Glasscheiben der Eingangstür gerichtet waren. Hier und da war ein erschrockenes Japsen zu hören, nach einer Weile setzte leises Raunen ein, das sich wie ein Lauffeuer durch die Reihen fortpflanzte und schon bald Chauncys gelehrsames Geplapper übertönte.

»Was ist denn los?«, versuchte der Professor irritiert in Erfahrung zu bringen.

Niemand antwortete. Alle starrten auf den Horizont, wo am giftig gelben Himmel ein Schwarm Geier seine Kreise über den Maisfeldern zog.

14

Als Corrie Swanson bei der Kirche ankam, standen etwa fünfzig Leute auf dem Rasen vor dem Gotteshaus in kleinen Gruppen beisammen. Sie wirkten verängstigt, und die Art, wie sie die Köpfe zusammensteckten, ließ nichts Gutes ahnen. Hin und wieder löste sich jemand von seiner Gruppe und starrte zu den Maisfeldern hinüber. Nirgendwo konnte sie Pendergast sehen, und das war einigermaßen verblüffend, denn er hatte sie am Handy ausdrücklich gebeten, möglichst umgehend herzukommen.

Sie war beinahe erleichtert, dass er sich nicht blicken ließ. Instinktiv spürte sie, dass sie sich seinetwegen noch mehr Ärger einhandelte, und das wollte bei dem schlechten Ruf, in dem sie in Medicine Creek stand, etwas heißen. Für die braven Bürger der Stadt war sie ohnehin ein rotes Tuch. Im Stillen fragte sie sich immer noch, warum sie sich überhaupt auf sein Angebot eingelassen hatte. Das Geld, das er ihr gegeben hatte, lag unangerührt im Handschuhfach. Eine innere Stimme sagte ihr, dass es ihr keinen Segen bringen würde. Eines Tages würde Pendergast den Koffer packen und der Stadt den Rücken kehren, und sie musste dann all das ausbaden, was die kleinkarierten Bürger sich über das Verhältnis zwischen ihr und dem Agent zusammenreimten.

Unwillkürlich zuckte sie zusammen, als plötzlich eine schwarze Gestalt neben ihrem Wagen auftauchte, die Beifahrertür aufmachte und mit der Geschmeidigkeit einer Wildkatze auf seinen Sitz glitt. Himmel noch mal! Die Art, wie er sich mitunter anschlich, zerrte mächtig an ihren Nerven!

Sie drehte den Lautsprecher des Kassettenrekorders leiser. Die Nine Inch Nails trafen vermutlich nicht seinen Geschmack, von dem Titel *Starfuckers* ganz zu schweigen. »Also, wohin soll's gehen, Special Agent?«, erkundigte sie sich so beiläufig wie möglich.

Pendergast deutete mit dem Kopf Richtung Maisfelder. »Sehen Sie die Vögel da drüben?«

Corrie schirmte die Augen gegen den grellen Goldglanz des Sonnenuntergangs ab. »Meinen Sie die Truthahngeier? Was ist mit denen?«

»Da wollen wir hin.«

»Dort gibt's aber weit und breit keine Straße. Und mein Gremlin ist kein Bulldozer.«

»Keine Sorge, Miss Swanson, ich habe nicht die Absicht, Sie in die Maisfelder zu locken. Sind Sie einfach so freundlich, die Cry Road hinunterzufahren, Richtung Westen.«

»Na schön, wenn Sie's sagen.« Sie trat das Gaspedal durch, der Gremlin schüttelte sich einen Moment lang, ehe er mit röhrendem Motor lospreschte.

»Na, wie war's bei der mildtätigen Truthahnorgie?«, lästerte sie unterwegs. »Ist immerhin das größte gesellschaftliche Ereignis des Jahres in Shit Creek.«

»Überaus aufschlussreich, würde ich sagen, besonders aus anthropologischer Sicht.«

»Aus anthropologischer Sicht? Special Agent Pendergast beim Studium der Wilden, wie? War der Typ von der Uni auch da? Der Prof. der hier radioaktiven Mais anbauen will?«

»Gentechnisch veränderten. Ja, der war auch da.«

»Wie sieht er denn aus? Läuft er als Monster mit drei Köpfen rum?«

»Wenn ja, müssten zwei davon in einem so frühen Entwicklungsstadium sein, dass ich sie nicht sehen konnte.«

Corrie sah ihn verunsichert an. Sie kam nie dahinter, ob solche Bemerkungen womöglich scherzhaft gemeint waren.

Wirklich, er war der komischste Kauz, der ihr je begegnet war, und das wollte etwas heißen bei all den irren Typen, die sich in Medicine Creek tummelten.

»Miss Swanson, darf ich Ihre Aufmerksamkeit auf den Tacho lenken?«

»'tschuldigung.« Sie bremste den Wagen ab. »Ich habe gedacht, ihr Jungs vom FBI dürft so schnell fahren, wie ihr wollt.«

»Ich bin im Urlaub.«

»Sheriff Hazen hat immer mindestens hundert Sachen drauf, auch wenn er nicht im Dienst ist. Und wenn's im *Wagon Wheel* frische Eclairs gibt, legt er noch zwanzig drauf.«

Pendergast verzichtete auf einen Kommentar, und als sie eine Weile stumm nebeneinander gesessen hatten, deutete er nach vorn. »Sehen Sie, wo der Sheriff seinen Wagen abstellen will? Parken Sie bitte dahinter!«

Corrie runzelte die Stirn. Hazen parkte auf dem linken Seitenstreifen, allerdings mit eingeschaltetem Blaulicht. Ungefähr vierhundert Meter entfernt sah sie die Truthahngeier über dem Feld kreisen. Und da ging ihr plötzlich ein Licht auf. »Oh Gott, doch nicht schon wieder ein Mord?«

»Das wird sich herausstellen.«

»Kann ich mitkommen?«

»Nein, besser nicht.«

Corrie lenkte den Gremlin hinter den Streifenwagen. Pendergast stieg aus. »Es kann eine Weile dauern.«

»Macht nichts, ich hab ein Buch dabei.«

Sie sah Pendergast nach, bis er im Maisfeld verschwunden war. Dann kramte sie in dem Bücherstapel auf den Rücksitzen. Lauter leichtes Lesefutter – Science-Fiction, ein Horrorroman und eine zu Herzen gehende Teenagerromanze, die sie wie ihren Augapfel hütete. Nicht etwa, weil es ihr Lieblingsbuch gewesen wäre, sie wollte nur nicht, dass jemand den seichten Schund bei ihr entdeckte.

Als sie den Stapel durchgewühlt hatte, warf sie sämtliche

Bücher enttäuscht auf die Rückbank. Irgendwie kam ihr die Vorstellung, mutterseelenallein hier draußen im Auto zu sitzen, nicht gerade reizvoll vor. Unwillkürlich schielte sie immer wieder zu den Geiern. Sie kreisten inzwischen höher, vermutlich fühlten sie sich gestört. Wetten, dass der Sheriff sie verscheucht hatte?

Corrie platzte fast vor Neugierde. Und solange das Maisfeld nicht zum Tatort erklärt und entsprechend markiert war, konnte ihr niemand verwehren, sich ein bisschen umzusehen. Sie stieß die Tür auf und stieg aus.

Die Spuren waren leicht auszumachen: Hazens lächerlich große Elefantentreter, stellenweise von den schmaleren und flacheren Abdrucken überlagert, die sein Deputy Tad in den Boden getreten hatte, und ein Stück seitlich versetzt die Spur von Pendergasts leichtem, immer ein wenig schwebend wirkendem Schritt.

Es war sehr heiß in dem Feld, und weil die Stängel hoch über Corries Kopf hinausragten, verspürte sie ein wenig Platzangst. Sooft sie eine der Maispflanzen streifte, regneten Staub und Pollen auf sie nieder. Der Himmel barg noch einen Rest Licht in sich, aber hier unten schien die Nacht bereits angebrochen zu sein. Allmählich kamen ihr Zweifel, ob ihr eigenmächtiger Ausflug wirklich eine gute Idee gewesen war. Sie mochte die Maisfelder nicht, das sperrige, stickige Dickicht war ihr schon immer unheimlich gewesen. Ein schrecklicher Ort, angefangen von dem faulig süßlichen Geruch über den Staub, der einem in die Nase drang, bis zu den scharfen Bruchstellen der Stängel. Und all die Maiskolben landeten nicht auf den Tellern hungriger Menschen oder wenigstens in den Futtertrögen von Tieren, nein, mit dem Zeug wurden Autos angetrieben. Der ganze Aufwand und die ganze Mühe nur, um Treibstoff für Autos zu erzeugen! Was für eine irre Welt!

Und plötzlich tat sich vor ihr eine in das Feld getrampelte Lichtung auf. Der Sheriff und Tad beugten sich im Licht ihrer Taschenlampen über irgendeinen Fund, den sie immer wieder hin und her drehten. Pendergast hielt sich ein, zwei Schritte abseits. Als Corrie die Lichtung betrat, drehte er sich zu ihr um. Seine hellen Augen schienen im Zwielicht zu leuchten.

Corries Herz machte einen hässlichen Sprung. Sie glaubte förmlich, den nahen Atem des Todes zu spüren. Und dies musste etwas mit dem dunklen Bündel zu tun haben, über das Hazen und Tad sich gebeugt hatten. Aber als sie sich dazu zwang, genauer hinzusehen, erkannte sie, dass es nur ein toter Hund war. Sein Fell war braun, die Verwesungsgase hatten seinen Körper unförmig aufgebläht. Ein widerlich süßlicher Geruch hing in der Luft, und bis auf das unablässige Summen unzähliger Fliegen schienen alle nächtlichen Laute verstummt zu sein.

Der Sheriff drehte sich zu dem Agent um und sagte in selbstgefälligem Ton: »Nun, Pendergast, es scheint, als hätten wir uns völlig umsonst hierher bemüht.« Dann fiel sein Blick über Pendergasts Schulter auf Corrie, und während dieser unbehaglichen Sekunden hatte das Mädchen das Gefühl, von zwei unerbittlichen Augen festgenagelt zu werden. Schließlich konzentrierte Hazen sich wieder auf den Agent. Anscheinend erwartete er eine zustimmende Bemerkung von ihm.

Aber Pendergast sagte nichts. Er hatte eine kleine, aber sehr lichtstarke Stablampe aus einer seiner vielen Taschen gezogen und richtete den hellen Lichtstrahl auf den aufgeblähten Tierkadaver. Corrie kämpfte gegen den Brechreiz an. Sie hatte den Hund wiedererkannt. Es war der schokoladenbraune Labrador, der Swede Cahills Sohn gehörte, einem netten, sommersprossigen Bürschchen von zwölf Jahren.

»Okay, Tad«, drängte der Sheriff seinen Deputy, »wir haben alles gesehen, was es hier zu sehen gibt.«

Pendergast war an den Fundort getreten, kniete vor dem

toten Hund und sah ihn sich lange aus nächster Nähe an. Das Summen der Fliegen hörte sich immer wütender an.

Der Sheriff machte sich, ohne Corrie eines Blickes zu würdigen, auf den Rückweg. »Was ist, Pendergast, kommen Sie mit?«

»Ich habe meine Untersuchung noch nicht abgeschlossen.«

»Haben Sie denn etwas Interessantes entdeckt?«

Pendergast ließ sich viel Zeit, ehe er sagte: »Immerhin haben wir es abermals mit einem Tötungsdelikt zu tun.«

»Tötungsdelikt? Mein Gott, da liegt ein toter Köter in einem Maisfeld, zwei Meilen von der Stelle entfernt, an der die Swegg ermordet wurde, und Sie sprechen von einem Tötungsdelikt!«

Corrie verfolgte mit einem flauen Gefühl im Magen, wie Pendergast den Kopf des toten Hundes anhob, ihn behutsam hin und her bewegte und ihn dann wieder in seine ursprüngliche Lage brachte, wie er den Lichtstrahl seiner Stablampe in Maul und Ohren richtete und schließlich an den Hinterbeinen entlanggleiten ließ. Alles in allem eine Prozedur, bei der die Fliegen vollends verrückt spielten.

»Also?«, fragte Hazen in gereiztem Ton.

»Der Nacken des Hundes ist gewaltsam gebrochen worden«, sagte Pendergast.

»Er wird wohl unter ein Auto geraten sein. Hat sich noch bis hierher geschleppt, bevor er abgekratzt ist. Das kommt an der Cry Road immer wieder vor.«

»Das mit dem Schwanz kann kein Auto angerichtet haben.« Hazen stutzte. »Was ist mit dem Schwanz?«

Er und der Deputy richteten ihre Taschenlampen auf den Rumpf des toten Hundes. Von dem Schwanz war nur ein hässlicher, zerfetzt aussehender Stumpf übrig geblieben, aus dem ein weißer Knochen ragte.

Der Sheriff biss sich auf die Lippen.

»Und da drüben«, fuhr Pendergast fort und richtete den

Lichtstrahl der Stablampe auf das Maisfeld, »werden Sie die Fußspuren des Täters finden, davon bin ich überzeugt. Spuren, die zum Bach führen. Von einem Barfußläufer, Schuhgröße elf. Sie werden feststellen, dass sie mit denen übereinstimmen, die neben Sheila Sweggs Leiche gefunden wurden.«

Langes Schweigen, dann sagte der Sheriff: »Wissen Sie, Pendergast, irgendwie bin ich sogar erleichtert. Anfangs haben Sie angenommen, dass wir es mit einem Serienmörder zu tun haben. Nun stellt sich heraus, dass es nur ein armer Irrer ist. Großer Gott, einem Hund den Schwanz abzuschneiden!«

»Aber es gibt einen signifikanten Unterschied zu dem ersten Mord. Diesmal war es keine rituelle Tötung, der Leichnam wurde nicht regelrecht zur Schau gestellt.«

»Na und?«

»Es passt nicht in das Verhaltensmuster des Täters. Was allerdings nur zu der Erkenntnis führt, dass das Verhaltensmuster geändert wurde. Wir haben es folglich mit einem völlig neuen Typ von Serienmörder zu tun.«

Hazen verdrehte theatralisch die Augen. »Aus meiner Sicht haben wir es nach wie vor mit einem einzigen Mord zu tun. Der Köter zählt nicht.« Er wandte sich an Tad. »Ruf den Gerichtsmediziner an und lass den Hund zur Autopsie nach Garden City bringen! Und sorg dafür, dass die Jungs von der Spurensicherung sich hier umsehen! Bin gespannt, welche Spuren sie entdecken. Ach ja – die Trooper sollen uns ein paar von ihren Leuten als Verstärkung schicken. Die können uns die Bewachung des Fundorts abnehmen. Das Gelände wird weiträumig abgesperrt, ab sofort kein Zutritt für Unbefugte. Alles mitgekriegt?«

»Ja, Sheriff.«

»Gut. Dann darf ich davon ausgehen, dass Sie, Pendergast, Ihren Beitrag zur Entfernung unbefugter Personen leisten. Und zwar sofort.« Corrie zuckte zusammen, als er den Lichtstrahl seiner Taschenlampe auf sie richtete.

»Sheriff, Sie meinen nicht zufällig meine Assistentin, oder doch?«

Das Schweigen erinnerte an die sprichwörtliche Ruhe vor dem Sturm.

Corrie schielte zu Pendergast hinüber. Welches Spielchen versuchte er jetzt wieder einzufädeln? Der Trick mit der Assistentin rief das alte Misstrauen in ihr wach. Erst tun die Kerle Wunder wie freundlich, und dann wollen sie einem ans Höschen, das kennt man ja!

Auch der Sheriff musterte den Agent misstrauisch. »Assistentin? Meinen Sie damit die straffällig gewordene Schülerin, die sich wohl demnächst wegen Diebstahls vor einem Gericht des Staates Kansas verantworten muss?«

»Wir sprechen beide von Miss Swanson.«

Der Sheriff nickte grimmig. »Ich bin ein geduldiger Mensch«, sagte er in ungewohnt sanftem Ton. »Aber ich will Ihnen etwas sagen, und ich sage es nur einmal: Meine Geduld hat irgendwo Grenzen!«

Pendergast ging nicht weiter darauf ein. »Miss Swanson, wären Sie so freundlich, meine Lampe zu halten, während ich den Kadaver des Hundes nochmals untersuche?«

Corrie nahm die Stablampe, drehte ihren Kopf aber so, dass sie möglichst wenig von dem Verwesungsgeruch abbekam, und folgte mit dem Lichtstrahl jeder Bewegung ihres Arbeitgebers. Wobei sie die ganze Zeit das Gefühl nicht loswurde, Hazens stechenden Blick im Nacken zu spüren.

Schließlich unterbrach Pendergast seine Untersuchung, ging zu Hazen und legte ihm versöhnlich die Hand auf die Schulter. So wie der Sheriff auf die Hand des Agent starrte, konnte es nur noch eine Frage von Sekunden sein, bis er sie unwirsch abschüttelte.

»Sheriff Hazen«, sagte Pendergast eindringlich, »Sie mögen den Eindruck haben, dass ich Sie nur bei der Arbeit störe. Aber ich versichere Ihnen, dass hinter allem, was ich tue, gute Gründe stecken. Daher hoffe ich, dass Sie mir weiterhin mit der gleichen bewundernswerten Geduld begegnen wie bisher und diese Geduld auch meinen unorthodoxen Methoden und meiner unorthodoxen Assistentin gegenüber zeigen. Wenigstens noch eine Weile.«

Das schien den Sheriff zu besänftigen, er war auf einmal wie ausgewechselt. »Damit wir uns richtig verstehen«, sagte er in fast kumpelhaftem Ton, »mir gefällt Ihre Art, an diesen Fall ranzugehen. Ihr Jungs vom FBI scheint nur alle zu vergessen, dass wir Straftäter nicht nur schnappen, sondern auch *überführen* müssen. Sie wissen ja, wie das heute ist: Ohne hieb- und stichfeste Beweise platzt der Prozess, und die Kerle kommen ungeschoren davon. Und noch was ...« Er sah zu Corrie hinüber. »Es wäre gut, wenn sie eine Art Dienstausweis bekäme.«

»Den bekommt sie.«

»Und denken Sie auch daran, was sie vor Gericht für einen Eindruck machen wird, wenn sie dort mit diesen schreiend roten Haaren auftaucht und mit diesem Hundehalsband mit spitzen Stacheln, das sie als Schmuck trägt, ganz zu schweigen von ihrem Strafregister, das ja nicht mehr ganz jungfräulich ist.«

»Wir werden diese Hindernisse rechtzeitig aus dem Weg räumen, soweit sich das als notwendig erweist.«

Der Sheriff gab sich Mühe, eine gestrenge Amtsmiene aufzusetzen. »Also gut, ich werde Sie nicht an der Fortsetzung Ihrer verdeckten Ermittlungen hindern. Denken Sie an meine Worte!« Ein kurzes Kopfnicken, dann wandte er sich an seinen Deputy. »Gehen wir, Tad! Wird Zeit, die Anrufe zu erledigen.«

Pendergast und Corrie sahen ihm nach, wie er, den Deputy im Schlepptau, durch das Maisfeld davonstapfte. Natürlich nicht, ohne sich gleich nach den ersten Schritten eine Zigarette anzuzünden.

Corrie konnte den Verwesungsgeruch kaum noch ertragen, und da sie ohnehin ein Wörtchen mit dem Agent zu reden hatte, trat sie ein paar Schritte zurück.

Sie holte tief Luft. »Special Agent Pendergast, was soll der Scheiß mit der Assistentin?«

»Nun, Miss Swanson, aus der Tatsache, dass Sie mich bereitwillig hierher gefahren haben und mir sogar ohne ausdrückliche Aufforderung ins Maisfeld gefolgt sind, habe ich den Schluss gezogen, dass Ihrerseits ein gewisses Interesse an den forensischen Aspekten eines Verbrechens besteht.«

Der Mann wollte sie wohl auf den Arm nehmen? »Hören Sie, ich hab's nicht gern, wenn man mir was vormacht. Ich hab keinen blassen Schimmer von Detektivarbeit. Und wenn Sie denken, ich spiele die Tippse oder den Vorzimmerdrachen für Sie, dann haben Sie sich geschnitten!«

»Dergleichen werde ich nicht von Ihnen verlangen. Es mag Sie überraschen, aber ich bin nach reiflicher Überlegung zu der Überzeugung gelangt, dass Sie eine hervorragende Assistentin sein werden. Sie kennen sich in der Stadt aus, kennen die Leute samt ihren Geheimnissen und sind, was sich in diesem Fall als Vorteil erweisen dürfte, eine in Medicine Creek nicht sonderlich angesehene Außenseiterin. Außerdem schätze ich Sie so ein, dass Sie mir immer unverblümt Ihre Meinung sagen. Stimmen Sie meiner Beschreibung zu?«

Corrie überlegte. Eine nicht sonderlich angesehene Außenseiterin? So ernüchternd die Erkenntnis war, Pendergast hatte mitten ins Schwarze getroffen.

»Mit der neuen Stellung ist eine Gehaltsanhebung auf hundertfünfzig Dollar pro Tag verbunden. Den Vertrag und einen vorläufigen Dienstausweis habe ich im Wagen liegen. Als Gegenleistung erwarte ich die strikte Befolgung meiner Anweisungen. Wenn ich sage, Sie sollen im Wagen warten, dann tun Sie das in Zukunft. Über sonstige Pflichten sprechen wir später.«

Corrie nagte an der Unterlippe. »Wer bezahlt mich eigentlich? Das FBI?«

»Ich komme für Ihr Gehalt aus eigener Tasche auf.«

»Oh Mann, Sie wissen doch genau, dass ich keine hundertfünfzig Dollar am Tag wert bin! Wollen Sie Ihr Geld zum Fenster rauswerfen?«

Pendergast sah sie ernst an. »Eins weiß ich jetzt schon: Wir haben es mit einem äußerst gefährlichen Mörder zu tun, darum ist Eile geboten. Ohne Ihre Hilfe verliere ich vielleicht zu viel Zeit. Was ist es denn Ihrer Meinung nach wert, auch nur ein einziges Leben zu retten?«

Die Eindringlichkeit seiner farblos hellen Augen ließ ihr ein Schaudern über den Rücken laufen. »Alles schön und gut, aber wie kann ich Ihnen denn helfen? Der Sheriff hat völlig recht, ich bin eine dumme Gans, und straffällig bin ich auch geworden.«

»Werden Sie nicht albern, Miss Swanson! Also, was ist, sind wir handelseinig?«

Corrie sah ihn lauernd an. »Aber es bleibt alles in den Grenzen eines Arbeitsverhältnisses? Wie ich schon mal gesagt habe: Kommen Sie ja nicht auf dumme Gedanken!«

»Ich fürchte, ich verstehe nicht, was Sie meinen.«

»Ach, hören Sie auf! Sie sind ein Mann und wissen ganz genau, wovon ich rede!«

Pendergast machte eine unwillige Handbewegung. »Miss Swanson, Ihre Vermutungen sind völlig abwegig. Sie beweisen mir, dass wir in zwei verschiedenen Welten leben. Das liegt nicht nur am Altersunterschied, es hat auch etwas mit der Erziehung und dem persönlichen Umfeld zu tun. Eine engere Beziehung zwischen uns könnte vielleicht reizvoll und unterhaltsam sein, aber es gibt Grenzen, die ich nie überschreiten würde.

Allein ihre gepiercte Zunge würde mich davon abhalten. Um es auf einen kurzen Nenner zu bringen: Es wäre höchst unklug.«

Die breit gefächerte Palette seiner Argumente verwirrte Corrie. »Was stört Sie denn an meiner Zunge?«

»Grundsätzlich nichts. Die Frauen des Wimbu-Stammes auf den Andamanen durchstechen sich zum Beispiel die Schamlippen und befestigen Kaurimuscheln daran. Die kann man dann beim Gehen unter ihren Röcken klimpern hören. Die Männer finden das höchst attraktiv.«

»Ich würde es eher pervers nennen.«

Der Agent schmunzelte. »Sehen Sie, das habe ich erwartet! Bei vermeintlich rückständigen Kulturen legen Sie offenbar andere Maßstäbe an.«

»Ach, hören Sie auf«, sagte Corrie verärgert. »Sie wollen sowieso immer das letzte Wort behalten. Sie sind total bescheuert.«

»Ich gebe zu, Miss Swanson, dass ich der Alternative keinen Reiz abgewinnen kann.« Er nahm Corrie die Stablampe weg und richtete den Lichtstrahl auf den toten Hund. »Und nun können Sie sich zum ersten Mal als meine Assistentin nützlich machen und mir verraten, was Sie über den Hund wissen.«

Sie blickte angewidert auf den aufgeblähten Kadaver. »Er heißt Jiff. Gehört Andy, Swede Cahills Sohn.«

»Hat Jiff ein Halsband getragen?«

»Ja.«

»Ist er normalerweise frei herumgelaufen?«

»Das tun die meisten Hunde hier. Obwohl in der Stadt eigentlich Leinenzwang gilt.«

Pendergast nickte. »Sehen Sie, mein Vertrauen in Sie war absolut berechtigt.«

Corrie grinste. »Sie sind ein ziemlich harter Knochen!«

»Danke. Es scheint Gemeinsamkeiten zwischen uns zu geben.« Er ließ den Lichtstrahl noch einmal über den so grausam verstümmelten Hund gleiten.

Corrie war nicht ganz sicher, ob die Bemerkung ein Kompliment oder ein Vorwurf sein sollte. Aber das zählte jetzt nicht, sie war in Gedanken längst bei Andy. Dem armen Jungen würde es das Herz brechen, wenn er erfuhr, dass Jiff tot war. Irgendjemand musste es ihm sagen. Der Sheriff war bestimmt nicht der Richtige dafür. Und Tad, sein Deputy, erst recht nicht. Der würde sich in seiner Tollpatschigkeit womöglich verplappern und Andy von dem abgeschnittenen Schwanz und den Schwärmen von Schmeißfliegen erzählen. Pendergast würde bestimmt feinfühliger vorgehen, aber der Junge kannte ihn ja nicht …

Als sie hochsah, stellte sie verblüfft fest, dass Pendergasts Blick bereits auf ihr ruhte.

»Ja, Miss Swanson, ich denke, es wäre ein Akt der Barmherzigkeit, wenn Sie es übernehmen würden, Andy Cahill die schlechte Nachricht zu überbringen.«

Corrie schnappte nach Luft. »Woher wussten Sie …«

»Und bei der Gelegenheit könnten Sie vielleicht behutsam herausfinden, wann Andy seinen Hund das letzte Mal gesehen hat und ob er weiß, wohin Jiff gelaufen sein könnte.«

»Mit anderen Worten, ich soll für Sie Detektiv spielen?«

Pendergast nickte. »Schließlich sind Sie ja meine frischgebackene Assistentin.«

15

Margery Tealander saß an dem alten Holztisch in ihrem spartanisch ausgestatteten Büro und heftete die in letzter Zeit angefallenen Belege ab, was sie freilich nicht daran hinderte, aus den Augenwinkeln die neue Folge der Fernsehserie *Der Preis muss stimmen* zu verfolgen. Die Bildqualität des alten Geräts war so miserabel, dass sie den Helligkeitsregler voll aufdrehen musste, um alles mitzukriegen.

Heute hatte sich offenbar ein besonders einfältiges Rateteam im Studio versammelt. Mal waren die Schätzungen zu hoch, mal zu niedrig, den richtigen Preis traf niemand. Eine zierliche Asiatin war an der Reihe, alle anderen hatten ihren Tipp bereits abgegeben. Sie legte neckisch den Kopf schief und flötete mit betörendem Lächeln: »Ich tippe auf tausendvierhundertundeinen Dollar, Bob.«

»Heller Wahnsinn!«, murmelte Marge ärgerlich, ohne ihre monotone Arbeit auch nur einen Moment lang zu vernachlässigen. Das Studiopublikum applaudierte, aber Marge ahnte gleich, dass dieser Tipp ins Blaue kein Volltreffer werden konnte. Höchstens hundertfünfzig, für so was hatte sie eine Nase. Wenn sie vor der Kamera gesessen hätte, hätten die anderen mal erleben können, wie man richtig abräumt. Großer Gott, wenn sie nur daran dachte, wie sie damals bei dem fünf Meter langen Chris-Craft mitgetippt hatte! Nur aus Spaß und ihrer Cousine zuliebe, die einen Liegeplatz am Lake Scott hatte. Sie hatte ihren Mann Rocky dazu überreden müssen, mitzukommen, und was war das Ende vom Lied gewesen? Dass sie tatsächlich den Zuschlag für das schicke Kajütboot bekamen. Nur, eine Woche später hatten die Ärzte bei Rocky ein Emphysem diagnostiziert…

Plötzlich nahm sie wahr, dass jemand an ihren Tisch getreten war. Der seltsame, blasse Fremde, der, sooft sie ihn gesehen hatte, einen schwarzen Anzug trug.

»Meine Güte!« Marge dämpfte die Lautstärke des Fernsehapparats. »Sie haben mir vielleicht einen Schrecken eingejagt, junger Mann!«

»Das tut mir aufrichtig leid.« Der Mann in Schwarz deutete eine höfliche Verbeugung an.

Irgendwie erinnerte seine Stimme Marge an Pfefferminzbonbons. Und was ihr sofort auffiel, waren seine schlanken Hände und die gepflegten Fingernägel.

»Kein Grund zur Entschuldigung. Nur, bei älteren Semestern wie mir dürfen Sie sich nicht so anschleichen. Also, was kann ich für Sie tun, junger Mann?«

»Oh, ich muss abermals um Entschuldigung bitten, dass ich mich noch nicht vorgestellt habe. Mein Name ist Pendergast.«

Sie erinnerte sich an den Artikel im *Courier*. »Natürlich. Sie sind der Mann aus dem Süden, der den Mord aufklären will.« Sie musterte ihn neugierig. Eine eindrucksvolle Erscheinung, groß gewachsen, das Haar so blond, dass man es beinahe für weiß halten konnte. Und wenn er einen mit seinen hellen Augen ansah, kam man sich wie beim Psychiater vor. Zweifellos ein attraktiver Mann, vorausgesetzt, man hat ein Faible für Männer aus den Südstaaten.

»Schön, Sie kennenzulernen, Mr. Pendergast. Ich würde Ihnen gern einen Stuhl anbieten, aber mein Drehstuhl ist die einzige Sitzgelegenheit in diesem Büro. Wer jedoch zu mir kommt, hat in der Regel nicht vor, lange zu bleiben.« Eine Bemerkung, der sie ein meckerndes Lachen folgen ließ.

»Und warum nicht, Mrs. Tealander?«

Von seinem einschmeichelnden Singsang fasziniert, fiel ihr gar nicht auf, dass er ihren Namen kannte. »Na, warum wohl? Wer zu mir kommt, will in der Regel einen Zahlungsaufschub für fällige Steuern erwirken. Wenn er allerdings ein Formular ausfüllen muss, kann's doch etwas länger dauern.«

»Ich verstehe. Nun, Mrs. Tealander, wie ich gehört habe, sind Sie quasi ...«

»Ach was! Fünfhundert Dollar, keinen Cent mehr!«, dröhnte Marge Richtung Fernsehapparat.

Pendergast sah sie verdutzt an. »Wie meinen?«

»Nichts weiter.« Marge riss sich von dem ohnehin stummgeschalteten Bildschirm los.

»Wie ich gehört habe, sind Sie die kommunale Ansprechstelle für die Bürger von Medicine Creek«, startete Pendergast einen zweiten Versuch.

Marge nickte. »Richtig. Viel fällt da aber nicht an. Ein typischer Teilzeitjob.«

»Sind Sie nicht auch für den Einsatz der städtischen Arbeiter zuständig?«

»Ja, aber das bedeutet in der Praxis nur, dass ich Buch über Henry Flemings Arbeitsstunden führe. Wenn mal bei einer Straßenlampe der Leuchtkörper ausgewechselt werden oder im Winter der Schneepflug eingesetzt werden muss.«

»Und Sie erheben, wenn ich richtig unterrichtet bin, die städtische Grundsteuer.«

Marge nickte grimmig. »Darum werde ich nie zu Klick Rasmussens Canastapartys eingeladen.«

»Man könnte also sagen, dass Sie der Motor für den Herzschlag der Stadt sind, nicht wahr?«

Marge grinste breit. »Ich hätte es nicht schöner formulieren können. Sheriff Hazen und Art Ridder sehen das allerdings vermutlich anders.«

Sie hatte offenbar der Versuchung nicht widerstehen können, wenigstens einen ganz kurzen Blick auf den flimmernden Bildschirm zu werfen, anders konnte sich Pendergast ihr gemurmeltes »Die Dicke hat ins Schwarze getroffen, ich rieche das förmlich!« nicht erklären. Er klappte sein Ledermäppchen auf und hielt Marge das goldfarbene FBI-Wappen vor die Nase. »Nur damit Sie sich davon überzeugen können, dass ich wirklich für das FBI arbeite, Mrs. Tealander.«

»Och, das weiß ich doch längst! Beim Friseur haben sie neulich über nichts anderes geredet.«

»Mir läge sehr daran, mir ein genaueres Bild über die Einwohner von Medicine Creek machen zu können. Aus administrativer Sicht, sozusagen. Wo sie wohnen, wie sie ihren Lebensunterhalt bestreiten, wie es um ihre finanziellen Verhältnisse bestellt ist – und dergleichen.«

»Dann sind Sie bei mir goldrichtig. Ich kann Ihnen alles sagen, einschließlich der Höhe des letzten Strafmandats.«

Pendergast wiegte den Kopf. »Ihnen ist natürlich bekannt, dass solche Ermittlungen eigentlich nur auf richterliche Anordnung zulässig sind.«

Marge machte eine wegwerfende Handbewegung. »Ich sehe keinen vernünftigen Grund, dem Vertreter einer Bundesbehörde Auskünfte zu verweigern. Zumal es ja nicht um persönliche Geheimnisse geht. Und an Zeit mangelt's mir auch nicht. Bis zum zweiundzwanzigsten August ist mein Terminkalender so gut wie leer. Dann müssen die Steuerbescheide für den Immobilienbesitz verschickt werden.«

»Nun, so lange werden wir sicher nicht brauchen.«

Marge ließ wieder ihre meckernde Lache hören. »Das war mal ein guter Witz!«

Sie gab ihrem Drehstuhl so viel Schwung, dass er erst unmittelbar vor dem massiven, an den Kanten mit Blattgold verzierten Ungetüm von Safe ausrollte. Mit der ganzen Routine ihrer Berufsjahre gab sie die Kombination ein, stemmte die Verriegelung hoch und zog die Stahltür auf. Mit Hilfe des Schlüssels, den sie um den Hals trug, öffnete sie eine Stahlkassette, entnahm ihr einen Holzkasten und katapultierte den Drehstuhl so zentimetergenau zurück, dass sie wieder an ihrem Arbeitsplatz landete.

»So, das wär's auch schon«, verkündete sie nicht ohne Stolz. »In diesem Kasten sind alle kommunalen Unterlagen gesammelt. Womit wollen wir anfangen?«

Pendergasts Blick huschte skeptisch über den Holzkasten. »Tja, da müssten Sie mir erst Ihr System erklären.«

Abermals ein Grund für Marge, ihr meckerndes Lachen hören zu lassen. »Denken Sie etwa, für das bisschen Papierkram, das in Medicine Creek anfällt, braucht man einen Computer?« Sie tippte sich an die Schläfe. »Glauben Sie mir, das meiste hebe ich sowieso hier auf.« Sie öffnete den Kasten, zog aufs Geratewohl eine mit winzigen handschriftlichen Eintragungen versehene Karteikarte heraus und hielt sie Pendergast vor die Nase. »Sehen Sie? Das ist die Karte von Dale Estrem. Genauso ein Querkopf wie sein Vater, vom Großvater ganz zu schweigen. Moderne Landwirtschaft war für die Estrems schon immer ein rotes Tuch. Dale und seine Freunde von der Farmergenossenschaft halten den Fortschritt immer noch für eine Art Teufelswerk.« Sie tippte mit dem Zeigefinger auf die Karteikarte. »Hier können Sie alles schwarz auf weiß nachlesen. Dass Dale mit den Steuern zwei Quartale im Rückstand ist, dass sein ältester Sohn die neunte Klasse wiederholen musste, dass Dales Jauchegrube nicht den hygienischen Vorschriften entspricht – und so weiter und so weiter.«

Als Pendergasts Blick immer noch etwas ratlos zwischen ihr und der Karte hin und her pendelte, unternahm Marge geduldig noch einen Versuch, den Mann vom FBI von den Vorteilen und der Verlässlichkeit ihrer Buchführung zu überzeugen.

»Ich habe hier dreiundneunzig Karten, je eine für die Familien in Medicine Creek und den eingemeindeten Einzelgehöften, und ich könnte Ihnen zu jeder einzelnen Familie so viel erzählen, dass wir pro Karte eine geschlagene Stunde brauchen, von mir aus auch mehr.« Sie redete sich immer mehr in Eifer. Schließlich kam es nicht jeden Tag vor, dass sich der Vertreter einer Bundesbehörde für ihre Aufzeichnungen interessierte. Und seit Rockys Tod hatte sie, Gott sei's geklagt, kaum noch jemanden, mit dem sie mal ein Schwätzchen halten konnte. »Ich verspreche Ihnen, wenn wir durch sind, wissen Sie alles, was man über Medicine Creek überhaupt nur wissen kann. Also, Mr. Pendergast, ich frage noch mal: Womit wollen wir anfangen?«

Pendergast überlegte einen Augenblick. »Nun, ich würde vorschlagen, dass wir mit dem Buchstaben A anfangen.«

Marge runzelte die Stirn und sah ihn missbilligend an. »In Medicine Creek gibt es keinen Familiennamen, der mit A anfängt, Mr. Pendergast. Am besten, wir gehen der Reihe nach vor und fangen mit David Barness an, er wohnt draußen an der Cry Road. Einverstanden?«

Als Pendergast nickte, seufzte sie und sah ihn tief betrübt an. »Es tut mir wirklich sehr leid, dass ich keinen Stuhl für Sie habe. Aber ich sag Ihnen was: Morgen bringe ich von zu Hause einen Küchenstuhl mit, ja?« Sie ordnete die Karte von Dale Estrem wieder an der richtigen Stelle ein, leckte kurz den Zeigefinger an und zog die allererste Karteikarte aus ihrem Holzkasten.

Der Fernseher flimmerte zwar immer noch, aber Marge ging so in ihrer neuen Aufgabe auf, dass sie ihn gar nicht mehr beachtete.

16

Deputy Sheriff Tad Franklin lenkte den Streifenwagen auf den mit Splitt bestreuten Parkplatz zwischen dem großen viktorianischen Haus und dem Andenkenstand. Er hatte kaum die Wagentür aufgestoßen, als sich die Hitze auch schon wie eine bleierne Haube über ihn legte. Er blieb einen Moment stehen, lockerte die Rückenmuskeln und sah sich dabei neugierig um. Der Lattenzaun hatte Ähnlichkeit mit einem lückenhaften Gebiss, die weiße Farbe war längst abgeblättert. Auch das Wohnhaus hätte dringend einen Anstrich gebraucht, und der Garten war zur Unkrautwiese verkommen. Wohin er auch blickte, überall schlug ihm der muffige Atem des Verfalls entgegen. Ein bedrückender Anblick, der Tad an seinen Vorsatz erinnerte, Medicine Creek möglichst bald den Rücken zu kehren. Nur, von heute auf morgen ließ sich das nicht realisieren. Etwas mehr berufliche Erfahrung konnte nicht schaden. Außerdem lag da noch eine Hürde vor ihm, an die er nur ungern dachte: Er musste Sheriff Hazen sagen, dass er sich woanders nach Arbeit umsehen wolle – in Wichita oder Topeko oder weiß Gott wo, bloß nicht in Medicine Creek. Der Sheriff würde das gar nicht gern hören und ihm in seiner väterlich polternden Art gehörig den Kopf waschen. Denn er hoffte insgeheim, dass Tad eines Tages sein Nachfolger wurde.

Tads Lederstiefel knarrten mit den ausgetretenen Stufen um die Wette, als er zur Veranda hochstieg und nach dem Türklopfer langte. Aber die Haustür wurde so schnell aufgezogen, dass er erschrocken zusammenzuckte.

Der Special Agent nickte ihm zu. »Ah, Deputy Sheriff Franklin! Bitte kommen Sie herein!«

Tad nahm den breitkrempigen Hut ab und folgte Pendergast mit einem leicht mulmigen Gefühl in die Diele. Der Sheriff hatte ihm aufgetragen, unbedingt herauszufinden, ob Pendergast neue Erkenntnisse in der Sache mit dem toten Hund habe und wie er weiter vorgehen wolle. Aber Tad konnte sich beim besten Willen nicht vorstellen, wie er es anstellen sollte, Pendergast auszuhorchen. Es sei denn, der Agent schnitt das Thema von sich aus an.

»Sie kommen gerade rechtzeitig zum Lunch«, sagte Pendergast in aufgeräumter Stimmung. Die Vorhänge waren zugezogen, was die mörderische Hitze zwar ein wenig dämpfte, aber ohne Klimaanlage war eben im August keine wirklich angenehme Raumtemperatur zu erreichen.

»Lunch?«, wiederholte der Deputy verdutzt.

»Nur ein leichter Salat und ein paar Antipasti. Prosciutto di San Daniele, Pecorino-Käse mit getrüffeltem Honig, Baccelli, Tomaten und Rucola. An so einem heißen Tag will man ja nichts Schweres zu sich nehmen.“

»Äh – ja, hört sich großartig an«, schwindelte Tad, obwohl er bei sich dachte: Wenn's denn unbedingt was Italienisches sein muss, warum dann nicht einfach eine knusprige Pizza? Außerdem war es bereits ein Uhr, und er hatte, wie er's immer tat, bereits um halb zwölf gegessen.

»Miss Kraus fühlt sich nicht wohl«, ließ ihn Pendergast wissen. »Sie hütet das Bett, und da musste ich eben zusehen, wie ich allein zurechtkomme.«

»Verstehe«, murmelte Tad und folgte dem Agent in die Küche. In der Ecke waren bis zur halben Höhe der Wände Pakete vom Federal Express gestapelt. Auf der Anrichte lag gut und gern ein halbes Dutzend Tiefkühlpackungen bereit, den fremdländischen Aufschriften nach lauter italienische Spezialitäten. Von der amerikanischen Küche schien Pendergast nichts zu halten.

Der Agent machte sich geschäftig und flink mit den Tiefkühlpackungen zu schaffen und hatte im Handumdrehen

Salami- und Käsescheiben auf drei Tellern angerichtet, garniert mit irgendetwas, was Tad entfernt an Salat erinnerte. Er verfolgte Pendergasts Bemühungen mit gelindem Misstrauen.

»So«, sagte der Agent schließlich, »gleich kann es losgehen, ich will nur rasch den Teller für Miss Kraus nach oben bringen.«

»Keine Eile«, sagte der Deputy lau und ließ seinen Hut nervös von einer Hand in die andere wandern. Von irgendwoher hörte er gedämpft Winifreds fragende Stimme und Pendergasts gemurmelte Antworten. Und schon war der Agent wieder da.

»Geht es ihr besser?«, erkundigte sich Tad.

»Ich denke schon«, erwiderte Pendergast mit gesenkter Stimme. »Ihr Unwohlsein ist eher psychisch als physisch begründet. Der Mord in den Maisfeldern hat ihr einen regelrechten Schock versetzt.«

»Ja, das ging uns allen so.«

»Das kann ich mir vorstellen. Ich hatte vor kurzem mit einer höchst unerfreulichen Mordserie in New York zu tun, wo Morde eher an der Tagesordnung sind. Ich bin also daran gewohnt, mit den Abgründen der menschlichen Seele konfrontiert zu werden, aber für Sie ist das eine ganz neue und sicher nicht schöne Erfahrung. Aber nehmen Sie doch bitte Platz!« Tad setzte sich, legte seinen Hut auf den Tisch, fand das offenbar nachträglich unschicklich, platzierte ihn auf dem Stuhl neben sich, wurde aber jäh von der Sorge befallen, er könne ihn womöglich beim Abschied vergessen. Pendergast löste das Problem für ihn, indem er den Diensthut des Deputy an einen Wandhaken hängte. »Buon appetito!«, ermunterte er ihn, zuzulangen.

Tad spießte mit der Gabel eine Käsescheibe auf, kostete ein Stück und kam zu dem Ergebnis, dass der Käse eigentlich recht gut schmeckte. Im Grunde so, wie er ihn mochte.

»Träufeln Sie doch ein wenig ›miele al tartufo bianco‹

darüber«, riet ihm Pendergast, und als der Deputy zögerte, löffelte ihm der Agent eine Portion des Honigs auf den Käse.

Das Zeug sah merkwürdig aus und roch auch komisch, aber nachdem Tad gekostet hatte, musste er im Stillen abermals Abbitte leisten. Er probierte auch die Salamischeiben, erfuhr, dass es sich um eine Spezialität vom Wildschwein handele, und war entschlossen, künftig öfter italienisch zu essen.

Und siehe da, die Überraschungen nahmen kein Ende. Pendergast tupfte sich mit der Serviette den Mund ab und sagte: »Da Sie vermutlich den Auftrag haben, mich auszuhorchen, werde ich Ihnen während des Essens ein kurzes Briefing geben.«

Tad brachte vor Verlegenheit nur ein gestammeltes »Ja gut, mir soll's recht sein« heraus und zog hastig das Notizbuch aus der Uniformjacke.

»Der Hund gehörte Andy Cahill und wurde Jiff gerufen. Andy ist, wie mir gesagt wurde, ein ziemlich abenteuerlustiger Bursche, er hat sich mit Jiff oft in den Maisfeldern herumgetrieben. Meine Assistentin bemüht sich zurzeit, mehr in Erfahrung zu bringen.«

Tad machte sich eifrig Notizen.

»Anscheinend wurde Jiff vorgestern Nacht getötet. Sie erinnern sich vermutlich, dass der Himmel nach Mitternacht von Wolken verhangen war. Ich habe inzwischen die Ergebnisse der Autopsie vorliegen. Der zweite, dritte und vierte Wirbelknochen wurden regelrecht zerschmettert. Es gibt keine Anzeichen dafür, dass dazu irgendein Werkzeug oder Hilfsmittel benutzt wurde. Wenn die Tat also mit bloßer Hand ausgeführt wurde, muss der Täter über enorme Kräfte verfügen. Der Schwanz scheint mit einem brutalen Hieb abgetrennt worden zu sein. Der Täter hat ihn offenbar – genau wie das Halsband und die Hundemarke – mitgenommen.«

Tad hatte Mühe, mit seinen Notizen nachzukommen –

die Informationen waren sicher wichtig. Obwohl, fiel ihm ein, Sheriff Hazen den Bericht inzwischen wahrscheinlich auch bekommen hatte. Trotzdem konnte es nichts schaden, sich sicherheitshalber die eine oder andere Notiz zu machen.

»Ich habe die Spuren des Barfußläufers vom Tatort aus zurückverfolgt. Der Täter hat exakt denselben Weg gewählt wie neulich bei dem Mordfall Swegg. Bis runter zum Bach, dort verlieren sich die Spuren, weil der Täter durchs Bachbett gewatet ist. Ich habe also am folgenden Morgen Mrs. Tealander aufgesucht, um bei ihr nähere Informationen über die hiesigen Einwohner einzuholen. Ich fürchte allerdings, die Recherchen werden sich länger hinziehen, als ich ursprünglich …«

Und da kam auf einmal Winifred Kraus die Treppe heruntergetapst, im Nachthemd und – ungeachtet der Hitze – in einem Morgenmantel. Als sie die Küche betrat, stand Tad auf.

»Oh, hallo Tad!«, begrüßte sie den Deputy. »Sie haben vermutlich schon gehört, dass ich nicht ganz auf der Höhe war. Mr. Pendergast war so freundlich, sich um mich zu kümmern.«

»Ja, Ma'am.«

»Aber bitte – setzen Sie sich doch, Tad!« Sie ließ sich mit einer von Seelenqualen gezeichneten Miene am Tisch nieder. »Ich habe es im Bett einfach nicht mehr ausgehalten. Ich weiß gar nicht, wie Schwerkranke das ertragen. Ach, Mr. Pendergast, wären Sie wohl so freundlich, mir einen Becher von Ihrem köstlichen grünen Tee zuzubereiten? Ich habe den Eindruck, er beruhigt meine Nerven.«

»Wird mir ein Vergnügen sein«, versicherte der Agent und ging zum Herd.

»Ist das nicht alles ganz schrecklich, Tad?«, wandte sie sich an den Deputy. »Die tote Frau, der tote Hund. Wer könnte das getan haben? Weiß man schon etwas?«

»Wir verfolgen verschiedene vielversprechende Spuren, Ma'am«, leierte Tad die nichtssagende Floskel herunter, zu der Sheriff Hazen in solchen Fällen Zuflucht nahm.

Miss Kraus zog sich den Morgenmantel enger um die Schultern. »Ich habe Angst, große Angst. Zu wissen, dass der Täter immer noch frei herumläuft! Und dass es, wenn man der Zeitung glauben darf, einer aus unserer Mitte ist!«

»Ja, Ma'am.« Tad fühlte sich ein wenig hilflos.

Und als Pendergast den Becher mit dem Tee vor Winifred Kraus abstellte, vertraute sie Tad mit Grabesstimme an: »Ich habe Angst um unsere kleine Stadt. Ja, solange dieser Mörder dort draußen herumläuft, habe ich ehrlich Angst um Medicine Creek.«

17

Corrie Swanson brachte den Gremlin unter beachtlicher Staubentwicklung mit stotterndem Motor zum Stehen. Großer Gott, war das heute heiß!

»So, da wären wir.« Aus den Augenwinkeln stellte sie erleichtert fest, dass der Agent doch nicht eingeschlafen war, er erwiderte sogar ihren Blick. »Nur, Sie haben mir noch nicht gesagt, was wir überhaupt hier draußen wollen.«

»Wir werden James Draper einen Besuch abstatten.«

»Brushy Jim?«

»Ich habe von Andeutungen über das Medicine-Creek-Massaker gehört, die er angeblich gemacht haben soll, und darüber möchte ich mehr erfahren.«

Corrie lachte. »Brushy Jim erzählt alles Mögliche, das sollten Sie nicht so ernst nehmen. Der lügt doch schon, wenn er guten Morgen sagt.«

»Ich habe die Erfahrung gemacht, dass Lügner im Endeffekt mehr zur Wahrheitsfindung beitragen als Leute, die ständig beteuern, wie sehr sie sich der Wahrheit verpflichtet fühlen. Unter Berufung auf die eigene Wahrheitsliebe lügt es sich nämlich besonders leicht.«

Corrie verzog das Gesicht. Pendergast redete wieder mal in Rätseln. Aber was sollte man von verschrobenen Typen wie ihm auch anderes erwarten?

Brushy Jims mit Stacheldraht eingezäuntes Grundstück erstreckte sich über gut und gern eine Achtelquadratmeile entlang der Deeper Road. Das ein Stück von der Straße zurückversetzte, aus rohen Planken gefügte Blockhaus wirkte nicht gerade einladend. Eine einsame Pappel gab sich redliche Mühe, wenigstens einen Anflug von Wohnlichkeit zu verbreiten, aber der rings um das Haus gelagerte Schrott machte das zunichte. Wohin man auch sah: rostige Autowracks, ausrangierte Wassertanks, Kühlschränke und Waschmaschinen, verrottete Bootskörper und sogar der bauchige Kessel einer abgewrackten Dampflokomotive.

Corrie wollte den Wagen näher ans Haus fahren, gab aber auf der unebenen Fahrspur zu viel Gas, was der Gremlin mit wütenden Fehlzündungen honorierte, bis der Motor schließlich kurzerhand abstarb. Nach einer kleinen Weile flog die Tür des Blockhauses auf, und ein an einen Waldkauz erinnerndes männliches Wesen trat auf die Veranda. Corrie machte zwar wie die meisten Leute in Medicine Creek nach Möglichkeit einen weiten Bogen um Brushy Jim, aber das fahlrot wuchernde Haar, das bis auf zwei stechend schwarze Augen, die Lippen und einen Streifen Stirn das ganze Gesicht bedeckte, ließ keine Zweifel daran, dass sie es mit dem Mann zu tun hatten, dem Pendergast unbedingt einen Besuch abstatten wollte.

Und damit nicht genug, der Agent ging auch schon unbekümmert zur Veranda.

»Bleiben Sie, wo Sie sind!«, rief ihm Brushy Jim mit drohendem Unterton zu. »Sagen Sie mir erst, was Sie von mir wollen, und zwar ein bisschen plötzlich!«

Pendergast blieb abrupt stehen. »Gehe ich recht in der Annahme, dass Sie Mr. James Draper sind, der Urenkel von Isaiah Draper?«

Der Mann straffte sich, das Misstrauen lauerte weiter in seinem Blick. »Und wenn's so wär?«

»Mein Name ist Pendergast. Ich bin daran interessiert, Näheres über das Medicine-Creek-Massaker vom vierzehnten August 1865 zu erfahren, das Ihr Urgroßvater, wenn ich recht unterrichtet bin, als Einziger überlebt hat.«

Die Erwähnung des Urgroßvaters bewirkte Wunder, das Misstrauen war wie ausgelöscht. »Soso? Und die, na, sagen wir: die junge Lady in Ihrer Begleitung, wer ist das?«

»Miss Corrie Swanson«, erwiderte Pendergast. Brushy Jim reckte neugierig den Hals. »Little Corrie?«, fragte er verdutzt. »Kind, was ist denn mit deinen hübschen blonden Haaren passiert?«

Ich hab zu viel Auberginen gegessen, lag Corrie auf der Zunge. Aber wenn es um die Haarfarbe ging, war der Waldkauz nicht zu Scherzen aufgelegt, und so beließ sie es bei einem vieldeutigen Achselzucken.

»Du siehst schrecklich aus, Corrie«, stellte Brushy Jim fest, »vor allem in deinen schwarzen Klamotten. Aber ich will nicht so sein, du darfst trotzdem mit reinkommen.«

Corrie und der Agent folgten ihm in seine enge, unaufgeräumt wirkende Behausung. Die winzigen Fenster ließen kaum Tageslicht herein. Es roch penetrant nach abgestandenen Essensresten und verdorbenen Vorräten.

»Setzt euch, ich spendier eine Coke.«

Corrie quetschte sich in einen engen, mit Segeltuch bespannten Klappstuhl, Pendergast entschied sich für das einzige Fleckchen der ledernen Couch, das nicht von alten Ausgaben des *Arizona-Highways-Magazins* mit Beschlag belegt war. Corrie sah sich scheu um. An den Wänden hingen alte Flinten, gegerbte Hirschfelle und Regale mit Pfeilspitzen und Erinnerungsstücke aus der Zeit des Bürgerkriegs. In einer Ecke stand ein ausgestopftes, schon ziemlich mottenzerfressenes Pferd: ein Appaloosa, wie die Indianer die schwarz gesprenkelten hellen Pferde nannten, auf denen ihre Vorfahren in den Kampf geritten waren. Dem Fußboden hätten Schaufel und Besen gut getan, überall lag irgendetwas herum, sei's ein Stapel schmutziger Wäsche oder ein abgebrochener Sattelsporn.

Und noch etwas fiel Corrie auf: Weit und breit war keins jener persönlichen Erinnerungsstücke aus dem Vietnamkrieg zu sehen, die sie in Brushy Jims Zuhause erwartet hatte.

Der alte Mann stellte ihnen gekühlte Coladosen hin, dann

kam er ohne Umschweife zur Sache: »Also, Mr. Pendergast, was möchten Sie über das Massaker hören?«

Der Agent schob seine Dose ein Stück beiseite. »Alles.«

»Nun, dann fangen wir am besten mit dem Bürgerkrieg an.« Brushy Jim brachte seine Leibesfülle in einem ausladenden Lehnstuhl unter und nahm geräuschvoll einen Schluck aus seiner Dose. »Ich nehme an, als Historiker sind Sie über die Ereignisse unterrichtet, die allgemein mit der Floskel ›Bloody Kansas‹ umschrieben werden.«

»Ich bin kein Historiker, Mr. Draper. Ich bin Agent beim Federal Bureau of Investigation.«

Langes Schweigen, dann räusperte sich der alte Mann vernehmlich. »Sei's drum, Mr. Pendergast. Sie sind also vom FBI. Darf ich fragen, was Sie nach Medicine Creek führt?«

»Der Mord, der sich kürzlich ereignet hat.«

Von einer Sekunde zur anderen war Brushy Jim wieder das alte Misstrauen anzumerken, sogar stärker als zuvor. »Und was hat das mit mir zu tun?«

»Das Opfer war eine Antiquitätenjägerin namens Sheila Swegg. Sie hat verbotene Grabungen in den Hügeln vorgenommen.«

Brushy Jim spuckte auf den Boden und trat den Speichel mit der Stiefelspitze in den Staub. »Diese gottverdammte Grabräuberei! Werden die Toten denn nie ihre Ruhe finden?« Und dann sah er Pendergast lauernd an. »Sie haben mir immer noch nicht gesagt, was das mit mir zu tun hat?«

»Wenn ich das richtig sehe, sind der historische Hintergrund der Grabhügel und das Medicine-Creek-Massaker eng miteinander verwoben. Die Einheimischen sprechen in diesem Zusammenhang vom Fluch der Fünfundvierzig. Und nahe der Leiche wurden, wie Sie vermutlich wissen, etliche alte Cheyennepfeile vorgefunden.«

Brushy Jim schien lange nachzudenken, dann fragte er: »Was für Pfeile waren das?«

»Der Schaft bestand aus Rohr, die Federn stammten von

den Schwanzfedern junger Seeadler, die Spitzen waren aus Feuerstein und rotem Jaspis vom Big Horn geschliffen, was dem Typ zwei des sogenannten Einfachen Cimarron entspricht. Übrigens wiesen alle Fundstücke einen bemerkenswert guten Zustand auf. Sie dürften etwa aus dem Jahr des Massakers stammen.«

Brushy Jim stieß einen leisen Pfiff aus und hüllte sich dann so lange in nachdenkliches Schweigen, dass Pendergast sich bemüßigt fühlte, ihn sanft in die Gegenwart zurückzuholen. »Mr. Draper?«

Der Alte verharrte lange in düsterem Schweigen, aber schließlich raffte er sich dazu auf, die Geschichte seines Urgroßvaters zu erzählen.

»Vor dem Sezessionskrieg war der Südwesten von Kansas nahezu unbesiedelt, in dem Gebiet lebten nur Cheyenne, Arapaho, Pawnee und Sioux. Die einzigen Weißen, mit denen sie in Berührung kamen, waren Siedler, die auf dem Santa-Fe-Trail nach Westen durchzogen. Aber die Besiedlung war unaufhaltsam, sie breitete sich von der Grenze her aus, und die verlief damals in dem Gebiet, das wir heute das östliche Kansas nennen. Die Neuankömmlinge warfen ein begehrliches Auge auf die Täler des Cimarron River, des Arkansas, des Crooked Creek und des Medicine Creek. Als dann der Bürgerkrieg ausbrach und alle Männer im wehrfähigen Alter Soldaten wurden, hatten die Siedler niemanden mehr, der sie beschützen konnte. Sie waren nicht eben zimperlich mit den Indianern umgesprungen, und jetzt wurde ihnen das heimgezahlt. Überall entlang der Grenze gab es Überfälle durch Indianer. Dann endete der Bürgerkrieg, die Soldaten kamen verarmt und verbittert nach Hause. Sie hatten erlebt, was Krieg bedeutet. Und Krieg, Mr. Pendergast, vernebelt den Männern oft den Verstand, bis sie sich einbilden, jede Art von Gewalt sei erlaubt.«

Brushy Jim brauchte eine Verschnaufpause, um gegen seine belegte Kehle anzuhüsteln.

»Nun ja, als sie wieder zu Hause waren, fingen sie an, Selbstschutzgruppen zu bilden, um die Indianer zu vertreiben und sich das Land ihrer Siedlungen zurückzuerobern. ›Das Land säubern‹ nannten sie das. Eine dieser Gruppen – sie nannten sich Die Fünfundvierzig – bildete sich drüben in Dodge. Das heißt, Dodge gab es damals natürlich noch nicht, es gab nur die Farm der Hickson-Brüder. Fünfundvierzig Männer waren es, einige von ihnen gehörten zum übelsten Abschaum der Menschheit, Straßenräuber und Mörder, die man aus den Städten weiter östlich vertrieben hatte. Mein Urgroßvater, Isaiah Draper, war gerade mal ein Bürschchen von sechzehn, kaum aus den kurzen Hosen herausgewachsen; er ist blindlings in die Gruppe hineingestolpert. Ich nehme an, es hat ihn gewurmt, dass er den Krieg verpasst hatte, und da hat er sich wohl gedacht: Wenn du nicht zu spät kommen willst, ist jetzt die letzte Gelegenheit, um zu beweisen, dass du ein Mann und ein ganzer Kerl bist.«

Brushy Jim griff nach der Coladose und nahm schlürfend einen tiefen Schluck.

»Wie auch immer, im Juni '65 brachen Die Fünfundvierzig zu einem Streifzug auf, südlich der Berge von Kanada und den Cimarron entlang, bis zu der Engstelle, an der Oklahoma beginnt. Fast alle Männer waren Bürgerkriegsveteranen, sie verstanden sich auf den Kampf gegen berittene Truppen. Sie waren durch die Hölle gegangen und harte Burschen ohne Skrupel geworden. Aber sie waren auch Feiglinge, sonst hätten sie den Sezessionskrieg nicht überlebt. Sie rochen es, wenn die Luft allzu bleihaltig wurde, und wussten, wann es Zeit war, sich in die Büsche zu schlagen. Den offenen Kampf gegen die Indianer überließen sie den regulären Truppen, sie warteten lieber die Nacht ab, überfielen Indianerdörfer und schlachteten alle ab, die sie dort antrafen, also hauptsächlich Frauen und Kinder. Sie kannten keine Gnade, ihre Parole war: Aus Nissen werden

Läuse. Selbst Babys verschonten sie nicht, nur, die spießten sie mit dem Bajonett auf, um Munition zu sparen.«

Seine leise, belegte Stimme und das Dämmerlicht in dem Blockhaus übten auf Corrie eine hypnotisierende Wirkung aus. Es war ihr, als beschriebe der Alte etwas, was er mit eigenen Augen gesehen hatte. Und, dachte sie, in gewisser Weise war es wohl auch so.

»Mein Urgroßvater hat das nicht verkraftet, es hat ihn regelrecht krank gemacht. Frauen zu vergewaltigen, sie anschließend umzubringen und ihre Babys aufzuspießen, das war nicht das, was er sich als Beweis seiner Männlichkeit vorgestellt hatte. Er plante, die Gruppe der Fünfundvierzig zu verlassen und sich allein nach Hause durchzuschlagen, aber solange sie praktisch von Indianern umzingelt waren, wäre der Versuch Selbstmord gewesen. Also musste er weiter mitmachen. Eines Nachts waren die anderen sturzbetrunken, und weil er sich an dem, was sie ihre Vergnügungen nannten, nicht beteiligen wollte, verprügelten sie ihn so, dass ein paar seiner Rippen angeknackst waren. Freilich waren es im Grunde die gebrochenen Rippen, die ihm das Leben retten sollten. In der ersten Augusthäfte fielen sie über ein halbes Dutzend Cheyennedörfer her, und weil sie dachten, nun hätten sie den Stamm aus Kansas nach Norden und Westen vertrieben, wollten sie zur Hickson-Farm zurückkehren. Auf dem Weg dorthin lag auch der Medicine Creek, und an ihm schlugen sie in der Nacht zum vierzehnten August ihr Lager auf, draußen bei den Hügeln. Sind Sie schon dort gewesen, Mr. Pendergast?«

Der Agent nickte.

»Dann wissen Sie ja, dass dies weit und breit die höchste Erhebung ist. Baumbestand gab es damals dort nicht, nur die drei von Gestrüpp überwucherten Hügel. Die Männer stellten, wie sie's immer taten, Posten auf – direkt auf den Hügeln, weil der Blick von dort meilenweit in alle Richtungen reichte. Ihr Nachtlager schlugen sie ein paar hundert

Meter dahinter auf. Um die Zeit des Sonnenuntergangs frischte der Wind stark auf, eine Schlechtwetterfront kam auf sie zu und trieb eine dichte Sandwolke vor sich her...

Mein Urgroßvater hatte ja die gebrochenen Rippen, darum hatten sie für sein Nachtlager eine Mulde ausgesucht, einige Meter vom Hauptlager entfernt. Aber der Wind heulte unerbittlich und fegte den Sandstaub dicht über dem Boden vor sich her, und es machte meinen Urgroßvater fast verrückt, dass er sich nicht aufrichten und mit eigenen Augen sehen konnte, was für Kapriolen das Wetter schlug. Sie hatten wohl ein schlechtes Gewissen wegen seiner gebrochenen Rippen, und so beschlossen sie, ihn noch einmal umzubetten – an eine windgeschützte Stelle im dichten Unterholz. Tja, und als die Männer sich gerade zum Abendessen niederlassen wollten, brach die Hölle los.«

Brushy Jim legte den Kopf in den Nacken und ließ sich einen großen Schluck Coke in den Mund laufen.

»Zuerst hörten sie nur lauten Hufschlag, scheinbar direkt über ihnen, doch auf einmal tauchten an die dreißig Krieger auf weißen Pferden aus der Staubwolke auf. Es war fürchterlich, die Cheyenne schienen aus dem Nichts zu kommen, niemand hatte auch nur einen Laut gehört, selbst die Posten hatten sie nicht bemerkt. Ihre Gesichter waren mit rotem Ocker bemalt, sie schwangen Lassos, Pfeile flogen durch die Luft, ein schauriges Geheul ließ den Männern das Blut in den Adern gefrieren. Sie wissen sicher, wie unsere Soldaten zur Zeit der Grenzkriege gewütet haben, Mr. Pendergast, aber jetzt drehten die Cheyenne den Spieß um...

Dennoch, ein Spaziergang wurde es nicht für sie. Die Fünfundvierzig waren hartgesottene Burschen, sie wehrten sich und töteten mindestens ein Drittel der Angreifer und viele ihrer Pferde. Mein Urgroßvater sah von seinem Nachtlager aus den Kampf mit an. Und nachdem die Indianer alle Männer getötet hatten, wendeten sie die Pferde und ritten im Schutze der Staubwolke davon. Sie waren von einer

Sekunde zur anderen wie vom Erdboden verschluckt. Und das Unheimlichste war: Als sich der Staub gelegt hatte, war nirgendwo ein Indianer zu sehen, weder ein lebender noch ein toter. Nur die leblosen Weißen blieben am Schauplatz des Massakers zurück, tot und skalpiert. Es war wie ein böser Spuk, sogar die verendeten Pferde der Cheyenne schienen spurlos verschwunden zu sein...

Zwei Tage später hat eine Schwadron der Vierten Kavallerie meinen Urgroßvater in der Nähe des Santa-Fe-Trail aufgelesen. Er führte die Soldaten zu den Hügeln. Sie fanden Blutlachen und aufgedunsene Eingeweide der Indianerpferde, aber weder tote Cheyennekrieger noch frisch ausgehobene Gräber. Rings um die Anhöhe gab es eine Menge Hufspuren, die sich aber schon nach wenigen Metern verloren. Auch die getöteten Wachposten der Fünfundvierzig wurden nie gefunden. Die Kavallerieschwadron hatte einige Arapahopfadfinder dabei, aber als die merkten, dass sich die anfänglichen Spuren sehr bald auf unerklärliche Weise verloren, versetzte sie das so in Angst, dass sie ein lautes Lamento anstimmten und sich weigerten, weiter nach Spuren dieser wie sie es nannten – Geisterarmee zu suchen. Wenig später kam es zu einem großen Aufruhr, in dessen Verlauf die Kavallerie wieder viele Dörfer der Cheyenne niederbrannte. Man hätte annehmen können, dass die Siedler darin eine Rache für den Tod der Fünfundvierzig gesehen hatten, aber die meisten Weißen waren froh, dass es diesen üblen Haufen nicht mehr gab...

Damit endete die Zeit der Cheyenne im westlichen Kansas. 1871 wurde Dodge City gegründet, und ein Jahr später erreichte die Santa-Fe-Eisenbahn die Stadt, die mittlerweile ein Magnet für die Cowboys im Westen geworden war. Der Texas Trail verlor seine Bedeutung, und mit ihm die ständigen Schießereien samt den Legenden, die sich um Wyatt Earp, Boot Hill und all die anderen Revolverhelden rankten. 1877 wurde Medicine Creek von einem Viehzüchter namens H. H.

Keyser gegründet, der als Brandzeichen für sein Vieh ein großes H wählte, bei den Rindern auf der linken, bei den Pferden auf der rechten Schulter. 1886, als der Blizzard das Land verwüstete, verlor H. H. Keyser auf einen Schlag elftausend Stück Vieh, und tags darauf stützte er sich mit der Schläfe auf die Mündung seines Gewehrs und drückte ab. Alle waren überzeugt, dass das etwas mit dem Fluch der Fünfundvierzig zu tun haben müsse. Aber die Zeit der Rinderbarone ging ohnehin zu Ende. Neue Siedler kamen, die das Vieh auf umzäunten Weiden in der Nähe ihrer Blockhäuser hielten. Daneben gab es die Farmer, die sowieso Ackerbau betreiben wollten, anfangs Weizen und Möhrenhirse, bis der Boden so ausgezehrt war, dass sie sich auf den Anbau von Mais verlegen mussten. Damals wurde er als Viehfutter gebraucht, und heute …« Er schnaubte verächtlich. »Heute wird er zu Sprit verarbeitet! Aber wie sich die Zeiten auch ändern, niemand hat je das Geheimnis des Medicine-Creek-Massakers und das der Geisterkrieger enträtselt.«

Er nahm einen letzten Schluck aus der Coladose und setzte sie dann so energisch ab, als wolle er den Schlusspunkt seiner Geschichte markieren.

Corrie schielte verstohlen zu Pendergast hinüber. Sie fand die Geschichte faszinierend, und Brushy Jim hatte sie ihrer Meinung nach auch spannend erzählt. Aber der Agent – tief in das Ledersofa geschmiegt, die Augen halb geschlossen – fragte nur murmelnd: »Und Ihr Urgroßvater, Mr. Draper?«

»Er hat sich drüben in Deeper niedergelassen. Hat dreimal geheiratet und seine Frauen eine nach der anderen beerdigen müssen. Er hatte die ganze Geschichte des Massakers in seinem Tagebuch aufgeschrieben, viel ausführlicher, als ich sie Ihnen erzählt habe, aber einer seiner Söhne hat das Tagebuch in der Zeit der Großen Depression verkauft, und so ist es wohl in irgendeiner Bibliothek im Osten gelandet. Mein Dad hat mir die Geschichte erzählt, sonst wüsste ich auch nicht mehr als alle anderen.«

»Und wie ist es Ihrem Urgroßvater möglich gewesen, alle Geschehnisse so genau zu verfolgen? Und das auch noch während eines Sandsturms?«

»Wie ich schon sagte, ich kenne die Geschichte nur vom Hörensagen. Aber hier bei uns kommen die Sandstürme urplötzlich, und genauso schnell können sie sich wieder legen.«

»Und noch etwas, Mr. Draper. Wurden die Cheyenne bei der US-Kavallerie nicht auch die ›roten Gespenster‹ genannt, weil sie sich an jeden noch so aufmerksamen Posten anschleichen und ihm die Kehle durchschneiden konnten, ehe er sie überhaupt bemerkte?«

»Für einen FBI-Agent wissen Sie eine Menge über Indianer, Mr. Pendergast. Aber Sie müssen bedenken, dass sich der ganze Spuk während des Sonnenuntergangs abgespielt hat, nicht etwa mitten in der Nacht. Und die Fünfundvierzig hatten für die Konföderierten gekämpft und den Krieg verloren. Sie können verdammt sicher sein, dass die ihre Augen offen gehalten haben.«

Der Agent ließ nicht locker. »Wie war es möglich, dass die Indianer Ihren Urgroßvater nicht entdeckt haben?«

»Wie ich schon sagte, die Männer hatten ein schlechtes Gewissen und haben ihn in einiger Entfernung ins Unterholz gebettet und aus Zweigen eine Art Windschutz für ihn errichtet. Als dann die Indianer auftauchten, hat er die Zweige über sich gezogen.«

»Ich verstehe, Mr. Draper. Aber eine mit Zweigen bedeckte Mulde ist nicht gerade der ideale Aussichtspunkt, schon gar nicht während eines Sandsturms und etliche Meter von den Ereignissen entfernt. Trotzdem konnte Ihr Urgroßvater all das beobachten, was Sie uns so anschaulich geschildert haben. Er hat sogar die Geisterkrieger auftauchen und verschwinden gesehen.«

In Brushy Jims Augen lag ein zorniges Funkeln, er machte sogar Anstalten, aufzustehen. »Glauben Sie etwa, ich schwindle Ihnen was vor, Mr. Pendergast? Wir sitzen hier nicht über meinen Urgroßvater zu Gericht. Ich habe Ihnen nur erzählt, was mein Dad mir erzählt hat.«

»Dann haben Sie vermutlich eine eigene Theorie? Etwas, womit Sie sich den Ablauf der Ereignisse erklärt haben, Mr. Draper? Oder glauben Sie wirklich, dass es Gespenster waren?«

Der alte Mann stand auf. »Der Ton, in dem Sie mit mir reden, gefällt mir nicht, Mr. Pendergast. Raus mit der Sprache, falls Sie irgendetwas andeuten wollen!«

Corrie hielt die Luft an. Sie schielte vorsichtshalber schon mal zur Tür.

»Ach, kommen Sie, Mr. Draper«, sagte Pendergast schließlich, »Sie sind kein Narr, Sie glauben nicht jeden Unsinn. Ich möchte ja nur von Ihnen erfahren, wie Sie sich das Ganze wirklich erklären.«

Ein paar Sekunden lang schien die Luft zu knistern, dann hatte Brushy Jim sich wieder beruhigt. »Sie scheinen zu riechen, was mir durch den Kopf geht, Mr. Pendergast. Sie haben recht, ich glaube nicht, dass die Indianer Gespenster waren. Heute sieht man das wegen der Bäume nicht mehr so deutlich, aber durch die Landschaft unterhalb der drei Hügel zieht sich eine dem Bachlauf folgende, leicht geschwungene Bodenfalte. Wenn die Cheyenne dieser Falte gefolgt sind und ihre Pferde am Zügel geführt haben, konnten die Posten sie nicht kommen sehen. Die Indianer mussten nur auf den Sandsturm warten und im richtigen Moment rasch aufsitzen und losreiten. Das würde den plötzlichen Hufschlag erklären. Und sie können auf dieselbe Weise wieder verschwunden sein, samt ihren Toten. Und was die Arapaho angeht…« Er lachte hämisch. »Ich habe nie gehört, dass einer von denen in der Lage ist, Spuren von Cheyenneindianern zu lesen.«

»Wie steht's mit den toten Pferden der Cheyenne?«, hakte Pendergast nach. »Wie konnten die Ihrer Meinung nach einfach so verschwinden?«

»Sie sind nicht so schnell zufrieden zu stellen, Mr. Pendergast, wie? Auch darüber habe ich nachgedacht. Als ich acht Jahre alt war, habe ich mal gesehen, wie ein Dakotahäuptling in nicht mal zehn Minuten einen Büffel ausgeweidet und zerlegt hat, und so ein Büffel ist ein größerer Brocken als ein Pferd. Die Indianer essen Pferdefleisch, sie könnten ihre toten Pferde geschlachtet und zusammen mit ihren toten Kriegern vor sich auf die Satteldecke gepackt und mitgenommen haben. Die Eingeweide haben sie liegen lassen, mit denen konnten sie nichts anfangen, die wären nur eine unnütze Last gewesen. Und vielleicht hat mein Urgroßvater mit dem Dutzend toter Pferde ein bisschen übertrieben, vielleicht waren es nur drei.«

»Vielleicht«, stimmte Pendergast ihm zu. »Jedenfalls bin ich Ihnen dankbar, dass Sie mir die Geschichte von den Fünfundvierzig so geduldig und aufschlussreich erzählt haben.«

Er stand auf und schlenderte zu dem Bücherregal an der Stirnwand der Blockhütte hinüber. »Aber ich verstehe noch nicht ganz, was das Massaker an den Hügeln mit diesem geheimnisvollen Fluch der Fünfundvierzig zu tun hat, über den niemand reden will?«

»Nun ja, Mr. Pendergast, es ist ja nicht gerade ein erfreuliches Thema.«

Als Pendergast sich umdrehte und ihn fragend ansah, fuhr Brushy Jim sich unruhig mit der Zunge über die Lippen, und schließlich gab er sich einen Ruck. »Also gut. Ich habe Ihnen ja erzählt, dass die Posten als Letzte getötet wurden. Nun, der Allerletzte, der dran glauben musste, war ein gewisser Harry Beaumont. Ein harter Bursche, er war der Anführer der Fünfundvierzig. Die Indianer waren wütend über das, was die Weißen ihren Frauen und Kindern angetan hatten, und sie wollten Beaumont dafür bestrafen. Darum haben sie sich nicht damit zufrieden gegeben, ihn zu skalpieren, sie haben ihn regelrecht von Kopf bis Fuß geschält.«

Pendergast stellte das Buch, in dem er geblättert hatte, ins Regal zurück. »Geschält? Was meinen Sie damit.«

Brushy Jim wand sich sichtlich. »Nun, sie haben ihn so zugerichtet, dass die eigene Familie ihn nicht wiedererkannt hätte, nicht mal im Himmel. Und als sie mit ihm fertig waren, haben sie ihm die Stiefel aufgeschnitten und die Haut der Fußsohlen abgezogen, damit sein Geist sie nicht verfolgen konnte. Und dann haben sie seine Stiefel vergraben, den einen links, den anderen rechts von den Hügeln. Um sicherzugehen, dass sein böser Geist für immer dort gefangen blieb.«

Pendergast nahm das nächste Buch aus dem Regal und fing darin zu blättern an. Aber seine nächste Frage bewies, dass er aufmerksam zugehört hatte. »So weit verstehe ich das, aber was hat es mit dem Fluch auf sich?«

Brushy Jim zuckte die Achseln. »Da erzählt Ihnen jeder etwas anderes. Einige glauben, dass Beaumonts Geist immer noch an den Hügeln spukt und nach seinen Stiefeln sucht. Andere vermuten schlimmere Dinge, auf die ich aber in Gegenwart einer jungen Lady nicht näher eingehen will. Aber eins kann ich Ihnen mit Sicherheit sagen: Unmittelbar bevor Beaumont starb, hat er den Boden rings um sich in alle Ewigkeit verflucht. Mein Urgroßvater in seinem Versteck hat den Fluch mit eigenen Ohren gehört.«

Pendergast nickte, aber diesmal schien er irgendwie abgelenkt zu sein. Er blätterte in einem schmalen, in billiges Leinen gebundenen Bändchen, dessen linierte Seiten jemand mit naiven Zeichnungen ausgeschmückt hatte.

»Ach, die alte Schwarte haben Sie erwischt«, brummelte Brushy Jim. »Mein Dad hat sie vor vielen Jahren einer Soldatenwitwe abgekauft. Ist eine billige Fälschung. Ich wollte die Scharteke schon lange auf den Müll werfen.«

»Nein«, widersprach Pendergast, »das ist keine Fälschung. Allem Anschein nach handelt es sich um ein echtes indianisches Beschwörungsbuch. Und die Seiten scheinen sogar vollständig erhalten zu sein.«

»Ein Beschwörungsbuch?«, fragte Corrie. »Was ist das?«

»Wenn den Cheyenne amerikanische Armeetagebücher in die Hände fielen, haben sie sie mit Zeichnungen von besonderen Ereignissen ausgeschmückt, zum Beispiel von der Jagd, von Schlachten und Stammesversammlungen. Auf die Weise kam im Laufe der Jahre eine Art gezeichnete Beschreibung des Kriegerlebens zustande. Die Indianer haben solchen Büchern übernatürliche Kräfte zugeschrieben. Wenn man zum Beispiel eine Seite herausriss und sich auf die Haut legte, wurde man unbesiegbar. Das Naturkundemuseum in New York besitzt so ein Buch. Es stammt von einem Cheyenne namens Little Finger Nail. Nur, bei ihm hat der Zauber nicht gewirkt. Man kann deutlich sehen, wo sich die Kugel eines Soldaten durch das Beschwörungsbuch gebohrt hat. Und bedauerlicherweise auch durch Little Finger Nail.«

Brushy Jim starrte ihn aus weit aufgerissenen Augen an. »Sie meinen… Sie wollen damit sagen, dass das alte Ding, das so viele Jahre hier herumliegt… dass es echt ist?«

Pendergast nickte. »Und nicht nur das, es dürfte sogar sehr wertvoll sein. Bei dieser Szene hier handelt es sich offensichtlich um die symbolische Darstellung von Little Bighorn. Und diese Zeichnung…«, er schlug eine der letzten Seiten auf, »…halte ich für die Darstellung eines religiösen Geistertanzes.« Er klappte das Buch zu und reichte es Brushy Jim. »Es handelt sich vermutlich um das Tagebuch eines Siouxhäuptlings und ist also von erheblichem Wert.«

Der Alte hielt das Buch mit zitternden Händen fest, als fürchte er, es könne ihm aus den Fingern rutschen.

»Für den Fall, dass Sie es verkaufen wollen, sollten sie sich klarmachen, dass es etliche hunderttausend Dollar wert ist.«, fuhr Pendergast fort. »Es bedarf allerdings der Restaurierung durch einen erfahrenen Fachmann. Das holzhaltige Papier ist hochgradig anfällig für Säurefraß.«

Brushy Jim hielt das Buch wie einen neu entdeckten Schatz an seine Brust gedrückt. »Ich werde es lieber behalten, Mr. Pendergast. Das viele Geld würde mir kein Glück bringen. Aber wo kann man so was restaurieren lassen?«

»Nun, ich kenne zufällig einen Fachmann, der bei beschädigten, von Verfall bedrohten Büchern wie diesem wahre Wunder wirkt. Wenn Sie möchten, nehme ich es gern an mich und bringe es ihm. Er wird mir bestimmt den Gefallen tun, und Ihnen entstehen dadurch natürlich keine Kosten.«

Brushy Jims Blick ruhte wie gebannt auf dem Buch. Dann sah er hoch und hielt es Pendergast wortlos hin.

Sie verabschiedeten sich ohne große Worte, aber in einer Atmosphäre, die fast an gute alte Freunde erinnerte. Und als Corrie Pendergast in ihrem rostigen Gremlin zurück zur Stadt kutschierte, saß er stumm, mit halb geschlossenen Augen auf dem Beifahrersitz und hielt das Buch wie eine Reliquie auf dem Schoß.

18

Willie Stott zog mit dem Gummischieber die heiße Mixtur aus Wasser und Waschsoda hin und her, um den rutschig gewordenen Betonboden von Truthahnköpfen, Federn, Eingeweiden und anderen Abfällen zu säubern, die die Jungs von der zweiten Schicht hinterlassen hatten. Den größten Teil hatte er schon geschafft und in den Stahlgully geschoben.

Er selbst machte sich nichts aus Truthahnfleisch, seit er bei Gro-Bain angefangen hatte, war ihm das blasse Zeug zuwider. Fast allen, die hier arbeiteten, ging es genauso. An Thanksgiving konnten die Mitarbeiter kostenlos einen Truthahn mit nach Hause nehmen, aber Stott hatte bisher nicht einen gesehen, der von dem Angebot Gebrauch machte.

So, fertig – der ganze glitschige, stinkende Mist war in dem Gully verschwunden, Stott musste nur noch den Deckel zuziehen. Es war Viertel nach zehn, die zweite Schicht hatte bereits vor Stunden Schluss gemacht. Vor Jahren hatte es noch eine dritte Schicht gegeben, die Nachtschicht von acht bis vier, aber das war eben noch in der guten alten Zeit gewesen.

Stott spürte, wie sich das Fläschchen Old Grand-Dad verlockend an seine Hüfte schmiegte. Tja, man muss dem Leben auch mal angenehme Seiten abgewinnen. Und nach getaner Arbeit hatte er sich eine Belohnung verdient. Und so zog er den Flachmann aus der Gesäßtasche und genehmigte sich einen gehörigen Schluck. Der Whisky rann ihm so schön warm durch die Kehle, dass er, weil man bekanntlich nicht auf einem Bein stehen kann, noch einen zweiten hinterherkippte. Womit das Fläschchen allerdings leer war.

Ärgerlich, dass er zu Hause keinen Vorrat mehr hatte. Andererseits, das *Wagon Wheel* hatte noch eine halbe Stunde offen, und das reichte Stott allemal. Vorausgesetzt, Jimmy, der auf dem Gro-Bain-Gelände Nachtwache schob, war pünktlich.

Und wer sagt's denn? Gerade als er Schrubber, Gummischieber und den übrigen Kram weggestellt hatte, hörte er draußen auf der Laderampe Jimmys Schritte.

»He, Jimmy-Boy!«, begrüßte er seinen alten Kumpel.

»Hallo, Willie«, brummelte der Nachtwächter nicht ganz so gut gelaunt. Klar, er hatte die Arbeit noch vor sich.

»Halt die Ohren steif, alter Junge!«, rief Stott ihm noch zu, dann eilte er auf den Parkplatz. Weil sein Job kurz vor Ende der zweiten Schicht begann, musste er seine alte Karre immer auf einer sehr weit entfernten Parkfläche abstellen. Da hatte es Jimmy besser, wenn er kam, da war alles leer.

Die Nacht war heiß und lautlos. Stott legte einen strammen Schritt vor, von einer Neonlichtinsel zur anderen. Gleich hinter dem Zaun fingen die in rabenschwarzes Dunkel getauchten Maisfelder an. Kein Windhauch bewegte die Stängel. So reglos, wie sie dastanden, hätte man denken können, sie hörten irgendetwas, was er nicht hören und wegen des bedeckten Himmels erst recht nicht sehen konnte. Es war nicht mal auszumachen, wo die Felder endeten. Jenseits des Zauns war alles zu einer einzigen dunklen Masse verschmolzen. Ein bedrückendes, um nicht zu sagen unheimliches Gefühl, vom Maismeer regelrecht eingeschlossen zu sein, das sagten alle.

Endlich beim Auto angekommen, schloss er auf und startete den alten AMC Hornet. Der Motor sprang an, ließ aber ein ungesundes Husten hören und starb ab.

Stott fluchte laut, wartete einen Moment und versuchte es noch einmal. Na also: Der Motor keuchte zwar merkwürdig, aber als Stott ein paarmal das Gaspedal durchgetreten hatte, fing der Hornet brav zu schnurren an. Das blecherne Klappern der Karosserie war normal.

Wagon Wheel, wir kommen! Was für ein tröstlicher Gedanke in so einer lausigen Nacht! Nur einen kleinen Schluck zur Stärkung, bevor er sein armseliges Zuhause an den Elmwood Acres am anderen Ende der Stadt ansteuerte. Mal sehen, vielleicht wurden auch zwei Schlucke daraus.

Die Lichter von Gro-Bain blieben hinter ihm zurück, er steuerte den Wagen durch mannshohe Wälle aus Maisstängeln. Weiter vorn beschrieb die schmale Straße eine Kurve, bevor sie leicht zum Medicine Creek abfiel. Und genau als Stott den Wagen durch diese Kurve lenkte, machte der Motor wieder komische Geräusche, die sich diesmal sogar noch rätselhafter anhörten, und schon gab der Motor den Geist auf.

»Scheiße!«, fluchte Stott inbrünstig und trommelte wütend mit der Faust aufs Lenkrad. »Scheißescheißescheiße!«

Der Hornet rollte langsam aus. Stott schob den Ganghebel auf Parkstellung und versuchte, den Motor neu zu starten, aber da tat sich nichts. Was für Mucken die Karre auch haben mochte, diesmal hatte sich das Geräusch irgendwie endgültig angehört. Und ausgerechnet heute hatte Stott keine Taschenlampe dabei, sodass er nicht mal einen Blick unter die Motorhaube werfen konnte!

Er stieg aus, fischte seinen Whiskyflachmann aus der Gesäßtasche, entlockte ihm aber nur einen letzten Tropfen, mit dem er sich gerade mal die Lippen befeuchten konnte. Wütend schleuderte er das Fläschchen in die Maisfelder. Rasch ein Blick auf die Armbanduhr: Noch zwanzig Minuten, dann machte das *Wagon Wheel* zu. Die Entfernung betrug etwa eine Meile. Wenn er sich ranhielt, konnte er es zu Fuß gerade noch schaffen.

Aber dann fiel ihm plötzlich der Mord an dieser Grabräuberin ein – samt all der widerlichen Begleitumstände, über die der *Courier* berichtet hatte.

Oh Gott! Ringsum meilenweit nichts als Mais, der verdammte Hornet streikt, und irgendwo zwischen hier und dem *Wagon Wheel* lauert womöglich ein wahnsinniger Mörder!

Stickige, aufgeheizte Nachtluft wehte ihn an. Er roch den widerlich süßen Geruch der überreifen Kolben. Grillen zirpten im undurchdringlichen Dunkel. In der Ferne flackerte Wetterleuchten.

Stott erwog kurz, die Warnblinkanlage einzuschalten, ließ es aber dann bleiben, weil er sich neben allen anderen Problemen nicht auch noch eine leere Batterie einhandeln wollte. Die Frühschicht begann um sieben, und vorher verirrte sich sowieso niemand in diese trostlose Gegend. Und wenn er noch rechtzeitig im *Wagon Wheel* ankommen wollte, wurde es Zeit, sich schleunigst auf die Socken zu machen. Mit weit ausholenden Schritten marschierte er schließlich los.

Oh Mann, ging ihm durch den Kopf, wovon soll ich bloß die Reparatur bezahlen? Bei Gro-Bain bekam er einen Stundenlohn von siebenfünfzig, damit ließen sich keine großen Sprünge machen. Na gut, eine Zeit lang konnte ihn Rip wieder zur Arbeit mitnehmen. Und für die Heimfahrt musste er sich dann Jimmys Wagen leihen. Was natürlich bedeutete, dass er Jimmy nach der Nachtschicht pünktlich um sechs abholen musste. Überhaupt, ganz so unproblematisch war die Regelung nicht, wenn's um Geld ging, konnte Jimmy ein bisschen schrullig werden. Das letzte Mal hatte er es zum Beispiel für selbstverständlich gehalten, dass Stott die gesamten Benzinkosten übernahm.

So oder so, die lumpigen siebenfünfzig waren zu wenig. Für gute Arbeit musste die Firma auch gutes Geld hinblättern, verdammt noch mal!

Er legte einen Schritt zu. Der Gedanke an den langen Tresen, die Jukebox mit den schönen alten Ohrwürmern und die großzügige Art, in der Swede einschenkte, wärmte ihm nicht nur das Herz, er beschleunigte auch seinen Schritt.

Und plötzlich blieb er abrupt stehen. Es war ihm, als habe er im Maisfeld rechts von sich etwas rascheln gehört. Er blieb einen Augenblick stehen und lauschte, aber alles war wieder still.

Also weiter! Und zwar auf der Mitte der Straße, sicher ist sicher.

Und als er sich im Geiste gerade wieder ins *Wagon Wheel* mit all seinen Verlockungen hineinträumen wollte, hörte er abermals das raschelnde Geräusch im Maisfeld. Diesmal so nahe, dass jeder Irrtum ausgeschlossen war. Das typische Geräusch, wenn jemand sich zwischen den Maisstängeln durchzwängt.

Was konnte das sein? Ein Reh? Oder ein Kojote?

Stott blieb stehen, schrie »Haaaah!« ins Kornfeld und klatschte laut in die Hände.

Er erstarrte, als ihm aus dem Dunkel ein dumpfes »Muuh« antwortete. Was sich aber nicht nach einer Kuh anhörte, sondern eher nach jemandem, der eine blökende Kuh nachahmen will.

»He, verpiss dich, du Blödmann!«, schrie Stott in die Richtung, aus der das Rascheln gekommen war, hielt sich aber, als er mit strammem Schritt weiterging, von nun an so dicht wie möglich am linken Straßenrand.

Nur, das Rascheln hörte nicht mehr auf. Es schien stetig auf gleicher Höhe mit ihm zu bleiben. Und auf einmal hörte er wieder die gottverdammte Stimme, die ihn mit ihrem blöden »Muuh! Muuh!« zum Narren hielt.

Stott verfiel in Trab. Und als das Rascheln weiter auf gleicher Höhe mit ihm blieb, fing er zu rennen an.

Ausmachen konnte er den unheimlichen Unsichtbaren nicht, aber er sah, dass die dürren Stängel hinter ihm hin und her schwankten, und hörte das Knacken, wenn sie abbrachen.

Auf einmal kam ihm in seiner Verzweiflung die Idee, mit einem Sprung den linken Straßengraben zu überwinden und dann genauso unsichtbar zu werden wie der andere, indem er dort in das Maisfeld eindrang. Aber als Stott, bevor er zwischen den Stängeln verschwand, kurz einen Blick zurückwarf, sah er einen dunklen Schatten in verblüffendem Tempo die Straße überqueren.

Verdammt, nun hatte er seinen Verfolger direkt im Nacken! Er jagte mit keuchendem Atem wie von Furien gehetzt durch das Maisfeld, trotzdem bekam er mit, dass das Rascheln hinter ihm anhielt und sogar immer näher kam. Er schlug einen Haken, bog im rechten Winkel nach links ab, blieb stehen und lauschte.

Das Rascheln hinter ihm hörte auf.

Aha, er hatte seinen Verfolger abgeschüttelt, sein Plan war aufgegangen.

Bloß, wo war er?

Der Instinkt sagte ihm, dass er eigentlich nur der leichten Krümmung folgen musste, die die Stängel jetzt beschrieben.

Ein Indiz dafür, dass sie zum Bachufer führten, und von dort war's dann nur noch eine halbe Meile bis nach Medicine Creek…

Hinter sich hörte er hastig patschende Tritte. Und ein verhöhnendes, rhythmisches »Muuh-Muuh-Muuh!«. Verflucht, der Kerl kam ihm immer näher!

»Hau ab, verdammt noch mal!«, schrie Stott.

»Muuhmuuhmuuh!«

Stott meinte, schon den Atem des Verfolgers im Nacken zu spüren. In seiner Ratlosigkeit wechselte er mehrere Male hektisch die Richtung, aber was er auch versuchte, der Abstand wurde geringer.

Stott verlor die Kontrolle über seine Körperfunktionen, seine Blase entleerte sich, er spürte, wie ihm der Urin warm an den Schenkeln entlangrann.

»Muuhmuuhmuuh!«

Finger – oder waren es Krallen? – grapschten nach seinem Haar. Er versuchte, den Kopf seitlich wegzudrehen, aber dann durchzuckte ihn ein irrsinniger Schmerz, als wäre sein Hals in einem Schraubstock gefangen.

»Hilfe!«, schrie er verzweifelt. »Helft mir doch! Warum hilft mir denn niemand?«

Eine übermenschliche Kraft drehte ihm den Hals um. Und plötzlich war ihm, als finge er zu schweben an.

Das Letzte, was er bei seinem rasanten Flug in den Nachthimmel hörte, war eine triumphierende Stimme, deren nicht enden wollendes »Muuhmuuhmuuhmuuhmuuhmuuhmuuhmuuh« ihm wie die Posaune des Jüngsten Gerichts in den Ohren gellte.

19

Smit Ludwig schloss die Tür der Redaktion hinter sich zu und steckte den Schlüssel ein. Als er die Straße überquerte, warf er kurz einen Blick zum Morgenhimmel. Seit gut zwei Wochen zuckten am nördlichen Horizont Nacht für Nacht die lautlosen Blitze eines Wetterleuchtens, sobald aber der Morgen graute, hörte der Spuk auf. Sobald die Hitzewelle vorbei war, mussten sie sich auf heftige Stürme gefasst machen. Vorläufig sah es jedoch nicht danach aus, dass die mörderische Hitze ihren Würgegriff lockerte.

Ludwig konnte sich gut vorstellen, worüber Art Ridder und der Sheriff mit ihm reden wollten. Aber er hatte den Artikel über den verstümmelten Hund bereits geschrieben, und jetzt ging er auch in Druck, da biss keine Maus einen Faden ab.

Die Hitze fraß sich regelrecht durch seine Schuhsohlen, sein Schädel fühlte sich an wie unter einer Bleihaube. Maggs Kerzenpalast, wie er den *Castle Club* insgeheim nannte, war zwar nur fünf Gehminuten entfernt, aber er bedauerte schon, dass er nicht den Wagen genommen hatte. Bis er ankam, war er bestimmt völlig durchgeschwitzt. Blieb ihm nur der tröstliche Gedanke an Maggs auf arktische Temperaturen heruntergekühlte Clubräume.

Und richtig, als er die Tür aufstieß, schlug ihm sibirische Kälte entgegen. Zu so früher Stunde lag schummeriges Halbdunkel über dem *Castle Club,* nur ganz hinten, wo Art Ridder und Sheriff Hazen saßen, brannten ein paar Lampen. Ludwig nestelte an seinem zerknautschten Hemdkragen herum, drückte das Kreuz durch, kniff die Lippen zusammen und steuerte auf die einsame Lichtinsel zu.

Der *Castle Club* versuchte angestrengt, das Image eines gehobenen Speiserestaurants zu vermitteln, und wenn man nicht allzu genau hinsah und keinen Anstoß an den roten Kunstledersesseln und den auf Echtholz getrimmten Plastiktischchen nahm, gelang das Täuschungsmanöver sogar. Art Ridder und der Sheriff unterhielten sich mit gedämpfter Stimme.

Als Ridder den Reporter kommen sah, stand er auf, winkte ihn an ihren Tisch und rückte ihm einladend einen Sessel zurecht. »Smitty! Schön, dass Sie gekommen sind!« Der Sheriff war nicht aufgestanden, er bedachte Ludwig nur mit einem beiläufigen Kopfnicken.

Ridder winkte der Bedienung. »Em, bring uns Kaffee und für Mr. Ludwig eine Portion Spiegeleier mit Schinken.«

»Ich esse eigentlich nicht viel zum Frühstück«, wollte der Reporter abwehren.

Aber da kam er bei Ridder schlecht an. »Unsinn, Smitty! Heute ist ein wichtiger Tag, da müssen Sie kräftig zulangen.«

»Ein wichtiger Tag?«, wiederholte Ludwig fragend.

»Ja. Dr. Stanton Chauncy von der Kansas University wird nämlich in einer Viertelstunde zu uns stoßen. Ich habe vor, ihm die Stadt zu zeigen.«

Art Ridder machte eine bedeutsame Pause. Er trug ein rosa kurzärmliges Hemd und eine leichte graue Hose. Mit den Jahren war er ein wenig rundlich geworden, aber alles in allem das Sinnbild eines kerngesunden Mannes.

»Wir haben nicht viel Zeit, Smitty, darum will ich ohne lange Umschweife zur Sache kommen. Sie wissen ja, dass man mich allgemein Mr. Direkt nennt.« Er lachte glucksend.

»Ich weiß, Art.«

Es entstand eine kurze Unterbrechung, weil die Bedienung Smitty den Teller mit den Spiegeleiern brachte. Er fragte sich, was ein Reporter mit Rückgrat in so einem Fall wohl machte? Aufstehen und gehen? Oder höflich danke sagen?

»Also, Smitty, ich sag's Ihnen geradeheraus. Sie wissen, dass der Mann Land für ein Versuchsprojekt der Regierung sucht. Deeper und wir kommen in Frage. Deeper hat ein Motel, zwei Tankstellen und liegt zwanzig Meilen näher an der Interstate. Man könnte also fragen: Warum dann noch ein Wettbewerb?« Art Ridder führte seinen Kaffeebecher an den Mund. »Und jetzt hören Sie gut zu! Was ich Ihnen sagen werde, entspricht nicht den offiziellen Verlautbarungen, aber es ist nun mal eine Tatsache, dass wir etwas zu bieten haben, was Deeper nicht hat. Und zwar Abgeschiedenheit!« Wieder eine bedeutsame Pause. »Wieso soll das ein Vorteil sein, könnten Sie fragen. Ich sag's Ihnen auch so. Weil das in Frage kommende Land als Versuchsfeld für genetisch veränderten Mais genutzt werden soll.« Er summte ein paar Takte aus *Twilight Zone* und grinste breit. »Können Sie mir folgen?«

Das war Ridders Lieblingsfloskel, Smitty hatte schon auf sie gewartet. »Nicht ganz«, sagte er lau.

»Wir wissen alle, dass genveränderter Mais harmlos ist. Aber es gibt ein paar Ignoranten – Anrainer, Stadtvolk und notorische Liberale –, die glauben tatsächlich, er wäre schädlich.« Er spitzte schon die Lippen, vermutlich wieder zum *Twilight-Zone*-Thema, aber dann verkniff er sich das Pfeifen. »Der wahre Grund, weshalb Medicine Creek überhaupt im Rennen liegt, ist unsere Abgeschiedenheit. Keine großen Einkaufszentren, im Umkreis von hundert Meilen keine Fernseh- oder Radiostationen, kurzum, wenn jemand Protestdemonstrationen organisieren will, kann er sich kein entlegeneres Nest aussuchen. Natürlich, Dale Estrem und seine Gesinnungsbrüder von der Farmergenossenschaft haben was gegen den Regierungsplan, aber die werde ich schon in den Griff kriegen, verlassen Sie sich drauf! Können Sie mir folgen?«

Ludwig nickte.

»Aber es gibt da ein kleines Problem. Bei uns treibt sich irgendein beknackter Saukerl herum, der skrupellos tötet. Eine Frau und einen Hund hat er schon auf dem Gewissen, und niemand weiß, was er noch vorhat. Und das ausgerechnet jetzt, wo Chauncy sich als Projektleiter für das staatliche Förderungsprogramm in unserer Stadt umsieht! Wir alle wollen doch, dass er ein gutes Bild von Medicine Creek gewinnt. Das Bild einer ruhigen Kleinstadt, in der Recht und Ordnung herrschen. Keine Drogen, keine Hippies, keine Demonstrationen. Natürlich hat Chauncy von dem Mord gehört, aber er geht davon aus, dass der Täter kein Ortsansässiger ist. Und deshalb, Smitty, brauche ich in zwei Punkten Ihre Hilfe.«

Ludwig sah ihn abwartend an.

»Erstens, dass Sie vorläufig keine weiteren Artikel über diese gottverdammten Gewalttaten schreiben. Was geschehen ist, ist geschehen, darauf müssen wir nicht immer wieder rumkauen. Und bringen Sie um Himmels willen auch nicht ausgerechnet jetzt einen Bericht über den toten Köter.«

Ludwig schluckte. »Das gehört zur Informationspflicht eines Reporters.«

Ridder legte ihm lächelnd die Hand auf die Schulter. »Smitty, ich bitte Sie doch nur darum, mit Ihrer Informationspflicht ein paar Tage zu warten. Nur solange der Bursche von der Kansas State University hier ist. Ich verlange keineswegs, dass Sie die Story in den Papierkorb werfen oder so was.« Er drückte Ludwig herzhaft die Schulter. »Wir wissen doch beide, dass Gro-Bain in der heutigen Zeit kein unbedingt sicherer Arbeitsplatz ist. Als 1996 die Nachtschicht gekappt wurde, sind zwanzig Familien weggezogen. Für die betroffenen Familien war es schrecklich, ihre Häuser aufzugeben. Häuser, die ihre Großväter eigenhändig gebaut hatten! Nur, wer lebt schon gern in einer sterbenden Stadt? Sie etwa? Und dieses Anbauprojekt könnte uns eine neue Zukunft bescheren. Ein, zwei Versuchsfelder, was ist das schon? Die Gentechnik hat Zukunft, Smitty, und wir wollen an dieser Zukunft teilhaben! Am Montag wird Dr. Chauncy seine Entscheidung treffen. Tun Sie mir den Gefallen und legen Sie Ihre Story bis Dienstagmorgen auf Eis, dann ist er weg. Können Sie mir folgen?«

»Ich verstehe, was Sie sagen wollen.«

»Mir liegt das Wohl unserer Stadt am Herzen, Smitty, genau wie Ihnen. Ich erfülle nur meine Bürgerpflicht.«

Smitty starrte unschlüssig auf seinen Teller. Das Eigelb war schon stockig und der Schinken wahrscheinlich kalt und hart geworden.

Sheriff Hazen fühlte sich bemüßigt, Ridder den Rücken zu stärken. »Smitty, ich weiß, wir sind nicht immer einer Meinung. Aber es gibt noch einen Grund, warum Sie nichts über diesen Hund bringen sollten. Die Psychologen der Gerichtsmedizin in Dodge glauben, dass der Täter nur auf öffentliche Aufmerksamkeit wartet. Er legt es drauf an, die Stadt zu terrorisieren. Die Leute graben uralte Legenden aus – über das Massaker und den Fluch der Fünfundvierzig. Anscheinend hat der Mörder sich eine eigene Theorie über den Fluch zurechtgelegt. Die Psychofritzen glauben, dass Zeitungsartikel Wasser auf seine Mühle sein könnten. Und wir wollen doch auf keinen Fall, dass er noch einmal zuschlägt. Den Kerl darf man nicht unterschätzen, der ist gefährlich, Smitty.«

Ludwig druckste eine Weile herum, dann seufzte er. »Na schön, vielleicht kann ich den Artikel über den Hund ein paar Tage vor mir herschieben.«

Ridder strahlte und drückte Smittys Schulter noch herzhafter. »Das finde ich großartig von Ihnen!«

»Sie haben von zwei Punkten gesprochen.«

»Richtig. Ich habe mir gedacht – aber das ist natürlich nur eine Anregung –, dass Sie einen Artikel über Dr. Chauncy bringen könnten. Da fühlt er sich bestimmt geschmeichelt.

Auf das Projekt sollten Sie allerdings nicht allzu detailliert eingehen. Aber eine kleine Biografie, seine wissenschaftlichen Verdienste – das würde sich gut machen.«

»Keine schlechte Idee«, murmelte Ludwig, und das war durchaus ehrlich gemeint. Die Leser zeigten immer reges Interesse an Entwicklungen, die sich auf die Zukunft von Medicine Creek positiv auswirken konnten.

»Großartig. Sobald er da ist, stelle ich Sie ihm vor, und dann lasse ich euch allein. Ich wusste es, Smitty, Sie sind ein Mann, mit dem man reden kann.«

In dem Moment fing Hazens Funkgerät zu krächzen an. Der Sheriff nahm es aus der Gürteltasche und schaltete auf Empfang. Tad Franklin war dran, mit dem Morgenbericht.

»Irgend so ein Spaßvogel hat dem Footballtrainer die Luft aus den Reifen gelassen.«

»Weiter!«, schnarrte Hazen.

»Wieder ein toter Hund. Wie uns gemeldet wurde, liegt er eine halbe Meile außerhalb der Stadt an der Deeper Street.«

»Heiliger Strohsack! Weiter!«

»Willie Stotts Frau sagt, dass er heute Nacht nicht nach Hause gekommen ist.«

Der Sheriff verdrehte die Augen. »Wahrscheinlich schläft er mal wieder im Hinterzimmer des *Wagon Wheel* seinen Rausch aus. Frag mal bei Swede nach! Das mit dem Hund übernehme ich selber.«

»Ja, Sir. Das war dann alles.«

Hazen schob das Funkgerät in die Gürteltasche, drückte die Zigarette aus und stand auf. »Bis demnächst, Art, ich muss los. Und danke, Smitty.«

Er war noch nicht ganz an der Tür, als beim Eingang zur Bowlingbahn Chauncy auftauchte. Ridder winkte ihm und rief: »Hier sind wir!« Chauncy nickte und kam mit dem gestelzten Gang, der Ludwig schon beim Wohltätigkeitsfest aufgefallen war, zu ihnen.

Als Ridder und Ludwig aufstanden, sagte er gönnerhaft: »Bitte keine Förmlichkeiten, meine Herren!«, schüttelte ihnen die Hand und setzte sich.

Ridder hüstelte. »Dr. Chauncy, ich möchte Sie gern mit Smit Ludwig vom *Cry County Courier* bekannt machen, unserer Lokalzeitung. Er ist Herausgeber, Redakteur und Reporter – sozusagen ein Allroundgenie.« Er lachte gekünstelt. »Sagen Sie einfach Smitty zu ihm, das tun alle in Medicine Creek. Wir sind eben wie eine große Familie.«

Chauncy nickte verhalten. »Nun, Smitty, dann darf ich Sie bitten, mich Stan zu nennen.«

Ridder ließ Ludwig keine Chance, ihm zuvorzukommen. »Hören Sie, Stan, ich muss leider weg. Aber Smitty würde gern einen Artikel über Sie schreiben, und da ist es vermutlich sowieso besser, wenn Sie beide ungestört sind. Wenn Sie irgendetwas zu sich nehmen wollen, rufen Sie einfach die Bedienung. Geht alles auf meine Rechnung.«

Als Ridder gegangen war und Smitty seinen Stenoblock aus der Tasche zog, sagte Chauncy in entschiedenem Ton: »Es geht bei dem Interview um ein heikles Thema, darum müssen Sie mir zusichern, dass ich den Artikel vor der Drucklegung zu sehen bekomme. Ich weiß, dass Sie gleich sagen werden, das sei nicht üblich – alle Reporter sagen das. Aber die Universitätsleitung besteht darauf. Und da ich ein viel beschäftigter Mann bin, wäre ich dankbar, wenn wir insgesamt nicht länger als fünfzehn Minuten brauchen würden.«

Smit Ludwig brachte vor Verblüffung eine Weile kein Wort heraus. Wie stellte dieser Chauncy sich das vor? Offenbar wollte er ihm den Text am liebsten diktieren.

Er atmete tief durch. »Also gut, dann erzählen Sie bitte etwas über sich: wo Sie zur Schule gegangen sind, was das Interesse an landwirtschaftlichen Problemen in Ihnen geweckt hat – und was Ihnen sonst noch einfällt.«

Chauncy legte sofort los, und zwar in einem Tempo, als

habe er den Text auswendig gelernt. »Ich wurde in Sacramento in Kalifornien geboren, bin dort aufgewachsen, habe die Highschool besucht, anschließend an der Universität von Kalifornien Biochemie studiert und 1985 mein Examen gemacht. Summa cum laude. Soll ich Ihnen summa cum laude buchstabieren?«

Ludwig, tief über den Stenoblock gebeugt, murmelte nur: »Ich glaube, das kriege ich auch so hin.«

Und schon leierte Chauncy weiter seinen einstudierten Text herunter. Von seinem Studium der Molekularbiologie an der Stanford University, wo er nach nur vier Jahren seinen Doktor gemacht hatte, summa cum laude, versteht sich, und zusätzlich die Hensley-Medaille erhalten hatte. »H-e-n-s-l-e-y, haben Sie's?« Von seinem ersten Lehrstuhl an der Kansas State University und seiner Berufung zum Leiter des Programms zur Förderung der Landwirtschaft im Staat Kansas. Als er merkte, dass Ludwig kaum mitkam, legte er großzügig eine kleine Pause ein.

Ludwig hatte sich schon viele langweilige Lebensläufe angehört, aber was Chauncy ihm hier erzählte, stank wahrlich zum Himmel. Mein Gott, die Hensley-Medaille! Auf wen mochte das wohl Eindruck schinden?

»Danke, Stan. Verraten Sie mir bitte noch, wann Ihr Interesse für genetische Techniken geweckt wurde?«

»Wir verwenden den Begriff genetische Weiterentwicklung«, sagte Chauncy leicht betreten. Dann huschte eine Art fromme Verklärung über sein Gesicht. »Als ich zwölf oder dreizehn Jahre alt war, habe ich im Magazin *Life* ein Foto von Kindern in Biafra gesehen. Es waren viele Kinder, und alle haben sich um einen Lastwagen der UN gedrängt, um eine Handvoll Reis zu ergattern. Da ist in mir der Wunsch erwacht, etwas dafür zu tun, dass diese Kinder eines Tages satt werden.«

Oh Mann, was für ein schleimiger Heuchler! Aber Ludwig kritzelte alles brav in seinen Stenoblock.

»Und was haben Ihre Eltern beruflich gemacht? War das Interesse an der Wissenschaft sozusagen ein Familienerbe?« Chauncy zögerte, schließlich räusperte er sich unwillig. »Ich würde es begrüßen, wenn Sie sich bei Ihrem Artikel auf meine Person konzentrieren.«

Ich verstehe, dein Vater war Trucker und hat sonntags seine Frau verprügelt, wie? »Wie Sie möchten. Haben Sie irgendwelche Artikel oder Bücher veröffentlicht?«

»Oh ja, eine Menge. Ich lasse Ihnen eine Kopie meines Curriculum Vitae zufaxen, wenn Sie mir die Nummer geben.«

»Bedaure, ich habe kein Faxgerät.«

»Ach so. Um ehrlich zu sein, ich sehe es als Zeitverschwendung an, Ihnen solche Fragen zu beantworten, wenn Sie die Antworten viel einfacher in der Informationsschrift der Kansas State University nachlesen könnten.« Er warf vorwurfsvoll einen Blick auf seine Uhr. »Und wenn Sie das vor dem Interview getan hätten, wäre mir nicht so viel meiner kostbaren Zeit verloren gegangen.«

So schnell wirst du mich nicht los, Freundchen!, dachte Ludwig grimmig. »Was hat Ihre Aufmerksamkeit auf Medicine Creek gelenkt?«

»Darf ich Sie daran erinnern, dass vorläufig noch keine Entscheidung zugunsten Ihrer Stadt getroffen wurde?«, erwiderte Chauncy gestelzt.

»Ich weiß. Aber wieso sind wir überhaupt in die engere Auswahl gekommen?«

»Nun, wir haben nach einem Ort gesucht, der hauptsächlich von der Landwirtschaft lebt und an dem die Anbaubedingungen dem Landesdurchschnitt entsprechen. Bei einer computergesteuerten Studie – die uns übrigens zweihunderttausend Dollar gekostet hat – wurden die Kriterien von einhundert Orten in Westkansas ermittelt. Bei dieser Vorauswahl wurden Deeper und Medicine Creek ermittelt. Vorgespräche mit leistungsfähigen landwirtschaftlichen Großbetrieben haben bereits stattgefunden, nun muss nur noch die Entscheidung getroffen werden. Das werde ich am Montag tun und dann bekannt geben.«

Ludwig schrieb eifrig mit, obwohl er längst den Eindruck gewonnen hatte, dass Chauncy ihm im Grunde nichts erzählte, was die Druckerschwärze wert wäre.

»Und welchen persönlichen Eindruck haben Sie von unserer Stadt gewonnen, Stan?«

Ludwig sah Chauncy an, dass er sich von dieser Frage irgendwie überrumpelt fühlte. Darum dauerte es auch eine Weile, bis er sich zu einer Antwort durchrang.

»Nun, es ist natürlich ein gewisses Manko, dass es hier kein Hotel gibt. Und die einzige private Zimmervermietung wurde von einem anscheinend etwas schwierigen Gentleman mit Beschlag belegt, der sich strikt weigert, einen der von ihm angemieteten Räume abzugeben. Deshalb muss ich jetzt jeden Morgen und jeden Abend fünfundzwanzig Meilen zwischen Deeper und hier hin und her fahren. Um das Bild abzurunden: Irgendwelche Zerstreuungen hat Medicine Creek, von der Bowlingbahn und einem … nun ja, Speiselokal abgesehen, auch nicht aufzuweisen. Keine öffentliche Bücherei, keine kulturellen Veranstaltungen, kein Museum und kein Konzertsaal. Offen gesagt, Medicine Creek hat absolut nichts, wodurch es sich empfiehlt.«

Ludwig fühlte sich aufgerufen, eine Lanze für seine Heimatstadt zu brechen. »Wir sind eine anständige, solide Kleinstadt, die sich den althergebrachten amerikanischen Werten verpflichtet fühlt. Das ist doch auch etwas.«

Chauncy wand sich sichtlich. »Zweifellos. Und wenn ich meine Entscheidung getroffen habe, werden Sie als einer der Ersten davon erfahren. Und nun nehmen Sie's mir bitte nicht übel, ich habe wichtige Dinge zu erledigen und muss gehen.« Er stand auf und streckte Ludwig die Hand hin. »Den Entwurf Ihres Artikels können Sie unserer Public-Relations-Abteilung per E-Mail oder Fax zur Prüfung zuschicken. Sie bekommen dann Ende der Woche Bescheid.«

Ende der Woche? Was bildete der bornierte Affenarsch sich eigentlich ein? Ludwig drückte sich ebenfalls aus seinem Sessel hoch, und als sie sich die Hand gaben, sah er aus den Augenwinkeln, dass Dale Estrem und zwei andere Farmer am Eingang zur Bowlingbahn Stellung bezogen hatten. Offenbar mit der Absicht, den Professor der Kansas State University abzufangen und zur Rede zu stellen. Ludwig grinste hämisch. Chauncy musste sich auf einen heißen Tanz gefasst machen. Estrem gehörte zu den Leuten, die ihre Worte nicht auf die Goldwaage legten.

Ach, zum Teufel mit Chauncy, Ridder und Sheriff Hazen! Ludwig gab eine Zeitung heraus. Er war nur der Wahrheit und seinen Lesern verpflichtet. Und weil das so war, würde in der nächsten Ausgabe der Artikel über den toten Hund dennoch erscheinen, basta!

20

Kaum war die Tür des *Wagon Wheel* hinter ihm zugefallen, schlug Tad Franklin der Feueratem dieses unbarmherzigen Sommers entgegen. Dabei hätte er sich die ganze Mühe sparen können; im Hinterzimmer schlief niemand seinen Rausch aus, und schon gar nicht Willie Stott. Trotzdem hatte der kleine Ausflug sich gelohnt. Er schob sich ein zweites Pfefferminzbonbon in den Mund, um die Bierfahne zu übertönen. Das eiskalte Coors, das Swede ihm – vorsichtshalber unter dem Tresen versteckt – hingestellt hatte, war an so einem heißen Tag eine Wohltat. Swede Cahill war wirklich ein verdammt netter Bursche.

Tads Streifenwagen brütete vor dem Sheriffbüro in der Sonne. Der Deputy sah zu, dass er möglichst schnell hineinrutschte, ehe er durchgeschwitzt war. Wenn er eines Tages einen Bürojob in Topeka oder Kansas City ergatterte, hatte das verhasste Wechselbad zwischen brütender Hitze und zugiger Kaltluft aus der Klimaanlage ein Ende.

Er schaltete sein auf die Countyfrequenz eingestelltes Funkgerät ein. »Einheit zwanzig ruft Zentrale.«

»He, Tad«, meldete sich LaVerne von der Tagesschicht. Sie war immer sehr nett zu ihm. Und Tad hätte glatt mit ihr angebandelt, wenn sie zwanzig Jahre jünger gewesen wäre.

»Gibt's was Neues?«, fragte Tad.

»Jemand von Gro-Bain hat eben gemeldet, dass auf der Bankette der Zufahrtsstraße ein Wagen parkt. Vom Fahrer ist nichts zu sehen.«

»Was für ein Modell?«

Nach dem Hersteller brauchte Tad nicht erst zu fragen, bis auf Art Ridders Caprice und die gebraucht von den

Troopers gekauften 91er Mustangs waren hier alles AMCs. Bis vor kurzem hatte es weit und breit keine andere Autofirma gegeben. Aber auch diese Vertretung hatte, wie so viele Geschäfte, inzwischen dichtgemacht.

»Ein Hornet. Kennzeichen Whisky Echo Foxtrott zwoneun-sieben.«

»Danke«, sagte Tad. »Einheit zwanzig fährt hin.« Er legte das Funkgerät weg.

Das musste Stotts Hornet sein. Wetten, dass er auf der Rückbank lag und schlief? Wäre nicht das erste Mal gewesen. Von Zeit zu Zeit machte Willie Stott sich einen schönen Abend zu zweit. Was heißen sollte: nur er und eine Flasche Old Grand-Dad.

Tad legte den Gang ein und fuhr los. Nach fünfzehn Sekunden lag die Stadt hinter ihm, vier Minuten später bog er in die Zufahrtsstraße zum Gro-Bain-Gelände ein. Vor ihm zuckelte ein riesiger Transporter mit lebenden Truthähnen die Straße entlang. Das Federvieh kackte die Straße voll, der Gestank war bestialisch. Tad sah zu, dass er den Stinker so schnell wie möglich überholte. Die in enge Käfige gepferchten Tiere waren so verstört, dass ihnen buchstäblich die Augen aus dem Kopf traten.

Tad hatte hin und wieder dienstlich mit Gro-Bain zu tun gehabt. Das erste Mal war er kurz vor Thanksgiving dort gewesen. Nachdem er seiner verwitweten Mutter erzählt hatte, wie es bei Gro-Bain zuging, gab es bei ihnen zu Thanksgiving nur noch knusprigen Schweinebraten.

Aha, da stand ja Stotts Hornet! So dicht am Straßenrand, dass Tad ihn im Schatten der Maiskolben beinahe übersehen hatte. Er hielt an, schaltete das Blaulicht ein und stieg aus. Jedes Fenster war offen, das Innere leer, der Zündschlüssel abgezogen.

Der Truthahnlaster fuhr an ihm vorbei, Tad konnte von Glück sagen, dass der Dienstwagen keine Kackspritzer abbekommen hatte. Er griff zum Funkgerät.

»Jaaa?«, meldete sich Hazens Stimme. – »Ich bin bei Stotts Wagen. Steht an der Zufahrtsstraße zu Gro-Bain. Das Auto ist leer, keine Spur von Stott.«

»Hab ich mir gedacht. Pennt wahrscheinlich im Maisfeld.«

Tad ließ den Blick skeptisch über die dürren Maisstängel wandern. Er konnte sich nicht vorstellen, dass jemand ausgerechnet hier seinen Rausch ausschlief, egal, wie betrunken er war. »Glauben Sie das wirklich, Sir?«

»Na klar. Was denn sonst?«

»Na ja…«, sagte Tad zögernd.

»Ach, Tad, hör auf, dir Schauergeschichten einzureden! Nicht jeder, der vermisst gemeldet wird, ist ermordet und verstümmelt worden. Sieh mal, ich bin hier draußen bei dem Hund. Und weißt du was?«

»Was denn?« Tad hatte das Gefühl, dass sich ihm die Kehle zuschnürte.

»Es ist ganz einfach ein Hund, den ein Auto erwischt hat. Der Schwanz ist dran, und alles andere auch. Hör zu, du kennst Willie so gut wie ich. Sein Auto ist stehen geblieben, und er hat sich zu Fuß zum *Wagon Wheel* aufgemacht. Unterwegs hat er schon mal einen Schluck aus dem Fläschchen genommen, das er immer mit sich rumschleppt. Dann ist ihm die Idee gekommen, ein Nickerchen im Maisfeld zu machen. Und genau dort wirst du ihn finden. Fahr ein Stück Richtung Medicine Creek und halt die Augen offen, vielleicht schläft er seinen Rausch auch im Straßengraben aus. Aber sei vorsichtig, hörst du? Er kann ziemlich rabiat werden.«

»Mach ich, Sheriff.«

Auf dem Weg zum Streifenwagen sah er etwas Gläsernes am Rand des Maisfeldes in der Sonne glitzern. Und tatsächlich, da lag Stotts Flachmann. Tad schnupperte daran: eindeutig Bourbon. Er verwahrte das Fläschchen in einem Plastikbeutel und markierte die Fundstelle. Sheriff Hazen legte Wert auf Gründlichkeit, auch bei Kleinigkeiten.

Hazen hatte wieder mal die richtige Nase gehabt. Er war eben ein guter Cop. Tad konnte dankbar sein, für ihn arbeiten zu dürfen. Zumal Hazen immer wie ein Vater zu ihm war.

Er stieg in den Streifenwagen. Als er losfahren wollte, rumpelte wieder ein Truck an ihm vorbei, diesmal stadteinwärts. Es war ein geschlossener Kühltransporter, vermutlich bis zur Decke mit tiefgekühlten Truthahnkeulen beladen. Eine absolut saubere Angelegenheit, da stank nichts und kackte nichts. Der Fahrer winkte ihm fröhlich zu.

Tad winkte zurück, wendete den Streifenwagen und machte sich auf die Suche nach Stott. Nach knapp hundert Metern hielt er bereits wieder an. Links und rechts von ihm waren eine Menge Maisstängel abgebrochen. Für ihn sah das aus, als hätte sich jemand hastig durch das Maisfeld gezwängt und die Straße überquert, um seinen irgendwie gehetzt aussehenden Kurs auf der anderen Seite fortzusetzen.

Tad stieg mit einem flauen Gefühl im Magen aus und sah sich den Boden unter den abgeknickten Maisstängeln an. Kein Zweifel, die Spuren in der ausgedörrten Erde sahen aus, als wäre jemand hier entlanggerannt und dabei stellenweise kreuz und quer durch die Reihen der Maispflanzen gebrochen. Ein Stück weiter bestätigten abgebrochene, verstreute Fruchtkolben seine Vermutung.

Den Blick fest auf den Boden gerichtet, verfolgte er die Spuren weiter. Es war nicht einfach, auf dem trockenen, klumpigen Boden irgendetwas zu erkennen, aber es gab ein paar Stellen, an denen er Vertiefungen ausmachen konnte, die von Fußabdrücken stammen mussten.

Die Spuren führten weiter. Sie verliefen merkwürdigerweise hin und wieder in einem Zickzackkurs, und sie stammten ohne Zweifel von zwei Personen. Tad versuchte eine Weile, die logischen Schlussfolgerungen zu verdrängen, die sich daraus ergaben. Aber das Spurenmuster deutete immer eindeutiger auf eine Verfolgungsjagd hin.

Mein Gott, es sah wirklich nach einer nächtlichen Menschenjagd aus! Er ging weiter und hoffte bei jedem Schritt inbrünstiger, eine andere Erklärung zu finden.

Doch dann kam er an eine Stelle, an der der Boden regelrecht aufgewühlt aussah. Gut ein Dutzend abgebrochene Maisstängel lagen herum, dazu ein paar abgeknickte Fruchtkolben. Ein wildes Durcheinander, das auf eine gewalttätige Auseinandersetzung schließen ließ.

Tad schluckte. Die Fußspuren zeichneten sich immer deutlicher ab. Und es war nur noch eine, die Spur eines Barfußläufers. Oh Gott, dachte er und merkte, dass sein Magen zu rebellieren begann. Und als er nach dem Funkgerät langen wollte, hatte er Mühe, seine zitternde Hand ruhig zu halten.

21

Corrie Swanson wirbelte eine mächtige Staubwolke auf, als sie den Gremlin auf den unbefestigten Parkplatz vor Kraus' Kavernen lenkte, aber der Staub stieg rasch auf und verwehte in der Abendbrise. Es war genau halb sieben, heute konnte Pendergast ausnahmsweise mal nicht meckern. Sie würgte die ohrenbetäubende Musik ab, stieß die Wagentür auf und überflog, während sie auf das Wohnhaus zuging, die Eintragungen in ihrem nagelneuen Notizbuch.

Es dauerte eine Weile, bis jemand auf den Türklopfer reagierte: Pendergast persönlich. »Miss Swanson – meine Anerkennung, auf die Minute pünktlich! Miss Kraus und ich sind dagegen bedauerlicherweise etwas spät dran. Ich habe immer noch Schwierigkeiten, mich an die frühen Essenszeiten in Kansas zu gewöhnen.«

Corrie folgte dem Agent ins Esszimmer. Auf dem Tisch brannten Kerzen, Winifred Kraus und Pendergast hatten offenbar gerade ein opulentes Mahl beendet.

»Bitte, nehmen Sie Platz!«, sagte der Agent einladend. »Kaffee oder Tee?«

»Weder noch, danke.«

Pendergast schenkte Miss Kraus und sich aus einer altmodischen gusseisernen Kanne eine heiße grünliche Flüssigkeit ein. »Nun, Miss Swanson, darf ich davon ausgehen, dass Sie das Gespräch mit Andy Cahill geführt haben?«

Corrie nickte und versuchte, auf dem unbequemen Stuhl eine Stellung zu finden. Als sie ihr Notizbuch vor sich auf den Tisch legte, hob der Agent fragend die Augenbrauen. »Was ist denn das?«

»Mein Notizbuch«, sagte Corrie und wunderte sich selber, warum ihr das so streitlustig herausrutschte. »Sie wollten, dass ich Erkundigungen einziehe. Da habe ich mir natürlich Notizen gemacht.«

»Ausgezeichnet! Dann lassen Sie mal hören, was dabei herausgekommen ist.«

Corrie kam sich, als sie das Notizbuch aufschlug, ein bisschen wichtigtuerisch vor. Und als Winifred Kraus auch noch säuselnd bewunderte, was für eine entzückende Handschrift sie habe, beschlich sie der Verdacht, dass die beiden sich womöglich über sie lustig machten.

»Danke«, rang sie sich ab, obwohl sie der Schwatztante am liebsten an die Gurgel gegangen wäre. »Also, ich konnte erst gestern Abend mit Andy sprechen, weil seine Klasse tagsüber einen Ausflug zum Jahrmarkt in Kansas gemacht hatte. Ich habe ihm gesagt, dass sein Hund tot ist, ihn aber in dem Glauben gelassen, er sei von einem Auto überfahren worden. Andy war untröstlich, er hat seinen Jiff sehr geliebt.«

Es machte sie nervös, dass Pendergast wie üblich mit halb geschlossenen Augen dasaß. Man kam bei ihm nie dahinter, ob er überhaupt zuhörte oder schon eingeschlafen war.

»Andy hat mir erzählt, dass sich Jiff schon während der letzten Tage sehr merkwürdig verhalten habe. Er wollte sich nicht ausführen lassen und ist ständig winselnd und schlaff durchs Haus geschlichen. Wenn sein Essen fertig war, musste Andy ihn unter dem Bett herausziehen.« Sie blätterte die Seite um. »Und vor zwei Tagen – das war der zehnte August – hat er einen dicken Haufen auf den Wohnzimmerteppich gesetzt.« Sie sah hoch und sagte verlegen: »'tschuldigung, aber genau das hat er gemacht.«

»Dennoch hätten Sie nur andeuten können, dass der Hund den Teppich beschmutzt hat, meine Liebe«, warf Miss Kraus mit unüberhörbarem Tadel in der Stimme ein.

Corrie setzte eine trotzige Miene auf: »Aber er hat ihn nicht nur einfach beschmutzt, er hat ihn regelrecht vollgeschissen. Eine Diarrhö, wie man in feinen Kreisen sagt. Aber im Endeffekt hat's nach Hundescheiße ausgesehen.« Wollte Pendergast der alten Schachtel etwa erlauben, die ganze Zeit zuzuhören und ihren Senf dazuzugeben?

»Bitte fahren Sie fort, Miss Swanson!«, sagte Pendergast mit milder Stimme.

»Um es kurz zu machen, Mrs. Cahill, die ein ziemliches Biest sein kann, war furchtbar sauer. Sie hat Jiff mit einem Fußtritt vor die Tür gesetzt und Andy befohlen, die Schweinerei zu beseitigen. Andy wollte mit Jiff zum Tierarzt gehen, aber seine Mutter hat das Geld dafür nicht rausgerückt. Tja, und von da an hat er seinen Hund nicht mehr gesehen.«

Miss Kraus saß mit versteinerter Miene da. Vermutlich, weil Corrie Miss Cahill ein Biest genannt hatte.

»Wann war das?«, fragte Pendergast.

»Abends um sieben.«

Pendergast nickte und formte ein Zelt aus seinen Fingern. »Wo wohnen die Cahills?«

»Im letzten Haus an der Deeper Road, etwa eine Meile vor der Stadt. In der Nähe der Brücke, nicht weit vom Friedhof.«

»Und Jiff hatte das Halsband um, als Mrs. Cahill ihn aus dem Haus geworfen hat?«

»Ja«, sagte Corrie und versuchte, sich nicht anmerken zu lassen, wie stolz sie darauf war, dass sie das wusste.

Pendergast richtete sich auf und sagte anerkennend: »Ausgezeichnete Arbeit, Miss Swanson! Gibt es schon etwas Neues im Fall des vermissten Mr. Stott?«

»Nein«, antwortete Corrie. »Sie haben eine Suchaktion eingeleitet. Und, wie ich gehört habe, ein Suchflugzeug aus Dodge City angefordert.« Sie zögerte einen Moment, dann fragte sie: »Glauben Sie, dass Stott ermordet wurde?«

Pendergast schien die Frage nicht gehört zu haben. Er stand auf, trat ans Fenster und sagte nachdenklich: »Es fasziniert mich immer wieder, das Verhalten der hiesigen Vogelwelt zu beobachten. Sehen Sie die Geier dort kreisen?« Corrie trat neben ihn, konnte aber nichts sehen.

»Dort hinten!« Pendergast deutete in die Ferne.

Und da sah sie, was er meinte: Vor dem orangefarbenen Abendhimmel zeichnete sich tatsächlich die Silhouette eines Truthahngeiers ab, der einsam seine Kreise zog. »Ach, die fliegen doch immer irgendwo.«

»Ja, aber seit einer Stunde, bis eben, hat er sich von der Thermik tragen lassen. Jetzt fliegt er gegen die Luftströmung an. Das kostet einen Geier enorm viel Kraft, darum tun die Tiere das nur unter ganz besonderen Umständen.« Er schaute unverwandt aus dem Fenster. »Sehen Sie? Jetzt dreht er ab und lässt sich wieder von der Thermik tragen. Er hat gesehen, was er sehen wollte.«

Pendergast beugte sich zu ihr und murmelte: »Kommen Sie, wir dürfen keine Zeit verlieren! Wir müssen dort sein, ehe die Trooper auftauchen und alle Spuren verwischen.« Er wandte sich um. »Entschuldigung, Miss Kraus, aber wir müssen leider sofort aufbrechen.«

Die alte Dame stand mit wachsweißem Gesicht auf. »Oh Gott, es wird doch nicht schon wieder …«

»Das kann alles Mögliche bedeuten«, versuchte Pendergast sie zu beruhigen.

Sie sank auf ihren Stuhl zurück und rang verzweifelt die Hände. »Ach du lieber Himmel …«

»Wir können die Stichstraße entlang der Hochspannungsleitung nehmen«, schlug Corrie vor, als sie dem Agent nach draußen folgte. »Die letzte Viertelmeile müssen wir allerdings zu Fuß gehen.«

»Einverstanden.« Pendergast rutschte auf den Beifahrersitz. »Übrigens, das ist einer der Anlässe, bei denen Sie das Tempolimit ignorieren dürfen, Miss Swanson.«

* * *

Fünf Minuten später lenkte Corrie den Gremlin über das schmale, holprige Asphaltband, das bei den Ortsansässigen nur die Hochspannungspiste hieß. Sie kannte sich hier gut aus. Wenn sie ungestört einen ihrer Schmöker lesen wollte, war die Piste eine Art Fluchtburg, die sie vor nervenden Bemerkungen ihrer Mutter und irgendwelchen blöden Angebern an der Highschool bewahrte. Bei dem Gedanken, dass letzte Nacht irgendwo hier ein Mörder gelauert hatte – und vielleicht immer noch lauerte –, lief ihr allerdings ein Schauder den Rücken hinunter.

Vor ihnen zogen Geier langsam ihre Kreise, offenbar hatte sich die Nachricht von lohnender Beute herumgesprochen. Der Gremlin holperte störrisch über die Waschbrettpiste. Nur am westlichen Himmel entfaltete der Sonnenuntergang noch seine Pracht: eine Orgie aus blutroten, lautlosen Blitzen, die freilich rasch von der Dunkelheit verschluckt wurden. »Hier«, sagte Pendergast murmelnd.

Corrie hielt an, sie stiegen aus. Die Geier stiegen höher. Pendergast marschierte mit weit ausholenden Schritten los, Corrie hatte Mühe, mitzuhalten.

Auf einmal blieb der Agent abrupt stehen. »Miss Swanson, darf ich Sie warnen? Es wäre möglich, dass wir in dem Maisfeld auf etwas stoßen, was Ihnen mehr zusetzt als der Anblick eines toten Hundes.«

Corrie nickte stumm.

»Wenn Sie lieber im Wagen warten wollen …?«

Corrie schaffte es, mit fester Stimme zu antworten: »Falls Sie es vergessen haben, ich bin Ihre Assistentin.«

Pendergast sah sie einen Augenblick lang wie mit Röntgenaugen an, dann nickte er. »Nun gut, ich traue Ihnen zu, dass Sie das durchstehen. Bitte denken Sie daran, dass Sie nur begrenzte Befugnisse haben! Fassen Sie nichts an, bleiben Sie immer hinter mir und befolgen Sie genau meine Anweisungen!«

»Alles klar, Chef.«

Pendergast wandte sich um und schlüpfte so geschmeidig durch die Reihen der Maisstängel, dass kaum ein Rascheln zu vernehmen war. Corrie hatte es schwerer, einerseits wollte sie sich möglichst ebenso lautlos bewegen, andererseits aber auch den Anschluss nicht verlieren. Immerhin, die körperliche Anstrengung bewahrte sie davor, ständig darüber nachzugrübeln, was wohl am Ende der Wegstrecke auf sie warten mochte.

Was es auch war, in der hereinbrechenden Dunkelheit allein im Wagen zu sitzen hätte noch mehr an ihren Nerven gezerrt. Reiß dich zusammen!, ermahnte sie sich, du hast schon mal an einem Tatort gestanden, du wirst es auch diesmal verkraften. Nur, beim ersten Mal hatte lediglich ein toter Hund am Tatort gelegen.

Und plötzlich blieb Pendergast wieder stehen. Vor ihnen waren die dürren Stängel abgebrochen oder so weit zur Seite gedrückt, dass man dahinter eine kleine Lichtung sehen konnte. Corrie stand wie angewurzelt neben dem Agent. Das Licht war schwach, aber noch nicht völlig von der Nacht verschluckt. Zudem hatten ihre Augen sich inzwischen so weit an das Dämmerlicht gewöhnt, dass sie das Horrorszenario deutlicher sah, als ihr lieb sein konnte.

Sie fühlte sich wie gelähmt, konnte sich nicht bewegen. Selbst die stickige Luft, die über der grausigen Szene hing, schien vor Entsetzen erstarrt zu sein. Der Gestank, der ihr entgegenschlug, erinnerte irgendwie an verdorbenes Fleisch. Sie merkte, wie ihre Kehle sich verkrampfte, ein süßliches Brennen kroch darin hoch, ihre Magenmuskeln fingen unkontrolliert zu zucken an.

Oh nein, dachte sie, nicht jetzt, nicht ausgerechnet in Pendergasts Gegenwart!

Aber es half alles nichts, sie konnte sich nur noch zur Seite ducken und ihren Mageninhalt ins Maisfeld kippen. Und damit war es nicht ausgestanden, ihr Magen rebellierte noch einmal. Dann konnte sie sich endlich keuchend aufrichten. Sie fuhr sich mit dem Handrücken über den Mund.

Pendergast tat so, als habe er nichts bemerkt. Er war weitergegangen, kniete jetzt in der Mitte der Lichtung und schien ganz in Gedanken versunken zu sein. Corrie stellte verblüfft fest, dass die physische Anstrengung beim Übergeben offenbar ihre innere Anspannung gelöst hatte. Sie brachte es sogar fertig, den Fuß zögernd auf die Lichtung zu setzen, wenn sie sich auch nicht bis zu der Stelle traute, an der Pendergast kniete.

Der Tote lag nackt auf dem Rücken, die Arme ausgestreckt, die Beine weit gespreizt. Die Haut war unnatürlich verfärbt, ein schmutziges, ins Weiß spielendes Grau. Der Körper wirkte merkwürdig schlaff, als wären Haut und Fleisch von den Knochen losgelöst und ineinandergerutscht. Auch die Gesichtshaut hing schlaff herunter, sie fand anscheinend keinen Halt mehr an den Kieferknochen und den Zähnen. Aus der Schulter ragte ein weißer Knochen. Ein abgetrenntes Ohr lag mit Schmutz besudelt auf dem Boden, von dem anderen war überhaupt nichts zu sehen, es fehlte einfach. Der Anblick war so entsetzlich, dass Corrie ein paar Sekunden lang die Augen schloss, sich abwandte und tief durchzuatmen versuchte.

Als der Schock sich gelegt hatte, zwang sie sich, die übrigen Details, so schrecklich sie waren, kühl und sachlich in sich abzuspeichern, wie ein Beweisfoto. Der Körper des Ermordeten war aller Haare beraubt worden. Auch die Sexualorgane waren gewaltsam entfernt worden. Obwohl es Corrie so vorkam, als habe der Mörder nachträglich den plumpen Versuch unternommen, sie wieder an der richtigen Stelle zu platzieren. Bei den Ohren war es ähnlich, sie waren offenbar aus Maiskörnern nachgeformt. Die Maiskörner mussten eine beinahe mystische Bedeutung für den Mörder haben, er hatte sie auf dem Boden zu rätselhaften, geometrisch anmutenden Figuren aneinandergereiht.

Corrie kannte Stott, sie hatte ihn hin und wieder in der Stadt gesehen. Aber das blutige, geschundene Fleischbündel, das vor ihr lag, hatte so gut wie keine Ähnlichkeit mehr mit dem hageren Mann, der als Vorarbeiter der nächtlichen Putzkolonne bei Gro-Bain gearbeitet hatte.

Urplötzlich hing ein lautes, knatterndes Dröhnen in der Luft, unmittelbar über ihnen. Corrie starrte erschrocken nach oben. Ein kleines Flugzeug kreiste in geringer Höhe über dem Maisfeld, sie hatte es nicht kommen hören. Der Pilot signalisierte irgendjemandem mit wackelnden Tragflächen, dass er den Tatort gefunden habe. Dann drehte die Maschine ab und entfernte sich rasch Richtung Norden.

Pendergast drehte sich zu Corrie um. »Das Suchflugzeug aus Dodge City. Der Sheriff wird in zehn Minuten hier sein, und die Trooper brauchen auch nicht viel länger.«

»Oh«, machte Corrie. Ihr Mund fühlte sich pelzig und taub an, sie hatte das Gefühl, keinen vollständigen Satz mehr herauszubringen.

Pendergast hielt ihr seine kleine Stablampe hin. »Geht es Ihnen wieder besser? Sind Sie in der Lage, mir die Lampe zu halten?«

»Ich glaub schon«, brachte sie mühsam heraus.

Sie atmete tief durch, hielt sich die Nase zu, nahm die Stablampe und lenkte den Lichtkegel in die Richtung, in die der Agent deutete. Es kam ihr vor, als müsse der Lichtschein meilenweit zu sehen sein.

Pendergast kniete sich wieder auf den Boden. Wo, zum Teufel, hatte er auf einmal das Teströhrchen und die Pinzette her, mit der er irgendetwas, was sie nicht erkennen konnte, vom Boden auflas? Das Rätsel war gelöst, als er in eine der Innentaschen seines Jacketts langte und ein zweites Glasröhrchen herauszog. Er arbeitete konzentriert und schnell, zog immer engere Kreise um die Stelle, an der der Ermordete lag, und gab ihr von Zeit zu Zeit murmelnd Anweisungen, worauf sie den Lichtstrahl lenken sollte. Sie fragte sich nur, was er da eigentlich so zielstrebig aufpicken mochte. Und dann hörte sie plötzlich die Sirene eines Streifenwagens, schon ziemlich nah.

Pendergast beugte sich über den Toten und nahm einige Gewebsproben. Corrie war schleierhaft, wie er den widerlichen Gestank aus nächster Nähe ertragen konnte. Sie spürte schon wieder ein verdächtiges Würgen in der Kehle.

Das Heulen der Sirene kam immer näher, dann verstummte es jäh. Irgendwo hinter den Maisstängeln schlugen Autotüren. Pendergast richtete sich auf, die Teströhrchen mit den Proben waren wie durch Geisterhand verschwunden, vermutlich in den unergründlichen Tiefen seines Jacketts.

Er nahm die Stablampe wieder an sich, trat an den Rand der Lichtung zurück und gab Corrie einen Wink, seinem Beispiel zu folgen. Keine Minute zu früh, denn sie konnten bereits sehen, wie der Sheriff und sein Deputy sich durch die Reihen der Maispflanzen zwängten. Kurz darauf heulten wieder Sirenen, offenbar waren die Einsatztrupps der Staatspolizei an ihrem Ziel angekommen. Wie zur Bestätigung hallte das Maisfeld Sekunden später vom blechernen Quäken der Funkgeräte wider.

»Ach, Sie sind das, Pendergast«, raunzte der Sheriff unwirsch, als er den Agent und Corrie erkannte. »Wie lange sind Sie denn schon hier?«

»Ich bitte um Ihre Erlaubnis, mich am Tatort umsehen zu dürfen«, wich Pendergast einer Antwort auf Hazens Frage geschmeidig aus.

Hazen schnaubte ärgerlich. »Als ob Sie das nicht längst getan hätten! Erlaubnis bis zum Abschluss unserer Ermittlungen verweigert.«

Immer mehr Uniformierte brachen stampfend durch das Maisfeld, Trooper und die nicht nur an den blauen Overalls, sondern auch an ihren grimmigen Mienen zu erkennenden Männer der Mordkommission aus Dodge City.

»Gesamten Bereich absperren!«, bellte Hazen. »Tad, verteil Absperrband an die Trooper!« Er wandte sich zu Pendergast um. »Ich habe nichts dagegen, wenn Sie hinter dem Absperrband warten wollen, bis Sie an der Reihe sind.«

Corrie hatte damit gerechnet, dass der Agent seine Dienstplakette zücken und Hazen ein paar passende Worte sagen würde, aber Pendergast hatte anscheinend das Interesse an dem Fall verloren. Er wandte sich um und stakte scheinbar ziellos im Schlenderschritt durch das Maisfeld. Corrie blieb nichts anders übrig, als hinter ihm herzutrotten. Und als sie zweimal stolperte, wurde ihr bewusst, dass der Anblick des verstümmelten Toten sie doch mehr mitgenommen hatte, als sie sich eingestehen wollte.

Auf einmal blieb der Agent zwischen zwei Maisreihen stehen und richtete die Stablampe auf den Boden. »Sehen Sie die Spuren?«

»Ich glaube, ich ahne sie mehr.«

»Das sind Fußabdrücke. Von nackten Füßen. Sie scheinen zum Bachlauf zu führen.«

Pendergast knipste die Stablampe aus. »Hören Sie, Miss Swanson, Sie haben heute mehr geleistet – und auch mehr gesehen –, als ich Ihnen eigentlich zumuten wollte. Ich bin Ihnen sehr dankbar für Ihre Hilfe.« Er warf einen Blick auf die Leuchtziffern seiner Armbanduhr. »Es ist halb neun, früh genug, um nach Hause zu fahren, ohne ein Risiko einzugehen. Steigen Sie in Ihr Auto, fahren Sie auf dem kürzesten Weg heim und erholen Sie sich von den Strapazen! Ich möchte mich hier noch ein wenig umsehen.«

»Aber wie wollen Sie denn nach Hause kommen?«

»Keine Sorge, einer der netten, tüchtigen Polizisten wird mich bestimmt nach Hause fahren.«

Corrie sah ihn unschlüssig an. Einerseits war sie ihm für sein Angebot dankbar, andererseits sträubte sie sich dagegen, ihn einfach im Stich zu lassen. »Äh, was ich noch sagen wollte … Tut mir leid, dass mir vorhin das Essen aus dem Gesicht gefallen ist.«

Sehen konnte sie's nicht, aber irgendwie ahnte sie, dass Pendergast lächelte. »Machen Sie sich nichts daraus! Vor ein paar Jahren ist einem guten Bekannten von mir am Schauplatz eines Mordes dasselbe passiert, und er war ein alter Hase und Lieutenant bei der New Yorker Polizei.«

Corrie war ihm dankbar. Nett von ihm, dass er das so herunterspielte.

Als sie gehen wollte, sagte der Agent: »Noch ein letztes Wort, Miss Swanson. Wenn Sie zu Hause sind, achten Sie bitte unbedingt darauf, dass alle Fenster und Türen fest verschlossen sind. Fest! Kann ich mich darauf verlassen?«

Sie nickte, es sollte unbekümmert aussehen. Aber als sie auf das rote Streulicht der an der Hochspannungspiste geparkten Polizeifahrzeuge zuging, musste sie plötzlich an Pendergasts Formulierung denken, noch sei es früh genug, um »ohne ein Risiko« nach Hause zu fahren.

22

Pendergast schirmte den Lichtstrahl seiner Stablampe mit der linken Hand ab, dann folgte er den Spuren des Barfußläufers, die ins Dunkel des Maisfeldes führten. Auf dem ausgedorrten, zu Staub pulverisierten Boden zwischen den Maisstängeln zeichneten sie sich noch deutlicher ab als zuvor. Das Gelände fiel kaum merklich ab, der Bachlauf konnte also nicht mehr weit entfernt sein.

Die lauten Rufe, das grelle Scheinwerferlicht und all der übliche Rummel, der zu den Ermittlungen am Tatort gehörte, blieben immer weiter hinter dem Agent zurück. Zur Linken ragten die Silhouetten der Hochspannungsmaste im letzten Licht des Tages wie stumme, stählerne Wächter auf. Eine Schar verspäteter Krähen ließ sich – die Abendration Maiskörner im Magen – auf ihnen nieder, von ihren Artgenossen mit unwilligem Krächzen begrüßt. Dann kehrte auch auf den Stahlskeletten Ruhe ein, und nächtliche Stille senkte sich über die dunklen Felder. Kein Lufthauch rührte sich, Mensch und Tier waren unter einer Glocke stickiger, vom süßen Geruch reifer Maiskolben durchdrungener Luft gefangen wie in einer Katakombe.

Pendergast zog die 45er Les-Baer-Pistole aus einer der Innentaschen seines Jacketts, überzeugte sich, dass sie geladen war, und richtete den Lichtstrahl der Stablampe auf die Fußabdrücke. Kein Zweifel, sie führten zwischen zwei Maisreihen zielstrebig auf den Bachlauf zu. Die Spuren eines Mannes, der es nicht mehr eilig hatte.

Wenn sie zum Bachlauf führten, mussten sie zwangsläufig auch zu Lonny Gasparillas Lager führen. Pendergast knipste die Lampe aus und wartete, bis seine Augen sich der Dunkelheit angepasst hatten. Dann schlich er lautlos wie ein Luchs durch die Maisreihen, ein bizarrer Schatten inmitten lauter bizarrer Schatten. Die Maispflanzen beschrieben da, wo sie sich dem Bach näherten, einen sanften Bogen, und genau an der Biegung waren etliche Stängel abgeknickt. Der Mörder musste sehr unbekümmert sein, wenn er derart deutliche Spuren hinterließ. Die abgebrochenen Stängel hatten eine Art Durchschlupf geschaffen, den Pendergast nutzte, um lautlos an den Rand des Maisfeldes zu gelangen.

Vor ihm lag die flache Ebene des Bachufers, die breit ausladenden Pappeln versperrten den Blick auf den Wasserlauf und warfen tiefe Schatten auf das Ufer. Das willkommene Dunkel und das leise Plätschern des Bachs machten es Pendergast leichter, vollends zum Phantom zu werden.

Er ging in die Hocke, legte die 45er neben sich, schaltete die Stablampe ein und schirmte sie mit den Händen ab. So schwach der gelbliche Lichtschimmer auch war, auf dem sandigen Boden zeichneten sich alle Spuren viel deutlicher ab als im Maisfeld. Sie liefen unverändert auf Gasparillas Lager zu. Dieselben Abdrücke, denen Pendergast schon die ganze Zeit gefolgt war: Schuhgröße elf, von einem Barfußläufer.

Der feine Sand verriet dem Agent allerdings noch mehr. Er sah die tieferen Abdrücke, die der Ballen und der große Zeh hinterlassen hatten. Die schwachen Querrippen ließen auf eine ungewöhnlich starke Hornhaut schließen. Er legte prüfend den Zeigefinger auf die Spuren: staubtrocken, sie waren vor ungefähr zwölf bis fünfzehn Stunden entstanden, also kurz vor Morgengrauen. Ein paar Meter weiter bekamen die Enden der Abdrücke kleine Schleifspuren, der Mörder hatte sein Tempo offenbar beschleunigt. Aber nichts deutete auf erzwungene Hast hin, der Mann hatte sich offenbar nicht verfolgt gefühlt, sonst hätte er die Richtung geändert oder sich ins Maisfeld gekauert. Nein, die Stetigkeit der Spur ließ eher zufriedene Gelassenheit vermuten. Und was konnte den Mann in dieser abgelegenen Gegend zufriedener stimmen als die Aussicht, in wenigen Minuten zu Hause zu sein?

Zu Hause … Bis zu Gasparillas Lager waren es höchstens noch hundert, allenfalls zweihundert Meter. Pendergast hob die 45er auf und ging, den Blick fest auf den Boden gerichtet, langsam weiter. Je näher er dem Lager kam, desto größer wurden seine Zweifel. Er konnte keinen Lichtschimmer sehen, nicht mal die Glut der Feuerstelle. In Gasparillas Lager rührte sich nichts, es wirkte verlassen.

Aber plötzlich hörte er doch etwas: ein schwaches, kaum wahrnehmbares Geräusch. Er blieb stehen und lauschte angestrengt ins Dunkel.

Eine Minute verging, dann hörte er wieder das Geräusch. Aber diesmal war es etwas lauter, es klang wie unterdrücktes Stöhnen.

Statt weiter der Spur der nackten Füße zu folgen, hielt sich Pendergast nun näher am Bachufer, sodass er sich dem Lager von rechts nähern konnte. Der Wind, so schwach er war, hätte längst den Geruch von Rauch oder gebratenem Fleisch zu ihm tragen müssen, doch nichts wies darauf hin, dass das Lager bewohnt war, nicht mal die schwache Glut eines fast erloschenen Feuers.

Dennoch hielt sich zweifellos jemand in der Nähe des Lagers auf. Vielleicht ein Tier? Gut möglich, denn für einen Menschen hörten sich die Laute zu unartikuliert, zu animalisch an. Da … da war der Laut wieder!

Schwere, gequält klingende Atemzüge, die fast an hilfloses Lallen erinnerten. Sie kamen aus der Mitte des Lagers. Gasparilla – oder wer immer es war – konnte höchstens fünfundzwanzig Meter weit weg sein. Das Dunkel war inzwischen allerdings so undurchdringlich geworden, dass selbst auf kurze Distanz nichts zu erkennen war.

Wieder die schweren Atemzüge. Und ein feuchtes, undefinierbares Blubbern.

Pendergast richtete die Mündung der Pistole auf die Stelle, von der die Laute – zumindest vermutlich – gekommen waren, bückte sich, hob einen Stein auf und warf ihn ins Zentrum des Lagers.

Er hörte ihn aufschlagen. Und nach langer Stille ein gutturales Geräusch, wie das Knurren eines gereizten Tieres. Danach wieder lautlose Stille.

Pendergast lauschte ins Dunkel, zehn Sekunden, zwanzig, dreißig, eine Minute – nichts. All seine Sinne waren bis zum Äußersten angespannt. Er rechnete jeden Augenblick damit, dass jemand versuchte, ihn anzuspringen. Gasparilla zum Beispiel, er hatte schon einmal unter Beweis gestellt, dass er sich in stockdunkler Nacht lautlos anschleichen konnte.

Er warf einen zweiten Stein ins Lager, diesmal in eine andere Richtung. Wieder dieselbe Reaktion: das rätselhafte Knurren. Wenn Pendergast sich nicht sehr irrte, wieder von derselben Stelle wie das erste Mal.

Er aktivierte den Nachtsichtlaser seiner Waffe, dann schaltete er die Stablampe an und richtete den starken Lichtstrahl ins Dunkel.

Im nächsten Augenblick starrte er fassungslos auf eine Gestalt, die rücklings auf dem staubigen Boden lag und mit blutunterlaufenen Augen ziellos nach oben starrte. Das Gesicht war nicht zu erkennen, es war – wie der ganze Kopf – über und über mit Blut besudelt.

Ein paar Sekunden lang tanzte der rote Punkt des Lasergeräts unkontrolliert hin und her, dann fasste Pendergast seine Pistole fester und ging zögernd auf die Gestalt zu.

»Gasparilla?«

Der Kopf des Mannes zuckte ruckweise vor und zurück. Der Verletzte riss den Mund auf, er wollte etwas sagen, aber mehr als ein mit Blut und Speichel vermengtes Blubbern brachte er nicht zustande.

Pendergast war mit zwei, drei Schritten bei ihm und beugte sich über ihn: Ja, es war ohne jeden Zweifel Gasparilla. Er leuchtete in das Gesicht. Von Gasparillas schwarzem Haar war nichts mehr zu sehen, der Angreifer musste es ihm ausgerissen haben. Und nicht nur das Kopfhaar fehlte, sondern auch der wuchernde Bart war mit einem stumpfen Werkzeug, möglicherweise einem Steinmesser, so brutal entfernt worden, dass unter der verletzten Haut das nackte Fleisch zutage trat.

Pendergast ließ den Lichtstrahl tiefer gleiten. Der linke Daumen war – offenbar wieder mit demselben Werkzeug – halb abgehackt und dann mit so roher Gewalt abgerissen worden, dass nur ein weißer Knochenstumpf übrig geblieben war. Bis auf diese grausame Verstümmelung und die ausgerissenen Haare war Gasparilla allem Anschein nach unverletzt. Die Blutung war offenbar nur dadurch eingetreten, dass der Angreifer Gasparilla bei der grausamen Prozedur große Hautpartien auf- oder sogar ausgerissen hatte. Gasparillas Verwirrung war kaum durch die Verletzungen ausgelöst worden, es musste wohl eine Schockreaktion sein.

»Uähmam!«, gurgelte er und versuchte, sich hochzustemmen. Seine Augen loderten wild, er spie bei jedem Laut Blut und Speichel aus.

Pendergast beugte sich tiefer über ihn. »Ganz ruhig, Sie sind jetzt in Sicherheit.«

Gasparillas Augen huschten unstet hin und her, als rutschten ihm immer wieder die Augäpfel weg.

Pendergast fasste nach seiner Hand. »Ich werde auf Sie aufpassen und Sie wegbringen.«

Er suchte mit dem Lichtstrahl die Umgebung ab. Dort drüben, wo der Boden aufgewühlt war – das musste die Stelle sein, an der der Überfall stattgefunden hatte, kaum zehn Meter vom Lager entfernt.

Er gab Gasparillas Hand frei und ging zu der Stelle. Hier – da war Gasparilla zusammengebrochen. Von hier hatte er sich – wahrscheinlich auf dem Bauch kriechend – ins Lager zurückgeschleppt. Wie viele Stunden mochte er wohl dafür gebraucht haben? Und da waren die Fußabdrücke des Mörders, deutlich und klar im weichen Sand zu erkennen.

Pendergast ging zurück und sah Gasparilla tief in die unablässig huschenden Augen. Er konnte nichts in ihnen lesen, keine Erinnerung, keine Spur menschlichen Intellekts, nur unsägliche, unauslöschliche Angst.

Nein, Gasparilla konnte ihm keine Fragen beantworten, nicht jetzt – und womöglich nie mehr. Aber da waren ja noch die Spuren im Sand, vielleicht gaben die ihm die Antworten, die er brauchte.

23

Sheriff Hazen sah sich missmutig in dem Kellerflur um. Welcher Idiot war bloß auf die Idee gekommen, die ohnehin abgrundhässlichen Schlacksteinwände auch noch kackbraun zu tünchen? Der übliche süßliche Gestank wehte ihn an, vermischt mit dem irgendwelcher Chemikalien und Desinfektionsmitteln, was alles noch schlimmer machte. Die Chirurgenmaske half da gar nichts, eine ordentliche Gasmaske hätte er gebraucht!

Um sich abzulenken, versuchte er an schöne Dinge zu denken. Hank Williams' schmissige Westernballaden. Der Abend, an dem er als Kind zum ersten Mal mit seinem Vater und dem älteren Bruder zum Erntedankfest gehen durfte und bei der Gelegenheit – natürlich auch zum ersten Mal – den Geschmack eines Grain Belt auf der Zunge gespürt hatte. Aber die erhoffte Wirkung blieb aus, der Geruch des Todes war stärker.

Hazen gab sich einen Ruck und ging auf den hinteren, in helles Licht getauchten Bereich des Labors zu. Der Gerichtsmediziner McHyde unterhielt sich leise mit einem anderen Mann. Als er den einschmeichelnden Singsang hörte, wusste Hazen, dass Pendergast wieder einmal eine Nasenlänge Vorsprung hatte.

So wie er auch mit seiner Theorie von einem Serienmörder recht behalten hatte. Und wahrscheinlich auch mit der Annahme, dass es ein Ortsansässiger war. Hazen hatte nicht daran geglaubt, weil er nicht daran glauben wollte. Dabei drängte die Theorie sich geradezu auf. Medicine Creek war ein kleines Nest, hier konnten Fremde nicht ungesehen kommen und leise wieder verschwinden. Nach Sonnenuntergang genügten zwei Autoscheinwerfer, und schon reckten alle die Hälse und wollten wissen, wer das war. Nein, der Mörder konnte nicht irgendein Vagabund sein, den der Zufall hierher verschlagen hatte. So unglaublich es sich auch anhörte, es musste jemand aus der Stadt sein. Und das bedeutete, dass Sheriff Hazen ihn kannte.

»Ah, Sheriff – schön, Sie zu sehen!« Der Ton des Gerichtsmediziners war ungewohnt höflich, fast respektvoll. Offensichtlich witterte er, dass der Fall weit über die Grenzen ihrer kleinen Stadt hinaus Aufsehen erregen würde, auch in den Medien. Und das war für jemanden, der sich wie McHyde zu Höherem berufen fühlte, womöglich die Fahrkarte, mit deren Hilfe er den Mief von Westkansas hinter sich lassen konnte.

Hazen und Pendergast nickten sich zu, dann herrschte eine Weile betretenes Schweigen. Der Leichnam lag auf einem Rollwagen, mit einem grünen Tuch zugedeckt. Der Gerichtsmediziner hatte offenbar noch nicht mit seiner Arbeit begonnen.

Was Hazen nur bedauern konnte, er hätte sich die Zuschauerrolle bei der Metzelei gern erspart.

McHyde räusperte sich. »Schwester Malone? Können wir anfangen?«

»Ja, Doktor«, sagte eine Stimme aus dem Lautsprecher.

»Gut, lassen Sie die Kamera laufen.«

Sie unterzogen sich den üblichen Präliminarien, jeder nannte seinen Namen und die berufliche Position. Hazen starrte die ganze Zeit wie gebannt auf die zugedeckte Leiche. Er hatte sie zwar schon draußen in den Maisfeldern gesehen, aber hier, in der sterilen Atmosphäre des Labors, kam ihm alles ganz anders vor. Irgendwie schlimmer.

Der Gerichtsmediziner zog vorsichtig das grüne Tuch weg. Und da lag er vor ihnen: Willie Stott, blutbesudelt, das Fleisch verstümmelt. Hazen drehte den Kopf weg, doch dann machte er sich klar, dass er sich nicht vor seiner Pflicht drücken konnte. Und so zwang er sich, den Blick wieder starr auf den Rollwagen zu richten.

Er hatte im Laufe der Jahre etliche Tote gesehen, aber mit Sicherheit noch keinen, der so übel zugerichtet war. Die Haut war knapp über dem Brustbein aufgeschlitzt und abgezogen worden, das Fettgewebe lag bloß. Auch an den Hüften und übers Gesicht war die Haut… Es fiel ihm kein treffenderer Ausdruck ein: Sie war regelrecht abgeschält worden. Geschmolzenes Körperfett war in dünnen Rinnsalen auf den Rollwagen getropft und dort während des Kühlungsprozesses zu weißen Flecken erstarrt. Nur, in dem toten Fleisch hatten sich merkwürdigerweise keine Maden eingenistet. Und auf einmal fiel Hazen etwas auf, was er bisher gar nicht bemerkt hatte: An der rechten Hüfte fehlte ein großes Stück Fleisch im Oberschenkel. Herausgebissen, vermutlich von einem streunenden Hund, die Abdrücke der Zähne waren deutlich zu sehen. Der Hund, des Menschen bester Freund, dachte der Sheriff grimmig.

Die nüchterne Stimme des Gerichtsmediziners riss ihn aus seinen Gedanken. »Wir haben es hier mit einem Toten zu tun, der als William LaRue Stott identifiziert wurde, ein zweiunddreißig Jahre alter männlicher Weißer.« Dann zählte er, während Pendergast und Hazen stumm auf den Leichnam starrten, für das Kameraprotokoll in dankenswert kurzer Form die bereits gesicherten Erkenntnisse auf. Als er fertig war, wandte er sich zu Pendergast um. »Irgendwelche Feststellungen oder Vermutungen, Special Agent, bevor wir fortfahren?«

»Im Augenblick nicht, danke.«

»Gut. Wir haben heute Morgen eine erste Examination der Leiche vorgenommen und sind dabei auf mehrere Ungereimtheiten gestoßen – bedeutsame Ungereimtheiten, möchte ich betonen. Ich werde mit dem Allgemeinzustand beginnen.«

Wieder ein Räuspern, ein verstohlener Blick zur Kamera an der Decke des Labors.

»Das Erste, was mir auffiel, war, dass es keinerlei Spuren von Aktivitäten irgendwelcher Insekten gibt und der Leichnam kaum Anzeichen von Verwesung aufweist, obwohl das Mordopfer mindestens achtzehn Stunden bei Temperaturen über vierzig Grad im Freien gelegen hat, davon zwölf Stunden unter direkter Sonneneinstrahlung.«

Er räusperte sich, was wohl eine Art Überleitung zum nächsten Punkt sein sollte.

»Die zweite Anomalie ist leichter zu erklären. An den Extremitäten hat, wie Sie sehen, bereits ein Auflösungsprozess eingesetzt – will heißen: Das Fleisch löst sich von den Knochen. Das ist am deutlichsten rund ums Gesicht sowie an den Händen und Füßen zu erkennen, die Nase und die Lippen scheinen förmlich geschmolzen zu sein. Beide Ohren haben zunächst gefehlt, eines wurde am Tatort gefunden. Der Auflösungsprozess ist auch im Bereich der Hüften und der Schultern zu erkennen. Dort hat das Fleisch sich erkennbar vom darunter liegenden Fettgewebe gelöst. Außerdem ist dort besonders deutlich die Absonderung einer talgartigen Schmiere zu beobachten, die sich während einer Aufheizung und der nachfolgenden Abkühlung vollzogen haben dürfte. Auch bei dem völligen Verlust der Körperbehaarung, der nach dem Tod beziehungsweise im Verlauf der beschriebenen Verfallserscheinungen eingetreten ist, kann als Ursache mit hoher Wahrscheinlichkeit ein anormaler Verflüssigungsprozess angenommen werden. Für all diese Anomalitäten gibt es nur eine Erklärung ...«

Er atmete tief durch, bevor er schließlich sagte: »Der Körper wurde gesotten.«

Pendergast nickte. »Genau so war es.«

Hazens Blick irrte ungläubig zwischen dem Agent und McHyde hin und her. Er musste sich verhört haben. »Gesotten?«, keuchte er fassungslos.

»Die Leiche wurde offensichtlich in einen mit Wasser gefüllten Bottich gelegt und das Wasser sodann zum Sieden gebracht. Und zwar mindestens drei Stunden lang, vielleicht auch länger, Genaueres wird sich bei der Autopsie und mit Hilfe biochemischer Analysen feststellen lassen. Der Siedeprozess hat ohne Zweifel so lange angedauert, dass es zu den Ablösungen an der Maxilla und der Mandibula gekommen ist.« Er schob dem Toten den Finger in den Mund und deutete auf den Ober- und Unterkiefer. »Im Übrigen ist Ihnen bestimmt aufgefallen, dass die meisten Zehennägel und sämtliche Fingernägel sowie das zweite und dritte Glied des Mittelfingers fehlen«, fuhr er fort. »Vorbehaltlich genauerer Untersuchungen neige ich zu der Vermutung, dass es sich dabei ebenfalls um eine Abschwemmung infolge des Siedeprozesses handelt.«

Hazens Miene sah immer missmutiger aus. Die Theorie von einer nachträglich gesottenen Leiche stank zum Himmel! »Aber ich kann nicht verstehen... Ich meine, es muss doch Tage dauern, bis ein Körper von dieser Größe... bis er sozusagen weich gekocht ist.«

»Falsch, Sheriff. Sobald die Temperatur im ganzen Körper einhundert Grad Celsius erreicht, kocht ein Elefant genauso schnell gar wie ein Huhn. Sehen Sie, Kochen ist im Prinzip nichts anderes als ein Prozess, bei dem durch Erhitzen die Quartärstruktur der Proteinmoleküle...«

»Ja«, fiel ihm Hazen ins Wort, »ich habe das Grundprinzip verstanden.«

McHyde glaubte ihm kein Wort, wollte sich aber nicht länger mit Erklärungen aufhalten. »Im Übrigen werden Ihnen die schweren Verbrennungen an den Bändern der Hand- und Fußgelenke aufgefallen sein. Da drängt sich mir die Vermutung auf, dass der Prozess des... nun ja, des Garkochens bereits vor Eintritt des Todes begonnen hat.«

Bei so viel kaltschnäuziger Sachlichkeit geriet Sheriff Hazens gewöhnlich wohlgeordnete kleine Welt aus den Fugen.

Über ihnen, im Krankenhausbereich, lag Gasparilla, ein zwar exzentrischer, aber harmloser Spinner, den der Unbekannte regelrecht skalpiert hatte, und zwar nicht nur auf dem Schädel, sondern am ganzen Körper, sogar in der Leistengegend, und hier unten lag das zweite Opfer, das, wie er eben erfahren hatte, angeblich bei lebendigem Leib gesotten worden war.

Und er durfte sich nun auf die Suche nach einem ortsansässigen Massenmörder machen, der barfuß durch die Botanik lief, seine Opfer zerstückelte, skalpierte und anschließend zur Schau stellte, als wären sie Krippenfiguren auf dem Weihnachtsmarkt.

»Wo findet man denn überhaupt einen Bottich oder Kessel, der groß genug ist, um einen ausgewachsenen Menschen darin zu kochen?«, fragte er aggressiv. »Und hätte nicht irgendjemand den Fleischgeruch merken müssen?«

Pendergast richtete seine kühlen hellgrauen Augen auf ihn. »Zwei ausgezeichnete Fragen, Sheriff, die zugleich zwei Erfolg versprechende Möglichkeiten bei den weiteren Ermittlungen aufzeigen.«

Alter Klugscheißer! Direkt vor ihm lag Stott, mit dem er wer weiß wie oft im *Wagon Wheel* gesessen und einen zur Brust genommen hatte, und da quasselte Pendergast irgendwas von zwei Erfolg versprechenden Möglichkeiten bei den weiteren Ermittlungen! Im Klartext: Leg mal los, Hazen!

»Selbstverständlich werde ich diese Hypothesen durch Gewebeproben und biochemische Analysen verifizieren«, fuhr McHyde fort. »Möglicherweise gelingt es sogar, die Zeitdauer des Siedeprozesses hinlänglich genau festzulegen. Aber jetzt möchte ich Ihre Aufmerksamkeit auf die diagonal verlaufende, acht Zentimeter lange Verletzung an der rechten Hüfte lenken. Eine sehr tiefe, durch den Musculus vastus verlaufende Wunde, durch die der Oberschenkelknochen bloßgelegt wird.«

Äußerst widerwillig richtete Hazen den Blick auf das

Bissmal. Das Fleisch sah aufgerissen aus, durch das Kochen war es dunkelbraun geworden.

»Eine allgemeine Examination der Stelle zeigt eindeutige Bissmerkmale.« Der Gerichtsmediziner ließ ein paar Sekunden verstreichen, dann fügte er mit rauer Stimme hinzu: »Mithin müssen wir davon ausgehen, dass ein Teil des Körpers aufgegessen wurde.«

Hazen zuckte zusammen, dann fragte er fast tonlos: »Von einem Hund, nicht wahr?«

»Nein, das glaube ich nicht. Die Bissspuren zeigen alle Merkmale eines von Karies befallenen, nach der Anordnung der Zähne eindeutig menschlichen Gebisses auf.«

Hazen sah schnell weg. Weitere Fragen wären ihm sowieso nicht eingefallen.

»Wir haben Messungen vorgenommen, Fotos gemacht und einige Gewebeproben genommen, die zu dem Schluss führen, dass die Bisse in das gesottene Fleisch ausgeführt wurden.«

»Höchstwahrscheinlich unmittelbar nach Beendigung des Siedeprozesses«, murmelte Pendergast nachdenklich. »Die ersten Bisse wurden zögerlich ausgeführt, man sieht, dass sie schmaler ausfallen. Wahrscheinlich wollte der Täter warten, bis sich der Körper weiter abgekühlt hatte.«

»Äh – ja. Wir haben eine Speichelprobe entnommen, die wir möglicherweise für eine DNA-Analyse verwenden können. Einstweilen bleibt festzustellen, dass der Täter trotz des schlechten Zustands seiner Zähne allem Anschein nach mit wahrem Heißhunger zugebissen hat.«

Der Sheriff musterte angelegentlich das Muster der Bodenfliesen. Und als das nichts half, lenkte er sich ab, indem er Hank Williams' *Jambalaya* so laut in seinem Schädel dröhnen ließ, dass die Stimme des Gerichtsmediziners keine Chance mehr hatte.

»Darf ich den Körper abtasten?«, fragte Pendergast.

Und als McHyde nickte, fing er tatsächlich mit dem Finger zu stochern an, direkt vor Hazens entsetzten Augen. Anschließend rieb er die Haut des Toten zwischen Zeigefinger und Daumen und schreckte nicht davor zurück, auch noch daran zu schnuppern. Das gab Hazen den Rest, er schaltete eilends sein imaginäres Radio ein und versuchte, sich mit dem *Lovesick Blues* zu betäuben. Was ihm freilich nur so lange gelang, bis er Pendergast fragen hörte: »Darf ich einen Vorschlag machen?«

»Natürlich«, antwortete der Gerichtsmediziner.

»Die Haut des Toten wurde anscheinend vor dem Siedeprozess mit einer ölhaltigen Substanz präpariert, die sich eindeutig von dem beim Kochvorgang freigesetzten Körperfett unterscheidet. Es scheint fast so, als sei das absichtlich geschehen. Ich würde daher vorschlagen, dass Sie eine Reihe von chemischen Analysen machen lassen, um genau bestimmen zu können, um welche Art von Fett oder Fettsäure es sich handelt.«

»Ich werde das bei unserer weiteren Arbeit in Erwägung ziehen, Agent Pendergast«, sagte McHyde gönnerhaft.

Aber der Agent war gedanklich schon einen Schritt weiter. »Außerdem habe ich eine weitere Substanz ausgemacht.« Die Entschiedenheit, mit der er einen Schritt zurücktrat, sollte wohl signalisieren, dass er seine Ermittlungen als abgeschlossen betrachtete. »Daher erlaube ich mir den Vorschlag, die Leiche auch auf Spuren von $C_{12}H_{22}O_{11}$ zu testen.«

Der Gerichtsmediziner starrte ihn irritiert an. »Sie wollen doch wohl nicht andeuten …?« Er verstummte.

Hazen sah hoch, McHydes verblüffte Miene hatte ihn stutzig gemacht. Aber was konnte noch aufregender sein als das, was der Gerichtsmediziner ihnen bereits als Ergebnis seiner ersten Untersuchungen präsentiert hatte?

»Doch, genau das will ich«, erwiderte Pendergast. »Mr. Stott wurde bei lebendigem Leibe … ich fürchte, man kann es nicht anders ausdrücken: gebuttert und gezuckert.«

24

Die Gro-Bain-Truthahnschlachterei bestand streng genommen nur aus einem langen, geduckten Wellblechgebäude, dessen rostige Wände sich kaum von den angrenzenden Maisfeldern abhoben und daher nur aus nächster Nähe auszumachen waren. Der Parkplatz war stark belegt, Corrie musste ihren Gremlin ziemlich weit hinten abstellen. Pendergast öffnete die Beifahrertür, hob die schwarzen Hosenbeine an und hievte sich mit einer geschmeidigen Bewegung aus dem Wagen.

»Waren Sie schon mal da drin, Miss Swanson?«

»Nein, noch nie. Hab aber eine Menge Schauergeschichten darüber gehört.«

»Ich muss gestehen, ich bin neugierig, wie sie's machen.«

»Wie sie was machen?«

»Wie sie Tag für Tag hunderttausend Pfund lebende Truthähne in tiefgefrorene Fleischballen verwandeln.«

Ein langer Sattelschlepper rangierte rückwärts auf die Laderampe zu und setzte, als er mit quietschenden Bremsen zum Stehen gekommen war, mit Hilfe der Hydraulik eine riesige Ladung Käfige voller aufgeregt tuckernder Truthähne auf der Rampe ab. Die Käfige wurden – immer fünf auf einmal – vom Rollband übernommen und waren Sekunden später in dem hässlichen Wellblechgebäude verschwunden.

»Agent Pendergast, was wollen wir eigentlich hier?«

»Wir sind hier, um mehr über William LaRue Stott in Erfahrung zu bringen.«

»Wieso? Hat der Mord etwas mit Gro-Bain zu tun?«

Pendergast wandte sich zu ihr um. »Miss Swanson, in

meinem Beruf kommt man ziemlich bald zu der Erkenntnis, dass alles irgendwie zusammenhängen kann. Medicine Creek ist bei dem Drama, das Stott das Leben gekostet hat, nur einer von vielen Schauplätzen. Jetzt stehen wir vor einem anderen Schauplatz, der, obwohl er genau genommen eher ein Schlachtplatz ist, eine der unverzichtbaren Lebensadern Ihrer Stadt repräsentiert. Und es war sein Arbeitsplatz.«

Corrie runzelte die Stirn. »Vielleicht ist es besser, wenn ich im Auto warte. Ich steh nicht auf Truthähne, schon gar nicht, wenn sie geschlachtet werden.«

Als Pendergast nur die Achseln zuckte und mit weit ausholendem Schritt allein losging, überlegte sie es sich anders, stieß die Fahrertür auf und rief dem Agent nach: »Warten Sie, ich komme doch mit!«

Die Fracht des Sattelschleppers war inzwischen hinter einer Sichtblende aus flexiblen Gummibahnen verschwunden. Pendergast zwängte sich, ohne dem Schild »Nur für Betriebsangehörige« Beachtung zu schenken, zwischen zwei Bahnen durch. Corrie zögerte einen Moment, dann pumpte sie sich die Lunge mit Frischluft voll, folgte dem Agent und fand sich in der ersten Werkhalle hinter der Laderampe wieder.

Vier Männer waren hier beschäftigt. Einer, mit dicken Schutzhandschuhen ausgerüstet, riss stumpfsinnig die ankommenden Käfige auf, die Truthähne verharrten benommen in ihrer geduckten Haltung. Dann waren die anderen drei an der Reihe. Sie griffen genauso stumpfsinnig, aber mit der Routine vieler Arbeitsjahre in die offenen Käfige, packten zielsicher eines der vom Transport erschöpften, vom eigenen Kot beschmutzten Tiere und hängten es mit dem Kopf nach unten an eine der Laufbandschlaufen, an der sie dann auf eine schmale Öffnung in der hinteren Wand der Halle zuschaukelten. Nach den ersten Metern schienen die Vögel den Schock überwunden zu haben, sie fingen zu flattern an und sonderten in ihrer Todesangst erstaunliche Mengen Kot ab, der wegen der schaukelnden Bewegungen unkontrolliert in alle Richtungen spritzte und dabei einen bestialischen Gestank verbreitete.

»Sir? Hallo!« Ein kaum dem Teenageralter entwachsener Wachmann kam hastig auf Pendergast und Corrie zu. »Hier haben nur Betriebsangehörige Zutritt. Tut mit leid, aber ich muss mich an meine Anweisungen…«

»Natürlich«, sagte Pendergast, klappte sein Ledermäppchen auf und hielt ihm die Plakette vor die Nase. »FBI. Ich möchte Mr. James Breen sprechen. Wo finde ich ihn?«

Auf eine so krasse Abweichung vom normalen Tagesablauf war der Junge offensichtlich nicht gefasst. »Hinten am Fließband, Sir. Aber es ist nicht erlaubt…« Er sah Corrie Swanson Hilfe suchend an, als erwarte er von ihr, dass sie den komischen Kauz im schwarzen Anzug zur Vernunft bringe.

Corrie kannte den Jungen: Bart Bledsoe, allgemein nur Dingleberry Bart genannt.

Hatte im letzten Highschooljahr mit D abgeschnitten, und nun war er hier gelandet. Eine echte Medicine-Creek-Erfolgsstory!

Als Pendergast unbeirrt seinen Weg auf dem rutschigen Zementboden fortsetzte und sich anschickte, die nächste Barriere aus Gummibahnen zu überwinden und in die als Gefahrenbereich eingestufte nächste Halle vorzudringen, blieb dem irritierten Jungen nichts anderes übrig, als den FBI-Agent und seine Begleitung zumindest nicht aus den Augen zu lassen.

Die nächste Halle war schmaler, menschenleer und von einem langen Wasserbassin durchzogen. Gelbe Schilder warnten vor der Gefahr von Stromschlägen. Die erste Station des Laufbands mit den Truthähnen war eine Sprühanlage, danach senkte sich das Band abrupt ab, die Tiere wurden in das Wasserbassin eingetaucht, ein Summton war zu hören, gefolgt von einem kraftlosen letzten Keckern. Wenn die Tiere wiederauftauchten, hingen sie schlaff an ihren Schlaufen, sie flatterten nicht mehr, sogar ihr ängstlicher Protest war verstummt.

»Eine Betäubungsanlage«, sagte Pendergast zu Corrie. »Bei so viel Humanität muss Tierfreunden doch das Herz aufgehen, finden Sie nicht?«

Corrie schluckte gegen den Kloß in ihrem Hals an. Es war nicht schwer zu erraten, was als Nächstes kam.

Und tatsächlich, als sie Pendergasts Beispiel folgte und einen Blick durch das runde Kunststofffenster neben dem mit Gummibahnen verhängten Durchlass warf, sah sie, dass ihre Vermutung richtig gewesen war. Sobald eines der wie leblos baumelnden Tiere eine Lichtschranke passierte, jagte eine Stahlklinge auf das Laufband zu und trennte dem Truthahn mit präzisem Schnitt den Kopf ab, woraufhin sich ein Schwall Blut auf den Boden ergoss. Da man bei allem Vertrauen zur Technik immer einen letzten Trumpf im Ärmel haben soll, hatten die Gro-Bain-Bosse vorsorglich einen Arbeiter neben dem Laufband postiert, der den tödlichen Schnitt nötigenfalls mit einer Machete vollenden sollte.

Corrie hatte den Eindruck, dass die ganze Halle eine einzige tiefe Blutlache war.

Angewidert wandte sie sich ab.

»Wie nennen Sie diese Station?«, fragte Pendergast den jungen Wachmann, der ihnen wie ein Schatten gefolgt war.

»Die Blutspende«, antwortete Bledsoe, was ihm wohl nachträglich ein wenig zu makaber vorkam. Er grinste verlegen und fügte dann rasch in sachlichem Ton hinzu: »Das Blut wird in unterirdischen Tanks aufgefangen und von Zeit zu Zeit mit Tankwagen abtransportiert. Wohin, weiß ich nicht.«

»Nun, es wird zweifellos zu Blutmehl verarbeitet«, sagte

Pendergast. »Und was erwartet die Tiere in der nächsten Station? Ich meine, wohin führt das Laufband jetzt?«

»In die Dampfkammer«, erwiderte der Junge.

»Aha. Übrigens, wie heißen Sie?«

»Bart Bledsoe, Sir.«

»Gut, Mr. Bledsoe, dann darf ich Sie bitten, uns weiterhin als Führer behilflich zu sein.«

Bledsoe führte sie über einen schmalen Gang um die Halle mit dem Blutsee herum, aber der penetrante, widerlich süße Geruch von frischem Blut verfolgte sie, bis sie plötzlich wieder auf das Laufband stießen, das jetzt in eine größere Werkhalle führte. Die geköpften Truthähne schienen auf wundersame Weise an ihren Schlaufen zu zappeln, aber das lag natürlich daran, dass sie durch das Ausbluten erheblich an Gewicht verloren hatten. Das Laufband verzweigte sich, jeweils zwei Dutzend Tiere verschwanden in einem großen Stahlbehälter, aus dem ihnen ein von lautem Röhren begleiteter Hitzeschwall entgegenschlug. Corrie verlor fast die Nerven, als sie die ersten Tropfen von Kondenswasser auf der Haut spürte. Wäre sie doch bloß ihrem ursprünglichen Vorsatz treu geblieben, im Wagen auf Pendergast zu warten!

»Was passiert hier?«, erkundigte sich der Agent bei dem jungen Wachmann.

»Die Tiere werden mit Dampf bestrahlt«, erklärte ihm Bledsoe. Er deutete nach vorn, wo die tropfnassen, teilweise schon ihres Federkleids beraubten Tiere am Laufband auf die nächste Station zuschaukelten. »Dann geht's zum Rupfen …« Und plötzlich verstummte er abrupt. Offenbar war ihm eingefallen, dass man ihm ausdrücklich verboten hatte, Betriebsfremden irgendwelche Auskünfte zu geben. Um seinen Fehler auszubügeln, setzte er eine abweisende Miene auf, sagte in strengem Ton »Bitte warten Sie hier, Sir!« und verschwand hinter der nächsten Sichtblende.

Pendergast dachte natürlich nicht daran, zu warten, bis Bledsoe womöglich mit Verstärkung anrückte. Er winkte

Corrie, ihm zu folgen, zwängte sich, inzwischen immer routinierter geworden, wieder zwischen zwei auf- und zuklappenden Gummibahnen durch und war, wie er vermutet hatte, in der Rupfstation angekommen. Vier Maschinen waren pausenlos damit beschäftigt, den Truthähnen mit Hilfe bizarr anmutender künstlicher Noppenfinger jede noch so kleine Feder und sogar den feinsten Flaum wegzurubbeln. Nach dieser Radikalkur schaukelten die Tiere nackt und bloß, mit rosarot wund gescheuerter Haut an ihren Schlaufen auf die nächste Gummiblende zu.

Der ganze Prozess schien voll automatisiert zu sein, die Arbeiter mussten lediglich den reibungslosen Ablauf überwachen. Dies tat offenbar auch eine Frau, der Pendergast eine Weile zugesehen hatte. Sie behielt die Anzeigetafeln der Maschine im Auge, musste aber selbst nicht Hand anlegen. Pendergast witterte eine Gelegenheit, ihr ein paar Informationen zu entlocken oder es zumindest versuchen zu können.

»Entschuldigung, dürfte ich Sie kurz stören?«

Er war wie üblich mit weit ausholendem Schritt vorausgeeilt, Corrie hatte nicht mal Gelegenheit gehabt, ihm zuzuflüstern, dass sie die Frau kannte; Doris Wilson, eine hellblond gefärbte Mittfünfzigerin, wohnte in demselben Wohnwagenpark wie Corries Mutter. Corrie hätte dem Agent gern noch gesagt, dass er es mit einer energischen Person zu tun hatte, die sich kein X für ein U vormachen und bestimmt nicht um den Finger wickeln ließ, auch wenn er seinen ganzen Charme aufbot.

Doris Wilson sah hoch. »Ah, der Mann vom FBI, stimmt's?«

»Ja«, bestätigte Pendergast. »Verraten Sie mir auch, wer Sie sind?«

»Doris Wilson. Falls Sie vorhaben, mir Löcher in den Bauch zu fragen: Schießen Sie los!«

»Ich möchte Ihnen tatsächlich einige Fragen steilen, Mrs. Wilson. Zum Beispiel, ob Sie Willie Stott kannten?«

»Na klar. Er war der Vorarbeiter der Putzkolonne, und zwar in der Nachtschicht.«

»Hat er sich hier wohlgefühlt?«

»Sie machen mir Spaß! Wir werden hier nicht fürs Wohlfühlen bezahlt. Aber er hat seine Arbeit gut gemacht.«

»Wie ich höre, hat er getrunken?«

»Ach was! Er hat sich manchmal einen Schluck gegönnt. Aber auf seine Arbeit hat sich das nicht ausgewirkt.«

»Woher stammte er eigentlich?«

»Alaska …« Sie stellte etwas an der Maschine nach. »Hat dort in einer Fabrik für Fischkonserven gearbeitet.«

»Wissen Sie, warum er von dort weggegangen ist?«

»Ärger mit einer Frau, hab ich gehört.«

»Und warum ist er in Medicine Creek hängen geblieben?«

Doris Wilson entblößte grinsend eine Reihe von schiefen, bräunlich verfärbten Zähnen. »Sie sind gut! Jeder von uns fragt sich, warum er hier hängen geblieben ist. Für Willie hat wohl den Ausschlag gegeben, dass er hier einen guten Freund gefunden hatte.«

»Wen?«

»Swede Cahill. Obwohl, jeder, der gern einen schluckt und das in seiner Bar tut, ist Swedes guter Freund.«

»Ich danke Ihnen. Und nun können Sie mir vielleicht noch sagen, wo ich James Breen finde?«

Doris deutete mit dem Kopf auf das Laufband. »Dahinten, wo die Viecher ausgenommen werden. So ein Schmerbauch, schwarzes Haar, Brille, große Klappe.«

»Nochmals besten Dank«, verabschiedete sich Pendergast.

»Gern geschehen.« Doris Wilson nickte Corrie zu.

Pendergast und Corrie stiegen ein paar Stufen bis zu einem Metallrost hoch, auf dem sie in gleicher Höhe mit dem Laufband waren. Die nackten Truthähne schaukelten direkt neben ihnen auf den Raum zu, in dem sie ausgenommen wurden. Offenbar waren der Technik hier Grenzen gesetzt, die Entfernung der Innereien musste von Hand erfolgen. Etliche Frauen und Männer, alle in weißen Kitteln und mit weißer Haube, schlitzten den Vögeln mit geübtem Griff die Bäuche auf, was zwar nach Fließbandarbeit aussah, tatsächlich aber schlichte Handarbeit war. Beim Absaugen der Eingeweide nutzten die Arbeiter allerdings wieder moderne Technik in Form von Vakuumpumpen und automatischen Absaugvorrichtungen, die das schwabbelige Zeug gurgelnd in unterirdische Sammelbecken beförderten.

Thanksgiving wird nie mehr sein, was es mal war, ging Corrie durch den Kopf.

Einer der Arbeiter, ein schwarzhaariger, dickbauchiger Mann, erzählte gerade seinem Kumpel eine spannende Geschichte – das heißt, um den Geräuschpegel zu übertönen, musste er regelrecht schreien. Corrie schnappte den Namen »Stott« und den Satzfetzen »... war der Letzte, der ihn lebend gesehen hat« auf.

»Ich glaube, das ist Ihr Mann«, flüsterte sie Pendergast zu, und der Agent bestätigte ihre Vermutung mit einem stummen Nicken.

Als sie auf dem Metallrost zu Breen gehen wollten, kam plötzlich Bart Bledsoe außer Atem und mit verschwitztem Haar auf sie zugerannt. Dass er eigentlich hinter Art Ridder, dem Geschäftsführer von Gro-Bain, herrannte, wurde ihnen erst auf den zweiten Blick klar.

Und dann hatte Ridder seinen großen Auftritt. »Warum meldet mir niemand, dass das FBI hier ist?«, schrie er, wobei nicht ganz klar wurde, an wen der Vorwurf gerichtet war. Das gewöhnlich gesunde Rot seines Gesichts hatte einen violetten Schimmer angenommen, in seinem Haar hatte sich eine weiße Flaumfeder verfangen und wippte im Rhythmus seines Wutausbruchs auf und ab. »Hier haben nur Betriebsangehörige Zutritt, das ist doch allgemein bekannt!«

»Tut mir leid, Sir«, stammelte Bart Bledsoe zerknirscht. »Er ist einfach reinspaziert. Hat gesagt, dass er Ermittlungen im Fall …«

»Ich weiß selber, um was für Ermittlungen es geht!«, fiel Ridder ihm barsch ins Wort. Dann ließ er den Jungen stehen und schickte sich an, die Stufen zum Metallrost zu erklimmen. Als er sich unvermutet Pendergast gegenübersah, vollzog sich eine wundersame Verwandlung: Er knipste sofort das Lächeln an, das er zu seinem Markenzeichen erkoren hatte. »Oh, Agent Pendergast! Wie geht es Ihnen?«

Pendergast nickte ihm höflich zu, konnte sich aber nicht verkneifen, Ridder daran zu erinnern, dass der Gro-Bain-Boss bisher immer einen großen Bogen um ihn gemacht hatte. »Es ist mir ein Vergnügen, Sie kennenzulernen«, sagte er mit einem kaum auszumachenden süffisanten Unterton.

Ridder, aus dem Konzept gebracht, musterte Corrie mit hochgezogenen Augenbrauen. »Was machst du denn hier?«

Corries Mund klappte auf und schnell wieder zu, ihr Seitenblick zu Pendergast war ein stummer Hilferuf.

»Miss Swanson ist mit mir hier«, sprang Pendergast in die Bresche. »Sie ist meine Assistentin.«

Nach so viel fehlgeschlagenen Anläufen brauchte Ridder dringend ein Erfolgserlebnis. Also musste Bart Bledsoe als Blitzableiter herhalten. »Du gehst zurück zur Laderampe, wir sprechen uns später!« Dann fiel ihm eine Lösung für sein Problem ein. »Mr. Pendergast«, sagte er honigsüß, »darf ich Sie einladen, mich in mein Büro zu begleiten? Wir haben es dort wesentlich bequemer.«

»Danke, aber zunächst möchte ich ein paar Fragen an Mr. Breen richten.«

»Kein Problem, ich lasse ihn herholen …«

Aber da war Pendergast bereits unterwegs zu dem Mann, der von sich behauptete, Willie Stott als Letzter lebend gesehen zu haben. Er unterbrach seine Arbeit nicht, sodass ihr

Gespräch immer dann, wenn Breen einem Truthahn das Absaugrohr in den Bauch gerammt hatte, von einem schlürfenden, schmatzenden Geräusch untermalt wurde.

»Der arme Kerl, schrecklich so was!«, sagte Breen kopfschüttelnd. »Aber es war ja kein Wunder bei der alten Rostlaube. Ich sag's nicht gern, aber wenn Willie nicht sein ganzes Geld zu Swede getragen, sondern stattdessen die Karre mal in die Werkstatt gebracht hätte, wär sie wahrscheinlich nicht alle naslang liegen geblieben...«

Inzwischen hatte sich Ridder hinter Breen aufgebaut, und wie zu erwarten, dauerte es nicht lange, bis er sich einmischte. »Hoch mit dem Rüssel, Jimmy! Du hältst ihn viel zu tief, verdammt noch mal! Gib mal her, ich zeig's dir.« Er bewegte den Pumpenschlauch ein paarmal vor und zurück, um Breen zu zeigen, wie er ihn richtig ansetzen musste. »Kapiert?«

»Alles klar, Mr. Ridder.«

Als Ridder endlich Ruhe gab, griff Pendergast den Gesprächsfaden wieder auf. »Sie sagten eben, Mr. Stott sei mit seinem Wagen liegen geblieben...«

»Ja, genau. Und letzten Monat war's genauso, da musste ich ihm meinen Wagen leihen, und er hat mich dann morgens abgeholt. Ich wette, die Karre hat's nicht mehr getan, und er hat versucht, zu Fuß zu Swede zu kommen. Unterwegs muss der Mörder ihn dann so gotterbärmlich zugerichtet haben.«

»Haben Sie, als es passierte, nachts gearbeitet?«

»Ja, da hab ich noch Nachtwache geschoben. Mit dem Saugrüssel arbeite ich heute zum ersten Mal, darum klappt's auch noch nicht so.«

»Was hatten Sie denn bei der Nachtwache zu tun?«

»Na ja, da haben wir dafür gesorgt, dass alles vorbereitet ist und funktioniert, damit's keine Verzögerungen gibt, wenn der erste Sattelschlepper ankommt. Da muss es sofort losgehen, die Viecher dürfen nicht zu lange in der Hitze schmoren, bloß weil sich im letzten Moment rausstellt, dass schnell noch irgendwas repariert werden muss.«

»Kommt so was oft vor?«

Breen zuckte nervös die Achseln und drehte sich Hilfe suchend zu Ridder um.

»Praktisch nie«, warf Ridder rasch ein.

»Wenn Sie nachts zum Gro-Bain-Gelände gefahren sind, haben Sie da unterwegs irgendjemanden oder irgendetwas Verdächtiges gesehen?«

»Und ob! Was glauben Sie, warum ich gebeten habe, mich für die Tagesschicht einzuteilen? Erst hab ich gedacht, es wär eine Kuh, die sich verlaufen hat. Es war jedenfalls was Großes. Hat sich so komisch geduckt bewegt, wie auf allen vieren.«

»Wo genau war das?«

»Na, ungefähr in der Mitte zwischen der Stadt und hier, links von der Straße. Sah aus, als hätte es auf jemanden gewartet. Als ich um die Kurve kam, hab ich im Scheinwerferlicht gerade noch gesehen, wie die Kuh – ich meine, wenn's eine war – ins Maisfeld getrottet ist. Nein, nicht getrottet, es kam mir eher wie ein schneller Sprung vor. Aber völlig sicher bin ich nicht, es kann auch ein dunkler Schatten gewesen sein. Nur, dann muss es ein verdammt großer gewesen sein.«

Pendergast nickte. Dann fragte er Corrie: »Haben Sie noch irgendwelche Fragen, Miss Swanson?«

Corrie zuckte zusammen. Verdammt, was sollte das? Ihre Gedanken überschlugen sich. Was, zum Teufel, konnte sie Breen fragen?

Und dann hatte sie's. »Äh – ja, ich hätte eine Frage. Wenn das der Mörder war, was kann er denn gewollt haben? Auf Stott warten? Er konnte doch nicht wissen, dass Stotts Auto ausgerechnet dort schlappmacht. Könnte er es nicht auf Gro-Bain abgesehen haben?«

Jimmy Breen stutzte. »Verdammt, das weiß ich nicht.

Aber wenn ich's mir überlege ... die Idee klingt einleuchtend.«

»Himmelarschundzwirn!«, brüllte Ridder plötzlich los. »Jimmy, du hast einen Vogel durchrutschen lassen!«

Er hetzte hinter dem Laufband her, schnappte sich einen der Truthähne, stieß ihm die Hand in den aufgeschlitzten Bauch, riss ihm mit einer schnellen Drehbewegung die Eingeweide heraus und schleuderte sie mit triumphierendem Grinsen in die Absaugvorrichtung.

»Siehst du, Jimmy, so macht man das!«, sagte er und wischte die schmierige Hand an einem Papiertaschentuch ab. »Als ich hier angefangen habe, gab's den ganzen modernen Kram noch gar nicht, da haben wir das immer so gemacht. Ich hoffe, du hast gut zugesehen und was dazugelernt.« Er drehte sich zu Pendergast um. »Tja, ich denke, wir können jetzt in mein Büro ...«

»Nicht nötig, Mr. Ridder, ich denke, wir sind fertig«, fiel ihm der Agent ins Wort. »Ich danke Ihnen für Ihre verständnisvolle Unterstützung.«

Damit wandte er sich um und trat mit weit ausholenden Schritten den Rückweg an. Dass er Ridders ausgestreckte Hand nicht schüttelte, lag vielleicht an der Eile, mit der er aufbrach. Aber nur vielleicht.

25

Corrie stand, die Hände in die Hüften gestemmt, am Straßenrand und sah zu, wie der Agent irgendwelche mysteriösen Metallteile aus dem Kofferraum des Gremlin nahm und zusammenschraubte. Die Teile waren ihr schon aufgefallen, als sie ihn bei Winifred Kraus abgeholt hatte. Er musste ihre neugierigen Blicke bemerkt haben, hatte sich aber während der Fahrt zu keiner Erklärung bequemt.

»Es scheint Ihnen Spaß zu machen, andere im Dunkeln tappen zu lassen, wie?«, hielt sie ihm vor.

Der Agent schraubte in aller Ruhe das letzte Metallteil an und probierte das Gerät aus. Mehr als ein leises Brummen kam nicht dabei heraus. Das schien ihm völlig zu genügen, er nickte zufrieden. Corrie hatte es ja immer geahnt: Er war eben ein komischer Kauz.

Pendergast schaltete das Gerät aus und ging dann endlich auf Corries Bemerkung ein: »Ich kann mir nichts Langweiligeres vorstellen als langatmige Erklärungen.«

Corrie musste unwillkürlich lachen. Wo er recht hatte, hatte er recht! Alle – ihre Mutter, der Klassenlehrer und Medicine Creeks dickbauchiger Sheriff – verlangten bei jeder passenden und unpassenden Gelegenheit Erklärungen von ihr. Da muss dir aber eine sehr gute Erklärung einfallen! Einer jener Sprüche, die ihr zum Hals raushingen.

Die Sonne schob sich langsam über die höchsten Maiskolben. Sie brannte schon unbarmherzig und dörrte den ohnehin staubtrockenen Boden noch mehr aus. Pendergast fragte scheinbar beiläufig: »Darf ich aus Ihrem Interesse schließen, dass Sie allmählich Freude an Ihrem Job als Assistentin finden?«

»Gehen Sie lieber davon aus, dass mich das Geld reizt, das ich bei Ihnen verdiene. Aber davon mal abgesehen, wenn ich schon vor Tau und Tag aus dem Bett gescheucht werde, möchte ich wenigstens erfahren, warum.«

»Na gut, ich sag's Ihnen. Heute werden wir bei den Hügeln dem Geheimnis des sogenannten Massakers der Geisterkrieger nachspüren.«

Corrie warf einen skeptischen Blick auf das Gerät, das Pendergast zusammengesetzt hatte. »Das sieht mir nicht nach einer Wünschelrute aus, mit der man Geister aufspüren kann. Ich würde es eher für einen Metalldetektor halten.«

»Übrigens, glauben Sie an Geister?«

Corrie schnaubte geringschätzig. »Sie wollen mir doch nicht im Ernst weismachen, dass Sie an wandelnde Leichen glauben, die dazu verdammt sind, bis ans Ende aller Tage ruhelos umherzuwandern und nach ihren Skalps und Stiefeln zu suchen?«

Pendergast blieb ihr die Antwort schuldig. Er schulterte das Gerät und marschierte los. Nach wenigen Minuten tauchten sie in den Schatten der Bäume ein, wo eine schwache Brise wehte und das Blätterdach zumindest eine Ahnung von der nächtlichen Abkühlung gespeichert hatte. Ein paar Minuten später erreichten sie die Hügel. Das karge Gras und Gestrüpp, das sie überzog, hätte Ortsunkundige nie vermuten lassen, dass sich unter den sanften Rundungen gewachsener Fels verbarg.

Pendergast setzte das Gerät ab und schaltete es ein. Fast augenblicklich war ein leiser Heulton zu hören, der, sobald der Agent die Peilrichtung änderte, an- oder abschwoll. Pendergast langte in die Tiefen der Innentaschen seines Jacketts, zog ein orangefarbenes Fähnchen heraus und steckte es vor sich in den Boden. Dann kramte er aus einer anderen Tasche ein handliches Gerät, kaum größer als ein Mobiltelefon, und drehte es hin und her.

»Was ist das?«, fragte Corrie.

»Ein GPS-Aggregat. Ein Gerät zur Positionsbestimmung via Satellit.«

Er las etwas vom Display ab und notierte es in dem in Leder gebundenen Büchlein, das er anscheinend überall mit sich herumschleppte. Dann hielt er die Rundantenne des Detektors dicht über den Boden und veränderte seinen Standort Zentimeter um Zentimeter nach Norden. Corrie, neugierig geworden, heftete sich an seine Fersen. Der Metalldetektor fing laut zu jaulen an.

Pendergast ging in die Knie, schabte mit dem Klappmesser die oberste Erdschicht ab und hatte innerhalb weniger Sekunden eine kupferne Pfeilspitze bloßgelegt.

»Wow!«, machte Corrie begeistert und kauerte sich neben Pendergast auf den Boden. »Stammt die etwa von Indianern? Ich dachte immer, die hätten ihre Pfeilspitzen aus Feuerstein gemacht?«

»Zunächst war das so, aber ab 1865 haben sie mit Metallspitzen gearbeitet, und ab 1870 hatten sie Flinten. Diese Pfeilspitze passt exakt in den Zeitraster.«

Corrie wollte nach der Pfeilspitze greifen, aber der Agent fing ihre Hand ab. »Die wollen wir lieber im Boden stecken lassen.«

Und mit leiser Stimme fügte er hinzu: »Haben Sie bemerkt, in welche Richtung sie zeigt?«

Er machte sich abermals ein paar Notizen, zog wieder ein Fähnchen aus dem Jackett und markierte die Fundstelle. Dann richtete er sich auf und setzte die Suche fort. Nach knapp zweihundert Metern schlug der Detektor wieder laut an. Pendergast legte vorsichtig eine Gewehrkugel frei, eines jener Vollprojektile, die um das Jahr 1970 als letzter Schrei gegolten hatten. Er deckte sie wieder mit Erde zu.

»Wollen Sie den Fundort nicht markieren?«, fragte Corrie enttäuscht. »Ist das kein historisches Relikt?«

»Schon richtig, aber erst für Archäologen späterer Generationen.«

Sie gingen weiter, der Detektor jaulte in immer kürzeren Abständen. Meistens waren Pfeilspitzen oder Gewehrkugeln die Ursache, einmal war es auch ein rostiges Messer. Corrie fiel auf, dass die Miene des Agent immer nachdenklicher wurde. Sie konnte ihm das nachfühlen, sie fragte sich inzwischen selber, warum sie sich anfangs so viel von dieser Schatzsuche versprochen hatte. Und schließlich platzte sie damit heraus.

»Ich frage mich seit geraumer Zeit, was diese alten Fundstücke mit den aktuellen Morden zu tun haben? Es sei denn, Sie halten die Geister der Fünfundvierzig für die Täter. Vielleicht haben sie sich zu einem kollektiven Racheakt verschworen?«

»Eine interessante Theorie«, sagte Pendergast. »Bislang konnte ich keinen Zusammenhang zwischen den Morden und dem Fluch der Fünfundvierzig erkennen. Andererseits, Sheila Swegg wurde umgebracht, als – oder weil – sie hier Grabungen vorgenommen hat. Und Gasparilla hat hier Eichhörnchen gejagt. Und wie Sie mir erzählt haben, wird in der Stadt gemunkelt, der Mörder sei der Rachegeist von Harry Beaumont. Da fallen einem natürlich Beaumonts abgeschnittene Stiefel und seine geschälten Fußsohlen ein.«

»Nehmen Sie solche Schauergeschichten etwa für bare Münze?«, fragte Corrie verblüfft.

Pendergast lächelte. »Nein. Ich glaube nicht, dass hinter den Morden Beaumonts Geist steckt, aber die Tatsache, dass hier so viele Indianerpfeile und andere Relikte zu finden sind, könnte den Mörder dazu gebracht haben, einen Zusammenhang zu konstruieren.«

»Und wie lautet Ihre Theorie?«

»Es wäre ein fataler Fehler, irgendeine Hypothese zu entwickeln, solange sie sich nicht auf harte Fakten stützen kann. Ich achte sehr darauf, keine verfrühten Theorien zu entwickeln. Im Moment will ich nur Erkenntnisse sammeln.« Er wandte sich um, fuhr weiter mit dem Detektor über den Boden und markierte die Stellen, an denen dieser anschlug.

Nach einer Weile traten sie auf einer bisher nicht überprüften Route den Rückweg zu den Hügeln an. Je näher sie ihnen kamen, desto felsiger wurde der Boden. Pendergast deutete mehrere Male auf offensichtlich frisch gegrabene, flüchtig mit Reisig oder Laub zugedeckte Erdlöcher. »Sheila Sweggs letzte Ausgrabungen«, kommentierte er wortkarg.

Corrie konnte nicht anders, sie musste endlich die Frage loswerden, die ihr schon lange auf den Nägeln brannte. »Haben Sie wirklich keine Ahnung, wer der Mörder sein könnte?«

Pendergast nahm sich viel Zeit, bevor er antwortete. »Sie fragen mich nach dem Mörder, aber ich versuche gerade erst die Summe all dessen zusammenzutragen, was er *nicht* ist.«

»Das ist mir zu hoch.«

»Fest steht, dass wir es mit einem Serienmörder zu tun haben, der weiter morden wird, wenn wir ihn nicht daran hindern. Was mir allerdings Rätsel aufgibt, ist die Tatsache, dass er in keines der bekannten Muster passt. Er verhält sich anders als alle bisher bekannten Serienmörder.«

»Woher wollen Sie das wissen?«, fragte Corrie.

»In der FBI-Zentrale von Quantico in Virginia beschäftigt sich eine Gruppe von Wissenschaftlern mit der Erforschung von gängigen Verhaltensmustern. Anhand ihrer Ergebnisse arbeiten sie Profile aus, die widerspiegeln, was in den Gehirnen von Kriminellen vorgeht. Dazu tragen sie Fälle von Serienmorden in allen Teilen der Welt zusammen und quantifizieren sie anhand einer umfangreichen Datenbasis.«

Pendergast war während seiner Ausführungen weitergegangen und hatte den Boden immer wieder mit dem Detektor abgesucht. Corrie fiel erst jetzt auf, dass sie inzwischen auf der Südseite der Hügel angekommen waren.

»Sind Sie sicher, dass Sie tatsächlich eine Vorlesung über forensische Verhaltensforschung hören wollen?«

»Warum nicht? Das ist wesentlich interessanter als Trigonometrie.«

»Gut«, sagte der Agent und fuhr, ohne stehen zu bleiben, fort: »Für Serienmorde gibt es – genau wie bei anderen Verbrechen – kein unumstößliches, immer wiederkehrendes Verhaltensmuster. Das FBI unterscheidet bei Serienmördern zwei Standardtypen: die organisierten und die nicht organisierten. Organisierte Täter sind intelligent und in ihrem Sozial- und Sexualverhalten aggressiv. Sie planen ihre Taten sorgfältig, das Opfer ist für sie eine anonyme Person. Sie suchen sie mit Bedacht aus, aber sie bleibt ein fremder Mensch. Sie handeln sehr beherrscht, und zwar vor, während und nach der Tat. Auch der Tatort ist mit großer Sorgfalt gewählt. Gewöhnlich lassen sie die Leiche ihres Opfers nicht dort liegen, sondern versuchen, sie zu verstecken. Dieser Typ Serienmörder ist oft schwer zu überführen...

Der nicht organisierte Mörder handelt dagegen spontan. Häufig leidet er unter Minderwertigkeitskomplexen, was sich auf sein soziales wie auch sexuelles Verhalten auswirkt. Sein IQ ist niedrig. Der Tatort ist in der Regel spontan gewählt, häufig rein zufällig. Er unternimmt nur selten Anstrengungen, die Leiche zu verstecken, meistens lässt er sie am Tatort zurück. Häufig wohnt er ganz in der Nähe seines Opfers und kennt es gut. Der Entschluss, es zu überfallen, wird oft ohne vorherige Planung gefasst und brutal ausgeführt.«

»In unserem Fall scheint der Mörder zur Gruppe der organisierten Täter zu gehören«, warf Corrie ein.

»Nein, so ist das ganz und gar nicht.« Pendergast musterte sie mit einem besorgten Blick. »Ich weiß, dass ich Ihnen ziemlich harten Tobak zumute, Miss Swanson.«

»Ich kann's verkraften.«

Als Pendergast »Ja, Ihnen glaube ich das« murmelte, rätselte Corrie einen Moment lang, ob sie das als Kompliment oder als Vorwurf werten sollte. Sie kam nicht dazu, sich für eine Antwort zu entscheiden, weil der Detektor wieder anschlug, diesmal ziemlich schwach. Pendergast ging in die Knie, schabte die Erde weg und zog ein verrostetes Spielzeugauto aus dem Boden. Corrie sah ein Lächeln über sein Gesicht huschen.

»Schau an, ein Morris Minor, wie hübsch! Ich hatte als Kind eine Corgi-Sammlung.«

»Und wo ist die jetzt?«

Pendergast beantwortete die Frage nicht. Ein dunkler Schatten war über sein Gesicht gefallen. Corrie war so betroffen, dass sie sich fest vornahm, ihn nie wieder über seine Kindheit zu befragen.

Aber Pendergast fuhr schon wieder in ganz normalem Ton fort: »Auf den ersten Blick scheint unser Mörder zu den organisierten Tätern zu gehören. Aber es gibt ein paar Dinge, die nicht ins Bild passen. Erstens, bei praktisch allen organisierten Tätern spielt die sexuelle Komponente eine entscheidende Rolle. Manche Mörder fallen Prostituierte an, manche Homosexuelle, andere haben es auf Pärchen in geparkten Autos abgesehen. Nicht selten kommt es zu sexuellen Verstümmelungen, oder die Täter vergewaltigen ihr Opfer und bringen es anschließend um. Es gibt sogar Fälle, in denen der Mörder lediglich den nackten Körper des Opfers küssen will und am Schluss Blumen auf die Leiche legt.«

Corrie überlief ein Schauder.

»Bei den Morden, mit denen wir es zu tun haben, ist dagegen keine wie auch immer geartete sexuelle Komponente zu erkennen. Dazu kommt, dass organisierte Mörder in der Regel einem Modus Operandi folgen, den die Forensiker als Ritual bezeichnen. Die Rituale können ganz verschiedener Natur sein. Es gibt Täter, die bei jedem Mord dieselbe Kleidung tragen wollen, dieselbe Waffe oder dasselbe Messer benutzen und den Mord immer in der gleichen Weise begehen. Danach liegt dem Mörder oft daran, die Leiche in einer ganz bestimmten Pose zu arrangieren, und zwar aus rituellen Erwägungen. Das Ritual ist häufig nicht sofort zu erkennen, aber es spielt immer eine Rolle. Es ist unverzichtbarer Teil des Mordes.«

»Eben!«, sagte Corrie. »Das entspricht doch genau dem Vorgehen unseres Kandidaten.«

»Im Gegenteil! Es stimmt, unser Mörder vollzieht ein Ritual, aber der springende Punkt ist, dass es jedes Mal ein völlig anderes ist. Und vergessen Sie nicht: Er tötet nicht nur Menschen, er tötet auch Tiere. Die Art, wie er den Hund umgebracht hat, bleibt völlig rätselhaft. Ein Ritual ist nicht zu erkennen. Die Begleitumstände weisen die typische Handschrift eines nicht organisierten Täters auf. Er hat ihn getötet und ihm den Schwanz ausgerissen. Warum? Und bei dem Überfall auf John Gasparilla war es ähnlich. Er scheint kein Ritual zu brauchen und es auch nicht unbedingt darauf anzulegen, dass das Opfer stirbt. Seine Gewaltakte weisen sowohl Elemente eines organisierten wie auch solche eines nicht organisierten Serienmörders auf. Das ist ein absolutes Novum.«

Er wurde durch ein geradezu markerschütterndes Heulen des Detektors unterbrochen. Sie waren fast am Ende ihrer Teststrecke angekommen, vor ihnen erstreckte sich eine leicht abfallende Grasfläche, die nahtlos in das Dickicht der Maisfelder überging. Pendergast war wieder in die Knie gegangen, schabte die Erde weg, stieß aber auf kein Metallteil. Er schob den Detektor genau über die vermutete Fundstelle und adjustierte die Skalen. Prompt heulte der Detektor wieder laut auf.

»Was es auch ist, es muss mindestens sechzig, siebzig Zentimeter tief liegen«, murmelte er, kramte eine kleine Klappschaufel aus seinem Jackett und fing an zu graben.

Nach wenigen Minuten gähnte bereits ein großes Loch im Boden. Pendergast ging nun vorsichtiger vor, er benutzte die

Schaufel nur noch dazu, die Ränder des ausgehobenen Lochs abzuschaben. Und plötzlich stieß er auf etwas Festes.

Ein Griff in die Tiefen des Jacketts genügte, und schon hielt er einen kleinen, borstigen Pinsel in der Hand. Nach wenigen Pinselstrichen waren die Umrisse des Objekts zu erkennen: ein einzelner Cowboystiefel, dessen Sohle mit Hartholznägeln gespickt war.

Pendergast zog ihn vorsichtig aus dem gelockerten Erdreich und drehte ihn um. Der Schaft war an der Rückseite aufgeschnitten, offenbar mit einem scharfen Messer.

Er zeigte Corrie die Schnittstelle und sagte trocken: »Es mag uns unwichtig erscheinen, aber nun wissen wir immerhin, dass Harry Beaumont die Schuhgröße elf hatte.«

Im selben Augenblick hörten sie hinter sich jemanden laut rufen. Eine Gestalt kam von den Hügeln auf sie zugerannt. Als sie näher kam, sahen sie, dass es der Deputy Sheriff Tad Franklin war.

»Mr. Pendergast! Mr. Pendergast!«

Der Agent richtete sich auf und winkte den schnaufenden, in Schweiß gebadeten Deputy herbei.

»Mr. Pendergast… Gasparilla… Er ist im Krankenhaus aus der Bewusstlosigkeit aufgewacht und…« Er musste erst ein paarmal tief nach Luft schnappen. »Und er fragt nach Ihnen.«

26

Hazen saß auf einem der beiden Klappstühle vor der Intensivstation und versuchte sein Glück mit dem bewährten Trick, sich irgendetwas Erfreuliches vorzustellen: die erste kühle Herbstnacht, einen gerösteten Maiskolben mit Erdnussbutter, Pamela Anderson im Evaskostüm... Aber es wollte einfach nicht funktionieren, das unablässige Stöhnen und der entsetzliche Geruch aus Gasparillas Zimmer ließen all seine hübschen Tagträume zerrinnen. Verdammt, warum hatte er nicht gesagt, dass er Pendergast im Wartezimmer treffen wolle? Nun musste er auf dieser unbequemen Sitzgelegenheit ausharren, bis der Agent geruhte...

Aha, sah so aus, als komme er dahinten. Ja, unverkennbar Pendergast in seinem Totengräberkostüm mit den flatternden Hosenbeinen. Hazen stand auf und schüttelte widerstrebend die ausgestreckte Hand. Da unten im Süden schien es üblich zu sein, sich bei jeder Gelegenheit die Hand zu geben. Die beste Möglichkeit, Bakterien zu verbreiten.

»Danke, Sheriff, dass Sie auf mich gewartet haben.«

Hazen knurrte etwas vor sich hin.

Pendergast klopfte an die Tür des Krankenzimmers, ein Pfleger öffnete. Außer diesem standen ein Assistenzarzt und eine Krankenschwester an Gasparillas Bett. Der arme Kerl war eingewickelt wie eine Mumie, nur die schwarzen Augen und der Mund sahen aus den Bandagen heraus. Alle paar Zentimeter ragten Kabel, Röhrchen und Schläuche aus den weißen Bandagen. Am Kopfende des Bettes war eine ganze Batterie von Messgeräten aufgebaut, die unablässig blinkten, zirpten und summten. Der Geruch war noch unerträglicher als draußen auf dem Flur. Hazen blieb nahe der Tür stehen und wünschte sich sehnlich, eine Zigarette anzünden zu können.

»Er ist sehr verstört, Mr. Pendergast«, sagte der Arzt. »Fragt dauernd nach Ihnen. Wir hoffen, dass Ihr Besuch beruhigend auf ihn wirkt.«

Pendergast beugte sich über das Krankenbett. Gasparilla stöhnte unablässig, aber plötzlich schien er den Agent zu erkennen. »Sie?«, stieß er mit schriller Stimme aus. »Sie!« Er wand sich wie ein übergroßer Wurm, offenbar versuchte er, sich aus den Bandagen zu befreien.

Der Arzt fasste Pendergast am Arm. »Falls Ihre Anwesenheit dazu führen sollte, dass er sich noch mehr aufregt, muss ich Sie aus dem Zimmer schicken.«

»Nein!«, schrie Gasparilla, seine Stimme hörte sich nach Todesängsten an. »Nein, ich muss ihm etwas sagen!« Eine knochige Hand zwängte sich aus den Bandagen und klammerte sich an Pendergasts schwarzem Jackett fest.

Der Assistenzarzt runzelte die Stirn. »Ich habe den Eindruck, dass es doch keine gute Idee war ...«

»Nein!«, schrie Gasparilla dazwischen. »Ich habe ihm was zu sagen!« Bei einem der Überwachungsgeräte wurde der Piepston schwächer, ein rotes Lämpchen fing zu blinken an.

»Das war's!«, sagte der Arzt entschieden. »Wir haben es versucht, aber es war ein Fehler. Die Aufregung schwächt ihn zu sehr. Ich muss Sie bitten ...«

»Neiiiin!«, schrie Gasparilla verzweifelt. Irgendwie hatte er es geschafft, auch die zweite Hand freizubekommen, sodass er sich nun an Pendergast festklammern konnte.

Die Anzeigen schlugen wild aus, aber Gasparilla jammerte und lamentierte so laut weiter, dass Pendergast Zweifel hatte, ob die Schwester die Anweisung des Arztes verstanden habe. Offensichtlich doch, sie kam mit einer Spritze und schob die Nadel in die für intravenöse Injektionen gelegte Kanüle.

»Lasst mich doch mit ihm reden!«, jammerte Gasparilla, der offensichtlich ahnte, dass er ruhig gestellt werden sollte. »Ich muss mit ihm reden!«

Pendergast hatte ohnehin keine Chance, Gasparillas Umklammerung zu entkommen, also beugte er sich tiefer über ihn und fragte in ruhigem, besänftigendem Ton: »Was wollen Sie mir sagen? Was haben Sie gesehen?«

»Das Gesicht!«, stammelte Gasparilla. »Das Gesicht ...«

»Was ist mit dem Gesicht?«

Gasparilla wurde von Zuckungen geschüttelt, sein Körper versteifte sich.

»Wissen Sie noch, was ich gesagt habe? Über den Teufel?« Seine Stimme wurde immer schwächer. »Aber das stimmt nicht.«

»Schwester!«, rief der Assistenzarzt hastig. »Noch einmal zwei Milligramm Ativan! Und Sie ...«, er wandte sich zu dem Pfleger um, »... sorgen Sie dafür, dass dieser Mann sofort die Intensivstation verlässt!«

»Neiiin!«, heulte Gasparilla wieder auf, jetzt vollkommen panisch, und grub die knochigen Finger noch tiefer in Pendergasts Jackettstoff.

Der Arzt suchte Unterstützung bei Hazen. »Sheriff, Ihr Kollege ist auf dem besten Weg, meinen Patienten zu töten! Machen Sie ihm klar, dass er gehen muss! Sofort!«

Hazen zog die Augenbrauen hoch. Kollege? Na gut, wenn's der Doc sagte ... Er tippte Pendergast auf die Schulter – ein erkennbar halbherziger Versuch, der schon deshalb keinen Erfolg haben konnte, weil Gasparilla den Agent fest umklammert hielt.

Die Schwester hatte die Spritze aufgezogen und injizierte dem Patienten eine weitere Dosis des Beruhigungsmittels. Weil Gasparilla sich aber hochstemmte, rutschte die Nadel prompt aus der Kanüle. Die Bemühungen des Sheriffs, Pendergast aus Gasparillas Griff zu befreien, trugen noch mehr zum allgemeinen Tumult bei.

Der Agent gab Hazen mit den Augen einen stummen Wink und fragte Gasparilla: »Was haben Sie gesehen?«

Das Beruhigungsmittel begann zu wirken, Gasparillas Augen wurden glasig. »Den Teufel!«, stammelte er. »Er ist leibhaftig mitten unter uns! Aber …«

»Aber?«, fragte Pendergast eindringlich. »Was … aber? Was?«

»Aber er ist ein Kind! Ein Kind, hören Sie?«

Dann sank er zurück, seine Arme wurden schlaff. Eines der Geräte piepste schrill, Sekunden später ging das Piepsen in einen hohen Dauerton über.

»Herz-Kreislauf-Versagen!«, rief der Arzt dem Pfleger zu. »Holen Sie eine Rollbahre, schnell!«

Die Tür flog noch auf, zwei Ärzte und mehrere Krankenschwestern kamen hereingestürmt. Pendergast befreite sich aus Gasparillas schlaff gewordenem Griff. Sein gewöhnlich leichenblasses Gesicht hatte sich rot verfärbt. Einer der neu hinzugekommenen Ärzte wies Hazen und ihn aus dem Raum.

Während sie noch auf dem Flur warteten, schienen die Aktivitäten in der Intensivstation immer hektischer zu werden, bis plötzlich, als sei ein Stecker herausgezogen worden, der schrille Piepston verstummte und unheilvolle Stille eintrat.

Als Erster kam der Assistenzarzt auf den Flur. »Sie haben ihn getötet!«, sagte er mit schleppender, beinahe tonloser Stimme zu Pendergast.

Der Agent sah ihm fest in die Augen. »Wir haben beide nur getan, was unsere Pflicht ist. Er musste einfach loswerden, was ihm auf der Seele brannte. Sie haben doch selber gesehen, wie er sich an mir festgeklammert hat.«

Der Arzt zögerte einen Augenblick, dann sagte er: »Sie haben, glaube ich, recht.«

»Was war die genaue Todesursache?«

»Ein Herzinfarkt. Kein Wunder, er kämpfte schon die

ganze Zeit über mit gefährlichem Herzflimmern. Es ist uns einfach nicht gelungen, den Herzrhythmus zu stabilisieren. Da musste es so kommen. Irgendwann setzt ein geschwächtes Herz aus, es explodiert regelrecht.«

Pendergast nickte.

»Mit anderen Worten: Er ist an seiner grauenhaften Angst gestorben.«

Der Arzt sah ihn nachdenklich an, dann sagte er: »Die Formulierung mag ein wenig dramatisch sein, aber ich stimme mit Ihnen überein, genauso war es.«

27

Etliche Stunden später und zweitausend Meilen weiter östlich malte die untergehende Sonne einen satten Bronzeton auf den Hudson River. Ein Flussschiff glitt unter der kühnen Konstruktion der George Washington Bridge durch; im Vergleich zu ihm nahmen sich die beiden Segelboote, die, ohne die Oberfläche des Flusses auch nur zu kräuseln, weiter flussabwärts auf die Upper New York Bay zuhielten, wie winzige Spielzeugschiffchen aus.

Oberhalb des Steilufers von Manhattan, das wie ein Schutzwall vor dem Riverside Park lag, eröffnete der angrenzende, in den Stadtplänen als Riverside Drive verzeichnete Boulevard einen fantastischen Blick auf den Fluss. Aber in der vierstöckigen Beaux-Arts-Villa zwischen der 137. und der 138. Straße hatte sich seit vielen Jahren niemand mehr die Mühe gemacht, das unvergessliche Panorama auch nur eines Blickes zu würdigen. Das Haus stand leer, die Dachziegel hatten sich gelockert und waren brüchig geworden, aus den verhängten Fenstern schimmerte kein Lichtschein, unter dem Schutzdach der einst so prächtigen Auffahrt parkten schon lange keine Autos mehr. Das Haus schien im Schatten der alten Eichen und Färberbäume in einen Dornröschenschlaf gefallen zu sein.

Und doch regte sich in den wie Waben aneinandergereihten Räumen des Kellergeschosses Leben. Eine skurrile Gestalt machte sich in ihnen zu schaffen: ein hageres, fast ausgemergelt erscheinendes Männchen im Laborkittel, mit einem Klemmbrett unter dem Arm und einem Grubenhelm auf dem Kopf, dessen gelbe Stirnlampe warmes Licht auf die rauen, feuchten Steinwände und die Schränke aus Edelholz warf. Die Gestalt erinnerte mit ihrem schneeweißen schulterlangen Haar und den üppig wuchernden Augenbrauen an eine auf wundersame Weise zum Leben erwachte Märchengestalt. Sie blieb vor einem Sammlerschrank stehen, in dessen Front aus schön gemasertem Eichenholz sich Dutzende schmale Schubfächer befanden. Der Mann fuhr mit dem Finger an den beschrifteten Schildern entlang, fand das gesuchte Schubfach und zog es auf. Der Wert des Inhalts offenbarte sich nur profunden Kennern: Es waren präparierte, im Lichtschein der Grubenlampe grün schimmernde Lunamotten, eine Spezies, deren seltene jadegrüne Mutation nur in Kaschmir zu finden ist.

Er machte sich auf seinem Klemmbrett ein paar Notizen, schob das Fach wieder zu und öffnete das nächste. Dutzende große, mit penibler Sorgfalt in immer gleichem Abstand aufgespießte Indigomotten kamen zum Vorschein – eine Rarität, die in Sammlerkreisen ein Vermögen wert war. Sie trugen auf dem Rücken ein seltsames, silbern schimmerndes, an ein lidloses Auge erinnerndes Mal. Aber das Insekt trug nicht zu Unrecht den Namen *Lachrymosa codriceptes* – der geflügelte Tod. Wehe dem Ahnungslosen, der sich durch die betörende Schönheit darüber hinwegtäuschen ließ, dass es sich um den giftigsten Falter der Halbinsel Yukatan handelte.

Der Mann machte sich wieder einige Notizen, dann ließ er die Flucht der Kellergewölbe hinter sich und kehrte in den durch einen Gobelin abgetrennten Raum zurück, in dem er sein Laptop stehen hatte. Er gab mit erstaunlich flinken Fingern die handschriftlichen Notizen in den Computer ein, bis ihn ein ungeduldig klingendes Schnarren aufschreckte.

Das Schnarren kam aus der Brusttasche seines Laborkittels, und da nur zwei Menschen die Rufnummer seines Mobiltelefons kannten, musste er nicht lange rätseln, wer ihn anrief. »Special Agent Pendergast, nehme ich an«, raunzte er ein wenig ungehalten in sein Handy.

»Ins Schwarze getroffen«, antwortete eine ihm seit Jahren vertraute Stimme. »Wie geht es dir, Wren?«

»Frag mich morgen noch mal, vielleicht erreicht mich dein Anruf dann schon im Grab.«

»Das wage ich ernsthaft zu bezweifeln. Ist der Katalog der Erdgeschossbibliothek schon fertig?«

»Nein, den hebe ich mir bis zum Schluss auf. Zurzeit bin ich noch mit der Katalogisierung der Sammlung im Keller beschäftigt. Du weißt ja, dass ich nur tagsüber daran arbeiten kann. Meine Nächte gehören der Bibliothek, da lasse ich mich durch nichts stören.«

»Natürlich, das weiß ich. Hoffentlich hast du meine Ermahnung beachtet, nicht bis zu den Gewölben hinter dem ehemaligen Labor vorzudringen?«

»Habe ich«, sagte Wren, »aber ...« Es dauerte ein paar Sekunden, bis er sich dazu durchrang, Pendergast von seinen Irritationen zu erzählen. »Du weißt, dass ich mich nicht durch Dunkelheit oder Modergeruch abschrecken lasse, aber diesmal ...« Wieder ein Zögern. »Irgendwie habe ich während meiner Arbeit hier unten das rätselhafte Gefühl, dass ich ... dass ich belauert werde.«

»Nun, das überrascht mich nicht sonderlich«, erwiderte Pendergast. »Das Kuriositätenkabinett ist nun mal nicht das denkbar angenehmste Ambiente, da können sich selbst gelassene Naturen alles Mögliche einbilden. Vielleicht war es sowieso ein Fehler von mir, dich zu bitten, diese Aufgabe zu übernehmen.«

»Oh nein!«, widersprach Wren entschieden. »So eine Gelegenheit würde ich mir doch nie und nimmer entgehen lassen! Ich hätte dir besser nichts davon erzählen sollen. Reine Einbildung, wie du schon sagst. Wahrscheinlich weiß ich einfach zu genau, was sich in diesen alten Kellergewölben abgespielt hat.«

»So wird es wohl sein. Mir geht es so ähnlich, die Ereignisse im Herbst letzten Jahres lassen sich nicht so einfach abschütteln. Ich hatte gehofft, dass der Ausflug nach Kansas mich ein wenig ablenkt.«

»Hat aber nicht geklappt, wie?«, sagte Wren kichernd. »Ja, wenn jemand abschalten will und dann zur Zerstreuung einen Serienmörder jagt – nach allem, was ich gehört habe, noch dazu einen ziemlich abartigen –, darf er sich nicht wundern. Dein Bruder macht nicht zufällig in Kansas Urlaub, oder?«

Pendergast sagte eine Weile gar nichts, und als er schließlich auf Wrens Bemerkung einging, klang seine Stimme kühl und distanziert. »Wren, ich habe dich gebeten, mich nie auf meine Familie anzusprechen.«

»Ja, schon gut. Entschuldige!«

Die kurze Verstimmung war vergessen, Pendergasts Stimme klang wieder normal und sachlich: »Ich rufe an, weil ich dich bitten möchte, etwas für mich auszugraben.«

Wren seufzte.

»Es handelt sich um das handgeschriebene Tagebuch eines gewissen Isaiah Draper mit dem Titel *Ermittlungen über die Fünfundvierzig aus Dodge*. Nach dem, was ich herausgefunden habe, wurde das Tagebuch von Thomas van Dyke Selden 1933 erworben anlässlich seiner Reise durch Kansas und Texas. Das Material soll sich im Besitz der New York Public Library befinden.«

Wren runzelte die Stirn. »Die Sammlung Selden ist eine bunte Mischung von Nichtigkeiten und im Übrigen völlig unübersichtlich. Sechzig Kartons voll Papier! Das Museum musste zwei Dachkammern frei machen. Und das für wertloses Geschreibsel!«

»Manches ist eben nicht wertlos«, wandte der Agent ein. »Die Details, die ich brauche, sind nur in diesem Tagebuch zu finden.«

Wren seufzte abermals. »Welches Licht soll ein altes Tagebuch auf diese Morde werfen?«

Pendergast antwortete nicht.

»Wie schnell brauchst du das Manuskript?« – »Möglichst übermorgen.«

»Das kann doch nur ein Scherz sein! Ich rackere mich tagsüber hier ab und nachts… Na ja, das weißt du ja. In diesem Wust von handgeschriebenen Blättern etwas ganz Bestimmtes zu finden…«

»Ich würde deine Mühe mit einer ganz speziellen Rarität belohnen.«

Wren fuhr sich mit der Zunge über die Lippen. »Womit willst du mich diesmal ködern?«

»Mit einem indianischen Beschwörungsbuch, das sorgfältiger Renovierung bedarf. Der Inhalt scheint stellenweise höchst interessant zu sein.«

Wren kroch förmlich in sein Handy.

»Erzähl mal!«

»Zuerst habe ich angenommen, es sei das Werk des Siouxhäuptlings Buffalo Hump, aber im Laufe der Lektüre wurde mir klar, dass es von Sitting Bull persönlich stammen muss. Vermutlich ist es in seiner Blockhütte am Standing Rock entstanden während der letzten Monate seines Lebens.«

»Sitting Bull!«, sagte Wren andächtig. Aus seinem Munde klang der Name wie Poesie.

»Ich werde dir das Beschwörungsbuch zuschicken, spätestens Montag ist es bei dir. Natürlich nur zum Zweck der Restaurierung. Aber wenn es, sagen wir, zwei Wochen bei dir liegt, wirst du viel Freude daran haben.«

»Und dieses Tagebuch, das du ja offenbar ganz dringend brauchst… Also, das hast du ebenfalls bis Montag. Falls es tatsächlich existiert!«

»Es existiert«, versicherte ihm Pendergast. »Aber nun habe ich dich wirklich lange genug aufgehalten. Mach dir noch einen schönen Tag! Und lass dir eins sagen, pass gut auf dich auf, Wren!«

»Und du auf dich!«

Als das Mobiltelefon wieder in der Brusttasche verschwunden und Wren an sein Laptop zurückgekehrt war, fiel es ihm schwer, sich auf die begonnene Arbeit zu konzentrieren. Bei dem Gedanken, in ein oder zwei Tagen Sitting Bulls Beschwörungsbuch in den Händen zu halten, überlief ihn schon jetzt ein ehrfürchtiger Schauder.

Und als er zu guter Letzt wieder zu tippen begann, konnte er nicht ahnen, dass aus dem Dunkel hinter einer der verglasten Vitrinen zwei schmale, ernste Augen auf ihn gerichtet waren.

28

Seit dem Tod seiner Frau ging Smit Ludwig nur noch selten in die Kirche, aber als er an diesem erbarmungslos heißen Sonntagmorgen aufgewacht war, hatte ihm eine innere Stimme gesagt, dass es sich heute lohnen werde. Die allgemeine Hysterie, die in der Stadt herrschte, war förmlich mit Händen zu greifen. Soweit die Leute sich überhaupt noch mit anderen unterhielten, waren die Morde das beherrschende Thema. Die meisten wichen allen Gesprächen aus, sie trauten selbst alten Nachbarn nicht mehr über den Weg, so verängstigt und verunsichert waren sie. Und wo suchen die Leute in so einer Situation Zuflucht und Tröstung? Seine Reporternase sagte es ihm: beim sonntäglichen Gottesdienst.

Der Parkplatz war brechend voll, selbst auf der Straße standen die Autos links und rechts dicht an dicht. Ludwig musste seinen Wagen beinahe einen Kilometer von der Kirche entfernt abstellen.

Die Kirchentüren standen weit offen, ehrenamtliche Pfarrhelfer begrüßten die Ankommenden und drückten ihnen die Pfarrmitteilungen in die Hand. Ludwig bahnte sich den Weg durch den Mittelgang und suchte sich seitwärts einen Platz, von dem aus er einen guten Überblick hatte. Denn so viel stand fest: Das wurde kein gewöhnlicher Gottesdienst, sondern eine richtige Story für die Zeitung. Er klopfte vorsorglich die Brusttasche ab, um sich zu vergewissern, dass er sein Notizbuch und einen Stift dabeihatte. Dann suchte er die Kirchenbänke ab. Die Bender Langs waren da, Klick und Melton Rasmussen, Art Ridder und seine Frau, die Cahills, Maisie und Dale Estrem mit seinen Freunden von der Farmergenossenschaft. Sogar Sheriff Hazen war gekommen samt seinem rundlichen, pausbäckigen Sohn. Die verkniffenen Mienen der beiden entlarvten sie als Gelegenheitskirchgänger. Aha, und dahinten in der Ecke stand Pendergast, neben sich Corrie Swanson im üblichen Outfit: feuerrote Stachelfrisur, schwarz angemalte Lippen und mit Silberketten behängt. Die beiden waren wirklich ein ungleiches Gespann. Smit Ludwig legte sich schon mal das Notizbuch und den Stift bereit.

Ein Raunen ging durch die Reihen, Reverend Wilbur schritt in seinem typischen Watschelgang zum Altar. Der Gottesdienst begann wie immer mit einem Lied, dem Tagesgebet und der Lesung des Tages. An den erwartungsvollen Gesichtern war abzulesen, wie ungeduldig alle auf die Predigt das Pastors warteten. Die Luft knisterte förmlich, als sei sie elektrisch aufgeladen. Auch Ludwig war gespannt, wie Wilbur auf die besondere Situation eingehen würde. Hoffentlich wusste er, dass die Gemeinde ihn noch nie so dringend gebraucht hatte wie heute.

Und dann war es so weit, Wilbur stieg zur Kanzel hoch, hüstelte zweimal, schürzte die schmalen Lippen und legte sich unauffällig einige gelbe Zettel mit Stichworten bereit.

»An diesem Morgen fallen mir zwei Zitate ein«, sagte er und ließ den Blick über die versammelte Gemeinde schweifen. »Das eine stammt natürlich aus der Bibel, das andere aus einer berühmten Predigt …«

So hatte Wilbur seine Predigt noch nie eingeleitet, das hörte sich vielversprechend an. Ludwig schöpfte Hoffnung.

»Erinnert euch, was Gott im Buch *Genesis* Noah versprochen hat: ›Solange die Erde fortbesteht, werden Aussaat und Ernte, Sommer und Winter und Tag und Nacht dein Leben begleiten.‹ Und wie hat es der hochverehrte Dr. Donne formuliert? ›Suchet die Stunde, in der Gott sich den Seinen zeigt, nicht im fahlen Licht des Morgens oder in der farbenprächtigen Fülle des Frühlings, suchet sie vielmehr an dem Tag, an dem wir die Garben binden!‹«

Wilbur machte eine Pause, um den Blick über die Gläser der Lesebrille hinweg auf die heute so zahlreich versammelten Gläubigen zu richten. Ludwigs Hoffnung war augenblicklich verflogen. Es waren die Textstellen, die der Reverend jedes Jahr am Erntedankfest zitierte. War er wirklich so einfältig, seine Gemeinde mit Worten abspeisen zu wollen, die sie schon Jahr für Jahr von ihm gehört hatte?

Wilbur breitete feierlich die Arme aus. »Und so erfahren wir in unserer kleinen Stadt Medicine Creek abermals Gottes Huld und die Fülle des Sommers. Gott löst sein Versprechen ein, er schenkt uns den Mais in solchem Übermaß, dass sich die Stängel ächzend unter der Last der reifen Kolben biegen.« Ludwig sah sich ernüchtert um. Wie reagierten die Besucher darauf, dass der Reverend seinen alten, ausgeleierten Sermon wiederholte, statt in dieser Stunde der Bedrängnis ein paar Worte des Trostes zu finden?

»Und wenn einer fragen wollte, woran er Gottes Güte erkennen könne, würde ich ihm sagen: Geh zur Tür, sieh hinaus! Sieh dir den reifen Mais an, der nur darauf wartet, geerntet zu werden, auf dass er uns körperlich nähren und unsere Seelen erfreuen möge!«

»Zu Biosprit verarbeitet werden kann, meinst du wohl!«, hörte Ludwig jemanden halblaut murmeln.

Vielleicht ist Wilbur noch in der Aufwärmphase, versuchte Ludwig sich einzureden. Gleich wird er – nein, muss er – auf den entscheidenden Punkt zu sprechen kommen.

Aber nein, der Reverend fuhr in seinem abgedroschenen pastoralen Gesäusel fort. »Nach altem Brauch danken wir Gott am Erntedankfest für seine überreiche Huld …«

Die Stimmung unter seinen Zuhörern war eine Mischung aus stoischer Verzweiflung und der vagen Hoffnung, dass er doch noch auf die Ereignisse zu sprechen käme, die seine ganze Gemeinde bedrückten. Aber dann trat der Moment ein, in dem selbst bei den Optimisten jede Hoffnung erstarb.

Denn auf einmal schlug der Reverend einen scherzhaften Plauderton an.

»Vor kurzem«, begann er zu erzählen, »bin ich mit Lucy, meiner lieben Frau, nach Deeper gefahren, und da ist uns unterwegs das Benzin ausgegangen ...«

Oh nein! Ludwig litt innerlich wahre Höllenqualen. Dieselbe Geschichte hatte Wilbur schon letztes Jahr erzählt!

»Da standen wir nun am Straßenrand, links und rechts von uns nichts als Maisfelder. Lucy fragte mich: ›Was sollen wir jetzt machen?‹, und ich antwortete ihr: ›Auf Gott vertrauen.‹« Er kicherte albern und merkte gar nicht, dass die Stimmung in der Gemeinde jäh umschlug. »Oh, da hättet ihr Lucy erleben sollen! Sie fand, ich hätte früher ans Auftanken denken müssen, und da hatte sie ja auch recht. ›Du vertraust auf Gott‹, sagte sie zu mir, ›aber ich vertraue lieber auf meine Beine!‹ Und sie stieg aus, öffnete den Kofferraum ...«

»... nahm den Benzinkanister heraus und machte sich eilends auf den Weg zur nächsten Tankstelle!«, war plötzlich eine Männerstimme zu vernehmen.

Es war Swede Cahill, der dem Reverend laut ins Wort fiel. Ausgerechnet Swede, der netteste Kerl in der ganzen Stadt! Wovon freilich im Moment nichts zu merken war. Er starrte den Reverend mit hochrotem Gesicht zornig an.

Wilbur presste die Lippen zusammen. »Mr. Cahill, darf ich Sie daran erinnern, dass wir uns in einer Kirche befinden und ich eine Predigt halte?«

»Ich weiß sehr gut, was Sie tun, Reverend.«

»Nun, dann kann ich ja fortfahren und die Geschichte ...«

»Nein!«, rief Cahill. »Nein, das werden Sie nicht tun!« Sein Atem ging keuchend.

»Um Himmels willen, Swede, setz dich wieder!«, rief ihm jemand zu.

Cahill drehte sich zu dem Zwischenrufer um. »In unserer

Stadt wurden zwei Morde begangen, und unserem Reverend fällt nichts Besseres ein, als uns eine launige Geschichte zu erzählen, die wir schon x-mal gehört haben. So geht das nicht!«

Klick Rasmussen war aufgesprungen und funkelte Cahill wütend an. »Swede, wenn du etwas zu sagen hast, dann bring wenigstens so viel Anstand auf, damit zu warten, bis …«

»Nein, er hat recht!« Die Männerstimme kam aus einer der hinteren Bänke. Ludwig drehte sich um. Der Name fiel ihm nicht ein, aber er wusste, dass der Mann bei Gro-Bain arbeitete. »Wir sind nicht hergekommen, um uns eine Predigt über den verdammten Mais anzuhören! Da draußen läuft ein gefährlicher Mörder herum, vor dem keiner von uns sicher ist!«

Klick stemmte ihren etwas kurz und zu rundlich geratenen Körper abermals hoch. »Junger Mann, dies ist ein Gottesdienst und keine Gewerkschaftsversammlung!«, giftete sie.

»Weißt du nicht, was Gasparilla auf dem Totenbett gesagt hat?«, rief Cahill. »Das ist kein Witz, Klick! Die ganze Stadt erstickt an ihrer Angst!«

Überall wurde halblaut gemurmelt. Ludwig machte sich hektisch Notizen.

»Bitte! Bitte!« Pastor Wilbur reckte hilflos die dünnen Arme hoch. »Nicht hier! Nicht im Hause des Herrn!«

Inzwischen waren noch mehr Gottesdienstbesucher aufgestanden, der Kirchenraum glich einem Tollhaus.

»Ich habe erfahren, was Gasparilla gesagt hat«, rief ein anderer bei Gro-Bain beschäftigter Arbeiter. »Ich weiß es aus zuverlässiger Quelle!«

»Ich auch!«

»Aber das kann doch nicht wahr sein, oder?«

Das Gemurmel schwoll an. Swede setzte sich mit kräftiger Stimme durch. »Pastor, was glauben Sie, warum die Kirche heute so voll ist? Die Leute sind hier, weil sie Angst haben. Das Land, auf dem wir leben, hat schon oft schlimme Zeiten erlebt, aber diesmal ist es anders. Die Leute reden vom Fluch der Fünfundvierzig und vom Massaker, als gelte die böse Verwünschung ihrer eigenen Stadt. Als seien die Morde Vorboten des Jüngsten Gerichts. Die Leute erwarten von Ihnen, dass Sie ihnen Mut und Zuversicht zusprechen.«

»Mr. Cahill, ich glaube kaum, dass ich mir von einem Kneipenwirt sagen lassen muss, was meine Hirtenpflicht ist!«, ereiferte sich Wilbur.

»Hören Sie, Reverend, bei allem schuldigen Respekt...«

»Und was ist mit dem genmanipulierten Mais, den sie hier anpflanzen wollen?«, rief Dale Estrem zornig und mit geballter Faust dazwischen. »Wollen Sie dazu gar nichts sagen?«

Der Zwischenruf ist ihm nicht erst jetzt eingefallen, dachte Ludwig und kritzelte weiter sein Notizbuch voll. Den hat er von langer Hand geplant.

Der alte Whit Bowers, der für die städtische Müllbeseitigung zuständig war, sprang auf und rief mit hysterisch schriller Stimme und hüpfendem Adamsapfel: »Das Ende aller Tage ist gekommen! Merkt ihr das nicht, ihr blinden Narren?«

Swede drehte sich zu ihm um. »Hör mal, Whit, darum geht's doch gar nicht...«

»Ihr seid alle mit Blindheit geschlagen, wenn ihr nicht erkennen wollt, dass der Teufel mitten unter uns ist!« Whits Stimme steigerte sich zum Falsett. »Er sitzt hier in unserer Kirche! Seid ihr alle blind, dass ihr es nicht merkt? Riecht ihr den Schwefelgestank nicht?«

Pastor Wilbur rang die Hände und versuchte es mit beruhigenden Worten, aber seine gesetzte Stimme konnte sich nicht gegen das allgemeine Geschrei durchsetzen. Inzwischen hielt es niemanden mehr auf seiner Bank, alle waren aufgesprungen und riefen irgendjemandem irgendetwas zu.

Whits schrille Stimme übertönte alles. »Er ist hier! Seht euch euern Nachbarn an! Sind es Satans Augen, die euch anstarren? Seht genau hin! Und bekehrt euch! Habt ihr vergessen, was der heilige Petrus uns gelehrt hat?...«

Er kam nicht mehr dazu, die Gemeinde an die Worte aus dem Neuen Testament zu erinnern, denn mittlerweile schrien alle durcheinander. Ludwig versuchte, das Kunststück fertig zu bringen, gleichzeitig das Tohuwabohu im Auge zu behalten und sich eifrig Notizen zu machen. Pendergast war der Einzige, der stumm in seiner Ecke verharrte. Corrie grinste nur, ihr machte das Spektakel offenbar Vergnügen. Sheriff Hazen versuchte, mit rudernden Armen und lauter Stimme, die Kirchenbesucher zur Ordnung zu rufen.

Und plötzlich brach in einer der hinteren Reihen ein Handgemenge aus. »Du gottverdammter Mistkerl!«, schrie jemand, und gleich darauf war ein klatschendes Geräusch zu hören und eine Faust zu sehen, die zielsicher auf einem Kinn landete. Gott im Himmel, eine Schlägerei mitten in der Kirche! Ludwig konnte es nicht fassen.

Ein paar beherzte Männer versuchten, die Kampfhähne zu trennen. Schließlich mischte sich Ridder persönlich ein, auf wessen Seite er eingreifen wollte, war nicht klar auszumachen. Auch Sheriff Hazen stampfte wie ein gereizter Stier mit gesenktem Kopf den Mittelgang hinunter. Eine Kirchenbank fiel um, etliche Frauen stießen hysterische Schreie aus.

»Nicht im Haus Gottes!«, rief Wilbur den Gläubigen immer wieder beschwörend zu.

Und Whit schrie unablässig mit überschnappender Stimme: »Seht ihnen in die Augen, und ihr werdet den Teufel erkennen! Atmet tief ein, damit ihr ihn am Schwefelgeruch erkennen könnt! Der Mörder ist unter uns, und es ist niemand anderer als der Leibhaftige! Aber lasst euch nicht von ihm täuschen, er ist listig und verschlagen! Denkt daran: Er verbirgt sich hinter dem Gesicht eines Kindes!«

29

Corrie Swanson saß in ihrem im Schatten der Bäume geparkten Gremlin und fragte sich, warum Pendergast unbedingt zu der kleinen Biegung am Bach chauffiert werden wollte – ausgerechnet jetzt, kurz nach Mittag, wenn die Sonne am mörderischsten brannte. Sie merkte jetzt schon, wie ihr kleine Schweißtropfen von der Stirn und im Nacken unter die Kleidung rannen. Aber so war das nun mal bei Pendergast, er spielte immer ein bisschen den Geheimniskrämer. Jetzt hatte er zum Beispiel den kaputten Beifahrersitz nach hinten geschoben, und da saß er nun mit geschlossenen Augen und tat so, als schlafe er. Nur, inzwischen kannte sie ihn besser, er schlief nicht, er dachte nach.

Der Mann war eben ein Sonderling. Ein netter Sonderling, aber Sonderling bleibt Sonderling.

Sie griff nach dem Buch, das sie gerade las, und schlug es an der Stelle auf, die sie mit einem Eselsohr markiert hatte. *Ice Ship*, unheimlich spannend, aber irgendwie konnte sie sich heute nicht richtig konzentrieren. Es ging ihr einfach zu viel durch den Kopf, zum Beispiel das, was in der Kirche vorgefallen war. Sie klappte das Buch wieder zu und legte es weg.

Ihre Mutter war keine Kirchgängerin, und auch Corrie ließ sich nur selten dort sehen. Diesmal war die lutheranische Kalvarienkirche, soweit sie das beurteilen konnte, voller als je zuvor und die versammelte Gemeinde heillos zerstritten gewesen. Pastor Wilbur hatte Blut und Wasser geschwitzt.

Geschah dem selbstgerechten Pfaffen ganz recht. Wenn sie nur daran dachte, wie borniert er jedes Mal, wenn sein

Blick sie streifte, das Gesicht verzogen hatte! Insgeheim hatte sie ihn noch nie gemocht.

Plötzlich merkte sie, dass Pendergast hellwach war und seine hellen Augen auf sie gerichtet waren. »Zum *Castle Club,* bitte«, sagte er.

»Und was wollen wir da?«

»Ich habe gehört, dass Sheriff Hazen und Art Ridder sich dort mit Chauncy zum Lunch verabredet haben. Chauncy wird, wie Sie wissen, morgen seine Entscheidung bekannt geben, welche Stadt das Versuchsfeld bekommt. Da wollen Hazen und Ridder ihm vermutlich noch einmal die Vorzüge von Medicine Creek klarmachen. Und ich möchte ihm noch ein paar Fragen stellen, bevor er abreist.«

»Glauben Sie wirklich, dass die drei im Club sind? Ich meine, nach allem, was sich in der Kirche ereignet hat?«

»Chauncy war nicht in der Kirche, er weiß wahrscheinlich gar nicht, was sich da abgespielt hat. Und wenn er's doch wissen sollte, werden Hazen und Ridder alles daransetzen, die Sache herunterzuspielen.«

Corrie zuckte die Achseln. »Gut, Sie sind der Boss.« Sie legte den Rückwärtsgang ein und wendete.

Sobald hinter den Maisfeldern die Umrisse der Stadt auftauchten, hielt sie sich, sosehr es sie auch nervte, strikt an die Geschwindigkeitsbegrenzung. Minuten später bogen sie auf den großen Parkplatz hinter der Bowlingbahn ein. Er lag leer und verlassen da. Na ja, was konnte man bei einem so verschlafenen Nest wie Medicine Creek auch anderes erwarten?

Pendergast bedeutete ihr mitzukommen. Als die in Dämmerlicht getauchte Bowlingbahn hinter ihnen lag und sie vor der hell erleuchteten gläsernen Trennwand standen, sahen sie, dass die drei schon an Ridders Stammtisch Platz genommen hatten. Hazen hatte sie bereits entdeckt und kam auf sie zu.

»Pendergast, was soll denn das?«, fragte er leise. »Wir sind mitten in einer wichtigen geschäftlichen Besprechung.«

»Es tut mir sehr leid, Sie beim Lunch stören zu müssen«, erwiderte Pendergast, »aber ich habe ein paar Fragen an Dr. Chauncy.«

»Das ist jetzt nicht der richtige Augenblick.«

Pendergast nickte ihm freundlich zu, schob sich an ihm vorbei und winkte Corrie, ihm zu folgen.

Als sie sich dem Tisch näherten, stand Art Ridder auf, sah den Agent mit einem etwas frostig wirkenden Lächeln an, brachte es aber fertig, einen fast liebenswürdigen Ton anzuschlagen. »Ah, Special Agent Pendergast! Schön, Sie zu sehen. Falls es um den ... den Fall geht, muss ich Sie bitten, sich ein wenig zu gedulden. Wir sind ohnehin fast fertig. Dr. Chauncy hat uns wissen lassen, dass er uns leider wegen anderweitiger Verpflichtungen ...«

»Nun, ich bin eigens hergekommen, weil ich Dr. Chauncy sprechen möchte.« Der Agent deutete eine seiner unnachahmlichen Verbeugungen an. »Mein Name ist Pendergast.«

Chauncy machte sich zwar nicht die Mühe, aufzustehen, schüttelte aber immerhin die ausgestreckte Hand. »Ich erinnere mich an Sie. Sie sind der Mann, der sich geweigert hat, eines der angemieteten Zimmer an mich abzutreten.«

Pendergast ignorierte den Vorwurf. »Wie ich höre, wollen Sie morgen abreisen, Dr. Chauncy?«

»Genau genommen heute. Wir haben beschlossen, unsere Entscheidung an der Kansas State University bekannt zu geben.«

»Dann dürfte es am zweckmäßigsten sein, wenn ich Ihnen die wenigen Fragen, die ich habe, gleich hier stelle. Sheriff Hazen und Mr. Ridder stören uns ja nicht.«

Chauncy faltete pedantisch die Serviette zusammen und legte sie neben seinem Gedeck ab. »Ich bin in Eile. Sie müssen Ihre Fragen auf ein andermal verschieben.«

»Das wird leider nicht möglich sein, Dr. Chauncy.«

Chauncy stand auf und musterte den Agent arrogant. »Wenn es um die Morde geht – darüber weiß ich nichts. Falls Sie aber mit mir über das Versuchsfeld sprechen wollen, muss ich Sie daran erinnern, dass Sie sich außerhalb Ihres Zuständigkeitsbereichs befinden. Was wohl für Ihr … Ihr Anhängsel erst recht gelten dürfte.« Der Blick, mit dem er Corrie maß, war eine stumme Beleidigung. »Und nun entschuldigen Sie mich bitte!«

Pendergasts Stimme triefte geradezu vor Liebenswürdigkeit. »Ob die Befragung von Personen notwendig ist oder nicht, entscheide ich.«

Chauncy langte in die Brusttasche des Jacketts, zog eine Geschäftskarte heraus und hielt sie Pendergast hin. »Sie kennen die Regeln. Ich lehne eine Befragung ohne Beisein meines Anwalts ab.«

Pendergast lächelte. »Damit habe ich gerechnet. Und wie heißt Ihr Anwalt?« Als Chauncy zögerte, hakte er nach: »Wenn Sie mir den Namen nicht nennen wollen, muss ich mich bei der Anhörung an Sie halten. Wie Sie schon andeuteten: Es gibt festgelegte Regeln.«

»Hören Sie, Mr. Pendergast …«, versuchte Ridder die Situation zu entspannen.

Chauncy kritzelte rasch etwas auf die Rückseite seiner Karte und hielt sie Pendergast abermals hin. »Zu Ihrer Kenntnis, ich führe im Auftrag der Kansas State University vertrauliche Gespräche, bei denen es um die Modernisierung der Landwirtschaft in Kansas und darüber hinaus um das Wohl Millionen hungernder Menschen auf der ganzen Welt geht, Agent. Da wird es Ihnen wohl einleuchten, dass Sie mich nicht durch eine Untersuchung von lokaler Bedeutung aufhalten können. Sie wissen ganz genau, dass ich mit diesen abscheulichen Morden nichts zu tun habe!« Er drehte sich zu Hazen und Ridder um. »Gentlemen, ich darf mich für den Lunch bedanken.«

Pendergast hatte inzwischen ein Mobiltelefon aus dem Jackett gezogen und tippte, den Blick auf Chauncys Geschäftskarte gerichtet, eine Nummer ein. Ridder und der Sheriff starrten ihn verblüfft an, selbst Chauncy schien es auf einmal nicht mehr eilig zu haben.

»Mr. Blutter? Hier ist Special Agent Pendergast vom Federal Bureau of Investigation...«

Chauncy sah ihn finster an.

»Ich bin in Medicine Creek, mir gegenüber sitzt einer Ihrer Klienten, Dr. Stanton Chauncy. Ich möchte ihm einige Fragen stellen im Zusammenhang mit den Morden, die sich kürzlich hier ereignet haben. Aber ich habe den Eindruck, dass er nicht zur Kooperation bereit ist. Es gibt also zwei Möglichkeiten. Entweder erklärt er sich bereit, die Fragen zu beantworten, oder ich müsste ihn durch einen Richter vorladen lassen. Ich glaube, er braucht Ihren Rat.«

Er streckte Chauncy das Mobiltelefon hin, der riss es ihm wütend aus der Hand und fauchte: »Blutter?«

Es folgten einige Minuten, in denen Chauncy mit grimmiger Miene zuhörte, dann machte er seinem aufgestauten Ärger Luft. »Hören Sie, das ist reine Schikane von dem Kerl! Der will nur den guten Ruf der Kansas State University durch den Dreck ziehen. Wir stehen kurz vor einer wichtigen Entscheidung, und er weiß genau, dass ich keine negativen Medienberichte brauchen kann.«

Dann sprach sein Anwalt wieder. Chauncy lief zunehmend dunkelrot an. »Blutter«, stieß er zornig hervor, »und wenn Sie sich auf den Kopf stellen, ich bin nicht bereit, diesem Cop zu erzählen...«

Er hörte wieder eine Weile zu, murmelte einen Fluch vor sich hin, gab Pendergast das Mobiltelefon zurück und sagte mürrisch: »Also gut, ich gebe Ihnen zehn Minuten.«

»Danke, aber ich nehme mir so lange Zeit, bis wir fertig sind. Meine tüchtige Begleiterin, Miss Swanson, wird das Wesentliche zu Protokoll nehmen.«

Corrie fuhr erschrocken zusammen, aber da zückte Pendergast bereits einen Notizblock samt Stift und drückte ihr beides in die Hand. Sie war immerhin geistesgegenwärtig genug, eine Miene aufzusetzen, als sei das alltägliche Routine für sie.

»Hazen!«, versuchte Ridder den Sheriff aufzustacheln. »Wollen Sie das tatenlos hinnehmen?«

Hazens Gesicht war zur Maske erstarrt. »Und was erwarten Sie von mir?«

»Dass Sie dieser Farce ein Ende machen! Der FBI-Agent wird uns alles vermasseln.«

Hazen zuckte die Achseln. »Sie wissen selber, dass mir die Hände gebunden sind.« Seine Miene verriet nichts, aber Corrie konnte an seinen funkelnden Augen ablesen, dass er innerlich vor Wut kochte.

Pendergast fing in einem fast munteren Plauderton mit der Befragung an. »Bitte sagen Sie mir, Dr. Chauncy, wieso Sie bei der Ortswahl für die Versuchsfelder auf Medicine Creek verfallen sind?«

»Das Ergebnis einer Computeranalyse«, antwortete Chauncy kurz angebunden. »Wurde letztes Jahr im April durchgeführt.«

»Wann haben Sie die Stadt zum ersten Mal aufgesucht?«

»Im Juni.«

»Haben Sie da bereits Kontakt mit möglichen ortsansässigen Partnern aufgenommen?«

»Nein. Das war nur eine erste Vorerkundung.«

»Wie darf ich mir so eine Vorerkundung vorstellen? Was genau haben Sie hier getan?«

»Ich verstehe nicht, was Sie mit dieser Frage...«

Pendergast hielt ihm das Mobiltelefon hin. »Drücken Sie einfach die Taste Wahlwiederholung!«

Es kostete Chauncy Mühe, aber er schaffte es, ruhig und beherrscht zu antworten: »Ich habe mir ein Maisfeld angesehen, das der Buswell Agricon gehört. Das ist das landwirtschaftliche Unternehmen, mit dem wir bei diesem Projekt partnerschaftlich zusammenarbeiten.«

»Wo liegt das Maisfeld?«

»Unten am Bachlauf.«

»Wo genau?«

»Bezirk fünf, Flur eins, nordwestliches Geviert des Abschnitts neun.«

»Wie sind Sie auf dieses Feld aufmerksam geworden? Hat Sie jemand darauf hingewiesen? Oder fragen wir mal ganz einfach: Wie sind Sie hingekommen?«

»Zu Fuß. Ich habe Proben genommen. Erdproben, Proben von den Maiskolben und andere.«

»Welche anderen, zum Beispiel?«

Chauncy seufzte. »Wasser, Pflanzen, Insekten. Was man eben für eine wissenschaftliche Auswertung braucht. Die Details würden Sie ohnehin nicht verstehen.«

»An welchem Tag war das, Mr. Chauncy?«

»Da müsste ich in meinem Terminkalender nachsehen.«

Als Pendergast die Arme verschränkte und ihn abwartend ansah, kramte er stinrunzelnd einen kleinen Taschenkalender heraus, blätterte und sagte schließlich: »Am elften Juni.«

»Haben Sie irgendetwas Ungewöhnliches gesehen? Etwas, was Ihnen verdächtig vorkam?«

»Ich habe nichts gesehen.«

»Sagen Sie mir bitte, warum Sie ausgerechnet dieses Feld für Ihre Experimente ausgewählt haben. Und worin die Experimente bestehen.«

Chauncy fuhr zornig hoch. »Tut mir leid, Mr. Pendergast, aber das wissenschaftliche Konzept ist derart komplex, dass Sie als Laie es nicht verstehen können.«

Pendergast lächelte ihn gewinnend an. »Vielleicht können Sie es so vereinfacht darstellen, dass ich doch mitkomme?«

»Gut, ich werde es versuchen. Wir interessieren uns für einen Streifen Land, auf dem wir Mais zur Gewinnung von

Biotreibstoff anpflanzen können. Sie wissen, was das ist?« Und als Pendergast nickte: »Der Boden muss ein ausreichendes Maß an Amylum ausweisen – das ist schlicht gesagt Stärke – und genügend eigene Pestizide produzieren, sodass keine Fremdpestizide notwendig sind. Das ist natürlich nur die grobe Erklärung für Laien. Ich hoffe, dass Sie mir folgen konnten, Mr. Pendergast.« Er rang sich ein dünnes Lächeln ab.

Die Art, wie Pendergast sich vorbeugte, erinnerte Corrie an eine Raubkatze, die zum Sprung ansetzt. »Dr. Chauncy, wie beabsichtigen Sie, der Fremdbestäubung vorzubeugen? Wenn sich Ihr genetisch veränderter Mais in angrenzende Felder ausbreitet, dürfte es schwierig sein, den Geist wieder in der Flasche zu verkorken, um es mal bildhaft auszudrücken.«

Chauncy sah ihn verunsichert an. »Wir schaffen eine Pufferzone, indem wir auf einem drei Meter breiten Streifen Luzerne säen.«

»Ich gebe zu bedenken, dass Addison und Markham in der *Zeitschrift für Biomechanik* 2002 auf das Phänomen hingewiesen haben, dass sich genetisch veränderter Mais bis zu sieben Meilen jenseits des eigentlichen Zielfeldes ausbreiten kann. Ich nehme an, Sie kennen die Veröffentlichung?«

»Ich bin damit vertraut.«

»Dann kennen Sie sicher auch die Arbeit von Engels, Traumerai und Green, die nachweisen konnten, dass nach dem sogenannten 3PJ-Strain 5 genetisch veränderte Pflanzen Pollen produzierten, die sich für den Monarchschmetterling als tödliches Gift erwiesen haben. Beabsichtigen Sie zufällig, mit dem 3PJ-Strain zu arbeiten?«

»Ja, aber die tödliche Wirkung auf Monarchfalter beruhte darauf, dass die Konzentration der Pollenkörner mehr als sechzig Pollen pro Quadratmillimeter betrug…«

»Wobei der Pollenflug nach einer Studie der Chicagoer

Universität selbst bei mäßigem Wind über eine Entfernung von mindestens dreihundert Metern zu beobachten ist. Sie finden die Veröffentlichung in …«

»Ich kenne das Pamphlet!«, raunzte Chauncy den Agent an. »Sie müssen mich nicht erst darauf hinweisen!«

»Nun gut, Dr. Chauncy, dann frage ich Sie nochmals: Wie beabsichtigen Sie, einer Fremdbestäubung vorzubeugen und die hiesige Schmetterlingspopulation zu schützen?«

»Deshalb stellen wir ja dieses aufwendige Experiment an, Mr. Pendergast. Genau diesen und ähnlichen Problemen wollen wir vorbeugen.«

»Also ist Medicine Creek praktisch ein Versuchsgelände nach dem Vorbild armer Entwicklungsländer? Das Testgelände, auf dem Sie feststellen können, wie groß der Schaden schlimmstenfalls werden kann?«

Einen Moment lang war Chauncy so perplex, dass ihm keine Antwort einfiel. Er sah wie ein ertappter Sünder aus. Dann raffte er sich zu einem Gegenangriff auf. »Wie komme ich denn dazu, meine wissenschaftlich wichtige Arbeit gegenüber einem … einem Scheißpolizisten zu rechtfertigen?«

Pendergast wandte sich zu Corrie um. »Ich denke, wir sind hier fertig, Miss Swanson. Haben Sie alles notiert?«

Das war Wasser auf Corries Mühle. »Alles, Sir, sogar den Scheißpolizisten.« Sie klappte den Notizblock zu und warf den drei Männern einen triumphierenden Blick zu. Pendergast nickte und wandte sich zum Gehen.

»Augenblick, Pendergast!«, sagte Ridder leise und in so eisigem Ton, dass Corrie eine Gänsehaut bekam.

Der Agent sah Ridder fragend an. »Ja?«

Ridders Augen glitzerten wie Silberglimmer. »Sie haben uns beim Lunch gestört und unseren Gast heftig attackiert. Finden Sie nicht, dass Sie uns, ehe Sie gehen, eine Erklärung schuldig sind?«

»Ich wüsste nicht, warum«, sagte Pendergast, doch dann

schien er sich eines Besseren zu besinnen. »Ich könnte höchstens Einstein zitieren: ›Das Einzige, was gefährlicher als Ignoranz ist, ist Arroganz.‹ Und für Dr. Chauncy möchte ich hinzufügen: Die Kombination aus beidem ist geradezu erschreckend.«

Als sie beim Auto angekommen waren und in der prallen Sonne einstiegen, konnte Corrie sich nicht länger beherrschen, sie brach in lautes Gelächter aus.

»Nanu? So amüsiert?«, fragte Pendergast.

»Na, hören Sie! So wie Sie diesen Chauncy nackt ausgezogen haben!«

Der Agent sah sie mit gerunzelter Stirn an. »Ich höre diese seltsame Formulierung schon zum zweiten Mal. Was bedeutet sie?«

»Sie bedeutet, dass Sie ihn als den Dummkopf dastehen ließen, der er ist.«

Pendergast wiegte den Kopf. »Wenn es nur so wäre! Chauncy und seinesgleichen sind mit Sicherheit keine Dummköpfe, und gerade das macht sie so gefährlich.«

30

Es war neun Uhr abends, als Corrie zu Hause ankam – im Wyndham-Park, wie sich die Wohnwagensiedlung großspurig nannte.

Nachdem sie Pendergast bei Winifred Kraus abgesetzt hatte, war sie zu ihrer Zufluchtsstätte an der Überlandleitung gefahren, um noch eine Weile ungestört lesen zu können, aber als sich der Sonnenuntergang ankündigte, war es ihr dort zu unheimlich geworden.

Sie zog so leise wie möglich die ausgeleierte Tür des Wohnwagens auf und schloss sie hinter sich mit der lautlosen Routine, die sie im Laufe der Jahre entwickelt hatte. Um diese Zeit war ihre Mutter vermutlich jenseits von Gut und Böse.

Sonntags hatte sie ihren freien Tag, da hing sie gewöhnlich schon seit dem frühen Morgen an der Flasche. Trotzdem, es konnte nichts schaden, sich leise zu verhalten.

Sie schlich sich in die Küche. Der Wohnwagen hatte keine Klimaanlage, es war zum Ersticken heiß. Sie nahm die Cornflakes aus dem Hängeschrank, schüttete eine reichliche Portion in ein Schälchen, gab einen Schuss Milch aus dem Kühlschrank dazu und fing an zu kauen. Wobei ihr einfiel, dass sie eigentlich vor dem Einschlafen noch ein, zwei Runden *Resident Evil* auf ihrem Nintendo spielen könnte. Ihre Mutter war bestimmt so zu, dass sie nichts mitbekam. Corrie zog ihre Schuhe aus und schlich auf Zehenspitzen durch den kurzen schmalen Flur.

»Corrie?«

Sie erstarrte.

Wieso war ihre Mutter noch wach? Die krächzende Stimme aus dem Schlafzimmer hatte sich irgendwie ungesund angehört, nach einer Sommergrippe – oder weiß der Himmel was.

»Corrie, ich weiß, dass du da bist.«

»Ja, Mom?«

Ganz ruhig bleiben!, ermahnte sie sich. Wenn es im Wohnwagen bloß nicht so gotterbärmlich heiß gewesen wäre! Es war ihr unbegreiflich, wie ihre Mutter es den ganzen Tag in dieser Wellblechsauna aushielt.

»Ich glaube, junge Dame, du bist mir eine Erklärung schuldig.« Die Stimme hörte sich wirklich angegriffen an.

»Worum geht's denn?« Corrie versuchte, einen unbefangenen Ton anzuschlagen.

»Zum Beispiel um deinen neuen Job.«

Corrie ahnte nichts Gutes. »Was ist mit dem?«

»Das weiß ich doch nicht! Als deine Mutter habe ich wohl das Recht zu erfahren, wo und mit wem du deine Zeit verbringst.«

»Können wir das nicht morgen besprechen?«

»Du kannst mir die Frage genauso gut jetzt gleich beantworten. Ich erwarte eine Erklärung!«

Corrie überlegte fieberhaft, womit sie anfangen sollte. Aber egal, wo sie anfing, für ihre Mutter würde es sich ziemlich merkwürdig anhören.

»Ich arbeite für den FBI-Agent, der die beiden Morde untersucht.«

»Ja, das ist mir zu Ohren gekommen.«

»Dann weißt du ja schon Bescheid.«

Ihre Mutter schnaubte ärgerlich. »Was zahlt er dir?«

»Das geht dich nun wirklich nichts an, Mom!«

»Ach ja? Du glaubst wohl, du kannst hier umsonst wohnen und essen und kommen und gehen, wie's dir gefällt? Hast du dir das so vorgestellt?«

»Die meisten Kinder wohnen umsonst bei ihren Eltern.«

»Wenn sie einen gut bezahlten Job haben, steuern sie etwas zum Lebensunterhalt bei.«

Corrie seufzte. »Na gut, ich leg dir etwas Geld auf den Küchentisch.« Viel konnten die Cornflakes ja nicht kosten, und etwas anderes gab's bei ihnen nicht, es sei denn, ihre Mutter brachte von der Bowlingbahn, bei der sie als Cocktailkellnerin angestellt war, ein paar übrig gebliebene Snacks mit. Oder ein paar Minifläschchen Wodka.

»Ich warte immer noch auf deine Antwort, junge Dame! Was zahlt er dir denn? Und komm mir ja nicht wieder damit, dass mich das nichts angeht! Viel wird's wohl nicht sein, du kannst ja nicht mal einen ordentlichen Brief schreiben.«

Corrie verlor die Nerven. »Er findet, dass ich mein Geld wert bin! Und damit du's weißt: Er zahlt mir siebenhundertfünfzig pro Woche!« Im selben Augenblick wurde ihr klar, dass sie einen Riesenfehler gemacht hatte.

Eine Weile sagte ihre Mutter gar nichts. Dann fragte sie ungläubig: »Hast du siebenhundertfünfzig gesagt?«

»Richtig.«

»Und was musst du für so viel Geld tun?«

»Nichts.« Mein Gott, musste ihre Mutter bei jeder Gelegenheit hinter ihr herschnüffeln?

»Nichts? Nichts?«

»Ich bin seine Assistentin. Mache Notizen für ihn. Und fahre ihn herum.«

»Du weißt doch nicht mal, was eine Assistentin ist! Wer ist dieser Mann? Siebenhundertfünfzig Dollar pro Woche, und nur dafür, dass du ihn durch die Gegend kutschierst? Hast du eigentlich einen Vertrag?«

»In dem Sinne … nicht.«

»Kein Vertrag? Kannst du denn überhaupt nichts richtig machen? Was glaubst du eigentlich, warum er dir derart viel Geld gibt? Kein Wunder, dass du mir nichts von diesem neuen Job erzählen wolltest. Allmählich kann ich mir gut vorstellen, was für ein Job das ist!«

Corrie hielt sich die Ohren zu. Am liebsten wäre sie ins Auto gestiegen und losgefahren, irgendwohin. Noch vor ein paar Wochen hätte sie unten am Bachufer in ihrem Gremlin geschlafen, aber das traute sie sich jetzt nicht mehr.

»Mom, es ist nicht so, wie du denkst, klar?«

»Nichts ist klar! Du gehst noch zur Schule und hast keine beruflichen Fähigkeiten. Ich kenne die Männer und weiß, was sie wollen. Die meisten sind sowieso gemeine Schufte. Du brauchst ja nur an deinen Vater zu denken! Hat keinen Penny lockergemacht, damit ich dich großziehen kann! Dieser Mann, mit dem du dich rumtreibst, ist nie und nimmer FBI-Agent. Einer vom FBI würde keine Schülerin anstellen, die schon etliche Eintragungen im polizeilichen Führungszeugnis hat. Also lüg mir gefälligst nichts vor, Corrie!«

»Ich lüge nicht!« Weg hier!, dachte sie verzweifelt, weit weg, irgendwohin! Nur, nachts waren die Straßen rund um Medicine Creek nicht mehr sicher. Schon auf dem Heimweg hatte sie sich eingebildet, überall düstere Schatten zu sehen. Dabei war es noch nicht mal neun gewesen.

»Wenn das alles ganz harmlos ist, dann bring den Mann einfach mal mit nach Hause! Ich möchte ihn kennenlernen.«

»Damit er sieht, in welcher Abfallgrube wir hausen?«, platzte Corrie in ihrem Zorn heraus.

»Wie redest du denn mit deiner Mutter?«

Corrie hatte endgültig genug. Sie drehte sich um, ging in ihr Zimmer, warf die Tür hinter sich zu und stülpte sich die Kopfhörer ihres CD-Players über. Als sie nach einer Weile vorsichtig horchte, war die keifende Stimme ihrer Mutter verstummt. Wahrscheinlich war sie schlafen gegangen. Wer weiß, vielleicht hatte sie das Streitgespräch bis morgen früh vergessen. Obwohl Corrie das eher bezweifelte, denn ihre Mutter hatte einen ungewohnt nüchternen Eindruck gemacht.

Die CD war abgespielt, Corrie legte keine neue auf. Sie öffnete das Fenster, atmete die Nachtluft ein und lauschte dem Zirpen der Grillen. Es war sehr dunkel draußen, im

Wohnwagenpark hätten die Leuchtelemente der meisten Straßenlaternen schon längst ersetzt werden müssen, aber wer hätte sich darum kümmern sollen? Der süßliche Maisgeruch und die stickige Luft machten einem das Atmen schwer.

Du brauchst ja nur an deinen Vater zu denken!, hatte ihre Mutter gesagt. Corrie versuchte, möglichst selten an ihn zu denken, denn der Gedanke an ihn tat ihr jedes Mal weh. Im Grunde hatte sie nämlich nur schöne Erinnerungen an ihn, egal, was ihre Mutter sagte. Warum war er einfach weggegangen? Warum hatte er ihr nie geschrieben, um ihr seine Gründe zu erklären? Warum nur?

Sie merkte, dass sich ihr ein paar Tränen in die Augenwinkel drängten. Und wie immer, wenn ihr das Herz schwer war, dachte sie: noch ein Jahr, nur noch ein einziges Schuljahr! Aber als sie dann auf dem Bett lag und sich zum wer weiß wievielten Mal klarmachte, dass Medicine Creek eine sterbende Stadt ohne Zukunft und ohne Hoffnung war, kam ihr dieses eine Jahr wie eine Ewigkeit vor.

Irgendwann wachte sie auf. Es war stockdunkle Nacht, die Zikaden zirpten nicht mehr, die Stille hatte etwas Unheimliches. Irgendetwas musste sie aufgeweckt haben, vielleicht ein Traum. Nur, dann hätte sie doch wissen müssen, was sie geträumt hatte. Sie setzte sich auf und lauschte.

Nichts.

Sie ging zum Fenster. Hinter den Wolken spitzte ein Splitter des Mondes hervor. Hitzegewitter tanzten am Horizont, es war gespenstisch, die zuckenden Blitze zu sehen, aber keinen Donner zu hören. Der Geruch reifer Maiskolben drang herein, die stickige Luft war mit ihm geschwängert. Gleich hinter den rabenschwarzen Umrissen des benachbarten Wohnwagens begann das schier unendliche Dunkel der Felder. Nur ein einziger Stern funkelte am Himmel.

Plötzlich meinte sie, ein schnüffelndes Geräusch zu hören,

als hätte jemand die Nase hochgezogen. War das ihre Mutter? Nein, es schien von draußen zu kommen, aus dem Dunkel. Und ein paar Sekunden später hörte sie das Geräusch wieder.

Sie starrte angestrengt ins Dunkel. Das Stück Straße, das sie ausmachen konnte, flimmerte wie ein lautlos fließender Fluss. Ihre Nerven waren zum Zerreißen angespannt. Weiter hinten, bei der Hecke zwischen der Straße und den Wohnwagen, hatte sich da nicht eben etwas bewegt? Eine huschende Gestalt? Oder bildete sie sich das nur ein?

Sie versuchte, das Fenster zuzuziehen, aber es hatte sich wohl wie so oft verklemmt; sie schaffte es nicht. Sie rüttelte verzweifelt an dem Metallrahmen, denn meistens half das. Aber heute wollte sich das verdammte Fenster nicht bewegen lassen.

Sie hörte ein Schnaufen, als schleiche da draußen ein großes, heftig atmendes Tier herum. Es musste ganz in der Nähe sein. Sie hörte auf, am Fensterrahmen zu zerren, und konzentrierte sich darauf, ins Dunkel zu lauschen. Nur, je angestrengter sie lauschte, desto mehr flatterten ihr die Nerven. Sie versuchte abermals ihr Glück mit dem störrischen Fenster, aber alles, was dabei herauskam, war ein blechernes Klappern. Und da draußen schlich irgendetwas herum, das wusste sie genau. Sehen konnte sie nichts, aber sie spürte, dass da etwas war. Und als sie lange genug aus dem Fenster gestarrt hatte, gaukelte die Fantasie ihr vor, doch etwas zu sehen: einen großen, konturenlosen Klumpen, der sich unaufhaltsam auf sie zubewegte.

Vergiss das blöde Fenster, dachte sie, renn lieber zum Schalter und knips das Licht an!

Es wurde hell im Zimmer, aus dem Fenster war ein schwarz gähnendes Loch geworden. Und hinter dem Loch hörte sie ein grunzendes Geräusch, ein kurzes, trockenes Platschen und ein rätselhaftes Rascheln. Dann herrschte wieder Stille.

Corrie wich Schritt für Schritt zurück, das dunkle Viereck war ihr nicht geheuer. Ein unkontrolliertes Zittern überlief sie, ihre Kehle fühlte sich wie ausgedörrt an. Draußen war nichts zu sehen, was ihr Angst hätte einjagen können, absolut nichts. Ein, zwei Minuten verrannen. Und dann hörte sie wieder etwas – nur wenige Meter entfernt, ein keuchendes Hüsteln. Oder ein Gähnen? Sekunden später war alles still, aber kurz darauf hörte sie ein lautes Plätschern, als würde jemand einen Wassereimer auf die Straße schütten.

Sie konnte keinen klaren Gedanken mehr fassen. Ihr Instinkt drängte sie, laut zu schreien, und sei's auch nur, um die aufgestaute Anspannung loszuwerden.

Die anschließende Stille war schlimmer als all die rätselhaften Geräusche. Und plötzlich war da ein scharfer schnappender Laut, und gleich darauf fing irgendetwas zu rauschen an. Das Rauschen ging in ein sanftes Plätschern über.

Corries Erleichterung war so groß, dass sie weiche Knie bekam. Auf einmal wusste sie, was der Spuk vor ihrem Fenster zu bedeuten hatte.

Sie warf rasch noch einen Blick auf die Leuchtziffern ihres Weckers: Punkt zwei Uhr. Damit war alles klar. Jede Nacht um zwei schaltete sich Mr. Dades Bewässerungsanlage ein. Mein Gott, dass ihr das nicht gleich eingefallen war!

Sie ließ sich ermattet aufs Bett fallen und lauschte auf das leise Plätschern. Es war irgendwie beruhigend, fast wie ein gemurmeltes Wiegenlied. Aber inzwischen war sie innerlich so aufgewühlt, dass es lange dauerte, bis sie endlich einschlafen konnte.

31

Tad Franklin drehte sich so heftig auf die andere Seite, dass er aus dem Bett fiel. Er rappelte sich hoch, fuhr sich mit der Hand übers Gesicht und langte blinzelnd nach dem klingelnden Telefon.

»Hallo?« Er rieb sich mit einer Hand den Schlaf aus den Augen. Ein Blick aus dem Fenster: Draußen war es noch stockdunkel, ein paar Sterne funkelten am Himmel, am östlichen Horizont zuckte das übliche Wetterleuchten. »Hallo?«

»Tad?« Sheriff Hazens Stimme, sie hörte sich hellwach an. »Ich bin am Fairview, nicht weit vom Eingang zum Wyndham-Park. Ich brauche dich. In zehn Minuten, klar?«

»Sheriff …« Aber die Leitung war bereits tot, Hazen hatte aufgelegt.

Tad schaffte es in fünf Minuten.

Obwohl die Sonne noch nicht aufgegangen war, hatte sich schon ein Pulk von Leuten aus der nahen Wohnwagensiedlung eingefunden, die meisten im Bademantel, mit Flipflops an den Füßen. Sie standen bedrückt und stumm da. Hazen versuchte, ein Absperrband quer über die Straße zu ziehen und gleichzeitig mit dem unters Kinn geklemmten Handy zu telefonieren. Auch Pendergast war bereits da, er stand etwas abseits, groß, schlank und in seinem schwarzen Anzug fast unsichtbar. Tad sah sich mit einem flauen Gefühl im Magen suchend um, konnte aber weit und breit weder eine Leiche noch das Opfer eines Überfalls entdecken. Nur ein schmutziger, an den Rändern ausfransender Fleck auf der Straße wirkte etwas irritierend. Daneben lag ein Sack aus Segeltuch, der bauchigen Wölbung nach gut drei viertel voll. Das ungute Gefühl legte sich, wahrscheinlich wieder mal ein Tier, das irgendeinem Auto nicht rechtzeitig ausgewichen war. So was kam hier draußen immer wieder vor. Nur merkwürdig, dass Hazen deswegen so viel Wirbel machte.

Er ging näher heran. Hazen klappte sein Handy zu und rief den Gaffern zu: »Zurücktreten, Leute! Das gilt für alle! Wie oft muss ich das noch sagen?« Im selben Moment entdeckte er seinen Deputy. »Tad, kümmer du dich um die Absperrung! Und sorg dafür, dass die Leute endlich zurücktreten!«

Tad Franklin nahm dem Sheriff die Bandrolle ab und wollte die Absperrung bis zur anderen Straßenseite verlängern. Als er an dem Sack mitten auf der Straße vorbeikam, merkte er, dass darin irgendetwas rötlich glänzte und dampfte.

Oh verdammt! Er sah schnell weg und schluckte gegen den beginnenden Brechreiz an.

»Okay, Leute!«, rief er den Gaffern zu, merkte aber, dass er irgendwie nicht den richtigen Ton traf, und versuchte es noch einmal. »Okay, alle zurücktreten! Bitte, noch weiter zurück, Leute! Nun macht schon!«

Die Umstehenden wichen mit blassen Gesichtern ein Stück zurück. Tad spannte das Plastikband bis zur anderen Straßenseite, wickelte es dort um einen Baum und machte sich daran, die Seite abzusperren, die Hazen noch nicht markiert hatte.

Der Sheriff war mittlerweile mit Corrie Swanson beschäftigt – der kleinen Wilden, wie sie in der Stadt allgemein genannt wurde. Hinter ihr stand ihre Mutter, das Haar zerzaust, einen pinkfarbenen, bekleckerten Bademantel um sich geschlungen, und natürlich qualmte sie wieder mal wie ein Schlot, eine Virginia light nach der anderen.

»Du willst irgendwas gehört haben?« Der Sheriff musterte Corrie skeptisch.

Corrie war bleich und sah übermüdet aus, aber ihre Mutter gab ihr unbarmherzig einen aufmunternden Schubs.

»Na ja, ich bin aufgewacht. Das war kurz vor zwei …« – »Woher weißt du das so genau?«

»Ich hab auf den Wecker gesehen.«

»Aha. Und weiter?«

»Von irgendwas bin ich aufgewacht. Von was, wusste ich nicht genau. Ich bin zum Fenster gegangen, und da habe ich das Geräusch gehört. Einen komischen Laut.«

»Was für einen Laut?«

»Wie ein Schnüffeln.«

»Ein Hund?«

»Nein, eher … wie wenn jemand stark erkältet ist.« Hazen machte sich eine Notiz. »Erzähl weiter!«

»Ich hatte das Gefühl, dass sich draußen jemand bewegt, direkt unter meinem Fenster. Aber sehen konnte ich nichts, dazu war es zu dunkel. Und dann habe ich einen anderen Laut gehört, wie ein Stöhnen.«

»Wie von einem Menschen?«

Corrie zuckte die Achseln. »Schwer zu sagen.«

»Und dann?«

»Dann habe ich mich wieder ins Bett gelegt und versucht, weiterzuschlafen.«

Hazen starrte sie über den Rand seines Notizbuchs an. »Und warum bist du nicht auf die Idee gekommen, mich anzurufen? Oder deinen … deinen Chef?« Er deutete mit dem Kopf auf Pendergast.

»Ich … ich hab gedacht, es ist die Sprinkleranlage. Die ist nämlich auf zwei Uhr eingestellt. Und die macht auch immer komische Geräusche.«

Hazen steckte das Notizbuch ein und drehte sich zu Pendergast um. »Da haben Sie sich ja eine tolle Assistentin ausgesucht!« Und zu Tad gewandt: »Gut, das war's vorläufig. Ich fasse kurz zusammen: Jemand hat einen Sack mit Eingeweiden auf der Straße abgelegt, ich vermute, von einer Kuh, bei einem Schaf oder einem Hund wär nicht so viel zusammengekommen. Daneben hat er einen Beutel mit frisch gepflückten Maiskolben abgestellt. Also, du klapperst jetzt alle umliegenden Farmen ab, die Tiere halten, und fragst, ob jemand eine Kuh, ein Schwein oder ein größeres Stück Vieh vermisst.« Und mit düsterer Stimme fügte er hinzu: »Für mich sieht das Ganze immer mehr nach irgendeinem mysteriösen Kult aus.«

Pendergast war inzwischen neben dem Sack mit den Innereien in die Knie gegangen und fing mit einem Finger in den Eingeweiden zu stochern an. Tad sah schnell weg.

»Sheriff Hazen?«, fragte der Agent, ohne aufzustehen. Hazen hatte wieder das Handy am Ohr. »Was ist?«

»Ich würde vorschlagen, nicht nach einem abhanden gekommenen Tier, sondern nach einer vermissten Person zu suchen.«

Tad starrte ihn verblüfft an. Hazen nahm das Handy vom Ohr und fragte: »Woher wollen Sie wissen, dass die Eingeweide...« Irgendwie wollte ihm der Rest des Satzes nicht über die Lippen kommen.

»Der Mageninhalt lässt vermuten, dass es sich um die unverdauten Reste von Frikadellen handelt, die mit Bier hinuntergespült wurden. Möglicherweise in *Maisie's Diner*. Und soweit ich weiß, machen Kühe sich nichts aus Frikadellen.«

Hazen war im Nu neben ihm, leuchtete mit der Stablampe in den Sack und schluckte schwer. »Aber...«, stammelte er mit tonloser Stimme, »aber warum sollte der Mörder...« Er war leichenblass geworden und suchte angestrengt nach Worten. »Ich meine, warum sollte er die Eingeweide hier zurücklassen und... und den Körper weiter mitschleppen?«

Pendergast stand auf und wischte sich den Finger sorgfältig an seinem seidenen Taschentuch ab. »Vielleicht wollte er nicht so viel schleppen«, sagte er trocken.

32

Es war elf Uhr geworden, bis Tad ins Sheriffbüro kam. Schweißperlen liefen ihm über die Stirn, seine ganze Uniform war verschwitzt. Er war der Letzte aus dem Suchkommando, Hazen und die Trooper waren schon eine Weile da. Der Sheriff hatte den hinteren Teil des Büros zu einer Art Kommandozentrale umfunktioniert, in der vorläufig die Trooper – jeder mit einem Mobiltelefon oder Funkgerät am Ohr – den Ton angaben. Wie zu erwarten, hatten die Medien Wind von der Sache bekommen, ihre mit bunten Logos bemalten Übertragungswagen standen Stoßstange an Stoßstange vor dem Sheriffbüro. Auf dem Gehsteig drängten sich Reporter und Fotografen. Sie waren unter sich, die Bürger von Medicine Creek hatten sich in ihren Häusern verschanzt. Am *Wagon Wheel* hing das Schild »Geschlossen«, alle Fenster waren verhängt. Selbst die Gro-Bain-Tagesschicht war nach Hause geschickt worden. Ohne die schnatternde Reportermeute hätte Medicine Creek den Eindruck einer Geisterstadt gemacht.

»Irgendwas gefunden?«, fragte Hazen, sobald Tad den Fuß über die Schwelle gesetzt hatte.

»Nein.«

»Verdammt!« Hazen schlug mit der geballten Faust auf die Tischplatte. »Dein Abschnitt war der letzte. Dreihundertfünfundzwanzig Mann, und alle melden Fehlanzeige! Sie haben auch in ganz Deeper und bei allen in Frage kommenden Farmen der Umgebung gefragt, aber nirgendwo wird jemand vermisst.«

»Sind Sie denn sicher, dass die Eingeweide wirklich … na ja, dass sie von einem Menschen stammen?«

Hazen sah Tad über den Brillenrand hinweg an. Er sah gestresst und niedergeschlagen aus, der Deputy hatte ihn noch nie so erlebt. »Die Frage habe ich mir auch gestellt«, antwortete er schließlich mit milder Stimme. »Aber inzwischen wurde der Sack nach Garden City gebracht, und McHyde versichert mir, dass es sich um menschliche Eingeweide handelt. Viel mehr konnte er mir noch nicht sagen.«

Tads Magen fing wieder zu rebellieren an. Die Erinnerung an die in einem Gemisch aus Blut und Bierschaum schwimmenden Überreste einer Frikadelle würde ihn sein Leben lang begleiten. Er hätte sich ohrfeigen können, dass er überhaupt einen Blick in den Sack geworfen hatte.

»Vielleicht war's jemand auf der Durchreise?«, sagte er, was sich aber nicht so anhörte, als glaube er selber an die Möglichkeit. »Von den Ortsansässigen geht doch nach Anbruch der Dunkelheit sowieso niemand mehr aus dem Haus.«

Sheriff Hazen nickte müde. »Daran habe ich auch schon gedacht. Aber wo ist sein Auto geblieben?«

»Irgendwo versteckt. Wie das von Sheila Swegg.«

Der Sheriff schüttelte den Kopf. »Wir haben alles abgesucht, seit heute Morgen um acht.«

»Keine Wendespur in einem der Maisfelder?«

»Nichts. Keine Wendespur, kein verstecktes Auto, keine Leiche. Diesmal nicht mal Abdrücke von nackten Füßen.«

Bei dem Lärm, den die Trooper mit ihren Funkgeräten und Handys machten, war es ziemlich schwierig, einen klaren Gedanken zu fassen. Tad war froh, dass ihm überhaupt etwas einfiel. »Könnte es ein reisender Vertreter gewesen sein?«

Hazen deutete mit dem Kopf in den hinteren Büroraum. »Sie fragen gerade in allen Motels nach.«

»Was ist mit dem Sack mit den Maiskolben?«

»Daran arbeiten wir noch. Aber wir wissen ja nicht mal, ob er dem Mörder oder dem Opfer gehörte. So oder so –

wer aber würde sich denn mitten in der Nacht mit einem Sack voll Maiskolben abschleppen? Und das Merkwürdigste ist, dass jeder Kolben mit einer Nummer markiert war. So was würde doch nur ein Kind machen. Spielende Kinder denken sich manchmal die seltsamsten Sachen aus.«

Hazen stand auf, warf einen Blick auf die draußen lauernden Reporter und die auf das Sheriffbüro gerichteten Kameras und setzte sich wieder. »Tad, hol mir mal aus dem Geräteraum die Dose mit Kalkfarbe und den breiten Pinsel, ja?«

Tad ahnte sofort, was Hazen vorhatte. Kaum war er mit den Sachen zurück, riss ihm der Sheriff die Dose förmlich aus der Hand, hob den Deckel ab, griff zum Pinsel und fuhr mit schwungvollen Strichen kreuz und quer über das ehemalige Schaufenster und das Glas der Eingangstür. »Wie die Aasgeier!«, knurrte er zornig und schwang den Pinsel so heftig hin und her, dass ein paar Farbkleckse auf den Boden spritzten.

Doch plötzlich hielt er inne, starrte Tad aus weit aufgerissenen Augen an und murmelte so leise, dass der Deputy ihn kaum verstehen konnte, einen Namen vor sich hin.

»Chauncy!«

33

Gegen Mittag platzte Hazen der Kragen. Er war fest entschlossen, sich Lefty Weeks' albernen Zirkus nicht mehr länger anzusehen. Die beiden Hunde, die er mitgebracht hatte, waren nicht einen Schuss Pulver wert. Der Typ war ihm sowieso unsympathisch. Nannte sich Hundeführer – ein stiernackiger Bursche mit großen Löffelohren, der affektiert mit den geröteten Lidern klimperte und ohne Punkt und Komma eine Menge dummes Zeug redete. Aber seine beiden Köter brachte er ums Verrecken nicht dazu, eine Spur aufzunehmen.

Und das alles bei dieser verdammten Hitze. Bestimmt wieder fünfundvierzig Grad, wenn nicht mehr. Hazen war jetzt schon bis auf die Haut durchgeschwitzt. Und rauchen durfte er wegen der verdammten Hunde auch nicht. Obwohl, bei der Hitze hatte er eigentlich gar keine Lust auf eine Zigarette.

Die beiden Hunde tänzelten immer noch unentschlossen mit eingezogenem Schwanz auf der Stelle, egal wie oft Weeks mit entnervender Keifstimme auf sie einredete und aufmunternd an den Führleinen zerrte. Hazen ging zu ihm hinüber, wobei er sich, als er an den beiden Kötern vorbeikam, nicht verkneifen konnte, einem von ihnen einen Tritt in den Hintern zu verpassen. »Na los, ihr dämlichen Mistviecher, bewegt euch! Fangt endlich an, den Kerl zu suchen!«

Die Hunde duckten sich lediglich winselnd noch tiefer auf den Boden.

»Weeks, das ist das dritte Mal, dass Sie mir Hunde anschleppen, die nichts taugen.«

»Kann ja sein, dass Sie das so sehen, Sheriff, aber mit einem Tritt erreichen Sie gar nichts. Ich weiß genau, dass sie Witterung aufgenommen haben. Aber aus irgendeinem Grund wollen sie der Fährte einfach nicht folgen.«

Hazen versuchte, sein Temperament zu zügeln. Der Tritt tat ihm nachträglich leid, zumal die Trooper alles mit angesehen hatten. Er gab sich Mühe, einen ruhigen Ton anzuschlagen. »Hören Sie, Weeks, wir sind nicht zum Spaß hier. Bringen Sie die Hunde dazu, die Fährte aufzunehmen, sonst muss ich mich offiziell bei der Dienststelle in Dodge beschweren.«

»Komm, mein Mädchen«, redete Weeks einschmeichelnd auf die Hündin ein, »zeig dem Sheriff, was du bei mir gelernt hast!« Er hielt ihr den Sack, in dem die Eingeweide waren, dicht unter die Nase. »Komm schon, nimm eine Nase voll!« Das Tier duckte sich winselnd so tief, dass es beinahe mit dem Bauch den Boden berührte, und ließ in seiner Verwirrung einen kräftigen Strahl Urin in den Sand plätschern.

»Du lieber Gott!«, stöhnte der Sheriff. Er wandte sich ratlos ab und richtete den Blick auf das Bachufer. Seit drei Stunden hatte Weeks seine widerspenstigen Köter dort regelrecht hinter sich hergezerrt. Und was war dabei herausgekommen? Ein Strahl Pisse, sonst nichts!

Hinter den Maisfeldern durchkämmten die Teams der Staatspolizei das Gelände, Spezialtrupps suchten auf allen vieren mit Sonden die Sandbänke am Bachufer ab. Wieso konnten sie keine Leiche finden? Hatte der Mörder sie mitgenommen? Es waren zwar überall Straßenblockaden errichtet worden, aber der Kerl hatte eine ganze Nacht Zeit gehabt, um zu entwischen. Und in einer Kansasnacht konnte man mit dem Auto verdammt weit kommen.

Als der Sheriff hochsah, kam Smit Ludwig auf ihn zu, das Notizbuch in der Hand. »Sheriff, wenn du nichts dagegen hast…«

»Smitty, hier ist der Zutritt verboten!« – »Ich sehe aber nirgendwo ein Absperrband, und …«

»Du verschwindest hier, Smitty, und zwar sofort!«

Ludwig blieb störrisch stehen. »Hier ist öffentlicher Grund, ich habe das Recht …«

»Tad, begleite Mr. Ludwig bis zur Straße!«

Der Sheriff hörte den Deputy gerade noch »Kommen Sie, Mr. Ludwig« sagen, dann knatterte es im Funkgerät.

»Hier Hazen«, meldete er sich.

»Chauncy hat sich seit gestern nicht mehr in seinem Motel blicken lassen.« Der Stimme nach Hal Brenning, der Verbindungsofficer der Staatspolizei in Deeper. »Ist die ganze Nacht nicht zurückgekommen. Sein Bett ist unbenutzt.«

»Halleluja!«, stöhnte Hazen. »Sonst noch Neuigkeiten?«

»Er hat, als er gestern Abend weggefahren ist, niemandem gesagt, was er vorhat. Wir haben also kaum Anhaltspunkte.«

»Anscheinend hat er Probleme mit seinem Auto gehabt«, unterrichtete ihn Hazen. »Hat seinen Saturn bei Ernies Tankstelle stehen lassen und Ernie gedrängt, er müsse ihn unbedingt heute wiederhaben, obwohl Ernie ihm gesagt hat, unter zwei Tagen sei da nichts zu machen. Chauncy ist das letzte Mal in *Maisie's Diner* gesehen worden, hat dort spätabends gegessen. Danach hat er offenbar einen Ausflug in die Maisfelder unternommen. Wollte sich wohl noch in dem einen oder anderen Punkt schlaumachen, ohne gesehen zu werden. Hat verschiedene Proben von Maiskolben genommen und jede mit einer Markierung versehen.«

»Er hat nachts Maiskolben gesammelt?«

»Ich weiß, das hört sich verrückt an, solange hier ein Mörder herumläuft. Aber Chauncy war ein Geheimniskrämer. Hat immer darauf geachtet, dass ihm niemand in die Karten gucken konnte. Er wollte wohl nicht, dass jemand seine Aktivitäten beobachtet und lästige Fragen stellt.«

»Na gut, wir haben sowieso vor, zusammen mit einigen

von Sheriff Larssens Jungs seine Papiere durchzusehen. Offenbar wollte er heute Nachmittag eine wichtige Entscheidung bekannt geben.«

»Stimmt«, bestätigte Hazen trocken. »Er wollte mitteilen, dass das Versuchsfeld nicht auf dem Gebiet von Medicine Creek eingerichtet wird. Sonst noch was?«

»Ein Dekan von der Kansas State University hat uns wissen lassen, dass er mit dem Chef seines Sicherheitsdienstes auf dem Weg zu uns ist. Wird etwa in einer halben Stunde hier sein.«

Hazen stöhnte gequält.

»Und um das Maß voll zu machen: Bei uns braut sich ein Sandsturm zusammen. Für die Cry County und das östliche Flachland von Colorado wurde eine Unwetterwarnung ausgegeben.«

»Wann ist es so weit?«

»Die Ausläufer könnten uns schon heute am späten Abend erreichen. Es heißt, dass der Sturm möglicherweise Orkanstärke erreicht.«

»Na, großartig!« Sheriff Hazen schaltete das Funkgerät aus und blickte zum Himmel. Das Wetterleuchten, das am Horizont tobte, sah irgendwie bedrohlicher aus als sonst. Wer in Kansas aufgewachsen und einigermaßen bei Verstand war, wusste genau, was solche dunklen Wolken bedeuteten. Mit einem Sandsturm kamen sie da bestimmt nicht davon. Zumindest würde der Bach so anschwellen, dass er über die Ufer trat und die Sandbänke überflutete. Die Maisfelder bekamen kräftige Schauer ab, vielleicht wurden sie ebenfalls überflutet, wenn nicht gar durch Hagelschlag verwüstet. Alle Spuren würden verwischt sein, sie konnten dann nur noch warten, bis der Mörder wieder zuschlug. Und wenn sie tatsächlich von einem Tornado heimgesucht wurden, kamen sowieso alle Ermittlungen zum Erliegen. Oh Mann, beschissener hätte es wahrhaftig nicht kommen können!

»Weeks«, machte Hazen seinem Zorn Luft, »wenn Ihre dämlichen Köter keine Witterung aufnehmen wollen, dann bringen Sie sie gefälligst hier weg, ehe sie mir sämtliche Spuren versauen! Wenn sie nur hin und her laufen, davon hab ich nichts.«

Er stiefelte ein Stück den Bach abwärts. Die verdächtige Stille ringsum war das sichere Vorzeichen für einen aufziehenden Sturm. Die Luft war mit feinem Sandstaub geschwängert, Hazen spürte ein Kratzen im Hals, er hustete und spuckte aus.

Und in dem Augenblick sah er am Straßenrand, nicht weit von den geparkten Dienstwagen, Art Ridder aus seinem noblen Wagen steigen. Der Gro-Bain-Boss winkte ihm mit rudernden Armbewegungen. »Sheriff!«

Hazen ging ihm ein paar Schritte entgegen. »Art, ich hab hier alle Hände voll zu tun.«

»Ja, das seh ich. Ich hab Sie schon überall gesucht.« Ridders gewohnt rotes Gesicht sah aus, als stehe er kurz vor einem Schlaganfall. »Ich hab gerade einen Anruf von Dekan Fisk bekommen. Er leitet die landwirtschaftliche Fakultät der Kansas State University. Und er hat mir mitgeteilt, dass er und sein Begleiter auf dem Weg zu uns sind.«

»Das habe ich bereits gehört.«

Ridder sah ihn überrascht an. »Ach ja? Na schön, aber da ist noch was, was Sie bestimmt noch nicht gehört haben. Hören Sie genau zu, Sie werden es nicht glauben! Chauncy hatte vor, heute bekannt zu geben, dass die Entscheidung für das Versuchsfeld zugunsten von Medicine Creek gefallen ist.«

Hazen hätte geschworen, dass ihm nicht noch heißer werden könne, aber nun kam es ihm vor, als fange sein Blut zu sieden an. »Medicine Creek? Nicht Deeper?«

»Nein, sie haben sich für uns entschieden.«

Hazen starrte ihn ungläubig an. »Das kann ich nicht glauben«, brachte er keuchend heraus.

»Mag sein, dass ihm unsere Stadt nicht sonderlich gut gefallen hat, aber das ändert nichts an der Entscheidung der University, das Versuchsfeld definitiv bei uns anzulegen.« Art Ridder fuhr sich mit einem nicht mehr ganz frischen Taschentuch über die nass geschwitzten Augenbrauen. »Begreifen Sie, was das bedeutet? Wir leben in einer sterbenden Stadt, Sheriff. Mein Haus hat in den letzten zwanzig Jahren vierzig Prozent an Wert verloren. Früher oder später hätten wir bei Gro-Bain noch eine Schicht abbauen oder sogar ganz schließen müssen. Das Versuchsfeld ist ein Geschenk des Himmels! Und es wird nicht bei dem einen Feld bleiben, da kommen bestimmt noch andere dazu. Sie werden ein Zentrum errichten, an dem sie interessierten Wissenschaftlern per Computeranimation die Ergebnisse ihrer Versuche erläutern und vorführen können. Und vielleicht auch eine Wetterstation. Hazen, das bringt uns Baumaßnahmen, Investitionen in die Infrastruktur, blühenden Handel und Arbeitsplätze für unsere Kinder! Dieses Versuchsfeld hat unsere Stadt vor dem Sterben bewahrt, Hazen!«

»Nun bleiben Sie mal auf dem Teppich, Art!«, sagte Hazen mit belegter Stimme.

Ridder ließ sich in seiner Euphorie nicht bremsen, aber seine Miene war plötzlich ernst geworden. »Einen Haken hat das Ganze, das gebe ich zu. Glauben Sie, die halten an ihrer Entscheidung fest, wenn sie erfahren, dass irgendein Irrer ihren Mann hier in unserer Stadt regelrecht ausgeweidet hat? Glauben Sie, die nehmen das einfach so hin und bleiben trotzdem bei ihrer Entscheidung?«

Hazen hatte das Gefühl, plötzlich eine zentnerschwere Last auf seinen Schultern zu spüren.

»Ich hab jetzt keine Zeit, darüber nachzudenken, Art. Ich muss eine Leiche finden.« Er wollte sich an Ridder vorbeischlängeln.

Aber der Gro-Bain-Boss vertrat ihm den Weg. »Was wissen Sie eigentlich über diesen Pendergast? Ist doch komisch, dass er unmittelbar nach dem ersten Mord bei uns aufgetaucht ist, oder nicht? Er sagt, er sei FBI-Agent, aber Beweise dafür haben wir nicht. Woher wollen wir wissen, dass er nicht in Wirklichkeit etwas mit den Morden zu tun hat? Oder selber der Irre ist, der Menschen abschlachtet? Nach jedem Mord ist er am Tatort aufgetaucht und hat sich in die Ermittlungen eingemischt …«

Hazen hörte ihm kaum noch zu, Ridders Stimme schien aus weiter Ferne zu ihm zu dringen.

Denn der Sheriff hatte eine Theorie entwickelt.

Ridder hatte recht.

Die Karten waren jetzt neu gemischt.

Deeper würde das Versuchsfeld bekommen, das eigentlich Medicine Creek zugesprochen worden war. Und warum? Weil Chauncy ermordet worden war. Nicht irgendwann, sondern am Abend vor der geplanten Bekanntgabe der Entscheidung. Sozusagen in letzter Minute.

Auf einmal passte eins zum anderen.

Hazen schottete sich innerlich gegen Ridders laut schwadronierende Stimme ab und dachte angestrengt nach. Sheila Swegg war drei Tage vor Chauncys Ankunft ermordet worden. Und einen Tag nach seiner Ankunft hatte der Mörder wieder zugeschlagen. Beide Male hatte er deutliche Spuren hinterlassen und dem Fundort durch rituelles Brimborium einen geheimnisvollen Anstrich verliehen, zum Beispiel durch die Krähen und die Pfeile. Er wollte offensichtlich, dass sich ein Zusammenhang mit den Geisterreitern und dem Fluch der Fünfundvierzig aufdrängte. Aber seine Rechnung war nicht aufgegangen, Chauncy hatte sich von den Morden nicht beeindrucken lassen, und alte Legenden und mystische Schwüre interessierten ihn erst recht nicht. Er war Wissenschaftler, ein Mann, der nüchtern dachte und von Anfang an den großen Wurf vor Augen gehabt hatte. Den Aberglauben und die Angst vor

Mördern überließ er den kleinkarierten Bürgern von Medicine Creek.

Und dann war er in der Nacht vor der geplanten Bekanntgabe, der für Deeper und Medicine Creek so wichtigen Entscheidung selbst ermordet worden.

Einen deutlicheren Wink konnte es gar nicht geben. Sie hatten es nicht mit einem Serienmörder zu tun. Nein, der Täter handelte aus ganz anderen, sehr persönlichen Motiven. Es war jemand, der viel zu verlieren hatte, wenn das Versuchsfeld in Medicine Creek angelegt wurde. Also stammte er auch nicht, wie Pendergast glaubte, aus ihrer Stadt, sondern aus Deeper. Dieser Ort war größer, der wirtschaftliche Niedergang hätte ihn härter getroffen. In Deeper hatten sie keine Truthahnschlachterei, die einzige Erwerbsquelle waren die Maisfelder.

Für den Mörder aus Deeper gab es nur eine Wahl: töten – oder getötet werden.

Hazen zuckte zusammen. »Konnten Sie mir folgen?«, schrie Ridder ihn an.

Hazen sah ihn gelangweilt an. »Art, ich muss mich um wichtigere Dinge kümmern.«

»Verdammt, Sie haben mir gar nicht zugehört, geben Sie es zu!«

Hazen legte ihm die Hand auf die Schulter. »Ich werde die Morde aufklären, Art, verlassen Sie sich drauf! Und es könnte gut sein, dass Medicine Creek dann doch das Versuchsfeld bekommt. Warten wir's ab!«

»Und wie, zum Teufel, wollen Sie das hinkriegen?«

Aber da war Hazen schon zu seinem Dienstwagen unterwegs.

Ridder heftete sich an seine Fersen, er hoffte immer noch auf eine Antwort. Hazens Hand lag auf dem Türgriff des Wagens, als er sich endlich zu ihm umdrehte. »Übrigens, was Sie über Pendergast gesagt haben… Sie haben recht, er hat uns das ganze Problem eingebrockt.«

»Sie meinen, er ist der Mörder?« Hazen zog die Tür auf. »Reden Sie keinen Blödsinn, Mann! Der Kerl ist natürlich kein Mörder, aber er hat uns mit seiner Theorie von einem Serienmörder auf die völlig falsche Fährte gelockt. Und damit, dass er steif und fest behauptet, es müsse jemand aus unserer Stadt sein. Seine Ermittlungen beruhen von Anfang an auf falschen Annahmen. Eine Zeit lang hat er mich damit verwirrt. Ich hab nicht mehr klar gedacht und sogar an meinem Instinkt gezweifelt.«

»Wovon reden Sie überhaupt?«

»Ich kann's nicht fassen, dass mir das nicht schon früher klar geworden ist.«

»Was ist Ihnen nicht klar geworden?«

Hazen grinste nur und gab Ridder einen freundschaftlichen Klaps auf die Schulter.

»Verlassen Sie sich drauf, Art, ich werd das Kind schon schaukeln!«

Er schwang sich in den Dienstwagen und nahm das Funkgerät aus der Halterung.

Pendergast war mutterseelenallein nach Medicine Creek gekommen, ohne Auto, ohne Fahrer, ohne einen Kollegen, und er hatte keine Verbindung mit dem FBI-Büro in Dodge aufgenommen.

Also handelte der verdammte Dickkopf auf eigene Faust, ohne Legitimation.

Es wurde höchste Zeit, seinem Treiben ein für alle Mal ein Ende zu setzen!

Er schaltete das Funkgerät ein.

»Harry? Hier ist Sheriff Hazen aus Medicine Creek. Es geht um die Morde. Kennst du jemanden beim FBI-Büro in Dodge, der in einer so gehobenen Position ist, dass er mir einen Gefallen tun könnte?« Er hörte eine Weile interessiert zu, dann drückte er wieder die Sprechtaste und sagte sichtlich erleichtert: »Danke, Harry, hab vielen Dank!«

Erst als er das Funkgerät weglegte, merkte er, dass Ridder

den hochroten Kopf durchs offene Wagenfenster geschoben hatte, wahrscheinlich schon die ganze Zeit über.

»Ich hoffe, Sie wissen, was Sie tun!«, schnaufte der Gro-Bain-Boss schwitzend. »Die Zukunft von Medicine Creek hängt davon ab!«

Hazen grinste ihn breit an. »Mögen alle Ihre Träume wahr werden, Art.«

Er startete den Motor und preschte los. Es war zwar keine Tagesreise bis Dodge, aber ein Katzensprung war's auch nicht.

34

Smit Ludwig kam sich an Maisies Tresen wie auf dem Abstellgleis vor, aber an dem Ecktisch, an dem er sonst immer saß, hatte sich eine Gruppe Reporter breitgemacht, die lautstark Klatsch, Gerüchte und angeblich todsichere Informationen austauschten. Associated Press, tippte Ludwig, obwohl sie genauso gut vom *National Enquirer* oder den *Weekly World News* kommen konnten. Sie gaben eindeutig den Ton an, und der Geräuschpegel näherte sich inzwischen dem einer Bar in New York City. Sie waren bei jedem neuen Mord in der Stadt eingefallen und fühlten sich hier offenbar mittlerweile wie zu Hause. Dabei wäre das Lokal schon mit Leuten aus der Stadt brechend voll gewesen. Ludwig registrierte Mrs. Bender Lang und ihre aufgetakelten, ein wenig halbseiden wirkenden Busenfreundinnen. Auch Ernie, der Automechaniker, hatte seine Kumpel um sich geschart. Swede Cahill war gekommen, der das *Wagon Wheel* an diesem Tag geschlossen hielt, und natürlich hatten sich auch etliche Arbeiter von Gro-Bain eingefunden. Fehlte nur noch, dass die Tür aufflog und Art Ridder sich persönlich unter das gemeine Volk mischte!

Das Problem, an dem Smit Ludwig herumnagte, ließ sich auf die schlichte Frage reduzieren, wie er an neue Informationen kommen konnte, mit deren Hilfe er die Story über die Ereignisse in Medicine Creek in seinem Lokalblättchen weiterspinnen konnte. Gute Reporter bleiben immer am Ball, und sein Gespür sagte ihm, dass er ein guter Reporter war. Er musste nur an seine Artikel über den Fluch der Fünfundvierzig, den skalpierten Gasparilla und die Aufbahrung von Sheila Swegg inmitten eines Walls aus Indianerpfeilen denken – lauter Themen, mit denen er die Gerüchteküche zum Brodeln gebracht hatte. Oder die Berichte über den Aufruhr in der Lutheranerkirche und das mysteriöse Verschwinden von Chauncy. Aber das waren Lorbeeren von gestern und vorgestern, er konnte nicht einfach die alten Kamellen aufwärmen, er brauchte einen neuen Knüller. Und er brauchte ihn schon für die Ausgabe von morgen.

Ein guter Reporter würde nicht im *Maisie's* sitzen und Kaffee schlürfen, hielt er sich vor. Ein guter Reporter hätte das Ohr am Pulsschlag der kleinen Welt von Medicine Creek gehabt, er hätte Hazen so lange mit Fragen gelöchert, bis er den Dingen auf den Grund gekommen war. Aber dieser sture Sheriff ließ sich ja kein Wort entlocken, nicht mal die Uhrzeit!

Es war zum Mäusemelken! Da hatte er endlich mal eine Aufsehen erregende, sensationelle Story in den Fängen, und ausgerechnet jetzt kam er nicht weiter. Er, Ludwig, hatte die ganze Sache ins Rollen gebracht, also stand es ihm zu, die Story zu Ende zu erzählen. Mein Gott, er hatte es sich verdient! Mit zweiundsechzig wollte er endlich mal einen richtigen Knüller landen, ehe er sich zur Ruhe setzte. War es zu viel verlangt, wenn er sich wünschte, dass seine Enkel und Urenkel in den vergilbten Seiten des *Courier* blätterten und sich voller Stolz erzählten: »Unser Großvater war's, der damals die Morde aufgeklärt hat. Oh Mann, das war noch ein Reporter vom alten Schrot und Korn gewesen!«

Der schöne Tagtraum verblasste, als ein junger Mann auf den Barhocker neben ihm kletterte und ihm die Hand hinstreckte: eins der forschen, unverbrauchten Bürschchen, die noch große Rosinen im Kopf hatten. »Joe Rickey, *Boston Globe*. Smit Ludwig vom *Cry County Courier,* vermute ich?« Ludwig nickte, schüttelte die dargebotene Hand und murmelte ein unverbindliches »Freut mich«.

»Na, wie schmeckt Ihnen die Affenhitze?«

»Ich hab schon heißere Tage erlebt.«

»Tatsächlich? Ich nicht.« Das Jüngelchen zog eine Papierserviette aus dem Spender und tupfte sich die Schläfen ab. »Ich bin seit zwei Tagen hier, aber ich komm einfach nicht an den Kern der Story ran. Dabei habe ich meinem Herausgeber versprochen, etwas Besonderes abzuliefern. Sie wissen schon: einen Artikel über das wahre Amerika. So heißt die Kolumne, für die ich schreibe: das wahre Amerika. Die Leute in Boston lesen gern etwas über die Vorkommnisse in anderen Teilen das Landes. Zum Beispiel über den Mann, der gebuttert und gezuckert bei lebendigem Leib gesotten wurde.«

Er schüttelte sich, aber Smit Ludwig sah ihm an, dass es ein wohliges Schaudern war.

Ludwig musterte das Bürschchen angelegentlich. Irgendwie erinnerte ihn der Junge an die Zeit, als er selber noch vierzig Jahre jünger gewesen war. So jung und schon beim *Boston Globe?* Der Junge musste was auf dem Kasten haben. Hatte sein Handwerk wahrscheinlich an der Journalistenschule erlernt. Nur, jetzt bekam er Tuchfühlung mit dem wahren Alltag des wahren Amerika, und da war er mit seinem Latein am Ende.

»Die Sache hat nur einen Haken«, fuhr Joe Rickey fort. »Euer stiernackiger Sheriff und die Trooper bringen die Zähne nicht auseinander. Aber Sie sind von hier, Sie wissen bestimmt, wo die Leichen vergraben sind, um es mal flapsig zu formulieren. Habe ich recht?«

»Ja, könnte man sagen.« Ludwig dachte nicht daran, dem Bürschchen auf die Nase zu binden, dass auch er auf dem Trockenen saß.

»Ich werde mir verdammt viel Ärger einhandeln, wenn ich mit leeren Händen zum *Globe* zurückkomme.«

»Kann ich mir vorstellen.«

»Ich meine, es war ja meine Idee. Ich hab mir die Zunge fransig reden müssen, bis sich mein Herausgeber darauf eingelassen hat.«

Ludwig konnte die missliche Situation des Jungen nachfühlen. Es wäre ihm genauso ergangen, wenn er an der Columbia Journalismus studiert hätte, statt seinen Job in Medicine Creek von der Pike auf zu lernen. Ihm war seinerzeit keine andere Wahl geblieben, aber er hatte den vermeintlich verpassten Chancen nie nachgetrauert. Und wenn er die Verzweiflung, den Eifer und das Gemisch aus Hoffnungen und Ängsten in den Augen des Jüngelchens las, wusste er, dass es das Schicksal eigentlich recht gut mit ihm gemeint hatte.

»Nun ja«, sagte er zögernd, »um Ihnen reinen Wein einzuschenken, Mr. Rickey …«

»Joe, bitte! Worum's mir geht: Ich meine, es könnte ja sein, dass Sie mir aus der Patsche helfen können. Großes Ehrenwort, dass ich nichts davon veröffentliche, ehe Sie's in Ihrem Blatt gebracht haben.«

»Alles schön und gut, Joe, nur, ich habe im Moment selber keine neuen Informationen.«

»Aber Sie kennen sicher Mittel und Wege, um sich welche zu beschaffen?«

»Versuchen werde ich's jedenfalls.«

»Ich muss meinen Beitrag bis heute Nacht elf Uhr Bostoner Zeit abliefern.

Ludwig schielte auf die Uhr. In Kansas war es halb vier. Der Junge musste sich ranhalten.

In dem Moment flog die Tür auf, Corrie Swanson kam hereingestürmt. Ihr feuerroter Haarwulst wippte auf und ab, die klirrenden Ketten lieferten die Begleitmusik zu ihrem Auftritt. »Zwei große Eiskaffee zum Mitnehmen! Einer schwarz, der andere mit Zucker und einer doppelten Portion Sahne.« Ludwig beobachtete sie lauernd: eine Hand auf die Hüfte gestemmt, die Ellbogen seitlich abgespreizt, ungeduldig mit den abgezählten Münzen klappernd. Alle Gäste waren offensichtlich Luft für sie. Nun, immerhin arbeitete sie für Pendergast, sozusagen als sein weiblicher

Freitag. Und nun holte sie zwei Eiskaffee zum Mitnehmen. Blieb die Frage, wohin sie die Becher mitnehmen wollte?

Und während Ludwig noch an einer plausiblen Antwort auf diese Frage herumrätselte, wurde ihm plötzlich klar, dass der FBI-Agent wieder mal sein Retter in der Not werden könnte.

Maisie stellte die beiden Becher auf den Tresen, Corrie legte ihr das Geld hin und ging.

Ludwig bedachte Joe Rickey mit einem verheißungsvollen Grinsen. »Dann wollen wir mal sehen, was ich tun kann.«

Er wollte ein paar Münzen auf den Tresen legen, aber Rickey winkte ab. »Ihr Kaffee geht auf mich. Und was ich noch sagen wollte, Mr. Ludwig: Vielen Dank im Voraus! Wirklich sehr nett von Ihnen. Ich warte hier auf Sie.«

Ludwig nickte und eilte los, um Corrie nicht aus den Augen zu verlieren.

35

Warum sehen eigentlich alle FBI-Gebäude gleich aus?, fragte sich Hazen, als er vor dem weißen Flachdachbau mit den getönten Fensterscheiben stand. Er stopfte das Hemd unter dem Gürtel fest, rückte den Hut zurecht und trat mit der Stiefelspitze den fast zu Ende gerauchten Glimmstängel aus. Auf dem Weg nach innen schlug ihm jenseits der Doppeltür ein Schwall eiskalter Luft entgegen, der zu einer anderen Jahreszeit den heftigen Protest aller Mitarbeiter ausgelöst hätte.

Hazen trug sich am Empfangstisch ein, steckte sich die Besucherplakette ans Revers und stapfte über den auf Hochglanz polierten Linoleumboden zu den Aufzügen. Zweiter Stock, zweiter Flur rechts, dritte Tür links…, wiederholte er im Geiste die Beschreibung, die man ihm gegeben hatte.

Die Fahrstuhltüren glitten auf, vor ihm erstreckte sich ein endlos langer Flur, dessen Wände voll regierungsamtlicher Erlasse und hauseigener Anordnungen waren. Die Türen, an denen er vorbeikam, standen offen, die Frauen und Männer in den Büros trugen weiße Laborkittel. Gott im Himmel, so viele Verbrechen konnte es doch in Kansas gar nicht geben! Was hatten die Weißkittel bloß den ganzen Tag zu tun?

Schließlich hatte er sich bis zu der – natürlich ebenfalls offenen – Tür vorgearbeitet, deren Plastikschildchen ihn darüber aufklärte, dass er vor dem Büro von »J. Paulson, Special Agent vom Dienst« stand. Eine Frau, deren modische Brille ihrem Gesicht etwas Katzenhaftes verlieh, tippte irgendetwas in affenartiger Geschwindigkeit in den Computer ein. Irgendwann sah sie kurz hoch, winkte Hazen herein und deutete stumm auf das hinter dem Vorzimmer gelegene Büro des Agent.

Paulsons Büro wirkte genauso steril wie die anderen, an denen Hazen vorbeigekommen war, aber die beiden gerahmten Fotos auf dem Schreibtisch gaben ihm immerhin so etwas wie eine persönliche Note. Das eine zeigte den Agent im Reiterdress und hoch zu Ross, auf dem anderen war er im trauten Kreis der Familie zu sehen.

Der Agent stand auf und streckte ihm die Hand hin. »Jim Paulson.«

Das Händeschütteln artete in eine Tortur aus, Hazen hatte das Gefühl, mit den Fingern in einen Schraubstock geraten zu sein. Er war froh, endlich im Besuchersessel zu sitzen und damit der unmittelbaren Gefahrenzone entronnen zu sein.

»Nun, Sheriff Hazen, was kann ich für Sie tun? Ein Freund von Harry McCullen ist automatisch auch mein Freund.«

Aha, dachte Hazen, einer, der ohne Umschweife zur Sache kommt und notfalls zur Brechstange greift. Hat bestimmt einen Riesenschwanz in der Hose und bildet sich ein, dass alle Frauen von einer Nacht mit ihm träumen. Er beschloss, in die Rolle des bescheidenen Bittstellers zu schlüpfen, das kam bei solchen Typen gut an.

»Tja, Mr. Paulson, es ist sehr freundlich von Ihnen …«

»Einfach Jim, ohne alle Förmlichkeiten!«

Hazen reagierte mit einem dankbaren Lächeln. »Also, was ich sagen wollte, Jim, unsere kleine Stadt Medicine Creek wird Ihnen wahrscheinlich kein Begriff sein …«

»Aber ja«, korrigierte ihn Paulson. »Ich bin natürlich über die Mordfälle in Ihrer Stadt unterrichtet.«

»Dann wissen Sie sicher auch, dass die Wertvorstellungen, die Amerika groß gemacht haben, bei uns einen hohen Stellenwert haben. Die Bürger unserer Stadt halten zusammen, wir vertrauen einander. Und als Sheriff bin ich auf dieses gegenseitige Vertrauen in besonderer Weise angewiesen, das wissen Sie vermutlich besser als ich. Ich bin für unsere Bürger nicht nur jemand, der für Recht und Ordnung sorgt, ich bin für sie der Mann, dem sie vertrauen wollen.«

Paulson nickte zustimmend.

»Und dann passieren all diese Morde.«

»Ja. Tragisch.«

»Und gerade weil wir eine kleine Stadt sind, können wir dringend jede Hilfe von außen brauchen.«

Diesmal fiel Paulsons Lächeln zurückhaltender aus. »Sheriff, wir sind gern bereit, Ihnen zu helfen, aber um tätig zu werden, brauchen wir den eindeutigen Beweis dafür, dass es sich um grenzüberschreitende Verbrechen oder terroristische Akte handelt – Sie kennen ja die Bestimmungen. Wenn Sie mir also keine Erkenntnisse vermitteln können, die ich bislang nicht hatte, sind mir die Hände gebunden.«

Ausgezeichnet!, jubelte Hazen innerlich, mimte aber äußerlich Verblüffung. »Ja nun, Jim, darum geht's ja gerade. Wir werden bereits durch das FBI unterstützt. Und zwar vom ersten Tag an. Wussten Sie das nicht?«

Jim Paulsons Lächeln erstarrte zur Maske. Es dauerte eine Weile, bis er sich gefangen hatte. »Ach so, ja, richtig. Jetzt, wo Sie's erwähnen…«

»Deswegen bin ich ja hier. Dieser Special Agent Pendergast hat den Fall regelrecht an sich gerissen. Ich nehme an, Sie kennen ihn?«

Paulson rutschte unruhig auf seinem Schreibtischsessel hin und her. »Nun, ich muss Ihnen gestehen, dass ich über die Aktivitäten dieses Mannes – wie soll ich mal sagen? – nicht umfassend unterrichtet bin.«

»Ach nein? Er gehört zum Büro in New Orleans. Das hat er jedenfalls gesagt. Ich bin natürlich davon ausgegangen, dass er mit Ihnen Verbindung aufgenommen hat. Das gehört sich doch eigentlich so. Schon aus Höflichkeit, denke ich.«

Paulson starrte ihn stumm an. »Oh Jim, das tut mir wirklich sehr leid.« Hazen schaffte es, ein zerknirschtes Gesicht zu machen. »Ich habe natürlich angenommen…«

Paulson gab sich einen Ruck und griff zum Telefon. »Darlene? Suchen Sie mir die Akte von Special Agent Pendergast vom Büro in New Orleans heraus. Richtig, Pen-der-gast. Danke.« Er legte auf.

»Tja, also… um zum Kern meines Anliegens zu kommen: Ich bin hergekommen, um Sie zu bitten, den Agent von den Mordfällen in Medicine Creek abzuziehen.«

Paulson sah ihn unschlüssig an. »Ach ja?«

»Sehen Sie, Jim, wie ich schon sagte: Normalerweise sind wir für jede Hilfe dankbar. Aber da wir jetzt durch die Staatspolizei von Kansas und die Forensische Abteilung in Dodge unterstützt werden… Also, um ehrlich zu sein, Special Agent Pendergast hat sich uns gegenüber ein wenig…« Hazen ließ den Satz unvollendet in der Luft hängen.

»Ein wenig was?«, hakte Paulson nach.

»Nun ja, ein wenig grobschlächtig verhalten. Er hat keinen Respekt vor den örtlichen Polizeikräften erkennen lassen.«

Paulsons Miene wurde immer saurer. »Ich verstehe.«

Hazen beugte sich vor und senkte vertraulich die Stimme. »Um Ihnen die ganze Wahrheit zu sagen, Jim: Er läuft in sündhaft teuren Maßanzügen und handgearbeiteten englischen Schuhen herum und zitiert bei jeder Gelegenheit Gedichte.«

Paulson nickte hilflos. Als das Telefon klingelte, griff er danach, als wär's der ersehnte Rettungsanker. »Darlene? Großartig! Bringen Sie's mir bitte rein!«

Wenige Sekunden später kam die Sekretärin mit einem langen, wie eine Fahne hinter ihr herflatternden Computerausdruck herein. Sie gab ihn Jim, der es so einzurichten wusste, dass seine Hand – zufällig, versteht sich – ihre Finger streifte. Der wahr gewordene Traum von einer Sekretärin, dachte Hazen, und sein Blick huschte unwillkürlich über das Familienfoto auf Paulsons Schreibtisch. Ein hübsches Weibchen, konstatierte er. Nicht schlecht, wenn man so ein Schnuckelchen zu Hause und zur Abwechslung auch noch eins im Büro hat.

Paulson überflog den Ausdruck und pfiff leise durch die Zähne. »Der Bursche hat was vorzuweisen!«, murmelte er anerkennend, geriet aber gleich darauf bei dem Versuch, Pendergasts Vornamen laut zu lesen, hilflos ins Stottern. »Al… Al… – mein Gott, den Namen kann ich nicht mal aussprechen! Erster beim internationalen Pistolenschießen 2002, FBI-Bronzemedaille für herausragende Verdienste 2001, dasselbe 1999 und 2000 in Gold, 1997 und 1998 Verdienstadler in Gold, vier Purple Hearts in Würdigung seiner im Dienst erlittenen Verwundungen und so weiter und so weiter. Auszeichnungen für vorbildliche Ermittlungen in New York City, vorher bereits etliche Orden und Ehrenzeichen – und zwar bei Militäreinsätzen, wie ich gerade sehe. Zum Teufel, wer ist dieser Tausendsassa?«

»Das habe ich mich auch schon gefragt«, warf Hazen ein.

Jim Paulson kochte vor Wut. »Und was bildet er sich eigentlich ein, so mir nichts, dir nichts, auf eigene Faust in Kansas aufzutauchen, als wäre er der gottgesandte Rettungsengel? Obwohl das FBI in dem Fall nicht mal eine Beobachterrolle beansprucht hat.«

Hazen saß stocksteif in seinem Sessel und verkniff sich jeden Kommentar.

Paulson versetzte dem Computerausdruck einen wütenden Handkantenschlag. »Niemand in dieser Dienststelle hat ihn dazu autorisiert! Und er ist natürlich auch nicht auf die Idee gekommen, uns vorher einen Höflichkeitsbesuch abzustatten und seine Legitimation vorzulegen!« Er schüttelte empört den Kopf. »Darlene«, rief er ins Vorzimmer, »stellen Sie eine Verbindung zu Talmadge in Kansas City her!«

»Sofort, Mr. Paulson«, flötete die Sekretärin zurück.

Kurz darauf klingelte das Telefon. Paulson wollte schon zum Hörer greifen, aber dann zögerte er. »Sheriff, würde es Ihnen etwas ausmachen, ein paar Sekunden im Vorzimmer Platz zu nehmen?«

Aus den angekündigten Sekunden wurden Minuten, was Hazen Gelegenheit gab, sich unauffällig, aber intensiv mit dem überaus erfreulichen Anblick von Miss Katzenauge zu beschäftigen.

Hinter der albernen Brille verbarg sich ein hübsches, keck geschnittenes Gesicht, und weiter unten gab es appetitliche Rundungen zu bewundern. Eigentlich schade, dass Paulson nach fünf Minuten unter der Tür seines Büros auftauchte.

Er wirkte ruhig und gelöst, sein Lächeln hatte wieder den alten Glanz.

»Sheriff, wären Sie wohl so freundlich, meiner Sekretärin Ihre Faxnummer zu geben? In ein, zwei Tagen faxen wir Ihnen eine Abmahnung zu, mit der Bitte, sie dem Special Agent Pendergast auszuhändigen. Er hat in New Orleans niemanden über seine Absichten unterrichtet, in New York sind alle davon ausgegangen, dass er sich auf einer privaten Urlaubsreise befindet. Selbstverständlich kann er sich in Kansas aufhalten, so viel er will, aber er darf hier nicht dienstlich tätig werden. Er scheint nicht gegen irgendwelche Regeln verstoßen zu haben, aber sein Verhalten ist... sagen wir mal: äußerst ungewöhnlich. Und wir müssen heutzutage streng darauf achten, dass kein Agent sich eine Eigenmächtigkeit herausnimmt.«

Hazen brachte es fertig, bekümmert und schuldbewusst auszusehen, obwohl er am liebsten in lautes Freudengeheul ausgebrochen wäre.

»Der Bursche hat ein paar einflussreiche Freunde im Bureau of Investigation, aber es sieht so aus, als habe er sich in unserer Zentrale auch einige einflussreiche Feinde gemacht.

Also, sagen Sie vorläufig gar nichts, warten Sie einfach auf unser Fax. Und seien Sie höflich, wenn Sie es ihm aushändigen. Falls es irgendwelche Probleme gibt, hier ist meine Karte. Ich bin Ihnen dankbar, dass Sie sich vertrauensvoll an mich gewandt haben, Sheriff.«

Hazen steckte die Karte ein. »Keine Ursache, Jim.«

Schnell noch ein Blick auf Miss Katzenauge, dann räumte Hazen das Feld. Er hatte auf der ganzen Linie gesiegt.

Drei Uhr – Zeit genug, um auf dem Rückweg kurz in Deeper Station zu machen.

36

Corrie Swanson lenkte ihren Gremlin mit einer Hand im Kriechtempo über die Schotterpiste und hoffte inständig, dass sie mit zwei halbwegs vollen Kaffeebechern ankäme. Die Chancen waren allerdings nicht sonderlich groß. Sie hatte sich die Becher zwischen die Beine geklemmt, das Eis war natürlich längst geschmolzen, und allmählich wurde es auf dem Fahrersitz verdächtig feucht. Kurz darauf sackte der Wagen auch noch in ein tiefes Schlagloch. Corrie schwante Böses, sie hatte schon seit Wochen den Verdacht, dass sich der Auspufftopf gelockert haben könnte.

Endlich tauchten vor ihr die schütteren Bäume auf, unter denen sich die Grabhügel verbargen. Die Nachmittagssonne überschüttete das Gras mit gleißendem Gold – ein zauberhafter Anblick, dem Corrie freilich im Augenblick nicht viel abgewinnen konnte. Sie fuhr so dicht wie möglich an die Hügel heran und machte sich mit den kümmerlichen Überbleibseln ihrer gut gemeinten Bemühungen auf den Weg zu Pendergast. Am Horizont zuckten giftig gelbe Blitze, kein Windhauch regte sich. Und doch schien schon eine Ahnung des herannahenden Unwetters in der Luft zu liegen.

Pendergast saß, den Rücken ihr zugewandt, im Schatten der Bäume und starrte so konzentriert auf das vor ihm liegende Fleckchen Grün, als wolle er es sich für alle Zukunft unvergesslich einprägen.

»Kaffeeservice!«, rief Corrie, merkte aber im selben Moment, dass ihr aufgesetzt fröhlicher Tonfall nicht gut ankam. Die schlanke, in Schwarz gekleidete Gestalt des Agent hatte etwas Unwirkliches, fast Gespenstisches an sich.

Pendergast wandte sich mit einem verhuschten Lächeln

langsam zu ihr um. »Sehr freundlich von Ihnen, Miss Swanson, aber ich trinke nur Tee, Kaffee rühre ich nie an.«

»Oh, das wusste ich nicht.« Sie sah ein wenig enttäuscht aus. Da hatte sie sich nun alle Mühe gegeben, ihm eine Überraschung zu bereiten, und jetzt... Na gut, dachte sie seufzend, dann trinke ich eben beide Kaffees. Die Becher waren sowieso nicht mehr ganz voll, das heißt, streng genommen waren sie eher halb leer.

Pendergast hatte Notizen, topografische Karten und Diagramme vor sich ausgebreitet, alles sorgfältig mit Steinen beschwert. Direkt vor ihm lag ein offenbar sehr altes, schon leicht verwittertes Tagebuch, die Eintragungen schienen der ungelenken Schrift nach von einem Kind zu stammen.

»Was machen Sie da?«

»Ich nehme den Genius Loci in mich auf, um mich auf meine Aufgabe vorzubereiten.«

Corrie setzte sich auf einen Felsbrocken und schlürfte Eiskaffee. Er war stark, kalt und schön süß – genau wie sie ihn mochte. Pendergast stand auf, ging ein paar Schritte, blieb stehen und starrte minutenlang gedankenverloren in eine ungewisse Ferne. Hin und wieder zückte er sein Notizbuch und kritzelte irgendetwas hinein. Dann wieder unterbrach er seine scheinbar ziellose Wanderung, kam zurück, beugte sich über die ausgebreiteten Karten und markierte die eine oder andere Stelle mit einem Marker. Einmal stellte ihm Corrie eine Frage, aber er bedeutete ihr mit erhobener Hand, dass er jetzt auf keinen Fall gestört werden wolle.

Eine Dreiviertelstunde verging, am westlichen Horizont ballten sich die Wolken immer dichter, die Sonne war fast ganz von ihnen verschluckt. Corrie verfolgte die Aktivitäten des Agent aufmerksam. Sinn und Zweck blieben ihr zwar ein Rätsel, aber daran war sie inzwischen gewöhnt, und irgendwie faszinierte er sie mit seiner Geheimniskrämerei. Sie wünschte sich sehnlich, ihm – was immer er mit seinem Herumwandern bezweckte – helfen zu dürfen, nicht nur, weil sie sich sonst so überflüssig vorkam, sondern auch, weil sie darauf brannte, ihm ihr Geschick und ihren Eifer zu beweisen. In den letzten Jahren hatte niemand – kein Lehrer, kein Freund und schon gar nicht ihre Mutter – versucht, ihr wenigstens eine Chance zu geben, ihnen zu zeigen, was in ihr steckte. Und nun ließ sie sogar der Mann, den sie insgeheim bewunderte, einfach links liegen! Und ob sie es wahrhaben wollte oder nicht, sie merkte, dass ihr das wehtat – sogar verdammt weh.

Hatte sie sich in ihn verknallt? Unsinn! Mein Gott, welches junge Mädchen verknallt sich schon in einen Typen mit so langen Spinnenfingern, weißblondem Haar, kalten, extrem hellen Augen und einem derart bleichen Teint, dass man unwillkürlich an einen wandelnden Leichnam denken musste! Außerdem war er uralt, mindestens vierzig.

Schließlich brach Pendergast seine Wanderungen ab, steckte das Notizbuch weg und sagte: »Ich glaube, ich bin so weit.«

»Ich wär's auch«, erwiderte Corrie mit schnippischem Unterton, »aber ich habe leider keine Ahnung, worum es geht.«

Pendergast ging in die Knie und sammelte seine Unterlagen ein. »Haben Sie schon mal den Begriff ›Palast der Erinnerungen‹ gehört?« Und als Corrie den Kopf schüttelte: »Er umschreibt eine mentale Übung, eine Art von Gedächtnisschulung, die schon von dem griechischen Dichter Simonides erwähnt wird. Ursprünglich wurde die Technik von chinesischen Gelehrten entwickelt. Dank Matteo Ricci, der in seinen Vorlesungen darüber doziert und sie verfeinert hat, wurde sie im späten fünfzehnten Jahrhundert allmählich zu einem Bestandteil des europäischen Gedankenguts. Ich selbst bediene mich einer vergleichbaren Technik, angereichert mit Elementen des Chongg Ran – der ursprünglich bhutanischen Meditationskunst. Ich nenne das ›Eintauchen in die Vergangenheit‹.«

»Tut mir leid, ich komme da, fürchte ich, wirklich nicht mehr ganz mit.«

»Nun, ich versuche, es mal einfacher zu erklären: Durch intensive Beschäftigung mit den Fakten, gefolgt von einer Phase intensiver Konzentration, gelingt es mir, mich im Geiste an einen bestimmten Ort und in eine bestimmte Zeit zu versetzen.«

»Aha, eine Art Zeitreise?«

»So würde ich es nicht nennen, denn ich bewege mich natürlich nicht in der Zeit. Ich versuche vielmehr, mich geistig an einen bestimmten Ort zu einer bestimmten Zeit zu versetzen und so Erkenntnisse und Einsichten zu gewinnen, zu denen ich auf andere Weise keinen Zugang hatte. So können Wissenslücken geschlossen und wichtige Daten genauer bestimmt werden. Und genau das führt zu Erkenntnissen, die ohne das ›Eintauchen in die Vergangenheit‹ vage Vermutungen bleiben müssten.« Er zog das Jackett aus, faltete es sorgfältig zusammen und streckte sich der Länge nach auf dem Grasboden aus. »Solange wir nichts Genaues über die Hintergründe der Mordserie in Medicine Creek wissen, werden wir keinen Schritt weiterkommen.«

Der Blick, mit dem Corrie ihn musterte, war eine Mischung aus Neugier, Skepsis und Besorgnis. »Und das wollen Sie jetzt versuchen?«

»Ja.«

Pendergast lag, die gefalteten Hände auf der Brust verschränkt, reglos da wie ein Toter.

»Und was habe ich dabei zu tun?«

»Sie halten sozusagen Wache. Wenn Sie etwas Ungewöhnliches sehen oder hören, wecken Sie mich auf. Rütteln Sie mich kräftig, das hilft sofort.«

»Aber …«

»Hören Sie die Vögel zwitschern? Und die Grillen zirpen? Sobald die Laute verstummen, müssen Sie mich ebenfalls aufwecken. Und noch etwas: Wenn ich nach einer Stunde noch nicht in die Gegenwart zurückgekehrt bin, müssen Sie mich auf alle Fälle wachrütteln. Das sind die drei Bedingungen unter denen ich aufgeweckt werden möchte. Nur diese drei, sonst nichts. Haben Sie mich klar verstanden?«

»Na ja, so kompliziert war's ja nicht.«

Corrie beobachtete ihn irritiert. Wenn sie so dagelegen hätte – auf dem Rücken, mit angewinkelten Armen –, hätte sie an nichts anderes als an den harten Boden, piksende Äste und krabbelnde Ameisen denken können!

»Ach, noch etwas«, fiel ihr ein, »in welche Vergangenheit versetzen Sie sich denn?«

»Ich versetze mich an den Abend des vierzehnten August 1865.«

»Den Abend, an dem die Geisterkrieger das Massaker angerichtet haben? Aber warum? Was hat das mit der Mordserie zu tun.«

»So viel ist mir klar: Das eine muss etwas mit dem anderen zu tun haben. Nun hoffe ich herauszufinden, welchen Zusammenhang es da gibt. Solange wir den tieferen Grund für die Morde nicht kennen, wird es weitere Tote geben. Also muss ich mich auf eine anstrengende und vielleicht sogar gefährliche Reise in ein unbekanntes Terrain begeben. Aber Sie müssen sich keine Sorgen machen, es ist keine Reise, die ich physisch antrete, ich unternehme sie nur im Geiste.«

»Aber ich verstehe nicht …«

Sie verschluckte den Rest des Satzes. Was sie Pendergast auch fragen mochte, seine Antworten würden sie nicht schlauer machen.

»Sind wir fertig, Miss Swanson?«

»Ja, ich glaube schon.«

»Dann bitte ich mir von jetzt an absolute Stille aus.«

Pendergast lag reglos da, sie hatte den Eindruck, dass er sogar nicht mehr atmete. Das gleißende Nachmittagslicht fiel durch den Filter der Baumwipfel, vereinzelte Vögel zwitscherten, die Grillen zirpten, am Horizont zuckten die lautlosen Blitze – alles schien wie immer zu sein. Und doch meinte Corrie, das Raunen gedämpfter Stimmen auszumachen, und es dauerte nicht lange, bis sie die Ereignisse eines Abends vor hundertvierzig Jahren so in ihren Bann schlugen, dass sie sich schließlich einbildete, den Hufschlag von Pferden zu hören und wenig später mit eigenen Augen zu sehen, wie inmitten aufwirbelnden Staubs dreißig Cheyenne herangaloppierten, um blutige Rache zu nehmen.

37

Hazen lenkte seinen Geländewagen auf den weitläufigen Parkplatz des Einkaufszentrums von Deeper und stellte ihn auf der mit dem Hinweis »Nur für Dienstfahrzeuge« markierten Parkfläche vor dem Sheriffbüro ab. Er und Hank Larssen, der Sheriff von Deeper, kannten sich schon lange. Hazen schätzte den Kollegen wegen seiner Rechtschaffenheit, auch wenn er mitunter ein wenig umständlich und begriffsstutzig war. Gelinder Neid rührte sich in ihm, als er das Büro betrat. Alle Räume mit modernen Computern ausgestattet, von den hübschen Sekretärinnen ganz zu schweigen. Woher hatten die bloß das Geld, um sich all diesen Luxus leisten zu können? In Medicine Creek taten sie sich schon schwer, die defekte Klimaanlage eines Dienstwagens reparieren zu lassen.

Es war fast fünf, aber in allen Büros wurde noch fleißig gearbeitet. Hazen war hier allgemein bekannt, niemand stellte ihm Fragen, und den Weg zu Larssens Büro musste ihm auch niemand zeigen. Die Tür war geschlossen, er klopfte kurz an und trat ein, ohne auf ein Herein zu warten.

Larssen saß an seinem Schreibtisch und versuchte, seinen beiden Besuchern zuzuhören, was sich allerdings etwas schwierig gestaltete, weil beide gleichzeitig redeten. Er schien erleichtert zu sein, als er Hazen eintreten sah. »Perfektes Timing, Dent! Ich darf mal bekannt machen: Seymour Fisk, Dekan an der Kansas State University, und Chester Raskovich, der für die Sicherheit auf dem Campus zuständig ist. Meine Herren, das ist Sheriff Dent Hazen aus Medicine Creek.«

Hazen nahm Platz, man begrüßte sich mit einem Händedruck. Der Dekan sah aus, wie Akademiker nach dem gängigen Klischee aussehen müssen: kahlköpfig, Hängebäckchen, eine am Kettchen baumelnde Lesebrille vor der Brust. Auf seine Art entsprach Chester Raskovich ebenfalls einem Klischee: ein durchtrainiertes Muskelpaket mit einem Händedruck, der selbst Paulsons Schraubstockgriff in den Schatten stellte.

»Ich denke, ich muss nicht lange erklären, was die Herren nach Deeper geführt hat«, begann Larssen.

»Nein«, bestätigte Hazen. Es tat ihm leid, dass er in wenigen Minuten Larssens Blütenträume zerpflücken musste. Andererseits war er natürlich nicht unglücklich über die Entwicklung, die die Dinge nun nehmen würden.

»Wir haben gerade über die Konsequenzen gesprochen, die sich für Medicine Creek und Deeper ergeben. Hinsichtlich des Versuchsfeldes, meine ich.«

Hazen nickte. Er konnte den Dingen gelassen entgegensehen. In der Tat, das Timing war perfekt. Da ein glücklicher Zufall es so gefügt hatte, dass die Vertreter der Kansas State University gerade heute hier waren, konnte er ihnen persönlich klarmachen, dass die Karten inzwischen neu gemischt waren.

Fisk unterzog sich der Mühe, das bisherige Besprechungsergebnis noch einmal für den Sheriff aus Medicine Creek zusammenzufassen. »Fakt ist, Sheriff, dass die beklagenswerten Mordfälle auf einen Schlag alles verändert haben. Ich sehe beim besten Willen keine Möglichkeit mehr, an unserer ursprünglichen Absicht festzuhalten, das Versuchsfeld in Medicine Creek anzusiedeln. Wie die Dinge liegen, bleibt uns als Alternative nur Deeper. Zuvor brauche ich aber von Ihnen die Zusicherung, dass die… nun, die Störfaktoren und ihre negativen Auswirkungen nicht auf das Gebiet von Deeper übergreifen werden. Ich muss mit allem Nachdruck darauf hinweisen, dass wir bei unserem Vorhaben keine unangemessene öffentliche Aufmerksamkeit in Kauf nehmen können. Auf gar keinen Fall! Der einzige Grund für die Absicht, unser Versuchsfeld hier anzulegen, war von Anfang an die Überlegung, ein möglichst ruhiges, abgelegenes Fleckchen in Kansas auszuwählen, sodass wir nicht mit Presserummel und Demonstrationen rechnen müssen, bei denen nur die alten Vorurteile und Ängste wegen der angeblich negativen Auswirkungen bei der Verwendung genveränderten Saatguts geschürt würden.«

Sheriff Larssen gab sich Mühe, eine Biedermannsmiene aufzusetzen, und nickte verständnisvoll. »Medicine Creek liegt zwanzig Meilen von uns entfernt, Dr. Fisk, und alle Morde wurden in der unmittelbaren Umgebung von Medicine Creek begangen. Alle mit den Ermittlungen befassten Dienststellen gehen davon aus, dass es sich bei dem Mörder um einen Ortsansässigen handelt, Sheriff Hazen wird Ihnen das bestätigen. Ich kann Ihnen zusichern, dass die – äh – Aktivitäten nicht auf das Gebiet von Deeper überschwappen werden. Wir haben hier seit 1911 keinen Mord mehr gehabt.«

Hazen hüllte sich in Schweigen.

»Gut.« Fisk nickte zufrieden, seine Hängebäckchen nickten mit. »Mr. Raskovich ist hier, um die Arbeit der Polizei zu unterstützen.« Seine Blickrichtung machte klar, dass der Sheriff von Medicine Creek und sein Deputy gemeint waren. »Wir sehen es als unser gemeinsames Interesse an, den offensichtlich geistig gestörten Mörder aufzuspüren – und natürlich auch die Leiche meines Kollegen Dr. Chauncy, die, soweit ich weiß, bisher nicht gefunden werden konnte.«

»Das ist richtig«, bestätigte Hazen.

»Er wird dabei engen Kontakt zu Ihnen halten, Mr. Larssen, damit Sie und die Bevölkerung immer über die aktuelle Entwicklung unterrichtet sind«, fuhr Fisk fort. »Es versteht sich von selbst, dass Verlautbarungen über das Versuchsfeld und seine vorgesehene Lage verschoben werden müssen, bis die allgemeine Aufregung abgeklungen ist. Aber unter uns kann und möchte ich hiermit bekannt geben, dass es ein zu Deeper gehörendes Gebiet sein wird. Irgendwelche Fragen?«

Allgemeines Schweigen.

»Sheriff Hazen, gibt es irgendetwas Neues über den Stand der Ermittlungen?«

Das war der Moment, auf den Hazen gewartet hatte. »Ja«, sagte er in freundlichem, gelassenem Ton. »Es gibt in der Tat neue, bemerkenswerte Erkenntnisse.«

Alle hingen wie gebannt an seinen Lippen. Hazen lehnte sich zurück und ließ einen Augenblick verstreichen, um die Spannung auf den Siedepunkt zu treiben.

»So, wie es aussieht, hat Chauncy einen Fußmarsch zum Bachufer unternommen, um sich anhand verschiedener Proben – die er alle genau markiert und eingesammelt hat – ein Bild vom Reifegrad der Maiskolben zu machen. Das ist jedenfalls nach dem gegenwärtigen Stand der Ermittlungen anzunehmen.«

Larssen, Fisk und Raskovich nickten.

»Die andere Neuigkeit ist, dass es sich bei dem Mörder nicht um einen in Medicine Creek Ansässigen handelt.« Hazen schaffte es, seine Stimme beiläufig klingen zu lassen.

Alle richteten sich mit einem Ruck auf.

»Im Übrigen zeichnet sich immer deutlicher ab, dass es sich bei dem Täter nicht um einen psychopathischen Serienmörder handelt. Er hat es nur darauf angelegt, dass es so aussieht. Das Skalpieren, die Abdrücke von nackten Füßen, die versteckte Symbolik, die unwillkürliche Erinnerung an die Geisterkrieger, das Massaker und den Fluch der Fünfundvierzig – das alles war lediglich Teil eines ausgeklügelten Täuschungsmanövers. Nein, der Mörder hat sich vom ältesten Motiv der Welt leiten lassen: der Gier nach Geld.«

»Wieso das?«, fragte Fisk.

»Er hat das erste Mal drei Tage vor Dr. Chauncys angekündigter Ankunft zugeschlagen und dann zum zweiten Mal einen Tag nach Chauncys Eintreffen.«

»Das kann reiner Zufall sein«, warf Larssen ein. »Was soll er denn mit den beiden Morden bezweckt haben?«

»Er wollte Chauncy klarmachen, dass Medicine Creek nicht der richtige Ort für die Versuchsanlage ist.«

Damit war die Katze endgültig aus dem Sack. Lähmendes Schweigen breitete sich aus.

»Die beiden ersten Morde waren der Versuch, Chauncy davon zu überzeugen, dass es besser sei, Medicine Creek nicht mehr in Betracht zu ziehen und stattdessen den Blick auf Deeper zu richten. Aber Chauncy hat sich nicht beirren lassen, deshalb musste der Mörder ihn töten. Und genau das hat er getan. Und zwar am Vorabend der angekündigten Entscheidung.«

»Nun mach aber einen Punkt!«, wollte Sheriff Larssen ihm in die Parade fahren.

»Lassen Sie ihn ausreden!«, sagte Fisk.

Hazen nickte dankbar. »Diese sogenannten Serienmorde waren in Wirklichkeit nichts anderes als der Fingerzeig, dass Medicine Creek für ein derart sensitives Projekt ungeeignet sei. Und damit zugleich nahezulegen, dass das Versuchsfeld viel besser in Deeper aufgehoben wäre. Die Verstümmelungen, die indianisch anmutenden Rituale und das ganze makabre Beiwerk dienten lediglich dem Zweck, die Einwohner von Medicine Creek so lange zu beunruhigen, bis sie sich in ihrer Hysterie wie ein Haufen aufgescheuchter, abergläubischer Hinterwäldler benahmen.« Hazens Blick nagelte Larssen fest. »Ich an deiner Stelle, Hank, würde mich zuallererst fragen, wer das meiste Nachsehen hätte, wenn das Projekt an Medicine Creek geht.«

Larssen fuhr wie von der Tarantel gestochen hoch. »Ich hoffe, Dent, du willst damit nicht andeuten, dass der Mörder aus Deeper stammt?«

»Genau das vermute ich.«

»Du hast nicht den kleinsten Beweis dafür! Du stützt dich lediglich auf eine Theorie! Theorien kann sich jeder zusammenbasteln, aber wo bleibt der Beweis?«

Hazen sagte nichts. Er wappnete sich in Geduld, sollte Larssen ruhig erst mal Dampf ablassen.

»Das ist doch lächerlich! Ich glaube einfach nicht, dass jemand bloß wegen eines verdammten Maisfelds drei Menschen brutal ermordet!«

»Es geht um wesentlich mehr als nur um ein ›verdammtes Maisfeld‹«, erwiderte Hazen in aller Ruhe. »Professor Fisk wird dir das sicher bestätigen.«

Fisk nickte.

»Bei einem so wichtigen Projekt ist viel Geld im Spiel, sowohl für die ausgewählte Stadt als auch für die Kansas State University. Buswell Agricon ist eins der größten landwirtschaftlichen Unternehmen in der Welt. Da geht es um Patente, Marktbeherrschung, Gewinnanteile und was weiß ich. Und so stelle ich dir noch mal die Frage, Hank: Wer hat in Deeper das meiste Nachsehen, wenn das Projekt an Medicine Creek geht?«

»Ich werde ganz bestimmt nicht auf der Basis einer aus der Luft gegriffenen Theorie ein offizielles Ermittlungsverfahren einleiten!«, schnaubte Larssen zornig. »Schlag dir das aus dem Kopf, Dent!«

»Musst du auch nicht, Hank.« Hazen lächelte nachsichtig.

»Die Morde fallen in meinen Zuständigkeitsbereich. Also werde *ich* das Ermittlungsverfahren einleiten. Alles, worum ich dich bitte, ist faire Kooperation.«

Larssen wandte sich in seiner Verzweiflung an Fisk und Raskovich. »Meine Herren, wir in Deeper schießen gewöhnlich nicht mit Kanonen auf Spatzen!«

Fisk hielt seinem empörten Blick stand. »Ehrlich gesagt, Sheriff, mir leuchten die Ausführungen Ihres Kollegen Hazen ein. Wie sehen Sie das, Raskovich?«

»Nun, ich denke, es kann nichts schaden, einen Blick auf die potenziellen Hintergründe zu werfen.«

Larssen fühlte sich in die Ecke gedrängt und versuchte einzulenken. »Gut, einen Blick auf die potenziellen Hintergründe zu werfen, dagegen ist nichts einzuwenden. Aber die Annahme, dass der Mörder seine Aktivitäten nach Deeper verlagern könnte, halte ich für eine völlig unbegründete, übereilte ...«

Niemand hörte ihm mehr zu, eine Situation, die Hazen geschmeidig zu nutzen wusste.

»Dr. Fisk, wenn ich mir einen Rat erlauben darf: Sie sollten sich hinsichtlich der Entscheidung über die Ansiedlung des Versuchsfeldes vorläufig alle Optionen offen halten. Sollte der Mörder abermals versuchen, Einfluss auf Ihre Entscheidung zu nehmen ...« Hazen schien zu zögern, was seiner Andeutung umso mehr Gewicht verlieh.

»Ich verstehe, was Sie meinen, Sheriff.«

»Aber die Entscheidung ist doch schon getroffen worden!«, versuchte Larssen zu retten, was noch zu retten war.

»Noch ist nichts in Stein gemeißelt«, belehrte ihn der Dekan gestelzt. »Sollte der Mörder aus Deeper stammen – und ich muss gestehen, dass Sheriff Hazens Theorie diesen Schluss durchaus nahelegt –, dann ist Deeper aus dem Rennen.«

Larssen sagte nichts mehr, er spürte, dass die Partie verloren war. Der finstere Blick, den er seinem Kollegen aus Medicine Creek zuwarf, sprach Bände.

Er tat Hazen leid. Ein richtig netter Kerl, nur, er hatte eben das Pulver nicht erfunden. Hazen stand auf.

»Meine Herren, ich muss zurück nach Medicine Creek, Sie wissen ja: Wir suchen immer noch nach einer Leiche. Aber ich werde morgen in aller Frühe zurückkommen und meine Ermittlungen aufnehmen. Hank, ich hoffe auf gute Zusammenarbeit.«

»Ich denke, das wird schon klappen«, brachte Larssen mit belegter Stimme heraus.

»Es hat mich gefreut, Sie kennenzulernen«, versicherte Hazen den beiden Besuchern aus Kansas City. »Ich werde Sie auf dem Laufenden halten.«

»Wir wissen das zu schätzen, Sheriff.«

Hazen war, das Zigarettenpäckchen in der Hand, schon auf dem Weg zur Tür, als er so tat, als sei ihm gerade etwas eingefallen. »Ach, Mr. Raskovich, ehe ich's vergesse: Wenn Ihr Weg Sie nach Medicine Creek führt, suchen Sie mich bitte auf! Wir werden uns bemühen, für Sie den offiziellen Status eines Sicherheitsberaters auf Zeit zu erwirken. Wir werden bestimmt Ihre Hilfe brauchen, Mr. Raskovich.«

Der Leiter des Sicherheitsdienstes an der KSU nickte, als setze er das als selbstverständlich voraus. Seine Miene blieb unbewegt, aber Hazen war ein alter Fuchs, und er wusste, dass er sich in diesem Augenblick die unverbrüchliche Freundschaft eines Mannes erworben hatte, der ihm, wann immer es nötig war, auf dem Campus Tür und Tor öffnen würde.

38

Die Übung des Chongg Ran, zur Zeit der T'ang Dynastie von dem konfuzianischen Gelehrten Ton Wei erdacht, breitete sich später von China nach Bhutan aus, wo sie im Laufe eines halben Jahrtausends im Tenzin-Torgangka-Kloster, einem der am einsamsten gelegenen Klöster der Welt, weiterentwickelt und verfeinert wurde. Es ist eine Konzentrationsübung, in der die Kunst völligen Abschaltens und das Erleben hochsensibler Wahrnehmung verschmelzen, intellektuelle Erkenntnis und unverfälschtes Empfinden werden eins.

Die erste Aufgabe eines Novizen besteht darin, sich Schwarz und Weiß gleichzeitig vorzustellen, ohne dass sich die beiden Farben miteinander vermischen und zu Grau werden. Hat der Novize diese Aufgabe erfüllt – und das gelingt nur jedem hundertsten –, werden die Anforderungen von Stufe zu Stufe höher geschraubt. Die Schüler müssen sich im imaginären Go-Spiel mit all seinen inneren Widersprüchen bewähren – eine Konzentrationsübung, die in neuerer Zeit mehr und mehr durch Schach oder Bridge ersetzt wird. In anderen meditativen Übungen lernen sie, sich gleichzeitig ihres intellektuellen Wissens und ihrer Unwissenheit bewusst zu sein, die gegenseitige Unabdingbarkeit von Leben und Tod zu begreifen und zu erkennen, dass es das Universum nicht ohne das Quark und dieses theoretische Elementarteilchen nicht ohne das Universum gäbe.

Chongg Ran ist eine Übung in Antithesen. Sie führt nicht zur höchsten Stufe der Erkenntnis, aber sie bereitet den Weg zu diesem Ziel vor, indem sie den Schüler die unerklärliche Kraft des menschlichen Geistes spüren lässt.

Pendergast lag auf dem Boden unter den Bäumen, die Sinne hellwach auf all das gerichtet, was ihn umgab. Er nahm den Duft von trockenen Kräutern wahr, litt unter der stickigen Hitze, spürte die Unebenheit seines Lagers und jeden Stein oder abgebrochenen Zweig, der sich ihm in den Rücken drückte. Er filterte aus der scheinbar gestaltlosen Kakofonie der Natur alle einzelnen Geräusche heraus, jedes Rascheln und Zirpen, jeden noch so schwachen Flügelschlag eines Insekts und sogar die Atemzüge seiner Assistentin. Mit geschlossenen Augen visualisierte er seine Umgebung so wirklichkeitsgetreu, dass ihm kein Detail entging. Und so fügte er wie ein blinder Seher die Einzelheiten zu einer imaginären Landschaft zusammen: die Bäume, die drei Hügel, das Spiel von Licht und Schatten, die Maisfelder, die sich im Hintergrund erstreckten, das prächtige, lautlose Feuerwerk des fernen Wetterleuchtens – die Luft, den Himmel, die fruchtbare Erde.

Nachdem er so die Elemente der Landschaft vollständig in sich aufgesogen hatte, konnte er beginnen, eines nach dem anderen aus seinem Bewusstsein zu löschen. Er fing mit den Gerüchen an, eliminierte nacheinander den vielschichtigen Duft, den die Pappeln verströmten, den feuchten Erdgeruch, den auffrischenden Wind, der den nahenden Sturm ankündigte, und die ineinander verschlungenen Gerüche von Gras, Laub und Staub. Und während er das tat, blieben alle anderen Wahrnehmungen unverändert erhalten: die piksenden Zweige, die unbarmherzige Hitze, und als ihm eine Ameise über den Handrücken kroch, spürte er das Kribbeln.

Dann waren die Geräusche und Laute an der Reihe. Zuerst blendete er das Summen und den kaum wahrnehmbaren Flügelschlag der Insekten aus, danach das Rascheln der Blätter, das beharrliche Klopfen eines Spechts, die Lockrufe der Vögel, das ferne Donnergrollen und schließlich sogar die kaum merkliche Bewegung der Luft.

Das in ihm gespeicherte Bild der Landschaft blieb unverändert, aber das Fleckchen Erde, das ihn umgab, war plötzlich in lautlose Stille getaucht.

Der nächste Schritt bestand darin, das Empfinden der eigenen Körperlichkeit abzustreifen: das angeborene Bewusstsein, einen Körper zu haben und in jeder Situation zu wissen, was dieser zum Symbol des eigenen Ich gewordene Körper gerade tut. Damit begann die entscheidende Konzentrationsübung.

Pendergast löschte die Landschaft Stück für Stück aus, und zwar in der umgekehrten Reihenfolge, in der er sie wahrgenommen hatte. Zuerst ließ er die Straße verschwinden, dann die Maisfelder, danach die Stadt und zu guter Letzt das Licht. Was übrig blieb, war sozusagen eine klinisch reine Landschaft: leer, ohne Anfang und Ende, in nächtliches Dunkel gehüllt, nur per Definition existent.

Er ließ Minute um Minute verstreichen, hielt das Bild der völlig leeren Landschaft unverrückbar in sich fest und bereitete sich auf seine nächste Aufgabe vor. Nach etwa zehn Minuten begann er, die Landschaft wieder zusammenzusetzen, wohl wissend, dass es nicht mehr dieselbe sein konnte, deren Charakteristika er soeben ausgelöscht hatte.

Zuerst kehrte das Licht zurück, dann entfalteten sich vor seinem geistigen Auge die endlosen Weiten einer von Menschen unberührten Prärie. Er sah hoch wucherndes Gras, durchsetzt von Sternblumen, Steinkraut und Lupinen. Er fügte die hoch aufgetürmten, bronzefarbenen Wolken hinzu, das felsige Gestein, das hier und da aus dem Boden ragte, den von Bäumen beschatteten natürlichen Bachlauf, der sich noch, von keinem Hindernis gezähmt, durch die weite Ebene schlängeln konnte. Sodann fügte er Versatzstücke hinzu, so wie sie ihm gerade in den Sinn kamen: eine im Hintergrund grasende Büffelherde, das vor einer Biegung aufgestaute, im Licht des späten Nachmittags silbern schimmernde Wasser des Bachs und immer wieder die schier endlose Weite des wuchernden Grases, das sich wie ein grünes Meer bis zum Horizont erstreckte.

Ein Hauch von Rauch wehte ihn an, er spürte ihm nach und machte etliche kleine schwarze Punkte aus, die in ständiger Bewegung waren, gleich darauf ein paar armselige, von Wind und Wetter zerzauste Zelte und schließlich die Pferde, die am Bachufer grasten, fünfzig an der Zahl.

Ganz langsam fügte er die Geräusche hinzu, danach die Gerüche. Er hörte bald lachende, bald fluchende Männerstimmen, roch den Rauch eines Lagerfeuers, hörte Töpfe und Pfannen klappern und machte den würzigen Geruch gebratener Büffelsteaks aus.

Geduldig wartete er, alle Sinne angespannt, und tatsächlich, allmählich wurden die Stimmen klarer:

»Didiers Falbe lahmt schon wieder«, hörte er eine der Stimmen sagen.

Ein Holzscheit knackte in der Glut des Feuers.

»Ich glaube, der Fraß ist gleich fertig.«

»Mal sehen, was Floss heut wieder zusammengerührt hat.

Der kann doch nicht mal richtig pissen, wenn ihm Mami nicht zeigt, wo's langgeht!«

Raues Gelächter. Männer warteten mit verbeulten Blechtellern vor der Feuerstelle.

Aber noch war die Szene verschwommen, Pendergast konnte nur darauf hoffen, dass sie sich klarer ausformte.

»Ich kann's kaum erwarten, nach Dodge zu kommen und mir den Staub aus der Kehle zu spülen.«

»Hier, nimm mal einen Schluck«, sagte eine andere Stimme. »Das ist Balsam für die Kehle, Jim.«

»Wenn wir in Dodge sind, stell ich dich einer Lady vor, die wird dir Balsam für ganz andere Stellen sein!«

Grölendes Gelächter.

»Schieb mal die Whiskyflasche rüber, Amigo!«

»Was gibt's denn heute, Floss? Gekochte Schafscheiße?«

»Wenn du nicht dein ungewaschenes Maul hältst, kriegst du gar nichts!«

»He, du sollst mir die Flasche rüberschieben, hab ich gesagt!«

Langsam nahm die Szene klare Konturen an. Ein paar Männer hatten sich um die Feuerstelle am Fuße eines Hügels geschart.

Sie trugen speckig gewordene Cowboyhüte, zerschlissene Baumwollhemden und so schmutzige Hosen, dass sie bei jedem Schritt fast knarrten. Alle hatten sich ungepflegte struppige Bärte wachsen lassen.

Der Hügel war ein staubiges Eiland inmitten eines Meers aus Gras. Am Fuße des Hügels wucherte das Gestrüpp und warf lange Schatten. Der Wind frischte auf, von Zeit zu Zeit riffelte eine jähe Böe das Gras. Die Luft war vom frischen Duft der Wildblumen erfüllt, vermischt mit dem süßlichen Geruch der Pappeln, dem Rauch des Lagerfeuers und dem penetranten Gestank gekochter Bohnen und ungewaschener Menschen. Im Windschatten eines Hügels hatten die Männer ihr Schlafzeug ausgerollt, als Kopfkissen dienten ihnen verrottete Schaffelle. Die spitz zulaufenden Zelte daneben sahen nicht so aus, als könnten sie den nächsten Winter überdauern. Etwas unterhalb des Hügels hielt einer der Wachposten die Augen offen, das Gewehr schussbereit in der Armbeuge. Der andere hatte auf der gegenüberliegenden Seite Posten bezogen.

Der unaufhaltsam auffrischende Wind trieb eine lästige Staubwolke auf das Lager zu.

»Der Fraß ist fertig!«

Das ersehnte Signal zum Essenfassen!

Ein Mann mit schmal geschnittenem Gesicht, eng stehenden Augen und einer markanten, quer übers Kinn verlaufenden Narbe stand auf und schüttelte sich unter der Begleitmusik der klirrenden Sporen die Beine aus: Harry Beaumont, der Anführer der Fünfundvierzig.

»Sink, du und Web, ihr löst die Posten ab! Essen gibt's für euch später.«

»Aber ich hab doch erst gestern ...«

»Halt die Klappe, sonst zieh ich dir die Eier lang!«

Leises hämisches Lachen.

»Erinnerst du dich an diese Lo mit den riesigen Möpsen, drüben in Two Forks? Weißt du noch, wie die mit ihren Titten schlenkern konnte?«

Alle grinsten und nickten eifrig.

»Sie soll eine ansteckende Krankheit gehabt haben.«

»Die haben alle eine ansteckende Krankheit.«

»Als du die Squaw rangenommen hast, hat dich das anscheinend nicht gestört.«

»Denkst du, ich halte mir das Maul zu, wenn's was Appetitliches zu naschen gibt?«

Einer, der sich bei allen derben Sprüchen zurückgehalten hatte, fing mit tiefer, einschmeichelnder Stimme zu singen an:

»Friss den Staub in dich rein und steig in den Sattel,
Wer weiß, was das Langhornvieh heut wieder treibt.
Gestern Nacht hat der Leitbulle durchgedreht,
Hat mein braves Pferd an der Schulter erwischt.
Bei dem Sturm und dem Regen weiß man nie, was passiert,
Geb's Gott, dass wir nicht die Herde verlieren.«

Die beiden Posten kamen zurück, steckten ihre Gewehre in die Sattelhalterung, klopften sich den Staub von den Hemden und den Hosen und streckten dem Koch ihre Blechnäpfe hin. Der löffelte ihnen mürrisch Bohnen und Stew auf den Teller und machte sich's wieder mit gekreuzten Beinen auf dem Boden bequem.

»Verdammt noch mal, Floss, dein Stew besteht ja zur Hälfte aus Staub!«

»Reg dich ab, Staub fördert die Verdauung.«

Die Prärie sah auf einmal irgendwie verändert aus. Der

Wind drückte das Gras derart nieder, dass die hellen Unterseiten der Halme ein weißes, schäumendes Meer bildeten. Das Unwetter rückte näher, die ersten Blitze zuckten, einer schlug bei einem der Hügel ein. Sofort wirbelte Staub auf, der die Landschaft mit einem dunklen Teppich überzog und sekundenlang die Sonne verfinsterte.

»Was, zum Teufel, ist da drüben los?«

»Die Pferde! Sie werden unruhig!«

»Nein, das sind nicht unsere.«

»Verdammt! Die Cheyenne!«

»Die Gewehre! Holt eure Gewehre!«

Chaos brach aus, alle hasteten los, um sich ihre Waffen zu holen. Plötzlich stieg die Staubwolke höher, teilte sich und gab den Blick auf ein weißes, mit blutroten Zeichen bemaltes Pferd frei. Und dann tauchten wie aus dem Nichts überall Pferde auf, eine Flut von Pferden. Und diese Flut teilte sich und kreiste die Männer von zwei Seiten ein.

»Aiiiieeeeeeeeee…«

Ein unheimliches Schwirren lag in der Luft. Die Pfeile kamen aus zwei Richtungen, die Ersten der Fünfundvierzig wurden niedergemäht. Überall Schreie, Stöhnen, der dumpfe Aufprall, mit dem die Getroffenen zu Boden fielen.

Eine Staubwolke senkte sich über die Szene, es war kaum noch möglich, zwischen Freund und Feind zu unterscheiden. Und dann fiel der erste Schuss, gleich darauf noch einer, aber von einer organisierten Verteidigung konnte keine Rede sein. Ein Indianerpferd knickte in den Knien ein und ging zu Boden. Eine verschwommene Gestalt zielte blindlings auf die Köpfe der auftauchenden Indianer.

Der Staub schien ein makabres Spiel mit ihnen zu treiben, bald stiegen die Schwaden auf, bald senkten sie sich. Der Wind heulte sein schauriges Lied dazu, nur die Schreie der Verwundeten konnten ihn übertönen. Und dann wurde der Hufschlag schwächer, einen Augenblick lang war er überhaupt nicht mehr zu hören. Aber das Aufatmen war verfrüht, nicht lange, und die Cheyenne kamen in donnerndem Galopp zurück.

»Da sind sie wieder!«

»Sie fallen uns in den Rücken, passt auf, Männer!«

Und wirklich, die Geisterkrieger kamen zurück. Ihre Taktik war unverändert, kurz vor den Männern teilten sie sich und nahmen sie von zwei Seiten in die Zange.

»Aieeeee-yip-yip-yipp!«

Allmählich fanden sich die Fünfundvierzig, soweit sie noch am Leben und unverletzt waren, mit ihrer ungewohnten Rolle ab und organisierten die Gegenwehr. Sie gingen kniend in Anschlag, um sicherer zielen zu können. Nur, was konnten vereinzelte Gewehrschüsse ausrichten, wenn ringsum unaufhörlich Hunderte Pfeile schwirrten? Ein wahrer Pfeilregen zwang die Männer in Deckung, und jeder Pfeil, der traf, riss einen der Männer zu Boden. In immer kürzeren Abständen signalisierte das Geräusch eines dumpfen Falls, dass es wieder einen von ihnen erwischt hatte.

Aus dem Nebel tauchte eine stolpernde, ächzende Gestalt auf und versuchte, sich einen Pfeil aus dem Mund zu ziehen. Nicht weit davon führte ein Mann einen irren Veitstanz auf, und während er sich in seiner Qual wie ein Wurm wand und krümmte, war deutlich zu sehen, dass vier Pfeile in seiner Brust steckten. Sein verzweifelter Versuch, sie sich aus dem Fleisch zu ziehen, war vergeblich, denn während er noch an einem Pfeil zerrte, bohrten sich ihm drei weitere in den Rücken. Das Gemetzel war unbeschreiblich, die Luft war mit süßlichem Blutgeruch geschwängert.

Auch die Angreifer erlitten hohe Verluste, nicht nur unter den Kriegern, sondern vor allem unter den Pferden, die ein kaum zu verfehlendes Ziel boten. Irgendwo stand ein Pferd reglos, mit gesenktem Kopf da, und erst wenn man genau hinsah, war zu erkennen, dass ihm die dampfenden Eingeweide aus dem zerfetzten Bauch quollen.

Wieder eine Angriffswelle, wieder die gleiche Taktik. Sobald sich die Reihen der Verteidiger abermals gelichtet hatten, drehten die Cheyenne wie auf ein verabredetes Zeichen ab. Das Manöver war Teil einer raffinierten Zermürbungstaktik. Sobald die Verteidiger zögernd wagten, aus der Deckung zu kommen, galoppierte sofort die nächste Angriffswelle auf sie zu.

Die Gewehrschüsse fielen spärlicher, das Schwirren der Pfeile war zum beherrschenden Geräusch geworden. Und beim fünften Angriff war das Schicksal der Fünfundvierzig so gut wie besiegelt. Die Indianer brachten ihre Pferde zum Stehen, stiegen ab und durchkämmten die Reihen der stöhnenden, um Gnade flehenden Verwundeten. Aber die Cheyenne kannten keine Gnade, sie beugten sich über ihre Opfer, schnitten ihnen mit dem Messer die Kehle durch und nahmen sich ihren Skalp als Trophäe. Und als sich schon Friedhofsruhe ausbreiten wollte, fand eine Gruppe Cheyenne doch noch einen Überlebenden.

Es war Harry Beaumont, er hatte auf dem Boden gelegen und sich tot gestellt. Sie zerrten ihn auf die Beine, sein Flehen um Gnade verhallte ungehört in der dichten Staubwolke, die über der Szene waberte. Immer mehr Indianer scharten sich um ihn, stumm wie Spukgestalten, von keiner Hast getrieben. Beaumonts Flehen steigerte sich zu hysterischem Winseln, er brachte kaum noch ein klares Wort heraus. Und plötzlich packten sie ihn, hielten ihn mit eisernem Griff umklammert und zerrten ihm den Kopf nach hinten. Eine Klinge blitzte, ein gellender Schrei, ein Stück Fleisch fiel auf den Boden. Die Cheyenne säbelten an ihm herum, als wäre er ein Stück Holz, aus dem ein Totem geschnitzt werden sollte. Beaumonts gellende Schreie hatten nichts Menschliches mehr, und als sie nach einer Weile verstummten, war es, als seien sie an der nicht enden wollenden Qual und den unerträglichen Schmerzen erstickt.

Die Cheyenne ließen von Beaumont ab, sie hatten ihre grausige Arbeit getan, nun war es Zeit, ans Aufräumen zu gehen. Mit Hilfe von Lederriemen, die sie am Sattelzeug festhakten, schleppten sie zunächst ihre toten Pferde ab: eine gespenstische Prozession, die bald von der immer undurchdringlicheren Staubwolke verschluckt wurde. Andere hatten inzwischen Äste zusammengefügt, auf die sie ihre toten Krieger betteten und – am Sattelzeug der Pferde festgehakt – da hinschleiften, wo sie hergekommen waren und wo der Stamm von ihnen Abschied nehmen konnte. Es dauerte nur Minuten, bis nichts mehr von den Verlusten der Cheyenne Zeugnis geben konnte.

Von den Fünfundvierzig hatte nur Harry Beaumont überlebt. Aber das geschundene Bündel Fleisch, das wimmernd durch den Staubschleier irrte, hatte keine Ähnlichkeit mehr mit ihm. Er hatte kein Gesicht mehr, weder Nase noch Ohren oder Lippen, auch die Kopfhaut und das Haar fehlten. Das Zerrbild, das von ihm geblieben war, glich einem blutenden Torso.

Nachdem er sich unter Qualen bis zu den Hügeln geschleppt hatte, sank er schluchzend auf die Knie und wiegte sich – den Kopf tief gesenkt, als wolle er mit dem Blut aus seinen Wunden den Boden tränken – mit irrem Blick vor und zurück. Und schließlich rang sich aus dem formlosen Loch, das ehemals ein Mund gewesen war, ein gequälter, halb erstickter Fluch:

»Ihr verdammten Hundesöhne, ich verfluche den Boden, auf dem ihr mir das angetan habt! Ich verfluche ihn! Möge ihn das Blut aus meinen Wunden tränken, möge ...«

Ein letztes Röcheln, dann fiel er mit dem geschundenen Kopf voran in den mit seinem Blut besudelten Staub.

Als der Wind abgeflaut war, der Sandsturm sich gelegt hatte und der Blick wieder weit ins Land reichte, gaben nur die toten Weißen Zeugnis von dem grausamen Geschehen, die Cheyenne, ihre Toten und ihre Pferde waren verschwunden. Die Prärie erstreckte sich scheinbar menschenleer von einem Horizont bis zum anderen.

Doch auf einmal kam ein junger Bursche, fast noch ein Kind, aus seinem mit Zweigen getarnten Versteck im Gestrüpp gekrochen. Er blickte sich um, und als er die Gefährten leblos auf dem Boden liegen sah, nahm er vor Angst und Entsetzen die Beine in die Hand und rannte los, nur von dem Willen getrieben, den Ort des Schreckens hinter sich zu lassen. Er lief, so schnell seine zitternden Beine es erlaubten, in die Prärie, und bald war im verblassenden Tageslicht nichts mehr von ihm zu sehen.

Dann senkte sich Stille über die Szene.

Corrie zuckte zusammen, als sie merkte, dass Pendergasts offene Augen auf sie gerichtet waren. Die eine Stunde, nach der sie ihn auf alle Fälle wecken sollte, war abgelaufen. Sie hätte ihn beinahe schon früher wachgerüttelt, weil plötzlich der Gesang der Vögel verstummt war, aber zu ihrer Erleichterung hatte er bald wieder eingesetzt, sodass sie keinen Grund mehr sah, sich Sorgen zu machen. Einen Moment lang war sie unschlüssig, sie war nicht darin geübt, jemanden, der eine Stunde lang wie ein Scheintoter dagelegen hat, in seinem neuen alten Leben willkommen zu heißen. Unter den Bäumen war es dunkel geworden, in der vor Hitze flirrenden Luft summten unablässig Insekten, Käfer huschten geheimnisvoll raschelnd durch das Gras.

»Alles in Ordnung mit Ihnen?«, fragte sie und merkte selber, dass sich das irgendwie ungehörig anhörte.

Pendergast stand auf und klopfte sich ein paar Grashalme und den Staub von der Kleidung. Er sah mitgenommen aus, fast wie ein Kranker.

»Danke, es geht mir gut«, antwortete er mit seltsam tonloser Stimme.

Corrie rang mit sich. Sie hätte ihn zu gern gefragt, welche Erkenntnisse er während seiner Konzentrationsübung gewonnen habe, aber sie traute sich nicht.

Pendergast warf einen Blick auf die Armbanduhr.

»Acht Uhr«, murmelte er und fing an, seine ausgebreiteten Karten, Diagramme und Notizen einzusammeln. Auf einmal schien er es eilig zu haben. Er klemmte sich die Unterlagen unter den Arm, marschierte mit weit ausholenden Schritten zum Gremlin und saß, ehe Corrie ihn eingeholt hatte, bereits auf dem Beifahrersitz.

»Haben Sie die Freundlichkeit, mich bei Winifred Kraus abzusetzen, Miss Swanson!«

»Ist gebongt, Chef.«

Der Motor gab zunächst nur orgelnde Geräusche von sich, danach stotterte er eine Weile, aber zu guter Letzt sprang er doch an. Corrie schaltete die Scheinwerfer ein und lenkte ihr in die Jahre gekommenes Vehikel dem Auspufftopf zuliebe so langsam über die Schotterstrecke, dass es ihr diesmal tatsächlich gelang, sämtlichen Schlaglöchern auszuweichen.

Nach ein paar Minuten konnte sie ihre Neugier nicht mehr zügeln. »Wie ist es denn gelaufen?«

Pendergast sah sie an, seine Augen glitzerten gespenstisch in der Nacht.

Und dann sagte er nur: »Ich habe Dinge gesehen, die es nicht geben kann.«

39

Das Licht verblasste, Zwielicht kündete die nahende Nacht an. Die von keinem Windhauch bewegten Blätter gaben hin und wieder einen Blick auf den Mann und das Mädchen frei. Sie hatten eine Weile miteinander geredet, zu leise, als dass der heimliche Beobachter ihre Worte verstehen konnte, aber jetzt herrschte ohnehin schon lange Schweigen. Der Mann hatte sich auf dem Boden ausgestreckt, das Mädchen saß – vielleicht sieben, acht Meter von dem Beobachter entfernt – auf einem Felsbrocken; von Zeit zu Zeit stand es auf und sah sich suchend um. Das Tageslicht war fast erloschen, nur am östlichen Horizont schimmerte noch ein schwacher rötlicher Schein, aber es konnte nicht mehr lange dauern, bis die Nacht auch ihn verschluckt hatte.

Am Himmel zeigte sich der erste Stern. Der Beobachter versuchte, von seinem Versteck aus noch weitere auszumachen. Einen, wenigstens einen musste es doch noch geben! Und tatsächlich, als seine Augen sich dem Zwielicht angepasst hatten, sah er, dass der Himmel auch heute mit Sternen gespickt war. Er richtete den Blick wieder auf die Gestalt, die immer noch reglos auf dem Boden lag. Was, zum Teufel, bezweckte Pendergast mit dem unerklärlichen Verhalten? Lag einfach da, stumm wie ein Fisch, starr wie eine Mumie. Über eine Stunde belauerte er den Agent und seine Assistentin nun schon, aber bis jetzt hatte er damit nur seine Zeit verschwendet. Der Stundenzeiger auf dem Leuchtzifferblatt seiner Uhr war längst über die Sieben hinausgerückt, Joe Rickey, das clevere Bürschchen vom *Globe*, würde Ärger bekommen. Und auch Ludwig selbst war die Zeit davongelaufen, er musste sich mächtig ins Zeug legen, wenn er den Artikel für die morgige Ausgabe des *Courier* noch fertig kriegen wollte. War das, was sich vor seinen Augen abspielte, irgendein psychologischer Firlefanz? Eine Art New-Age-Kommunikation mit den Geistern der Toten? Na gut, so was konnte auch eine Story hergeben, aber es war eben nicht die Story, die er sich gewünscht hatte. Und solange das so blieb, war Ludwig fest entschlossen, sich nicht vom Fleck zu rühren, bis er eine plausible Erklärung für Pendergasts mysteriöses Gebaren gefunden hatte.

Smit Ludwig gähnte und änderte seine Position, weil ihm allmählich die Beine einzuschlafen drohten. Die Grillen stellten augenblicklich ihren raspelnden Gesang ein, aber gleich darauf zirpten sie wieder. Ein vertrautes, beruhigendes Geräusch. Die ganze Umgebung war ihm vertraut. Als Kind hatte er hier draußen mit seinen Freunden bei den Hügeln Cowboys und Indianer gespielt oder im Bach die ersten Schwimmversuche gemacht. Sie hatten sogar ein paarmal hier übernachtet. Die Legenden, die sich die Leute über Harry Beaumont und den Fluch der Fünfundvierzig erzählten, heizten ihre Abenteuerlust erst recht an. Er erinnerte sich an eine Nacht im August, in der sie hier draußen kampiert hatten und vor lauter ehrfürchtigem Staunen über den Sternschnuppenregen nicht zum Schlafen gekommen waren. Sie hatten versucht, mitzuzählen, aber schließlich bei hundert aufgegeben. Sein Bruder war nach Leisure in Arizona gezogen, da lebte er jetzt als Ruheständler und Großvater. Seine Mutter hatte sich nie Sorgen gemacht, wenn sie sich Gott weiß wo herumtrieben. Heutzutage, seitdem die hässliche neue Zeit auch in Medicine Creek eingezogen war, sahen die Eltern das anders. Und jetzt kamen auch noch diese Morde dazu. Mitunter war er froh, dass es Sarah erspart geblieben war, das alles mitzuerleben. Selbst wenn sie den Mörder fassten, Medicine Creek würde nie wieder so sein, wie es einmal gewesen war.

Pendergast lag immer noch völlig reglos auf dem Boden.

Seltsam, normalerweise bewegte man sich doch sogar im Schlaf. Und überhaupt, wer schlief denn so, kerzengerade ausgestreckt, die Hände über der Brust gefaltet? Das Ganze kam ihm äußerst rätselhaft vor, geradezu bizarr.

Er fluchte stumm in sich hinein. Sollte er aufstehen, zu den beiden hinübergehen und sie fragen, was sie hier eigentlich trieben? Aber irgendwie brachte er das nicht fertig. Er musste es einfach aussitzen. Und so nahm er sich abermals vor, so lange auszuharren, bis Pendergast …

Na, wer sagt's denn! Plötzlich richtete der Agent sich auf und klopfte sich den Staub vom Anzug. Er und das Mädchen sprachen murmelnd miteinander, und dann gingen sie beide – Pendergast mit Riesenschritten voran – zum Auto.

Das brachte Ludwig erst recht aus dem Konzept. Was sollte er jetzt tun? Es wäre eine Riesendummheit gewesen, dem Gremlin zu folgen, bloß damit er und das Jüngelchen vom *Globe* ihre Story bekamen. Joe Rickey musste sich seinen Traum abschminken, und ihm selbst blieb nichts anderes übrig, als für die morgige Ausgabe des *Courier* die alten Kamellen wiederzukäuen, die seine Leser bereits in- und auswendig kannten.

Er haderte mit sich selbst, war aber vernünftig genug, Pendergast und Corrie einen angemessenen Vorsprung zu lassen. Alles andere wäre sinnlos gewesen. Es gab eben keine neue Story zu schreiben. Er konnte entweder die ganze Nacht hier herumsitzen oder nach Hause fahren und sich schlafen legen.

Und wenn seine verehrten Leser morgen ohne den *Courier* auskommen müssten, würden sie ihn vermutlich nicht mal vermissen.

In Selbstmitleid zu baden lag Ludwig jedoch nicht, und so raffte er sich nach einer Weile seufzend auf. Sein Wagen stand nicht weit von Corries Gremlin entfernt, eigentlich fast direkt dahinter, aber so im Mais versteckt, dass sie ihn bestimmt nicht entdeckten. Er klopfte nun seinerseits den

Staub von seinem Anzug und sah sich um. Es war inzwischen so dunkel geworden, dass man kaum noch die Hand vor Augen sah, zumal der Mond von rasch ziehenden Wolken verdeckt wurde. Außerdem war ein böiger Wind aufgekommen – der untrügliche Vorbote einer stürmischen Nacht.

Tief nach vorn gebeugt und gegen den Wind angestemmt, ging er zu der Stelle, an der Pendergast gelegen hatte. Vielleicht fand er dort einen nützlichen Fingerzeig, der ihn ein bisschen schlauer machte. Fehlanzeige, alles sah so aus wie immer. Ludwig zuckte das Notizbuch und wollte anfangen, etwas hineinzukritzeln. Aber dann ließ er den Stift sinken. Wollte er sich selbst auf den Arm nehmen? Himmeldonnerwetter, hier draußen gab es keine Story, wann würde er das endlich kapieren? Wenn er ein gutes Werk tun wollte, fuhr er schleunigst nach Hause und schenkte dem Bürschchen vom *Globe* reinen Wein ein, auch wenn er ihn damit bitter enttäuschen musste.

Im Wind ächzten die Äste, das Gras wisperte geheimnisvoll, die Baumkronen fingen zu schwanken an. Die Erde roch feucht, die Luft war ungewohnt frisch, vermischt mit dem Duft von Wildblumen. Irgendwo in der Ferne war leises Donnergrollen zu hören. Es war so dunkel geworden, dass Ludwig einen Moment lang die Sorge beschlich, womöglich sein Auto nicht wiederzufinden. Aber dann beruhigte er sich damit, dass er die Gegend aus Kindertagen wie die eigene Westentasche kannte, und Kindheitserinnerungen verblassen bekanntlich nicht so schnell. Also marschierte er, den Jackettkragen gegen den Wind hochgeklappt, guten Mutes den Pfad hinunter.

Nach ein paar Schritten blieb er stehen. Er hatte rechts von sich ein Geräusch gehört, das ihm seltsam vorkam. Na ja, was sollte das schon sein? Wahrscheinlich hatte irgendein Tier im Unterholz geraschelt.

Er wartete, ging einen Schritt weiter, dann noch einen…

und auf einmal hörte er etwas knacken, als habe jemand den Fuß auf einen dürren Ast gesetzt. Nur, *sein* Fuß war es mit Sicherheit nicht gewesen.

Er blieb wieder stehen, aber das Rascheln der Blätter und der auffrischende Wind verschluckten alle anderen Geräusche. Nach einer Weile ging er weiter. Und da hörte er wieder rechts von sich Schritte. Diesmal war kein Irrtum möglich.

»Wer ist denn dort drüben?«

Der Wind heulte, die Pappeln ächzten.

»Pendergast?«

Keine Antwort. Er ging weiter, und im selben Augenblick hörte er – nein, er spürte es geradezu körperlich –, dass sich neben ihm etwas bewegte. Ein eiskalter Schauder lief ihm über den Rücken.

»Hören Sie, wer Sie auch sein mögen, ich weiß, dass Sie hier sind!«, rief er, so laut er nur konnte, ins Dunkel und legte einen Schritt zu. Aber das Knacken und Rascheln hörte nicht auf, es blieb auf gleicher Höhe mit ihm.

Unwillkürlich fiel ihm eine Bibelstelle aus Kindertagen ein: »... denn der Teufel schleicht umher wie ein brüllender Leu und sucht, wen er verschlingen könne ...«

Er merkte an seinen hechelnden, überhasteten Atemzügen, dass er immer mehr in Panik geriet. Gleich, versuchte er sich zu beruhigen, gleich bin ich im Maisfeld! Denn irgendwie hätte er sich zwischen zwei hohen Wällen aus Maisstängeln sicherer gefühlt. Vom Maisfeld waren es nur noch rund siebzig Meter bis zur Straße und dann noch mal vierzig bis zu seinem Wagen.

Großer Gott, was waren das bloß für stampfende, schwerfällige Schritte?

»Zum Teufel, hau endlich ab!«, rief er über die Schulter nach hinten. Er hatte nicht schreien wollen, es war ihm unwillkürlich so gellend laut herausgerutscht. Und genauso unwillkürlich verfiel er nun in hastigen Trab. Er war zu alt und zu ungeübt im Laufen, kein Wunder, dass sein Herz wie verrückt raste. Aber selbst wenn er sich befohlen hätte, in normalem Tempo weiterzugehen, seine Beine hätten ihm bestimmt nicht gehorcht.

Irgendwo im Dunkel neben ihm fing sein Verfolger ebenfalls zu traben an. Ludwig hörte ihn atmen. Ein vernehmliches Schnauben, das sich dem Takt der Schritte anpasste.

Ludwig überlegte fieberhaft. Er konnte jetzt leicht in das Maisfeld eintauchen. Aber die Stängel wurden so vom Wind gebeutelt, und er hätte vor lauter Rascheln nicht mehr gehört, ob der Unbekannte immer noch auf seinen Fersen war. Staub flog ihm in die Augen, am Himmel zuckte ein Blitz.

»Muh!«

Der blökende Laut kam ganz aus der Nähe. Er hallte ihm so gellend in den Ohren, dass ihm die Knie zitterten. Es hörte sich nach einer menschlichen Stimme an, aber zugleich klang es irgendwie unmenschlich.

»Hau ab! Was willst du von mir?«, schrie er und rannte schneller, als er es sich je zugetraut hätte.

»Muh, muh, muh!«

Das Zwitterwesen, wie Ludwig seinen Verfolger im Stillen nannte, musste direkt neben ihm sein.

Wieder ein Blitz, diesmal machte Ludwig im bleichen Licht die Umrisse einer Gestalt aus, die sich durch die dicht stehenden Reihen der Maispflanzen zwängte. Er sah sie nur den Bruchteil einer Sekunde lang, aber allein das Wissen, dass es da jemanden gab, hätte ihn fast in den Beinen einknicken lassen. Gütiger Himmel, dieses Gesicht! Oh Gott, dieses Gesicht …

Ludwig rannte um sein Leben. Und neben ihm blökte die unheimliche Stimme: »Muh, muh, muh!«

Da – die Straße, dicht vor ihm! Das Scheinwerferlicht eines wegfahrenden Autos leuchtete sie aus.

Ludwig hastete bis zur Mittellinie der Straße und versuchte verzweifelt, mit rudernden Handbewegungen auf sich aufmerksam zu machen. Aber seine Hilfeschreie gingen im Grollen des Donners unter, die Heckleuchten wurden immer kleiner.

Er blieb stehen, die Handflächen auf die Knie gestützt. Seine Lunge brannte wie Feuer. Völlig erschöpft wartete er apathisch auf den Schlag, den das Zwitterwesen ihm gleich versetzen würde.

Aber es kam kein Schlag. Es tat sich überhaupt nichts. Zögernd richtete Ludwig sich auf und sah sich um.

Der Wind peitschte die Maisfelder links und rechts der Straße, das Heulen und Rascheln erstickte jeden anderen Laut. Aber wenn ihn nicht alles täuschte, war das Monster verschwunden, wie vom Erdboden verschluckt. Vielleicht hatten es die Autoscheinwerfer verscheucht. Plötzlich keimte wieder Hoffnung in ihm. Er atmete tief durch, kniff die Augen zusammen und suchte die Umgebung sorgfältig ab. Tatsächlich, weit und breit nichts zu sehen. Und bis zu seinem Auto waren es nur noch zwanzig, allenfalls dreißig Meter.

Er konnte sein Glück kaum fassen. Halb benommen stolperte er los. Er hielt sich in der Mitte der Straße und verfiel wieder in Trab. Er hörte seinen laut hämmernden Herzschlag, aber das kümmerte ihn jetzt nicht.

Nur noch zehn Meter. Zehn.

Mit einem letzten Kraftakt taumelte er auf die Wendeschleife zu, an der er seinen Wagen abgestellt hatte. Mit unsäglicher Erleichterung sah er das Blech der Karosserie durch den Wall der Maisstängel schimmern. Er war gerettet, dem Herrn sei's gedankt! Schnaufend und zugleich aufatmend streckte er die Hand nach dem Türgriff aus.

Und in diesem Augenblick brach das Ungeheuer aus dem Mais hervor und stürzte sich blökend auf ihn.

»Muuuuuuuuuuuuuuuuuuuuuuuhhhhh!«

Der heulende Wind übertönte Ludwigs halb erstickten Schrei.

40

Aus einem seiner Zimmer im Krausschen Haus verfolgte Pendergast, wie der schmutzig rote Streifen am östlichen Horizont allmählich verblasste. Die Blitze zuckten immer noch, der grollende Donner schien näher zu rücken. Der Wind hatte aufgefrischt, er riffelte die Maisfelder und trieb seinen Schabernack mit dem Schild, das schief am Eingang zu Kraus' Kavernen baumelte. Die Bäume am Bachlauf, gut eine halbe Meile weit entfernt, krümmten sich unter den Peitschenhieben, die er ihnen versetzte, und die Staubwolken, die aus den ausgedorrten Maisfeldern aufstiegen, verdunkelten sekundenlang den Nachthimmel, bis sie sich schließlich, vom Wind getrieben, auflösten.

Pendergast trat einen Schritt vom Fenster zurück. Zum wer weiß wievielten Mal versuchte er zu ergründen, was er bei der Meditationsübung an den Hügeln falsch gemacht haben könnte. Es war das erste Mal, dass das Ergebnis nicht seinen Erwartungen entsprach. Dabei hatte er sich, nachdem er mit seinen Ermittlungen keinen Schritt weitergekommen war, so viel davon versprochen. Er hatte sich genau an das gehalten, was die Lehre des Chongg Ran vorschrieb. Sein Ziel war gewesen, die Ereignisse einer lange vergangenen Zeit zu verstehen, die Rätsel zu lösen, die sich um den sagenumwobenen Fluch der Fünfundvierzig rankten, und zu ergründen, was sich an jenem Augusttag im Jahr 1865 wirklich abgespielt hatte. Aber das Ergebnis schien das zu bestätigen, was er bereits aus den Legenden kannte: Die Indianer waren offenbar tatsächlich aus dem Nichts aufgetaucht und, nachdem sie ihre Mission erfüllt hatten, ins Nirgendwo verschwunden.

Nur, das war unmöglich. Es sei denn, er rang sich dazu durch, eine Erklärung zu akzeptieren, der er sich bislang immer verweigert hatte – der Erklärung, dass es in der Tat übernatürliche Kräfte gab. Aber gerade das war für ihn immer ein Erklärungsversuch, dem er nicht folgen wollte und der ihn nicht überzeugte.

Wie auch immer, der Abend an den Hügeln war ein frustrierendes Erlebnis gewesen.

Irgendwo im Nordwesten war das Brummen eines Motors zu vernehmen, das rasch näher kam und lauter wurde. Bei der zunehmenden Dunkelheit war es schwierig, den winzigen Punkt am Himmel zu verfolgen. Doch als er näher kam, entpuppte er sich als Cessna, die hoch über den Maisfeldern ihre Runden drehte: offensichtlich das Flugzeug, das Chauncys Leiche aufspüren sollte. Bald darauf tauchte vor der Kulisse der im Westen zuckenden Blitze eine zweite Maschine auf, die sich anschickte, ebenfalls über den Feldern zu kreisen.

Das blecherne Scheppern des Wasserkessels verriet, dass Miss Winifred Kraus im Erdgeschoss den abendlichen Tee zubereitete. An dem nach oben driftenden Kaffeegeruch merkte er, dass sie selbst dennoch ihren Trinkgewohnheiten treu geblieben war. Der Gedanke, wie gewissenhaft sie sich inzwischen an all das hielt, was er ihr über die Teezubereitung beigebracht hatte, entlockte ihm ein Schmunzeln. Es war nicht so einfach, einen Becher King's Mountain Oolong richtig zuzubereiten. Das Wasser im Kessel musste exakt die richtige Temperatur haben, die Kanne vorgewärmt und die Menge der Teeblätter auf seinen Geschmack abgestimmt sein. Er hatte Miss Kraus die entscheidenden Passagen aus Lu Yus *Ch'a Ching*, dem Glaubensbekenntnis aller Teekenner, auswendig heruntergebetet und ihr auch all das vermittelt, was sich in dem Werk des chinesischen Poeten über die unterschiedlichen Eigenschaften von Gebirgswasser, Flusswasser, dem Wasser der Frühjahrsschmelze und den richtigen Siedepunkt fand. Sie hatte so getan, als hinge sie an seinen Lippen, dann aber, wie sie es gewohnt war, doch Leitungswasser genommen. Und Pendergast musste sich verblüfft eingestehen, dass es tatsächlich frisch, kühl und alles in allem gut schmeckte und einen köstlichen Tee ergab.

Während ihm das durch den Kopf ging, beobachtete er aufmerksam, wie die beiden Maschinen immer enger über den Maisfeldern kreisten – genauso, wie es die Geier vor ein paar Tagen getan hatten.

Er zog sein Mobiltelefon aus dem Jackett und tippte eine Rufnummer ein. Am anderen Ende meldete sich eine verschlafene Stimme.

»Miss Swanson? Ich erwarte Sie in zehn Minuten hier, wenn Sie so freundlich sein wollen.« Er klappte das Gerät zu und trat ans Fenster.

Kein Problem, zehn Minuten reichten für seinen Tee.

41

Corrie versuchte, nicht hinzusehen. Aber ständig krampfhaft in die andere Richtung zu starren war irgendwie auch nicht das Wahre. Und wenn sie dann doch hinschaute, kam ihr jedes Mal alles noch schlimmer vor.

Der Schauplatz glich denen, die sie bei den früheren Morden gesehen hatte: eine ins Maisfeld geschnittene Lichtung, darauf die Leiche und das übliche rituelle Drumherum. Die Erde rings um den Toten war sorgfältig aufgelockert und dann wieder festgeklopft worden. Die Leiche lag inmitten eines großen hölzernen Speichenrads – auf dem Rücken, nackt, die Arme auf der Brust verschränkt, die Beine lang ausgestreckt. Chauncys glasige Augen standen weit offen, himmelwärts gerichtet, aber es sah aus, als schiele er nach links und rechts. Seine Haut hatte die Farbe einer überreifen Banane angenommen. Von der Brust bis zum Unterbauch verlief ein Schnitt mit ausgefransten Rändern. Der Bauch sah obszön gebläht aus, der Schnitt war mit grobem Garn vernäht worden. Wenn es nicht so absurd gewesen wäre, hätte Corrie vermutet, der Tote sei ausgestopft worden.

Das mit dem riesigen Holzrad konnte sie sich nicht erklären. Sie starrte auf die Leiche, als könne sie den Blick einfach nicht abwenden. Dabei hatte sie den Eindruck, als wabble und wabere irgendetwas unter der zugenähten Bauchdecke. Anfangs glaubte sie, es sei reine Einbildung, aber je länger sie hinsah, desto mehr war sie davon überzeugt, dass sich in der Bauchhöhle etwas bewegte.

Sheriff Dent Hazen war als Erster an der Fundstelle gewesen, kurze Zeit später war der Gerichtsmediziner mit einem Hubschrauber eingeschwebt. Und nun beugten sich beide murmelnd über den Toten. Irgendetwas an der Bauchhöhle schien sie ebenfalls stutzig zu machen.

Die Begrüßung war diesmal ganz anders gewesen als sonst. Hazen hatte sie beide mit einem freundlichen Lächeln begrüßt und Pendergast ein gut gelauntes, fast übermütiges »Hallo« zugerufen. Er schien ein Ass im Ärmel zu haben und nur darauf zu lauern, es ausspielen zu können. Corrie schielte verstohlen zu ihm hinüber. Er und der Gerichtsmediziner tuschelten miteinander, und die Männer von der Mordkommission, die immer wieder den Boden absuchten, hatten es offenbar auf etwas ganz Bestimmtes abgesehen. Aber was sollte das sein? Außer dem schon zur Routine gewordenen Abdruck von nackten Füßen konnte sie beim besten Willen nichts Ungewöhnliches sehen.

Pendergast schien mit den Gedanken ganz woanders zu sein. Er hatte schon während der Fahrt hierher kaum ein Wort mit ihr gewechselt. Und jetzt starrte er geistesabwesend in die Richtung, in der die drei Hügel lagen, als interessierten ihn der neuerliche Mord und das Auffinden der Leiche überhaupt nicht. Als er allerdings merkte, dass Corrie ihn streng fixierte, kehrte er reumütig in die Gegenwart zurück.

»Kommen Sie doch rüber!«, lud Hazen ihn ungewohnt liebenswürdig ein. »Sie können sich ruhig alles aus der Nähe ansehen, Special Agent Pendergast. Und du auch, Corrie.«

Pendergast folgte Hazens Einladung, Corrie schloss sich zögernd an.

»Der Gerichtsmediziner wird den Bauch gleich öffnen«, ließ Hazen den Agent wissen.

»Ich würde raten, den Laborbefund abzuwarten«, erwiderte Pendergast.

»Firlefanz!«, winkte Hazen ab und nickte dem Gerichtsmediziner aufmunternd zu. »Fangen Sie ruhig an!«

Die Fotografen machten noch letzte Aufnahmen, dann traten sie zurück.

Der Gerichtsmediziner nahm eine Schere aus seinem Lederkoffer und schnippelte vorsichtig an der Naht aus grobem Garn herum.

Schnipp.

Die Bauchdecke wölbte sich nach oben, die Naht riffelte sich unter dem Druck, dem sie plötzlich ausgesetzt war, langsam auf.

Pendergast runzelte die Stirn. »Wenn Sie nicht vorsichtig vorgehen, könnte wertvolles Beweismaterial verloren gehen.«

»Was da drin ist, ist sowieso irrelevant«, krähte der Sheriff in seltsam vergnügtem Ton.

»Ich würde sagen, es ist höchst relevant.«

Hazens gute Laune schien sich von Sekunde zu Sekunde zu steigern. »Sie können von mir aus sagen, was Sie wollen. Doktor, schneiden Sie das andere Ende auch auf.«

Schnipp. Die Bauchdecke klappte auf. Im Nu kam allerlei Getier herausgekrabbelt und suchte eilends das Weite. Ein fauliger Gestank stieg auf, Corrie rang nach Luft, wich ein, zwei Schritte zurück und hielt sich die Hand vor den Mund. Sie brauchte eine Weile, bis sie wahrhaben wollte, was da alles unter Chauncys Bauchdecke gesteckt hatte: frisch abgebrochene Zweige, vermoderte Holzsplitter, Frösche, Salamander, Mäuse und sogar ein Hundehalsband. Eine Schlange versuchte trotz einer Verletzung verzweifelt, sich ringelnd ins Gras zu flüchten.

»Der verdammte Mistkerl!«, murmelte Hazen und verzog angewidert das Gesicht.

Pendergast deutete auf den widerlichen Klumpen, der nach dem Exodus der Kleintiere in der Bauchhöhle liegen geblieben war. »Da haben Sie übrigens auch Ihren Schwanz, Sheriff.«

Hazen zuckte verunsichert zusammen. »Wie meinen Sie das?«, blaffte er Pendergast an. »Welchen Schwanz?«

»Der, den der Mörder dem Hund ausgerissen hat.«

»Ach, den meinen Sie. Sie können sicher sein, dass wir den genau untersuchen werden.«

»Und das Halsband hat auch in Chauncys Bauch gesteckt.«

»Ja, schon gut«, winkte der Sheriff ab. Er sah sich immer wieder suchend um, als warte er auf etwas.

»Darf ich darauf hinweisen, dass der Schnitt in die Bauchhöhle offenbar mit demselben primitiven Werkzeug ausgeführt wurde, das bereits bei Miss Swegg, dem Abtrennen des Hundeschwanzes sowie der Verstümmelung von Gasparilla verwendet wurde.«

Hazen nickte zerstreut. »Ja, ja.«

Einer der Männer von der Mordkommission hob mit der gummierten Pinzette zuerst den Hundeschwanz und dann ein indianisches Messer mit einer Klinge aus Feuerstein hoch, musterte die Funde flüchtig und verwahrte beide in Plastikbeuteln.

Pendergast ließ nicht locker. »Soweit sich das ohne Analyse beurteilen lässt, handelt es sich um ein Messer, wie es die zum südlichen Stamm gehörenden Cheyenne in der Frühzeit ihrer Kultur benutzt haben. Eines der typischen Merkmale ist der aus Weidenholz geflochtene Handgriff. Das Messer ist echt, keine billige Imitation. Es dürfte sich in sehr gutem Zustand befunden haben, bevor die Klinge durch ungeschicktes Hantieren beschädigt wurde. Ich meine, es handelt sich um ein Fundstück von besonderer Bedeutung.«

Hazen grinste verbissen. »Oh ja, von geradezu herausragender Bedeutung! Genau wie der übrige Quatsch, den Sie die ganze Zeit über verzapft haben.«

Pendergast hob indigniert die Augenbrauen. »Wie meinen?« Plötzlich raschelte etwas hinter ihnen, zwei Trooper kamen mit ihren – natürlich blitzblank geputzten – Stiefeln durch den Mais gestapft. Der eine hielt ein Blatt Papier in der Hand. Der Sheriff drehte sich zu den beiden um und grinste erwartungsvoll. »Aha, das Fax, nicht wahr? Darauf habe ich schon ungeduldig gewartet.« Er ließ sich das leicht zerknitterte Blatt aushändigen, überflog den Inhalt und reichte es mit einem in die Breite zerfließenden Grinsen Pendergast.

»Eine offizielle Abmahnung, Pendergast! Direkt aus der für den Südwesten zuständigen FBI-Zentrale. Sie halten sich ab sofort aus dem Fall heraus!«

»Ach, tatsächlich?«, fragte Pendergast, nachdem er den Text sorgfältig gelesen hatte. »Darf ich das Schreiben behalten, Sheriff?«

»Dürfen Sie, Pendergast, dürfen Sie. Behalten Sie es, rahmen Sie es ein, hängen Sie es von mir aus in Ihre Bude!« Hazens Tonfall hörte sich plötzlich nicht mehr liebenswürdig an. »Und jetzt, Mr. Pendergast, darf ich Sie höflich, aber entschieden auffordern, den Ort meiner polizeilichen Ermittlungen zu verlassen. Nicht autorisierte Personen haben keinen Zutritt zum Fundort einer Leiche.« Seine geröteten Augen musterten Corrie. »Und das gilt ebenso für Ihre – wenn ich's mal so ausdrücken darf – ständige Begleiterin.«

Corrie starrte ihn finster an.

Pendergast faltete das Fax zusammen, steckte es ein und fragte lächelnd: »Wollen wir, Miss Swanson?«

Corrie sah ihn zornig an. »Agent Pendergast, Sie lassen sich das doch nicht einfach gefallen?«

»Das ist weder der richtige Ort noch der richtige Zeitpunkt für Diskussionen«, sagte er nachsichtig und fasste sie sanft am Arm.

»Aber Sie können doch nicht...«

Pendergast schob sie mit sanfter Gewalt vor sich her, und bevor sie sich beruhigen konnte, waren sie schon auf dem unbefestigten Weg angekommen, auf dem sie den Gremlin abgestellt hatte. Sie rutschte vor Wut zitternd hinters Lenkrad. Pendergast beeilte sich, auf dem Beifahrersitz Platz zu nehmen, ehe sie womöglich ohne ihn losfuhr.

Corrie nagte stumm an ihrer Wut herum. Der dämliche

Sheriff hatte es tatsächlich gewagt, ihren Boss abzukanzeln und sie als Flittchen hinzustellen! Und Pendergast hatte nichts dagegen unternommen! Ihr war zum Heulen zumute.

»Ach, was ich Ihnen noch sagen wollte, Miss Swanson: Das Leitungswasser in Medicine Creek ist von vorzüglicher Qualität. Sie wissen ja, ich trinke gern grünen Tee. Und ob Sie's glauben oder nicht, ich habe bisher nirgendwo ein frischeres, reineres Wasser gefunden.«

Corrie gab ihm keine Antwort, das Beschwichtigungsmanöver war zu durchsichtig.

»Setzen Sie mich bitte wieder beim Krausschen Haus ab! Dann sollten Sie schleunigst heimfahren und an Ihrem Wohnwagen alle Fenster sichern. Es soll ein Sandsturm aufkommen.«

Corrie schnaubte nur verächtlich. »Ich hab schon mehr Stürme erlebt.«

»Keinen von solcher Stärke. Sandstürme gehören zu den bösartigsten meteorologischen Überraschungen. In Zentralasien wüten sie oft mit solcher Gewalt, dass die Einheimischen ihnen Namen geben, um sie freundlich zu stimmen. Selbst in unseren Breiten sind schon Menschen bei sogenannten schwarzen Blizzards unter der Staubglocke erstickt.«

Corrie bog mit quietschenden Reifen auf die feste Straße ein. Irgendwie kam ihr das, was draußen im Maisfeld passiert war, immer noch wie ein böser Traum vor. Sie kaute noch eine Weile stumm an ihrem Zorn herum. Dann brach es aus ihr heraus.

»Ich kann's nicht fassen, dass Sie dem Saftsack von Sheriff so eine Frechheit durchgehen lassen!«

»Welche Frechheit?«

»Das fragen Sie noch? Er hat Sie wie einen Lakaien behandelt und einfach weggescheucht.«

Pendergast lächelte. »*Nisi paret imperat.* Frei übersetzt:

Wer nicht gehorchen will, muss das Kommando übernehmen.«

»Heißt das, Sie werden der Anweisung nicht folgen?«

»Miss Swanson, es gehört nicht zu meinen Gewohnheiten, meine Pläne mit anderen zu erörtern. Nicht mal mit einer Assistentin, die mein volles Vertrauen genießt.«

Sie lief rot an, obwohl sie immer noch vor Zorn kochte. »Wir werden den aufgeblasenen Fettsack also einfach links liegen lassen und mit unseren Ermittlungen fortfahren?«

»Der aufgeblasene Fettsack, wie Sie ihn in Ihrer blumenreichen Sprache charakterisieren, wird künftig für Sie kein Problem mehr sein. Ich kann nicht zulassen, dass Sie sich wegen meiner mit ihm anlegen. Ah, ich sehe gerade, dass wir schon da sind. Wären Sie so freundlich, mich diesmal bei den Garagen hinter dem Haus abzusetzen?«

Corrie lenkte den Wagen ums Haus herum bis vor die hölzernen Schuppen, die einst als Garagen benutzt worden waren. Pendergast stieg aus und ging zu einem noch relativ stabil aussehenden, mit einer nagelneuen Stahlkette gesicherten Schuppen. Er öffnete das Schloss, nahm die Kette ab und zog die beiden Torflügel auf. Corrie machte eine schimmernde Karosserie aus. Pendergast verschwand im Halbdunkel, und kurz darauf fing ein Motor geschmeidig zu schnurren an. Corrie machte große Augen, als das Auto nahezu lautlos aus der Garage glitt. So eine Staatskarosse hatte sie noch nie gesehen.

Als der Agent ausgestiegen war, fragte sie verdutzt: »Wo kommt der plötzlich her?«

»Ich habe immer geahnt, dass ich womöglich irgendwann auf Ihre Dienste verzichten muss. Darum habe ich meinen eigenen Wagen herbringen lassen.«

»Das ist Ihrer? Was ist das für ein Schlitten?«

»Ein neunundfünfziger Rolls-Royce Silver Wraith.«

Jetzt erst ging Corrie auf, was der Agent eben gesagt hatte. »Was meinen Sie mit ›auf meine Dienste verzichten‹?«

Pendergast drückte ihr einen Umschlag in die Hand. »Darin finden Sie Ihren Lohn bis Ende der Woche.«

»Wieso? Bleibe ich etwa nicht Ihre Assistentin?«

»Nachdem mir eine offizielle Abmahnung erteilt wurde, ist das nicht mehr möglich. Ich kann Ihnen nicht zumuten, meinetwegen mit dem Gesetz in Konflikt zu geraten, wovor ich Sie zurzeit nicht schützen könnte. Daher muss ich Sie bedauerlicherweise bitten, sich von Ihren Pflichten entbunden zu sehen. Ich würde vorschlagen, dass Sie nach Hause fahren und Ihr normales Leben fortsetzen.«

Corrie war wie vor den Kopf geschlagen. »Welches normale Leben? Mein normales Leben können Sie vergessen! Es muss doch irgendetwas geben, was ich für Sie tun kann!«

Sie fühlte sich vor Zorn und Hilflosigkeit wie gelähmt. Ausgerechnet jetzt, wo sie anfing, sich für die Mordfälle zu interessieren und sogar einer gewissen Faszination zu erliegen, wollte er sie abservieren! Jetzt, wo sie endlich jemanden gefunden hatte, den sie respektieren, dem sie vertrauen konnte! Sie spürte, dass ihr eine Träne über die Wange lief, und wischte sie rasch weg.

Pendergast deutete eine seiner altmodischen Verbeugungen an. »Sie könnten mir einen letzten Dienst erweisen und mir verraten, wo die Quelle entspringt, der Medicine Creek sein vorzügliches Trinkwasser verdankt.«

Corrie starrte ihn fassungslos an. Der Mann war wirklich unmöglich! Unmöglich!

»Es soll angeblich aus den Quellen eines unterirdischen Flusses kommen.« Corrie bemühte sich, ihre Stimme so gelangweilt wie möglich klingen zu lassen.

»Ein unterirdischer Fluss«, wiederholte Pendergast versonnen. Sein Blick war so leer, als habe er ihn nach innen gerichtet. Dann deutete er abermals eine Verbeugung an, ergriff ihre Hand und führte sie bis knapp vor seine Lippen. Er stieg in seinen Rolls-Royce, fuhr davon und ließ Corrie mit ihrem Zorn und all ihrem Elend zurück.

42

Der geländegängige Dienstwagen flog mit hundertzehn Meilen an den Reihen der Maispflanzen vorbei. Zugegeben, die Klimaanlage funktionierte mal wieder nicht, aber hier draußen bewies der Fünflitermotor, was in ihm steckte. Das schwere Chassis schaukelte hin und her, ein paar Maisstängel hatte Hazen bereits abgesäbelt, wie er bei einem Blick in den Rückspiegel zufrieden feststellte.

Er fühlte sich so wohl wie lange nicht mehr. Pendergast war abgemeldet, jetzt waren die Morde seine Angelegenheit, und die hatte er fest im Griff. Er schielte kurz zu Chester Raskovich hinüber, der neben ihm saß. Der Sicherheitsfritze sah ein bisschen grau um die Nase aus und schwitzte aus allen Poren. Offenbar behagte es ihm nicht, dass Hazen so auf die Tube drückte. Tja, da erlebte er eben mal, was Polizeiarbeit war! Und später gedachte Hazen, ihm eine eindrucksvolle Lehrstunde in Polizeitaktik zu erteilen.

Hazen hätte viel lieber seinen Deputy als Beifahrer gehabt, und er ertappte sich einmal mehr bei dem Wunsch, dass sein Sprössling mehr von Tads Eigenschaften gehabt hätte. Tad war respektvoll, mit Eifer bei der Sache und nicht so vorlaut und aufsässig wie Brad. Nur, für fromme väterliche Wünsche war jetzt keine Zeit. Jetzt ging es darum, diesen Raskovich – und mit ihm Dr. Fisk – in das abgekartete Spiel zu verstricken, das Hazen ausgeklügelt hatte. Wenn er die Sache geschickt einfädelte, war er sicher, dass Medicine Creek das Versuchsfeld bekam.

Die erste zu Deeper gehörende Farm flog vorbei. Hazen drosselte die Geschwindigkeit, er wollte keinen Ärger wegen Nichteinhaltung des Tempolimits mit den Kollegen bekommen. Nicht auszudenken, wenn er womöglich einen Farmerjungen platt fuhr! Dann konnte er sich alle hochfliegenden Hoffnungen abschminken.

»Was haben Sie vor, Sheriff?«, fragte Raskovich. Aha, er bekam wieder Luft!

»Wir werden dem allseits geschätzten Esquire Norris Lavender einen Besuch abstatten.«

»Wer ist das?«

»Ihm gehört die halbe Stadt samt etlichen Feldern hier draußen. Seine Familie hat die erste Ranch in der Gegend besessen. Das Gelände ist jetzt verpachtet.«

»Glauben Sie, dass er etwas mit den Morden zu tun hat?«

»Lavender hat seine Finger in allen lohnenden Geschäften, die hier abgewickelt werden. Wie ich schon zu Hank Larssen gesagt habe: Es geht um die Frage, wer in Deeper am meisten zu verlieren hat. Das Geheimnis wird bald gelüftet sein.«

Raskovich nickte.

Sie näherten sich dem Einkaufs- und Geschäftsviertel von Deeper. An einem Ende eine Hardee-Filiale, am anderen ein A&W, dazwischen eine Reihe trister Allerweltsläden: ein Sportgeschäft, ein Tante-Emma-Laden, eine Tankstelle, ein Gebrauchtwagenhandel (den Hof voller AMCs), eine Münzwäscherei und das Garnimotel. Alles in den fünfziger Jahren in Billigbauweise hochgezogen. Sieht irgendwie nach einer Filmkulisse aus, dachte Hazen.

Er bog auf den Parkplatz hinter dem Grand Theater ein, das schon lange leer stand. Daneben der Friseur- und Haarpflegesalon. Typisch Deeper: hochtrabender Name, nichts dahinter. Etwas zurückgesetzt tauchte ein einstöckiger, orangefarben gehaltener Backsteinbau auf, davor eine Art Flaniermeile, leicht erhöht und asphaltiert. Hazen fuhr bis zu dem verglasten Eingang und stellte seinen Wagen quer zur Feuerwehrzufahrt ab. Nicht erlaubt, aber praktisch. Hanks Dienstwagen parkte ein Stück weiter unten, wo es erlaubt war. Hazen schüttelte den Kopf. Hank würde nie kapieren, dass ein Sheriff Autorität ausstrahlen muss, für alle deutlich sichtbar. Hazen ließ zum Beispiel die kleine Blaulichtleuchte weiter kreisen, als er ausstieg. So konnte jeder sehen, dass er sich im Einsatz befand.

Er schlängelte sich, Raskovich im Schlepptau, durch die gläserne Drehtür des Lavender-Gebäudes und tauchte in die eisige Luft des Empfangsbereichs ein. Eine potthässliche Angestellte bellte ihn in einem Ton an, der fast an Körperverletzung grenzte: »Gehen Sie gleich durch, Sheriff, Sie werden bereits erwartet.«

Hazen tippte kurz an seine Hutkrempe und schritt gemessen den Flur hinunter. Unterwegs wies ihm eine andere, fast noch hässlichere Angestellte beredt gestikulierend den Weg.

Alberne Wichtigtuerei, dachte er grimmig. Wieso sind in Deeper die Mädels so hässlich? Muss daran liegen, dass hier alle den Cousin oder die Cousine heiraten.

An der Schwelle zu Lavenders Büro blieb er stehen und sah sich mit zusammengekniffenen Augen um. Alles todschick, mit einem Hauch von weltstädtischem Flair. Am Wandschmuck war allerdings abzulesen, dass Lavender eben doch zweifelhafter Herkunft war: billige Drucke, auf denen lauter niedliche Wesen mit Puppengesichtern zu sehen waren.

Lavender thronte hinter einem riesigen Schreibtisch aus irgendwelchem Edelholz. Als Hazen und Raskovich hereinkamen, stand er auf. Sheriff Larssen stemmte sich ebenfalls aus seinem Sessel hoch. Lavender trug einen Jogginganzug mit rasanten Ärmelstreifen: ziemlich unpassend, aber er machte, wie Hazen zugeben musste, eine gute Figur darin. Sein in Platin gefasster Diamantring passte allerdings weniger zu dem sportlichen Outfit. Sein Kopf war entschieden zu groß geraten und erinnerte an eine ägyptische Pyramide. Der breite Mund gab einen scharfen Kontrast zu der auffallend schmalen Stirn und den eng beieinander stehenden

Augen ab. Norris Lavender hielt sich nicht lange mit Förmlichkeiten auf, er deutete nur stumm auf einen der vor dem Schreibtisch angeordneten Sessel. Hazen witterte sofort eine Kraftprobe: Der Hausherr wollte herausfinden, ob er sich brav in den zugewiesenen Sessel setzte oder selbst entschied, wo er Platz nahm. Er winkte Raskovich grinsend in den eigentlich ihm zugedachten Sessel und ließ sich in dem daneben nieder. Womit er nach seiner Meinung die erste Runde gewonnen hatte.

Lavender zuckte mit keiner Wimper. »Willkommen in Deeper, Sheriff«, säuselte er in geschmeidigem Ton. »Und das ist, wie ich annehme, Mr. Raskovich von der Kansas State University?«

Hazen nickte kurz, dann übernahm er die Gesprächsführung. »Ich vermute, Sie wissen, warum ich hier bin, Norris?«

Lavender kicherte leise in sich hinein. »Brauche ich meinen Anwalt, Dent?«

»Das bleibt Ihnen überlassen. Sie stehen nicht unter Verdacht.«

»Ach ja?«

Ach ja! Spiel nur den feinen Pinkel! Ich weiß, dass dein Großvater noch ein verdammter Schwarzbrenner war!

»Nun, Sheriff. Da es sich um eine freiwillige Anhörung handelt, behalte ich mir das Recht vor, jederzeit neu zu entscheiden, ob ich antworten will oder nicht.«

»Gut, dann komme ich gleich zur Sache. Wem gehört das Land, das für das Versuchsfeld der KSU in Frage kommt?«

»Es gehört mir, das wissen Sie doch genau! Es ist an die Buswell Agricon verpachtet, die mit der KSU partnerschaftlich zusammenarbeitet.«

»Kannten Sie Dr. Stanton Chauncy?«

»Natürlich. Der Sheriff und ich haben ihn durch die Stadt geführt.«

»Welchen Eindruck hatten Sie von ihm?«

»Vermutlich denselben wie Sie.« Lavenders geringschätziges Lächeln sprach Bände.

»War Ihnen bekannt, dass Chauncy dazu neigte, das Feld in Medicine Creek anzusiedeln?«

»Nein. Er hat seine Karten nicht aufgedeckt.«

»Haben Sie Verhandlungen über einen neuen Pachtvertrag für den Fall geführt, dass die KSU sich für Deeper entscheidet?«

»Nein, ich wollte den Ereignissen nicht vorgreifen. Ich habe Chauncy lediglich gesagt, dass ich ihm in diesem Fall dieselben Bedingungen wie der Buswell Agricon einräumen würde.«

»Aber in Wirklichkeit hatten Sie vor, den Pachtzins kräftig anzuheben?«

Lavender lächelte. »Mein lieber Freund, ich bin Geschäftsmann. Ich habe damit gerechnet, dass sie später mehr Land brauchen werden.«

Von wegen »lieber Freund«! »Sie haben also mit einer Ausweitung der Geschäftsbeziehungen gerechnet?«

»Natürlich.«

»Gehe ich recht in der Annahme, dass Ihnen das Garnimotel in Deeper gehört?«

»Das wissen Sie doch!«

»Und die Hardee-Filiale gehört Ihnen ebenfalls?«

»Das ist eine meiner lukrativsten Anlagen.«

»Gehört Ihnen auch das Gebäude, in dem Bobs Sportgeschäft und der Friseur- und Haarpflegesalon untergebracht sind?«

»Das ist ein offenes Geheimnis, Sheriff.«

»Und Sie sind ebenfalls Eigentümer des derzeit leer stehenden Theaters, nicht wahr? Und der Vermieter des *Steak-Treffs* und der Cry County Mini-Mall?«

»Das pfeifen in Deeper die Spatzen vom Dach.«

»Wie viele Ihrer Pächter haben in den vergangenen fünf Jahren aufgegeben und ihre Pachtverträge gelöst?«

Das Lächeln auf Lavenders breitem Gesicht sah aus, als hätte er vergessen, es auszuknipsen. Aber Hazen fiel auf, dass er nervös an seinem Diamantring herumspielte. »Um es klipp und klar zu sagen: Meine geschäftlichen Beziehungen und deren Entwicklung gehen Sie nichts an.«

»Lassen Sie mich mal raten! Um wie viel Prozent sind Ihre Geschäfte geschrumpft? Fünfzig? Die Mietshäuser stehen weitgehend leer. Nooks Buchhandlung hat schon lange dichtgemacht. *Jimmys Round Up* hat letztes Jahr aufgegeben. Die Mini-Mall läuft auch nicht mehr so wie früher.«

»Nun, Sheriff, ich darf darauf hinweisen, dass das Motel derzeit zu hundert Prozent ausgebucht ist.«

»Ja, weil es in unserer Gegend zurzeit von Medienleuten wimmelt. Aber wie wird es aussehen, wenn sich das Thema Serienmorde erledigt hat? Dann herrscht in Ihrem Motel dieselbe gähnende Leere wie im *Bates*.«

Lavender lächelte immer noch, aber es war kein fröhliches, unbekümmertes Lächeln mehr.

»Wie viele Pächter sind mit ihrer Pacht im Rückstand? Und Sie können es sich nicht mehr leisten, sie wegen schlechter Zahlungsmoral an die frische Luft zu setzen, weil Sie genau wissen, dass Sie keine neuen Pächter finden. Darum geben Sie sich mit Ratenzahlungen zufrieden und hoffen auf bessere Zeiten – stimmt's?«

Langes Schweigen. Hazen lehnte sich entspannt zurück und ließ den Blick durch Lavenders Büro schweifen. Eine Menge Fotos: Billy Carter, der Bruder des Präsidenten, einige Footballspieler, ein Rodeo-Ass, ein Country-and-Western-Sänger und immer wieder die finstere Miene eines Muskelpakets, das Hazen nur zu gut kannte: Lewis McFelty, Lavenders Mann fürs Grobe. Wenn es Ärger gab, schickte Lavender Lewis los. Was im Übrigen perfekt zu Hazens Theorie passte.

»Norris, Sie und Ihre Familie haben in Deeper hundert

Jahre lang wie wahre Könige geherrscht, aber jetzt sieht es aus, als werde ihr Stern bald untergehen, wie?«

Hank Larssen fuhr hoch. »Jetzt gehst du aber zu weit, Dent! Das ist doch reine Schikane! Ich verstehe absolut nicht, was deine Fragen mit den Morden zu tun haben.«

Lavender winkte ab. »Danke für Ihre Unterstützung, Hank, aber ich habe von Anfang an gewusst, worauf Hazens Spiel hinausläuft. Nur – wie heißt es so schön? –, Hunde, die bellen, beißen nicht.«

»Tatsächlich nicht?«, fragte Hazen scharf.

»Nein, tatsächlich nicht. Hier geht's gar nicht um die Morde, hier geht's um die alte Geschichte, dass mein Großvater angeblich Ihren armen Großvater ins Bein geschossen haben soll.« Er wandte sich Hazens Begleiter zu. »Mr. Raskovich, die Lavenders und die Hazens haben eine lange gemeinsame Geschichte, müssen Sie wissen. Das Problem liegt darin, dass gewisse Leute keinen Schlussstrich unter alte Reibereien ziehen können.« Plötzlich lag wieder ein Lächeln um seinen Mund. »Verehrter Sheriff, Sie können das Kriegsbeil begraben! Mein Großvater hat nie auf den Ihren geschossen, und ich bin kein Serienmörder. Schauen Sie mich doch an! Können Sie sich vorstellen, dass ich durch Maisfelder schleiche und irgendjemanden so zurichte, wie Sie's in Medicine Creek mit Truthähnen tun?« Er blickte blasiert in die Runde.

So einfach ließ Hazen sich nicht abfertigen. Von wegen: das Kriegsbeil begraben! »Sie sind genau wie Ihr Großvater, Norris. Die Schmutzarbeit lassen Sie andere machen!«

Lavenders Augenbrauen zuckten hoch. »Das hört sich ganz nach einer Beschuldigung an.«

Hazen grinste. »Wissen Sie, Norris, irgendwie habe ich in dieser Runde Ihren alten Spezi McFelty vermisst. Wie geht's ihm denn so?«

»Meinen Sie meinen Assistenten? Der arme Junge muss sich um seine kranke Mutter in Kansas City kümmern. Ich habe ihm eine Woche freigegeben.«

Hazens Grinsen floss in die Breite. »Da kann ich nur von Herzen hoffen, dass es nichts Ernstes ist.«

Abermals langes Schweigen, bis Hazen hüstelte und den Faden wieder aufnahm. »Sie haben eine Menge zu verlieren, wenn das Versuchsfeld in Medicine Creek angelegt wird.«

Lavender öffnete ein Zigarrenkistchen und schob es halb über den Schreibtisch. »Ich weiß, dass Sie leidenschaftlicher Raucher sind, Sheriff. Bedienen Sie sich!«

Hazen starrte auf das offene Kistchen. Kubanische – hatte er's doch geahnt. Er schüttelte den Kopf.

»Mr. Raskovich?«

Der Sicherheitsbeauftragte winkte dankend ab.

Hazen fixierte Lavender scharf. »Im Grunde haben Sie alles zu verlieren, nicht wahr?«

Lavender beachtete ihn gar nicht. »Hat jemand etwas dagegen, wenn ich meinem Laster fröne?«

Larssen warf Hazen einen finsteren Blick zu und sagte laut und vernehmlich: »Nur zu, Norris! Selbstverständlich dürfen Sie in Ihrem eigenen Büro rauchen.«

Diesmal dehnte sich das Schweigen noch länger aus, hauptsächlich deshalb, weil Lavender aus dem Anzünden der Zigarre eine regelrechte Zeremonie machte. Er knipste mit einem silbernen Zigarrenschneider bedächtig das Ende ab, leckte das Mundstück an, zog ein goldenes Feuerzeug aus dem Jogginganzug, zündete die Zigarre an und hüllte sich genüsslich in aromatisch riechende Wolken.

Dann erst blickte er auf und sagte mit gespielter Verwunderung zu Hazen: »Oh, Sie sind ja noch da?«

»Ich warte darauf, dass Sie meine Frage beantworten.«

»Wie unhöflich von mir! Aber ich dachte, ich hätte schon vor ein paar Minuten deutlich gemacht, dass die Befragung beendet ist.« Er paffte weiter Wölkchen vor sich hin und schwang den Schreibtischsessel so herum, dass er das Fenster im Blick hatte. »Wenn ich Ihnen einen Rat geben darf,

Gentlemen: Sehen Sie zu, dass Sie nicht von dem Sturm erwischt werden.«

Als Hazen den Dienstwagen aus der Parklücke manövriert hatte, fragte ihn Raskovich: »Was hat er mit der Geschichte von Ihrem und seinem Großvater sagen wollen?«

»Das war nur Vernebelungstaktik«, sagte Hazen.

Aber als sie ein Stück weit gefahren waren, wurde ihm klar, dass er den Sicherheitsfritzen nicht mit ein paar hingeworfenen Worten abspeisen konnte. Wenn seine Pläne aufgehen sollten, war er auf das Wohlwollen der KSU angewiesen, und der Schlüssel zu diesem Wohlwollen war Raskovich.

»Die Lavenders waren ursprünglich brave Rancher, bis sie in den zwanziger Jahren mit Schwarzhandel einen Haufen Geld gescheffelt haben«, fing er an, Raskovich die alte Geschichte zu erklären. »Sie kontrollierten den gesamten Alkoholmarkt in der County. Haben den Stoff von Schmugglern bezogen und in kleinen Mengen weiterverkauft. Mein Großvater war damals Sheriff in Medicine Creek, und eines Nachts hat er Lavender und ein paar von seinen Abnehmern in der Nähe von Kraus' Kavernen dabei erwischt, wie sie ein paar Lastesel mit schwarz gebranntem Klarem beladen haben. Der alte Kraus hatte nämlich ganz hinten in seiner Touristenhöhle eine Destillationsanlage versteckt. Es gab ein Gerangel, und mein Großvater wurde angeschossen. Lavender musste sich vor Gericht verantworten, aber er hat die Mitglieder der Jury bestochen, und so wurde der alte Kraus freigesprochen.«

Raskovich nickte. »Aber was Norris Lavender angeht... glauben Sie wirklich, dass er was mit den Morden zu tun hat?«

»Mr. Raskovich, Polizeiarbeit besteht darin, nach dem Motiv, den verwendeten Tatwerkzeugen und der Gelegenheit zur Tat zu fragen. Lavender hat ein Motiv, und er hat einen skrupellosen Burschen an der Hand, der für ein paar

Dollar alles tut. Wir müssen also nur noch nach den Tatwerkzeugen und der Gelegenheit zur Tat forschen.«

»Ehrlich gesagt, ich kann mir Mr. Lavender einfach nicht als Mörder vorstellen.«

Mein Gott, dieser Raskovich war ein ausgemachter Trottel! Hazen hielt es für besser, sich so vorsichtig wie möglich auszudrücken: »Sie haben ja gehört, was ich in seinem Büro gesagt habe. Ich glaube nicht, dass er selbst die Morde begangen hat, das ist nicht sein Stil. Er dürfte für die Schmutzarbeit einen Killer angeheuert haben. Wissen Sie, ich würde gern mal ein Wörtchen mit diesem Lewis McFelty reden. Die Geschichte mit der kranken Mutter in Kansas City – glauben Sie die etwa?«

»Tja, ich weiß nicht. Wohin fahren wir eigentlich?«

»Wir versuchen herauszufinden, wie tief Norris Lavender in der Patsche sitzt. Zunächst nehmen wir uns die Steuerunterlagen in der Stadtverwaltung vor. Danach unterhalten wir uns mit Schuldnern von ihm und anderen Leuten, die nicht gut auf ihn zu sprechen sind. Er hat doch seine ganze Hoffnung auf das Versuchsfeld gesetzt. Es würde mich nicht wundern, wenn er im Hinblick darauf die eigene Farm verpfändet hätte.«

Es konnte nichts schaden, dem aufgeblasenen Sicherheitsfritzen um den Bart zu gehen. »Was halten Sie davon, Chester? Ich lege großen Wert auf Ihre Meinung.«

»Nun, das dürfte eine in sich kohärente Theorie sein«, antwortete Raskovich zögerlich.

»Sage ich doch!«, trumpfte Hazen auf und bog grinsend Richtung Stadtverwaltung ab.

Doch dann stutzte er. Kohä-was? Konnte der Blödmann sich nicht normal ausdrücken?

43

Es war nachmittags um halb drei, Corrie lag auf dem Bett, von innerer Unruhe erfüllt, die Kopfhörer übergestülpt. Obwohl es in ihrem Zimmer unerträglich heiß war, traute sie sich nicht, das Fenster zu öffnen. Die jüngsten Ereignisse steckten ihr noch zu tief in den Knochen. Es kam ihr noch wie ein böser Traum vor, dass dieser Bursche von der KSU praktisch vor ihrer Haustür ermordet worden war. Ja, die ganze Woche war wie eine Aneinanderreihung von absurden Träumen gewesen.

Sie schielte zum Fenster hinüber. Der ganze Horizont war ein Tummelplatz zuckender Blitze, am Himmel ballten sich finstere Wolken, die irgendwie an drohend gereckte Fäuste erinnerten. Draußen war es fast dunkel geworden, der herannahende Sturm ließ die Schwüle noch schlimmer erscheinen.

Sie hörte ihre Mutter im Nebenzimmer zetern und drehte rasch den CD-Player weiter auf. Ihre Mutter gab natürlich keine Ruhe, sie versuchte, sich mit Faustschlägen an die Wand bemerkbar zu machen. Corrie tat so, als höre sie nichts. Zu dumm, dass ihre Mutter sich ausgerechnet heute krankgemeldet hatte: am ersten Tag, an dem sie zu Hause herumlungerte, weil Pendergast sie nicht mehr zu brauchen schien.

Die Tür zu ihrem Zimmer flog auf, ihre Mutter stand im Nachthemd vor ihr – mit einer Zigarette im Mundwinkel, die dünnen Ärmchen vor dem rundlichen Bauch verschränkt. Corrie streifte sich die Kopfhörer ab.

»Corrie, ich hab mir die Lunge aus dem Hals geschrien! Eines Tages nehme ich dir die verdammten Kopfhörer weg!«

»*Du* wolltest doch, dass ich sie aufsetze.« – »Nicht, wenn ich mit dir zu reden habe! Wieso treibst du dich heute zu Hause rum? Hat dein Chef genug von dir?«

Corrie gab ihr keine Antwort. Ihre Mutter würde ihr sowieso nur das Wort im Mund herumdrehen.

»Ich habe mal nachgerechnet. Er hat dir für die zwei Wochen tausendfünfhundert Dollar gezahlt – richtig?«

Corrie starrte sie stumm an.

»Ich hab dir schon mal gesagt: Solange du zu Hause wohnst, musst du was zum Lebensunterhalt beitragen. Ich habe in letzter Zeit eine Menge Ausgaben gehabt – Steuern, Ärger mit dem Auto und so weiter. Und weil ich mir diese böse Erkältung geholt habe, komme ich auch noch um das heutige Trinkgeld. Ich finde, halbe-halbe wäre das Mindeste.«

»Es ist mein selbst verdientes Geld.«

»Aha! Und von wessen Geld hast du die letzten zehn Jahre gelebt? Dein Vater, der Herumtreiber, hat keinen Penny beigetragen. Ich hab mit meiner Hände Arbeit dafür sorgen müssen, dich über die Runden zu bringen. Und jetzt wirst du gefälligst einen Teil deiner Schuld abtragen, junge Lady!«

Corrie hatte das Geld mit Heftpflaster unter einer Schublade ihres Kleiderschranks festgeklebt. Wenn sie bloß den Mund gehalten und ihrer Mutter nichts von Pendergasts großzügiger Entlohnung erzählt hätte! Sie brauchte das Geld selber. Der blöde Hazen wollte sie ja unbedingt wegen öffentlicher Ruhestörung vor den Kadi zerren, und ohne Geld konnte sie sich keinen guten Anwalt leisten. Und wenn sie ihr irgendeinen Trottel von Pflichtverteidiger stellten, landete sie bestimmt im Knast und konnte ihre Bewerbung fürs College aus dem Gefängnis mailen!

»Ich hab dir doch Geld auf den Küchentisch gelegt.«

»Ja, aber viel zu wenig. Ich will siebenhundertfünfzig Dollar haben. Das ist wahrhaftig nicht zu viel verlangt, nachdem ich dich all die Jahre durchgefüttert habe!«

»Wenn du's nicht normal findest, dein eigenes Kind durchzufüttern, hättest du eben nicht schwanger werden dürfen.«

»Solche Betriebsunfälle kommen leider vor.« Ihre Mutter drückte den Zigarettenstummel in dem Schälchen aus, in dem Corrie ihre Räucherstäbchen aufbewahrte. »Wenn du nichts zu deinem Lebensunterhalt beitragen willst, musst du dir irgendwo einen anderen Unterschlupf suchen!«

Corrie drehte sich abrupt um, stülpte sich die Kopfhörer über die Ohren und drehte den Lautstärkeregler so weit auf, dass es ihr in den Ohren wehtat. Wenn sie jetzt durchdreht, dachte sie, und sei's nur, dass sie mich grob anfasst, schreie ich! Das hatte sie schon einmal getan, damals war sogar der Sheriff gekommen. Aber der Dickwanst hatte natürlich nichts unternommen, außer ihr einzuschärfen, nicht so laut zu schreien. Immerhin, seit dem Tag hatte ihre Mutter sie nicht mehr geschlagen.

Und das wagte sie auch jetzt nicht. Corrie musste also nur abwarten, bis sie sich freiwillig in ihr Zimmer zurückzog. Und als sie das schließlich grollend tat, hatte Corrie endlich ihre Ruhe.

Nein, hatte sie nicht. Solange sich ihre Gedanken überschlugen, konnte sie innerlich keine Ruhe finden. Sie gab sich Mühe, zumindest alle Gedanken an ihre Mutter, an den schäbigen Wohnwagen und an ihr beschissenes, unausgefülltes Leben auszublenden. Mit der Folge, dass sie in Gedanken automatisch bei Pendergast landete. Im Geiste sah sie ihn in seinem coolen schwarzen Outfit samt der schlanken Gestalt und den unwirklich hellen Augen vor sich. Ob er wohl verheiratet war und womöglich Kinder hatte? Es war nicht fair von ihm gewesen, sie so mir nichts, dir nichts abzuservieren und in seinem teuren Nobelschlitten davonzufahren. Vielleicht war er einfach nur enttäuscht von ihr gewesen, so ging's ja vielen. Es war ihr immer noch ein Rätsel, warum er gekuscht hatte, bloß weil der Sheriff ihm irgendeinen Schrieb unter die Nase hielt. Es passte gar nicht zu ihm, einfach die Flinte ins Korn zu werfen. Was er, wenn sie's genau bedachte, auch nicht getan hatte. Im Gegenteil, er hatte ausdrücklich gesagt, er werde weiter ermitteln. Nur, sie sollte nichts mehr damit zu tun haben, weil… Wie hatte er es formuliert? Weil er ihr nicht zumuten könne, seinetwegen mit dem Gesetz in Konflikt zu geraten.

Und damit war sie in Gedanken bei den Mordfällen in Medicine Creek angekommen. Wenn es tatsächlich ein Ortsansässiger war, musste sie ihn kennen. Aber sie konnte sich beim besten Willen nicht vorstellen, dass jemand aus ihrer Stadt dazu fähig war, einem Hund den Schwanz abzuhacken und Chauncy auszunehmen wie einen Thanksgiving-Truthahn, ihn mit lebenden Tieren und Unrat vollzustopfen und ihm anschließend den Bauch wieder zuzunähen. Ganz zu schweigen von dem armen Stott, der regelrecht gesotten worden war!

Warum hatte der Mörder das getan? Und wie stellt man das an, einen ausgewachsenen Mann zu… zu kochen? Wo findet man einen ausreichend großen Topf? In *Maisie's Diner?* Ausgeschlossen. Maisies größter Topf war der, in dem sie das Chili für Donnerstagabend kochte. Und der *Castle Club* war erst recht nicht auf Riesenportionen eingestellt.

Corrie schnaubte ärgerlich. Wie kam sie bloß auf solche absonderlichen Ideen? Nirgendwo gab es einen Topf, in dem ein ausgewachsener Mensch Platz gefunden hätte. Dazu brauchte man den Kessel einer Firmenkantine oder eine Badewanne. Aber wer konnte dergleichen auf eine Feuerstelle wuchten? Und wenn der Mörder sich die Maisfelder für sein grausiges Werk ausgesucht hätte, wäre das große Behältnis von dem Suchflugzeug entdeckt worden. Irgendjemandem wäre der Geruch oder zumindest die Rauchentwicklung aufgefallen.

Plötzlich richtete sie sich abrupt auf.

Kraus' Kavernen…

Sicher auch nur eine verrückte Idee, aber andererseits…

Alle wussten, dass der alte Kraus während der Prohibition in einer abgelegenen Höhle schwarzgebrannt hatte.

Ein Kribbeln wie von Spinnenbeinen lief ihr über den Rücken, ein Gemisch aus Sensationslust, Neugier und Angst. Vielleicht gab es die alte Destillationsanlage dort unten noch. Und zu solchen Anlagen gehört nun mal ein riesiger Kessel. Nur, war der groß genug, um einen Menschen darin zu kochen? Ja, vermutlich schon. Aber eben nur vermutlich.

Corrie streckte sich mit klopfendem Herzen wieder auf dem Bett aus. Und dabei wurde ihr klar, wie albern sich ihre Theorie anhörte. Die Prohibition war vor siebzig Jahren aufgehoben und der alte Kessel sicher schon lange abgebaut worden. So ein Ding ist viel zu wertvoll, um es in einer Höhle verrotten zu lassen. Und wie hätte der Mörder unbemerkt in die Höhle kommen sollen? Winifred Kraus hatte Augen wie ein Luchs, ihr entging so schnell nichts. Und misstrauisch war sie auch, der Zutritt zu den Höhlen war mit Gittern und Schlössern gesichert.

Corrie wälzte sich unruhig hin und her. Sie hatte ein bisschen Erfahrung mit Schlössern, seit sie beim Surfen am Schulcomputer auf eine Anleitung zum Schlösserknacken gestoßen war und sich den Text und die Zeichnungen heruntergeladen hatte. Und natürlich hatte sie das frisch erworbene Wissen sofort an den Schlössern der Schließfächer ihrer Mitschüler erprobt. Wenn der Mörder ein Ortsansässiger war, wusste er bestimmt etwas von der Destillationsanlage und der Schwarzbrennerei des alten Kraus. Vielleicht hatte er die Leiche nachts in die Höhle geschleppt, den Kessel angeheizt und sich, ehe es Morgen wurde, wieder verdrückt. Die alte Winifred war längst nicht so schlau, wie sie dachte. Und in den abgelegeneren Höhlen war sie bestimmt schon lange nicht mehr gewesen. Es gab ja kaum noch Touristen, die eine Führung wollten.

Corrie überlegte, ob sie Pendergast anrufen solle. Wusste

er etwas von dem alten Kessel? Wahrscheinlich nicht, die Zeit der Schwarzbrennerei war nur noch eine vage Erinnerung an Jugendsünden. Warum hätte ihm jemand etwas darüber erzählen sollen? Außerdem wäre das ja ihre Aufgabe gewesen, er hatte sie angeheuert, damit sie ihm so etwas erzählte.

Nun, das konnte sie jetzt immer noch nachholen. Sie kramte das Mobiltelefon hervor, das er ihr gegeben hatte, und wollte anfangen, seine Nummer einzutasten.

Aber nach den ersten Ziffern hielt sie inne. Die ganze Idee war absurd.

Pendergast würde sie auslachen. Oder ärgerlich werden, weil er ihr doch ausdrücklich verboten hatte, sich weiter mit den Morden zu befassen.

Sie legte das Handy weg. Vielleicht war es besser, wenn sie sich erst mal selber in den Höhlen umsah – man weiß ja nie. Wenn es was zu erzählen gab, konnte sie Pendergast immer noch anrufen. Wenn nicht, hatte sie sich wenigstens nicht lächerlich gemacht.

Sie schwang die Beine aus dem Bett. Es war allgemein bekannt, dass die Destillationsanlage in einer der beiden kleinen Höhlen ganz hinten untergebracht war. Jedenfalls hinter dem Teil der Kavernen, der zur Besichtigung freigegeben war. Sie würde schon hinfinden. Sie wollte sich ja nur ein bisschen umsehen und wieder ungesehen verschwinden. Zumindest gab ihr das Abenteuer einen Vorwand, für eine Weile dem schäbigen Wohnwagen und ihrer ewig nörgelnden Mutter den Rücken zu kehren.

Sie drehte die Musik leise und lauschte. Ihre Mutter gab keinen Mucks von sich.

Sie schwang sich aus dem Bett, zog sich an, lauschte erneut und schlich sich schließlich barfuß durch den Flur. Als sie gerade nach der Tür greifen wollte, hörte sie ihre Mutter rufen: »Corrie? Was hast du vor? Wo willst du hin?«

Corrie war mit einem Satz draußen, schlug die Tür hinter sich zu, stieg in ihren Gremlin, legte die Schuhe auf den Beifahrersitz und versuchte, den Wagen zu starten. Er machte einen kleinen Satz, dann starb der Motor ab.

»Corrie!«

Ihre Mutter kam aus dem Wohnwagen.

Beim zweiten Versuch sprang der Motor an. Corrie preschte mit quietschenden Reifen und einer Qualmwolke im Schlepptau die Schotterstraße des Wohnwagenparks hinunter.

44

Allmählich fing der Mann im schwarzen Anzug Marjorie Lane zu nerven an. Seit sage und schreibe eineinhalb Stunden saß er ihr nun schon im Empfangsbereich gegenüber. Das wäre an sich nicht ungewöhnlich gewesen, denn wer zu Kenneth Boot, dem Generalmanager der ABX Corporation, vordringen wollte, musste sich in aller Regel mit Geduld wappnen. Was Marjorie nervös machte, war die stoische Gelassenheit des Mannes. Saß einfach gottergeben da und starrte mit wässerigem Blick durch das Panoramafenster auf die Silhouette der Stadt! Griff nicht nach einer der Illustrierten oder einem Magazin, klappte keinen Laptop auf, holte nicht mal sein Handy raus – da stimmte doch irgendetwas nicht!

Marjorie war schon so lange bei der ABX, dass sie die wechselvolle Geschichte der Firma im Schlaf herbeten konnte. Sie erinnerte sich noch genau, wie sie sich von einem Tag zum anderen den neuen Namen gegeben hatte: dieses ABX – ein Kürzel, das auf die Erforschung des Anadarko-Beckens hinweisen sollte. Später waren Branchen hinzugekauft worden, die nicht unbedingt etwas mit der Erschließung von Ölquellen zu tun hatten: Energieverbundsysteme, Fiberglasoptik, Breitbandtechnik und weiß der Himmel was alles. Marjorie hatte anfangs versucht, den Grund für die erweiterten Firmeninteressen zu verstehen, aber wen sie auch fragte, die neue Firmenpolitik schien selbst für alteingesessene Hasen ein Rätsel zu sein.

Sei's drum, dachte sie, Mr. Boot wird es schon wissen. Den konnte sie allerdings nicht fragen; er war ein viel beschäftigter Mann, der selbst Besucher mit einem fest vereinbarten Termin zermürbend lange warten ließ. Insgeheim hatte Marjorie ihn im Verdacht, Leute nur warten zu lassen, um zu demonstrieren, dass er eben ein viel beschäftigter Mann war.

Nein, mitunter wünschte sie sich die alten Zeiten zurück, in denen sie noch gewusst hatte, womit die Firma Gewinne machte, und nicht nur als Blitzableiter für ungeduldig gewordene Besucher herhalten musste. Die Leute beschwerten sich lauthals bei ihr, und manchmal wurden sie sogar so ausfallend, dass Marjorie den Sicherheitsdienst rufen musste.

Aber so etwas wie heute hatte sie noch nie erlebt. Der Mann in Schwarz und seine unerschütterliche Ruhe – das zerrte an ihren Nerven. Er kam schließlich vom FBI, sie hatte ja seine Plakette gesehen. Wenn es später Ärger gab, war sie's, die ihn ausbaden musste, das kannte sie schon. Am besten, sie rief Kathy an, Boots Sekretärin.

»Kathy«, flüsterte sie ins Telefon, »der FBI-Agent sitzt seit fast zwei Stunden hier. Ich finde, Mr. Boot sollte ihn jetzt vorlassen.«

»Er ist sehr beschäftigt.«

»Ich weiß, aber irgendwie habe ich langsam ein ungutes Gefühl. Tu mir den Gefallen und hak noch mal nach!«

»Augenblick, ich versuch's mal.« Marjorie wurde auf die Warteschleife geschaltet, dann war Kathy wieder dran. »Mr. Boot hat fünf Minuten Zeit für ihn.«

»Danke«, hauchte Marjorie, legte auf und sagte mit gewinnendem Lächeln: »Agent Pendergast? Mr. Boot bittet Sie zu sich.«

Der Mann in Schwarz stand auf, deutete eine Verbeugung an und steuerte wortlos auf die Tür zu, die ins Allerheiligste der ABX Corporation führte. Marjorie begleitete ihn im Geiste mit einem erleichterten Seufzer.

Kenneth Boot stand tief über das Zeichenbrett gebeugt, das er als Schreibtisch benutzte. Dass der FBI-Agent sein Büro betreten hatte, schien er nur mit einem flüchtigen Blick wahrzunehmen. Er tippte in aller Ruhe den Rest seines Memos in den Laptop ein, dann erst wandte er sich um und nahm seinen Besucher in Augenschein.

Was eine leichte Irritation in ihm auslöste. Der Mann erinnerte ihn absolut nicht an Efrem Zimbalist jr., die Heldenfigur der Schmöker, die er in seiner Jugend verschlungen hatte. Der schwarze Anzug war bestimmt nicht von der Stange gekauft, die handgearbeiteten englischen Schuhe mussten ein kleines Vermögen gekostet haben. Kenneth Boot hatte einen Riecher für gute, teure Kleidung, das gehörte für ihn zum unverzichtbaren Rüstzeug eines Spitzenmanagers – genau wie die Kennerschaft für edle Weine, erlesene Zigarren und schöne Frauen. Was ihn zusätzlich beunruhigte, war die Art, wie der Mann sich in seinem Büro umsah. Als wollte er's im Geiste zerlegen.

»Mr. Pendergast? Ich habe Ihnen fünf Minuten eingeräumt, eine davon ist bereits vergangen«, sagte Boot in verbindlichem Ton, bevor er wieder an das Zeichenbrett zurückkehrte und ein neues Memo in den Laptop hämmerte. Als er fertig war, warf er stirnrunzelnd einen Blick auf seine Armbanduhr. Pendergast blieben noch drei Minuten.

Allmählich wuchs der Mann sich zum Ärgernis aus. Saß in seinem Büro, fühlte sich offensichtlich pudelwohl und betrachtete angelegentlich die Holzverkleidung der Wand an der Stirnseite des Raumes. Nein, er betrachtete sie nicht, er starrte sie geradezu an. Was sollte das?

»Mr. Pendergast, Sie haben noch zwei Minuten«, stellte der Generalmanager kühl fest.

Der Mann machte eine vage Handbewegung. »Denken Sie sich bitte nichts dabei. Sobald Sie sich in der Lage sehen, mir Ihre ungeteilte Aufmerksamkeit zukommen zu lassen, wird es mir ein Vergnügen sein, mich mit Ihnen zu unterhalten.«

Boot warf ihm einen Blick zu, nur knapp und über die

Schulter. »Es wäre besser, wenn Sie jetzt damit anfangen, Sie haben nämlich nur noch eine Minute.«

Der Mann musterte ihn mit einem so durchbohrenden Blick, dass Boot unwillkürlich zusammenzuckte. »Der Tresor befindet sich hinter dieser Wand, nicht wahr?«

Boot rang um Fassung. Wieso wusste der Mann, wo sich der Firmentresor befand, obwohl das eigentlich nur drei Spitzenmanagern und dem Aufsichtsratsvorsitzenden bekannt war? Gab es ein verdächtiges Merkmal an dem Paneel, eine Schadstelle oder dergleichen? Oder stand die Firma unter Beobachtung des FBI?

Boot verschanzte sich hinter der Bemerkung: »Ich habe keine Ahnung, wovon Sie reden.«

Pendergasts Lächeln fiel leicht amüsiert aus. »Mr. Boot, Ihre geschäftlichen Belange erfordern ein hohes Maß an Sicherheitsvorkehrungen. Die Unterlagen, die in diesem Tresor schlummern, sind sozusagen die Kronjuwelen Ihrer Firma. Wobei ich, wie Sie sicher ahnen, auf die seismografischen Karten mit den Ergebnissen der Erforschung des Anadarko-Beckens anspiele. Diese Karten zeigen die Lage von Öl- und Gasvorkommen. Da versteht es sich von selbst, dass sie in einem Tresor aufbewahrt werden müssen. Und den wollen Sie nicht irgendwo, sondern in Ihrer Nähe haben, damit Sie immer ein Auge auf ihn haben können. An drei Wänden Ihres Büros hängen wertvolle Gemälde alter Meister, an der vierten Wand dagegen relativ preiswert zu erstehende Stiche. Stiche kann man abhängen, ohne befürchten zu müssen, dass sie Schaden nehmen. Daraus schließe ich, dass der Tresor hinter der Stirnwand liegen muss.«

Boot lachte. »Sie gefallen sich anscheinend in der Rolle eines unfehlbaren Sherlock Holmes.«

Pendergast stimmte gut gelaunt in Boots Lachen ein. »Ich möchte Sie höflich ersuchen, Ihren Tresor zu öffnen und mir die Karte mit den seismografischen Daten der Cry County zur Verfügung zu stellen, und zwar auf dem aktualisierten

Stand von 1999. Es handelt sich selbstverständlich um eine Bitte, bei der es ganz in Ihrer Entscheidung liegt, ob Sie sie gewähren wollen.«

Boot war ein in vielen kritischen Situationen erprobter Manager, daher gelang es ihm mühelos, sich beherrscht zu geben. Er hatte die Erfahrung gemacht, dass bei schwierigen Verhandlungen ein leiser Tonfall auf den Gesprächspartner am einschüchterndsten wirkte. Und so senkte er seine Stimme bis zu einem kaum vernehmlichen Flüstern.

»Mr. Pendergast, wir reden hier, wie Sie es so treffend formuliert haben, von den Kronjuwelen der ABX. In den von Ihnen angesprochenen geologischen Informationen steckt die Arbeit aus dreißig Jahren seismografischer Erkundungen und nicht angemeldeter Versuchsbohrungen im Gegenwert von etwa einer halben Milliarde Dollar. Und Sie bitten mich einfach, Ihnen solche Unterlagen auszuhändigen?«

»Wie gesagt, das liegt ganz in Ihrem Ermessen. Eine gerichtliche Anordnung könnte ich mit Sicherheit nicht erwirken.« Na also, der Mann gab selbst zu, dass er nichts in der Hand hatte, und schon gar kein Ass im Ärmel! Ein Spaßvogel, der es einfach auf gut Glück versuchte. Oder es steckte ein Trick dahinter. Irgendetwas an der ganzen Geschichte löste bei Boot ein unbehagliches Gefühl aus. In solchen Fällen war es angeraten, sich auf ein höfliches Lächeln zu beschränken.

»Es tut mir leid, Mr. Pendergast, dass ich Ihren Wunsch nicht erfüllen kann. Wenn es sonst nichts zu besprechen gibt, darf ich Ihnen einen angenehmen Tag wünschen.« Boot kehrte zu seinem Zeichenbrett zurück und entwarf ein neues Memo. Aus den Augenwinkeln sah er, dass sein Besucher sich nicht vom Fleck rührte.

Ohne aufzublicken, sagte er: »Mr. Pendergast, in zehn Sekunden muss ich Ihr Verhalten als widerrechtliches Eindringen werten und den Sicherheitsdienst verständigen.«

Als der Agent wieder nicht reagierte, drückte Boot die

Gegensprechanlage zu seinem Vorzimmer. »Kathy, schicken Sie zwei Männer vom Sicherheitsdienst zu mir, damit sie Mr. Pendergast zum Ausgang begleiten können.« Er versuchte, sich wieder auf das Memo für den Leiter der Finanzabteilung zu konzentrieren, aber es entging ihm natürlich nicht, dass der Agent weiter ungerührt in seinem Sessel sitzen blieb und offensichtlich amüsiert der Dinge harrte, die da kommen sollten. Ein penetranter Kotzbrocken!

Ein kurzes Knacken, dann meldete seine Sekretärin über die Gegensprechanlage: »Die Männer vom Sicherheitsdienst sind jetzt hier, Mr. Boot.«

Bevor Boot weitere Anweisungen geben konnte, drückte sich Pendergast mit einer geschmeidigen Bewegung aus dem Sessel hoch, war mit zwei, drei raschen Schritten bei Boot und flüsterte ihm eine Nummer ins Ohr: »Zwei-drei-null, null-fünf-sieben, sechs-sieben, null-null.«

Boot sah ihn irritiert an. Dann ging ihm auf, dass und woher ihm die Nummer bekannt vorkam. Auf einmal hatte er das merkwürdige Gefühl, dass sich seine Haarspitzen zu kräuseln begannen. Er überhörte das harte Klopfen an der Tür. Erst als die beiden Männer mit gezogener Waffe hereinstürmten, erwachte er aus seiner Erstarrung.

»Ist das der Mann, Sir?«

Pendergast winkte ab. »Mr. Boot bedauert, dass sich ein kleines Missverständnis eingeschlichen hat. Er benötigt Ihre Hilfe nicht mehr.«

Die Männer sahen Boot fragend an. Der Manager nickte wie in Trance. »Sie haben es ja gehört. Ich brauche Sie tatsächlich nicht mehr.«

Pendergast bedachte die beiden Männer mit einem gewinnenden Lächeln. »Sind Sie so liebenswürdig, hinter sich die Tür zu schließen? Mr. Boot und ich möchten bei unserer Unterredung nicht gestört werden. Und sagen Sie seiner Sekretärin, dass sie in den nächsten Minuten keine Anrufe durchstellen soll.«

Die Männer starrten ihren Chef unschlüssig an. »Ja«, bestätigte Boot mit belegter Stimme, »wir möchten nicht gestört werden.«

Als die beiden Männer gegangen waren, wandte sich Pendergast aufgeräumt an den Manager. »Darf ich vorschlagen, verehrter Mr. Boot, dass wir jetzt noch mal auf das Thema der Kronjuwelen zurückkommen?«

Zehn Minuten später schlenderte Pendergast mit einer Papprolle unterm Arm zu seinem Rolls-Royce, öffnete die Tür, legte die Rolle auf den Beifahrersitz, startete den Motor und schaltete die Klimaanlage ein. Während die Temperatur langsam sank, warf er einen prüfenden Blick auf den Inhalt der Papprolle.

Die Karte übertraf seine kühnsten Erwartungen. Mit einem Schlag waren alle Rätsel gelöst, die sich bisher um die Legende von den Geisterkriegern, das Massaker an den Fünfundvierzig und das scheinbar unerklärliche Auftauchen und spurlose Verschwinden des Serienmörders gerankt hatten. Und im Übrigen, sozusagen als Bonuseffekt, wusste er nun auch, woher Medicine Creek sein vorzügliches Leitungswasser bekam.

Er griff zum Autotelefon, schaltete den Zerhacker ein und gab die Vorwahl von Cleveland, Ohio, und eine bestimmte Nummer ein. Nahezu sofort meldete sich eine sehr leise weibliche Stimme. »Ja – bitte?«

»Ich wollte mich bedanken, Mime. Nachdem ich ihm die Nummer auf den Kaimaninseln genannt hatte, ist er in den Knien eingeknickt. Ich vermute, er wird in nächster Zeit ziemlich unruhig schlafen.«

»Schön, dass ich dir behilflich sein konnte.« Ein kurzes Klacken, die Verbindung war unterbrochen.

Pendergast legte auf und widmete sich wieder, diesmal ausführlicher, dem Studium der Karte. Sie enthüllte ein wahres Labyrinth aus unterirdischen Stollen und Laufgängen.

»Hochinteressant«, murmelte er vor sich hin. Seine Meditationsübung war also kein Reinfall gewesen, im Gegenteil, die Karte bestätigte all das, was er von Anfang an vermutet hatte.

Er hatte lediglich das eine oder andere Detail falsch interpretiert.

Er rollte die Karte zusammen und schob sie in die Papprolle zurück.

Nun wusste er genau, wie es den Geisterkriegern möglich gewesen war, scheinbar aus dem Nichts aufzutauchen und im Nirgendwo zu verschwinden.

45

In New York City konnten die Menschen einen warmen, sonnendurchfluteten Spätnachmittag genießen, wovon Wren freilich nichts merkte, als er die nach Moder riechenden Gewölbe unter dem Haus am Riverside Drive durchwanderte. Hier unten herrschte immer Mitternacht.

Er huschte wie eine Geistererscheinung von einer unterirdischen Kammer zur anderen. Der gelbe Lichtschein seiner Grubenlampe bohrte sich ins verschwommene Halbdunkel und wies ihm den Weg durch die verschlungenen Kellerflure. Heute hatte er zum ersten Mal sein Klemmbrett nicht unterm Arm. Es lag neben dem Laptop, weil er seine Notizen nach diesem letzten Rundgang mit nach oben nehmen wollte. Acht Wochen faszinierender, wenn auch kräftezehrender Arbeit lagen hinter ihm, und die Katalogisierung der Schätze, die dieses private Kuriositätenkabinett barg, war so gut wie abgeschlossen. Pendergast würde sehr zufrieden sein.

Es war, wie er festgestellt hatte, eine wirklich bemerkenswerte Sammlung, viel umfangreicher, als Pendergast es sich träumen ließ. Sie spiegelte nahezu das ganze Spektrum der Schätze wider, die ein Sammlerherz sich wünschen konnte – und zwar von allem das Feinste: Edelsteine, Fossilien, Schmetterlinge, Edelmetalle, botanische Kostbarkeiten, Gifte, ausgestorbene Pflanzen und Tiere, Münzen, Waffen und sogar Meteoriten. Jede Kammer, jeder Schrank und jede Vitrine hatte sich als Fundgrube neuer Wunder entpuppt. Es war zweifellos die größte Sammlung, die je ein Mensch zusammengetragen hatte.

Ein quälender, geradezu beschämender Gedanke, dass

kaum Aussicht darauf bestand, all diese Schätze einem breiten Publikum zugänglich zu machen. Zumindest vorerst nicht. Wenn Wren daran dachte, dass all das Pendergast gehörte und nicht ihm, konnte er ein gewisses Neidgefühl nicht unterdrücken.

Er setzte seinen Rundgang durch die in Halbdunkel getauchten Kammern fort. Es war wie ein Abschied von einem lieb gewordenen Ort. Schließlich blieb er an einer Stelle stehen, die ihm besonders ans Herz gewachsen war. Seinen Zaubergarten nannte er sie insgeheim, weil das Licht der Grubenlampe hier, wohin es auch fiel, tausendfältig von verglasten Vitrinen, Teströhrchen, Messbechern und metallenen Labortischen widergespiegelt wurde. Der blitzende, schimmernde Spuk schien von allen Seiten gleichzeitig zu kommen – ein traumhaft schöner Anblick. Und dahinter, gleich hinter dem letzten Labor, begann der Bereich, den er im Stillen den verbotenen Ort nannte. Pendergast hatte ihm eindringlich eingeschärft, nie in diesen Teil der Gewölbe einzudringen.

Er wandte sich seufzend um und trat den Rückweg an. Der Rundgang erinnerte ihn an Edgar Allan Poes Geschichte *Die Maske des Roten Todes*. In ihr wird erzählt, wie Prinz Prospero während einer grauenhaften Seuche für seinen Maskenball einige hintereinander liegende Kammern fantasievoll und bizarr ornamentiert ausgeschmückt hatte. Die letzte, die siebte Kammer jedoch war mit nachtschwarzem Samt und blutroten Fensterscheiben versehen und enthielt eine riesige Uhr aus Ebenholz.

Wren konnte der Versuchung nicht widerstehen, noch einmal zurückzublicken und den Lichtstrahl auf die niedrige, fest verschlossene Tür zu richten, die zum verbotenen Ort führte. Er hatte sich immer wieder gefragt, was wohl hinter dieser Tür verborgen sein mochte. Aber, sagte er sich, vielleicht war es besser, es nicht zu wissen. Außerdem drängte es ihn, ins Erdgeschoss zurückzukehren, wo in der Bibliothek ein Kleinod auf ihn wartete: das indianische Beschwörungsbuch. Endlich darin blättern zu können reizte ihn noch mehr als all die Schätze, die hier unten lagerten und die er mit so viel Mühe katalogisiert hatte. Zumindest würde er sie für eine Weile vergessen können.

Und auf einmal war das Geräusch wieder da! Leises Rascheln von Stoff und das beharrliche Echo von Schritten!

Wren war daran gewöhnt, während seiner Arbeit von Dunkelheit umgeben zu sein, eine Erfahrung, die seinen Gehörsinn weit überdurchschnittlich geschärft hatte. Während seiner Arbeit hier unten in den Gewölben hatte er das Geräusch hin und wieder deutlich wahrgenommen. Kein Zweifel, es kam von raschelndem Stoff und verstohlenen Schritten. Und er hatte auch wiederholt das Gefühl gehabt, heimlich beobachtet zu werden, während er ein Schubfach aufzog oder sich ein paar Notizen machte. Das Gefühl hatte ihn zu oft beschlichen, als dass es nur auf Einbildung beruhen konnte.

Während er weiter durch die Gewölbe eilte, schob er die Hand in seinen Laborkittel und umfasste den Griff des Buchmessers. Die Klinge war schmal, aber er hatte sie erst vor kurzem erneuert, sie war sehr scharf.

Als er einen Schritt zulegte, passte der unsichtbare Verfolger sich seinem Tempo an.

Wren versuchte, unauffällig herauszufinden, aus welcher Richtung das Geräusch kam. Und schließlich war er sich ziemlich sicher: Es kam von rechts. Der unsichtbare Verfolger musste sich hinter den hohen Eichenschränken verbergen.

Die Kellergewölbe waren ein verschlungener Irrgarten, aber er kannte sich nach zwei Monaten überwiegend hier unten verbrachter Arbeit inzwischen gut aus. Und so wusste er, dass der Verfolger einen Fehler gemacht hatte. Denn der schmale Flur hinter den Eichenschränken führte in eine Sackgasse.

Er beschleunigte seinen Schritt noch einmal und war wenig später am Ende des Gewölbes, wo ein schwerer Brokatvorhang den Durchgang zum nächsten Raum verbarg. Wren zögerte keine Sekunde. Flink wie ein Frettchen zückte er sein Buchmesser, schob mit dem linken Arm den Vorhang beiseite und richtete den Lichtstrahl der Grubenlampe ins Halbdunkel.

Nichts. Die Kammer war leer.

Aber als er das scharfe Messer wieder eingesteckt und seine ursprüngliche Richtung eingeschlagen hatte, hörte er hastige, nach hinten entweichende Schritte. Sie huschten so leichtfüßig und so behende, dass es nur die Schritte eines Kindes sein konnten.

46

Corrie schaute immer wieder misstrauisch zu den Fenstern der alten Krausschen Schnörkelburg, als sie ihren Wagen um das Haus herumlenkte. Nein, das neugierige alte Weib war an keinem Fenster zu erblicken. Wahrscheinlich fühlte sie sich immer noch krank und war schlafen gegangen. Von Pendergasts Rolls-Royce war auch nichts zu sehen, er schien noch unterwegs zu sein. Das Grundstück wirkte verlassen.

Über ihr ballten sich gefährlich dunkle Wolken. Inzwischen gab es im Radio immer wieder Tornadowarnungen für die Grenzregionen von Colorado. Ein rascher Blick nach links ließ nichts Gutes ahnen, der Himmel sah so schwarz und drohend aus wie eine Schieferplatte. Nun gut, sie brauchte allenfalls eine Viertelstunde, um sich in dem Höhlensystem umzusehen.

Ungefähr vierhundert Meter hinter dem Grundstück bog sie auf einen unbefestigten Feldweg ab, der in die Maisfelder führte. Sie stellte ihren Wagen so ab, dass er von der Straße aus nicht zu sehen war. Das Dach des Krausschen Hauses überragte knapp die Maisstängel. Einen Moment lang fragte sie sich, ob es wirklich eine gute Idee war, sich bei so einem Sauwetter in den Feldern aufzuhalten. Andererseits, wegen des Serienmörders musste sie sich keine Sorgen machen. Pendergast hatte ihr im Brustton der Überzeugung versichert, dass der sich nur nachts in den Maispflanzungen herumtrieb.

Sie steckte die Taschenlampe ein, stieg aus dem Auto, sah zu, dass sie die Autotür so leise wie möglich hinter sich zudrückte, und machte sich auf den Weg zum Höhleneingang.

Die Hitze, die über den Feldern waberte, schnürte ihr fast

den Atem ab. Die Fruchtkolben waren völlig ausgedörrt – ein sicheres Zeichen, dass sie zu Biosprit verarbeitet werden sollten, da ließ man die Frucht absichtlich austrocknen. Nicht ganz ungefährlich, wenn in den Feldern Feuer ausbrach. Sei's drum, sie war ja gleich da.

Wenige Meter vor ihr ragte schon der halb in sich zusammengebrochene Lattenzaun auf, der ursprünglich die Grenzmarkierung von Kraus' Grund und Boden gewesen war. Sie folgte dem Verlauf des Zauns zurück, bis sie auf der Höhe des Eingangs angekommen war. Rasch ein Blick nach oben: Nein, die alte Kraus lauerte nicht hinter den Fenstern, das Haus lag wie im Dornröschenschlaf da. Trotzdem, irgendwie wirkte es unheimlich: ohne Nachbarn, heruntergewirtschaftet, als wartete der schwarz geballte Himmel nur auf eine Gelegenheit, ihm den Garaus zu machen. Die Luft roch nach Ozon, die Schwüle wurde von Minute zu Minute unerträglicher. Zu Hause, vom Wohnwagen aus, hatte der Himmel längst nicht so bedrohlich ausgesehen, aber jetzt wurde ihr schlagartig klar, dass sie besser daran tat, sich zu beeilen, ehe über Medicine Creek die Hölle losbrach.

Vorsichtig ging sie den holperigen Pfad hinunter, der zum Höhleneingang führte. Fußspuren oder auch nur die Schleifspur von Schritten konnte sie nirgendwo sehen, in den letzten Tagen hatte also niemand den Pfad benutzt. Einerseits war sie erleichtert, andererseits enttäuscht, denn das bedeutete, dass der Mörder – wenn er überhaupt je an dieser Stelle gewesen war – seit einigen Tagen nicht mehr hier aufgetaucht war. Damit brach ihre Theorie wie ein Kartenhaus zusammen. Eine Schnapsidee, sie hatte es ja geahnt.

Trotzdem, nachdem sie schon da war, konnte sie sich auch gleich ein bisschen umsehen. Sie schaltete die Taschenlampe ein und nahm das Vorhängeschloss in Augenschein, mit dem das Eisentor gesichert war. Ausgezeichnet! Ein altes Steckschloss, wie es vor rund hundert Jahren in

Mode gekommen war. Im Prinzip dasselbe System wie an den Schließfächern in der Schule, an denen sie seinerzeit ihre per Internet erworbene Fertigkeit erprobt hatte. Bei dem Gedanken, wie sie damals Brad Hazen einen noch warmen Pferdeapfel ins frisch geknackte Schließfach gelegt hatte, zerfloss ihre Miene zu einem hämischen Grinsen. Sie hatte ihm nicht nur die geballte Ladung Pferdekot, sondern auch eine – zugegeben nicht mehr ganz frische – Rose zu seinen Siebensachen gepackt, und der Trottel war ihr nie auf die Schliche gekommen.

Zuerst zog sie mit einem Ruck die Kette stramm. Oberstes Gebot für Schlossknacker war: Greif nicht zum Stemmeisen, wenn du's womöglich gar nicht brauchst! Aber hier brauchte sie ihr Werkzeug, das Schloss war fest eingerastet.

Sie kramte ein grünes Filzetui aus ihrer Tasche, klappte es vorsichtig auf und musterte ihre Ausrüstung. Einen Satz Keile und zwei, drei Haken, alles während des Werkunterrichts in der Schule persönlich angefertigt. Der Kniff beim Schlossknacken, hatte sie im Internet gelernt, bestand im Prinzip nur darin, die Schwachstellen auszumachen. Bei zweifachen Verriegelungen galt die Regel, sich erst den dickeren und dann den dünneren Arretierstift vorzunehmen. Den Stift mit dem passenden Keil nach unten drücken und das Schloss mit Hilfe des gebogenen Hakens aufzuhebeln – das war schon alles. Wie gesagt, zuerst den dickeren Arretierstift nach unten drücken – im Grunde ein Kinderspiel. Nachdem sie beide Arretierungen ausgehebelt hatte, konnte sie ein stolzes Lächeln nicht unterdrücken. Obwohl sie sich natürlich eingestand, dass es nur bei altmodischen Schlössern so einfach war. Ein Glück, dass Pendergast nicht Augenzeuge ihrer ruchlosen Tat gewesen war, er hätte solche Methoden sicher nicht gebilligt. Oder hätte er unter den gegebenen Umständen vielleicht doch ein Auge zugedrückt?

Corrie packte ihr Werkzeug ein und drückte das leise quietschende Tor auf. Auch hier wieder keine Fuß- oder

Schleifspuren auf dem staubigen Boden. Pendergast schien der Letzte gewesen zu sein, den Winifred Kraus zu einer Führung überreden konnte. Sie machte sich anscheinend auch nicht die Mühe, hier unten in regelmäßigen Abständen nach dem Rechten zu sehen. So gesehen hätte Corrie unbekümmert drauflosmarschieren können, aber irgendwie geriet sie bei dem Gedanken, dass die Taschenlampenbatterien irgendwo unterwegs ihren Geist aufgeben könnten, in gelinde Panik. Und so beschloss sie, die Taschenlampe nur im Notfall einzuschalten und sich ansonsten an den feuchten Felswänden entlangzutasten.

Es war eine kleine Ewigkeit her, seit sie das letzte Mal hier unten gewesen war. Ihr Vater hatte sie einmal mitgenommen, als sie sechs oder sieben gewesen war – kurz bevor er sich schnöde aus dem Staub gemacht hatte. Sie blieb stehen, leuchtete kurz den Abgrund aus, der sich unter ihr auftat, und sah vor sich die Kalksteinstufen, die in die Tiefe führten. Ein leichtes Schaudern überlief sie, aber sie zwang sich, den Abstieg ohne Licht zu wagen, zumal sie sich erinnerte, dass die Stufen nach einer Weile von einem Laufsteg aus Holzbohlen abgelöst wurden. Nur, dass die vermeintliche Weile so lange dauerte, hatte sie nicht geahnt.

Wie gespenstische Schatten ragten links und rechts des Stegs Stalagmiten und Stalaktiten auf. Sie hatte vergessen, wie fremdartig und unheimlich die Welt hier unten war. Seinerzeit hatte sie ihren Vater neben sich und eine Menge Erwachsene in der Nähe gehabt. Jetzt war sie allein, und rings um sie herrschte Grabesstille. Sie setzte vorsichtig einen Fuß vor den anderen. Am liebsten hätte sie sich die Schuhe ausgezogen, weil jeder Schritt auf dem Holzsteg höllisch laut klang – zumindest bildete sie sich das ein. Das Tropfwasser, das von den Stalaktiten rann, hörte sich im Dunkel an, als lauere vor ihr ein Wasserfall, in den sie unversehens abstürzen konnte. Vielleicht war es doch keine so gute Idee gewesen, mutterseelenallein hierher zu kommen.

Sie schüttelte ihre Ängste ab. Sie machte sich klar, dass ihr hier unten nichts und niemand auflauern konnte, sie war völlig allein. In den Pfützen, die sich auf dem hölzernen Gehsteig angesammelt hatten, war eine dünne Schlammschicht abgelagert. Auch hier gab es keine Fußspuren, was wiederum bewies, dass schon lange niemand mehr an diesem Ort gewesen war.

Schließlich war sie bei der ersten Höhle angekommen. Zum Glück fiel ihr ein, dass der Durchlass zur zweiten sehr niedrig war, sodass sie rechtzeitig den Kopf einziehen konnte. Und auf einmal waren all ihre halb verschütteten Erinnerungen wieder da, sogar der Name der Höhle fiel ihr ein: »Die Bibliothek des Riesen«. Sie wusste noch, wie sie sich als Kind eingebildet hatte, den Riesen leibhaftig im Hintergrund hocken zu sehen. Mutiger geworden und an das Dunkel gewöhnt, setzte sie ihre Schritte schneller. Gleich musste sie am »Teich der Unendlichkeit« angekommen sein, sie glaubte schon den grünlichen Schimmer des Wassers wahrzunehmen. Das war die Stelle, an der die Führungen endeten, danach ging es in einem weiten Bogen zurück zur »Kristallkathedrale« mit dem schönen Glockenspiel.

Vor ihr erstreckte sich rabenschwarzes Dunkel. Sie schaltete die Taschenlampe ein und richtete den Lichtstrahl auf den durch das Tropfwasser wer weiß wie vieler Jahrhunderte entstandenen Teich rechts unter ihr. Viel konnte sie nicht erkennen, also kletterte sie kurz entschlossen über die Absperrung, die Besuchern zugleich als Handlauf dienen sollte, und stand am Rand des unterirdischen Sees.

Wenn sie bis zu den dahinter liegenden Höhlen vordringen wollte, musste sie wohl oder übel durch das Wasser waten. Zu dumm, dass sie Schuhe angezogen hatte, an denen sie umständlich die Schnürsenkel aufschnüren musste, um danach die Socken auszuziehen und in der Hosentasche zu verstauen. Aber endlich war auch das geschafft. Sie steckte zögernd einen Zeh in den Teich. Himmel, war das Wasser kalt! Und tiefer, als sie vermutet hatte. Sie sah zu, so schnell wie möglich die andere Seite zu erreichen, wobei es sich freilich nicht vermeiden ließ, dass sie bis über die Knie nass wurde.

Am anderen Ufer angekommen, kletterte sie barfuß nach oben und knipste die Taschenlampe an. Rechts entdeckte sie einen niedrigen Felstunnel, das musste der Durchlass zu den beiden letzten – den namenlosen – Höhlen sein. Sie setzte sich auf einen Kalksteinbrocken, streifte sich die Socken über die nassen Füße, zog die klobigen, viel zu schweren Wanderschuhe wieder an und stapfte auf den Felstunnel zu. Die Decke war noch tiefer, als sie gedacht hatte, und schien sich mit jedem Meter weiter abzusenken. Aber nach einem scharfen Knick wurde sie unversehens höher, Corrie konnte sich aufrichten. Und plötzlich sah sie im Lichtstrahl der Taschenlampe vor sich eine Eisentür, die – genau wie beim Eingang zu den Besucherhöhlen – mit einem Vorhängeschloss gesichert war.

Das war der Eingang zur alten Destillationsanlage!

Das Schloss hatte denselben Mechanismus wie das am Höhleneingang. Sie musste also lediglich ihr Werkzeug wieder auspacken und die Handgriffe wiederholen, die sie schon beim ersten Versuch erfolgreich erprobt hatte. Aber ob es nun an dem spärlichen Licht, ihren klammen, nassen Fingern oder der Aufregung lag, diesmal brauchte sie viel länger. Endlich, nach etlichen Minuten, hörte sie das erhoffte Klicken, der Schließmechanismus war geknackt. Sie nahm die Kette ab, legte sie so leise wie möglich auf den Boden und drückte die schwere Eisentür auf.

Sie blieb stehen und suchte mit der Taschenlampe den vor ihr liegenden felsigen Durchlass ab. Die Wände der Höhle reflektierten in einem phosphoreszierenden Schimmer, zwischen den Felswänden führte ein schmaler Durchlass ins Innere der Höhle. Etwa dreißig Meter weit brauchte sie die

Taschenlampe, sonst wäre sie nicht ohne Hautabschürfungen durchgekommen, dann traten die Felswände plötzlich zurück: Sie war im Zentrum der Höhle angekommen. Verglichen mit der majestätischen Weite der Besucherhöhlen nahm sie sich recht bescheiden aus. Es gab nur wenige, erst zu kümmerlicher Höhe herangewachsene Stalagmiten, die zahlenden Besuchern bestimmt nicht sonderlich imponiert hätten. Die Luft war eisig und verströmte einen merkwürdigen Geruch. Zunächst vermutete sie, dass es abgestandener Rauch war. Aber es kam noch etwas anderes dazu, etwas, was an ranziges Fett und Fäulnis erinnerte.

Oh Gott! Sie schluckte schwer. Unwillkürlich sträubten sich ihre Nackenhaare.

Es konnte nicht mehr weit bis zu dem alten Schwarzbrennerkessel sein. Sie ging weiter, und auf einmal blitzte am Ende der Höhle ein schwacher Metallschimmer auf. Und nach zwei, drei Schritten war sie am Ziel angekommen: Vor ihr stand auf einem gewaltigen Dreifuß der altmodische Kupferkessel. Auf dem Boden lag angehäufte Asche, hinter dem riesigen Kessel waren Holzscheite aufgeschichtet. Die Kupferröhren, die früher den Fusel in Fässer und große Glaskolben gelenkt hatten, waren abmontiert worden und lagen ramponiert auf dem Boden. Rings um den Zentralkessel standen ein paar kleinere Behältnisse und Kessel.

Sie leuchtete die Höhle aus. Auf der anderen Seite des Kessels stand ein Tisch mit Gläsern, eins davon war zerbrochen. Splitter lagen auf dem Boden, daneben entdeckte sie eine halb verrottete Spielkarte, ein Ass. Ein Stück weiter hinten hatte sich ein ganzer Scherbenhaufen aus zerbrochenen Glasflaschen und Krügen angesammelt. Im Geiste sah sie vor sich, wie die Schwarzbrenner hier unten Karten gespielt, getrunken, geraucht und von Zeit zu Zeit unter dem Kupferkessel Holzscheite nachgelegt hatten.

Sie ging näher an den Kessel heran. Kein Zweifel, er war groß genug, um einen Menschen darin zu kochen. Aber ob er in jüngster Zeit je benutzt worden war, ließ sich nicht eindeutig sagen. Andererseits, hätte es sonst hier unten immer noch nach Rauch gerochen? Aber zu dem Rauch mischte sich ein anderer, und zwar ein übler Geruch. Es roch nicht nach Moder, Rost oder Abfällen, es roch so, wie es an den Fundorten der Leichen gerochen hatte, zu denen Pendergast sie mitgenommen hatte.

Auf einmal beschlich sie Angst. Sie war doch nur hergekommen, um zu sehen, ob es den alten Kessel noch gab. Gut, es gab ihn, die Frage war beantwortet. Also bestand kein vernünftiger Grund, sich noch länger hier herumzutreiben.

Wenn sie einigermaßen bei klarem Verstand war, musste sie schleunigst verschwinden!

Nur, irgendetwas ließ sie zögern. Sie hatte einen langen Weg zurückgelegt, und nachdem sie schon mal da war, konnte sie ruhig noch ein paar Minuten dranhängen. Wer weiß, was sie noch entdeckte, wenn sie sich gründlich umsah.

Sie reckte sich auf die Zehenspitzen, um rasch einen Blick in den Kessel zu werfen. Der widerliche Geruch nach ranzigem Fett schlug ihr entgegen. Und auf dem Boden des Kessels lag etwas Blasses, fast Durchsichtiges, ähnlich einer Muschelschale.

Auf einmal zuckte sie entsetzt zurück. Was da lag, war ein menschliches Ohr!

Sie kämpfte gegen den Brechreiz an. Als sie taumelnd nach hinten ausweichen wollte und ins Stolpern geriet, rutschte ihr die Taschenlampe aus der Hand, schlug hart auf dem Kalksteinboden auf und rollte weg. Der gelbe Strahl tänzelte wie ein Irrlicht über den Boden, immer weiter nach hinten.

Bis die Lampe abermals irgendwo aufschlug und zu trudeln aufhörte. Und eine Sekunde später erlosch das Licht, die Höhle war in Dunkel getaucht.

Scheiße!, fluchte Corrie lautlos vor sich hin. Scheiße-Scheiße-Scheiße!

Sie ging auf die Hände und die Knie und arbeitete sich, ständig den Boden absuchend, langsam auf die Stelle zu, an der sie den Lichtstrahl zuletzt gesehen hatte. Oder zumindest glaubte, ihn gesehen zu haben. Nach wenigen Minuten hatte sie sich auf dem Felsboden die Hände wund gescheuert.

Die Taschenlampe freilich konnte sie nirgendwo finden. Sie ging in die Hocke und überlegte, ob sie versuchen sollte, den Rückweg im Dunkeln zu finden. Eine verrückte Idee, innerhalb von Minuten würde sie die Orientierung verlieren und blindlings durchs Dunkel stolpern! Panik befiel sie. Sie musste die Lampe finden! Irgendwo da, wo sie zuletzt auf den Fels geprallt und in eine andere Richtung gelenkt worden war, musste sie sein. Sie würde sie finden, kräftig durchschütteln, bis die Batterien wieder arbeiteten, und dann wie ein geölter Blitz aus dem verdammten Höhlensystem verschwinden.

Sie kroch suchend an der Felswand entlang, erst nach links, dann nach rechts. Die Taschenlampe war wie vom Boden verschluckt.

Vielleicht war sie zu weit seitlich abgekommen? Sie versuchte, sich zu konzentrieren, und kroch zu ihrem Ausgangspunkt zurück. Richtiger gesagt: dahin, wo sie ihren Ausgangspunkt vermutete. Und dann startete sie den zweiten Versuch.

Ohne Erfolg.

Ihr Atem ging immer schneller, ihr Herz raste wie verrückt. Nach einer Weile hatte sie das Gefühl, die Orientierung völlig verloren zu haben und irgendwo mitten in der Höhle herumzuirren.

Okay, dachte sie, hör auf zu suchen, bleib, wo du bist, bring deinen Atem unter Kontrolle und sieh zu, dass du dich wieder in den Griff kriegst! Sie war tatsächlich so dämlich gewesen, sich nur auf ihre Taschenlampe zu verlassen, statt sich zusätzlich Streichhölzer einzustecken. Eine unverzeihliche Dummheit!

Andererseits, es war eine kleine Höhle mit nur einem einzigen Ausgang. Der musste sich doch finden lassen, oder? Sie ging wieder auf alle viere und kroch los. Der Boden war mit spitzen Steinen gespickt, überall hatten sich Wasserlachen gebildet. Irgendwie kam ihr plötzlich alles fremd vor. Dann schlug sie mit dem Schädel an etwas Hartes. Sie tastete das Hindernis mit beiden Händen ab. Aha, der Dreifuß! Sie war genau in die falsche Richtung gekrochen.

Aber zumindest wusste sie nun, wo sie war. Sie brauchte sich nur entlang der Wand zu halten, dann kam sie automatisch zum Ausgang. Und weil sie sich nur allzu gut erinnerte, wie niedrig die Felsdecke dort hing, kroch sie vorsichtshalber auf Händen und Knien weiter. Sie versuchte, die Länge der zurückgelegten Strecke in Metern abzuschätzen: sieben, acht, neun...

Und plötzlich stieß ihre Hand auf etwas Warmes.

Instinktiv zuckte sie zurück. Ein paar Sekunden lang war sie vor Schreck wie gelähmt.

Was war das?

Eine Ratte?

Oder eine Fledermaus? Aber sie hörte vor lauter Herzklopfen weder etwas rascheln noch flattern.

Nach einer Weile zwang sie sich, die Hand auszustrecken und das rätselhafte Etwas zu betasten.

Was immer es sein mochte, es fühlte sich warm, unbehaart nackt und ein bisschen feucht an. Und es rührte sich nicht von der Stelle. Vielleicht war es wieder nur ein Felsbuckel? Wenn sie sich nicht dazu aufraffte, das Rätsel zu lösen, fand sie nie und nimmer den Weg aus der Höhle.

Obwohl ihr das Herz bis zum Hals schlug, streckte sie abermals die Hand aus. Das Ding fühlte sich tatsächlich warm an. Vielleicht war es irgendetwas Vulkanisches. Sie ließ die Hand tiefer wandern. Und da wurde ihr klar, dass das Ding, an dem sie herumfingerte, ein nackter Fuß mit ungewöhnlich langen, zerklüfteten Zehennägeln war.

Ganz langsam, sorgfältig darauf bedacht, nur keine hastige Bewegung zu machen, zog sie ihre zitternde Hand zurück. Ihr Atem ging keuchend. Sie versuchte, zu schlucken, aber ihre Kehle war wie ausgedörrt.

Und plötzlich vernahm sie aus dem Dunkel einen seltsamen rauen Singsang, eher ein verschlungenes Lallen als eine menschliche Stimme.

»Wills'u bei mir bleim?«

47

Hazen lehnte sich in dem weich gepolsterten Sessel zurück und ließ die Fingerspitzen wie zufällig über den Konferenztisch aus poliertem Edelholz gleiten. Wieso konnte sich Deeper eine derart teure Einrichtung für das Sheriffbüro leisten und Medicine Creek nicht? Die Antwort war einfach: Die Jungs in Deeper lebten auf Pump, während er in seinem Amtsbereich darauf achtete, schwarze Zahlen zu schreiben. Nun ja, es würde nicht mehr lange dauern, bis sich endlich auch über Medicine Creek ein Geldsegen ergoss, und das war nicht zuletzt sein Verdienst!

Hank Larssen redete immer noch wie mit Engelszungen auf die Anwesenden ein. Sollte er seinem Unmut ruhig Luft machen, erreichen würde er damit nichts. Dent Hazen schielte verstohlen auf die Uhr. Sieben Uhr abends. Ein langer, erfolgreicher Tag lag hinter ihnen. Die Mordfälle waren so gut wie geklärt. Es gab noch die eine oder andere kleine Ungereimtheit, aber die würde er auch noch ausräumen.

Larssen hatte sein Pulver offenbar verschossen, er schien zur Zusammenfassung zu kommen. »Deine Theorie stützt sich im Grunde nur auf Vermutungen und Verdächtigungen, Dent. Einen stichhaltigen Beweis habe ich von dir nicht gehört. Unter diesen Umständen lehne ich es ab, gegen einen angesehenen Bürger Anklage zu erheben. Und ich erlaube auch niemand anderem, das zu tun. Nicht in meinem Jurisdiktionsbereich!«

Hazen verkniff sich jeden Kommentar. Erst mal sollten sich die Vertreter der KSU ein Urteil bilden. Als er den Eindruck hatte, dass sie so weit waren, wandte er sich an Raskovich. »Wie sehen Sie das, Chester? Sie waren ja den ganzen Nachmittag dabei.«

Raskovich räusperte sich umständlich. »Nun ja, ich finde, dass das, was Sheriff Hazen und ich bei unseren Recherchen festgestellt haben, durchaus ein ... sagen wir: entschiedenes Vorgehen rechtfertigt.«

»Sie haben lediglich festgestellt, dass Lavender finanzielle Schwierigkeiten hat«, widersprach Larssen. »Das geht heutzutage vielen Leuten so.«

Hazen verkniff sich eine Erwiderung. Sollte sich doch Raskovich in die Nesseln setzen!

»Nun, wir haben ja nicht nur finanzielle Schwierigkeiten festgestellt«, sagte der, »er ist auch mit der Grundsteuer für etliche Jahre im Rückstand. Ich frage mich, wieso er damit überhaupt durchgekommen ist. Im Übrigen hat er laut herumposaunt, dass das Versuchsfeld in Deeper angelegt wird, er habe da einen ganz bestimmten Plan. Als wüsste er etwas, was die anderen nicht wissen. Das ist mir ausgesprochen verdächtig vorgekommen.«

»Gott im Himmel, das hat er doch nur so dahergesagt, um seine Gläubiger zu beruhigen!«, widersprach Larssen.

Na wunderbar, dachte Hazen, jetzt legte er sich auch noch mit den Jungs von der KSU an! Larssen war eben noch nie ein Meister in logischer Argumentation gewesen.

Raskovich schüttelte den Kopf. »Es dürfte ihm sicher klar gewesen sein, dass Dr. Chauncy am Montag seine Entscheidung zugunsten von Medicine Creek bekannt gegeben hätte. Und dann wäre Lavender von seinen Gläubigern zum Offenbarungseid gezwungen worden. Unter dem Gesichtspunkt eines Motivs gesehen, würde ich sagen, dass er unter starkem Druck stand.«

Und da griff der Dekan Dr. Fisk ein. »Sheriff Larssen, niemand hat derzeit die Absicht, Anklage zu erheben. Es geht lediglich darum, weiter zu ermitteln, ob und inwieweit Mr.

Lavender in irgendwelche Machenschaften im Zusammenhang mit Dr. Chauncys Ermordung verstrickt ist«, sagte er mit seiner Elfenbeinturmstimme.

Hazen hielt sich weiterhin bedeckt. Es gehörte sich unter Kollegen, demonstrativ Solidarität zu zeigen. Nur, die durfte natürlich nicht so weit gehen, dass Lavender ungeschoren davonkam.

»Dr. Fisk«, versuchte Larssen seinen Standpunkt zu erläutern, »ich bin lediglich dagegen, dass wir uns vorzeitig auf einen bestimmten Verdächtigen festlegen. Gewisse Spuren legen es nahe, den Kreis der Verdächtigen weiter zu ziehen.« Er wandte sich an Hazen. »Dent, wir alle wissen, dass Lavender kein Heiliger ist, aber ein Mörder ist er ganz bestimmt nicht, und erst recht keiner, der zu solchen grausamen Methoden fähig wäre. Und selbst wenn wir annehmen, dass er einen gedungenen Mörder vorgeschickt hat, wie soll dieser Handlanger von Deeper nach Medicine Creek gekommen sein, ohne dass ihn jemand gesehen hat? Wo hat er sein Auto versteckt? Wo hat er die Nacht verbracht? Das gesamte in Frage kommende Gebiet ist gründlich abgesucht worden, sogar aus der Luft.«

Hazen sagte nichts, denn er wusste nur zu gut, dass genau das der Schwachpunkt seiner Theorie war.

Larssen glaubte zu spüren, dass die Anti-Lavender-Front bröckelte und er Oberwasser bekam. Das wollte er unbedingt ausnützen. »Mir kommt es wahrscheinlicher vor, dass es jemand aus Medicine Creek gewesen ist, einer von diesen Jekyll-und-Hyde-Typen. Wenn's ein Fremder gewesen wäre, hätte ihn irgendwann jemand sehen müssen. Er konnte nicht vor jedem neuen Mord ungesehen zwischen Deeper und Medicine Creek hin und her pendeln.«

»Er könnte sich mehrere Tage lang in den Maisfeldern versteckt haben«, warf Raskovich ein.

»Dann wäre er von den Suchflugzeugen entdeckt worden«, konterte Larssen. »Die haben das Gebiet wieder und wieder abgesucht. Wo soll er sich vor ihnen versteckt haben? Irgendwo in einem Erdloch?«

Hazen richtete sich abrupt auf und saß plötzlich stocksteif da. Natürlich, durchfuhr es ihn, das musste des Rätsels Lösung sein! Das fehlende Glied in der Kette, auf der seine ganze Theorie aufgebaut war. Er vergewisserte sich rasch, dass niemand seine Reaktion bemerkt hatte. Es durfte auf keinen Fall so aussehen, als habe ihn erst Larssens Bemerkung auf die richtige Spur gebracht.

Er atmete tief durch, dann sagte er mit ruhiger Stimme: »Völlig richtig, Hank. Er hat sich tatsächlich in einem Erdloch versteckt.«

»Wieso denn das?«, platzte Raskovich heraus.

»In Kraus' Kavernen«, klärte Hazen ihn auf.

»Was für Kavernen?«, fragte Fisk.

»Das Höhlensystem an der Cry Road. Sie sind bestimmt schon daran vorbeigekommen: das große alte Haus mit der Andenkenbude. War früher eine Touristenattraktion. Jetzt kümmert sich Miss Winifred Kraus darum.«

Fisk und Raskovich nickten. »Ja, da sind wir schon vorbeigekommen.«

Larssen war blass geworden. Er wusste, dass Hazen den Nagel auf den Kopf getroffen hatte. Es drängte sich geradezu auf. Wieso war *ihm* das nicht eingefallen?

Die Stunde für Hazens Triumph hatte geschlagen. »Exakt in diesen Höhlen hat sich der Mörder versteckt«, fing er zu dozieren an. »Wie Ihnen Sheriff Larssen bestätigen wird, hat schon der alte Kraus dort unten seinen Maisfusel gebrannt. Lavender hat die Schwarzbrennerei finanziert, zum Beispiel den Destillationskessel in einer kleinen Höhle hinter dem Bereich, durch den die Touristen geführt wurden. Die Abwicklung der illegalen Geschäfte hat er Kraus überlassen.« Raskovich horchte auf. »War der Kessel groß genug, um einen Menschen darin …?«

»Bingo!«, bestätigte Hazen.

Die Luft schien vor Spannung zu knistern. Und als Larssen der Schweiß ausbrach, wusste Hazen, dass er endgültig gewonnen hatte. Sogar Larssen glaubte nun an seine Theorie. Er konnte ja nicht ahnen, dass er selbst es gewesen war, der Hazen mit seiner Bemerkung auf die richtige Fährte geführt hatte.

»Lavender hat behauptet, sein Handlanger McFelty sei nach Kansas City gefahren, um seine kranke Mutter zu besuchen«, fuhr Hazen fort. »Mr. Raskovich und ich haben das heute überprüft. Und dabei festgestellt« – er machte eine kleine Kunstpause, um die Spannung zu erhöhen –, »dass die Mutter vor zwanzig Jahren verstorben ist.« Dann spielte er seinen letzten Trumpf aus: »McFelty ist zwei Tage vor dem Mord an Miss Swegg spurlos untergetaucht. Ich nehme an, er ist im wahrsten Sinn des Wortes in den Untergrund gegangen. Wie Sheriff Larssen bereits sagte: Man kann nicht ungesehen zwischen Deeper und Medicine Creek hin und her pendeln. Er hat sich in den alten Höhlen verschanzt und ist von Zeit zu Zeit herausgekommen, um seine Schmutzarbeit zu erledigen.«

Langes Schweigen, niemand wollte etwas sagen. Schließlich ergriff Fisk das Wort.

»Erstklassige Arbeit, Sheriff. Und was haben Sie als nächsten Schritt vor?«

Hazen hielt es für angemessen, sich zu erheben und sein Auditorium mit ernster Miene zu mustern. »Jetzt schnappen wir uns den gottverdammten Kerl!«

»Wann?«

»Sofort. Hank, ruf bitte die Staatspolizei in Dodge City an. Lass dir Commander Ernie Wayes persönlich geben. Wir brauchen umgehend ein bewaffnetes Einsatzkommando. Ich nehme inzwischen Verbindung mit Richter Anderson auf und bitte ihn, den Haftbefehl auszustellen.«

»Sind Sie denn sicher, dass sich McFelty noch in dem Höhlensystem aufhält?«, fragte Fisk.

»Nein, sicher kann ich da nicht sein. Aber wir werden dort unten Spuren finden, die eindeutig beweisen, dass er sich darin aufgehalten hat. Ich will kein Risiko eingehen, der Mann ist höchst gefährlich. Ich vermute zwar, dass er in Lavenders Auftrag gehandelt hat, aber er hat sein grausames Gemetzel offensichtlich genossen. Solche Typen sind zum Kotzen, nur, man darf sie auf keinen Fall unterschätzen.«

Er trat ans Fenster, musterte den immer dunkler werdenden Himmel und lauschte mit sorgenvoll gerunzelter Stirn dem Heulen des Windes.

»Wir müssen uns beeilen. Unser Mann könnte den Sturm dazu nützen, sich zu verdrücken.« Noch einmal eine bedeutsame Pause, dann entschied er: »Wir stürmen das Versteck heute Nacht um zehn Uhr. Mit allem, was wir haben!«

48

Das Dunkel war undurchdringlich. Corrie lag auf dem feuchten Felsbuckel, durchgeweicht bis auf die Haut und vor Angst und Kälte zitternd. Nicht weit entfernt hörte sie das rätselhafte Wesen rumoren. Es redete offenbar in diesem merkwürdigen Singsang mit sich selbst, machte blubbernde Laute mit den Lippen, stieß ein blökendes Muhen aus und lachte von Zeit zu Zeit leise vor sich hin.

Sie hatte alle Stationen des Entsetzens und der Zweifel am eigenen Verstand durchlitten, nun verspürte sie nur noch dumpfe Benommenheit. Der Mörder – denn das lallende, blubbernde Wesen *musste der* Mörder sein – hatte sie gefesselt, sich wie einen Klumpen Fleisch roh über die Schulter geworfen und sie durch ein Labyrinth unterirdischer Gänge geschleppt – auf und ab, stellenweise kletternd, dann wieder durch eiskalte unterirdische Bachläufe –, immer in stockdunkler Finsternis, eine Tortur, die ihr wie eine Ewigkeit vorgekommen war. Er schien sich hier unten so gut auszukennen, dass er sich an jeden Weg und Steg erinnern konnte.

Seine Arme hatten sich kalt und glitschig angefühlt, aber sie packten mit solcher Kraft zu, dass dieses Wesen, wenn es gewollt hätte, in der Lage gewesen wäre, sie mit einem Griff zu zerquetschen. Sie hatte geschrien, gejammert und gebettelt, aber ihr Flehen hatte das Wesen nicht gerührt. Und schließlich waren sie hier angekommen, an einem Ort, an dem es unerträglich stank, und es hatte sie der Länge nach auf den harten Steinboden fallen lassen. Dann hatte es sie mit seinem von Hornhaut überzogenen Fuß roh auf den Felsbuckel geschubst. Ihr ganzer Körper schmerzte, an einigen Stellen blutete sie. Doch das Schlimmste war der bestialische Gestank – derselbe Gestank, den sie bereits vorher flüchtig und aus großer Entfernung wahrgenommen hatte. Nun hüllte er sie regelrecht ein und lähmte ihr den Atem.

Sie hatte lange hier gelegen, unfähig, einen klaren Gedanken zu fassen, und ohne Gespür für die Zeit. Nun aber fingen ihre Sinne wieder an zu reagieren, die Lähmung, die das Entsetzen zunächst ausgelöst hatte, ließ nach. Sie zwang sich, logisch nachzudenken. Der Ort, an den sie verschleppt worden war, lag weit von dem ihr bekannten Höhlensystem entfernt. Niemand würde sie je hier finden. Schlimmer noch, niemand würde hier nach ihr suchen.

Sie kämpfte gegen die Panik an, die sie bei dieser Erkenntnis befiel. Doch wenn ihr niemand zu Hilfe kam, musste sie sich selber helfen. Sie drückte die Augen fest zu und lauschte. Das Wesen trieb sich ganz in der Nähe herum, sie hörte seinen gurgelnden, lallenden Singsang.

Es?, fragte sie sich. War es vielleicht doch ein Mensch? Es musste so sein, sein Fuß, so rau die Hornhaut sich auch anfühlte, war wie ein menschlicher Fuß geformt. Und er konnte reden, zumindest versuchte er, sich mit seinen lallenden Lauten verständlich zu machen. Nur, wenn er wirklich ein menschliches Wesen war, dann musste er einer Spezies angehören, die ihr noch nie begegnet war.

Auf einmal spürte sie seine Nähe. Sie hörte ihn grunzen, erstarrte vor Angst und machte sich auf das Schlimmste gefasst. Eine Hand streifte sie, zog sie mit roher Gewalt auf die Füße und schüttelte sie.

»Muh?«

Sie schluchzte vor Angst. »Lass mich in Ruhe!«

Wieder schüttelte er sie, diesmal noch heftiger. »Hohoho!«, blökte er mit schriller Stimme. Sie versuchte, sich aus seinem Griff zu winden, aber er schleuderte sie wie ein lebloses Bündel hin und her.

»Hör auf, hör auf!«

Eine Hand umklammerte ihr Fußgelenk und drückte kräftig zu. Der Schmerz flutete bis zu den Hüften hoch, sie schrie laut. Und dann spürte sie, wie er die Arme um sie schlang, sie an den Schultern packte und hochhob.

»Bitte!«, flehte sie ihn an. »Bitte lass mich los!«

»Bittelbettel, bittelbettel!«, quiekte er mit überschnappender Stimme. Sie versuchte verzweifelt, ihn wegzustoßen, aber er hielt sie eisern fest. Und die ganze Zeit über blies er ihr seinen stinkenden Atem ins Gesicht. »Nein! Lass mich bitte los!«

»Hehehe!«

Sie wurde zu Boden gestoßen, und gleich darauf hörte sie ihn leise murmelnd davonschlurfen. Sie versuchte, sich strampelnd aufzusetzen. Die Stricke um ihre Handgelenke schnürten ihr allmählich das Blut ab.

Plötzlich wurde ihr klar, dass er sie töten wollte! Sie musste sich etwas einfallen lassen, um ihm zu entkommen! Ihre Angst aktivierte ungeahnte Kräfte, und schließlich schaffte sie es, sich in eine Art Sitzposition zu schaukeln.

Wenn sie nur gewusst hätte, wo er war und was er gerade tat! Warum hatte er sie in diese Höhle verschleppt? Wenn sie dafür eine Erklärung fand, gab es vielleicht eine Chance, ihm zu entkommen. Sie schluckte und versuchte mühsam, Worte aneinanderzureihen.

»Wer… wer bist du?«, wollte sie ihm zurufen, aber es wurde nicht viel mehr als ein klägliches Krächzen daraus.

Einen Moment lang herrschte Stille. Dann hörte sie schlurfende Schritte, er kam wieder zu ihr.

»Bitte, fass mich nicht an!«

Sie hörte seinen Atem. Es war wahrscheinlich keine gute Idee gewesen, ihm etwas zuzurufen und dadurch seine Aufmerksamkeit wieder auf sich zu lenken. Andererseits konnte es nichts schaden, ein Vertrauensverhältnis zwischen ihnen aufzubauen.

»Wer bist du?«, fragte sie noch einmal.

Sie spürte, dass er sich über sie beugte. Eine nasse Hand tastete nach ihrem Gesicht, ein abgebrochener Fingernagel fuhr ihr über die Haut. Mit einem erstickten Schrei drehte sie das Gesicht zur Seite.

Plötzlich lag seine Hand auf ihrer Schulter. Sie gab sich Mühe, ganz still dazuliegen. Die Hand kniff ihr in die Schulter, wanderte weiter zu ihrem Arm und drückte bald hier, bald da zu, als wollte er sie abtasten. Die abgebrochenen Fingernägel gruben sich schmerzhaft in die Haut.

Schließlich lockerte sich sein Griff, aber nur, um im nächsten Moment ihr Rückgrat abzutasten. Sie wollte der Berührung ausweichen, doch da packte er sie an der Schulter und drückte mit solcher Kraft zu, dass sie vor Schmerz schrie. Und schon war die Hand wieder da und fingerte streichelnd an ihr herum. Die andere Hand hielt ihr Genick umklammert, und da Corrie ahnte, dass diese Hand bei der ersten Gegenwehr zudrücken würde, lag sie – vor Angst ohnehin stocksteif – reglos da.

»Was willst du von mir?«, brachte sie keuchend heraus.

Endlich gab die tastende Hand nach. Corrie hörte ihn leise vor sich hin summen. Aber irgendwie war ihr, als wäre es gar kein Summen, sondern der verzweifelte Versuch, sich mit gestammelten Worten zu artikulieren. Ob er wieder eine Art Selbstgespräch führte?

Die Hand liebkoste ihr den Nacken, fuhr ihr streichelnd über den Kopf, tastete nach der Stirn und gleich darauf nach ihrem Gesicht. Er zupfte an ihren Lippen, schob Finger in ihren Mund. Und wieder blies er sie mit seinem übel riechenden Atem an.

»Bitte, hör auf damit!«, schluchzte sie.

Die Hand hielt abrupt inne, er stieß ein paar Grunzlaute aus. Und dann legten sich alle zehn Finger um ihren Hals und drückten zu – zuerst behutsam, dann etwas fester und schließlich so, dass es sich wie ein Würgegriff anfühlte. Corrie wollte schreien, aber der harte Griff hatte ihr bereits die

Luftröhre abgeschnürt. Als sie die ersten Sterne vor den Augen sah, ahnte sie, dass es um ihr Leben ging. Sie versuchte, sich strampelnd und zappelnd aus der tödlichen Umklammerung dieser Finger zu befreien.

Und plötzlich, von einer Sekunde zur anderen, lockerte sich der Griff. Er ließ sie los, trat einen Schritt zurück und fing an, schnüffelnde Geräusche zu machen. Corrie lag wie gelähmt da. Das Schnüffeln wurde hektischer, er musste irgendetwas wahrgenommen haben. Und tatsächlich, auch Corrie fühlte einen Luftzug. Es roch nach Ozon, Erde und nächtlicher Kühle.

Auf ihren Peiniger schien das wie ein Lockruf zu wirken.

Oder eher wie ein Alarmzeichen? Jedenfalls war er Sekunden später im Dunkel untergetaucht.

49

Elf Minuten nach zwanzig Uhr – die Stunde, zu der um diese Jahreszeit über dem westlichen Kansas gewöhnlich die Sonne untergeht. Aber heute war alles anders, von der Sonne konnte man schon seit Stunden nichts mehr ausmachen.

Am frühen Nachmittag hatte die Kaltfront aus Kanada die seit Wochen ausgedörrte Tafellandschaft der Great Plains erreicht. Anfangs machte sie sich nur durch auffrischenden Wind bemerkbar, aber schon bald trieb Staub durch die Luft, und die ersten Windhosen wirbelten über die Felder. Der Staub schraubte sich spiralförmig nach oben und ballte sich immer dichter. Die von unheimlichem Pfeifen begleitete Formation aus rotierendem Staub wuchs zu einer viele tausend Meter hohen schmutzig braunen Wand heran, unter der die Sicht auf ein paar hundert Meter zusammenschrumpfte.

Je weiter die Front von Westen nach Osten über Kansas hinwegzog, desto heftiger tobten die vorhergesagten Sandstürme. Die dunkelbraune Wand schien eine Stadt nach der anderen zu verschlucken. Luftmassen von unterschiedlicher Dichte und krasse Temperaturunterschiede prallten aufeinander, als wollten sie einander, den Rang streitig machen. Zu guter Letzt stieg die warme Luft nach oben, und als sie sich mit der Kaltluft vermengte, wuchsen aus der Mischung wahre Gebirge aus Kumuluswolken in den Himmel, was dazu führte, dass sich die aufgeheizte Atmosphäre durch gewaltige Donnerschläge entlud.

Der nationale Wetterdienst verfolgte die Einwicklung anhand von Radarbeobachtungen, Satellitenmeldungen, Berichten von Piloten und Meldungen, die aufmerksame Bürger übermittelten. Im Radio wurde nicht mehr nur vor Sturm und Unwettern, sondern nun auch schon vor Tornados gewarnt. Die Regionalverwaltungen und der nationale Wetterdienst forderten die zuständigen Verantwortlichen auf, sich auf Notfälle einzurichten und Vorkehrungen für Evakuierungen zu treffen.

In den Warnmeldungen war von schweren Hagelschlägen und Sturmböen mit Spitzengeschwindigkeiten bis zu dreihundert Stundenkilometern die Rede. Und tatsächlich entlud sich bereits wenig später eine Flut aus Regen- und Hagelschauern über der seit Wochen dürstenden Landschaft, die den Dächern von Wohnwagen übel mitspielte, Felder in Wasserwüsten verwandelte, Maisstängel wie Streichhölzer knicken ließ und stellenweise sogar Bäume entwurzelte.

Tausende Meter, unter diesem Hexengebräu preschte eine schwere Limousine auf die näher rückende Sturmfront zu. Es konnte nur das Vertrauen auf zweieinhalbtausend Kilo Stahl und die Präzisionsarbeit britischer Autobauer sein, die den Mann am Steuer dazu verleitete, den Rolls-Royce bei diesem Wetter in derart hohem Tempo über die einsam und verlassen vor ihm liegende, ringsum von rabenschwarzer Nacht eingehüllte Asphaltpiste zu jagen.

Und dass Pendergast dabei auch noch hin und wieder rasch einen Blick auf den aufgeklappt auf dem Beifahrersitz stehenden Laptop warf, war kein bodenloser Leichtsinn, im Gegenteil, es war kluge Vorsorge. Denn das Gerät zeigte ihm präzise die aktuelle, aus den Daten mehrerer Wettersatelliten gewonnene Entwicklung der Sturmfront an.

Auf dem Rückweg von Topeka hatte er kurz hinter Salina die Interstate siebzig verlassen und war nun etwa auf der Höhe der sogenannten Großen Schleife angekommen, die der Kansas River nach dem Zusammenfluss mit dem Smoky Hill River beschreibt. Von nun an musste er bis nach Medicine Creek mit engeren, wesentlich schlechter gewarteten

Straßen rechnen. Das und die immer näher rückende Sturmfront ließen es angeraten erscheinen, das Tempo stark zu drosseln.

Nur, wenn er das tat, lief ihm die Zeit davon. Denn der Mörder würde schon bald wieder zuschlagen. Die Dunkelheit, der Sturm und die Gewalt, mit der er tobte, würden ihn geradezu magisch anlocken. Pendergast war sich fast sicher, dass heute Nacht der nächste Mord fällig war.

Er nahm sein Mobiltelefon aus der Halterung und tastete eine Nummer ein. Aber auch diesmal teilte ihm lediglich eine automatische Ansage mit, dass der gewünschte Teilnehmer zurzeit nicht zu erreichen sei.

Nicht zu erreichen … Ein Satz, der sich wie ein Menetekel anhörte und ihm nicht mehr aus dem Sinn ging.

Und so drückte er wider alle Vernunft das Gaspedal des Rolls noch weiter durch.

50

Seit er als Kind den Film *Der Zauberer von Oz* gesehen hatte, war Tad Franklin vom Phänomen der Tornados fasziniert. Er schämte sich fast ein bisschen, dass er praktisch sein ganzes Leben an der sogenannten Tornadostraße verbracht und dennoch nie einen erlebt hatte. Freilich, die verheerenden Auswirkungen waren ihm öfter zu Gesicht gekommen, als ihm lieb sein konnte: verwüstete Wohnwagenparks, zersplitterte, an überdimensionale Zahnstocher erinnernde Bäume und Autos, die der Sturm von der Straße gefegt und umgeworfen hatte. Aber irgendwie hatte er es immer verpasst, mit eigenen Augen zu sehen, wie so ein Wolkenschlauch auf ihn zuraste.

Eine düstere Ahnung sagte ihm, dass sich das heute ändern würde. Den ganzen Tag über hatte der Rundfunk Warnmeldungen des Wetterdienstes gebracht, und die Prognosen hatten von Mal zu Mal bedrohlicher geklungen. Anfangs war von schweren Unwettern die Rede gewesen, aber seit zwei, drei Stunden wurden laufend Tornadowarnungen ausgestrahlt. Vor etwa einer Stunde war ein gewaltiger, von schaurigem Heulen begleiteter Sandsturm über Medicine Creek weggerast, hatte Plakate und Dachziegel vor sich hergetrieben, Autos und Häuser mit Sand überschüttet, Bäume umstürzen lassen und die Sicht auf bloße hundert Meter beschränkt. Und heute Abend, exakt um acht Uhr elf, als Tad allein Bereitschaftsdienst im Sheriffbüro schob, war vom Rundfunk die offizielle, bis Mitternacht geltende Tornadowarnung für die gesamte Cry County ausgestrahlt worden: Warnstufe zwei bis drei, Windgeschwindigkeiten bis zu dreihundert Stundenkilometer, sodass mit schweren Verwüstungen gerechnet werden musste.

Sekunden später meldete sich Sheriff Hazen über Funk, kurz und knapp. »Tad, hören Sie zu: Ich bin in Deeper, werde aber gleich losfahren und nach Medicine Creek zurückkommen. Es gibt Neuigkeiten in dem Fall der Serienmorde. Unserer Meinung nach versteckt sich der Mörder in Kraus' Kavernen.«

»Der Mörder soll sich …?«

»Himmeldonnerwetter?« lassen Sie mich ausreden! Es ist wahrscheinlich McFelty, Norris Lavenders Handlanger. Er hat sich in den Höhlen versteckt, ganz hinten, wo der alte Kraus seinen Fusel gebrannt hat. Wir müssen jetzt schnell handeln, bevor der Kerl sich im Schutz des Sturms aus dem Staub machen kann. Wir stellen gerade ein Sonderkommando zusammen und haben vor, um zehn Uhr in das Höhlensystem einzudringen. Aber inzwischen ist eine Tornadowarnung für die Cry County ausgegeben worden …«

»Hab's eben im Radio gehört.«

»Also – um alles, was mit dem Tornado zu tun hat, müssen Sie sich jetzt kümmern. Kennen Sie sich damit aus?«

»Natürlich, Sir.«

»Gut. Machen Sie den Leuten klar, was auf sie zukommt, und sorgen Sie dafür, dass sich alle in ihren Häusern verbarrikadieren, auch in den Außenbezirken! Und kümmern Sie sich darum, dass starker heißer Kaffee bereitsteht, wenn wir zurückkommen. Glauben Sie mir Tad, ich hätte Sie gern dabeigehabt, aber Sie werden an der Wetterfront gebraucht. Alles klar?«

»Alles klar, Sheriff.«

»Okay, Tad. Ich verlass mich auf Sie.«

Tad hängte das Funkgerät in die Halterung. Und merkte plötzlich, dass er nun doch ein nervöses Prickeln verspürte. Nicht, dass ihm die Tornadowarnung Bauchschmerzen bereitete, das hatte er schon etliche Male durchexerziert. Aber bei dem Gedanken, dass er ohne den gottverdammten Tornado dabei gewesen wäre, wenn das Sonderkommando in das unterirdische Höhlensystem eindrang und Jagd auf den Mörder machte, wurde er doch kribbelig. Das wäre endlich mal etwas ganz anderes gewesen!

Er schlüpfte durch die Hintertür ins Freie, von Anfang an darauf bedacht, dem Wind auf keinen Fall das Gesicht entgegenzuhalten. Die heftigen, mit Sand und Splitt vollgesogenen Böen fühlten sich an, als bissen sie mit scharfen Zähnen zu. Er zog die Tür des Streifenwagens auf, schlüpfte auf den Fahrersitz, wischte sich den Sand aus den Haaren und ließ den Motor an. Es dauerte eine Weile, bis die Wischblätter die Windschutzscheibe einigermaßen frei gefegt hatten. Dann schaltete er die Sirene und das Blaulicht ein, lenkte den Wagen langsam die Hauptstraße hinunter und gab – schön langsam und deutlich – über den Lautsprecher zwischendurch seine Warnmeldung durch.

»Dies ist eine Durchsage des Sheriffbüros. Für die gesamte Cry County wurde eine Tornadowarnung ausgegeben. Alle Bürger werden aufgefordert, unverzüglich in Kellerräumen oder Räumen mit betonverstärkten Wänden Schutz zu suchen. Halten Sie sich nicht in der Nähe von Fenstern oder Türen auf! Ich wiederhole: Für die gesamte Cry County wurde eine Tornadowarnung ausgegeben ...«

Als die letzten Häuser der Stadt hinter ihm lagen, hielt er an und blickte unschlüssig auf die halb unter Staub begrabene Asphaltstraße. Die wenigen Farmen, die er ausmachen konnte, waren offenbar schon auf das Schlimmste vorbereitet. Nirgendwo rührte sich etwas, alle Gebäude lagen wie ausgestorben da. Die Farmer hatten sicher den ganzen Tag am Radio gehangen und die Fenster und Türen mit Holzbohlen verstärkt. Farmer wissen, was bei drohenden Unwettern zu tun ist: das Vieh – vor allem die Jungtiere – in sichere Unterstände treiben, ausreichend Futter ausbringen und Notaggregate bereithalten für den Fall, dass die Strom- und Wasserversorgung ausfiel.

Nein, um die Farmer musste er sich keine Sorgen machen.

Probleme waren eher von den ahnungslosen, zu Leichtsinn neigenden Stadtbewohnern zu erwarten.

Tads Blick folgte dem Verlauf der Straße, bis sie mit dem Horizont verschmolz. Der Himmel über ihm sah kohlrabenschwarz aus – und auf seltsame Weise unheilvoller als sonst. Die Sonne musste längst untergegangen sein, und wenn noch ein Rest Tageslicht geblieben war, hatte der Sturm es verschluckt. Südwestlich von ihm flackerte tiefrotes Licht am Himmel, aber es sah mehr wie gespenstisches Geschützfeuer aus als nach zuckenden Blitzen. Dabei waren es tatsächlich die Vorboten des Tornados. In der Cry County zogen Tornados fast immer von Südwesten nach Nordosten. Wegen des undurchdringlichen Dunkels konnten die Leute nicht abschätzen, wie nahe der Tornado schon war. Erst wenn sie ihn hörten, würden sie merken, dass er bereits über sie hergefallen war. Tad wendete den Streifenwagen und fuhr Richtung Stadt zurück. Aus den Fenstern des *Maisie's* fiel unbekümmertes, fast fröhliches Gelb. Der Deputy stellte den Streifenwagen vor dem Lokal ab, schlug den Kragen hoch, huschte geduckt durch die Tür und ließ den Blick über die Gäste schweifen.

Die Reporter und ihre Kamerateams hatten sich bereits in ihre Unterkünfte verkrochen. An den Tischen saßen die Stammgäste aus der Stadt, darunter Melton Rasmussen, Swede Cahill samt seiner Frau und Art Ridder. Merkwürdig, dass Smit Ludwig fehlte, der war doch sonst jeden Abend da. Vielleicht war er unterwegs, um eigenhändig ein paar Fakten über die Sturmfront zu sammeln, aus denen er dann seine Story für die nächste Ausgabe des *Cry County Courier* basteln konnte. Was allerdings ziemlich leichtsinnig von ihm war.

Tad spürte, dass alle Blicke auf ihn gerichtet waren. Die Gäste hatten begriffen, dass er nicht nur auf einen Kaffee gekommen war. Er räusperte sich.

»Tut mir leid, Leute, für die gesamte County wurde Tornadowarnung gegeben, Warnstufe zwei bis drei. Besser, ihr geht nach Hause und bringt euch in Sicherheit.«

Alle starrten ihn stumm an. Und schließlich platzte Rasmussen heraus: »Gibt's Neuigkeiten über die Morde?«

Eine Frage, die alle brennend zu interessieren schien. Auf Tad wirkte sie eher verblüffend. Selbst jetzt, nachdem er sie über die Tornadowarnung unterrichtet hatte, waren die Morde für sie das Thema Nummer eins. Deshalb hatten sie sich hier im *Maisie's* versammelt. Genauso, wie er es vor einiger Zeit bei einer Kuhherde beobachtet hatte, erinnerte sich Tad: Da hatten sich die verängstigten Tiere auch dicht zusammengedrängt.

»Nun, wir haben …« Er verstummte abrupt, weil ihm klar wurde, dass der Sheriff ihm die Hölle heißmachen würde, wenn er hier im Lokal etwas über die bevorstehende Polizeiaktion verlauten ließ.

»Wir verfolgen ein paar vielversprechende Spuren«, versuchte er sich aus der Affäre zu ziehen, wobei er selbst merkte, wie lau sich das anhörte.

Mel kam mit hochrotem Gesicht auf die Beine. »Oh Mann, denselben gottverdammten Blödsinn hast du schon vor einer Woche verzapft, Tad!«

»Reg dich ab, Mel!«, sagte Swede Cahill. »Tad will uns zu verstehen geben, dass sie jetzt bessere Spuren haben.«

Art Ridder, der am Tresen einen Kaffee schlürfte, fuhr wütend herum und musterte den Deputy finster. »Der Sheriff behauptet, er hätte einen Plan, wie er den Mörder erwischen und so das Versuchsfeld wieder nach Medicine Creek zurückholen kann. Ich will jetzt endlich wissen, was für ein Plan das ist. Oder ist das Ganze nur Schall und Rauch?«

»Ich bin nicht berechtigt, öffentlich über Sheriff Hazens Pläne zu diskutieren«, wehrte sich Tad. »Im Übrigen haben wir jetzt, nachdem die Tornadowarnung ausgegeben wurde, wahrhaftig andere Sorgen …«

»Zum Teufel mit der Warnung!«, fiel ihm Ridder ins

Wort. »Ich will endlich sehen, dass sich im Zusammenhang mit den verdammten Serienmorden irgendetwas tut!«

Tad schluckte. »Sheriff Hazen ist ein gutes Stück weitergekommen.«

»Ach, wirklich? Wo steckt er überhaupt? Ich hab den ganzen Tag nichts von ihm gesehen.«

»Er war in Deeper. Ist dort einer Spur nachgegangen.«

Plötzlich flogen die Flügeltüren auf, die vom Lokal zur Küche führten, und Maisie baute sich wie ein leibhaftiger Racheengel vor Ridder auf. »Du hältst jetzt die Klappe, Art! Lass Tad in Ruhe, er tut nur seine Pflicht!«

»Schau mal, Maisie …«

»Nichts da ›Schau mal, Maisie‹! Ich kenn dich, Art Ridder, du polterst einfach ohne Sinn und Verstand drauflos. Das kannst du halten, wie du willst, aber nicht in meinem Lokal. Und du, Mel, hältst dich gefälligst auch zurück!«

Allgemeines betroffenes Schweigen.

»Wir haben Tornadowarnung«, fuhr Maisie fort. »Ihr wisst alle, was das bedeutet. Ich gebe euch fünf Minuten, dann seid ihr verschwunden, weil ich nämlich die Rollläden runterlasse und mich im Keller in Sicherheit bringe. Falls ihr nicht die Absicht habt, euch ab morgen die Welt von oben anzusehen, von irgendeiner Wolke, kann ich euch nur raten, es genauso zu machen.« Sie drehte sich um und war mit zwei, drei energischen Schritten in der Küche verschwunden.

Tad nutzte das Schweigen, um allen noch einmal gut zuzureden. »Also Leute, seid vernünftig, sucht euch einen sicheren Unterschlupf! Geht in den Keller oder sucht euch einen schweren Tisch als Deckung! Haltet eine Taschenlampe und ein batteriebetriebenes Radio bereit! Dem Wortlaut nach gilt die Tornadowarnung bis Mitternacht, aber vielleicht ist der Spuk dann noch nicht vorbei, und ohne Radio erfahrt ihr nicht, was draußen los ist.«

Als alle das Lokal verlassen hatten, ging Tad in die Küche,

um nach Maisie zu sehen und ihr für ihre Unterstützung zu danken. Wobei er freilich nicht mehr als ein ziemlich linkisch gemurmeltes »Danke« herausbrachte.

Maisie winkte ab. Und dann sah sie ihn merkwürdig besorgt an. »Ich weiß, es ist vielleicht nicht der richtige Moment, aber Smit Ludwig hat sich den ganzen Tag nicht blicken lassen. Er war weder zum Frühstück da noch zum Lunch.«

»Ach ja? Ich hab mich auch schon gewundert.«

»Einer von den Reportern hat gestern Nacht hier auf ihn gewartet, bis ich zugemacht habe. Gewöhnlich sagt Smit Bescheid, wenn er auswärts zu tun hat. Ich hab versucht, ihn anzurufen, zu Hause und im Redaktionsbüro, aber er meldet sich nicht.«

»Ich seh mal nach, was los ist.«

»Danke. Wahrscheinlich steckt nichts dahinter.«

Tad war kaum im Sheriffbüro angekommen, als sich über Funk der Kollege vom Anrufbeantwortungsdienst meldete. Eine Mrs. Fernald Higgs hatte vergeblich versucht, das Sheriffbüro in Medicine Creek zu erreichen. Wie in solchen Fällen üblich, war der Anruf automatisch umgeleitet worden. Ihr Junge hatte in seinem Zimmer ein Monster gesehen. Als er laut geschrien und das Licht angeknipst hatte, war das Monster weggerannt. Er habe einen hysterischen Anfall bekommen, behauptete Mrs. Higgs. Und sie selbst auch.

Tad hörte sich die Nachricht bis zum Ende an, dann runzelte er skeptisch die Stirn. »Ich vermute, da hat Ihnen jemand einen Bären aufgebunden.«

Vermutungen interessierten den Mann vom Telefondienst nicht, er hatte lediglich den Inhalt weiterzugeben. Entsprechend lakonisch fiel sein Kommentar aus. »Sie verlangt, dass der Sheriff sofort zu ihr nach Hause kommt.«

Tad stöhnte gequält. »Oh Mann, bei uns treibt sich ein

Serienmörder herum, und zusätzlich rasen ein paar Tornados auf uns zu. Wollen Sie wirklich, dass ich mir die Nacht um die Ohren schlage, um nach einem Monster zu suchen?«

»Das müssen *Sie* entscheiden«, sagte der Mann vom Telefondienst ungerührt. »Ich tue nur meinen Job. Übrigens behauptet Mrs. Higgs, das Monster habe eine Fußspur hinterlassen.«

Tad war alarmiert. Die Uhr zeigte halb neun! Bis zu den Higgs und zurück brauchte er mindestens zwanzig Minuten.

»Also gut«, sagte er, »ich überprüfe das.«

51

Als Tad bei den Higgs eintraf, hatte sich die dreiköpfige Familie vollständig, wenn auch keineswegs einmütig in der Küche versammelt.

Vater Higgs war gerade erst nach Hause gekommen, er hatte, wie sich's für einen guten Farmer gehört, noch nach dem Vieh gesehen. Und was musste er sich als Erstes anhören? Dass angeblich ein Monster ins Kinderzimmer eingedrungen war! Und seine Frau hatte doch tatsächlich die Notrufnummer angerufen! Im ersten Zorn hatte er dem Filius ein paar Ohrfeigen verpasst, und nun saß er mit grimmiger Miene am Küchentisch und nagte an einer Portion Bratkartoffeln und seiner Wut über die überstürzte Reaktion seiner Frau herum. »Vergessen Sie die dämliche Monstergeschichte!«, begrüßte er den Deputy, »Es tut mir leid, dass Sie sich deswegen herbemüht haben.«

Mrs. Higgs wieselte, die Lippen zu einem Strich zusammengepresst, geschäftig in der Küche hin und her, womit sie offenbar demonstrieren wollte, dass sie die Sache ganz anders sah als ihr Mann.

Tad nahm den breitkrempigen Hut ab und ging neben dem Jungen in die Hocke. »Alles in Ordnung, Hillis?«

Der Junge, ein hübsches Bürschchen mit blondem Haar und blauen Augen, nickte stumm. Aber das flammende Rot auf seinen Wangen strafte ihn Lügen.

»Hillis«, ermahnte der Farmer seinen Sohn, »ich will kein Wort mehr über Monster hören!« Und zu seiner Frau gewandt: »Renn gefälligst nicht wie ein aufgescheuchtes Huhn hin und her!«

Mrs. Higgs setzte sich, war aber sofort wieder auf den Beinen.

»Möchten Sie vielleicht einen Becher Kaffee, Deputy?«

»Nein danke, Ma'am.« Tad sah den Jungen eindringlich an und fragte ihn leise: »Was hast du gesehen?«

»Fang ja nicht wieder mit dem Monster an!«, warnte ihn sein Vater.

»Aber ich hab's doch gesehen!«, brachte der Junge trotzig heraus.

Tad drehte sich zu Mrs. Higgs um. »Wären Sie wohl so freundlich, mir die Fußspur zu zeigen, Ma'am?«

Higgs warf seiner Frau einen finsteren Blick zu. Sie zögerte unschlüssig, dann gab sie sich einen Ruck, führte Tad ins Kinderzimmer und deutete auf das Fenster.

»Ich weiß genau, dass ich das Fenster zugemacht habe, als ich Hillis ins Bett gebracht habe. Als er dann geschrien hat und ich rüber ins Kinderzimmer gerannt bin, war es hochgeschoben. Und dann habe ich draußen im Blumenbeet die Fußspur gesehen.«

»Was soll der Quatsch, nachts den Sheriff zu holen, bloß weil der Bengel irgendwelchen Unsinn geträumt hat!«, mischte sich der Farmer laut aus der Küche ein.

Tad schob das Fenster hoch. Augenblicklich fegte ein garstiger Windstoß ins Zimmer und zauste die flatternden Gardinen. Tad beugte sich aus dem Fenster. Im schwachen Licht, das aus dem Zimmer nach draußen fiel, konnte er ein gepflegtes, mit Zinnien bepflanztes Beet ausmachen. Einige Pflanzen sahen aus, als wäre jemand durch das Blumenbeet getrampelt. Möglich, dass auch eine Fußspur zu sehen war, aber ganz sicher war er sich nicht.

Er erinnerte sich an die Seitentür, an der er auf dem Weg zum Kinderzimmer vorbeigekommen war, entriegelte sie und stiefelte gegen den Wind gestemmt ums Haus herum, bis er unter dem Kinderzimmerfenster stand. Er richtete die Taschenlampe auf das Blumenbeet. Der Fußabdruck –

wenn's denn einer war – kam ihm etwas verwischt vor, wahrscheinlich hatte der starke Wind die Spur verweht. Aber irgendwie sah es eben doch nach einem Fußabdruck aus.

Tad richtete sich auf und suchte mit der Taschenlampe den Boden ab. Tatsächlich, da war wieder so ein Abdruck. Und eine Schrittlänge weiter hinten noch einer – und wieder einer. Die Spuren führten direkt zu dem vom Wind gebeutelten angrenzenden Maisfeld. Im Hintergrund war die Lichterkette der Zufahrtsstraße zum Gro-Bain-Gelände zu sehen. Die Arbeit war wegen der Tornadowarnung eingestellt, und alle Arbeiter waren nach Hause geschickt worden, einsam brannten die hellen Straßenlampen.

Und dann – als hätte Tad es beschrien – erloschen sie. Plötzlich war alles in rabenschwarze Nacht gehüllt. Er drehte sich um. Auch das Haus der Higgs lag im Dunkel. Stromausfall. Nur von Medicine Creek her schimmerte noch schwaches Licht.

Tad ging zum Haus zurück. Der Farmer erwartete ihn an der Seitentür, seine Frau zündete inzwischen im Haus Kerzen an.

»So wie's aussieht, könnte sich tatsächlich jemand auf Ihrem Grundstück herumgetrieben haben.«

Higgs' einzige Reaktion war ein unverständliches, aber eindeutig ärgerliches Brummen.

»Tja«, sagte Tad lau, »nun ist die Tornadowarnung wahr geworden. Ich nehme an, Sie haben alle Türen und Fenster gesichert? Wenn der Sturm schlimmer wird, rate ich Ihnen, in den Keller zu gehen. Falls Sie ein batteriebetriebenes Radio haben, sollten Sie den Wetterkanal einschalten. Da erfahren Sie ständig die aktuelle Lage.«

Wieder nur ein gemurmeltes Brummen. Offenbar wollte der Farmer Tad zu verstehen geben, dass er selber wisse, was bei einem Wirbelsturm zu tun sei.

Und so verabschiedete sich Tad mit einem Kopfnicken,

stieg in den Streifenwagen und fuhr los. Die Sturmböen schüttelten das schwere Fahrzeug wie ein Spielzeugauto.

Es war neun Uhr, Hazen und sein Einsatzkommando mussten inzwischen in Medicine Creek angekommen sein. Tad hielt an, griff zum Funkgerät und versuchte, Kontakt mit dem Sheriff aufzunehmen.

»Hier Sheriff Hazen«, meldete sich eine Stimme. »Sind Sie das, Tad?«

»Ja, Sheriff. Sind Sie zurück?«

»Noch nicht. Der Sturm hat einen Baum an der Deeper Road entwurzelt. Wir müssen uns einen Umweg suchen.«

Tad erzählte ihm kurz von seinem Besuch bei den Higgs.

»Monsterjagd?« Trotz der lauten Nebengeräusche konnte Tad seinen Boss kichern hören. »Na ja, wenn's sein muss. Was blieb Ihnen auch übrig? Notruf ist Notruf. Und was ist bei der Geschichte rausgekommen?«

»Es scheint wirklich jemand in das Haus eingedrungen zu sein. Das laute Geschrei des Jungen hat ihn wahrscheinlich vertrieben. Scheint sich Richtung Gro-Bain-Gelände abgesetzt zu haben. Dort ist übrigens der Strom ausgefallen.«

»Wird wahrscheinlich der Cahill-Rotzlöffel mit seiner Bande gewesen sein. Sie wissen ja, dass die immer Rabatz machen müssen. Der Stromausfall kommt denen sicher wie gerufen. Wenn Sie sowieso noch da draußen sind, warum sehen Sie nicht gleich mal bei Gro-Bain nach dem Rechten? Halten Sie mich auf dem Laufenden! Und noch was, Tad: Haben Sie zufällig was von diesem Pendergast gesehen?«

»Nein, Sir.«

»Das ist gut. Hat wahrscheinlich nach der Abmahnung die Fliege gemacht und lässt sich nicht mehr bei uns blicken.«

»Denke ich auch, Sheriff.«

»Also, es bleibt dabei: Punkt zehn dringen wir in das Höhlensystem ein. Sehen Sie zu, dass Sie bis dahin zurück sind, damit das Sheriffbüro besetzt ist!«

»Wird gemacht, Sir.«

Tad meldete sich ab und startete den Streifenwagen. Irgendwie fühlte er sich erleichtert. Auftrag ist Auftrag. Wenn der Sheriff ihn zum Gro-Bain-Gelände schickte, hatte er einen guten Vorwand, sich nicht an der Mörderjagd in Kraus' Kavernen zu beteiligen. Was in dieser lausigen Nacht sicher kein reines Vergnügen gewesen wäre.

Bei Gro-Bain brauchte er bestimmt nicht lange. Schnell überprüfen, dass kein Schloss geknackt worden war und sich niemand auf dem Gelände herumtrieb, der dort nichts zu suchen hatte. Alles in allem eine Sache von ein paar Minuten.

52

Tad lenkte den Streifenwagen auf den Firmenparkplatz. Heftige Windböen fegten über den Asphalt und trieben Strohhalme und die zerquetschten Reste von Maiskolben vor sich her. Hin und wieder entlud sich ein Platzregen über dem Gelände, das Prasseln auf dem Wagendach hörte sich wie eine Maschinengewehrsalve an, und plötzlich – so schnell, wie er gekommen war – verstummte der Regen wieder.

Der Sheriff vermutete Andy Cahill und dessen Bande hinter dem nächtlichen Zwischenfall bei den Higgs. Tad tippte im Stillen eher auf Hazens Sohn Brad und seine Kumpane. In fremde Häuser einzudringen und kleine Jungs zu erschrecken, das würde ihnen ähnlich sehen. Brad war einfach nicht nach seinem Vater geraten. Tad konnte nur hoffen, dass er ihn nicht tatsächlich hier draußen antraf, denn das hätte ihn in eine ziemlich peinliche Situation gebracht.

Er fuhr bis an die Laderampe heran, schaltete den Motor aus und lauschte. Aber bei dem heulenden Sturm konnte er nichts ausmachen. Schrecklich hörte sich das an, wie das Klagelied eines verwundeten Tieres. Und als er das in Dunkel getauchte Gebäude hinter der Rampe in Augenschein nahm, begann er zu ahnen, dass der Auftrag des Sheriffs wohl doch nicht so schnell zu erledigen war, wie es ausgesehen hatte. Warum, verdammt noch mal, hatte die Firma den Wachmann abgeschafft, der nachts seine Runden drehte? Die Firmenbosse machten sich's einfach, schafften ihren Wachdienst ab und luden die Arbeit auf Kosten der Steuerzahler dem Sheriffbüro auf.

Na gut, er würde sich kurz umsehen, auf dem Rückweg

bei Smit Ludwig nach dem Rechten sehen, und das war's dann. Tad stemmte die Wagentür auf, aber der Sturm drückte sie mit wütendem Jaulen wieder zu. Tad zog den Hut tief ins Gesicht und versuchte es noch einmal, diesmal mit aller Kraft. Na also, endlich gab die verdammte Tür nach! Schräg gegen den Wind gestemmt, rannte er zu den Ladedocks.

Noch ehe er dort ankam, hörte er ein metallisches Klappern, irgendetwas schwang im Wind hin und her. Er schob den Hut ein Stück zurück, schaltete die Stablampe an und suchte die Backsteinmauer ab. Und als er die Stufen zum Ladedock hochgestiegen war, sah er die offene, in den Angeln hin und her schaukelnde, aufgestemmte Tür.

Scheiße!

Da hatte tatsächlich jemand eine miese Nummer abgezogen! Normalerweise hätte er jetzt Verstärkung angefordert. Aber wo sollte die an einem solchen Abend herkommen? War es besser, die Sache einstweilen auf sich beruhen zu lassen und morgen früh noch mal herzukommen? Aber wenn er sich die finstere Miene vorstellte, mit der Hazen auf diese Eigenmächtigkeit reagieren würde, wusste er, dass er die Idee vergessen konnte.

Himmel noch mal, was hatte er schon zu befürchten? Der Mörder saß in den Kavernen fest, wo er Hazens Team nicht mehr entkommen konnte. Also hatten Kids hier ihr Unwesen getrieben, wie schon so oft. Es gehörte zu den beliebten Späßen, bei Gro-Bain einzubrechen, auch als es noch den nächtlichen Wachdienst gegeben hatte. Meistens waren es jugendliche Rowdys aus Deeper gewesen, die es lustig fanden, zur Abwechslung mal in der Nachbarschaft Krawall zu machen. Allerdings, bisher hatten sie sich für ihren Unfug immer warme Sommerabende oder Halloween ausgesucht, nicht einen lausigen Abend wie diesen. Irgendwie passte das nicht zu ihnen.

Tad preschte im Sturmschritt durch die aufgebrochene

Tür, ließ den Lichtstrahl der Taschenlampe kreisen, machte so viel Lärm wie möglich und rief mit strenger Stimme ins Dunkel: »Polizei! Kommen Sie ohne eine verdächtige Bewegung raus!«

Das einzige Echo war das seiner Stimme, die eigenartig verzerrt aus dem Dunkel widerhallte.

Er drang vorsichtig tiefer in das Gebäude ein und schwenkte dabei den Lichtkegel der Stablampe hin und her, immer am Laufband entlang. Es roch penetrant nach Chlor. Sehen konnte er nichts, aber er wusste von früheren Besuchen, dass es Arbeitsbereiche gab, die über Stahltreppen und Plattformen bis dicht unter die Decke reichten. Er hatte sich sogar einige der makabren Namen gemerkt, die die Arbeiter den einzelnen Bereichen gegeben hatten: die Blutspende, die Dampfkammer und die Rupfstation. Wäre er das erste Mal hier gewesen, hätte er kaum eine Chance gehabt, sich in dem undurchdringlichen Dunkel zurechtzufinden.

Er richtete den Lichtstrahl auf einen an allen vier Wänden gefliesten Raum. Aha, die sogenannte Betäubungsanlage! Die Tür stand weit offen.

»Polizei!«, rief er noch einmal ins Dunkel. Von draußen antwortete der Wind mit höhnischem Geheul. Tad fasste die Stablampe mit der linken Hand, ließ mit der rechten den Verschluss des Holsters aufschnappen und zog die Dienstwaffe. Nicht dass er die Absicht gehabt hätte, Gebrauch von ihr zu machen, dazu gab es keinen Anlass. Aber zu spüren, wie sich der stählerne Pistolengriff in seinen Handteller schmiegte, übte irgendwie eine beruhigende Wirkung aus.

Er drehte sich langsam um die eigene Achse und suchte mit dem Lichtstrahl der Stablampe das Laufband, die Decke und das Gewirr der Schlauchleitungen ab. Nein, da rührte sich nichts. Allmählich kam er zu der Überzeugung, dass außer ihm niemand hier war.

Umso besser. Die Kids, wenn sie sich überhaupt hier herumgetrieben hatten, waren offenbar schleunigst verschwunden, als der Streifenwagen vorgefahren war. Tad warf einen Blick auf seine Armbanduhr: fast Viertel nach neun. Hazen hatte inzwischen wahrscheinlich sein Einsatzkommando im Sheriffbüro versammelt und gab die letzten Anweisungen für den Sturm auf die Kavernen. Es war sinnlos, hier noch mehr Zeit zu verschwenden. Er beschloss, schnell noch bei Smit vorbeizuschauen und dann Stallwache im Sheriffbüro zu halten.

In dem Augenblick hörte er das Geräusch.

Er blieb stehen und lauschte angestrengt. Und da war es wieder: ein halb ersticktes Kichern oder mühsam unterdrücktes Gelächter. Wegen des Echoeffekts der gefliesten Wände hätte er nicht mit Sicherheit sagen können, woher es kam, aber er tippte auf die Halle, die die Truthähne zum Ausbluten passieren mussten.

Großer Gott! Ausgerechnet da, wo tagsüber das große Gemetzel stattfand, hatten die Kids sich versteckt!

»Okay«, sagte er mit fester Stimme, »kommt raus! Alle, aber einer nach dem anderen!«

Wieder ein leises, diesmal schnaubendes Geräusch.

»Ich zähle bis drei. Wenn ihr dann nicht rausgekommen seid, kriegt ihr Ärger, das verspreche ich euch!« Es war lächerlich. Der Tornado kam auf sie zugerast, und er musste sich mit einer Bande von Flegeln herumschlagen!

»Eins…«

Keine Reaktion.

»Zwei…«

Wieder nur Stille.

»Drei!«

Er stürmte mit Riesenschritten in die sogenannte Blutspende, seine Stiefel trommelten ein zorniges Stakkato auf die feuchten Fliesen. Die Beine breit auf den Boden gestemmt, die Waffe schussbereit in der Rechten, schwenkte er hektisch die Stablampe hin und her.

Nichts. Niemand zu sehen. Und plötzlich schepperte etwas über ihm. Er richtete rasch den Lichtstrahl nach oben und sah, dass die am Laufband hängenden Metallschlaufen wild zu tanzen anfingen.

Tad zog sich vorsichtshalber ein paar Schritte zurück. Diesmal kenne ich kein Pardon!, dachte er wütend. Den Kerlen werd ich eine Lektion verpassen, die buchte ich alle ein!

Die Schlaufen über seinem Kopf schaukelten leise knarrend hin und her. Aha, die Burschen hatten sich am Laufband entlanggehangelt und auf der oberen Plattform versteckt! Na gut, das hatte er gleich! Er löschte das Licht, schlich lautlos zur gegenüberliegenden Wand und drückte sich auf Zehenspitzen an ihr entlang, bis er sicher sein konnte, dass er den Lümmeln den Weg abgeschnitten hatte. Dann schaltete er die Stablampe wieder an und suchte mit dem Lichtstrahl die obere Plattform ab.

»Hört mir genau zu«, rief er nach oben, »ihr habt euch schon genug Ärger wegen Einbruchs und Sachbeschädigung eingehandelt, aber wenn ihr jetzt nicht sofort herauskommt, kriege ich euch wegen Widerstands gegen die Staatsgewalt und ein paar anderen Delikten am Arsch! Diesmal kommt ihr nicht mit einer Ordnungsstrafe davon! Habt ihr mich verstanden?« Sekundenlang nur Stille, dann glaubte er ein leises Gemurmel zu hören.

»Was ist? Antwortet gefälligst laut!«

Wieder nur Murmeln und ein unverständlicher, lispelnder Singsang. Die Kids machten sich über ihn lustig!

In seinem Zorn über so viel Unverschämtheit versetzte er der Stahltreppe, die zur oberen Plattform führte, einen kräftigen Tritt. Das dumpfe Echo hallte sekundenlang von den Wänden wider.

Und plötzlich sah er im Lichtstrahl der Stablampe eine Gestalt, die sich am Förderband entlanghangelte. Das Licht spiegelte sich irritierend an den gefliesten Wanden wider, aber er hatte den Eindruck, dass er es mit einem erstaunlich kräftigen Burschen zu tun hatte. Und noch verblüffender war das unglaubliche Tempo, mit dem der Kerl sich bewegte.

»Bleib stehen!«, schrie er.

Er rannte los, um dem widerspenstigen Burschen den Weg abzuschneiden. Aber der zog sich blitzschnell an einer Notleiter hoch und war im nächsten Augenblick hinter den Stahlwänden der Plattform weggetaucht.

»Bleib stehen, verdammt noch mal!«

Er versuchte, ebenfalls an der Notleiter hochzuklettern, aber als er gerade glaubte, es geschafft zu haben, nahm er aus den Augenwinkeln eine blitzschnelle Bewegung wahr. Und fast im selben Augenblick verspürte er einen höllischen Schmerz im linken Arm. Die Stablampe flog ihm aus der Hand und brach auf dem Betonfußboden in Stücke. Draußen heulte der Wind, Hagelkörner prasselten auf das Dach.

Tad duckte sich und richtete die Waffe ins Dunkel. Der Schmerz in seinem Arm wurde immer unerträglicher. Gott im Himmel, der verdammte Mistkerl hatte ihm den Arm gebrochen! Er konnte die Finger nicht mehr ausstrecken oder zur Faust ballen. Der elende Hundesohn hatte ihn mit einem Schlag schachmatt gesetzt! Er musste die Zähne zusammenbeißen, um nicht vor Schmerz laut zu wimmern.

Nein, das konnte keiner dieser Halbwüchsigen sein!

Er starrte angestrengt ins Dunkel und versuchte sich zu erinnern, welche Richtung er einschlagen musste, um wieder zur Laderampe zu kommen. Der fürchterliche Schlag und die Dunkelheit hatten ihm den Schneid abgekauft, er wollte nur noch aus diesem Höllenloch raus, so schnell wie möglich.

Er richtete die Waffe ins Dunkel und tastete sich zur Stahlleiter zurück. Und das alles mit einer Hand, denn der linke Arm hing schlaff herunter. Er wagte kaum zu atmen, weil er damit rechnen musste, dass der Kraftprotz abermals zuschlug. Er spürte, dass er mit dem Ellbogen an etwas Rauem, Schuppigem entlangschrammte. War's ein Schlauch der Hochdruckreiniger? Nein, so fühlte es sich nicht an. Aber was war es dann?

Er biss sich auf die Lippen, um nicht in Panik zu verfallen. Es musste an der Finsternis liegen, dass er die Nerven verlor. Er war einfach nicht daran gewöhnt, blindlings durchs Dunkel zu tappen.

Und dann kam ihm auf einmal eine Idee. Wenn er einen Schuss abgab, reichte das Mündungsfeuer vielleicht für eine rasche Orientierung aus. Am besten, er richtete die Waffe zur Decke, da konnte das Geschoss keinen großen Schaden anrichten. Es war ein gewagtes Spiel, weil es genauso gut sein konnte, dass der Mündungsblitz ihn blendete. Aber es fiel ihm keine andere Möglichkeit ein, er musste es riskieren.

Und so richtete er den Lauf steil nach oben und drückte ab. Was er während des Bruchteils der Sekunde, die ihm zum Sehen blieb, ausmachen konnte, lähmte ihn vor Entsetzen derart, dass er nicht mal einen Schrei über die Lippen brachte. Unmittelbar vor ihm stand das muskelbepackte Phantom, grinste ihn an und stieß ein gurgelndes Lallen aus.

Tad machte wie von Furien gehetzt kehrt: Weg, nur so schnell und so weit wie möglich weg!

Sein Glück, dass er sofort auf die Leiter stieß, nach der er gesucht hatte. Er stolperte, stürzte und fiel unglücklicherweise auch noch auf seinen gebrochenen Arm. Aber er schaffte es, wieder auf die Füße zu kommen. Trotzdem ertappte er sich dabei, dass er in seiner Verzweiflung stoßweise zu schluchzen begann.

Bis ihm endlich die rettende Idee kam: Er hatte ja seine Pistole! Er fuhr herum, richtete die Waffe dahin, wo er den unheimlichen Verfolger vermutete, und drückte in seiner Panik gleich zweimal hintereinander ab. Im jähen Schein des Mündungsblitzes sah er, dass das gespenstische Fabelwesen mit ausgestreckten Armen und weit aufgerissenem pinkfarbenem Mund auf ihn zugetorkelt kam.

»Muuuh!«, blökte es ihn an.

In seiner Verzweiflung wollte er noch einmal abdrücken, zumal er das Ziel auf die kurze Distanz gar nicht verfehlen konnte. Er zwang sich, sorgfältig zu zielen, und drückte ab. Aber der Hahn fiel mit einem hohlen Plopp auf den leeren Zylinder. Er musste nachladen. Nur, wie macht man das, wenn einem nur eine Hand zur Verfügung steht?

Und da traf ihn der zweite Schlag – wieder mit unvorstellbarer Wucht. Die Waffe entglitt seiner Hand und fiel polternd auf den Betonboden. Er knickte in den Knien ein, kippte nach vorn und stürzte der Länge nach zu Boden.

»Muh! Muh! Muh!«

Plötzlich hielt das Fabelwesen mit der Gewalt eines Schraubstocks sein Bein umklammert, und dann drückte es mit einem scharfen Ruck zu. Tad hörte etwas knacken. Obwohl er im ersten Moment keinen Schmerz verspürte, wusste er, dass das Monster ihm das Bein gebrochen hatte.

Sekunden später senkte sich etwas unvorstellbar Schweres auf seinen Brustkorb. Etwas Raues, das sich nach Hornhaut anfühlte und nach Erde und Moder roch, griff nach seinem Gesicht. Anfangs kam es Tad wie eine streichelnde, tröstende Geste vor. Aber dann packte das Ungeheuer in Sekundenschnelle fester zu, hielt seinen Hals umklammert und drehte ihn mit unwiderstehlicher Gewalt zur Seite.

Irgendetwas knirschte trocken, höllischer Schmerz durchzuckte den Deputy, sein Hals brannte wie Feuer. Und dann riss die grausame Dunkelheit plötzlich auf, und alles rings um ihn verwandelte sich auf wundersame Weise in gleißend helles Weiß.

53

Corrie lag, in undurchdringliches Dunkel gehüllt, auf dem Boden. Das Schwarz, das sie umgab, hatte sie auf grausame Weise des Zeit- und Raumgefühls beraubt. Wie viel Zeit mochte vergangen sein, seit das Wesen sie allein gelassen hatte? Eine Stunde? Ein Tag? Es kam ihr wie eine Ewigkeit vor. Schmerz durchflutete ihren ganzen Körper, und die Stelle im Nacken, an der ihr Peiniger zugedrückt hatte, fühlte sich geschwollen an.

Und doch, er hatte sie nicht getötet. Nein, er hatte sie nur ein bisschen quälen wollen. Das heißt, quälen war wahrscheinlich nicht das richtige Wort. Es war ihr eher so vorgekommen, als wolle er mit ihr spielen. Wenn auch auf schreckliche, grobe Weise.

Es hatte keinen Sinn, länger über die Motive dieses Wesens nachzudenken. Sie waren so fremd und absurd, dass ihr keine Vergleichsmöglichkeit einfiel. Viel wichtiger schien ihr, sich klarzumachen, dass niemand etwas von ihrer misslichen Lage wusste. Also würde auch niemand Anstrengungen unternehmen, sie aus diesem Höhlensystem herauszuholen. Wenn sie mit dem Leben davonkommen wollte, musste sie selbst dafür sorgen. Und zwar schnell, bevor ihr Peiniger zurückkam.

Wieder versuchte sie, die Stricke zu lockern, mit denen er ihr die Hände auf den Rücken gefesselt hatte. Das Einzige, was sie damit erreichte, war, dass sie sich noch enger um ihre Handgelenke spannten und die Blutzufuhr abzuschnüren drohten. Die Stricke waren nass gewesen, als er sie um ihre Handgelenke geschlungen und verknotet hatte, sie waren wie Stahlfesseln.

Wann würde er wohl zurückkommen? Allein der Gedanke, dass es irgendwann soweit war, versetzte sie in Panik.

Corrie, reiß dich zusammen!

Sie blieb ein paar Sekunden reglos liegen, bis sie wieder ruhig und regelmäßig atmete. Dann schob sie sich ein Stück nach vorn und ließ sich – sich halb windend, halb rutschend – den abschüssigen Boden hinuntergleiten. Mit den auf den Rücken gefesselten Händen kam sie sich sehr unbeholfen vor, aber zum Glück war der Boden relativ glatt, nur hin und wieder ragte eine gefährliche Felsspitze auf. Sie legte eine Pause ein und rollte sich auf den Rücken, um mit den Fingern die Struktur des Bodens zu ertasten. Offenbar vorwiegend Kristalle. Sie versetzte dem nächstgelegenen Kristallkegel einen kräftigen Tritt, und tatsächlich, er bröckelte sofort ab. Sie presste die Handgelenke gegen die scharfe Kristallstruktur und fing an, den Strick hin und her zu wetzen.

Mein Gott, wenn nur die Handgelenke nicht so scheußlich wehgetan hätten! Sie glaubte zu spüren, dass ein dünnes Blutrinnsal an ihnen herunterlief. Ihre Finger waren fast gefühllos taub geworden. Aber sie gab nicht auf, im Gegenteil, sie verstärkte den Druck. Wenn sie die Fesseln los war, konnte sie endlich…

Ja, was denn? Was konnte sie denn tun, wenn sie die Fesseln los war? Vorausgesetzt, dass es ihr überhaupt gelang, sie abzustreifen.

Ein Zittern überlief sie, so heftig, dass es kaum zu kontrollieren war. Sie konnte sich nicht erinnern, je so gefroren und sich so durchnässt und taub gefühlt zu haben. Dazu kam der üble Gestank, der sie umgab. Sie roch ihn nicht nur, sie konnte ihn sogar auf der Zunge schmecken.

Konzentrier dich auf die verdammten Stricke!

Sie rieb und wetzte, schürfte sich die Haut immer mehr auf und fing an, leise vor sich hin zu schluchzen. Aber all das motivierte sie nur noch mehr, in ihren Anstrengungen nicht nachzulassen. Es war, als schöpfte sie aus der Erkenntnis der Aussichtslosigkeit ihrer Lage neue Kräfte. Sie wusste, dass es im Grunde sinnlos war, denn selbst wenn sie die Fesseln abstreifen konnte, wie sollte sie im Dunklen je einen Weg aus dem Höhlensystem finden? Trotzdem, sie ließ nicht locker, das Wetzen und Schaben war zu einer Manie geworden.

Und auf einmal hatte sie es geschafft!

Ihre Hände waren frei! Sie lehnte sich zurück und schnappte keuchend nach Luft. Erst jetzt wurde ihr richtig bewusst, wie grausam der Schmerz in ihren Handgelenken wühlte. Es war, als stachen tausend Nadeln auf einmal zu. Und sie spürte, dass das Blut stärker zu tropfen begann.

Sie wollte ihre Finger bewegen, aber sie gehorchten ihr nicht. Sie wälzte sich stöhnend auf die Seite und fing an, ihre Handgelenke zu massieren. Als sie abermals versuchte, die Finger zu bewegen, fühlte sie, dass sie, wenn auch noch unbeholfen, zögernd reagierten. Es war wieder Leben in ihnen.

Langsam und unter starken Schmerzen schaffte sie es, sich aufzusetzen. Sie langte nach unten und tastete ihre Fußgelenke ab. Die Stricke waren noch wilder geschlungen als die an den Handgelenken, wieder und wieder und kreuz und quer, ohne jedes System. Und das Schlimmste war, dass sie immer wieder verknotet waren, Dutzende Male. Sie versuchte, daran zu zupfen, aber der jähe Schmerz verschlug ihr sofort den Atem. Möglicherweise gelang es ihr, sie, nachdem sie jetzt beide Hände frei hatte, mit einem spitzen Stein aufzuwetzen. Sie langte ins Dunkel, um nach einem geeigneten Stein zu suchen.

Und da hörte sie plötzlich ein Geräusch, das ihr das Blut in den Adern gefrieren ließ. Er war zurückgekommen!

Sie hörte seine grunzenden, schnaufenden Laute von den Wänden widerhallen. Es hörte sich an, als zerre er irgendetwas hinter sich her. Und da er so schnaufte, musste es etwas Schweres sein.

»Hwnnuff!«

Rasch verbarg sie die Hände hinter ihrem Rücken, streckte sich auf dem kalten Boden aus und gab keinen Mucks von sich. Sie durfte nicht das Risiko eingehen, dass er womöglich sah, dass sie sich von den Fesseln befreit hatte.

Die schlurfenden Schritte kamen näher. Plötzlich war die Dunkelheit von neuen Gerüchen erfüllt, es roch nach Blut, Galle und Erbrochenem.

Corrie lag reglos im Dunkel. Wer weiß, vielleicht hatte er sie vergessen.

Sie hörte, wie etwas über den Boden geschleift wurde, dann ein leises Klirren wie von Schlüsseln, und schließlich wurde neben ihr irgendetwas Schweres unsanft auf dem Boden abgeladen. Sofort wurde der Gestank noch schlimmer. Sie brauchte all ihr Beherrschungsvermögen, um keinen Laut von sich zu geben.

Dann fing er an, vor sich hin zu summen und gelallte Selbstgespräche zu führen, genau wie er's vor seinem Verschwinden getan hatte. Irgendetwas klapperte metallisch, ein Streichholz wurde angerissen, und plötzlich riss Licht das Dunkel auf. Es war kein helles, strahlendes Licht, eher ein trüber Schimmer, aber wenigstens das. Einen Augenblick lang vergaß Corrie alles – die Schmerzen, die Kälte und ihre nasse Kleidung. Der Lichtschimmer, so schwach er auch war, gab ihr neuen Mut. Er schien aus dem Gehäuse einer altmodischen, verrosteten Laterne zu kommen. Ihr Peiniger stellte die Laterne ab, aber Corrie konnte sein Gesicht nicht sehen, dazu war der Lichtschimmer zu schwach. Im nächsten Moment schlurfte er ohnehin davon, verschwand hinter einer Biegung und machte sich dort summend und lallend an irgendetwas zu schaffen.

Es gab also Dinge, für die selbst er Licht brauchte, wenn auch nur wenig. Aber wenn es ihm möglich gewesen war, sie in völliger Dunkelheit hierher zu schleppen und zu fesseln, wozu benötigte er dann jetzt Licht?

Corrie wollte nicht länger an der Frage herumrätseln,

Hauptsache, es gab diesen unsagbar tröstlichen Lichtschimmer. Sie ließ den Blick über ihre Umgebung schweifen. So schwach das Licht auch war, es reichte, um von Millionen winziger Kristallpunkte reflektiert zu werden. Um mehr zu erkennen, musste sie geduldig abwarten, bis ihre Augen sich an den unsteten Lichtschein und das Halbdunkel gewöhnt hatten.

Sie befand sich in einer ziemlich schmalen Kaverne. Deren Wände waren mit hauchzarten weißen Kristallen bedeckt, die einen wunderschönen Schimmer ausstrahlten. Von der Decke hingen unzählige Stalaktiten herab, jeder mit bizarren Ornamenten behängt, die wie Stöckchen oder ausgebleichte Knochen aussahen. Lange Zeit wollte sie sich nicht von dem Anblick dieser verzauberten Märchenwelt losreißen.

Und als sie es schließlich doch tat, sah sie, dass neben ihr auf dem Boden ein menschlicher Körper lag.

Mit Mühe unterdrückte sie einen Schrei. Aller Zauber war vergessen, die Welt des Schreckens und der Angst hatte sie wieder eingeholt.

Wie hatte sie glauben können, dass irgendetwas anders geworden war, nur weil ein Lichtschimmer das Dunkel aufhellte?

Sie schloss die Augen. Aber auf einmal konnte sie es nicht mehr ertragen, nichts zu sehen. Sie musste erfahren, was rings um sie geschah.

Zunächst konnte sie nur einen blutigen Klumpen Fleisch ausmachen, erst allmählich zeichneten sich die Konturen eines Gesichts ab, das ihr merkwürdig bekannt vorkam. Und als ihr klar wurde, dass es das entstellte Gesicht von Tod Franklin war, der sie mit offenem Mund anstarrte, stieß sie einen gellenden Schrei aus.

Sie wandte sich rasch ab, weil sie wusste, dass sie nicht schreien durfte, aber sosehr sie sich auch bemühte, sie hörte sich schon wieder schreien.

Ein Grunzen wurde laut, ihr Peiniger kam um die Biegung herum und direkt auf sie zu. Zum ersten Mal sah sie sein Gesicht, aber der Anblick des langen, blutigen Messers, das er in der einen Hand hielt, und des feuchten, roten Bündels, das er mit der anderen Hand umklammert hielt, lenkte sie schnell ab.

Er lächelte sie an und summte leise einen wirren Singsang vor sich hin. Sie erstarrte, der Schrei, den sie ausstoßen wollte, blieb ihr in der Kehle stecken.

O Gott, dieses Gesicht…

54

Hazen baute sich vor dem versammelten Einsatzkommando auf. Was er zu sagen hatte, war schnell gesagt. Die Männer wussten, was sie zu tun hatten, alles war gut geplant. McFelty hatte nicht die geringste Chance.

Es gab nur ein Problem: Tad war noch nicht vom Gro-Bain-Gelände zurückgekommen, und der Funkkontakt war abgebrochen. Hazen hätte ihm gern noch einmal persönlich gesagt, was er im Falle eines allgemeinen Notstands tun solle, aber er konnte nicht mehr länger auf den Deputy warten. Es war zehn Minuten vor zehn, er wollte auf keinen Fall, dass McFelty ihm im Schutz des Unwetters entwischte. Tad wusste selber, was er nötigenfalls unternehmen musste.

»Wo sind die Hunde?«, fragte er.

»Der Hundeführer bringt sie direkt zu Winifred Kraus' Haus«, antwortete Hank Larssen. »Er will dort auf uns warten.«

»Ich hoffe, dass er dieses Mal mit besseren Spürhunden anrückt. Hast du ausdrücklich diese neue Rasse verlangt? Irgendwas Spanisches, ich hab den Namen vergessen.«

»Presa canarios«, sagte Larssen. »Die sind zwar angeblich noch in der Ausbildung, aber ich hab darauf bestanden.«

»Gut. Ich will mich nicht mehr mit den Versagern vom letzten Mal rumschlagen. Wer ist der Hundeführer?«

»Lefty Weeks, wie letztes Mal. Ist ihr bester Mann.«

Hazen runzelte zwar die Stirn, verzichtete aber auf eine abfällige Bemerkung, zündete sich eine Zigarette an und wandte sich an die versammelten Officer.

»Ihr wisst, worum es geht, ich kann mich also kurz fassen. Die Hunde und Lefty gehen voran, dann kommen Raskovich und ich.« Er tauschte kurz einen Blick mit dem Sicherheitschef der KSU. Raskovich nickte und demonstrierte mit ernster Miene, dass er sich der Bedeutung des Einsatzes bewusst war. »Cole, Brast und Sheriff Larssen geben uns Rückendeckung. Ist dir das recht, Hank?«

Larssen nickte. Er war vermutlich nicht glücklich mit der Rolle, die Hazen ihm zugedacht hatte, aber das Kommando hatte nun mal der Sheriff von Medicine Creek.

»Die Regeln für den Einsatz sind einfach. Ihr seid alle mit hochkalibrigen Schnellfeuergewehren mit hoher Durchschlagskraft ausgerüstet, aber ich will, dass ihr nur bei unmittelbarer Bedrohung davon Gebrauch macht. Wir wollen unseren Mann lebend und unverletzt schnappen. Wir entwaffnen ihn, legen ihm Handschellen an und führen ihn ab, aber ansonsten wird er wie ein rohes Ei behandelt. Er ist unser Kronzeuge. Falls er die Nerven verliert und das Feuer auf uns eröffnet, gehen wir in Deckung und überlassen es den Hunden, ihn zu stellen.«

Das Kopfnicken fiel schon ein wenig zögerlicher aus.

»Falls einige von euch die Absicht haben, den Helden zu spielen: Vergesst es! Wir sind ein Team. Ich dulde keine Eigenmächtigkeiten.«

Wieder suchte sein Blick ein Gesicht nach dem anderen ab. Ein bisschen Sorgen machte er sich wegen Raskovich, aber bis jetzt hatte der Sicherheitsfritze sich willig und gelassen gezeigt. Hazen musste ihm eine Rolle zuteilen, bei der er sich einbilden konnte, er habe einen entscheidenden Beitrag zu McFeltys Festnahme geleistet. Wenn Medicine Creek dafür das Versuchsfeld bekam, war Hazen bereit, ihm um den Bart zu gehen.

»Shurte und Williams, Sie kundschaften den Eingang in das Höhlensystem aus. Wie weit Sie vorrücken, bleibt Ihnen überlassen, was aber nicht bedeutet, dass Sie im Eingangsbereich herumlungern. Dort könnten Sie überrascht werden. Es könnte natürlich sein, dass der Täter Fersengeld geben will. Sie müssen also immer auf dem Sprung sein, ihn nötigenfalls zu schnappen. Rheinbeck, Sie gehen zu Miss Kraus ins Haus, zeigen ihr den Durchsuchungsbefehl und trinken Tee mit ihr. Was Sie nicht davon abhalten soll, nötigenfalls Shurte und Williams Rückendeckung zu geben. Ich weiß, der Auftrag schmeckt Ihnen nicht, aber ich brauche einen besonnenen Mann. Die alte Lady regt sich schnell auf. Wir wollen auf keinen Fall, dass sie einen Herzanfall bekommt – klar?«

Rheinbeck nickte mit säuerlicher Miene.

»Gut, ich denke, soweit ist alles klar. Cole wird uns jetzt in den Gebrauch der Nachtsichtgeräte einweisen.«

Cole trat vor. Groß gewachsen, muskulös, der geborene Aspirant für den Mister-State-Police-Titel. Komisch, wie die Staties es fertig brachten, kein Gramm Fett anzusetzen.

Cole zeigte den Officern einen Schutzhelm, unter dessen Stirnschild zwei Okulare hingen. »In Höhlen gibt es absolut kein Licht. Da wir also nicht mit normalen Nachtsichtgeräten arbeiten können, sind wir auf Infrarotlicht angewiesen. Das UV-Licht funktioniert genau wie eine Taschenlampe. Das hier vorn am Helm ist quasi die Glühbirne. Mit bloßem Auge kann man das Licht nicht sehen, aber wenn man die Okulare aufsetzt, erkennt man im rötlichen Lichtschimmer deutlich das Ziel. Habt ihr soweit alles verstanden?«

Die Männer nickten.

»Der Vorteil bei UV-Licht ist, dass man selber das Ziel ausmachen kann, aber vom Gegner nicht gesehen wird. Die Lampen am Helm bleiben ausgeschaltet, wir dringen so lautlos wie möglich im Höhlensystem vor, und der Gesuchte kann nicht feststellen, mit wie vielen Männern er es zu tun hat.«

»Gibt es eigentlich eine Karte oder etwas Ähnliches von dem Höhlensystem?«, fragte Raskovich.

»Gute Frage«, sagte Hazen. »Nein, so was gibt's nicht.

Auf dem größten Teil der Strecke kann man sich an den hölzernen Gehsteigen orientieren. Hinter dem Bereich, durch den die Touristen geführt werden, liegen noch zwei oder höchstens drei kleinere Höhlen. In einer war früher eine Schnapsbrennerei untergebracht, dort hält sich unser Mann vermutlich auf. Das hier ist kein gepflegter Spaziergang durch die Carlsbad Caverns in Kalifornien, aber wenn ihr euerm gesunden Menschenverstand folgt, werdet ihr euch schon zurechtfinden.«

Hazen ging zum Waffenschrank, nahm eine Flinte heraus, ließ, das Schloss aufknicken, lud die Waffe und drückte sie Raskovich in die Hand.

»Hat jeder seine Waffe überprüft?«

Und während alle die Frage mit Gemurmel bejahten, fing plötzlich die Beleuchtung zu flackern an, beruhigte sich kurz noch einmal, und dann ging auch hier endgültig das Licht aus. Hazen trat ans Fenster: Die ganze Hauptstraße lag im Dunkel.

»Okay«, sagte Hazen, »damit müssen wir uns abfinden. Es wird uns nicht aufhalten.«

Er machte einladend die Tür auf. Die Männer drückten sich einer nach dem anderen an ihm vorbei und tauchten in die stockdunkle, vom heulenden Sturm gebeutelte Nacht ein.

55

Als er in Medicine Creek ankam, drosselte Special Agent Pendergast das Tempo seines Rolls', griff zum Mobiltelefon und machte abermals den Versuch, Corrie Swanson zu erreichen.

Der schrille Piepston, den er statt einer automatischen Bandansage hörte, machte ihm klar, dass die Relaisstationen zusammengebrochen waren. Der Funkverkehr zwischen den Sheriffbüros war ebenfalls ausgefallen. Und genauso verhielt es sich mit der Stromversorgung. Medicine Creek war vom Rest der Welt vollständig abgeschnitten.

Er fuhr langsam die Hauptstraße entlang. Die Bäume wurden vom wütenden Wind gepeitscht. Regenschauer fegten über die Straße, die vom Staub der Sandstürme verstopften Gullys vermochten die Wassermenge nicht aufzunehmen, überall hatten sich tiefe Pfützen gebildet.

Die Häuser der Stadt erinnerten an kleine Festungen, die meisten Fenster waren mit Sperrholzplatten gesichert, nur an wenigen begnügten sich die Bewohner mit schweren zugezogenen Vorhängen, hinter denen ab und zu Kerzenschein flackerte. Lediglich beim Sheriffbüro rührte sich etwas. Auf dem Hof parkten mehrere Einsatzwagen der Staatspolizei, in einen Kastenwagen wurde Gerät verladen. Das sah nicht nach dem normalen Aufwand bei Tornadowarnungen, sondern eher nach einer groß angelegten Polizeiaktion aus.

Pendergast bog auf die Zufahrtsstraße zum Wyndham-Wohnwagenpark ab. Auch die Wagenfenster waren gesichert oder zumindest mit Pappe verklebt, einige Dächer waren mit großen Steinen beschwert. Durch die schmalen

Schotterwege fegte heulend der Wind, ließ die leichten Aluminiumwagen hin und her schaukeln und schleuderte Kies und kleine Steine gegen die Karosserie. Die Schaukeln auf dem Kinderspielplatz führten einen wahren Veitstanz auf.

Pendergast hielt vor dem Wohnwagen der Swansons. Corries Auto stand nicht auf dem Stellplatz. Er stieg aus, hastete tief geduckt zur Wohnwagentür und klopfte. Keine Reaktion, im Wohnwagen schimmerte kein Licht. Er versuchte es noch einmal, diesmal energischer.

Ein dumpfes Poltern, der Lichtstrahl einer Taschenlampe näherte sich der Tür. »Corrie? Bist du das? Dann kannst du dich auf eine Menge Ärger gefasst machen!«

Schließlich wurde die Tür einen Spalt weit aufgezogen. Eine Frau mit verwuscheltem Haar und einer in den rot verschmierten Mundwinkel geklemmten Zigarette starrte ihn an.

»FBI.« Pendergast hielt ihr seine Dienstmarke hin. »Ich suche Miss Swanson.«

»Sie ist nicht da«, sagte die Frau kurz angebunden.

»Ich bin Special Agent Pendergast.«

»Ich weiß genau, wer Sie sind!«, blaffte die Frau ihn an. »Der Kerl vom FBI, der so scharf drauf war, eine junge ›Assistentin‹ zu haben. Ich weiß über Sie Bescheid, Mister, Sie können sich alle Lügengeschichten und Ausreden sparen. Selbst wenn ich wüsste, wo Corrie ist, würd ich es Ihnen bestimmt nicht auf die Nase binden. Suchen Sie sich gefälligst irgendeine andere ›Assistentin‹!«

»Wissen Sie, wann Miss Swanson weggegangen ist?«

»Keine Ahnung.«

»Besten Dank für Ihre hilfreichen Auskünfte.« Pendergast drehte sich abrupt um und ging zum Wagen zurück.

Ungeachtet des Sturms öffnete die Frau die Tür weiter und kam hinter Pendergast her. »Vielleicht hat sie ihr Zuhause verlassen, weil sie Ihnen wieder ›assistieren‹ wollte,

Sie Wüstling! Sie scheinen ja mächtig Eindruck auf sie gemacht zu haben mit Ihren teuren schwarzen Klamotten!«

Pendergast schenkte ihr keine Beachtung und stieg in seinen Wagen.

»Oh, was sehe ich denn da? Ist das nicht ein Rolls-Royce? Guck mal an, was ein FBI-Agent sich alles leisten kann!«

Er zog die Wagentür zu und startete den Motor.

Aber die Frau ließ sich nicht so schnell abschütteln. Plötzlich tauchte sie auf dem schmalen Rasenstück neben dem Rolls auf und schrie mit überschnappender Stimme: »Bei Männern wie Ihnen kommt mir das große Kotzen, wissen Sie das? Ich kenne mich mit Typen wie Ihnen aus, Mister!«

Pendergast würdigte sie keiner Antwort. Er lenkte den Wagen auf den Schotterweg und fuhr zurück zur Hauptstraße.

Minuten später war er beim Parkbereich des Krausschen Hauses.

Auch hier keine Spur von Corries Gremlin.

Winifred saß in ihrem Lieblingssessel und war bei Kerzenlicht mit einer Kreuzsticharbeit beschäftigt. Sie begrüßte ihn mit einem Lächeln auf dem faltigen Gesicht. »Ich habe mir Sorgen gemacht, Mr. Pendergast, weil Sie bei so einem Sturm noch unterwegs waren. Es ist ein richtiger Wirbelsturm. Umso glücklicher bin ich, dass Sie jetzt wieder zu Hause sind.«

»Hat sich Miss Swanson heute blicken lassen?«

Miss Kraus legte die Hände samt der Stickarbeit in den Schoß.

»Nein. Zumindest habe ich sie nicht gesehen.«

»Danke.« Trotz seiner inneren Unruhe vergaß Pendergast die übliche artige Verbeugung nicht, bevor er sich umdrehte und zur Tür eilte.

»Sagen Sie bloß nicht, dass Sie noch mal wegmüssen!«

»Ich fürchte doch.«

Pendergast ging zum Parkplatz zurück. Es war, als nähme er den tobenden Sturm, der an den Garagentoren rüttelte und Sand und Kies vor sich hertrieb, überhaupt nicht wahr, so tief war er in Gedanken versunken.

Er langte schon nach dem Griff des Garagentors, als ihm eine Idee kam.

Unmittelbar hinter dem Krausschen Grundstück wogte das vom Sturm gezauste Meer der Maiskolben. Das Schild, das Touristen zu Kraus' Kavernen locken sollte, schwankte klappernd hin und her. Pendergast hastete mit weit ausholenden Schritten zur Straße zurück und bog nach etwa dreißig Metern auf einen Feldweg ein, der in die Maisfelder führte. Und zwei Minuten später stand er vor Corries Wagen.

Als er zur Straße zurückkehren wollte, sah er in einiger Entfernung die kreisenden Dachleuchten einer kleinen Armada von Polizeifahrzeugen, die in hohem Tempo näher kam und schließlich auf den Parkplatz vor den Höhlen einbog.

Als er die roten Bremslichter aufleuchten sah, wusste er, dass seine Vermutung richtig gewesen war: Das geschäftige Treiben auf dem Hof des Sheriffbüros hatte der Vorbereitung für eine Polizeiaktion gedient.

Offensichtlich war nicht nur ihm, sondern auch Corrie und nun auch Hazen klar geworden, dass der Mörder sich kein sichereres Versteck suchen konnte als das Höhlensystem. Eine naheliegende Vermutung, wenn sie einem erst einmal gekommen war, aber er hätte es nie für möglich gehalten, dass drei Leute unabhängig voneinander etwa zeitgleich auf dieselbe Idee kommen können. Was einmal mehr bewies, dass hinter der Wahrscheinlichkeitstheorie bisweilen im Grunde nichts anderes als eine Laune des Geschicks steckte.

Pendergast nahm die Abkürzung durch das Kornfeld, die direkt zum Höhleneingang führte. Wenn es ihm gelang, vor Hazen und seinen Männern im Höhlensystem zu verschwinden …

Er kam zu spät. Als er aus dem Dickicht des Maisfeldes auftauchte, sah er Hazen auf dem abschüssigen Weg stehen, der zum Eingang führte.

Der Sheriff drehte sich zu ihm um und musterte ihn mit finsterer Miene.

»Ich müsste mich verdammt irren, wenn das nicht Special Agent Pendergast ist. Und ich habe schon gehofft, Sie hätten unserer Stadt den Rücken gekehrt.«

56

Sheriff Hazen starrte den Agent an. Und je länger das Schweigen sich dehnte, desto deutlicher verspürte er eine unbändige Wut. Der verdammte FBI-Knilch hatte ein sagenhaftes Geschick, unvermutet zur falschen Zeit am falschen Ort aufzutauchen! Aber diesmal, schwor Hazen sich, würde er kurzen Prozess mit dem arroganten Burschen machen!

»Wenn ich mich recht erinnere, wurde Ihnen heute Morgen eine Abmahnung zugestellt. Sie machen sich einer Zuwiderhandlung schuldig. Ich könnte Sie festnehmen lassen.«

»Sie wollen das Höhlensystem durchsuchen«, erwiderte Pendergast ruhig, »weil Sie vermuten, dass der Mörder sich darin aufhält.«

Hazen nagte verunsichert an der Unterlippe. Pendergast konnte doch gar nichts von der Polizeiaktion wissen. Er versuchte einfach zu bluffen.

»Sie haben nicht die leiseste Ahnung, worauf Sie sich einlassen, Sheriff«, fuhr der Agent fort. »Sie wissen nichts über die örtlichen Gegebenheiten und die Ausdehnung der unterirdischen Gänge.«

Hazens Geduld war erschöpft. »Reden Sie keinen Blödsinn, Pendergast!«

»Sie werden da unten Ihr Waterloo erleben, Sheriff.«

»Dass ich nicht lache! Sie sind's, der gleich sein blaues Wunder erleben wird!«

»Der Mörder hat eine Geisel genommen.«

»Ach, erzählen Sie keinen Quatsch! Sie dreschen doch nur leeres Stroh, Pendergast!«

»Wenn Sie unvorbereitet dort unten eindringen, gefährden Sie das Leben der Geisel.«

Ungewollt lief Hazen eine Gänsehaut über den Rücken. Die Gefährdung einer Geisel war der Albtraum aller Polizisten.

»Und wer soll diese angebliche Geisel sein?«

»Corrie Swanson.«

»Woher wollen Sie das wissen?«

»Sie ist zu Hause weggefahren und seither nicht wiederaufgetaucht. Ich habe vor ein paar Minuten ihren Wagen im Maisfeld entdeckt, etwa dreißig Meter westlich von hier.«

Einen Augenblick lang war Hazen beeindruckt, dann schüttelte er verächtlich den Kopf. »Das ist doch wieder nur Ihre alte Masche, Pendergast! Sie haben von Anfang an versucht, mir Ihre albernen Theorien aufzuschwätzen, um mich dadurch bei meinen Ermittlungen auf eine falsche Fährte zu locken. Ohne Ihre Ablenkungsmanöver hätten wir den Mörder längst geschnappt. Und nun wollen Sie das Auto der Swanson im Maisfeld entdeckt haben, wie? Vielleicht hat sie sich da mit irgendeinem jungen Herumtreiber im Maisfeld verabredet.«

»Sie ist in die Höhlen hinuntergestiegen.«

»Das ist wieder so eine haltlose Erfindung von Ihnen! Der Höhleneingang ist mit einer massiven Stahltür gesichert. Wie soll sie denn das Schloss geknackt haben?«

»Sehen Sie es sich selber an!«

Hazen starrte in die Richtung, in die Pendergast zeigte. Tatsächlich, die Stahltür war aufgebrochen worden, die Kette mit dem Vorhängeschloss lag auf dem Boden.

»Wenn Sie glauben, dass Corrie das Schloss geknackt hat, sind Sie noch dämlicher, als ich gedacht habe. Das ist nicht das Werk einer Halbwüchsigen, da war ein gewiefter Profi am Werk. Und zwar der verdammte Kerl, hinter dem wir her sind. Das ist alles, was ich Ihnen zu sagen habe, mehr geht Sie nichts an. Sie können von Glück sagen, dass ich Ihnen überhaupt so viel verraten habe.«

»Ich kann mich nur wiederholen, Sheriff: Sie sind verantwortlich, wenn Corrie Swanson …«

Hazen machte eine barsche Handbewegung. »Ich habe Ihnen lange genug zugehört, Pendergast. Händigen Sie mir Ihre Waffe aus! Cole, legen Sie ihm Handschellen an!« Und als Cole ihn unschlüssig ansah: »Er hat vorsätzlich die mit der Abmahnung verbundenen Auflagen verletzt. Außerdem behindert er eine Polizeiaktion und ist unberechtigt auf ein Privatgrundstück vorgedrungen. Ich übernehme die volle Verantwortung. Hauptsache, Sie schaffen mir den Kerl aus den Augen!«

Cole ging auf Pendergast zu. Im nächsten Augenblick lag er keuchend und nach Atem ringend flach auf dem Boden. Und Pendergast war so urplötzlich verschwunden, als hätte ihn der Erdboden verschluckt.

Hazen starrte auf den Officer, der sich mit Mühe in eine Sitzposition aufrichtete und sich mit schmerzverzerrter Miene den Bauch hielt.

»Der elende Mistkerl hat mich ausgeknockt!«

Hazen richtete die Stablampe ins Dunkel, konnte Pendergast aber nirgendwo sehen. Sekunden später hörte er einen starken Motor röhren und gleich darauf das Geräusch von quietschenden Reifen.

Cole stemmte sich hoch und klopfte sich den Staub von der Uniform. »Oh Mann, den schnappen wir uns! Das war Widerstand gegen die Staatsgewalt in Tateinheit mit einem Angriff auf einen Polizisten.«

Hazen winkte ab. »Vergessen Sie es, Cole! Wir sind hinter einem größeren Fisch her, das hat jetzt Vorrang. Den Agent können wir uns morgen vorknöpfen.« Er grinste breit. »Und wenn Sie wieder mal jemanden festnehmen sollen, passen Sie gut auf, ob er irgendwelche verdächtigen Bewegungen macht, klar?«

In der Nähe wurde eine Tür zugeschlagen, eine schrille, halb vom Sturm verschluckte Stimme kam rasch näher, und im nächsten Augenblick stand Winifred Kraus im flatternden Nachtgewand vor Hazen.

Rheinbeck folgte ihr laut argumentierend, konnte sie aber nicht einholen.

»Was haben Sie hier zu suchen?«, zeterte sie laut, während sie sich noch die Regentropfen aus dem Gesicht wischte. »Was fällt Ihnen ein, auf meinen Grund und Boden einzudringen?« Hazen sah Rheinbeck vorwurfsvoll an. »Ich hab doch ausdrücklich gesagt, Sie sollen ihr den Durchsuchungsbefehl ...«

»Ich hab versucht, ihr alles zu erklären, Sheriff, aber sie ist sofort ausgerastet«, verteidigte sich Rheinbeck.

Die alte Lady baute sich drohend vor Hazen auf. »Ich verlange eine Erklärung von Ihnen!«

Der Sheriff seufzte entnervt. »Winifred, wir haben Grund zu der Annahme, dass sich der Mörder in Ihren Höhlen versteckt hat.«

»Das ist unmöglich«, behauptete Winifred Kraus. »Ich sehe da unten zweimal in der Woche nach dem Rechten.«

»Glauben Sie mir, Winifred, es ist besser, wenn wir selber nachsehen und ihn rausholen. Seien Sie vernünftig und gehen Sie lieb und nett mit dem Officer zurück ins Haus. Er wird sich um Sie kümmern und Sie beschützen.«

»Das werde ich *nicht* tun! Wagen Sie ja nicht, in meine Kavernen einzudringen, dazu haben Sie kein Recht! Sie werden dort unten keinen Mörder finden!«

Hazen wurde förmlich. »Ich bedaure, Miss Kraus, wir haben einen Durchsuchungsbefehl. Zeigen Sie ihn ihr, Rheinbeck!«

»Das hab ich schon versucht, Sheriff, aber ...«

»Halten Sie ihn ihr unter die Nase und bringen Sie sie hier weg!«, blaffte Hazen ihn an. »Wir haben keine Zeit mehr zu verlieren, ist Ihnen das nicht klar?«

»Ja, Sir«, sagte Rheinbeck kleinlaut. »Sie haben's gehört, Lady. Seien Sie so freundlich ...«

»Wagen Sie es ja nicht, mich anzufassen!«, keifte Winifred und ging mit geballter Faust auf Rheinbeck los. Dann fuhr sie herum und funkelte Hazen zornig an. »Sie verschwinden sofort von meinem Grundstück! Sie sind schon immer ein Leuteschinder gewesen. Ich will Sie hier nie wieder sehen!«

Hazen schaffte es, sie an den Handgelenken zu packen, woraufhin die alte Lady prompt zu spucken und nach ihm zu treten begann.

Hazen registrierte verdutzt, dass sie über erstaunliche Kräfte verfügte.

Schließlich wusste er sich nicht anders zu helfen, als den anderen zuzurufen: »Wie wär's denn, wenn mal jemand zufasst, verdammt noch mal?«

Rheinbeck fasste die alte Lady um die Taille, Cole hielt ihre wild rudernden Arme fest.

»Ihr elendes Pack«, schrie Winifred, »ich werde mich über euch beschweren!«

»Geht nicht zu grob mit ihr um«, ermahnte Hazen die Officer, »sie ist ja nur eine schwache alte Lady.«

Rheinbeck lud sie sich schließlich auf den Buckel und trug sie ins Haus zurück.

»Großer Gott, was hat sie bloß?«, fragte Cole.

Hazen zuckte die Achseln. »Sie war schon immer eine tückische alte Hexe, aber so außer sich habe ich sie noch nie erlebt«, knurrte er übellaunig. Das Schienbein tat ihm immer noch von Winifreds heimtückischem Tritt weh.

Schließlich riss er sich zusammen.

»Also los, Leute, wir haben schon genug Zeit verloren!«

Er wandte sich zu Shurte und Williams um. »Falls dieser Hundesohn Pendergast noch mal hier auftaucht, ermächtige ich Sie ausdrücklich, mit allen Mitteln zu verhindern, dass er hinter uns herkommt.«

Und dann konnte Hazen endlich an der Spitze seiner

Männer in das rabenschwarze Dunkel der Höhle eindringen.

Sie setzten sich Helme mit den Okularen auf, schalteten das UV-Licht ein und stiegen die Treppenstufen hinunter. Je weiter sie vorankamen, desto gedämpfter drang das Heulen des Sturms zu ihnen.

Zu guter Letzt empfanden sie die Stille fast als bedrückend.

Sie waren eingetaucht in eine fremde, bis auf das leise Tröpfeln des Sickerwassers lautlose Welt.

57

Der Rolls schrammte und holperte den vom Sturm gefrästen Feldweg entlang, Hagelkörner trommelten auf das Wagendach, die Scheinwerfer schafften es kaum, eine Lichtschneise in das verschwommene Dunkel zu schlagen. Als Pendergast beim besten Willen nicht mehr weiterkam, hielt er an, schaltete den Motor aus, schob die zusammengerollte Karte in eine seiner unergründlich tiefen Jacketttaschen und stieg aus, mitten im heulenden Sturm.

Hier, an der höchsten Erhebung in der Cry County, entfaltete der Sturm seine volle Wut. Ein kurzer Blick auf den Boden genügte, um ermessen zu können, welche Verwüstungen die Böen im Laufe weniger Stunden angerichtet hatten. Der Sturm trieb all das vor sich her, was er auf seinem viele Meilen weiten Weg mit sich gerissen hatte: Zweige, ausgerissene Pflanzenteile und Berge von Staub und Sand. Das unheimliche Ächzen und Knacken, das in der Luft lag, musste von den drei Hügeln kommen, aber die waren wegen des undurchdringlichen Dunkels von hier aus noch nicht zu sehen. Nun gut, dachte Pendergast, wenigstens eine Orientierungshilfe.

Gegen den Wind gestemmt, kämpfte er sich Schritt für Schritt voran. Als er sich den Grabhügeln näherte, wurde das schaurige Heulen des Windes lauter, untermalt vom gelegentlichen Knacken brechender Äste und begleitet von den Staubwolken, die abgerissene, über den Boden wirbelnde Zweige vor sich herscheuchten.

Erst als er den relativ geschützten Bereich der Bäume erreichte, wurde die Sicht ein wenig besser. Windböen, Regen- und Hagelschauer trieben Bruchholz, Unrat und abgerissene Maiskolben vor sich her. Selbst die ausgewachsenen Pappeln hatten es schwer, sich ächzend gegen die Urgewalt der entfesselten Natur zu wehren.

Dennoch war ihm bewusst, dass die Gefahr von nun an nicht so sehr darin lag, von einem brechenden Ast oder von Hagelkörnern bis zur Größe einer Kinderfaust getroffen zu werden, sondern vielmehr in der Wahrscheinlichkeit, dass sich an den Flanken des Sturms die gefürchteten Tornados bildeten, deren Gewalt er im Freien schutzlos und ohnmächtig ausgeliefert war. Aber er hatte keine Zeit, über Gefahren nachzudenken, denen er sich aussetzte. Es mochte bodenloser Leichtsinn sein, ausgerechnet bei diesem Wetter einen Mörder stellen und dingfest machen zu wollen, aber ihm blieb keine andere Wahl.

Er schaltete seine Stablampe ein und richtete den Lichtstrahl in das verschwommene Dunkel hinter dem Pappelwäldchen.

Und genau in diesem Moment hörte er ein Splittern und Knacken und sah eine entwurzelte Pappel wie einen torkelnden Riesen auf sich zukommen. Es war wie eine letzte Warnung der Natur, er konnte gerade noch rechtzeitig beiseite springen, bevor der mächtige Baum in einer Wolke aus Zweigen, Blättern, Staub und aufwirbelnder Erde mit solcher Wucht aufschlug, dass Pendergast spürte, wie der Boden unter seinen Füßen erbebte.

Er zwängte sich an dem umgestürzten Baum vorbei und kämpfte sich weiter durch den gnadenlosen Sturm. Die Augen zu schmalen Schlitzen verengt, beschleunigte er seinen Schritt, bis er an dem ersten Grabhügel angekommen war. Wieder ließ er den Lichtstrahl der Stablampe kreisen, und allmählich kam die Erinnerung an all die Bezugspunkte zurück, die er – genau hier, nur diesmal nicht von Corrie Swanson bewacht – während seiner meditativen Übung im Geiste gesehen und sich unauslöschbar eingeprägt hatte. Und so stand er nun wieder – diesmal in stockdunkler

Nacht und im heulenden Sturm – in derselben Pose da, in der er sich damals auf dem Boden ausgestreckt hatte: reglos, die Arme über der Brust gekreuzt, als wolle er in sich hineinhorchen. Wieder verstummten allmählich alle Geräusche, die ihn umgaben, seine Empfindungen konzentrierten sich auf den Augenblick, in dem er damals vor seinem geistigen Auge den Ansturm der Cheyenne miterlebt hatte.

Schließlich schlug er die Augen auf, ließ die Arme sinken und ging, sein Schrittmaß wie einen Entfernungsmesser nutzend, bedächtig auf den zweiten Grabhügel zu. Es dauerte nicht lange, bis er auf den markanten Kalkfelsen stieß, den er gesucht hatte. Nun, nachdem er den schützenden Baumbestand hinter sich gelassen hatte, war er wieder dem peitschenden Sturm und den Regen- und Hagelschauern ausgesetzt, aber er schien die Unbilden des Wetters gar nicht wahrzunehmen, während er suchend den Fels umrundete. Und tatsächlich, er traf alles so an, wie er es während der Meditationsübung im Geiste gesehen hatte. Der tiefe Spalt, der den Fels durchzog, war mit etlichen schmalen Felsbrocken verkeilt. Er zog den ersten heraus, wuchtete den zweiten beiseite, und nachdem er auch die darunter verborgenen kleineren Keile entfernt hatte, sah er tief unter sich eine Öffnung gähnen, aus der ihm kühle, mit Feuchtigkeit geschwängerte Luft entgegenschlug.

Er stand vor der Felsspalte, durch die die Geisterkrieger wie aus dem Nichts aufgetaucht und in der sie nach dem Gemetzel wieder spurlos verschwunden waren. Und wenn ihn nicht alles täuschte, hatte er zugleich auch den verborgenen Eingang entdeckt, der zu den abgelegenen Gewölben von Kraus' Kavernen führte.

Er stieg vorsichtig, den Lichtstrahl der Stablampe bald nach oben, bald nach unten richtend, in die Felsspalte ein. Es war, wie er vermutet hatte: Die Spalte wurde immer breiter, offenbar war sie ursprünglich eine natürliche Öffnung im Höhlensystem gewesen.

Er hörte losgetretene kleine Steine ins Dunkel kullern. Je tiefer er vordrang, desto gedämpfter drang das Heulen des Sturms zu ihm, bis er es schließlich nur noch wie ein fernes Säuseln hörte. Aber er durfte sich nicht allzu viel Zeit nehmen, das Naturwunder zu bestaunen, in das er eintauchte. Er musste Corrie aufspüren, bevor der Sheriff und sein Einsatzkommando in ihrer Nähe waren.

Der Gang wurde breiter und fiel nicht mehr so steil ab, bis er zu guter Letzt eine scharfe Biegung machte. Pendergast blieb stehen, zog seine Waffe und lauschte ins Dunkel. Tiefe Stille überall. Er huschte wie ein Wiesel um die Biegung und leuchtete das dahinter liegende Terrain mit der Stablampe aus. Vor ihm erstreckte sich eine gigantische Höhle, die der Länge und der Breite nach gut dreißig mal dreißig Meter messen musste. Und als er die Stablampe kreisen ließ, entdeckte er das bizarre Geheimnis, das diese Höhle barg: Dreißig tote Indianerpferde, alle mit den leuchtenden Farben der Kriegsbemalung geschmückt, waren – auf den Vorderbeinen kniend – im Zentrum der Höhle zu einem ringförmigen Kreis angeordnet. Die Höhlenluft hatte sie mumifiziert, bei einigen Pferden ragten gebleichte Knochen aus dem Fell, ihre Lippen waren ausgetrocknet, die gelben Zähne bloßgelegt. Aber die Cheyenne hatten die verletzten Tiere nicht qualvoll verenden lassen, sondern durch einen mitten durch die Stirn geführten Schlag mit dem Kriegsbeil von ihrem Elend erlöst, ihnen mit Adlerfedern den Kamm und den Schweif geschmückt und ihren getreuen vierbeinigen Gefährten eine würdige letzte Ruhestätte bereitet.

Und da war noch ein zweiter, von den toten Kampfrossen wie von einem Schutzwall umschlossener Halbkreis. In ihm hatten dreißig tapfere Cheyenne – die Geisterkrieger – ihre Grabstätte gefunden. Jeder von ihnen hielt seine Waffen in der Rechten und berührte mit der Linken sein totes Pferd – eine Anordnung, in der sich das heilige Symbol des

Sonnenrades widerspiegelte. Das Ritual des Sterbens hatte sich im Grunde genauso vollzogen wie bei den Pferden, nur dass die Männer sich die Streitaxt selbst zwischen die Augen geschlagen hatten. Der Krieger, der seinen Freunden bei ihrem Opfergang die Hand geführt hatte, war als Letzter gestorben, seine mumifizierte Hand hielt noch das Steinmesser umklammert, das in seinem Herzen steckte. Es glich dem abgebrochenen Messer, das in Chauncys Bauch gesteckt hatte. Und noch etwas fiel Pendergast auf: Die Köcher mit den Pfeilen, die die Cheyenne ihren toten Kameraden als Grabschmuck beigegeben hatten, stammten aus derselben Zeit wie die Pfeile, die zu der makabren Aufbahrung um Sheila Swegg auf der Lichtung im Mais gehört hatten.

Hier, tief unter der Erde von Medicine Creek, gaben sie Zeugnis von dem denkwürdigen Abend des vierzehnten August 1865. Die Krieger, die den Angriff auf die Fünfundvierzig überlebt und sich erst danach entleibt hatten, wussten sehr wohl, was sie taten. Sie wollten auf ihrem eigenen Land in Würde sterben und nicht von den Weißen in irgendeinem Reservat zusammengepfercht werden. Sie wollten nicht erleben, dass Eisenbahnen durch ihr Land führten, dass ihre Kinder weitab gelegene Schulen besuchen mussten, dass sie geschlagen wurden, wenn sie sich in ihrer eigenen Sprache unterhielten, dass man sie ihrer Identität und ihrer Kultur beraubte.

Die Geisterkrieger hatten die Scharen weißer Männer in ihr Land strömen sehen und erkannt, dass sie diese Flut nicht aufhalten konnten. Sie wussten, was sie von der Zukunft zu erwarten hatten. Darum waren sie in der Höhle auf der Lauer gelegen und im Schutz des Sandsturms über die Fünfundvierzig hergefallen, um sie für ihre Untaten zu bestrafen. Und als der Spuk vorüber war, hatten sie sich in ebendiese Höhle zurückgezogen, um hier in Würde zu sterben und den ewigen Frieden zu finden.

Brushy Jims Urgroßvater hatte in seinen Erzählungen und noch ausführlicher in seinem privaten Tagebuch berichtet, die Geisterkrieger seien so plötzlich aufgetaucht, als wären sie dem Boden entstiegen. Das Bild stimmte. Und Harry Beaumont musste, als er schon dem Tod geweiht war, eine Ahnung beschlichen haben, woher sie gekommen waren. Darum hatte er den Boden sterbend verflucht.

Pendergast nahm sich nur noch Zeit, seine topografische Karte kurz zu studieren, dann eilte er – in der Hoffnung, nicht zu spät zu kommen – aus der lautlos stillen Kaverne der Toten in den dunklen Tunnel, der tiefer in das weit verzweigte Höhlensystem führte.

58

Hazen hatte seine liebe Mühe, Lefty Weeks und den Spürhunden auf den abschüssigen Holzplanken zu folgen. Diesmal hatte der Führer zwei wahre Bestien mitgebracht. Sie schienen ein wenig zu eifrig zu sein, zerrten an ihren Leinen und ließen unablässig ein kehliges Knurren hören. Die Presa canarios waren große Hunde, hässlich wie die Nacht und mit riesigen Hoden behängt, die einem Jungbullen alle Ehre gemacht hätten. Anscheinend hatten sie eine Witterung aufgenommen, und Lefty konnte sie, so blutrünstig, wie sie sich gaben, kaum unter Kontrolle halten. Hazen verspürte nicht die geringste Lust, sich mit ihnen anzulegen – nicht mal mit einer geladenen Winchester im Anschlag. Er merkte, dass auch die Trooper gebührenden Abstand hielten. McFelty würde auf den Knien um Gnade winseln, wenn er die Bluthunde sah!

»Sturm! Drang!«, rief Lefty die Tiere zur Ordnung.

»Was sind das für komische Hundenamen?«, fragte Hazen.

»Keine Ahnung. Hat ihnen der Züchter gegeben.«

»Na schön, halt sie ein bisschen zurück, Lefty. Wir sind hier nicht auf den fünfhundert Meilen von Indianapolis.«

»Ich halte sie so kurz wie möglich. Aber du siehst ja selber, das sind keine niedlichen Promenadenpinscher.«

Da sie die Helmleuchten ausgeschaltet und die Okulare abgesetzt hatten, konnten sie das vor ihnen liegende Gelände nur in rötlich verwaschenem Schummerlicht sehen. Ihre Umgebung war zu einer Welt ohne Tiefen und Konturen geworden, wie in den Anfangsjahren des Fernsehens.

Sie kamen an der »Kristallkathedrale«, der »Bibliothek

des Riesen« und dem »Kristall-Glockenspiel« vorbei. Er kannte das Höhlensystem nur aus der Zeit, in der sie beim alljährlichen Schulausflug durch die unterirdischen Gewölbe geführt worden waren, immer von Winifred, die damals noch kein so unansehnliches, verschrobenes altes Weib wie heute gewesen war.

Schließlich kamen sie an dem Punkt an, von dem aus die Touristenführung zurück zum Eingang führte. Lefty hatte alle Hände voll zu tun, um die Hunde zurückzuhalten. Hazen hielt vorsichtshalber drei Meter Abstand zu den ungestüm an ihren Leinen zerrenden, knurrenden Tieren. Irgendetwas am »Teich der Unendlichkeit« schien sie magisch anzuziehen. Ihre heraushängenden, hechelnden Zungen sahen durch die Okulare wie rote Fetzen, der aus ihren Mäulern tropfende Speichel wie Blut aus. Hazen wartete, bis die Trooper aufgeschlossen hatten.

»Weiter als bis zu diesem Punkt bin ich nie gekommen«, gestand er ihnen. »Von nun an bitte ich mir absolute Stille aus. Lefty, meinst du, dass du die Hunde dazu bringen kannst, nicht so laut zu knurren?«

»Nein, kann ich nicht. Knurren ist bei ihnen eine instinktive Reaktion.«

Hazen schüttelte resigniert den Kopf und gab dem Hundeführer einen Wink, voranzugehen. Er und Raskovich folgten ihm, dann kamen Cole und Brast, Larssen führte den Rest des Einsatzkommandos an.

Sie patschten durch den Teich, kletterten auf der anderen Seite nach oben und folgten Leftys Gespann durch ein tief hängendes Gewölbe, das nach einer scharfen Biegung rasch breiter wurde und zu einer Stahltür im Hintergrund führte. Die Tür stand weit offen, die aufgeknackte Kette mit dem Vorhängeschloss lag auf dem Boden.

Hazen signalisierte seinen Männern mit hochgerecktem Daumen, ihm schneller zu folgen. Das grollende Knurren der Hunde hörte sich immer bedrohlicher an. Die Idee,

McFelty überfallartig zu überraschen, konnten sie vergessen, aber vielleicht war es gar nicht so schlecht, wenn der Kerl ahnte, dass er das Spiel verloren hatte, und gar nicht erst versuchte, Widerstand zu leisten.

Hinter der Stahltür weitete sich das Gewölbe zu einer geräumigen Kaverne. Die Hunde hechelten immer aufgeregter und zerrten Lefty hinter sich her. Hazen bedeutete den Männern der Nachhut, vorläufig mehr Abstand zu halten. Er und Raskovich teilten sich – die geladenen Flinten im Anschlag – nach links und rechts.

Bingo – sie waren auf die alte Schnapsbrennerei gestoßen! Im verwaschenen Infrarotlicht machte Hazen einen Tisch, etliche Kerzenstummel, leere Flaschen und zerbrochenes Geschirr aus. Im Hintergrund konnte er im rötlichen Schummerlicht den riesigen Kessel aufragen sehen. Mein Gott, das Ding hatten sie mit Sicherheit nicht in einem Stück in die Höhle schleppen können, wahrscheinlich war es erst hier unten zusammengeschweißt worden. Kein Wunder, dass sie sich nach der Aufhebung der Prohibition nicht die Mühe gemacht hatten, den Kessel wieder in seine Einzelteile zu zerlegen und irgendwo außerhalb der Höhle zu vergraben.

Als Hazen sich davon überzeugt hatte, dass sich außer ihnen niemand hier unten aufhielt, gab er der Nachhut einen Wink, aufzuschließen, und ging näher an den Kessel heran. Der Geruch von Rauch hing auch nach so langer Zeit noch in der Luft, vermischt mit anderen, widerlicheren Gerüchen, die er auf Anhieb nicht identifizieren konnte. Er stemmte sich hoch und warf einen Blick in den Kessel. Irgendetwas lag darin, etwas Kleines, Glitschiges, soweit er das im irritierenden Rotlicht ausmachen konnte. Und auf einmal wurde ihm klar, was es war: ein menschliches Ohr.

In das spontane Triumphgefühl mischte sich rasch Abscheu. Sekundenlang verspürte er ein flaues Gefühl im Magen. »Dass mir ja keiner etwas anfasst!«, rief er den Männern zu und suchte im schummerigen UV-Licht weiter die Umgebung ab. Es fiel ihm immer noch schwer, im rötlichen Schimmer irgendetwas deutlich zu erkennen, aber allmählich wuchs in ihm die Ahnung heran, dass McFelty ihnen entwischt war. Doch dann glaubte er, an der linken Höhlenwand einen rätselhaften dunklen Schatten auszumachen, vielleicht ein tief hängendes Gewölbe, das zur nächsten Höhle führte. Er machte Lefty ein Zeichen und bedeutete ihm, die Hunde dorthin zu führen.

Und tatsächlich, als sie – Lefty und die Hunde voran – geduckt durch das Gewölbe geschlichen waren, verbreiterte sich der Durchlass zur nächsten Kaverne. Sie hatte den Schwarzbrennern anscheinend als eine Art Müllhalde gedient, überall lagen verrottete Abfälle, die Splitter zerbrochener Flaschen und Papierschnitzel herum – eben all das, was den Schwarzbrennern bei ihrer Arbeit im Weg gewesen war und was sie loswerden wollten. Es war verblüffend kühl in der Höhle, was offenbar der Grund dafür gewesen war, dass hier nicht nur Abfälle, sondern auch die Lebensmittelvorräte gelagert wurden. Hazen suchte die seitlichen Nischen mit der Stablampe ab und entdeckte ein paar Säcke mit Zucker, Getreide und Bohnen, aufgestapelte Fleischkonserven, einige Brote und einen reichlich bemessenen Vorrat an Kerzen und Streichhölzern. Was zugleich erklärte, wie es McFelty möglich gewesen war, sich hier unten, wann immer er wollte, mühelos mehrere Wochen lang von den Vorräten der Schwarzbrenner zu ernähren.

Als Hazen wieder die Okulare aufgesetzt hatte, sah er, dass der Durchlass offenbar noch tiefer in das Höhlensystem führte. Sie mussten also davon ausgehen, dass McFelty sie längst gehört hatte und in der nächsten Höhle mit geladener Waffe auf sie wartete. Er legte Lefty die Hand auf die Schulter und flüsterte ihm ins Ohr: »Lass den Hunden mehr Leine und hetz sie in die nächste Höhle – geht das?«

Als der Hundeführer nickte, winkte Hazen die Nachhut

näher heran und ließ die Männer auf beiden Seiten des Durchlasses Stellung beziehen. Dann gab er Lefty das Zeichen, die Hunde durch die Engstelle zu lassen.

Lefty nahm ihnen das Stachelhalsband ab und ließ ihnen mehr Leine. »Sturm! Drang! Fasst!« Er musste die Hunde kein zweites Mal anfeuern, sie jagten los und waren Sekunden später im Dunkel verschwunden.

Hazen wartete gespannt. Er hörte das Knurren und blutrünstige Hecheln der Hunde. Es klang immer weiter entfernt, aber McFeltys erhoffte Schmerzensschreie hörte er nicht.

»Hol sie zurück, Lefty«, sagte Hazen enttäuscht.

Lefty pfiff leise durch die Zähne. »Sturm! Drang! Kommt zurück.«

Die Hunde reagierten nicht. Hazen hörte sie weiter knurren und hecheln, im Geiste sah er, wie ihnen die großen Zungen schlabbernd aus dem Maul hingen. Endlich, nachdem Lefty sie abermals zurückgerufen hatte, kamen sie widerstrebend angetrottet. Im rötlich verhuschten UV-Licht sahen sie wie leibhaftige Höllenhunde aus.

Hazen war enttäuscht. Offensichtlich hatte McFelty das Weite gesucht und das Höhlensystem verlassen. Trotzdem, die Aktion war kein Reinfall gewesen, ganz im Gegenteil. Wenn sie morgen die tiefer gelegenen Höhlen gründlich absuchten, würden sie, davon war er überzeugt, jede Menge Spuren finden, die bewiesen, dass McFelty hier gewesen war – Fingerabdrücke, Material für DNA-Analysen und den grausigen Fund im Destillationskessel: Stotts Ohr. Damit lag es auf der Hand, dass McFelty etwas mit den Serienmorden zu tun haben musste, und sobald ihm das selber klar wurde, würde er versuchen, Lavender als Hauptschuldigen hinzustellen, damit er auf ein milderes Urteil hoffen konnte.

Hazen gab sich einen Ruck. »Okay, mal sehen, was wir da drin finden.«

Sie drangen in die dritte Höhle ein. Sie war kleiner als die beiden, die hinter ihnen lagen, und – Hazen stockte vor Verblüffung der Atem –, sie hatte allem Anschein nach als Schlafquartier gedient. An der Felswand stand ein Bett. Die Matratze war so verrottet, dass die nackten Sprungfedern aus dem Bezug ragten. Und sie war so schmal und kurz, dass es sich nur um ein Kinderbett handeln konnte. Auch die halb aus dem Rahmen gebrochenen Bilder über dem Bett – das eine zeigte einen Apfelbaum, das andere einen Clown –, das herumliegende, teils zerbrochene Kinderspielzeug und einige schmutzige Kleidungsstücke sprachen für diese Annahme.

Nur, welches Kind konnte hier unten übernachtet haben?

Hazen schüttelte ratlos den Kopf. Dann zog er mit einem Ruck die Hose hoch und fischte eine Camel aus der Tasche. »Sieht so aus, als wäre uns der Vogel davongeflattert. Wir müssen ihn wohl um Haaresbreite verpasst haben«, murmelte er missmutig vor sich hin.

Raskovich war genauso verblüfft. »Was hat das alles zu bedeuten?« Er leuchtete mit der Stablampe die Höhle aus.

Hazen zündete die Zigarette an und ließ das ausgeblasene Streichholz in der Hosentasche verschwinden. »Ich nehme an, dass der alte Krempel noch aus der Zeit der Schwarzbrennerei stammt.« Und nachdem er einen tiefen Zug genommen hatte, fügte er etwas übergangslos hinzu: »Da hinten im Kessel liegt übrigens Stotts Ohr.«

Die Männer des Einsatzkommandos sahen ihn betroffen an, keiner sagte etwas. Hazen spürte, dass er ihnen ein paar aufmunternde Worte schuldig war.

»Ihr habt gute Arbeit geleistet. Wir haben Beweise dafür gefunden, dass der Mörder sich hier unten aufgehalten und Stott im Destillationskessel zu Tode gesotten hat. Damit haben wir unseren Auftrag erfüllt, unser Ziel war von Anfang an, Beweise zu finden. Wir können mit Stolz sagen, dass uns zur Aufklärung der Serienmorde ein entscheidender Durchbruch gelungen ist.«

Die Männer murmelten zustimmend, was die Hunde sofort wieder zu kehligem Knurren veranlasste.

»Morgen fordern wir beim Gerichtsmediziner einen forensischen Suchtrupp an. Die Jungs werden die Höhlen gründlich unter die Lupe nehmen.« Er nahm noch einmal einen tiefen Zug von seiner Zigarette, dann trat er sie aus und schob auch den Stummel in seine Hosentasche. »Ich denke, wir haben unsere Arbeit heute Nacht getan. Gehen wir nach Hause!«

Als er sich umdrehen wollte, fiel ihm auf, dass die Hunde wie verrückt an ihren Leinen zerrten. Offenbar hatten sie in dem schmalen Durchlass eine neue Witterung aufgenommen. Lefty versuchte, sie zurückzuhalten, er befahl ihnen ein ums andere Mal: »Sturm! Drang! Sitz!« Aber die Hunde gaben keine Ruhe.

»Verdammt, Lefty«, redete Hazen dem Hundeführer zu, »lass sie doch nachsehen!«

Als Lefty ihre Leinen locker ließ, stürmten beide Hunde gierig hechelnd in die Engstelle. Dem Hundeführer blieb nichts anderes übrig, als ihnen stolpernd und fluchend zu folgen. Sekunden später war das Dreiergespann vom Dunkel verschluckt. Hazen folgte ihnen neugierig und versuchte, irgendetwas auszumachen. Viel konnte er nicht erkennen, nur, dass der Durchlass nach wenigen Metern im rechten Winkel abknickte und der Felsboden leicht abfiel. Auf den ersten Blick sah es so aus, als ende er irgendwo im Dunkel.

Aber das konnte nicht sein. Er hörte das Knurren der Hunde und Leftys laute Befehle, die allerdings allem Anschein nach wirkungslos im Dunkel verhallten.

Hazen drehte sich achselzuckend zu seinen Männern um. »Leute, ich fürchte, wir sind doch noch nicht fertig. Wenn mich nicht alles täuscht, haben die Hunde eine Witterung aufgenommen. Und die Spur scheint verdammt heiß zu sein.«

59

Corrie lag – die Hände auf dem Rücken – reglos da, fest entschlossen, auf keinen Fall zu schreien oder zu weinen. Sie erinnerte sich nur zu gut an das schrille, irre Gelächter ihres Peinigers, als sie vor Schmerz geschrien hatte. Diesmal schien er es allerdings auf Tad abgesehen zu haben, um sie kümmerte er sich gar nicht. Was er mit Tad vorhatte, wusste sie nicht, sie hörte nur Stoff zerreißen und gleich danach ein klägliches Wimmern. Mit fest zusammengepressten Augenlidern versuchte sie, das Wimmern auszublenden. Sie konnte sich ohnehin keinen Reim darauf machen, was dieses Wesen mit dem armen Tad anstellte. Es summte, kaum zwei Schrittlängen von ihr entfernt, leise vor sich hin und stieß hin und wieder sinnlose, gelallte Laute aus. Sooft es ihr näher kam, schlug ihr ein Schwall übel riechender Ausdünstungen entgegen, ein Gemisch aus Schweiß, Moder und Fäulnis. Ihr Ekel und ihre Angst waren so groß, dass sie unkontrolliert zu zittern begann.

Nimm dich zusammen, Corrie!, ermahnte sie sich.

Aber das war leichter gedacht, als getan, sie konnte sich einfach nicht mehr zusammennehmen. Als sie sich von den Handfesseln befreit hatte, war es der Wille zum Überleben gewesen, der ihr die Kraft dazu verlieh. Aber jetzt brachte sie diese Kraft nicht mehr auf, der Schock darüber, dass ihr Peiniger zurückgekommen war und offenbar vorhatte, Tad Fesseln anzulegen und ihn irgendwohin zu schleppen, stürzte sie in tiefe Mutlosigkeit.

Wie in einem Traum wurden zusammenhanglose, halb verschüttete Erinnerungen in ihr wach. Sie war ein kleines Mädchen, ihr Vater spielte Fangen mit ihr. Ihre Mutter saß mit Lockenwicklern auf dem Kopf am Telefon und wollte sich vor Lachen ausschütten. Und dann tauchte das Bild eines anderen, pummelig dicken Mädchens vor ihr auf, das sehr nett zu ihr war, fast übertrieben nett.

Wie sah die Bilanz ihres Lebens aus, wenn sie in dieser dunklen Höhle sterben musste? Soweit sie sich erinnern konnte, war es sinnlos und leer gewesen, eine unaufhörliche Aneinanderreihung von Nichtigkeiten.

Nun gut, sie hatte es fertig gebracht, ihre Handfesseln zu lösen, aber was half ihr das? Selbst wenn sie entkommen konnte, wohin sollte sie fliehen? Wie sollte sie einen Weg aus dieser Höhle finden?

Unwillkürlich rang sich ein Seufzer von ihren Lippen. Der Zufall wollte es, dass ihr Peiniger ihr den Rücken zuwandte, er hatte ihr Seufzen nicht gehört. Weil sie ihn gegenwärtig offenbar nicht interessierte.

Gut so. Das Glück hatte sie also doch noch nicht ganz verlassen!

Sie schlug vorsichtig ein Auge auf und schielte zu der alten, verbeulten Laterne hinüber. Er hatte sie in einer Felsnische abgestellt, die das Licht bis auf einen schwachen Schimmer verschluckte. Anscheinend mochte er kein helles Licht. Oh Gott, er sah so bleich aus, so totenbleich, dass er fast nur ein riesiger grauer Schatten war! Sein Gesicht, der schüttere Bartwuchs... ein Schaudern überlief sie. Wieder wurden all die Ängste in ihr wach, die sie tausendmal durchlitten hatte.

So viel stand allerdings fest: Er war ein Ungeheuer! Wenn es ihr nicht gelang, ihm zu entkommen, würde es ihr genauso ergehen wie Tad Franklin.

Sie merkte, dass ihr Atem immer heftiger ging, als wolle er sie anspornen, endlich wieder das Gesetz des Handelns zu ergreifen. Denn so schlecht waren ihre Chancen doch gar nicht. In ihrer Nähe befand sich eine Laterne, sie hatte Licht. Zumindest ihre Hände waren schon frei. Am Ende der kleinen Höhle konnte sie eine Art Pfad ausmachen. Wer weiß, vielleicht führte er ins Freie?

Und wieder wurde eine Erinnerung in ihr wach – ein Bild, das sich mit geradezu quälender Klarheit vor ihrem geistigen Auge formte. Ihr Vater hatte ihr zum siebzehnten Geburtstag ein Motorrad gekauft, und in ihrer Ungeduld hatte sie es sofort auf das Softballfeld hinter dem Wohnwagenpark geschoben und ihre ersten Fahrversuche gemacht. Wie zu erwarten, hatte sie immer wieder das Gleichgewicht verloren und war im weichen Gras gelandet. Sie war so frustriert, dass sie ihrem Vater am Abend weinend von ihrem Missgeschick erzählte. Er hatte sie so liebevoll getröstet, dass sie sich jetzt noch genau an jedes seiner Worte erinnern konnte: »Nie aufgeben, Cor, wirf die Flinte nicht ins Korn! Versuch's immer wieder!«

Also gut, versprach sie sich im Stillen, ich werde nicht aufgeben!

Sie wälzte sich, die Hände am Rücken, Millimeter für Millimeter herum, um nach einem scharfen Felsgrat Ausschau zu halten. Als sie gefunden hatte, was sie suchte, hob sie die Fußknöchel an und fing an, die Fesseln an dem scharfkantigen Gestein zu wetzen, vor und zurück. Sie durfte keinen Lärm machen und sich nur bewegen, solange er ihr den Rücken zuwandte. Da er sich aber ausschließlich mit Tad beschäftigte, war kaum zu befürchten, dass er ihr auf die Schliche kam. Im Augenblick hantierte er nicht mehr an Tad herum, stattdessen hatte er angefangen, irgendetwas in drei alten Jutesäcken zu verstauen. Es sah aus, als stopfe er sie mit… Nein, sie wollte nicht darüber nachdenken, womit er sie vollstopfte. Es war ihr lieber, wenn sie es gar nicht so genau wusste.

Sie wetzte und schabte wie eine Besessene, bis sie das Gefühl hatte, dass die Stricke allmählich lockerer wurden. Und tatsächlich, plötzlich konnte sie den einen Fuß herausziehen – und gleich den Strick vom anderen streifen.

Ihr erster Impuls war: Schnapp dir die Laterne und renn weg! Sie brauchte nur der ausgetretenen Spur zu folgen, irgendwohin musste die ja führen.

Ja, machte sie sich Mut, sie würde sich die Laterne schnappen und rennen, was die Lunge hergab! Er würde ihr natürlich folgen, aber sie war schnell, die zweitschnellste Läuferin in ihrer Schulklasse. Vielleicht schaffte sie es, ihm davonzulaufen.

Sie atmete tief durch und fühlte ihr Herz wie einen Schmiedehammer klopfen, so sehr erschreckte sie ihr eigener Mut. Es war eben einfach, Pläne zu schmieden, aber wenn man sie dann in die Tat umsetzen will, fallen einem ein Dutzend Gründe ein, warum es viel vernünftiger wäre, einfach hier liegen zu bleiben und keinen Mucks von sich zu geben. Andererseits, das Ungeheuer war mit Tad beschäftigt, vielleicht hatte er sie sogar völlig vergessen.

Nein! So oder so, sie musste hier rauskommen!

Sie sah sich noch einmal gründlich um. Es war wichtig, sich den Fluchtweg genau einzuprägen. Dann pumpte sie sich die Lunge voll, zählte bis drei, sprang hoch, schnappte sich die Laterne und stürmte los. Hinter sich hörte sie einen unartikulierten, bellenden Laut.

Sie ließ sich an dem feuchten Fels hinunterrutschen, wäre um ein Haar gestürzt, konnte aber im letzten Moment auf die Beine kommen und rannte wie von Furien gehetzt los: auf gut Glück ins verschwommene Dunkel hinein, dahin, wo sie das Ende der Höhle vermutete.

Die Engstelle führte an einer Felswand entlang, die sich aber bald öffnete, immer breiter wurde und in eine merkwürdige Galerie tröpfelnder, bedrohlich tief hängender Kalksteinfelsen einmündete. Dahinter lag ein offenbar flacher Teich, in dem sich das Sickerwasser gesammelt hatte. Sie gab sich einen Ruck, reckte die Laterne so hoch wie möglich und patschte kurz entschlossen durch den Teich zum anderen Ufer. Nach wenigen Metern fand sie sich in einer größeren

Höhle wieder, in der vom ständig tröpfelnden Wasser zu bauchigen Kolossen geformte Stalagmiten aufragten, die aussahen, als wären sie hier und da mit den von der Decke herabhängenden Stalaktiten zusammengewachsen.

Kam ihr Peiniger hinter ihr her? War er ihr vielleicht schon so dicht auf den Fersen, dass er im nächsten Moment zupacken und sie wieder in seine Gewalt bringen konnte?

Mehr als einmal prallte sie in ihrer Hast auf irgendeinen Felsen, was nicht nur höllisch wehtat, sondern auch die Laterne zum Schaukeln brachte und das Kerzenlicht flackern ließ. Ein jäher Schreck durchzuckte sie: Wenn die Kerze erlosch, war ihre Flucht zu Ende!

Lass dir mehr Zeit, geh langsamer!

Aber sie hörte nicht auf ihre innere Stimme, hastete blindlings um einen ausladenden Felsblock herum, prallte prompt auf einen von der Decke heruntergestürzten Felsbrocken und schrammte sich das Knie auf. Vom Schmerz benommen, blieb sie stehen, rang nach Luft und sah sich suchend um.

Sie war fast am Ende der Höhle angekommen, von hier aus führte ein mit Steinsplitt übersäter Pfad nach oben. Und auf einmal entdeckte sie etliche ungelenk in den Fels geritzte Markierungen: plump aneinandergereihte Wellenlinien, wie von Kinderhand mit einem Stein eingeritzte Strichmännchen und ein verschlungenes Gewirr, das irgendwie an fremdartige Schriftzeichen erinnerte. Ihr blieb keine Zeit, sich die Kritzeleien genauer anzusehen, sie musste weiter, dem zuerst ansteigenden, danach abfallenden, von mächtigen Felsbrocken eingerahmten Pfad folgend. Schmerzhaft fingen plötzlich ihre aufgescheuerten Fußgelenke zu bluten an. Und kurz darauf stieg, als hätte sich alles gegen sie verschworen, auch noch der Pfad steil an.

Als sie die Laterne höher reckte, sah sie, dass sich unmittelbar vor der Stelle, an der der Weg ins Freie zu führen schien, ein Gewirr von spitzkantigen Felsbrocken auftürmte. Sie hatte nur eine Hand frei, um sich beim Überklettern abzustützen, mit der anderen musste sie die Laterne halten.

Und auf einmal entdeckte sie etwas, was beinahe zu schön war, um wahr zu sein: Hinter dem Gewirr aus Felsbrocken öffnete sich ein Kalksteintunnel, das Deckengewölbe mit glitzernden, blau wie Eis schimmernden Kristallen besetzt, und, was das Beste war, völlig flach. Der Anblick gab ihr neue Kraft, sie fing wieder zu rennen an.

Der Weg schlängelte sich in sanften Windungen durch den Tunnel, in der Mitte hatte sich eine flache Rille gebildet, die das Sickerwasser aufnahm. Auch hier waren die Wände mit plump eingeritzten Markierungen versehen. Sie hastete immer leichtfüßiger durch den Tunnel, patschte übermütig in das kalte Wasser und lauschte dem Echo, das aus der Wölbung widerhallte. Sie war ganz sicher, dass es nur den Widerhall ihrer eigenen Schritte gab, keinen anderen.

Auch wenn sie es kaum glauben konnte, sie hatte ihren Verfolger tatsächlich abgehängt!

Sie ging mit kräftigem Schritt weiter, obwohl sie merkte, dass sie ihre letzten Kraftreserven aufzehrte. Der Pfad führte in eine schmale, lang gezogene Höhle, deren Boden mit den Überresten zersplitterter Stalaktiten übersät war. Der Boden war schlüpfrig, es war schwierig, festen Halt zu finden. Sie nahm den Haltegriff der Laterne zwischen die Zähne, damit sie beide Hände frei hatte und sich beim Klettern abstützen konnte. Es war ein mühseliges Unterfangen, aber die Angst trieb sie vorwärts und ließ sie die aufgeschürften, schmerzenden Hand- und Fußgelenke vergessen. Je weiter sie kam, desto weiter blieben das Ungeheuer und all die schrecklichen Erinnerungen, die sie mit ihm verband, zurück. Der Pfad *musste* irgendwohin führen, wahrscheinlich ins Freie. Und schließlich hatte sie, fast am Ende ihrer Kräfte, den höchsten Punkt des Anstiegs erreicht. Sie atmete dankbar auf, das Schlimmste war geschafft!

Und auf einmal stand er vor ihr. Er hatte auf sie gewartet.

Sein monströser Körper war mit Blut beschmiert, an seinem Kinn und an den Lippen klebten Fleischreste. Sein Gesicht – dieses unsäglich hässliche, an einen Albtraum erinnernde Gesicht – war zu einem breiten Grinsen verzerrt.

Als Corrie einen gellenden Schrei ausstieß, reagierte er mit seinem üblichen schrill quiekenden Gelächter. Aber plötzlich glaubte sie, aus dem vermeintlich irren Lachen etwas anderes herauszuhören: ein glückseliges Kinderlachen.

Sie wollte sich Schritt für Schritt nach hinten absetzen, doch da schnellte seine riesige Hand nach vorn und versetzte ihr einen Schlag, der sie zu Boden warf. Die Laterne war ihr entglitten und drohte zu erlöschen, sie konnte nur hilflos zusehen, wie sie wegrollte. Und er stand über ihr und lachte sein schauriges Lachen und klatschte vor Freude in die Hände.

»Geh weg, lass mich in Ruhe!«, schrie sie und schob sich weiter zurück.

Er griff nach ihrer Hand, hielt sie fest umklammert und wollte gar nicht mehr aufhören, zu lachen. Der üble Mundgeruch, der sie anwehte, stank wie eine offene Jauchegrube.

»Lass meine Hand los!«, jammerte sie. »Du tust mir weh!«

»Ho-ho-ho«, lallte er mit schriller Stimme, wobei er ihr einen Schwall Speichel ins Gesicht sprühte. Sie merkte, wie ihr Magen vor Ekel zu rebellieren begann. Aber plötzlich ließ er ihre Hand los, huschte wie ein Schatten davon und verschwand im Dunkel.

Sie stemmte sich mit Mühe hoch, schaffte es sogar, die Laterne zu fassen, und suchte hektisch die Umgebung ab. Sie war von einem Wald aus Stalaktiten umgeben. Wo war das Ungeheuer geblieben? Warum war es weggerannt? Das ist jetzt nicht wichtig!, ermahnte sie sich, sieh zu, dass du wegkommst! Sie war nur ein paar Schritte gegangen, als er plötzlich hinter einem Stalaktiten hervorsprang, ausholte und sie abermals zu Boden warf. Sein irres Lachen geisterte laut durch die Höhle. Und dann verschwand er so verblüffend schnell, wie er aufgetaucht war.

Noch halb benommen, kam sie keuchend auf die Knie. Die Leere, die sie im Kopf verspürte, lähmte sie. Sie suchte verzweifelt nach irgendeiner Erklärung, konnte sich aber einfach keinen Reim auf das rätselhafte Verhalten ihres Peinigers machen. Sie hatte überall blaue Flecken, ringsum herrschte tiefes Dunkel, die Laterne war Gott weiß wohin gerollt.

»He-he-he!«, kam seine Stimme aus dem Dunkel, und gleich darauf hörte sie patschende Schritte.

Sie machte sich ganz klein und wagte es nicht, sich zu bewegen. Ein ratschendes Geräusch, ein Streichholz flammte auf, die Laterne brannte wieder. Und als ihr Lichtschimmer die Höhle aufhellte, sah Corrie zu ihrem Entsetzen, dass das Ungeheuer breitbeinig, die schadhaften, fleckigen Zähne zu einer verzerrten Grimasse gebleckt, über ihr stand. Um gleich darauf wieder davonzuhuschen und sich abermals zu verstecken.

Da fiel es ihr wie Schuppen von den Augen. Er wollte Räuber und Gendarm mit ihr spielen!

Sie schluckte und versuchte, ihre Stimme trotz aller Ängste ruhig klingen zu lassen. »Willst du ein Spiel mit mir spielen?«, rief sie ins Dunkel.

Er ließ ein paar Sekunden verstreichen, dann lachte er sein quietschendes Lachen, kam blitzschnell aus seinem Versteck und schoss, die gefährlich langen Fingernägel gereckt, auf sie zu. Und ehe sie noch begriff, was er vorhatte, gruben sich seine Nägel schmerzhaft in ihre Schultern. »Ja, spill!«, quietschte er vergnügt.

»Nein, warte«, brachte sie heraus, »so geht das Spiel nicht, wir müssen uns erst über die Regeln einig sein.«

»Spill! Spill!«, verlangte er mit röhrendem Lallen. Der schüttere Bart zuckte vergnügt auf und ab.

Und weil Corrie ahnte, dass er sowieso keine Ruhe geben würde, wollte sie sich schon ins Unvermeidliche fügen.

Aber da verstummte sein Gelächter plötzlich, er drehte sich abrupt um und lauschte. Und im nächsten Augenblick packte er die Laterne, warf sich Corrie über die Schulter und jagte in atemberaubendem Tempo los. Ihr wurde schwindelig, als sie sah, wie nahe er an den scharfen Kanten der Stalaktiten entlangeilte, sie schloss rasch die Augen.

Bis er plötzlich stehen blieb. Sie schaute sich zögernd um. Die Höhle, vor der sie haltgemacht hatten, war eigentlich nicht mehr als ein schmaler Schlauch, der in unergründliches Dunkel führte. Er ließ Corrie herunter und versuchte, sie unsanft, mit den Füßen voran, in die Höhle zu schieben.

»Nein, bitte nicht!«, wollte sie protestieren.

Aber da hatte er sie schon in die schmale Höhle geschoben und einfach fallen lassen. Er schaute von oben durch den Eingang, das Licht der Laterne auf sie gerichtet, die Lippen zu einem verzerrten Lächeln gespitzt.

»Ho-ho-ho!«, lallte er. Aber sein Lächeln war erloschen, er sah traurig aus.

Und im nächsten Augenblick zog er den Kopf und die Laterne zurück, verschwand lautlos im Dunkel und ließ sie allein und ohne Licht in der kalten, feuchten Gruft zurück.

60

Pendergast eilte mit schnellem Schritt durch die bizarre Höhlenlandschaft. Die in die Felswände eingeritzten Wegemarken waren zwar im Laufe der Jahre ein wenig verblasst, aber ohne sie wäre die Orientierung sehr schwierig gewesen.

Das Höhlensystem erstreckte sich über ein so ausgedehntes Gebiet, dass selbst seine topografische Karte nur einen verschwindend kleinen Teil davon wiedergeben konnte. Hinzu kam, dass die Karteneinzeichnungen in vielen Details nicht stimmten; die Tatsache, dass die eine oder andere Höhle auf einer ganz anderen Ebene lag als die übrigen, war auf der Karte weitgehend unberücksichtigt geblieben. Dem, der sich hier auskannte – zum Beispiel dem Mörder –, gereichte das zum Vorteil, weil er wusste, wie man über verborgene Verbindungsgänge innerhalb weniger Minuten einen Ort erreichen konnte, der, nach den linearen Karteneinzeichnungen zu schließen, meilenweit entfernt liegen musste.

Dennoch war die topografische Karte eine überaus nützliche Orientierungshilfe, zumal sie Eintragungen enthielt, die man im offiziellen Kartenwerk des staatlichen geologischen Dienstes vergeblich suchte. Dem Nutzer wurde schnell klar, dass es sich mit Kraus' Kavernen ähnlich verhielt wie mit einem Eisberg, bei dem auch nur die Spitze aus dem Wasser ragt. Das Höhlensystem reichte bis unter das Stadtgebiet von Medicine Creek und erstreckte sich weit in das ländliche Umfeld, sodass es für Ortskundige nur ein Katzensprung bis zu den sagenumwobenen drei Grabhügeln war.

Irgendwo vor sich roch Pendergast Wasser, und nach wenigen Metern sah er den Flusslauf. Das Wasser war vor vielen Jahrhunderten unter dem gewaltigen Druck bei den Verschiebungen des Urgesteins aus der Tiefe nach oben gepresst worden. Der Agent ging in die Knie, schöpfte mit der hohlen Hand ein wenig Wasser und kostete es.

Es war dasselbe Wasser, das bei Winifred Kraus aus der Leitung *floss*. Nach dem zweiten Schluck war er überzeugt, dass es genau die Qualitäten aufwies, die Lu Yu in seinem berühmten Buch über die Kultur des Teetrinkens empfahl: sauerstoffhaltig und reich an Mineralien. Im Grunde hatte diese Entdeckung ihn dazu veranlasst, nach Topeka zu fahren und sich – mit Hilfe eines kleinen Tricks – die Karte zu beschaffen, die er jetzt in der Hand hielt. Nachträglich betrachtet war der Preis, den er dafür zahlen musste, erschreckend hoch. Er hatte einfach nicht damit gerechnet, dass Corrie aus der Qualität des Leitungswassers denselben Schluss ziehen könne wie er, und dass sie, weil sie ihn nicht erreichte, in ihrem Übereifer auf eigene Faust handeln würde. Ein kapitaler Fehler, er hätte sie besser kennen müssen.

Er kam hoch, und als er schon weitergehen wollte, fiel ihm eine schlauchartige Höhle auf – etliche Meter entfernt, am äußersten Radius, den der Lichtkegel seiner Stablampe gerade noch erfasste. Irgendetwas machte ihn neugierig.

Er setzte über den schmalen Bach, ging auf den Höhleneingang zu und zupfte mit der Spitze seines goldenen Kugelschreibers das verklumpte, wie ein Pfropf in den Höhleneingang gestopfte Bündel Kleidung auseinander. Dahinter lagen kunstvoll gearbeitete, zu Bündeln geflochtene Indianerpfeile und alte Tonscherben.

Als er den Lichtstrahl schließlich tiefer in die Höhle richtete, machte er eine grausige Entdeckung: ein gewaltsam ausgerissenes blond gefärbtes Haarbüschel mit schwarzen Wurzeln – Sheila Swegg.

Sie musste beim illegalen Graben in den Hügeln zufällig die Erdspalte entdeckt haben, die in den hinteren Teil des Höhlensystems führte. Der Eingang war zwar gut getarnt, aber nachdem sie die verkeilten kleineren Steine weggeräumt hatte, bedurfte es nur noch einer kurzen Kletterpartie, um in die Höhle einzudringen und eine wahre Schatzkammer zu entdecken: die reich mit Grabgaben ausgeschmückte letzte Ruhestätte der Geisterkrieger.

Der Rest war leicht zu erraten: Sie hatte wohl gehofft, noch mehr Schätze zu finden, wenn sie tiefer in das verborgene Höhlensystem eindrang. Nur, dort war sie nicht auf neue Schätze, sondern auf ihren Mörder gestoßen.

Pendergast hatte keine Zeit, sich länger mit Sheila Sweggs Geschick zu beschäftigen. Nach einem letzten mitleidigen Blick auf die spärlichen Spuren, die Zeugnis von der Brutalität des Mörders gaben, wandte er sich um und folgte dem Flusslauf, der sich in sanften Windungen ein Bett in das Gestein gegraben hatte. Doch nach etwa dreißig, vierzig Metern endete der Flusslauf plötzlich. Sein Wasser stürzte in einem gewaltigen Sprühnebel aus Millionen winziger Tropfen gurgelnd in eine tiefer gelegene, unerforschte Höhle.

Die ins Gestein geritzten Markierungen waren nun klarer auszumachen und häuften sich: ein Indiz dafür, dass er sich einem bewohnten oder zumindest regelmäßig als Unterschlupf genutzten Bereich näherte.

Pendergast war von Anfang an überzeugt gewesen, dass der Mörder ein Ortsansässiger sein müsse. Sein Irrtum hatte in der Annahme gelegen, es sei jemand aus der Stadt. Oh nein, der Mörder stand nicht in Margery Tealanders Steuerliste. Er lebte nicht *mitten unter* den Bürgern von Medicine Creek, und doch lebte er in gewisser Weise *mit* ihnen. Nur aus dieser Erkenntnis heraus war es möglich, seine Identität näher zu bestimmen.

Wichtiger war es freilich, zu begreifen, dass sie es mit einer außergewöhnlich gefährlichen, ihrem ganzen Wesen nach bösartigen und amoralischen Kreatur zu tun hatten. Selbst Pendergast, der sich auf die Erfahrungen vieler Jahre stützen konnte und tiefe Einblicke in die abstruse Gedankenwelt von Verbrechern gewonnen hatte, wagte nicht vorherzusagen, wann und wo dieser Mörder das nächste Mal zuschlagen würde.

Er kam an eine Engstelle, an der der Felsboden mit glitzernden Kristallen überzogen war – ein spektakuläres Naturschauspiel, das dem Zusammenwirken von hoher Luftfeuchtigkeit, kaltem Wind und dem ständigen Zersetzungsprozess des Kalkspats zu verdanken war. Am Ende des schmalen Durchlasses teilte sich der Weg in immer zahlreicher werdende, häufig von Fetischen markierte Abzweigungen auf. Pendergast schlug zwei-, dreimal den falschen Pfad ein, fand aber dank seiner ausgezeichneten Karte jedes Mal zum Hauptweg zurück.

Trotzdem, die Umwege hatten ihn Zeit gekostet, er beschleunigte seine Schritte, blieb aber – aus Schaden klug geworden – von Zeit zu Zeit stehen, um die Karte zurate zu ziehen. Er ahnte, dass er nicht mehr weit von jener Höhle entfernt sein konnte, die sich der Mörder als seinen persönlichen Lebensraum ausgesucht hatte. Und mit dieser Ahnung wuchs in ihm die Gewissheit, dass er hier Corrie finden würde – tot oder lebendig.

Bei allen bisherigen Ermittlungen hatte er Schmerzen und Verletzungen davongetragen; weder gründliche Vorbereitung noch der Versuch, die wirre Gedankenwelt seines Widersachers zu ergründen, hatten ihn davor bewahren können. Doch diesmal bewegte sich das Denken des Mörders so weit außerhalb der nachvollziehbaren Toleranzgrenze – denn selbst Serienmörder setzen sich gewöhnlich eine Art Toleranzgrenze –, dass es ihm unmöglich war, im Voraus zu sagen, worauf er gefasst sein musste. So viel stand allerdings fest: Hier in dieser Höhle erwartete ihn die Konfrontation mit dem größten forensischen Mysterium, dem er in seiner ganzen Laufbahn begegnet war.

Eine Erkenntnis, die wahrhaftig keine beruhigende Wirkung auf ihn ausübte.

61

Hazen trabte bei dem Versuch, Lefty und die Hunde einzuholen, mit keuchendem Atem durch den Felsentunnel. Zum Glück wurde der Gang allmählich ein wenig breiter. Dicht hinter sich hörte er Raskovich schnaufen, die Nachhut schien den Anschluss verloren zu haben. Immerhin signalisierten schwere Stiefelschritte und das Klappern von Ausrüstungsgegenständen, dass Larssens Männer sich Mühe gaben, zu ihm aufzuschließen. Dem Knurren und Bellen nach mussten Leftys Spürhunde weit voraus sein, wie weit, ließ sich bei dem verzerrten Echo nicht mit Sicherheit sagen. Das Höhlensystem war eben viel ausgedehnter, als sie alle erwartet hatten. Trotzdem, sehr weit konnten die Hunde noch nicht gekommen sein. Ihr Ausgangspunkt, der alte Destillationskessel, lag höchstens eine Viertelmeile hinter ihnen.

Wie zur Bestätigung sah Hazen plötzlich ein gutes Stück weiter vorn Lefty vor sich – laut fluchend und hektisch an den Leinen zerrend. Offenbar war es ihm gerade erst gelungen, seine Hunde unter Kontrolle zu bringen. Der Sheriff verlangsamte seinen Schritt, und als er wieder zu Atem gekommen war, rief er dem Hundeführer zu: »He, Lefty, warte mal einen Moment, damit die anderen aufschließen können.«

Vergebliche Liebesmüh! Von einer Sekunde zur anderen waren die Hunde wieder außer Rand und Band und zerrten unter hysterischem Geheul an ihren Leinen.

»Hier muss irgendwas sein!«, schrie Lefty mit überschnappender Stimme.

»Verdammt, ich hab gesagt, du sollst sie kurz halten!«, rief Hazen und setzte sich wieder in Bewegung.

Lefty wusste sich nicht mehr zu helfen, er befahl den Hunden ein ums andere Mal: »Sturm! Drang! Bei Fuß!« Aber die Tiere hörten nicht auf sein Kommando und ließen sich auch durch Leftys ruckartiges Zerren an den Dornenhalsbändern nicht zur Räson bringen. Im Gegenteil, einer der Hunde drehte sich wütend knurrend um und machte Anstalten, auf den Hundeführer loszugehen. Lefty war so erschrocken, dass ihm beinahe die Leinen aus der Hand rutschten. Hazen sah ihm an, dass er allmählich Angst vor seinen Hunden bekam.

Himmel noch mal, das konnte nur in einem Desaster enden! Wenn die Bestien McFelty zu fassen bekamen, würden sie ihn auf der Stelle zerfleischen.

Hazen fing wieder zu traben an, Raskovich hielt sich dicht neben ihm. »Lefty, wenn du die Viecher nicht sofort in den Griff bekommst, schieße ich sie über den Haufen, so wahr mir Gott helfe!«

»Das darfst du nicht«, keuchte Lefty verzweifelt. »Die Hunde sind Staatseigentum!«

Und im nächsten Augenblick verlor Hazen das Gespann aus den Augen, im rötlich verschwommenen UV-Licht sah er Lefty und die Hunde um eine Biegung hetzen. Kurz darauf hörte er Leftys erschrockene Stimme, er rief den Hunden irgendetwas zu, und bald ging das eben noch wütende Knurren und Bellen in jämmerliches Winseln über.

Hazen blieb stehen. Bis er Lefty in atemloser Hysterie rufen hörte: »Sheriff, schnell! Direkt vor uns … mein Gott, da bewegt sich etwas!«

Etwas? Was meinte Lefty damit? Hazen hastete um die Biegung, atmete, weil er kaum noch zu Atem kam, gierig die feuchte Höhlenluft ein und blieb dann abrupt stehen.

Lefty und die Hunde waren verschwunden, spurlos von einem Wald aus Kalksteinsäulen verschluckt. Von den Wänden hingen bizarre Vorhänge aus Kalkablagerungen herunter. Wohin er auch blickte, überall gähnten ihn Höhlen und enge Felsspalten an. Von irgendwoher hörte er Hundegebell, aber das Echo hallte so verzerrt wider, dass er nicht herausfinden konnte, woher es kam. So viel glaubte er allerdings herauszuhören: Es war kein normales Bellen, es hörte sich ängstlich an, vermischt mit gelegentlichen kurzen Knurrlauten.

»Lefty?« Das Echo von Hazens Stimme schien hin und her zu irren, bis es schließlich verstummte.

Raskovich schloss keuchend zu ihm auf. Hazen las in seinen Augen beginnende Panik. »Wo sind sie?«

Hazen zuckte die Achseln. Die verdammte Akustik hielt sie zum Narren.

Es war ihm klar, dass er nicht weiter tatenlos hier herumstehen konnte, also stapfte er auf gut Glück drauflos, mitten in das Labyrinth aus Kalksteinsäulen hinein. Unterwegs patschte er in ein flaches Wasserloch, und da Raskovich ihm auf den Fersen folgte, erging es diesem genauso. Das Bellen der Hunde hörte sich an, als käme es von weit her, offenbar waren sie in eine der schmalen Nebenhöhlen eingedrungen.

Was Hazen stutzig machte, war, dass das Gebell immer schriller klang, fast hysterisch. Und plötzlich steigerte es sich zu einer Art Falsett – oder nein, es hörte sich an wie quietschende Reifen: ein jämmerliches, kehliges Jaulen, das rasch schwächer wurde. Sogar im verschwommenen Rot des UV-Lichts sah er, dass Raskovich kreidebleich wurde.

»Heilige Mutter Gottes!«, keuchte der Sicherheitschef der KSU und sah sich scheu nach allen Seiten um.

»He, beruhigen Sie sich!«, redete Hazen ihm zu. »Ich nehme an, die Hunde haben McFelty gestellt. Sie müssen dahinten in einer der Seitenhöhlen sein. Gehen wir sie suchen!« Er formte die Hände zum Trichter und rief: »Larssen? Cole? Brast? Allgemeine Richtung halb links! Schließt zu uns auf!« Das Winseln der Hunde klang schaurig. Hazen scherte sich wenig um die verdammten Viecher, aber er fing an, sich Sorgen um Lefty zu machen.

Raskovich war nur noch ein Nervenbündel, er lud seine Flinte durch. Gott im Himmel!, dachte Hazen erschrocken. Nicht auszudenken, wenn er ohne Not blindlings abdrückt! »Raskovich«, sagte er, »es ist, glaube ich, besser, wenn Sie Ihre Waffe...«

Als hätte er nur auf Hazens guten Rat gewartet, schleuderte der Sicherheitschef die Waffe im hohen Bogen von sich. Der Schuss brach mit ohrenbetäubendem Lärm, Steinschutt wirbelte auf und regnete plätschernd in die flache Wasserlache. Das Jaulen der Hunde hörte sich an, als ginge es um ihr Leben.

Hazen wurde klar, dass aus seinem ausgeklügelten Einsatzplan ein Fiasko geworden war. Jetzt galt es zu retten, was noch zu retten war. »Larssen!«, schrie er ins Dunkel: »Los, legt einen Zahn zu!«

Und da verlor Raskovich vollends die Nerven, er rannte urplötzlich los, mutterseelenallein und ohne Waffe. »He, Raskovich!«, schrie Hazen mit überschnappender Stimme. »Was soll das? Sie laufen in die falsche Richtung!«

Keine Antwort. Auch die Hunde gaben keinen Laut mehr von sich. Die jähe Stille war nervenzerfetzend.

62

Pendergast blieb stehen und lauschte. Ein Gewirr undefinierbarer Laute hallte aus den Felsgewölben wider, aber alles war so von Nebengeräuschen überlagert, dass er nicht schlau daraus wurde. Er tippte auf einen Höhlensturm oder laut rauschendes Wasser.

Da er ziemlich sicher war, nicht von der alten Richtung abgekommen zu sein, beschleunigte er seinen Schritt. Was nicht so einfach war, weil er sich immer wieder einen Durchlass durch den dichten Vorhang aus Stalaktiten suchen musste. Erst als der Steinwald endete, wurde die Orientierung leichter, aber nun teilte sich der Weg in Abzweigungen auf. Er blieb abermals stehen und lauschte. Das irritierende Echo hörte sich unverändert an.

Er zog seine Karte zurate, und nach einer Weile glaubte er, seinen Standort ungefähr bestimmen zu können. Er befand sich etwa in der Mitte eines von tückischen Felsspalten und schmalen Durchlässen geprägten Labyrinths, wobei nicht auszuschließen war, dass der eine oder andere vermeintliche Durchlass in Wirklichkeit eine Sackgasse war.

Er wusste, dass unerklärliche Geräusche in einem solchen Labyrinth aus derselben Richtung kommen wie der Höhlenwind. Also fischte er sein goldenes Feuerzeug aus dem Jackett, zündete es an, hielt es mit ausgestrecktem Arm hoch und verfolgte, in welche Richtung die Flamme abgelenkt wurde. Daraus ergab sich, dass er »gegen den Wind« gehen musste, um zur Quelle der rätselhaften Geräusche zu kommen. Inzwischen waren die Geräusche freilich viel schwächer geworden, als halte die unterirdische Welt den Atem an.

Der Karte nach musste er bald ins Zentrum des Höhlensystems kommen. Am Ende einer besonders engen Stalaktitengalerie blieb er stehen und richtete den Lichtstrahl der Stablampe auf die vor ihm aufragende Felswand. War er doch in eine Sackgasse getappt?

Er entdeckte eine in der Karte nicht eingetragene vertikale Felsspalte, die ihn vielleicht weiterführte. Wenn es so war, konnte ihm die Felsspalte weite Umwege ersparen. Er ging auf die Öffnung der Spalte zu und lauschte abermals.

Und tatsächlich, plötzlich hörte er wieder Geräusche: das Rauschen eines Wasserfalls und, wenn er sich nicht täuschte, eine menschliche Stimme, wenn auch ganz schwach. Das Ganze konnte natürlich eine Sinnestäuschung sein, Worte vermochte er nicht auszumachen, dazu rauschte das Wasser zu laut.

Er richtete den Lichtstrahl auf den Boden und entdeckte Spuren, die vermuten ließen, dass er offenbar nicht der Erste war, der die Abkürzung benutzte. Er zwängte sich in die Felsspalte, und siehe da, sie wurde rasch so breit, dass er sich in aufrechter Haltung fortbewegen konnte. Nach wenigen Metern fiel der Felsboden allerdings stark ab, und plötzlich tat sich unmittelbar vor ihm ein tiefer Spalt auf. Wenn er nicht unverrichteter Dinge umkehren wollte, blieb ihm nur die Möglichkeit, den Abgrund – einen Fuß auf der linken, einen auf der rechten Randkante – mit gespreizten Beinen zu überwinden: ein Balanceakt, bei dem er abwechselnd den Kitzel von Platz- und Höhenangst durchlebte.

Als die Gefahrenstelle hinter ihm lag, öffnete sich die Spalte zu einer in tiefes Dunkel getauchten Felsplatte, die an ihrem Ende gut dreißig Meter tief abfiel. Am Fuß der Steilwand erstreckte sich eine majestätische, an einen Felsendom erinnernde Höhle. Ein gewaltiger Wasserfall stürzte in die Tiefe, das Echo hallte tausendfach wider. Die Reflexion winziger Gipskristalle gaukelte dem Auge Millionen glitzernder Lichtflecke vor, als tanzten im Sprühnebel des Wasserfalls unzählige Glühwürmchen.

Der Lichtstrahl der Stablampe reichte kaum bis zum Boden der tief unten liegenden Höhle. Aber wenn die Spuren, die er am Eingang der Engstelle ausgemacht hatte, wirklich von Füßen stammten, musste es auch einen Weg von der Felsplatte nach unten geben.

Er suchte den Rand der Platte mit der Stablampe ab und machte tatsächlich eine Reihe von Einkerbungen aus, die beim Klettern Halt bieten konnten.

Und noch eine Überraschung: Auf einmal hörte er wieder Laute, die frappierende Ähnlichkeit mit menschlichen Stimmen hatten. Waren Hazen und die Trooper doch noch auf den Mörder gestoßen? Eine Möglichkeit, die gemischte Gefühle in ihm auslöste, weil sie zugleich die bange Frage aufwarf, was aus Corrie geworden war.

Er kauerte sich an den steil abfallenden Rand der Felsplatte und richtete den Lichtstrahl der Stablampe nach unten – ein Manöver, bei dem er Kopf und Kragen riskierte. Aber wie weit er sich auch vorbeugte, außer einer Ansammlung von Steinschutt konnte er nichts erkennen, was ihm weitergeholfen hätte. Bei dem Schutt handelte es sich vermutlich um die Bruchstücke von Stalaktiten, die vor langer Zeit bei einem Erdbeben abgebrochen waren.

Pendergast musste das Risiko des Abstiegs eingehen, es blieb ihm keine andere Wahl. Er zog die Schuhe aus, band die Schnürsenkel zusammen, hängte sich die Schuhe um den Hals und stopfte die Socken in die Hosentaschen. Nach kurzem Zögern schaltete er die Stablampe aus und ließ sie in den Tiefen seines Jacketts verschwinden; sie wäre ihm während des Abstiegs mit Sicherheit keine Hilfe, sondern eher hinderlich gewesen. Dann tastete er im Dunkel nach der ersten Einkerbung, schob den nackten Fuß über die Steinkante und ließ ihn suchend hin und her pendeln, bis er auf der Einkerbung Halt fand. Er musste mit äußerster Vorsicht vorgehen, und so dauerte es gut und gern fünf Minuten, bis er den Boden der Steilwand erreicht hatte. Er machte kein Licht, zog die Socken und die Schuhe an und lauschte ins Dunkel.

Die Laute, die sich nun immer eindeutiger nach einer Männerstimme anhörten, kamen vom hinteren Ende der sich vor ihm befindenden Höhle. Wer es auch war, der dort Zuflucht gesucht hatte, er hatte anscheinend keine Taschenlampe, sonst hätte er wahrscheinlich durch Lichtsignale auf sich aufmerksam gemacht. Der Mann lallte immer wieder etwas Unverständliches vor sich hin, vielleicht war er verletzt.

Pendergast nahm seine Stablampe in die linke, seine Pistole in die rechte Hand und hastete in die Richtung, aus der die Laute kamen. Als er schätzungsweise die Hälfte der Strecke zurückgelegt hatte, schaltete er kurz die Stablampe ein und ließ den Lichtkegel kreisen, bis er auf einen rätselhaften roten Lichtschimmer und kurz darauf auf etwas Gelbes traf. Hinter einem von zahlreichen Rissen durchzogenen Felsen bewegte sich etwas. Die Waffe schussbereit in der Hand, schlich Pendergast sich lautlos an wie eine Katze.

Vorsichtig warf er einen Blick hinter den Felsen. Ein paar Sekunden lang starrte er rätselnd auf den Anblick, der sich ihm bot. Dann schob er die Waffe ins Holster, schaltete die Stablampe ein und ging auf den Mann zu, der, zusammengerollt wie ein Häufchen Elend, hinter dem Felsen lag. Er war klein, bis auf die Haut durchnässt und zitterte vor Kälte. Ein rascher Blick auf seine Ausrüstung löste das Rätsel des roten Lichtschimmers: Der Mann hatte Nachtsichtokulare, auf dem Helm war ein UV-Suchgerät montiert.

Als Pendergast ihn an der Schulter fasste, zuckte er zusammen und schlug wimmernd die Hände vors Gesicht. »FBI«, sagte Pendergast in beruhigendem Ton. »Sind Sie verletzt? Wo verspüren Sie Schmerzen?«

Der Mann zitterte wie Espenlaub, es dauerte lange, bis er

den Blick hob. Aus dem über und über mit Blut besudelten Gesicht starrten den Agent zwei rot unterlaufene Augen an, von den zitternden Lippen rann Speichel. Er schien überhaupt nicht zu begreifen, wieso er nicht mehr allein war und was der Fremde von ihm wollte.

Pendergast warf einen Blick auf den gestickten Aufnäher an der schwarzen Uniformjacke: Der Mann gehörte zur K-9-Schwadron der Kansas State Police. Die Lederleine ließ auf einen Hundeführer schließen. Pendergast tastete ihn vorsichtig ab, offenbar war er unverletzt.

Aber solange er nur unverständliche Laute vor sich hin lallte, verloren sie wertvolle Zeit. Kurz entschlossen packte Pendergast ihn am Kragen und zog ihn hoch. »Reißen Sie sich zusammen, Officer! Wie heißen Sie?«

Der scharfe Ton schien den Mann wachzurütteln. »Weeks, Sir«, stammelte er, »Lefty Weeks. Eigentlich Robert Weeks.« Er klapperte vor Kälte mit den Zähnen, bemühte sich aber, Haltung zu zeigen.

»Woher stammt das Blut auf Ihrem Gesicht, Officer?«

»Ich... ich weiß nicht.«

»Officer, ich habe nicht alle Zeit der Welt! Irgendwo hier unten treibt sich ein Mörder herum, der ein Mädchen in seiner Gewalt hat. Auch Ihre Kameraden sind in höchster Gefahr, wir müssen handeln!«

»Jawohl, Sir«, stammelte Weeks.

Der Agent nahm ihm das Nachtsichtgerät ab, sah, dass es zerbrochen war, warf es weg und befahl dem Mann: »Sie kommen mit mir!«

»Nein!«, heulte der Mann auf, »bitte nicht!«

Pendergast schüttelte ihn. »Weeks, ich erwarte von Ihnen, dass Sie sich wie ein Police Officer verhalten, ist das klar? Halten Sie sich dicht hinter mir.«

»Oh Gott, nein!«, keuchte Weeks, »gehen Sie nicht dorthin. Dort ist *er!*«

Kein Zweifel, der Mann war traumatisiert und stand

unter einem schweren Schock. »Er? Wen meinen Sie damit?«

»Diesen … diesen Mann!«

»Beschreiben Sie ihn.«

»Das kann ich nicht!« Wieder schlug Weeks die Hände vors Gesicht, als wolle er ein schreckliches Bild auslöschen. »Ein Weißer, riesengroß, sehr kräftig, mit Händen wie Pranken, und das Gesicht …«

»Was ist mit dem Gesicht?«, drängte Pendergast.

»Oh gütiger Jesus! Er hat das Gesicht … das Gesicht eines … eines Babys!«

Pendergast verlor die Geduld. »Gehen wir!«

»Nein!«, wimmerte Weeks. »Bitte nicht! Ich komme mit Ihnen, aber bitte nicht *dahin!*«

»Wie Sie wollen.« Pendergast drehte sich abrupt um und ging los. Weeks war mit einem Sprung auf den Beinen und versuchte, mit ihm Schritt zu halten.

Als sie eine Barriere aus Gesteinsschutt überwunden hatten, öffnete sich vor ihnen ein breiter Felstunnel, in dem gelbliche Tropfsteinsäulen aufragten. Weeks blieb wimmernd zurück, offenbar weckte der Tunnel Erinnerungen an furchtbare Dinge in ihm. Nur, allein zurückbleiben wollte er erst recht nicht. Und so fasste er sich schließlich ein Herz und hastete hinter dem FBI-Agent her.

Und dann war es Pendergast, der stehen blieb.

Der Lichtstrahl seiner Stablampe war auf eine Tropfsteinsäule gerichtet, die sich deutlich von den anderen unterschied.

Das Gelb war mit Rot vermischt, und am Fuß der Säule hatte sich eine rote Wasserlache angesammelt, in der irgendetwas schwamm. Der Größe nach hätte es ein Mensch sein können, aber so sah es nicht aus, die Konturen stimmten nicht.

Weeks starrte leichenblass auf die Lache und das, was darin schwamm.

Pendergast ließ den Lichtstrahl weiter über die Wände der Höhle streichen. In einem Felsspalt entdeckte er etwas Dunkelrotes, von dem rätselhafte weiße und gelbe Klümpchen auf den Höhlenboden tropften. Schließlich erfasste der Lichtstrahl die Überreste eines kräftigen Vorderlaufs, der zweifellos nur von einem Hund stammen konnte. Es war in einen Felsspalt gezwängt worden. Ein Stück weiter entdeckte Pendergast in einem anderen Felsspalt den Teil eines Kiefers.

»Einer von Ihren?«, fragte Pendergast.

Weeks nickte stumm.

»Wie ist das passiert? Haben Sie es mit angesehen?« Weeks nickte abermals.

Pendergast richtete den Lichtstrahl auf ihn. »Was haben Sie gesehen? Beschreiben Sie's mir genau!«

Weeks keuchte, fing wirr zu stammeln an und brachte endlich mit brüchiger Stimme heraus: »*Er* war's, *er* hat's getan.« Er schluckte gegen seine Erinnerungen an, und dann sagte er mit fast tonloser Stimme: »*Er* hat es mit bloßen Händen getan.«

63

Hazen beschloss, an der Stelle auf Larssen und die Trooper zu warten, an der die verschiedenen Höhlenpfade zusammentrafen. Fünf Minuten vergingen, schließlich wurden zehn daraus. Entweder hatten sie seine Rufe nicht gehört, oder sie waren in die Irre gelaufen. Nun gut, auf die Weise blieb ihm Zeit, seinen Atemrhythmus zu stabilisieren.

Nach einer Weile wurde es ihm zu dumm, er fing zu fluchen an. Raskovich war davongelaufen wie ein Hase. Hazen hatte zwar versucht, ihm zu folgen, ihn aber nicht erwischt. Der Bursche hatte ein Tempo vorgelegt, als wolle er schnurstracks bis zur KSU rennen.

Verdammt, wenn Larssen und die Trooper nicht bald zu ihm stießen, blieb ihm nichts anderes übrig, als allein nach Lefty und den Hunden zu suchen. Was bedeutete, dass er noch mal zurück zu dem Stalaktitenwald stiefeln musste.

Als er sich suchend umdrehte, befielen ihn auf einmal Zweifel, durch welchen Felstunnel er eigentlich gekommen war. Er tippte auf den rechten, aber vielleicht irrte er sich.

Hazen räusperte sich, um die Kehle frei zu machen, und rief: »Lefty?« Keine Reaktion. »Larssen?« Stille. Verdammt und zugenäht! Er formte die Hände zu einem Trichter. »Hört mich jemand? Meldet euch!«

Obwohl er fror wie ein Schneider und bis zur Hüfte durchnässt war, überlief ihn ein heißes Prickeln. Er sah sich nach allen Seiten um, konnte aber nicht mit Bestimmtheit sagen, auf welchem Weg er hierher gekommen war. Durch das rötliche UV-Licht sah alles wie eine Marslandschaft aus. Ein Griff zum Holster bestätigte ihm, was er insgeheim bereits befürchtet hatte: Als er hinter Raskovich hergehetzt war, musste er seine Stablampe verloren haben.

Ein einziger Schlamassel! Sie hatten den Kontakt zueinander verloren. Wo Raskovich, Larssen und die Trooper abgeblieben waren, mochte der Teufel wissen, und was aus Lefty und den Hunden geworden war, blieb ebenfalls ein Rätsel. Er konnte sich leicht ausmalen, wie McFelty sich ins Fäustchen lachte, zumal der verdammte Kerl wusste, dass Hazens Mannschaft nun mit sich selbst beschäftigt war.

Also gut – Kräfte zusammenfassen, sich von jeder Gruppe einen Lagebericht geben lassen und einen neuen Plan entwickeln! Das Problem war nur, dass er nicht genau wusste, durch welche Höhle er hierher gekommen war.

Er suchte den Boden der nächstgelegenen Höhle nach Fußspuren ab, aber der schien auf einmal so auszusehen, als wären auf ihm seit Wochen und Monaten pausenlos ganze Völkerscharen durchgezogen. Auch Hazens Versuch, sich an markante Punkte zu erinnern, brachte nichts. Er hatte nicht darauf geachtet, weil er vollauf damit beschäftigt gewesen war, Raskovich einzuholen.

Er ging in die Richtung, aus der er meinte, gekommen zu sein, und nach ungefähr zwanzig Metern kam er an eine Geröllhalde aus abgebrochenen Stalaktiten. Wieder etwas, woran er sich nicht erinnern konnte. War es möglich, dass er auf seiner Hetzjagd blind daran vorbeigerannt war? Oh, wenn er diesen Raskovich in die Finger bekam!

Er ging weiter, aber es blieb ihm nach wie vor alles fremd. Fluchend kehrte er an den Ausgangspunkt zurück und versuchte sein Glück mit einer anderen Höhle. Wieder nichts, was irgendeine Erinnerung in ihm ausgelöst hätte. Die tröpfelnden Felswände, der wie gezuckert aussehende Kristallbelag des Bodens, alles kam ihm fremd vor.

Und dann hörte er plötzlich irgendwo vor sich einen Laut. Jemand summte leise vor sich hin.

»He!« Er fiel in Trab, folgte einer Wegbiegung und blieb

erst stehen, als der Höhlenpfad sich noch einmal gabelte. Das Summen war verstummt.

»Larssen?«, rief er laut, »Cole?« Stille. »Ist da jemand? Antwortet, verdammt noch mal!«

Er rührte sich nicht vom Fleck. War es möglich, dass sie ihn nicht gehört hatten? Er hatte doch sogar das leise Summen gehört, wieso hörten sie nichts?

Und da war es wieder, dieses Summen, glockenhell, beinahe wie mit Kopfstimme. Es kam aus dem nach links abzweigenden Höhlenweg.

»Larssen?« Er nahm die Flinte von der Schulter und bog vorsichtig in den linken Weg ein. Das Geräusch wurde lauter, es klang schriller und kam näher. Hazen spürte, wie sein Herzschlag sich beschleunigte und all seine Sinne aufs Äußerste angespannt waren.

Und dann nahm er plötzlich aus den Augenwinkeln eine huschende Bewegung wahr, nur für den Bruchteil einer Sekunde. Er fuhr herum und bekam gerade noch mit, dass eine Gestalt im Dunkel untertauchte.

Obwohl er die Umrisse nur ganz kurz gesehen hatte, war er sich absolut sicher, dass es niemand aus seiner Mannschaft gewesen sein konnte. Und erst recht nicht McFelty.

64

Chester Raskovichs panische Flucht endete abrupt, als er sich plötzlich hinter einer Biegung mit einem Anblick konfrontiert sah, den er nur als Inkarnation all der Schrecken deuten konnte, die er sich seit dem Abstieg in das Höhlensystem ausgemalt hatte. Unmittelbar vor ihm blockierte eine seltsam ausgemergelte Gestalt mit zerzaustem Haar seinen Weg – ein Fabelwesen, das ihn aus leeren Augenhöhlen anstarrte und mit weit aufgerissenem Kiefer und gebleckten braunen Zähnen nur darauf zu lauern schien, ihm den tödlichen Biss zu versetzen. Sein erster Impuls war, kehrtzumachen und wegzulaufen, nur, es war wie in einem Albtraum: Er sah die Gefahr vor sich, aber seine Beine verweigerten ihm den Gehorsam. Seine Gedanken überschlugen sich, er schnappte mit weit offenem Mund gierig hechelnd nach Luft.

Endlich, nach einer Weile, die ihm wie eine Ewigkeit vorkam, ebbte die Panik ab, sein Verstand begann wieder zu arbeiten. Als er sich nach vorn beugte und das vermeintliche Monster aus der Nähe betrachtete, wurde ihm schnell klar, dass er es mit dem mumifizierten Körper eines Indianers zu tun hatte. Der nur noch aus Knochen und gegerbter Haut bestehende Tote saß mit angewinkelten Knien auf dem Boden, seine braunen Zähne sahen wie gebleckt aus, weil sich die verschrumpelten Lippen nach oben gezogen hatten. Um ihn herum war Tongeschirr aufgereiht, in jedem lag eine steinerne Pfeilspitze. Die Mumie war mit zerfasernden, vermutlich aus Hirschhaut gedrehten Stricken umwickelt.

Raskovich sah weg, bis seine Atemzüge sich beruhigt hatten. Er war allem Anschein nach auf ein uraltes Indianergrab gestoßen. Die gekreuzten Füße des Toten steckten in reich verzierten Mokassins, ringsum lagen mit Federn geschmückte Grabgaben.

»Scheiße!«, fluchte Raskovich laut. Er schämte sich nachträglich wegen der Kopflosigkeit, mit der er Hazen und die anderen im Stich gelassen hatte. Es war seine erste richtige Polizeiaktion gewesen, und er war weggelaufen! Und nun saß er in einer Höhle fest und hatte, während sich Gott weiß wo in der Nähe ein Mörder herumtrieb, keine Ahnung, wie er je wieder herausfinden sollte. Er hatte so kläglich versagt, dass er als Sicherheitsbeauftragter der KSU nicht mehr tragbar war, auch wenn es bei seinem Job vorwiegend darum ging, übermütige Kids vom Wasserturm zu holen und Strafzettel für falsches Parken an Windschutzscheiben zu klemmen.

Wut und Frust übermannten ihn, er versetzte der Mumie einen Tritt. Die Schädeldecke des Toten explodierte mit einem dumpfen Knall, brauner Staub wölbte auf, ein Schwarm weißer Insekten taumelte durch die Luft. Und um das Maß vollzumachen, entrollte sich auch noch zischend eine unter den verwitterten Kleidungsresten verborgene schwarze Schlange. »Verdammt!«, schrie Raskovich und zuckte erschrocken zurück. »Was soll dieser gottverdammte Scheiß?«

Die Schlange war im Dunkel verschwunden, aber er brauchte einige Sekunden, bis er sich wieder gefangen hatte.

Los, denk nach!, befahl er sich stumm, denk nach, woher du gekommen bist!

Er versuchte, sich im rötlich schummrigen Licht der UV-Lampe zu orientieren. Er erinnerte sich, dass er durch einen schmalen Felsspalt mit sandigem Boden gerannt war. Na also!

Dann musste es möglich sein, seine Fußspuren im Sand auszumachen und ihnen zu folgen.

Nach einem letzten Blick auf das Indianergrab, das er in

seiner ohnmächtigen Wut geschändet hatte, kehrte er zu dem Felsspalt zurück. Erst jetzt entdeckte er Dinge, die er bei seiner überhasteten Flucht nicht wahrgenommen hatte. Fast in jeder Seitennische lagen Knochen und hohle Schädel, daneben Grabgaben in Form von bunt bemalten Tontöpfen und gebündelten Pfeilen. Er fühlte sich an ein Mausoleum, eine indianische Katakombe erinnert. Ein Schaudern überlief ihn. Erleichtert sah er, dass die Begräbnisstätten bald hinter ihm lagen. Der Felsspalt wurde breiter, zugleich senkte sich aber die mit bedrohlich wirkenden Stalaktiten gespickte Decke immer mehr ab. Der Sandboden machte flachen Wasserlachen Platz, Raskovich kam sich fast wie auf einer Reisplantage vor. Je weniger Sandboden übrig blieb, desto schwieriger wurde es allerdings, die eigenen Fußspuren auszumachen.

Zwei Öffnungen boten sich vor ihm an, eine breitere und eine schmale, zudem stellenweise durch herabgestürzte Sandsteinbrocken blockierte Höhle. Für welche sollte er sich entscheiden?

Denk nach, du Arschloch! Erinnere dich!

Aber es half alles nichts, er konnte sich einfach nicht entsinnen, auf welchem Weg er hergekommen war. Den Gedanken, laut nach den anderen zu rufen, verwarf er rasch wieder. Wenn die Witterung, die Leftys Hunde aufgenommen hatten, nicht von einem Phantom, sondern von einem Menschen aus Fleisch und Blut stammte, konnte der Mörder sich irgendwo in der Nähe herumtreiben und es auf ihn abgesehen haben. Das verdammte Höhlensystem glich einem Labyrinth. Doch wenn er sich Zeit nahm und nicht in Panik verfiel, würde er trotzdem einen Weg ins Freie finden. Zumal er hoffte, dass Hazen und die anderen immer noch nach ihm suchten und ihn nötigenfalls hier herausholten.

Er entschied sich für die breitere Öffnung und sah sich, je weiter sich die Höhle erstreckte, in seiner Wahl bestätigt. Irgendwie kam ihm das Gewölbe bekannt vor. Und als er dann im rötlichen UV-Licht auf einem Felssims eine Ansammlung von Gegenständen auszumachen glaubte, war er nahezu sicher, dass er den richtigen Weg eingeschlagen hatte. Er ging auf das Sims zu. Zuerst sah er nur einen Indianerschädel, Knochen und etliche Federn und Pfeilspitzen. Wieder eine Begräbnisstätte? Aber die Fundstücke waren ganz anders angeordnet, als er es von Abbildungen in Fachbüchern oder von Museumsbesuchen kannte. Das Ganze sah seltsam würdelos aus, zumal es auch ein Sammelsurium von Gegenständen enthielt, die mit Sicherheit nicht indianischen Ursprungs waren: plumpe, aus Stricken und Zwirn gebastelte Puppen, einen zerbrochenen Bleistift, eine verrottete Holztafel mit den Buchstaben des Alphabets und die Porzellanscherben eines Puppenkopfes.

Gott im Himmel, wer hatte diesen wertlosen Schund wohl gesammelt? Das waren bestimmt keine Antiquitäten!

Und da hörte er plötzlich hinter sich einen Laut, ein tiefes Grunzen.

Raskovich erstarrte zur Salzsäule. Lange hielt er den Versuch, sich tot zu stellen, aber nicht durch. Der Drang, sich umzudrehen, wurde immer zwingender, und als er ihm nachgab und langsam, unsäglich langsam den Kopf wandte, verschlug ihm das, was er sah, den Atem. Also doch ein Fabelwesen! Noch dazu ein grotesk missgebildetes! Der Anblick war so grauenhaft, dass er sich ihm unvergesslich einprägte.

Obwohl, eigentlich konnte es nur eine Sinnestäuschung sein. Welcher ausgewachsene Kerl zwängte seine gewaltigen Beine in derart knapp sitzende Shorts? Und trug Hosenträger, auf denen sich alle paar Zentimeter das kitschige Motiv eines auf der Hinterhand aufbäumenden Mustangs wiederholte? Ganz zu schweigen von dem unmöglichen, zerknitterten, an mehreren Stellen eingerissenen, mit Kometen und Raumschiffen bedruckten Hemd! Und dazu dieses Gesicht: ein – falls es so etwas gab – zur Fratze verzerrtes Engelsgesicht...

Das Fabelwesen kam auf ihn zu. Raskovich rührte sich nicht von der Stelle, er starrte die Erscheinung nur ungläubig an. Und plötzlich holte ein fleischiger Arm aus und versetzte ihm einen Schlag, der ihn von den Beinen riss und mit solcher Wucht zu Boden warf, dass die Nachtsichtokulare im hohen Bogen ins Dunkel flogen.

Der Schlag löste die Lethargie, die Raskovich befallen hatte. Er fing hastig zu kriechen an, natürlich rückwärts, denn er wollte schnell weg von diesem unheimlichen Wesen.

Er hörte, wie das Fabelwesen mit schlurfenden Schritten und schmatzenden Lauten auf ihn zukam, stemmte sich hoch, schaffte es, auf die Beine zu kommen, und wich weiter blindlings nach hinten aus. Bis er plötzlich das Gleichgewicht verlor – ein Gefühl, als wäre der Boden unter ihm weggekippt. Er rechnete damit, irgendwo hart aufzuschlagen. Aber es gab nichts, wo er aufschlagen konnte. Es gab nur den wirbelnden Wind, der an ihm zauste, während er immer schneller in einen nicht enden wollenden Abgrund stürzte.

65

Hank Larssen drehte sich zu den beiden Troopern um, die im rötlichen UV-Licht mit ihren Nachtsichtgeräten an glotzäugige Marswesen erinnerten. »Ehrlich gesagt, ich glaube nicht, dass das der richtige Weg ist.«

Cole und Brast hüllten sich in Schweigen. Offenbar waren sie selbst mit ihrem Latein am Ende und wollten sich nicht festlegen.

Sheriff Larssen wurde nachträglich klar, dass es besser gewesen wäre, in der Höhle mit dem Stalaktitenwald zu warten, bis sie genau wussten, wo Hazen und Lefty abgeblieben waren.

Aber als das Gebell der Hunde plötzlich verstummt war, hatte er es für eine gute Idee gehalten, einen der zahlreichen Nebenwege als Abkürzung zu nutzen. Den Fußspuren nach hätte es die richtige Entscheidung sein können. Nur, der neue Weg hatte sich ebenfalls verzweigt, und so waren sie schließlich in einem Labyrinth gelandet. Einmal war es Larssen so vorgekommen, als habe Hazen nach ihnen gerufen. Aber seit diesem vermeintlichen Lebenszeichen waren mindestens zehn Minuten vergangen. Wenn er ehrlich war, musste er sich eingestehen, dass er die Orientierung verloren hatte.

Er fragte sich, wieso Cole und Brast überhaupt dazu kamen, in ihm so etwas wie ihren Pfadfinder zu sehen. Schließlich waren die Trooper und nicht er speziell für solche Einsätze ausgebildet worden! Er war absolut nicht scharf darauf, das Kindermädchen für die beiden zu spielen.

»Also, was ist? Habt ihr nicht gehört, was ich gesagt habe? Ich glaube nicht, dass Hazen und die anderen diesen Weg genommen haben.«

»Ich weiß nicht recht«, sagte Brast ausweichend. »Mir kommt er gar nicht so falsch vor.«

»So, Ihnen kommt er ›gar nicht so falsch vor‹, wie?«, wiederholte Larssen sarkastisch. »Und was meinen Sie, Cole?«

Cole zuckte nur die Achseln.

»Okay«, sagte Larssen, »damit ist die Sache entschieden. Wir machen kehrt und sehen zu, dass wir einen Weg finden, der aus diesem Labyrinth herausführt.«

»Und Hazen und Weeks?«, fragte Cole.

»Sheriff Hazen und Officer Weeks haben Erfahrung mit solchen Situationen, sie werden sich schon zu helfen wissen. Sind wir in diesem Punkt einer Meinung?«

»Was mich angeht, ja.« Brast war die offensichtliche Erleichterung deutlich anzuhören.

»Mir gefällt der Gedanke nicht, die anderen einfach im Stich zu lassen«, widersprach Cole.

Larssen kochte vor Wut. Ausgerechnet jetzt den Helden spielen, das hatte ihm gerade noch gefehlt! »Sergeant Cole, es ist doch völlig sinnlos, hier unten herumzuirren! Weiß der Henker, wo die anderen stecken. Wir halten uns natürlich bereit, sie nötigenfalls zu unterstützen. Aber es würde mich nicht wundern, wenn sie längst auf dem Rückweg wären.«

Cole fuhr sich unschlüssig mit der Zunge über die Lippen. Dann gab er seinen Widerstand auf. »Ja, gut.«

»Na also! Gehen wir!«

In der Hoffnung, zurück zum Stalaktitenwald zu finden, irrten sie eine Weile auf den einander kreuzenden Wegen herum und kamen schließlich zu einer Wegespinne, die sie, wenn Larssen nicht alles täuschte, noch nie gesehen hatten. Und genau dort hörte Larssen zum ersten Mal das rätselhafte Geräusch. Cole und Brast mussten es auch gehört haben, denn sie fuhren ebenfalls herum. Es schien noch weit entfernt zu sein, klang aber eindeutig nach raschen, stampfenden Schritten. Nur, es waren mit Sicherheit nicht die Tritte eines Zweibeiners, dafür war die Schrittfolge zu schnell. Es musste ein Tier sein, und zwar ein ziemlich großes.

»Feuerbereitschaft!«, befahl Larssen, ging kniend in Anschlag und richtete den Lauf seiner Waffe ins Dunkel. Er kam sich bei der martialischen Geste selber ein wenig albern vor, denn seine Flinte war eigentlich für Einsätze bei Aufruhr und Straßenkämpfen gedacht.

Der Vierbeiner, wie Larssen das rätselhafte Wesen inzwischen im Stillen nannte, kam mit geradezu unheimlicher Geschwindigkeit auf sie zugerast. Als er in eine der flachen Wasserlachen patschte, stieg dichter Sprühnebel aus unzähligen Wassertropfen auf.

»Feuervorbehalt!«, rief Larssen verunsichert. »Feuererlaubnis erst auf mein Kommando!«

Das Rätsel war gelöst, es war einer der Spürhunde.

Er rannte in hohem Tempo auf sie zu, hatte sie aber offenbar noch gar nicht bemerkt. Seine großen Pfoten hörten sich wie ein unheimliches Stakkato an. Als er an ihnen vorbeihetzte, sah Larssen, dass er blutüberströmt war. Eins seiner Ohren war abgerissen, auch ein Teil des Unterkiefers fehlte, und von der hechelnd heraushängenden Zunge tropfte blutiger Schaum.

Nach wenigen Sekunden hatte ihn die Nacht wie einen bösen Spuk verschluckt, die unterirdische Welt war wieder gespenstisch still geworden.

Alles war so unheimlich schnell gegangen, dass Larssen sich im Stillen fragte, ob er die Szene womöglich nur geträumt hatte.

»Was war das für ein Scheißspiel?«, flüsterte Brast ihm zu. »Haben Sie gesehen …«

Larssen schluckte, aber seine Kehle war so ausgedörrt wie eine Sandwüste. »Er muss ausgerutscht und gestürzt sein«, brachte er endlich keuchend heraus.

»Blödsinn!«, sagte Cole grob. »Davon verliert kein Hund den halben Unterkiefer. Irgendjemand muss ihn traktiert haben. Darum ist er auch in solcher Panik vorbeigerannt. Irgendwer muss ihm höllische Angst gemacht haben.«

»Oder irgendetwas«, murmelte Brast.

»Mann Gottes, Brast! Reißen Sie sich zusammen!«, schnauzte ihn Larssen barsch an, weil ihm selber keine Erklärung einfiel. »Sehen wir zu, dass wir schnell hier wegkommen!«

Diesmal hatte keiner etwas dagegen einzuwenden. Als sie auf dem Rückweg waren, versuchte Larssen, den Spuren des Hundes zu folgen. Er klammerte sich an die Hoffnung, dass ihnen das irgendwie weiterhelfen könne.

Und plötzlich sagte Brast: »Ich hab was gehört.«

Sie blieben stehen und lauschten. Zunächst glaubte Larssen, Brast sei das Opfer seiner überreizten Fantasie geworden, doch dann vernahm er das Geräusch selber. Es hörte sich nach patschenden Schritten durch eine der Wasserlachen an. Er suchte die Umgebung ab, konnte aber nichts Verdächtiges sehen.

»Wahrscheinlich nur Sickerwasser«, sagte er achselzuckend und folgte weiter den Hundespuren. Aber nach drei, vier Schritten blieb er abrupt stehen.

»Muh!«, blökte ihn eine Stimme aus dem Dunkel an.

Brast stieß einen lauten Schrei aus, und im selben Augenblick spürte Larssen, wie irgendetwas von hinten so brutal auf ihn prallte, dass er der Länge nach auf den Boden stürzte. Brast schrie und jammerte immer noch, und plötzlich stieß auch Cole einen schrillen Schrei aus.

Larssen war bei dem Sturz das Nachtsichtgerät weggeflogen, er kroch auf dem Boden herum und fand zum Glück tatsächlich nach ein paar Metern die Okulare, ohne die er sich wie ein Blinder vorgekommen war. Er setzte sie mit zitternden Fingern auf und versuchte hektisch, sich einen Überblick zu verschaffen.

Cole lag schreiend auf dem Boden und hielt sich den Arm. Brast war es wie Larssen ergangen, er kroch auf allen vieren auf die Felswand zu und suchte keuchend und tapsend nach seinem Nachtsichtgerät.

»Mein Arm!«, schrie Cole immer wieder. Ein seltsam verkrümmter, spitzer Knochen ragte aus seinem rechten Arm, er blutete stark.

Larssen mochte nicht länger hinsehen, stattdessen suchte er die Umgebung nach dem unsichtbaren Angreifer ab. Er hielt die Flinte schussbereit, aber außer einem verschwommenen Umriss an der Höhlenwand konnte er kein Ziel ausmachen. Es war ihm, als höre er ein höhnisch triumphierendes Lachen, aber es war so schnell wieder verstummt, dass er immer noch nicht wusste, in welche Richtung er zielen sollte.

Nur in einem Punkt war er sich absolut sicher: Das mysteriöse Wesen lauerte ihnen ganz in der Nähe auf.

66

Corporal Shurte von der Kansas Highway Patrol schaukelte auf den Fußballen vor und zurück, fingerte an der Flinte herum und warf einen Blick auf seine Armbanduhr. Dreiundzwanzig Uhr dreißig. Hazen und die anderen waren vor weit über einer Stunde in das Höhlensystem eingestiegen. Wie lange dauerte es denn noch, bis sie McFelty geschnappt hatten und in Handschellen herausbrachten? Es war entnervend, hier draußen herumzulungern und keinen Kontakt mit der Einsatzgruppe zu haben. Er hatte sein Leben von Kindesbeinen an in diesem Teil von Kansas verbracht, aber noch nie so ein Unwetter erlebt. Gewöhnlich waren die Stürme genauso schnell vorbei, wie sie gekommen waren. Aber dieser Orkan tobte seit Stunden und wurde immer wilder, der strömende Regen entwickelte sich allmählich zur Sintflut, und die Blitze zuckten, als wollten sie den Himmel spalten. Bevor das Radioprogramm zusammengebrochen war, hatte man vor einem Tornado der Stufe drei gewarnt, der sich auf Deeper zubewegte.

Und dann war die Hölle losgebrochen, der Zivilschutz hatte versucht, die am schlimmsten betroffenen Regionen zu erreichen, aber weil der Highway blockiert war, war er nicht weit gekommen. Mit der Energieversorgung war es genauso. Normalerweise fiel hier und da vorübergehend der Strom aus, aber diesmal war es, als habe eine Riesenhand einen Stecker nach dem anderen herausgezogen, erst in Medicine Creek, dann in Hichkok, DePew, Ulysses, Johnson City, Lakin und schließlich auch in Deeper. Shurte hatte gerade noch mitbekommen, dass Garden City am anderen Ende der County offenbar am schlimmsten betroffen war. Trotzdem machte er sich Sorgen. Es war ein verdammt beschissenes Gefühl, in so einer lausigen Nacht nicht bei der Familie zu sein, sondern sich hier draußen herumzutreiben.

Die abgeschirmte Propangaslampe warf einen schwachen Lichtschein auf den Höhleneingang. Williams, der gegenüber von Shurte Posten bezogen hatte, sah aus wie ein Zombie: tief geduckt wegen des strömenden Regens. Statt der Augen schien er nur noch leere Höhlen zu haben. Das Einzige, was ihn als menschliches Geschöpf auswies, war die Glut der Zigarette, die in seinem Mundwinkel hing.

Wieder zuckte ein Blitz auf, der grelle Lichtschein schien von einem Horizont zum anderen zu reichen. Für Sekunden war trotz des strömenden Regens sogar das alte Kraussche Haus in helles Licht getaucht.

»Was meinst du, wie lange wir hier noch Wache schieben müssen?«, schrie Shurte zu Williams hinüber. »Ich bin bis auf die Haut durchgeweicht.«

Williams ließ die Zigarette aus dem Mundwinkel rutschen, trat sie aus und zuckte die Achseln.

Shurte starrte missmutig in das finstere Loch des Höhleneingangs, als der nächste Blitz am Himmel aufzuckte. Und plötzlich hätte er schwören können, trotz des heulenden Winds das Trommeln galoppierender Beine zu hören. Er trat einen Schritt vor und brachte die Flinte in Anschlag. Eine dunkle Gestalt jagte auf sie zu: ein riesiger Hund, an dessen Kettenhalsband ein Stück der Leine schleifte. Dem nächsten Blitz folgte unmittelbar ein gewaltiger Donnerschlag, und das war es wohl, was den Hund irritierte. Er blieb abrupt stehen, schnappte nach Luft und suchte offenbar mit wild rollenden Augen nach einem Fluchtweg. Shurte sah deutlich sein blutverschmiertes, durchnässtes Fell. »Heilige Scheiße!«, keuchte er.

Der Hund suchte zitternd im Lichtkegel der Propangaslampe Zuflucht.

»Verdammt!«, rief Williams. »Siehst du sein Maul? Der muss eine tüchtige Ladung Schrot abbekommen haben.«

»Fang ihn ein!«, rief Shunt. »Versuch das Kettenhalsband zu erwischen!«

Williams schlich sich geduckt an und langte langsam nach dem Halsband. Der Hund stand zitternd da und unternahm nicht den geringsten Versuch, Williams zu entkommen.

»Ganz ruhig, Junge, ganz ruhig!«, redete Williams ihm zu. »Ja, du bist ein braver Hund!« Er sah sich suchend nach einer Stelle um, an der er den Leinenrest befestigen konnte. Das Einzige, was sich anbot, war die Angel der weit offen stehenden Stahltür. Er kraulte dem Hund sanft das Fell. Und im nächsten Augenblick fuhr das Tier wütend herum, riss Williams das Stück Leine aus der Hand und tauchte wie von Furien gejagt im Dunkel der Maisfelder unter.

»Das Mistvieh hat mich gebissen!«, schrie Williams und hielt sich das Bein.

Shurte war im Nu bei ihm und richtete die Stablampe auf Williams blutende Verletzung. »Oh Mann, Williams«, stöhnte er kopfschüttelnd, »ich frage mich wirklich, wie er mit einem halben Kiefer so kräftig zubeißen konnte.«

67

Larssen beugte sich über Cole, der wimmernd auf dem Boden saß und sich vor und zurück wiegte. Knapp über dem Ellbogen ragte das zersplitterte Ende einer komplizierten Fraktur heraus, ein ziemlich hässlicher Anblick. Und dann fing auch noch Brast laut zu jammern an: »Oh Gott, ich sehe nichts mehr! Ich kann nichts mehr sehen!«

»Halt die Klappe!«, fuhr Larssen ihn an. Die Zeit der Förmlichkeiten war vorbei, jetzt saßen sie alle in einem Boot und waren auf Gedeih oder Verderb aufeinander angewiesen.

Anscheinend war er der Einzige, der sein Nachtsichtgerät wiedergefunden hatte. Das von Brast lag mit zerbrochenen Gläsern in einem flachen Wassertümpel. »Deine Okulare sind kaputt, Brast. Und jetzt gib endlich Ruhe! Cole ist verletzt und hat starke Schmerzen.«

Er riss sein Hemd in Streifen, gab sich Mühe, die feuchte Kälte in der Höhle zu ignorieren, und suchte die Umgebung vergeblich nach irgendetwas ab, das er als Schiene verwenden könnte. Der einzige Ausweg schien zu sein, Coles Arm mit einer Schlinge am Körper festzubinden. Zugegeben, es war eine Notlösung, aber jetzt kam es nur darauf an, hier so schnell wie möglich wegzukommen. Larssen litt seiner Natur nach nicht unter Angstvorstellungen, dazu fehlte ihm einfach die nötige Fantasie, aber er wusste sehr gut, in welcher Gefahr sie schwebten. Wer der unsichtbare Angreifer auch gewesen war, er kannte sich in dem Höhlensystem aus wie in seiner Westentasche. Er konnte nach Belieben aus dem Dunkel auftauchen und wieder verschwinden. Einmal hatte Larssen kurz seine Umrisse gesehen: ein Baum von einem Kerl, mit funkelnden Augen. Und der krummen Körperhaltung nach schien er daran gewöhnt zu sein, sich unter niedrig hängenden Höhlendecken zu bewegen.

Hazen hatte nur zur Hälfte recht gehabt. Der Mörder hielt sich im Labyrinth der Höhlen auf, aber es war mit Sicherheit nicht McFelty oder ein anderer von Lavenders Handlangern. Wenn es so etwas wie das Geheimnis des Höhlenmenschen gab, dann musste es viel rätselhafter und verwirrender sein.

Larssen zwang sich, nicht länger darüber nachzugrübeln, sondern sich wieder um Cole zu kümmern. Der Trooper stand unter einem schweren Schock, eine breite Schweißspur lief ihm über das Gesicht.

»Hör zu, Cole! Ich habe nichts gefunden, was sich als Schiene eignet. Ich muss deinen Arm also am Brustkorb festbinden. Und das geht nicht ohne Schmerzen ab.«

Cole nickte stumm.

Larssen zog ihm die Schlinge aus zwei Hemdstreifen über den Nacken, griff nach Coles Arm und versuchte, ihn so behutsam wie möglich ebenfalls in die Schlinge zu schieben. Cole zuckte zusammen und schrie laut.

Brast geriet sofort wieder in Panik. »Was war das?«, fragte er mit schriller Stimme. »Ist das Monster zurückgekommen?«

»Nein! Verhalt dich ruhig und tu, was ich dir sage!« Larssen merkte selber, dass er drauf und dran war, Hazens barschen Ton nachzuahmen. Andererseits, warum auch nicht? Der Sheriff von Medicine Creek war zwar ein Arschloch, aber er verstand sich darauf, seinen Leuten Vertrauen einzuflößen.

»Kannst du aufstehen, Cole?«

Cole nickte, kam mühsam hoch, schwankte aber so unsicher hin und her, dass Larssen ihn stützen musste.

»Kannst du allein gehen?«

»Ich glaube, ja«, murmelte Cole.

»Nein! Nein, du darfst nicht weggehen!«, schrie Brast hysterisch.

»Wir drei gehen gemeinsam weg«, versuchte ihn Larssen zu beruhigen.

»Aber wo sind meine Okulare? Ich kann nichts sehen!«

»Das habe ich dir doch schon gesagt: Sie sind zerbrochen.«

»Ich will sie sehen! Ich will mit eigenen Augen sehen, dass das stimmt!«

Larssen fischte seufzend die Reste des Sichtgeräts aus dem seichten Wasser und gab sie Brast. Der versuchte sie aufzusetzen, aber alles, was er sehen konnte, war ein funkelnder Blitz, gefolgt von einem kurzen Zischen. Brast riss sich die Okulare erschrocken vom Gesicht. »Hast du den Blitz gesehen? Hast du's zischen gehört?«

Larssen packte ihn an der Schulter und schüttelte ihn. »Halt endlich den Mund und hör zu, was ich dir sage! Gib mir deinen Rucksack!«

Brast gehorchte kleinlaut. Larssen kramte das Kletterseil aus dem Rucksack und band es sich um die Taille, wickelte es Brast und Cole im Abstand von jeweils etwa drei Metern um den Bauch und verknotete es. »So gehen wir jetzt gemeinsam los. Haltet das Seil straff, seht zu, dass es nicht nach unten wegrutscht, und macht um Himmels willen so wenig Lärm wie möglich!«

Larssen ging voraus, Cole und Brast – beide blind – versuchten, ihm ungelenk stolpernd zu folgen. Hin und wieder machte Larssen sie im Flüsterton auf irgendein Hindernis aufmerksam oder lotste sie an tückischen Stellen vorbei. Sie kamen sehr langsam voran, aber nach einer kleinen Ewigkeit stießen sie schließlich auf die nächste Wegegabel.

Brast fragte nervös: »Bist du sicher, dass wir hier vorbeigekommen sind?«

»Ja«, behauptete Larssen.

Und nachdem nun das Schweigen gebrochen war, sprudelte es aus Brast heraus wie aus einem Wasserfall. »Was war das eigentlich für ein Ungeheuer, das uns angegriffen hat? Hast du's gesehen? Ich hab's gesehen. Ich hab's ganz genau gesehen. Es war kein normaler Mensch, eher so was wie ein Neandertaler. Oh Gott, ich sag euch, es hat ausgesehen wie ein riesiges …«

»Ich hab dir doch gesagt, du sollst die Klappe halten!«

»Aber ich hab's doch gesehen! Ich hab deutlich gesehen, dass es …«

»Brast!«, fiel ihm Cole keuchend und mit schmerzverzerrtem Gesicht ins Wort.

»Ja, was ist?«

Cole brachte mit dem unverletzten Arm die Flinte in Anschlag, richtete die Mündung auf den dunklen Höhleneingang und drückte ab. Der Widerhall war ohrenbetäubend, ein wahrer Regen aus abgerissenen Felssplittern ergoss sich über die drei Männer.

»Mein Gott, was soll der verdammte Scheiß?«, schrie Brast aufgebracht.

Cole zog das Seil straff, und als das tausendfache Echo verstummt war, sagte er: »Wenn du jetzt nicht endlich dein Maul hältst, Brast, ziele ich beim nächsten Schuss auf dich.«

Ein paar Sekunden lang herrschte betretenes Schweigen, dann sagte Larssen: »Gehen wir! Wir verlieren nur Zeit.«

Sie tauchten in die dunkle Höhle ein, bis sich der Weg abermals gabelte. Die Blutspur des verletzten Suchhundes half ihnen weiter: Sie mussten sich nach rechts halten. Und tatsächlich, ein paar Minuten später öffnete sich der Gang, vor ihnen erstreckte sich eine weitläufige, hohe Höhle, deren unverwechselbare Merkmale – links und rechts Kalksteinvorhänge und hoch aufragende Stalagmiten – Larssen sofort vertraut vorkamen. Er war unsäglich erleichtert, sie hatten ihren Ausgangspunkt wiedergefunden.

Cole stolperte und landete bei dem Versuch, irgendwo Halt zu finden, mit dem Oberkörper in einer flachen Wasserlache. »Mach bloß nicht schlapp!«, beschwor ihn Larssen, fasste ihn an seinem unverletzten Arm und zog ihn hoch. »Ich weiß jetzt, wo wir sind. Wir müssen diesem Weg dort folgen, er führt uns raus.«

Cole nickte, keuchte, tat einen Schritt, stolperte wieder und versuchte, sich mit letzter Kraft weiterzuschleppen. Er steht unter Schock, dachte Larssen. Hoffentlich schaffen wir's bis nach draußen, bevor er zusammenbricht!

Sie suchten sich einen Weg durch den Wald aus Stalagmiten. Immer wieder zweigten Seitenwege ab, die wie gierig aufgerissene Mäuler aussahen. Larssen konnte sich gar nicht erinnern, dass es so viele Abzweigungen gab. Aber die Blutspuren des Hundes waren eine zuverlässige Orientierungshilfe.

»Halt!«, sagte er plötzlich. »Ganz leise!«

Sie blieben stehen.

Die platschenden Laute hinter ihnen konnten nicht vom Echoeffekt in der Höhle stammen: Irgendjemand stapfte durchs Wasser. Aber dann verstummte das Geräusch auf einmal.

Wieder war es Brast, der alles vermasselte. »Er ist hinter uns her!«, rief er laut.

Larssen zog sie hastig hinter einen breiten Felskegel, brachte die Flinte in Anschlag und suchte mit Hilfe des UV-Lichts die Umgebung ab. Weit und breit nichts zu sehen. War es doch nur das Echo, das sie genarrt hatte?

Als er sich umdrehte, sah er, wie Cole sich kraftlos an der Kalksteinwand abstützte und sich im nächsten Augenblick übergab.

Larssen schöpfte eine Handvoll Wasser aus der nächsten Lache, schwappte sie ihm ins Gesicht und versuchte, ihn mit ein paar leichten Klapsen wach zu halten. Cole keuchte und erbrach sich abermals. Ein Glück, dass Brast diesmal nicht verrückt spielte, sondern nur stumm mit weit aufgerissenen Augen zusah! Larssen versuchte, Cole hochzuziehen, aber der Trooper hing schlaff wie ein schwerer Mehlsack in seinen Armen.

»Brast, hilf mir, verdammt noch mal!«

»Wie denn? Ich seh ja nichts!«

»Bind dich vom Seil los! Kennst du den Rettungsgriff der Feuerwehrleute?«

»Ja, aber ...«

»Los, fass an!«

»Ich seh doch nichts!«, jammerte Brast. »Und wir haben auch keine Zeit mehr. Lass ihn hier liegen, bis wir die anderen gefunden haben, die können uns helfen!«

»Ich hätte gute Lust, *dich* hier liegen zu lassen!«, fuhr ihn Larssen an. Er packte Brasts Hände, verschränkte sie ineinander und formte so aus Brasts und seinen Händen eine Art Trage. Larssen ging voran, und so versuchten sie, Cole halbwegs aufzurichten und wegzutragen.

»Verdammt, der Kerl wiegt mindestens eine Tonne!«, fing Brast kurzatmig zu jammern an.

Und genau in diesem Moment hörte Larssen wieder die patschenden Geräusche. Diesmal war er sicher, dass es Schritte sein mussten: langsame, bedächtige Schritte, die sich durch eine der flachen Wasserlachen auf sie zubewegten.

»Da ist jemand hinter uns!«, keuchte Brast und versuchte verzweifelt, Cole zu stützen. »Hörst du das nicht? Das musst du doch hören!«

»Geh weiter!«

Cole kippte nach hinten weg und drohte ihnen aus den verschränkten Händen zu rutschen. Sie bemühten sich angestrengt, ihn wieder aufzurichten, und gleichzeitig kamen die platschenden Schritte unaufhaltsam näher.

Larssen warf einen Blick nach hinten, konnte aber im verschwommenen Rot nichts ausmachen. Also konzentrierte er sich auf das Gelände vor ihnen. Wenn er einen geeigneten Schlupfwinkel entdeckte, schaffte er es vielleicht, sich mit Hilfe seiner Flinte ihren Verfolger vom Leib zu halten.

»O Gott«, jammerte Brast mit fast erstickter Stimme, »o Gott, o Gott!«

Und dann verhedderte sich das schlaffe Seil auch noch in Larssens Füßen, sodass er um ein Haar gestolpert wäre. Er merkte, dass er am Ende seiner Nervenkraft war.

Nach einer Weile ragte vor ihnen eine Formation aus ungewöhnlich dünnen Stalaktiten auf, manche kaum dicker als eine Nadel. Verdammt, wieso konnte er sich an diesen Stalaktitenvorhang nicht erinnern?

Wieder hörte er das unheimliche Platschen hinter ihnen. Und dann passierte es: Brast stolperte über einen Felsen, Cole rutschte ihnen aus den Händen und stürzte ausgerechnet auf den gebrochenen Arm. Er stöhnte laut, rollte sich auf die Seite und blieb reglos liegen.

Larssen konnte sich nicht um ihn kümmern, er hatte genug damit zu tun, ein Ziel zu finden, auf das er die Waffe richten konnte. Aber Brast gab keine Ruhe. »Was ist los? Siehst du irgendwas?«

In diesem Augenblick tauchte ein großer, unförmiger Schatten aus dem Dunkel auf. Larssen stieß einen erschrockenen Schrei aus, drückte ab und versuchte, sich mit stolpernden Schritten nach hinten abzusetzen. Brast blieb wie angewurzelt stehen, als habe ihn der Anblick des unförmigen Schattens vor Entsetzen gelähmt. »O nein«, hörte Larssen ihn verzweifelt betteln, »lass mich bitte nicht im Stich!«

Larssen kehrte um, fasste seine Hand und zog ihn mit. Er sah gerade noch, wie sich der Schatten über Cole beugte. Die beiden Gestalten schienen miteinander zu verschmelzen. Der rötliche Lichtschimmer auf seiner Nachtsichtbrille fing zu tanzen an, es war kein fröhlicher Tanz, eher ein irrwitziger Veitstanz. Aber er hatte keine Zeit, darüber nachzudenken, er musste Brast hinter sich herziehen und gleichzeitig die Waffe im Anschlag halten.

Und dann hörte er auf einmal ein knackendes Geräusch,

als wäre ein Trommelstab gebrochen. Cole stieß einen gellenden Schrei aus. Es war kein gewöhnlicher Schmerzensschrei, er hörte sich wie der Todesschrei eines verwundeten Tieres an. Brast klammerte sich wie ein Ertrinkender an Larssen, er ließ ihm kaum noch ein Stück Beinfreiheit. »Oh Gott!«, jammerte er ein ums andere Mal. »Nimm mich mit! Du darfst mich nicht im Stich lassen!«

Larssen schoss ein zweites Mal, aber er hatte so ungenau gezielt, dass das Geschoss viel zu weit abkam. Und als sich der unheimliche Schatten aufrichtete und zu ihnen herüberwandte, sah Larssen, dass er Coles gebrochenen Arm in der Faust hielt. Coles Finger zuckten spastisch vor und zurück. Larssen hatte das Gefühl, dass ihm vor Entsetzen das Blut in den Adern gefror.

Er gab den nächsten Schuss ah, aber er hatte zu lange gezögert, der Schatten des Ungeheuers senkte sich schon über sie. Es gab kein Entrinnen mehr, es sei denn, er schaffte es, sich in den dunklen Felsentunnel zu flüchten, der seitlich von ihnen gähnte.

Coles gequälte Schreie gellten ihm weiter in den Ohren, und dann stieß auch Brast einen nicht enden wollenden Schrei aus. Das war der Augenblick, in dem ihm klar wurde, dass er allenfalls sein eigenes Leben retten konnte.

Und so rannte er los, als wäre der Leibhaftige hinter ihm her. Er rannte, als wolle er nie wieder stehen bleiben.

68

Lange Zeit lag Corrie benommen und von wirren Träumen umfangen in der engen, klammen Gruft und rätselte an Fragen herum, die alle keinen Sinn ergaben: wohin ihr Zimmer und ihr Bett verschwunden waren und warum kein Licht durch das Fenster fiel. Und auf einmal riss der Schleier auf, sie verspürte pochenden Kopfschmerz, und mit dem Schmerz kam die Erinnerung an die Höhle, das Ungeheuer und die enge Gruft zurück, in der sie lag.

Sie richtete sich, so gut es ging, auf und lauschte ins Dunkel. Reglose Stille ringsum, bis auf das tröpfelnde Wasser. Obwohl ihr Schwindelgefühl anhielt, stemmte sie sich hoch und tastete die feuchten, schlickigen Höhlenwände ab. Sie ging sehr gründlich vor, ließ die Hände vor, zurück und nach oben gleiten, immer in der Hoffnung, irgendwelche Schrunden oder Vorsprünge zu finden, an denen sie sich hochhangeln konnte. Aber die Wände waren vom Wasser glatt geschliffen und so glitschig, dass es unmöglich war, an ihnen hochzuklettern. Und selbst wenn sie aus dieser Gruft gelangen würde, was würde es ihr bringen? Ohne Licht war sie überall eine Gefangene.

Ihre Lage war hoffnungslos. Es gab keinen Weg, der nach draußen führte. Sie konnte nur warten, bis er zurückkehrte. Nein, nicht er, das Ungeheuer.

Das Gefühl, ihm hilflos ausgeliefert zu sein, zerstörte sie physisch. Das Schlimmste war die Verzweiflung, die sie nach der kurzen Phase trügerischer Hoffnung überkam. Sie war, nachdem sie ihre Fesseln abgestreift und sich der Laterne bemächtigt hatte, schon sehr zuversichtlich gewesen. Und nun hatte das Ungeheuer sie in diese Höhle verschleppt, und außer ihm wusste niemand, dass sie hier gefangen war. Sie ahnte, dass er bald zurückkommen würde und dann bestimmt wieder mit ihr spielen wollte. Ein Gedanke, bei dem sie zu schluchzen anfing.

Hier unten, in dieser dunklen, feuchten Gruft, würde ihr armseliges, nutzloses Leben enden. Sie lehnte sich an die nasse Felswand, ließ sich, aller Hoffnungen beraubt, kraftlos nach unten rutschen und fing zu weinen an. So weinte sie das in vielen Jahren aufgestaute Elend aus sich heraus.

Und wieder zogen Bilder und Erinnerungen an ihr vorbei. Sie erlebte im Geiste noch einmal den Tag, an dem sie in der Schule die Prüfung für die Oberstufe bestanden hatte, nach Hause kam und ihre Mutter in der Küche vorfand, wie sie ein Minifläschchen Wodka nach dem anderen in sich hineinkippte. Der Heiligabend vor zwei Jahren fiel ihr ein, an dem ihre Mutter nachts um zwei betrunken und mit einem fremden Mann nach Hause gekommen war. Socken mit Geschenken hatte sie nirgendwo aufgehängt, Weihnachten fiel ganz einfach aus. Sie erinnerte sich an den Tag, an dem sie sich mit dem im Supermarkt verdienten Geld den Gremlin gekauft hatte, und daran, wie wütend ihre Mutter gewesen war, als sie mit dem Auto ankam. Der Sheriff fiel ihr ein, sein widerlicher Sohn, der muffige Geruch, der in den Fluren der Highschool hing, und die Schneestürme im Winter, die ein glattes weißes Laken über die abgeernteten Maisfelder zogen. Sie erinnerte sich an die heißen Sommertage, an denen sie die Nachmittage mit einem Buch in der Hand unter der Hochspannungsleitung verbracht hatte, und an die hämischen Bemerkungen, die sich ihre Mitschüler deswegen auf den Fluren zuflüsterten.

All das war nun bald vergessen, denn sie wusste, dass das Ungeheuer zurückkommen, sie töten und die Erinnerungen an ihr elendes Leben auslöschen würde. Natürlich, irgendwann würde der Sheriff anfangen, nach ihr zu suchen, aber nur halbherzig, sodass er ihre Leiche nie finden würde. Es dauerte wahrscheinlich nicht lange, bis ihre sogenannten Freunde und Bekannten sie vergessen hatten. Ihre Mutter würde ihr Zimmer durchsuchen und irgendwann das Geld finden, das die Tochter an der Unterseite der Schreibtischschublade festgeklebt hatte. Und dann würde sie glücklich und zufrieden sein, weil nun all das schöne Geld ihr gehörte.

Bei diesem Gedanken fing Corrie so hemmungslos zu heulen an, dass das Echo lange von den Felswänden widerhallte.

In ihrem Elend suchte sie Zuflucht bei halb verschütteten Erinnerungen an ihre frühe Kindheit. Sie wusste noch, wie sie an einem Sonntagmorgen in aller Frühe aufgestanden und mit ihrem Vater süße Pfannkuchen gebacken hatte. Ihr Vater und sie waren mit den Eiern und den sonstigen Zutaten fröhlich durch die Küche marschiert und hatten dabei laut gesungen wie die Soldaten in *Der Zauberer von Oz*. Überhaupt, alle Erinnerungen an ihren Vater waren irgendwie mit fröhlichem Lachen und übermütigem Schabernack verbunden.

Einmal hatte er sein Auto poliert, ein Mustang Kabriolett, und als er fertig war, hatte er sie hochgehoben, damit sie in der blanken Politur ihr Spiegelbild sehen konnte, und danach hatte er sie zu einer Spritztour mitgenommen. Sie wusste noch, als wäre es gestern gewesen, wie er mit dem frisch gewienerten Auto durch ein Maisfeld geprescht war, weil er sich denken konnte, dass es ihr viel Spaß machte, zu sehen, wie sich die Halme links und rechts vor ihnen zu verneigen schienen.

Und nun wurde ihr in der Totenstille und dem rabenschwarzen Dunkel der Höhle plötzlich klar, dass all die Hoffnungen, an die sie sich so viele Jahre geklammert hatte, in ihrem Herzen längst zu Staub zerronnen waren. Ihr Vater würde nicht wiederkommen, und sie konnte ihn nicht einmal fragen, weshalb er sie verlassen hatte. Warum hatte er sie nicht wenigstens irgendwann besucht? Bedeutete sie ihm so wenig, dass er sie nicht mal sehen wollte?

Aber die Dunkelheit hatte auch etwas Gutes: Sie duldete keine weinerliche Selbsttäuschung. Denn eigentlich ahnte Corrie, warum sie nie wieder etwas von ihrem Vater gehört hatte. Einmal hatte sie nämlich, als sie nach Hause kam, ihre Mutter dabei ertappt, wie sie die Asche eines gerade erst verbrannten Briefes zusammenkehrte. War es ein Brief von ihm gewesen?

Es wurmte sie nachträglich, dass sie ihre Mutter nicht auf der Stelle zur Rede gestellt hatte.

Wieder eine der Fragen, auf die sie nun nie mehr eine Antwort bekommen würde.

Und wenn ihr Leben tatsächlich in dieser finsteren Höhle enden sollte, erübrigten sich alle Fragen und alle Antworten. Ihr Vater würde wohl nicht einmal erfahren, dass sie tot war.

Bei diesem Gedanken fiel ihr Pendergast ein: der Einzige, der sie immer wie eine Erwachsene behandelt hatte. Und ausgerechnet ihn hatte sie so bitter enttäuscht! Es war eine Riesendummheit gewesen, sich in diese Höhle vorzuwagen, ohne jemandem etwas von ihrem Vorhaben zu sagen!

Wieder ein Gedanke, der ihr, ob sie es wollte oder nicht, ein Schluchzen entlockte.

Bis sie sich plötzlich innerlich einen Ruck gab und laut ins Dunkel sagte: »Hör endlich auf, in deinem Selbstmitleid zu baden!«

Das Echo ihrer Stimme hallte eine Weile von den Felswänden wider, bis es schließlich verebbte.

Aber im selben Moment hörte sie ein anderes Geräusch, eine Art wisperndes Flüstern.

Kam das Ungeheuer zurück?

Ihr Peiniger?

Sie lauschte angestrengt ins Dunkel. Die Geräusche schienen sich zu vervielfachen, aber sie drangen so schwach und so verzerrt zu ihr, dass sie nicht ausmachen konnte, ob es wirklich eine flüsternde Stimme oder laute Rufe waren.

Und plötzlich hörte sie ein scharfes Geräusch, dessen Echo wie rollende Brandung widerhallte. Sie rätselte eine Weile herum, bis ihr auf einmal eine Erleuchtung kam: Ja, es konnte gar nicht anders sein, es war ein Gewehrschuss gewesen!

Ihre trüben Gedanken waren im Nu verflogen. Sie stemmte sich hoch und schrie, so laut sie nur konnte: »Hier bin ich! Hierher! Helft mir! Bitte, helft mir doch!«

69

Lefty Weeks hatte große Mühe, mit Pendergast Schritt zu halten. Der Mann war ihm ein Rätsel. Warum eilte er in solchem Tempo durch die Höhle und ließ ständig seine Stablampe kreisen? Andererseits war es natürlich beruhigend, nicht durchs Dunkel hasten zu müssen. Insgeheim musste er zugeben, dass er sich in der Nähe des Agent irgendwie sicherer fühlte, zumindest war er kein flatterndes Nervenbündel mehr. Doch ganz verdrängen konnte er die Erinnerung an die Begegnung mit dem Ungeheuer immer noch nicht. Gott im Himmel, wenn er daran dachte, wie die Schattengestalt aus dem Dunkel seine beiden Spürhunde zugerichtet hatte …

Und plötzlich blieb er stehen und fragte mit zitternder Stimme: »Was war das?«

Ohne sich umzudrehen, sagte Pendergast: »Officer Weeks, wenn Sie Wert darauflegen, mit mir zu kommen, erwarte ich, dass Sie dicht hinter mir bleiben.«

»Aber ich habe eben irgendwas gehört …«

»Hier geht's lang, Officer!«

Die Art, wie Pendergast das sagte – höflich, aber bestimmt –, jagte Weeks eine Gänsehaut über den Rücken.

»Ja, Sir«, murmelte er kleinlaut. Doch dann hörte er das rätselhafte Geräusch wieder. Es schien von vorn zu kommen, laut wie ein Gewehrschuss, aber weil es sich so seltsam lang gezogen und vom Widerhall des Echos verzerrt anhörte, konnte er sich keinen Reim darauf machen. Das Einzige, was er genau zu wissen glaubte, war, dass Pendergast direkt in diese Richtung eilte. Es lag ihm auf der Zunge, den Agent zu warnen, aber er traute sich nicht.

Sie durchquerten eine Höhle, an deren niedriger Decke Kristalle glitzerten. Weeks stieß mit dem Schädel an eine der messerscharfen Ablagerungen, fluchte und zog eilends den Kopf ein. Hier war er mit den Hunden bestimmt nicht vorbeigekommen, das wusste er genau. Pendergast schwenkte die Stablampe hin und her, als gäbe es hier unten Wunder was zu sehen. Dabei entdeckten sie ein paar kalktrübe Tümpel, die sich wie eine Perlenschnur aneinanderreihten und durch die sie waten mussten. Die seltsamen Geräusche waren anscheinend verstummt, es sei denn, sie wurden von ihren patschenden Schritten übertönt.

Auf einmal blieb Pendergast stehen, den Lichtstrahl der Stablampe auf eine Art Felsenplattform gerichtet. Weeks machte undeutlich ein Sammelsurium von irgendwelchen Gegenständen aus, die offenbar halbkreisartig um eine Art Gestalt angeordnet waren. Das Ganze sah wie eine religiöse Weihestätte aus. Er trat näher heran, riss erschrocken die Augen auf und wich stolpernd zurück. Im Zentrum der vermeintlichen Weihestätte hockte, die Tatzen zum Gebet gefaltet, ein einäugiger, vermoderter alter Teddybär. Das eine Auge, das ihm geblieben war, starrte Weeks wie ein vereitertes Geschwür an.

»Was, zum Teufel …«, brachte er stammelnd heraus, den Rest schluckte er hinunter.

Pendergast richtete den Lichtstrahl auf die im Halbkreis angeordneten Gegenstände, die der Teddybär anzubeten schien. Viel mehr als vermoderte, wie mit Silberstaub überzogene Überreste waren nicht zu erkennen. Erst als Pendergast mit seinem goldenen Kugelschreiber darin herumstocherte, kam unter dem Moder ein winziges Skelett zum Vorschein.

»Rana amaratis«, murmelte der Agent.

»Was?«, platzte Weeks heraus.

»Eine seltene Spezies des blinden Höhlenfroschs. Wie Sie sicher bemerkt haben, wurde er durch Zerquetschen der Knochenstruktur getötet. Offenbar mit der bloßen Faust.«

Weeks wurde übel, er sah schnell weg. »Ich finde, wir sollten nicht tiefer in diese Höhle vordringen. Lassen Sie uns lieber die anderen suchen!«

Pendergast stocherte ungerührt weiter in den vermoderten Überresten herum. Dann wandte er sich dem Teddybär zu, streifte die Moderschicht ab und betrachtete ihn von allen Seiten.

Weeks sah sich nervös um. »Kommen Sie doch endlich!«

Ein strenger Blick aus Pendergasts hellen Augen ließ ihn verstummen.

»Was ist das eigentlich?«, fragte Weeks im Flüsterton. »Was hat das alles zu bedeuten?«

Pendergast legte den Teddybären weg und sagte nur: »Sie haben recht, gehen wir!«

Der Agent legte einen Schritt zu und blieb nur hin und wieder kurz stehen, um einen Blick auf seine Karte zu werfen. Das Tosen eines fernen Wasserfalls wurde lauter. Auch auf ihrem Weg mussten sie jetzt fast ständig durch Wasserlachen waten. Die Luft war so feucht und kalt, dass sie den Atem sehen konnten. Weeks gab sich alle Mühe, nicht zurückzubleiben, und verdrängte alle Gedanken an das, was er eben gesehen hatte. Aber im Stillen nagte Groll in ihm. Was sie hier taten, war der helle Irrsinn. Was hatte Pendergast eigentlich vor? Wohin wollte er? Eines stand fest: Sobald sie hier raus waren – falls sie je hier rauskamen –, würde der Hundeführer seine vorzeitige Entlassung aus dem Dienst wegen eines posttraumatischen Syndroms beantragen.

Und plötzlich blieb Pendergast wieder stehen. Der Lichtstrahl der Stablampe war auf den Felsboden vor ihm gerichtet – genauer gesagt: auf die Leiche, die dort lag. Sie lag mit gespreizten Armen und Beinen auf dem Rücken, die starren Augen weit aufgerissen. Der Kopf sah seltsam verformt aus, als wäre er in die Länge gezogen. Offenbar war der Schädel beim Aufprall aus großer Höhe wie ein reifer Kürbis aufgeplatzt.

Pendergast richtete den Lichtstrahl nach oben. In der Höhlenwölbung gähnte ein großes dunkles Loch. »Können Sie den Toten identifizieren, Officer?«

Weeks wandte sich ab. »Raskovich«, brachte er keuchend heraus. »Er war Sicherheitschef auf dem Campus der KSU.«

Der Agent nickte und richtete den Lichtstrahl noch einmal nach oben. »Man könnte sagen, er hat einen dramatischen Abgang gehabt.«

Weeks schloss die Augen. »Oh, mein Gott!«, hauchte er erschüttert.

Pendergast fasste ihn an der Schulter. »Kommen Sie, wir müssen weiter!«

Aber Weeks wollte nicht mehr, er hatte genug. »Ich gehe keinen Schritt mehr! Was haben Sie eigentlich vor? Wohin wollen Sie überhaupt?« Panische Angst ließ seine Stimme immer lauter und schriller werden. »Meine Hunde sind tot, und nun ist auch noch Raskovich tot! Hier unten muss ein Ungeheuer seinen Spuk treiben! Kümmern Sie sich lieber um mich! Ich bin der Einzige, der noch lebt, sorgen Sie dafür, dass ich …«

Der Agent fuhr herum. Sein strenger, vorwurfsvoller Blick ließ Weeks mitten im Satz verstummen. Er senkte die Lider. »Ich will damit nur sagen, dass wir nicht unnütz unsere Zeit verschwenden sollten. Ich meine, woher wollen Sie wissen, dass das Mädchen überhaupt noch lebt?«

Wie aufs Stichwort hörten sie auf einmal klar und deutlich eine Stimme. Und beide wussten sofort: So kann nur eine Stimme klingen, die laut und verzweifelt um Hilfe ruft.

70

Larssen rannte immer noch wie ein Besessener. Brast hielt das Seil umklammert und brachte es tatsächlich fertig, keinen Meter zurückzubleiben, obwohl er, blind, wie er war, ständig an eine Felswand stieß oder über irgendwelche Steine stolperte. Die gellenden Schreie waren vor einigen Minuten verstummt, aber im Geiste hörte er Cole immer noch brüllen. Er wusste, dass diese Schreie bis ans Ende seiner Tage in seinem Gehirn widerhallen würden, so wie er auch das scharfe Knacken nie vergessen würde, mit dem das Schattenwesen Coles Oberarmknochen ausgerissen hatte. Wer ihr Verfolger auch war, ein menschliches Herz konnte nicht in seiner Brust schlagen. Sie mussten es mit einem Monster zu tun haben.

Natürlich, Monster und Schattenwesen waren Produkte der Fantasie. Aber er hatte eins gesehen – mit seinen eigenen Augen!

Es war ihm längst egal geworden, wohin sie rannten, in welcher Höhle sie gerade waren und ob sie auf ihrem Weg je ins Freie gelangten. Er wollte nur noch weg, weit weg von diesem unheimlichen Wesen.

Irgendwann kamen sie an einen Teich, dessen Wasser im rötlichen Schimmer von Larssens Nachtsichtgerät wie eine riesige Blutlache aussah. Ohne zu zögern, watete er in das eiskalte Wasser, das ihm, bevor es allmählich flacher wurde, bis an die nackte Brust reichte. Brast folgte ihm im wahrsten Sinn des Wortes blindlings. Am gegenüberliegenden Ufer hing die Höhlendecke gefährlich tief, er musste auf der Hut sein, nicht mit dem Gewehr irgendwo anzustoßen. Und Brast zuliebe machte er sich sogar die Mühe, ein paar scharfe, bis auf Augenhöhe herunterreichende Stalaktiten abzuschlagen. Das Problem war nur, dass die Decke sich immer tiefer neigte. Sooft er ein hässlich knirschendes Geräusch und gleich darauf einen wütenden Fluch hörte, wusste er, dass Brast sich wieder einmal den Schädel angeschrammt hatte.

Zum Glück wurde die Decke nach einer Weile wieder allmählich höher und gab schließlich den Blick auf eine seltsame Höhlenkammer frei, deren zerklüftete Spalten in alle nur denkbaren Richtungen zu führen schienen. Während Larssen sich noch unschlüssig umsah, fing Brast hinter ihm ungeduldig zu drängeln an.

»Sei mal leise!«, ermahnte ihn der Sheriff und lauschte ins Dunkel. Nein, er hörte keine platschenden Schritte, das Monster folgte ihnen nicht. Hatte es ihre Spur verloren und aufgegeben? Er warf einen Blick auf das Leuchtzifferblatt seiner Armbanduhr. Fast Mitternacht – mein Gott, waren sie tatsächlich schon so lange auf der Flucht vor ihrem Verfolger? »Hör mir zu«, flüsterte er Brast ins Ohr, »wir müssen uns irgendwo verstecken, bis jemand kommt und uns holt. Allein finden wir den Weg ins Freie nie und laufen womöglich genau dem Monster in die Arme.«

Brast nickte. Sein Gesicht sah zerschunden aus, Blut rann ihm aufs Kinn. Seine Kleidung war völlig verschmutzt. Sein leerer, apathischer Blick zeugte von Hoffnungslosigkeit.

Larssen suchte mit der auf seinen Helm montierten UV-Lampe die Umgebung ab. Eine in der Felswand klaffende Spalte kam ihm etwas breiter als die anderen vor. Sie lag zwar hoch über ihnen, sah aber so aus, als könne sich einer von ihnen darin verbergen, wenn sie Glück hatten, reichte der Platz für beide. »Hilf mir hoch!«, flüsterte er Brast zu. »Ich werd mich mal dort oben umsehen.«

Brast geriet sofort wieder in Panik. »Bleib bei mir, lass mich nicht allein!«

»Leise, verdammt noch mal! Ich bin gleich wieder da.«

Brasts ungelenke Versuche, den Sheriff nach oben zu schieben, waren eher hinderlich, trotzdem hatte Larssen die Felsspalte bald erklommen. Er warf Brast das Seilende zu und hievte ihn hoch. Sie drangen – Larssen voran – tiefer in der Felsspalte vor. Der Boden war rau und von Steinen übersät, aber nach einigen Metern erreichten sie eine Stelle, die, wenn sie sich auf den Boden kauerten, genug Platz für sie beide bot.

»Sehen wir nach, wohin die Höhle führt!«, flüsterte Larssen dem Trooper zu.

Sie krochen auf allen vieren durchs Dunkel. Schon nach wenigen Metern endete der Felstunnel, der Boden brach steil nach unten ab. Larssen hob warnend die Hand. »Geh keinen Schritt weiter, bleib hier!«

Er kroch vorsichtig bis an den Rand der Felskante und starrte nach unten. Der Grund der Schlucht lag so tief unter ihm, dass er ihn nicht sehen konnte. Er tastete die Umgebung nach einem handlich kleinen Stein ab, warf ihn hinunter und fing an zu zählen. Als er bei dreißig angekommen war, gab er auf. Jeder Versuch, sich an der Felswand nach unten zu hangeln, wäre Selbstmord gewesen, was freilich auch für ihren Verfolger galt. Die unheimliche Schattengestalt konnte ihnen nur gefährlich werden, wenn sie, genau wie sie es getan hatten, den steilen Anstieg bis zur Felsspalte bewältigte. Ein besseres Versteck hätten sie gar nicht finden können.

»Rühr dich nicht vom Fleck!«, flüsterte er Brast zu. »Vor uns lauert ein Abgrund.«

»Ein Abgrund?«, fragte Brast mit zitternder Stimme. »Wie tief ist er denn?«

»So tief, dass du dir das Genick brichst. Warte hier, ich bin gleich wieder da.«

Larssen kroch bis zu der Stelle zurück, an der sie zu dem engen Felsspalt hochgestiegen waren, sammelte sämtliche größeren Steine ein und stapelte sie zu einem hohen Wall übereinander. Wenn ihr Verfolger tatsächlich zu der Höhle unten finden sollte, was Larssen für nahezu ausgeschlossen hielt, sah er nur Steine und kam vermutlich nie auf den Gedanken, dass sie sich hinter dem Schutzwall versteckt hatten. Er kroch zu Brast zurück. »Hör zu: Verhalt dich so leise wie möglich! Jedes laute Geräusch kann uns verraten. Wir bleiben hier, bis der Suchtrupp den Mörder aufgespürt und überwältigt hat. Danach wird er sich auf die Suche nach uns machen.« Brast nickte zögernd. »Aber woher willst du denn wissen, dass wir hier sicher sind?«

»Solange du den Mund hältst, sind wir hier sicher!«

Sie krochen zu der Stelle, an der sie sich nebeneinander kauern konnten, ohne sich den Schädel an der Höhlendecke aufzuschrammen. Nach einer Weile spürte Larssen, dass die unheimliche Stille an seinen Nerven zerrte. Er hielt den Atem an und lauschte ins Dunkel. War ihnen die Schattengestalt vielleicht schon viel näher, als sie ahnten?

Wenn Brast nur endlich Ruhe gegeben hätte! Aber nein, er rumorte unablässig vor sich hin. Schließlich wurde es Larssen zu dumm, er setzte sich die Nachtsichtokulare auf, weil er sehen wollte, was der Trooper eigentlich trieb. »Nein, tu's nicht, Brast!«, konnte Larssen gerade noch zischen. Aber es war schon zu spät. Ein kratzendes Geräusch, ein Streichholz flammte auf, und dann schleuderte Brast die winzige Fackel ziellos ins Dunkel.

»Bist du jetzt völlig verrückt geworden?«, fuhr Larssen ihn mit mühsam beherrschter Stimme an. »Was denkst du dir eigentlich bei dem Quatsch?«

»Sei doch froh, dass ich Streichhölzer dabeihabe!«, verteidigte sich Brast mit weinerlicher Stimme. »Du hast gesagt, dass das Monster uns hier nicht finden kann. Hier sind wir vor ihm sicher, hast du gesagt.« Und dann fing er tatsächlich zu weinen an. Das ganze Elend seiner aufgestauten Ängste brach aus ihm heraus. »Ich kann die Dunkelheit nicht mehr ertragen! Ich kann's einfach nicht!«

Und schon warf er wieder ein brennendes Streichholz ins Dunkel.

Larssen starrte fassungslos auf das verglühende Streichholz. Bis ihm auf einmal bewusst wurde, wie jämmerlich er – durchnässt und ohne Hemd – in der kalten, feuchten Höhle fror. War es wirklich so schlimm, wenn Brast ein bisschen zündelte und ihnen zumindest zu der Illusion von Wärme verhalf? Sollte er doch seine Streichhölzer sinnlos vergeuden! Sie saßen so tief in der Höhle verborgen, dass die Schattengestalt die winzige Flamme hinter dem Steinwall bestimmt nicht sehen konnte.

Und so lagen sie schließlich auf engstem Raum und keine drei Meter von dem bodenlosen Abgrund entfernt still in ihrem Versteck, bis Larssen auf einmal ein seltsames Geräusch hörte. Er fuhr hoch, stülpte sich das Nachtsichtgerät über und lauschte. Kein Zweifel, das Geräusch hörte sich wie rollende Steine an!

Brast hatte gerade wieder ein Streichholz angerissen. Als er es ins Dunkel werfen wollte, fasste Larssen ihn am Arm und zischte: »Mach's aus! Schnell, mach's aus!«

Brast schrak zusammen, versengte sich die Fingerkuppen und warf das Streichholz weg. Als er sich verärgert zu Larssen umdrehen wollte, erstarrte er. Dann rappelte er sich hoch und kroch hektisch davon – genau auf die Abbruchkante und den gähnenden Abgrund zu.

»Nein!«, schrie Larssen entsetzt.

Von Brast war nichts mehr zu sehen, der Abgrund hatte ihn verschlungen.

Larssen lauschte angestrengt ins Dunkel, aber sein hämmernder Herzschlag und seine keuchenden Atemzüge übertönten alles. Ungezählte Sekunden verrannen, bis er sich, von düsteren Ahnungen getrieben, ganz langsam umwandte. Mit weit aufgerissenen Augen starrte er auf eine Schimäre, die aus einer fremden Welt stammen musste.

71

Rheinbeck saß im abgedunkelten Wohnzimmer von Winifred Kraus und wiegte sich in dem alten, durch die steile Rückenlehne nicht sonderlich bequemen Schaukelstuhl. Ein wahres Glück, dass ihn niemand sehen konnte! Er gab vermutlich eine ziemlich komische Nummer ab, wie er hier in voller Montur samt Kevlar-Weste, umgeben von Häkeldeckchen und neckischen Püppchen im Dunkel saß, alles getreu seinem Auftrag, eine alte Lady zu bewachen! Oh Mann, oh Mann!

Sooft der Sturm an dem großen alten Haus rüttelte, ächzten und stöhnten die Dielenbretter und die Fensterläden, aber wenigstens gab die alte Lady jetzt Ruhe, ihr lauter, empörter Protest aus dem Keller war verstummt. Sie hatten sie ja nicht aus reinem Übermut im Keller eingeschlossen, sondern weil sie dort am besten vor dem Tornado geschützt war.

Er saß nun schon seit Stunden hier herum, obwohl es inzwischen lange nach Mitternacht war. Wieso brauchten Sheriff Hazen und seine Männer eigentlich so lange? Sicher hatten sie den Mörder längst umstellt, aber wer weiß, vielleicht hatte der Kerl eine Geisel genommen? Rheinbeck hatte solche Situationen schon ein paarmal miterlebt und wusste aus Erfahrung, dass sich so etwas endlos lange hinziehen kann.

Der Funkkontakt zu Hazen war abgerissen. Der Tornado hatte in der ganzen County gewütet, auch Deeper war offenbar schlimm betroffen. Rheinbeck hätte im Notfall nicht mal eine Chance gehabt, eine Ambulanz oder einen Arzt für die alte Lady anzufordern.

Himmel, Arsch und Zwirn, warum hatten sie diesen beschissenen Job ausgerechnet ihm zugeschustert? Das war doch nicht gerecht!

Ein schrilles Geräusch, und gleich darauf hörte Rheinbeck Glas scheppern. Er war im Nu auf den Beinen und suchte die Wohnzimmerfenster ab. Es dauerte eine Weile, bis er dahinterkam, dass ein splitternder Ast eine Scheibe erwischt hatte. Bei dem strömenden Regen bildete sich schnell eine Wasserlache auf dem Fußboden, und der eiskalte Wind pfiff nun ungehemmt durchs ganze Haus. Also wirklich, diese Nacht hatte es in sich!

Rheinbeck rückte den Schaukelstuhl in eine Ecke und machte es sich bequem.

Kurz darauf fing die Propangaslampe zu flackern an. Er runzelte finster die Stirn und verfluchte im Stillen den Idioten, der zu faul gewesen war, den Tank der Lampe rechtzeitig aufzufüllen. Wenn das ohnehin spärliche Licht erlosch, wurde es im zugigen Wohnzimmer verdammt ungemütlich.

Zufällig fiel sein Blick auf den gemauerten Wandkamin. Warum sollte er sich, wenn er sich die Nacht um die Ohren schlagen musste, nicht den Luxus eines warmen Kaminfeuers gönnen? Streichhölzer lagen auf dem Sims bereit, die Lüftung war mehr als vorzüglich, und zum Anzünden musste er nur die Zeitung von gestern zerknüllen. Und siehe da, nach ein paar Minuten loderte im Kamin ein anheimelndes Feuerchen!

Als es so richtig gemütlich geworden war, fiel ihm die alte Lady im Keller ein. Es war ihm nicht leicht gefallen, sie dort einzuschließen. Aber sie hatten es eben mit einer Tornadowarnung zu tun, da durften sie kein Risiko eingehen. Er konnte sich lebhaft vorstellen, dass Miss Kraus in ihrem Keller nicht gut auf ihn zu sprechen war. Sie saß ja schon gut drei Stunden, ohne etwas zu knabbern oder zu trinken zu haben, dort unten. Er wollte sich auf keinen Fall den Vorwurf einhandeln, die alte Dame schlecht behandelt zu haben. Es wurde ohnehin Zeit, im Keller nach dem Rechten zu sehen, und bei der Gelegenheit konnte er ihr gleich etwas zu essen mitbringen.

Im Lichtstrahl seiner Stablampe stellte er fest, dass die Küche gut bestückt war: Fertiggerichte, Knabberzeug, sogar Gewürze und getrocknete Kräuter – es fehlte an nichts. Nur mit den japanisch beschrifteten kleinen Döschen wusste er nichts anzufangen. Vermutlich Tee, nur, er hatte keine Ahnung, wie das Zeug aufgebrüht werden musste. Zum Glück entdeckte er bei seiner Suche auch eine Packung mit ganz normalen Teeaufgussbeuteln, mit denen kannte er sich besser aus.

Wegen des Stromausfalls hängte er den Wasserkessel an einen Haken über das Kaminfeuer, kehrte in die Küche zurück, unterzog den Kühlschrank einer gründlichen Inspektion und hatte innerhalb von Minuten alles beisammen, was das Herz und den Magen von Miss Kraus erwärmen konnte.

Er arrangierte alles hübsch auf einem kleinen Tablett: Teegebäck, Sahne, Zucker, Brot und Marmelade, Besteck und eine bestickte Leinenserviette. Er war richtig stolz auf sein Werk. Nun musste er nur noch den Teebeutel aufbrühen, und schon konnte er alles die Kellertreppe hinuntertragen.

An der verschlossenen Stahltür machte er halt, balancierte das Tablett auf einer Hand und kramte den Schlüssel aus der Hosentasche.

Wenn ihn nicht alles täuschte, hörte er die alte Lady hinter der Tür unruhig auf und ab gehen.

»Miss Kraus?«

Keine Antwort.

Er versuchte es noch mal.

»Ich bringe Ihnen Tee und Kekse. Sie sind sicher hungrig und durstig.«

Er hörte ein huschendes Geräusch und dann Miss Kraus' Stimme: »Einen Augenblick, bitte. Ich möchte nur schnell meine Frisur richten.«

Rheinbeck wartete geduldig. Er war froh, dass sie sich wieder so ruhig und gefasst anhörte. Tja, die Generation der alten Lady hatte eben noch gelernt, Haltung zu bewahren!

Etliche Sekunden verrannen, dann hörte er Miss Kraus sagen: »So, jetzt dürfen Sie hereinkommen.«

Rheinbeck grinste verstohlen, schob den Schlüssel ins Schloss und drückte die Tür auf.

72

Sheriff Hazens Hände waren schweißnass, er musste die Flinte fest umklammern, damit sie ihm nicht aus der Hand rutschte. Seit etwa zehn Minuten hörte er in einiger Entfernung ein wirres Durcheinander von Geräuschen und Stimmen: Gewehrschüsse, Hilferufe und Schreie. Das Ganze hörte sich nach einer wilden Auseinandersetzung an. Der Lärm kam aus der Richtung, in die er ohnehin unterwegs war. Ein Hasenfuß hätte es wahrscheinlich vorgezogen, sich in so einer Situation vorsichtig zurückzuhalten, aber aus dem Holz war Hazen nicht geschnitzt. Im Gegenteil, er wartete sehnsüchtig auf eine Gelegenheit, den Mörder zu stellen. Und so legte er, ohne zu zaudern, einen Schritt zu.

Als er auf dem sandigen Boden die Spur von nackten Füßen entdeckte, stieg sein Adrenalinspiegel deutlich an. Es waren wohl dieselben Spuren, auf die er nach den Mordfällen gestoßen war. Sein alter Bekannter, der Barfußläufer!

Dabei wurde ihm allerdings klar, dass er mit McFelty auf der falschen Fährte gewesen war. Noch vor kurzem, als er einen Augenblick lang nur den Schatten des Verdächtigen ausgemacht hatte, wäre er jede Wette eingegangen, hinter dem Richtigen her zu sein. Nun musste er sich eingestehen, dass seine ganze Theorie falsch gewesen war, Lavender hatte mit den Morden offenbar gar nichts zu tun. Trotzdem, im Prinzip hatte er recht gehabt: Der Mörder versteckte sich in dem unterirdischen Höhlensystem. Die aufwendige Polizeiaktion war also berechtigt gewesen.

Hazen folge den Fußspuren. Wenn der Mörder nicht zu Lavenders bezahlten Handlangern gehörte, stellte sich die Frage, wer es dann war. Nun, alles zu seiner Zeit. Die Frage würde sich später von selbst beantworten. Jetzt ging es darum, den Burschen zu stellen. Herumrätseln brachte nichts. Spür ihn auf, und du kennst die Antwort!

Den Fußabdrücken folgend, bog er im scharfen Winkel seitlich ab. Im trüben Rot des UV-Scheinwerfers sah er, dass die Felswände und die niedrige Decke sich plötzlich öffneten und den Blick auf eine große Höhle freigaben. Der Boden war mit glitzernden Kristallen übersät. Obwohl die Nachtsichtokulare Farben gewöhnlich zu einem Einheitsbrei verschmelzen ließen, erkannte er deutlich, dass die Kristalle in allen Farben des Regenbogens funkelten.

Die Dimensionen der Höhle waren gewaltig – sie war viel größer als alle Höhlen, die Winifred Kraus bei ihren Touristenführungen zeigte. Wenn man ein gutes Management aufbaute und diese riesige Höhle in das Programm einbezog, brachte das mit Sicherheit eine segensreiche Belebung des Touristikgeschäfts und eine Menge in die Stadtkasse. Im Geiste sah er Medicine Creek bereits aufblühen, selbst wenn die Stadt den Zuschlag für das Versuchsfeld nicht bekommen sollte.

Hazen schob die Träume von künftigem Reichtum einstweilen beiseite, nahm sich aber vor, sie wieder aufzugreifen, sobald der gottverdammte Killer hinter Schloss und Riegel saß.

Irgendwo vor ihm gähnte ein großes Loch im Felsboden, und genau aus diesem Loch kam das Geräusch von laut rauschendem Wasser. Er umrundete die Öffnung vorsichtig und ging mit schnellen Schritten weiter, immer den Fußspuren nach, die sich nun sehr deutlich abzeichneten, also offenbar frisch waren.

Eine innere Stimme sagte ihm, dass er dem Mörder dicht auf den Fersen war. Der Felstunnel verengte sich, wurde aber kurz darauf wieder breiter. In die Felswände waren merkwürdige Zeichen eingeritzt. In einigen höher gelegenen Felsnischen machte Hazen von Moder überwucherte indianische Fetische aus. Er fasste die Flinte fester und ging langsam weiter.

Und im nächsten Augenblick blieb er wie angewurzelt stehen und starrte verblüfft auf das bizarre Bild, das sich ihm bot. Die ganze Höhle sah aus, als sei sie ausgeschmückt worden. Wohin er auch blickte, überall wimmelte es von seltsamen, aus Knochen gebastelten, mit Bindfaden zusammengehaltenen Figuren. An den Stalaktiten baumelten mumifizierte Höhlentiere. Menschliche Knochen und Schädel waren wie für eine makabre Ausstellung aneinandergereiht.

Ein paar Schritte weiter stieß Hazen auf ein Sammelsurium aus alten Laternen, Blechdosen, Gerätschaften aus der Zeit vor der Jahrhundertwende, indianischen Handarbeiten, Abfällen und leeren Jutesäcken.

Das konnte nur das Werk eines Wahnsinnigen sein!

Hazen fragte sich, ob er nicht ein wenig zu übereilt handelte. Es konnte nicht mehr sehr weit bis zum Ausgang des Höhlensystems sein. War es da nicht vernünftiger, Verstärkung zu holen, sodass er die Jagd auf den Mörder mit frischen Kräften fortsetzen konnte?

In diesem Moment fiel sein Blick auf die Felswand am Ende der Höhle. Der Boden stieg dort zunächst steil an und fiel dann in undurchdringliches Dunkel ab. Am höchsten Punkt des Anstiegs ragte ein wie ein Tisch geformter Felsquader auf. Und fast genau daneben lag jemand reglos auf dem Boden.

Hazen ging, die Flinte im Anschlag, vorsichtig weiter. Auf dem Felstisch lagen irgendwelche vermoderten Gegenstände. Als er näher herangekommen war, bestätigte sich seine erste Vermutung: Auf dem Boden lag tatsächlich eine menschliche Gestalt. Der Mann hatte die Arme ausgebreitet und die Beine gestreckt, so friedlich, dass man denken konnte, er sei übermüdet eingeschlafen.

Nach abermals zwei, drei Schritten sah Hazen, dass das

wirre Geflecht auf dem Tisch gar kein Moder war. Es waren ausgerissene Haarbüschel und verklumpte Barthaare. Hazen wurde sofort an Gasparillas skalpierten Schädel erinnert. Und im Lichte dieser neuen Erkenntnis sah der Mann auf dem Boden plötzlich nicht mehr nach einem friedlichen Schläfer aus.

Gott im Himmel! Schon wieder ein Opfer?

Mit vor Entsetzen steifen Beinen legte er die beiden letzten Meter zurück. Der Tote lag nicht zufällig mit ausgebreiteten Armen und gespreizten Beinen da, sein Mörder hatte ihn so zurechtgerückt. Und er hatte ihm bis auf ein paar Fetzen die Kleidung vom Leib gerissen; sein Gesicht war mit Schmutz und Blut besudelt.

Mein Gott, ein noch ganz junger Bursche!

Hazen reinigte dem Toten mit dem Taschentuch das Gesicht. Und plötzlich erstarrte ihm das Blut in den Adern. Von seinen Gefühlen überwältigt, zitterte er erbärmlich.

Es war Tad Franklin, sein Deputy!

Trauer und ohnmächtige Wut übermannten ihn, er fing hemmungslos zu weinen an. Und als seine Tränen versiegt waren, riss er das Gewehr hoch und feuerte ins rötlich verschwommene Zwielicht, ziellos in alle Richtungen, bis ihn der Steinregen zersplitternder Stalaktiten in Deckung zwang.

73

»Was war das?« Das Gesicht des Hundeführers verzerrte sich vor Schreck zur Grimasse, er blinzelte nervös ins Dunkel.

»Jemand hat ein Gewehr abgefeuert, Kaliber zwölf.« Pendergast maß Weeks' Flinte mit einem zweifelnden Blick. »Sind Sie im Umgang mit solchen Waffen geschult worden?«

»Natürlich!«, schnaubte Weeks gekränkt. »Ich bin an der Polizeiakademie in Dodge als bester Schütze unseres Jahrgangs ausgezeichnet worden.« Dass sie damals nur drei Kandidaten aus der K-9-Schwadron gewesen waren, verschwieg er lieber. Der Agent musste ja nicht alles wissen.

»Dann laden und entsichern Sie die Waffe. Halten Sie sich immer dicht neben mir.«

Weeks rieb sich den Schweiß vom Nacken. »Ich habe an der Akademie gelernt, dass man in solchen Situationen auf Verstärkung warten soll, statt allein weiter vorzudringen.«

»Officer Weeks«, sagte Pendergast, ohne sich umzudrehen, »wir haben beide die Hilferufe gehört. Sie kamen wahrscheinlich von der Geisel des Mörders. Und wir haben die Schüsse gehört. Sind Sie ganz sicher, dass Ihnen an der Akademie beigebracht wurde, in so einer Situation tatenlos auf Verstärkung zu warten?«

Weeks lief rot an. Und fast im selben Augenblick hörte er wieder einen Hilferuf. Es war eine hohe, ohne jeden Zweifel weibliche Stimme.

Pendergast eilte durch den Felstunnel. Weeks versuchte, das Kunststück fertig zu bringen, mit ihm Schritt zu halten und gleichzeitig die Waffe zu laden. Die Hilferufe drangen mitunter laut, dann wieder wie aus weiter Ferne zu ihnen. Sie waren in dem Bereich der Höhle angekommen, in dem der Boden trockener und sandiger wurde, sodass sie deutlich die Spur nackter Füße ausmachen konnten.

»Wissen Sie schon, wer der Mörder ist?«, fragte Weeks zaghaft. Er hätte es gern gewusst, wollte sich aber nicht Pendergasts Zorn einhandeln.

»Ein Mensch. Jedenfalls seinem Äußeren nach.«

»Was soll das wieder heißen?« Pendergasts Angewohnheit, ständig in Rätseln zu sprechen, brachte Weeks allmählich auf die Palme.

Pendergast beugte sich ein paar Sekunden lang über die Fußspuren. »Stellen Sie keine unnötigen Fragen! Beschränken Sie sich darauf, im richtigen Moment Ihr Ziel anzuvisieren und den Mörder mit einem Schuss zu töten! Alle überflüssigen Fragen können Sie sich sparen.«

»Müssen Sie denn gleich so grob zu mir sein?«, beschwerte sich Weeks, aber als Pendergast ihn scharf ansah, nahm er sich vor, künftig den Mund zu halten.

Jedenfalls seinem Äußeren nach, wiederholte er im Stillen Pendergasts Formulierung. Ja, das traf den Nagel auf den Kopf. Er würde nie den schrecklichen Moment vergessen, in dem das Ungeheuer einen seiner Hunde gepackt und verstümmelt hatte! Bei der bloßen Erinnerung daran überlief ihn ein Zittern.

Pendergast schien das überhaupt nicht wahrzunehmen. Er hastete mit immer weiter ausholenden Schritten durch die Höhle, nur ab und zu blieb er stehen und lauschte. Es kam ihm vor, als seien die Hilferufe verstummt. Nach ein paar Minuten blieb er stehen und zog seine Karte zurate. Dann folgten sie weiter den Fußabdrücken. Endlich waren wieder Hilferufe zu hören, aber sie klangen sehr schwach und verzagt. Pendergast ging auf die Knie, untersuchte die Fußspuren aus nächster Nähe, ging scheinbar ziellos auf und ab und fing schließlich sogar an, an den Spuren zu schnuppern.

Weeks verfolgte sein Verhalten mit skeptischen Blicken. Der Agent war wirklich ein merkwürdiger Kauz! Erst machte er ihm wegen angeblich unnützer Fragen Vorwürfe, und jetzt verplemperte er seine Zeit mit solchen albernen Spielchen. Der Mann konnte einen wirklich verrückt machen!

»Dort unten«, sagte Pendergast plötzlich.

Und dann zwängte er sich in einen schmalen, steil abfallenden Felsspalt und war im Nu nicht mehr zu sehen. Weeks gab sich einen Ruck und folgte ihm. Eine Weile kamen sie nur langsam voran, bis sie schließlich auf eine Ansammlung von natürlichen Bodenöffnungen stießen, die anscheinend bei einem Vulkanausbruch entstanden waren, die erstarrte Lava war noch deutlich auszumachen. Pendergast leuchtete mit der Stablampe die an Bienenwaben erinnernden Löcher ab, entschied sich für eines und war im nächsten Moment darin verschwunden.

Weeks wollte zunächst protestieren, weil es das finsterste und zudem ein ziemlich feuchtes Loch war, doch dann schluckte er seinen Ärger hinunter und folgte dem Agent. Der Lichtstrahl der Stablampe war nicht mehr zu sehen, Pendergast musste auf der steil abfallenden Strecke irgendwo scharf abgebogen sein. Der Abstieg schien häufig benutzt zu werden, der weiche Sandstein war regelrecht abgewetzt. Weeks rutschte den Rest der Strecke ohne jede Orientierung auf dem Hosenboden hinunter.

Als er endlich wieder Halt fand und auf den Agent traf, wischte er sich den feuchten Schmutz vom Gesicht, überprüfte gewissenhaft seine Waffe und fragte ungläubig: »Hier unten soll der Mörder sich versteckt haben? Wie lange denn schon?«

»In diesem September werden es einundfünfzig Jahre«, antwortete Pendergast und ging weiter.

»Woher wollen Sie das wissen?«

»Officer Weeks, wären Sie so freundlich, Ihre Fragen bis auf weiteres zurückzustellen?«, fertigte Pendergast den

Hundeführer kurz angebunden ab und hastete auf dem immer flacher verlaufenden Höhlenweg weiter. Hilferufe hörte er nicht mehr, aber er hatte zumindest eine Ahnung, wo er Corrie suchen musste.

Und plötzlich ging es nicht mehr weiter: Ein dichter Vorhang aus kristallisiertem Gips versperrte ihnen den Weg. »Wir dürfen keine Zeit verlieren«, murmelte Pendergast vor sich hin. Er leuchtete den Vorhang gründlich ab, dann schüttelte er enttäuscht den Kopf. »Nun gut, dann müssen wir es eben mit Gewalt versuchen.«

Dann reckte er den Kopf so weit wie möglich vor und rief laut: »Miss Swanson?«

Zu Weeks' Verblüffung kam tatsächlich eine Reaktion, ein verhuschter Laut, als habe jemand nach Luft geschnappt. Und einen Augenblick später hörten sie eine seltsam gedämpfte Stimme aus der Tiefe rufen: »Pendergast? Agent Pendergast? Oh, mein Gott ...«

»Bleiben Sie ganz ruhig! Wir sind gekommen, um Sie hier rauszuholen. Ist *er* bei ihnen?«

»Nein, er ist weg. Ich weiß nicht, seit wann, es muss lange her sein.«

Pendergast drehte sich zu Weeks um. »Jetzt können Sie sich mal nützlich machen, Officer.« Er trat einen Schritt zurück. »Feuern Sie auf den Gipsvorhang. Bitte genau auf den Punkt, auf den ich zeige.«

Weeks schluckte, er starrte Pendergast ungläubig an. »Wird er das nicht hören?«

»Er ist ohnehin in der Nähe. Befolgen Sie meine Anweisung, Officer!«

Weeks zuckte bei dem Befehlston des Agent unwillkürlich zusammen. »Jawohl, Sir.« Er ging auf das linke Knie, zielte und zog den Abzug durch.

Der Knall war ohrenbetäubend, er hallte schier endlos von den Höhlenwänden wider. Pendergast richtete die Stablampe auf das vorgegebene Ziel. Anfangs war nur aufwölkender Gipsstaub zu sehen, aber als der sich gelegt hatte, konnte er in dem brüchigen Gestein ein schmales Loch ausmachen. Und als er schon dachte, das sei alles gewesen, brach der Gipsvorhang mit lautem Lärm in sich zusammen und überstäubte das ganze Umfeld mit glitzernden Gipskristallen. Das Hindernis war aus dem Weg geräumt, die Öffnung im Fels größer geworden. Pendergast eilte zu der Stelle und leuchtete mit der Stablampe in ein dunkles Loch.

Weeks kam mit stolzgeschwellter Brust nach und sah ihm vorsichtig über die Schulter. Und tatsächlich, tief unter ihnen entdeckte er das Mädchen, von dem Pendergast gesprochen hatte. Der Anblick war nicht gerade erhebend, ihr rotes Haar war verfilzt, das Gesicht mit Schmutz und Blut besudelt. Aber in ihren Augen las er einen Hoffnungsschimmer.

Pendergast drehte sich zu ihm um. »Sie haben als Hundeführer sicher eine Ersatzleine im Rucksack?«

»Ja, aber …«

Pendergast fackelte nicht lange, nahm ihm wortlos den Rucksack ab und kramte die Ersatzleine heraus. Es war eine mit Leder umwickelte Metallkette – für sein Vorhaben wie geschaffen. Er schlang die Leine um eine Felsnase und warf das andere Ende in das Loch.

Weeks sah skeptisch zu: »Die reicht aber nicht bis nach unten.«

Pendergast ignorierte den Einwand. »Geben Sie uns Rückendeckung. Wenn er hier auftaucht, zögern Sie keine Sekunde, ihn zu erschießen!«

»Augenblick mal, warten Sie …«

Aber Pendergast wollte keine Zeit verlieren, er hatte sich bereits in den Einstieg gezwängt.

Weeks bezog oben Posten, den Blick abwechselnd auf den frisch gesprengten Weg und in die gähnende Tiefe gerichtet. Er verfolgte, wie sich der Agent an der Reserveleine nach unten hangelte. Dort, wo die Leine endete, streckte er Corrie die Hand hin, um ihr zu bedeuten, dass er nun ihre Mithilfe brauchte. Sie reckte sich nach oben, versuchte ihr Glück mit einem Luftsprung, verfehlte aber die Hand des Agent.

»Gehen Sie zur Seite, Miss Swanson«, rief er ihr zu. »Weeks, werfen Sie ein paar Steine herunter – aber bitte so, dass Sie uns nicht damit erschlagen! Und vergessen Sie nicht, die Umgebung im Auge zu behalten!«

Weeks wusste zwar nicht, wozu die Steine nützlich sein sollten, wollte sich aber nicht wieder eine Rüge des Agent zuziehen und schob mit dem Fuß brav einige große Steine über die Felskante. Und dann staunte er stumm. Das Mädchen war nicht so begriffsstutzig wie er gewesen. Sie stapelte die Steine an der Felswand übereinander, und als sie auf diesen Notbehelf geklettert war, konnten der Agent und sie sich an den Händen fassen. Pendergast zog Corrie ein Stück nach oben und legte stützend den freien Arm um sie.

Weeks hatte schon wieder etwas zu bestaunen. Der Agent sah zwar aus, als bestehe er nur aus Haut und Knochen, aber er schien über erstaunliche Kräfte zu verfügen. Es dauerte nicht lange, bis beide oben angekommen waren.

Corrie fiel erschöpft auf die Knie, klammerte sich an Pendergast und schluchzte laut. Der Agent kauerte sich neben sie und wischte ihr mit dem Taschentuch behutsam den Schmutz und das Blut vom Gesicht. Dann inspizierte er die Schürfstellen an ihren Handgelenken. »Tun die sehr weh?«

Corrie schüttelte den Kopf. »Jetzt nicht mehr. Ich kann Ihnen gar nicht sagen, wie glücklich ich bin, dass Sie mich gefunden und aus dem dunklen Loch geholt haben! Ich habe schon gedacht, dass ich dort unten…« Der Rest des Satzes ging unter, als sie wieder hemmungslos zu schluchzen anfing.

Er fasste sie an den Händen. »Ich weiß, was Sie gedacht haben, Corrie. Noch ist nicht alles ausgestanden, und ich brauche Ihre Hilfe.« Er sprach fast flüsternd, besänftigend, aber schnell.

Corrie nickte stumm, brach aber gleich darauf wieder in lautes Schluchzen aus. »Es war so schrecklich! Er wollte dauernd mit mir *spielen!* Er hätte mich nie mehr gehen lassen. Ich wäre da unten gestorben.«

»Ich ahne, was Sie durchgemacht haben. Aber jetzt müssen Sie stark sein, bis wir aus dem Höhlensystem heraus sind.

Können Sie laufen?«

Corrie schluckte gegen ihre Tränen an und nickte.

Pendergast stand auf und warf kurz einen Blick auf seine Karte. »Es scheint eine Abkürzung zu geben, die schneller nach draußen führt. Wir müssen das Risiko wagen. Ich gehe voraus. Corrie, Sie bleiben dicht hinter mir! Und Sie, Officer Weeks, geben uns Rückendeckung! Und zwar nach allen Seiten. Er kann unheimlich schnell sein und sich anschleichen, ohne dass wir ihn kommen hören.«

Weeks fuhr sich mit der Zunge nervös über die trockenen Lippen. »Rechnen Sie wirklich damit, dass er uns verfolgen wird? Warum sollte er das riskieren?«

Pendergasts helle Augen schienen im Dunkel gespenstisch zu funkeln. »Weil er glaubt, endlich eine Freundin gefunden zu haben, und die will er nicht mehr verlieren.«

74

Hazen legte ein strammes Tempo vor, nur wenn er sich an einer der vielen Verzweigungen orientieren musste, blieb er kurz stehen. Von den rätselhaften Geräuschen, die jetzt wieder deutlich zu hören waren, ließ er sich nicht irritieren. Solange sein Zeigefinger am Abzug der Waffe lag, war er gegen unliebsame Überraschungen gewappnet. Mit dem Kaliber zwölf ließ sich im Falle eines Falles eine Menge Kleinholz machen. Der Mistkerl war so gut wie tot.

Die Umgebung gab deutlich Zeugnis davon, dass das Versteck des Mörders ganz in der Nähe sein musste. Überall hatte er seine makabren Altäre aufgebaut. Da – schon wieder so ein Schrein, ein mit toten Höhlentieren vollgestopftes Schreckenskabinett! Der Kerl war Psychopath!

Aber er würde für seine Morde und sonstigen Untaten bezahlen! Keine lange Aufklärung über seine Rechte, kein Telefonat mit irgendeinem Winkelanwalt, nein, so einer verdiente nur drei gut gezielte Ladungen Kaliber zwölf: die beiden ersten in die Brust und dann eine, die ihm das Gehirn wegblies.

Das Gewirr der Fußspuren war inzwischen so groß geworden, dass Hazen beim besten Willen nicht mehr wusste, welcher er folgen sollte. Logisch wäre es gewesen, der frischesten zu folgen, aber welche war das?

Egal, wie lange es dauert, du musst den Mistkerl finden!, hämmerte er sich ein. Sooft er an Tad Franklin dachte, stieg sein Blutdruck deutlich an. Und nicht nur das, er glaubte sogar zu spüren, wie sich seine Kopfhaut kräuselte! Warte nur, Freundchen, ich kriege dich!

Plötzlich endete der Höhlenweg vor einer dunklen, mit

Felsbrocken gespickten Senke. Dank des UV-Scheinwerfers konnte er einen schmalen Pfad ausmachen, der an Müll und Abfällen vorbei nach oben zu führen schien, zu einem Felsplateau.

Hazen bahnte sich – den Blick auf den Boden, die Waffe nach vorn gerichtet – einen Weg entlang der verrotteten Abfälle und kam tatsächlich zu einer Art Felsengalerie. Über ihm hing ein hauchdünner Schleier aus glitzernden Kristallen, die im Hauch unterirdischer Luftströme sanft hin und her schaukelten. Ein verzweigtes Wegenetz führte in verschiedene Richtungen. Er versuchte, nicht an Tads trauriges Geschick zu denken, sondern sich ganz darauf zu konzentrieren, den Boden abzusuchen. Und tatsächlich, er stieß auf eine frische Fußspur. Sie führte in einen Irrgarten aus Felstunneln.

Nach ein paar Minuten merkte er, dass irgendetwas nicht stimmen konnte. Der Weg musste irgendwo einen scharfen Knick gemacht haben, sodass er nun offensichtlich zurück zu seinem Ausgangspunkt führte. Er bog in einen anderen Felstunnel ab, da schien es genauso zu sein. Wut und Frustration verschleierten seinen Blick, er sah das verschwommene Rot nur noch wie durch Nebelschwaden.

Da riss er die Waffe hoch und feuerte blindlings ins Halbdunkel. »Du Saukerl!«, schrie er. »Ich bin hier! Komm raus und zeig mir dein Gesicht, du Feigling!«

Während das nicht enden wollende Echo durch die Höhlen hallte, wurde ihm klar, dass er mit dem Wutausbruch nichts, aber auch gar nichts bewirkt hatte. Wie hatte er nur so die Nerven verlieren können? Nun blieb ihm nichts anderes übrig, als schleunigst das leer geschossene Magazin nachzuladen. Suchen sollst du den Mistkerl, nicht verscheuchen!

Er bog in einen anderen Tunnel ab. Diesmal sah alles ganz anders aus: Bald wölbte sich eine helle Kalksteindecke über ihm, auf dem Boden standen flache Wasserlachen. Nun gut, zumindest kam er sich nicht mehr wie in einem Karussell vor! Ob er diesen Weg allerdings schon mal gegangen war, hätte er nicht mit Sicherheit sagen können. Die Ungewissheit führte dazu, dass er sich dabei ertappte, in einen lustlosen Schlenderschritt zu verfallen.

Und in diesem Augenblick nahm er seitlich von sich den Schatten einer tief nach vorn gebeugten Gestalt wahr.

Es war nur eine Momentaufnahme, zudem durch das wabernde Rot verzerrt. Aber er zögerte keine Sekunde, wirbelte herum, ging kniend in Anschlag und feuerte seine Flinte ab.

Na also! Die jahrelange Übung auf dem Schießplatz zahlte sich aus. Die Gestalt brach taumelnd zusammen und schlug schwer auf dem Felsboden auf.

Er gab gleich noch einen zweiten Schuss ab. Dann rannte er im Zickzackkurs los, fest entschlossen, die Schattengestalt so lange mit Blei vollzupumpen, bis sie keinen Mucks mehr von sich gab.

Sekunden später starrte er fassungslos auf die Stelle, an der das Phantom vor seinen Augen zusammengebrochen war. Einen Augenblick lang hoffte er, das trügerische rote Licht habe ihn irritiert. Aber er konnte noch so lange auf den Fleck starren, da lag kein Toter, da lagen nur Splitter von Stalaktiten. Er war derart verblüfft, dass er nicht mal einen Fluch über die Lippen brachte.

Nach einer Weile ließ der Schock nach. Die Waffe im Anschlag raffte er sich auf und schlug die Richtung ein, aus der er den Widerhall seiner Schüsse noch hören konnte. Die erste Wegegabel lag bereits hinter ihm, er wollte gerade auf die zweite zusteuern, als er plötzlich wie festgewurzelt stehen blieb.

Vor ihm bewegte sich etwas, er meinte sogar, einen Laut zu hören.

Er hielt die Flinte fest umklammert und ging vorsichtig weiter. Nach ein paar Metern machte der Höhlenweg einen scharfen Knick. Hazen wartete zwei, drei Atemzüge lang, dann setzte er mit einem entschlossenen Sprung um die Ecke und richtete seine Waffe so aus, dass er die vor ihm liegende Höhle lückenlos abdecken konnte. Eine Aktion wie aus dem Lehrbuch – nur, sie half ihm nichts mehr, es war zu spät.

Er war so auf die Höhle vor ihm fixiert, dass er den Schatten nicht wahrnahm, der wie aus dem Nichts hinter ihm auftauchte. Das Erste, was er spürte, war der kräftige Schlag, der ihn unversehens an der Schläfe traf. Und fast im selben Moment legte sich eine Riesenhand um seinen Hals und verdrehte ihm brutal das Genick.

Hazen wurde es schwarz vor den Augen, er bekam nicht einmal genug Luft für ein gequältes Stöhnen.

75

Vielleicht ist diese rastlose, atemberaubende Hatz durch immer neue Höhlen nur ein Traum, dachte Corrie. Vielleicht träume ich nur, dass Pendergast mich gefunden und gerettet hat? Vielleicht liege ich in Wirklichkeit immer noch in der schrecklichen feuchten Gruft und muss jeden Moment damit rechnen, dass mein Peiniger zurückkommt?

Aber dann spürte sie den Schmerz in den Hand- und Fußgelenken, hörte ihr Herz hämmernd schlagen und wusste, dass es kein Traum war.

Agent Pendergast bedeutete ihnen mit erhobenem Arm, stehen zu bleiben. Der Lichtstrahl seiner Stablampe hüpfte auf und ab, während er seine mittlerweile stark verschmutzte Karte zurate zog. Ihr Begleiter, ein kleinwüchsiger Mann mit einem zerzausten Kinnbärtchen, schien augenblicklich in Panik zu geraten. Offenbar befürchtete er, der Agent habe die Orientierung verloren. Eigentlich seltsam, dass er sich so aufregt, dachte Corrie, weil seine verschmutzte Uniform ihn als Officer der Staatspolizei auswies und sie erwartet hätte, dass Trooper nicht so schnell die Nerven verloren.

»Hier entlang!«, flüsterte Pendergast ihnen zu. Corrie fühlte sich so müde und zerschlagen, dass sie sich nur widerwillig aufraffen konnte. Sie wünschte sich sehnlich das Ende ihrer Odyssee herbei.

Der Weg, den Pendergast einschlug, führte durch eine niedrige, feuchtkalte Höhle und folgte einem seltsamen Zickzackkurs. Die Höhlendecke wurde allmählich höher, vor ihnen erstreckte sich eine dunkle, vermutlich sehr große Felskammer. An ihrem Eingang blieb Pendergast wieder stehen und lauschte angestrengt in die Finsternis. Lautlose

Stille – was unter den gegebenen Umständen eher beruhigend als alarmierend war.

Nach wenigen Metern blieb der Agent abermals stehen, und auf einmal riss der Lichtkegel seiner Stablampe das vor ihnen liegende Dunkel auf. Vor ihnen lag eine schmale, sehr hohe Höhle. Das blutrote Gestein sah wie frisch gewaschen aus, auf dem Boden hatten sich Wasserlachen gebildet. Und plötzlich entdeckte Corrie unterhalb der Höhlendecke zahlreiche Schrunden und Risse. Offenbar waren sie im Laufe vieler Jahrzehnte durch das ständig von oben eindringende Wasser in das Gestein gegraben worden. Nur, einen Ausgang aus dem Höhlensystem konnte sie nirgendwo sehen.

Der Trooper fuhr herum und starrte Pendergast finster an.

»Und jetzt?«, fragte er streitlustig. »Ich hab's gleich geahnt. Ihre Abkürzung endet in einer Sackgasse!«

Pendergast deutete auf seine Karte. »Wir sind nur dreißig Meter von dem Teil von Kraus' Kavernen entfernt, der für Besucher zugängig ist. Aber ein Teil der Route verläuft entlang der Z-Achse.«

»Z-Achse?«, giftete der Uniformierte. »Was ist denn das wieder?«

Pendergast deutete auf eine schmale, dicht unter der Höhlendecke gelegene Öffnung, die Corrie bisher entgangen war. Sie hatte allenfalls Kriechhöhe und lag unweit der Stelle, an der sich gewaltige Wassermassen nach unten ergossen, wo sie in einem riesigen Loch im Boden der Höhle verschwanden.

Der Trooper runzelte die Stirn. »Wollen Sie etwa zu der Öffnung hochklettern? Ohne Sicherungsseil?«

»Es ist unsere einzige Chance.«

»Das nennen Sie eine Chance? Unter uns gähnt ein riesiges Wasserloch! Ein einziger Fehltritt, und wir …«

Pendergast drehte ihm abrupt den Rücken zu. »Miss

Swanson, wie sieht es mit den Schürfstellen an Ihren Hand- und Fußgelenken aus?«

Corrie überlief ein Schaudern. Dann raffte sie das bisschen Mut zusammen, das ihr geblieben war, und sagte: »Ich glaube, ich werd's schaffen.«

»Ich weiß, dass Sie es schaffen. Sie machen den Anfang. Ich bleibe dicht hinter Ihnen und sage Ihnen, was Sie tun sollen. Officer Weeks kommt als Letzter nach.«

»Warum bin ich schon wieder der Letzte?«, brauste der Trooper auf.

»Weil Sie uns Rückendeckung geben müssen.«

Weeks brach trotz der kalten Höhlenluft der Schweiß aus. Nach einer Weile knurrte er unwirsch: »Gut, von mir aus.«

Corrie näherte sich mit Pendergast der steilen Felswand. Ihr Herz schlug ein wildes Stakkato, sie versuchte, nicht nach oben zu sehen. Der Agent gab ihr einen aufmunternden Schubs. »Keine Angst«, flüsterte er ihr zu, »ich bin direkt hinter Ihnen.«

Sie klammerte sich an der Steilwand fest und verdrängte alle Gedanken an ihre verletzten Hand- und Fußgelenke und alle ihre Ängste. Um zu der Öffnung zu gelangen, mussten sie quer zur Felswand klettern. Je höher sie kamen, desto tiefer wurde der Abgrund, der unter ihnen gähnte. Corrie verbot sich, nach unten zu sehen.

Nach einer Weile hatte sie begriffen, welchen Rhythmus sie beim Klettern einhalten musste: die Hand nach oben schieben, bis sie Halt gefunden hatte, und dann langsam einen Fuß nach dem anderen nachziehen. Es war im Grunde viel einfacher, als sie gedacht hatte. Solange sie nicht an den Abgrund dachte, konnte sie sich einreden, eine steile Leiter hochzuklettern.

»Dort unten ist was!«, rief Weeks, der ihnen inzwischen nachgekommen war und einige Meter unter ihnen in der Steilwand hing. »Irgendwas bewegt sich dort.«

»Drücken Sie sich mit dem Rücken an die Felswand, Weeks!«, rief Pendergast zurück. »So können Sie Ihr Umfeld am besten im Auge behalten und uns Feuerschutz geben.« Dann flüsterte er Corrie zu: »Nur noch drei Meter, Miss Swanson, gleich haben Sie es geschafft!«

Sie versuchte zu ignorieren, dass ihre Finger sich allmählich taub anfühlten, und kletterte im immer gleichen Rhythmus weiter, als hätte sie von Kindesbeinen an nichts anderes getan. »Da ist er!«, hörte sie Weeks rufen. »Oh, mein Gott, er hat es bestimmt auf mich abgesehen!«

Corrie fing vor Angst zu zittern an. Ein Glück, dass Pendergast hinter ihr war und sie stützen konnte.

»Jetzt ist er weg«, rief Weeks. »Ich kann ihn jedenfalls nicht mehr sehen.«

»Machen Sie sofort von der Waffe Gebrauch, wenn er wiederauftaucht«, erinnerte ihn Pendergast an den Befehl, den er ihm gegeben hatte. Und zu Corrie gewandt, flüsterte er: »Er ist noch in der Nähe. Klettern Sie, so schnell Sie können, Corrie!«

Corrie keuchte vor Anstrengung und Schmerzen, aber sie arbeitete sich unentwegt weiter nach oben. Sie merkte, dass Pendergast sich nur noch mit einer Hand an die Felswand klammerte, in der anderen hielt er seine Waffe. Diese musste eine lasergesteuerte Zielerfassung haben, Corrie sah den rötlichen Schimmer über die vor ihr liegende Felswand huschen. »Da ist er!«, schrie Weeks plötzlich. Gleich darauf hörte Corrie den ohrenbetäubenden Abschussknall der Flinte und sofort danach einen zweiten.

»Verdammte Scheiße!«, fluchte Weeks. »Der Kerl ist unglaublich schnell, er ist mir entwischt.«

»Ich gebe Ihnen Feuerschutz von oben«, rief ihm Pendergast zu. »Hauptsache, Sie halten die Stellung. Und zielen Sie bitte sorgfältiger!«

Wieder ein lauter Schrei und gleich danach der laute Abschussknall der Flinte.

»Sie sollen sorgfältig zielen, Weeks!«, rief Pendergast. »Feuern Sie nicht ins Blaue!«

Aber es war vergebliche Liebesmüh, Weeks feuerte wie ein Besessener. Und als er das Magazin leer geschossen hatte, warf er die Waffe weg. Pendergast hörte, wie sie klappernd an der Felswand entlangschrammte. Und dann fing Weeks in seiner Verzweiflung blindlings zu klettern an.

»Officer Weeks!«, rief ihn Pendergast in scharfem Ton zur Ordnung.

Corrie klammerte sich an eine Felsnase und riskierte zum ersten Mal einen Blick nach unten. Sie sah, wie Weeks versuchte, seinem Verfolger mit ungeschickten Klettergriffen zu entkommen, aber sie sah auch, dass die Schattengestalt ihm dicht auf den Fersen war und sich wie eine Spinne an jedem noch so kleinen Vorsprung nach oben hangelte.

Am unheimlichsten war das Gefühl, dass er mit seinen schmalen blauen Augen direkt zu ihr hochstarrte. Sein Gesicht – dieses verzerrte und doch so unschuldige, mit Blut und Schmutz besudelte Kindergesicht – schien sich zu einem Lächeln zu verzerren, das ihr das Blut in den Adern gefrieren ließ.

Pendergast feuerte seine Waffe ab. Aber auch er hatte wohl das Ziel verfehlt, die Schattengestalt kletterte in unvermindertem Tempo weiter. Und als der Agent den zweiten Schuss abfeuern wollte, hatte sich der verzweifelt kletternde Trooper zwischen das Ziel und Pendergasts Visierlinie geschoben.

Die Hand an einen Felsgrat geklammert, den Fuß tastend nachgezogen, kletterte Corrie verbissen weiter. Ihr Herzschlag raste, ihre Arme und Beine fingen vor Erschöpfung zu zittern an.

Hatte Pendergast ihr nicht versprochen, dass sie es bald geschafft hatten? Je näher sie dem Ziel kamen, desto mutloser wurde sie. Sie wagte nicht mehr, einen Blick zurückzuwerfen. Wahrscheinlich, weil sie ahnte, dass ihr Peiniger immer näher kam.

Und als ihre tastende Hand nach dem nächsten Halt suchte, war ihr plötzlich, als griffe sie ins Leere. Sie schloss erschöpft die Augen, und als sie sie wieder öffnete, sah sie, dass sich vor ihr eine Art Plateau erstreckte. Es stieg zwar weiter an, aber längst nicht so steil wie die Felswand.

Sie hatte das Schlimmste geschafft, sie war oben! Einen Herzschlag lang war sie unsäglich erleichtert, doch dann wurde ihr klar, dass nur die erste Etappe hinter ihr lag. Das Ungeheuer war immer noch ganz nahe und würde keine Ruhe geben, bis es sie eingeholt hatte.

Wieder fiel ein Schuss aus Pendergasts Waffe. Corrie fuhr herum und sah, dass die Schattengestalt den verzweifelt kletternden Weeks eingeholt hatte. Der muskulöse Arm holte aus und versetzte dem Trooper einen Schlag in den Nacken. Weeks fiel nichts anderes ein, als ein Stück an der Felswand herunterzurutschen. Aber das Ungeheuer war schneller, packte ihn und stieß seinen Kopf wieder und wieder gegen das harte Gestein. Weeks schien einen Moment lang benommen, dann sah Corrie, dass er kraftlos an der Steilwand nach unten rutschte. Er trudelte lautlos in die Tiefe. Corrie wartete auf seinen Todesschrei, aber alles blieb gespenstisch still. Sie hörte nicht einmal seinen Körper auf dem harten Felsboden aufschlagen.

Sie erstarrte vor Entsetzen. Erst als Pendergast abermals seine Waffe abfeuerte, schreckte sie hoch. Der Agent wollte ihren Peiniger offenbar mit einem gezielten Schuss zur Strecke bringen. Aber er hatte nicht damit gerechnet, dass das Ungeheuer sich wie ein Kletteraffe an der steilen Felswand seitlich verdrücken könnte. Es duckte sich blitzschnell weg und tauchte im nächsten Augenblick wieder neben Pendergast auf.

Aber diesmal war der Agent auf die Attacke vorbereitet. Seine Finger krümmten sich zur Faust, und ehe die Schattengestalt ahnen konnte, was Pendergast vorhatte, schlug die Faust wie ein Presslufthammer zu. Der wuchtige Schlag traf den Verfolger mitten auf die Nase. Ein knackendes Geräusch, als sei ein Knochen gebrochen. Ein Schwall Blut spritzte auf die Felswand. Das Ungeheuer jaulte vor Schmerz und Wut. Aber es erholte sich schnell und versetzte dem Agent einen Schlag in den Unterleib, der ihn regelrecht lähmte. Er rutschte benommen an der Steilwand hinunter, bis er sich doch noch an einem Felsvorsprung festklammern konnte.

Aber es war zu spät. Der Mörder ließ von dem Agent ab, er hatte es auf Corrie abgesehen. Im Nu war er bei ihr und stürzte sich blutend und mit Schaum vor dem Mund auf sie. Corrie erstarrte vor Schreck, sie brachte nicht mal die Arme hoch, um sich vor dem Angriff zu schützen. Ihr Peiniger fiel wie ein Berserker über sie her. Seine fleischige Pranke legte sich hart um ihre Kehle, sie las Wut und Mordlust in seinen blutunterlaufenen Augen und wusste: Er würde ihr nie verzeihen, dass sie ihm davongelaufen war.

Ihr verzweifeltes Röcheln schien seine Wut noch mehr anzustacheln. Sie wünschte sich sehnlich, durch eine barmherzige Ohnmacht davor bewahrt zu werden, seine Rache bei vollem Bewusstsein zu erleben. Aber der Himmel hatte kein Einsehen. Stattdessen gellte ihr das Röhren in den Ohren, das ihr Peiniger ausstieß, während er ihr gleichzeitig seinen stinkenden Atem ins Gesicht blies.

Und auf einmal erinnerte sie sich, dieses tiefe, muhende Röhren schon einmal gehört zu haben…

»Muuuuuuuhhhhhh!«

76

Der Sturm war noch stärker geworden, Shurte und Williams hatten in der Engstelle am Eingang von Kraus' Kavernen Schutz gesucht. Das entsprach zwar nicht exakt der Anweisung des Sheriffs, aber zum Teufel mit ihr! Es war inzwischen nach ein Uhr morgens, und sie hatten wirklich lange genug im Regen und in der eisigen Kälte ausgeharrt. Sage und schreibe dreieinhalb Stunden!

Shurte hörte seinen Kumpel stöhnen und fluchen. Williams kauerte wie ein Häufchen Elend auf dem Boden. Mein Gott, dachte Shurte, was stellte er sich so an? Ich hab ihm doch die Wunde verbunden! Der Kerl tat, als wäre ein Hundebiss das Schlimmste, was einem Trooper zustoßen kann!

Zugegeben, die Wunde sah schlimm aus. Shurte hatte sie nur notdürftig mit dem Material aus dem Erste-Hilfe-Koffer abbinden können, und viel mehr fiel ihm auch jetzt nicht ein. Durch den Stromausfall waren sie praktisch von der Welt abgeschnitten. Auch die lokalen Sender waren ausgefallen, es gab keinerlei Informationen. Der Funkkontakt zu Hazen war vor Stunden abgebrochen, sie waren ganz auf sich gestellt. Sheriff Hazen und sein Einsatzkommando trieben sich seit mehr als drei Stunden weiß der Himmel wo herum. Das einzige Lebenszeichen von ihnen war dieser verdammte Killer, der auf einmal schwer verletzt bei ihnen aufgetaucht war. Ein schönes Lebenszeichen!

Shurte beschlich ein mulmiges Gefühl. Das ganze verdammte Höhlensystem schien ihn mit feuchtkaltem Modergeruch anzuhauchen. Ein Schauder überlief ihn. Er sah im Geiste immer noch, wie der Hund aus dem Dunkel auf sie zugerast kam und eine Blutspur hinter sich herzog. Warum war er so verstümmelt? Shurte schielte auf seine Uhr.

Williams schien Ähnliches zu befürchten wie er, er fragte zum weiß Gott wievielten Mal: »Was, zum Teufel, machen die so lange dort unten?«

Shurte zuckte nur die Achseln.

»Ich müsste dringend ins Krankenhaus«, nörgelte Williams. »Wer weiß, vielleicht hat der Köter Tollwut?«

»Polizeihunde haben keine Tollwut.«

»Woher willst du das wissen? Ich hab mir bestimmt eine Infektion eingefangen.«

»Ich habe eine dicke Schicht Salbe auf die Wunde gegeben. Jeder Zentimeter ist praktisch mit Antibiotika abgedeckt.«

»Und weshalb brennt die Wunde dann so? Wenn ich eine Infektion kriege, erzähle ich überall, dass mir Doktor Shurte die Wunde verbunden hat!«

»Williams, es ist nur ein harmloser Hundebiss!«, fauchte Shurte wütend. Dann versuchte er's mit gutmütigem Spott. »Überleg mal! Jetzt kannst du beantragen, dass dir das Purple Heart am Bande verliehen wird. Schließlich ist es eine im Dienst erlittene schwere Verwundung.«

»Den Antrag kann ich frühestens in einer Woche stellen. Und es tut *jetzt* weh, verdammt noch mal!«

Oh Mann, was für ein Jammerlappen! Wenn der Kerl weiter so rumjammerte, musste er sich allen Ernstes überlegen, ob er nicht darum bitten sollte, ihn in ein anderes Team zu versetzen. Ein Hundebiss, und so ein Theater!

Ein Blitz spaltete den Himmel in zwei Hälften und tauchte das Kraussche Haus einen Augenblick lang in gespenstisches Weiß. Die dicken Regentropfen, die der Wind vor sich hertrieb, hörten sich wie Kullererbsen an. Von oben ergoss sich eine Flut Wasser in den Höhleneingang.

Williams war für einen schwer Verwundeten erstaunlich schnell auf den Beinen. »Jetzt hab ich die Schnauze voll!«, verkündete er. »Ich gehe ins Haus und löse Rheinbeck ab. Soll er sich mal nasse Füße holen, während ich die alte Lady bewache!«

»Das entspricht aber nicht unserem Auftrag.«

»Der Auftrag kann mir gestohlen bleiben! Hazen und seine Leute wollten nach einer halben Stunde wieder da sein. Ich bin müde und nass bis auf die Haut. Du kannst ja, wenn du willst, hierbleiben. Ich verkriech mich jedenfalls im Haus!« Sprach's und stapfte, schräg gegen den Wind gestemmt, los. Shurte starrte ihm mit finsterer Miene nach. Großer Gott, der Kerl war wirklich ein Arschloch!

77

Auf einmal wurde das Gebrüll des Monsters von einem gewaltigen Abschussknall übertönt, dessen Echo sekundenlang in den Felsgewölben hin und her irrte. Corrie spürte, wie sie vom Gewicht ihres Peinigers regelrecht erdrückt wurde. Sein röhrendes Muhen hörte sich nun nach quälenden Schmerzen an. Sie erstickte fast an seinem nach faulen Eiern stinkenden Mundgeruch. Seine fleischige Pranke schloss sich so fest um ihren Hals, dass sie kaum noch Luft bekam. Für den Bruchteil einer Sekunde blickte sie in sein Gesicht. Es schien in die Breite zu verfließen, die Haut war unnatürlich glatt und bleich, die kleinen Augen waren unter der gewölbten Stirn fast nicht auszumachen.

Wieder ein Abschussknall. Diesmal traf sie ein Regen aus winzigen Felssplittern. Jemand schoss von unten mit einer großkalibrigen Waffe auf das Ungeheuer. Er musste es getroffen haben, denn es brüllte wie ein verwundeter Bär, versuchte, Deckung zu nehmen, hielt aber weiter Corries Hals umklammert und zerrte sie mit sich fort.

Aus vager Ferne hörte sie wie durch einen Schleier die Stimme des Agent. »Corrie!«, rief er ihr zu. »Jetzt!«

Zuerst hatte sie Mühe, den Sinn seiner Worte zu entschlüsseln, doch endlich begriff sie, was Pendergast meinte. Sie reckte die Arme nach vorn, fand irgendwo Halt und zog die Beine nach. Von Schluchzern geschüttelt, versuchte sie keuchend, sich dem Ungeheuer zu entwinden. Aber sie hatte die Rechnung ohne ihren Peiniger gemacht, seine großen Pranken legten sich wie Stahlfesseln um ihre Fußgelenke. Schreiend versuchte sie, sich zu befreien, aber das Ungeheuer lockerte seinen Griff nicht. Es war, als wolle es Corrie mit sich in die Tiefe reißen. Sie grub die geschwollenen, blutenden Finger in den Fels und stieß vor Angst einen gellenden Schrei aus.

Wieder brach ein Schuss. Ihr Peiniger lockerte seinen Würgegriff, er war offenbar verletzt. Corrie merkte, dass die umherfliegenden Felssplitter auch ihr an den Unterschenkeln Wunden gerissen hatten.

»Feuer einstellen!«, hörte sie Pendergast dem unsichtbaren Schützen zurufen.

Das Ungeheuer gab plötzlich keinen Laut mehr von sich, sein von Wut und Schmerzen zeugendes Gebrüll war verstummt. Zögerlich rang sich Corrie dazu durch, einen Blick nach hinten zu werfen.

Und da sah sie ihren Peiniger liegen. Sein plumpes, breites Gesicht hatte sich in eine blutige, vor Schmerz verzerrte Maske verwandelt. Ein paar Sekunden lang starrte er sie mit leerem Blick an, dann wurden seine Pranken von einem spastischen Zucken geschüttelt, der Griff, mit dem er ihre Fußgelenke umklammert hielt, löste sich. Nach einer Weile, die ihr wie eine Ewigkeit vorkam, ließ er sich nach unten rutschen, auf die Steilwand zu.

Von Entsetzen geschüttelt, sah sie ihn an der Felswand immer näher zum Abgrund gleiten. Und weil sein Körper stark blutete, zog er eine gespenstische rote Spur hinter sich her.

Unten zielte Sheriff Hazen genau auf den Kopf des Ungeheuers. Einen Augenblick lang klammerte sich Corries Peiniger mit vor Schmerz verzerrtem Kindergesicht an einen Felsvorsprung, dann ließ er sich erschlafft fallen. Corrie hielt den Atem an und lauschte, aber das platschende Geräusch, auf das sie gewartet hatte, hörte sie nicht. Anscheinend hatte er das tiefe Wasserloch verfehlt. Sie hörte aber auch keinen Aufprall. Es war, als habe der Abgrund das Ungeheuer lautlos verschlungen.

Unten stand immer noch Sheriff Hazen. Aber seine Flinte

war ins Leere gerichtet, er hatte den letzten Schuss nicht abgefeuert.

Wie aus dem Nichts tauchte plötzlich Pendergast neben Corrie auf. »Bleiben Sie ganz ruhig, Miss Swanson!«, redete er mit leiser, fester Stimme auf sie ein. »Den Rhythmus kennen Sie ja: immer eine Hand nach der anderen, dann langsam jeweils ein Bein nachziehen. Es ist nicht mehr weit, ich kann den Ausstieg von hier aus sehen. Ein Meter noch, dann haben Sie es geschafft.«

Corrie zitterte am ganzen Körper und brach vor Erleichterung in Schluchzen aus.

»Weinen dürfen Sie, wenn Sie oben angekommen sind, Miss Swanson«, redete er ihr beruhigend zu. »Aber dazu müssen Sie erst noch ein Stück klettern.«

Er sah ihr aufmerksam zu, wie sie sich Stück für Stück nach oben hangelte. »Ja, Sie machen das gut, Corrie. Und Sie müssen keine Angst mehr haben. Er ist weg, Sie sind in Sicherheit.«

Dann blieb Pendergast zurück. »Ich muss noch einmal hinunter, mich um Sheriff Hazen kümmern. Er ist schlimm verletzt. Ist Ihnen klar, dass er uns beiden das Leben gerettet hat? Ihnen und mir?« Er nickte ihr kurz zu und war im nächsten Augenblick verschwunden.

Corrie blieb erschöpft liegen. Erst jetzt, nachdem alle Schrecken ausgestanden waren, spürte sie, wie der Strudel ihrer Gefühle sie zu verschlingen drohte. In der Luft hing noch immer der Gestank des widerlichen Atems ihres Peinigers, der sie, seit er sie mit seinen riesigen Pranken gepackt hatte, verfolgte.

Irgendwann – sie hätte nicht sagen können, wie viel Zeit vergangen war – spürte sie den Hauch einer frischen, belebenden Brise. Vielleicht war sie vor Erschöpfung eingeschlafen. Oder hatte sie sich eine Weile in sich selbst verkrochen und gegen alles abgekapselt, was rings um sie geschah?

Jedenfalls war Pendergast wieder bei ihr. »Kommen Sie«, hörte sie ihn sagen, »es ist nicht mehr weit! Wir müssen uns beeilen, der Sheriff braucht Hilfe.«

Corrie wollte sich aufraffen, merkte aber, dass ein Schwindelgefühl sie torkeln ließ. Der Agent musste ihr auf dem letzten halben Meter Hilfestellung geben.

Und dann lag vor ihnen der schmale Felstunnel, der ins Freie führte. Auf einmal erwachten alle Lebensgeister in Corrie. Ein köstlich kühler Luftzug wehte sie an. Und ihr wurde schlagartig klar, dass der Albtraum endgültig ausgestanden war.

78

Williams schleppte sich den Pfad zum Haus hoch, die Bisswunde schmerzte bei jedem Schritt. Der Tornado hatte aus den Maisfeldern, die er heimgesucht hatte, einen verwüsteten Stoppelacker gemacht. Unglaublich, was Sturm und Regen in wenigen Stunden anrichten konnten! Wenn ihm doch nur früher eingefallen wäre, mit Rheinbeck zu tauschen! Jetzt war er durchnässt und durchfroren, hoffentlich kam er ohne Lungenentzündung davon.

Als er unter Schmerzen die Veranda des Krausschen Hauses erklomm, sah er, dass der Sturm eine Fensterscheibe eingedrückt hatte. Aus dem Inneren fiel schwacher Lichtschimmer. Sieh mal an, ein Kaminfeuer! Rheinbeck hatte sich einen faulen Lenz gemacht, während Shurte und er inmitten der tobenden Elemente Wache schieben mussten! Na warte, Junge, jetzt darfst du dir den Sturm um die Nase wehen lassen! Die Haustür war abgeschlossen. Er schlug den Türklopfer einige Male hart auf die Messingplatte. »Rheinbeck? Ich bin's, Williams!«

Keine Antwort. Er versuchte es noch einmal, erst mit lautem Rufen, dann mit dem Türklopfer, aber im Haus rührte sich nichts. Herrgott noch mal, wo steckte der Bursche bloß? Vielleicht schlug er sein Wasser ab. Oder er brutzelte sich was Leckeres in der Küche. Dann war's kein Wunder, dass er ihn bei dem Sturm nicht hörte.

Williams ging ums Haus herum und entdeckte eine weitere zerbrochene Fensterscheibe. Das Loch war so groß, dass er den Kopf durchstecken konnte. Die Hände zu einem Trichter geformt, rief er, so laut er konnte: »Rheinbeck!«

Wieder keine Reaktion.

Allmählich kam ihm die Sache komisch vor. Er schlug den Rest der Scheibe aus dem Rahmen, langte nach innen, öffnete den Riegel und kletterte ins Haus. Lautlose Stille, bis auf das anheimelnde Knacken des Kaminfeuers.

»Rheinbeck?«

Wieder keine Antwort.

Williams knipste seine Stablampe an und drang vorsichtig weiter vor. Die Tür zwischen Wohn- und Esszimmer war nur angelehnt. Er stieß sie auf, leuchtete beide Räume aus und richtete den Lichtstrahl dann in die Küche. Nein, da roch es nicht nach Gebrutzeltem.

Er kehrte ins Wohnzimmer zurück und schielte sehnsüchtig nach dem knisternden Kaminfeuer. Wahrscheinlich hatten Rheinbeck und die alte Lady das Haus verlassen. Vielleicht war endlich ein Rettungswagen zu ihnen durchgekommen. Nur, wieso hatten Shurte und er nichts davon gemerkt? Typisch Rheinbeck, zu faul, ihnen Bescheid zu sagen!

Rasch ein Blick zum Kamin. Wirklich, bei so einem Feuerchen konnte einem warm ums Herz werden.

Ach, zum Teufel, dachte er, wenn ich schon in dem muffigen alten Kasten darauf warten muss, dass Rheinbeck zurückkommt, kann ich mir's ruhig ein bisschen gemütlich machen.

Immerhin habe ich ja im Dienst eine schwere Verletzung davongetragen.

Er humpelte zum Sofa, ließ sich nieder und spürte, dass er sich in der Nähe des Kaminfeuers gleich viel besser fühlte. Vor Wohlbehagen seufzte er und schloss die Augen. Nur für ein paar Minuten, versteht sich.

Als er jäh wach wurde, wusste er im ersten Moment nicht, wo er sich befand und wie er hierher gekommen war. Ganz langsam kamen die Erinnerungen schubweise zurück. Aber wovon war er so plötzlich aufgewacht?

Er hörte einen gedämpften, dumpfen Knall.

Williams fuhr erschrocken hoch, beruhigte sich aber nach einer Weile damit, dass ihn wahrscheinlich nur der Wind genarrt habe, der durch die kaputten Fensterscheiben durchs Haus geisterte.

Da – schon wieder ein dumpfer Knall!

Er schien von irgendwoher in dem alten Haus zu kommen. Vermutlich aus dem Keller. Und da wurde ihm auf einmal alles klar. Natürlich, Rheinbeck und die alte Lady hatten wegen der Tornadowarnung im Keller Zuflucht gesucht. Darum hatte das Haus einen so verlassenen Eindruck gemacht.

Am besten, er ging mal runter, damit sie wenigstens erfuhren, dass er hier war. Widerstrebend schwang er sich von dem bequemen Sofa und humpelte zur Kellertreppe. Nach den ersten Stufen gönnte er sich eine Verschnaufpause und rief laut ins Dunkel: »Rheinbeck?«

Wieder ein dumpfer Knall, gefolgt von einem tiefen Seufzer. Williams stöhnte. Warum machte er sich eigentlich die ganze Mühe? Verdammt noch mal, er war verletzt und musste sich schonen!

Er leuchtete die Kellertreppe hinunter. Der Handlauf der Treppe endete vor der massiven, stählernen Sturmtür. Na gut, das kurze Stück würde er schon schaffen, auch wenn die Bissstelle höllisch wehtat.

Wieder ein Seufzen. Nein, das war mit Sicherheit kein Windgeräusch gewesen. Es hörte sich eher gequält an und… ja, irgendwie feucht.

Er hangelte sich am Handlauf die letzten Stufen hinunter, ging vorsichtig auf die Stahltür zu und drückte sie auf. Ganz langsam, man weiß ja nie.

Auf dem kleinen Tisch flackerte eine Kerze. Ein Teebecher und ein Glaskrug zum Nachschenken standen bereit, dazu Sahne, Teegebäck, Marmelade, Serviette und weiß Gott was alles, das Ganze hübsch arrangiert. Rheinbeck saß nach vorn gebeugt am Tisch, seine Arme hingen schlaff herunter. Aus dem klaffenden Loch in seinem Schädel floss Blut. Auf dem Fußboden lagen die Scherben einer zerschmetterten Porzellanfigur.

Williams starrte wie benommen auf das rätselhafte Szenario und suchte nach einer Erklärung. »Rheinbeck?«, brachte er schließlich mit brüchiger Stimme heraus. Ein dumpfer Blitzschlag ließ das alte Haus in seinen Grundfesten erzittern. Rheinbeck rührte sich nicht.

Williams war wie gelähmt, er konnte nicht einmal nach der Dienstwaffe in seinem Holster greifen. Seine Gedanken überschlugen sich, aber es wurde nur ein wirres Knäuel daraus.

Ein Geräusch neben ihm löste seine Erstarrung. Der Lichtstrahl seiner Stablampe wirbelte herum, seine zitternden Hände versuchten, die Waffe aus dem Holster zu ziehen.

Und da tauchte wie aus dem Nichts eine gespenstische Erscheinung neben ihm auf, ganz in Weiß, mit hochgereckten Armen: die alte Lady im Nachthemd, das graue Haar zerzaust, den zahnlosen Mund weit aufgerissen. Und aus dem rosafarbenen Loch hörte er den schrillen Schrei: »Ihr Teufel, ihr elenden Teufel!«

79

Das Wasser schoss nach wie vor einem Sturzbach gleich in den Höhleneingang. Die meisten Sorgen bereitete Shurte aber der Sturm, dessen Wut sich derart gesteigert hatte, dass der Trooper fürchtete, ein neuer Tornado könne heranziehen und diesmal Kurs auf Medicine Creek nehmen.

Und als er sich gerade tiefer unter das Höhlenvordach zurückgezogen hatte, hörte er aus dem Dunkel schleppende Schritte näher kommen. Sein Herz klopfte, im Stillen verfluchte er Williams, der ihn einfach im Stich gelassen hatte. Er duckte sich hinter die Propangaslaterne und richtete die Flinte auf die Holzstufen, die zum Ausgang führten.

Drei Gestalten tauchten aus dem Zwielicht auf. Erkennen konnte er sie nicht, aber da er unwillkürlich an den verstümmelten Hund denken musste, überlief es ihn eiskalt.

»Wer da?«, rief er laut. »Geben Sie sich zu erkennen!«

»Special Agent Pendergast, Sheriff Hazen und Miss Corrie Swanson«, kam als Antwort aus dem Halbdunkel.

Shurte ließ erleichtert die Waffe sinken, nahm die Laterne in die Hand und ging der Gruppe entgegen. Er wollte seinen Augen nicht trauen: Die drei sahen aus, als wären sie mit knapper Not einem blutigen Gemetzel entronnen. Den Sheriff erkannte er kaum wieder, so sehr war er mit Blut besudelt. Auch das Mädchen bot ein Bild des Jammers: schmutzig, mit zerzaustem, verfilztem Haar und blutunterlaufenen Verletzungen. Pendergast erkannte er sofort wieder. Das war der Mann, der Cole mit einem Schlag außer Gefecht gesetzt hatte. Offenbar hatte er den Überraschungseffekt dazu genutzt, ungesehen in die Höhle zu kommen.

»Wir müssen den Sheriff in ein Krankenhaus bringen«,

sagte der Agent. »Auch das Mädchen braucht ärztliche Betreuung.«

Shurte hob hilflos die Schultern. »Sämtliche Verbindungen sind unterbrochen. Die Straßen sind unpassierbar.«

»Wo ist Williams?«, brachte Hazen mit schwacher, nuschelnder Stimme heraus.

»Er ist hinauf zum Haus gegangen, um sich ... um Rheinbeck abzulösen.« Und nach langem Zögern fragte Shurte: »Was ist mit den anderen?«

Hazen schüttelte nur stumm den Kopf.

»Wir werden einen Rettungstrupp losschicken, sobald es wieder Kommunikationsmöglichkeiten gibt«, beruhigte ihn Pendergast mit müder Stimme. »Fürs Erste helfen Sie mir bitte, die beiden Verletzten ins Haus zu bringen!«

»Ja, Sir.« Shurte legte behutsam den Arm um Hazen und half ihm die Stufen zum Höhlenausgang hinauf. Pendergast kümmerte sich um Corrie und folgte ihnen. Sobald die vier den Schutz des Höhleneingangs verlassen hatten, waren sie der entfesselten Gewalt der Elemente ausgeliefert, und sie mussten sich mit aller Kraft gegen den Sturm stemmen. Aus den Fenstern des Erdgeschosses drang flackernder Lichtschimmer zu ihnen, dennoch wirkte das Haus leer und verlassen. Shunt fragte sich, wo Williams und Rheinbeck wohl stecken mochten.

Auf der Veranda rüttelte Pendergast an der verschlossenen Haustür. Und plötzlich hörte Shurte rätselhaft gedämpfte Geräusche aus dem Haus: etwas, das sich nach einem dumpfen Aufprall anhörte, gleich darauf einen Schrei und einen Schuss.

Pendergast griff nach seiner Waffe und hatte im nächsten Moment mit einem wuchtigen Tritt die Tür aufgesprengt. Er bedeutete Shurte, mit Hazen zurückzubleiben, und stürmte, den Arm schützend um das Mädchen gelegt, ins Haus.

Shurte gab ihnen mit entsicherter Waffe Rückendeckung, mochte sich aber nicht verkneifen, den Kopf neugierig ein

Stück weit nach vorn zu recken. Am Fuß der Kellertreppe sah er zwei Gestalten miteinander ringen. In der einen erkannte er eindeutig Williams, die andere kam ihm eher wie eine Geistererscheinung vor: das lange graue Haar wirr aufgelöst, angetan mit einem mit Blut verschmierten weißen Nachthemd. War das etwa…? Tatsächlich, es war die alte Lady! Sie ging wie eine Furie auf Williams los und schrie ihn mit schriller Stimme an: »Ihr Kindermörder!« Aus der skurrilen Szene wurde schlagartig bitterer Ernst, als Shurte den Mündungsblitz einer Waffe sah und unmittelbar darauf den Widerhall eines Schusses durch das Kellergeschoss irren hörte.

Mit drei großen Sprüngen war der Agent bei Miss Kraus. Ein kurzes Gerangel, ein schriller, weinerlicher Schrei, die Waffe schlitterte über den Kellerfußboden – mehr bekam Shurte einstweilen nicht mit. Eine halbe Minute verging, dann tauchte Pendergast wieder in Shurtes Blickfeld auf. Er trug die alte Lady wie ein Kind auf seinen Armen und murmelte ihr irgendetwas ins Ohr, was sie ein wenig zu beruhigen schien. Kurz darauf tauchte auch Williams auf, den Arm um Rheinbeck gelegt, der sich den blutenden Kopf hielt und offenbar so geschwächt war, dass er bei Williams Halt suchen musste.

Und so bewegte sich eine stumme, kläglich anzusehende Prozession durch die Eingangshalle auf das Wohnzimmer zu. Shurte platzierte Corrie und den Sheriff so nahe wie möglich am flackernden Kaminfeuer, er hoffte wohl, dass die heimelige Wärme ihren Schock lindern werde. Pendergast dirigierte Miss Kraus mit sanfter Gewalt auf ihren geliebten Schaukelstuhl und flüsterte ihr weiter irgendwelche besänftigende Worte zu, sodass sie sich schließlich ohne Gegenwehr Handschellen anlegen ließ. Pendergast half Shurte, den Sheriff auf das Sofa vor dem Kamin zu betten. Corrie hatte Platz in einem bequemen Lehnstuhl gefunden.

Der Agent bat Shurte, aus einem der auf dem Gelände geparkten Streifenwagen den Erste-Hilfe-Koffer zu holen, und als der Officer nach wenigen Minuten zurückkam, besprach er mit ihm die Verletzungen des Sheriffs. »Er hat eine erhebliche Risswunde im linken Ohr und eine Fraktur der Elle. Dazu dürften ein Trauma der Schlundmuskulatur und verschiedene Zerrungen und Prellungen kommen. Es wäre gut, wenn Sie ihn weitgehend schmerzfrei stellen könnten.«

Dann kümmerte der Agent sich um Corrie. Er redete leise auf sie ein, und als sie nickte, verband er ihre Hand- und Fußgelenke und versorgte die Schnittwunden an ihren Armen, im Nacken und im Gesicht.

Nach einer Viertelstunde war alles getan, was sie unter den gegebenen Umständen erledigen konnten. Nun blieb ihnen nur noch, auf den Rettungswagen zu warten.

80

Die Wärme des Kaminfeuers, der Kamilleduft, der aus dem dampfenden Teebecher aufstieg, und das Sedativum, das Pendergast ihr gegeben hatte, versetzten Corrie in einen Zustand, in dem sich die Wirklichkeit in eine Art Traumwelt verwandelte. Sogar ihre Verletzungen schienen ein Teil dieser irrealen Welt zu werden; sie nahm ihre Schmerzen kaum noch wahr. Dass sie so hektisch an ihrem Teebecher nippte, war im Grunde nur der Versuch, sich irgendwie zu beschäftigen, um gar nicht erst ins Grübeln zu verfallen. Es brachte nichts, über das nachzudenken, was sie erlebt hatte, denn all das schien so unlogisch zu sein, wie Albträume es eben sind: die nicht enden wollende Hatz durch ungezählte Höhlen und an Steilwänden empor, genauso wie die unerklärliche Mordlust, die Miss Kraus jäh befallen hatte. Es lohnte sich nicht, in sinnlosen Schreckensträumen so etwas wie Folgerichtigkeit zu suchen.

Die beiden Trooper, die im hinteren Teil des Wohnzimmers saßen, standen offensichtlich unter Schock. Wenn sie die Namen richtig verstanden hatte, hieß der eine – der mit dem verbundenen Bein – Williams. Der andere – Rheinbeck – hatte anscheinend eine Kopfverletzung davongetragen, der eben erst angelegte Verband war schon wieder mit Blut getränkt. Hazen lag mit halb geschlossenen Augen auf der weich gepolsterten Couch, er war vor lauter Verbänden kaum zu erkennen. Pendergast schaute neugierig zu Winifred Kraus hinüber, die die Trooper einen nach dem anderen mit giftigen Blicken musterte. Der Agent war gespannt, wie sie reagieren würde, wenn er ihr die bittere Wahrheit sagte. Leicht wird das nicht werden, dachte er.

Nach einer Weile brach er das lähmende Schweigen, das wie eine unausgesprochene Drohung über dem Wohnzimmer lastete. »Miss Kraus«, sagte er mit ruhiger, mitfühlender Stimme, »es tut mir sehr leid, Ihnen sagen zu müssen, dass Ihr Sohn tot ist.«

Winifred Kraus zuckte wie unter einem heftigen Schlag zusammen. Sie wimmerte nur leise vor sich hin, aber in diesem halb erstickten Klagelaut lag so viel Verzweiflung und Hoffnungslosigkeit, dass alle betroffen wegsahen.

Pendergast gab sich wie gewohnt sachlich, aber es war ihm anzumerken, wie schwer es ihm fiel, seine Hiobsbotschaft zu übermitteln. »Es war unvermeidlich. Er hat nicht verstanden, was wir von ihm wollten, sondern uns immer wieder angegriffen. Die Attacken wurden so bedrohlich, dass es letztendlich ein Akt der Selbstverteidigung wurde, Ihren Sohn zu töten.« Die alte Lady wiegte sich wimmernd in ihrem Schaukelstuhl und murmelte einer Litanei gleich wieder und wieder dieselben Worte: »Mörder, Mörder!«

Corrie starrte Pendergast irritiert an. »Ihren *Sohn?*«

Der Agent nickte. »Sie selbst waren es, die mir den entscheidenden Hinweis gegeben hat. Durch Ihre Bemerkung, dass Miss Kraus in jungen Jahren einen… sagen wir: einen lockeren Lebenswandel geführt habe. Folglich wurde sie irgendwann schwanger. Normalerweise wäre sie damals an einen Ort geschickt worden, an dem niemand wusste, wer sie war und woher sie kam.« Er wandte sich zu Miss Kraus um und fragte mit leiser, mitfühlender Stimme: »Aber Ihr Vater hat Sie nicht weggeschickt, nicht wahr? Ihm ist etwas anderes eingefallen, um das Problem zu lösen und mit dem fertig zu werden, was er als seine persönliche Schande empfand.«

Winifred Kraus senkte den Kopf, bittere Tränen liefen ihr über die Wangen.

Sheriff Hazen sog scharf die Luft ein, als sei ihm auf einmal vieles klar geworden. »Oh, mein Gott!«, murmelte er, dann sank er erschöpft zurück.

Wieder war es der Agent, der das bedrückte Schweigen brach. »Der Vater handelte, wie es ihm seine heuchlerische Frömmigkeit gebot. Er verbannte seine Tochter und die Frucht ihrer Sünde in die Höhlen.« Pendergast suchte den Blick der alten Lady. »War es nicht so? Sie mussten Ihren Sohn, ein Baby, im Dunkel der Höhlen großziehen.«

Winifred Kraus saß mit zusammengepressten Lippen da und sagte kein Wort.

»Und nachdem einige Zeit vergangen war«, fuhr Pendergast fort, »fanden Sie die Lösung gar nicht mal so schlecht, nicht wahr? Sie und Ihr Baby waren in dem Höhlensystem gegen alle Bosheiten und Anfechtungen der Welt auf ideale Weise abgeschottet. Es war in gewisser Weise der Traum, den alle Mütter träumen. Sie hatten Ihren kleinen Jungen ganz für sich. Sie wussten, dass er nie eine andere Frau vorziehen, ja, dass er Sie nie verlassen würde, so wie Ihre Mutter Sie einst verlassen hatte. Er war auf Sie angewiesen, und er liebte Sie – *nur* Sie.«

Winifred Kraus wiegte sich vor und zurück und weinte bitterlich, aber über ihre Lippen kam kein Wort.

»Nach einer Weile hat Ihr Vater beschlossen, Sie zurück in Ihre vertraute Welt zu holen. Sie, aber nicht das Baby. Es hätte Zeugnis von Ihrer Sünde geben können, und das hätte Ihr Vater nie geduldet.«

Hazen starrte Winifred Kraus aus weit aufgerissenen Augen an. »Wie konnten Sie es übers Herz bringen …?«

»Darf ich fragen, welchen Namen Sie Ihrem Jungen gegeben haben, Miss Kraus?«, fiel ihm Pendergast ins Wort.

»Job«, brachte sie flüsternd heraus.

»Ein biblischer Name, das war naheliegend. Und einer, der zu ihm passt, wie sich herausgestellt hat. Er wuchs zu einem großen kräftigen Mann heran. Denn in der Welt, in der er lebte, musste er so groß und stark sein, damit er steile Felsen erklimmen konnte. Nur, es war nicht die Welt, in der glückliche Kinder heranwachsen können. Er hat nie erfahren, wie es ist, mit Kindern im gleichen Alter zu spielen. Er hat nie eine Schule besucht. Er hat nicht einmal richtig sprechen gelernt. Wie auch, wenn er bis zu seinem einundfünfzigsten Lebensjahr keinem Menschen außer Ihnen begegnet ist? Der Junge war ohne jeden Zweifel überdurchschnittlich intelligent, seine kreative Begabung war bemerkenswert. Aber er hatte nie die Chance, soziale Bindungen zu einem anderen Menschen als Ihnen zu entwickeln. Gewiss, Sie haben ihn regelmäßig besucht und ihm Geschichten vorgelesen, aber das hat nicht genügt, um ihn mehr als rudimentäre, verstümmelte Worte zu lehren. Dabei war er so ein gescheiter und wissbegieriger Junge! Denken Sie nur an all das, was er sich selbst beigebracht hat: ein Feuer zu entzünden, Knoten zu knüpfen, aus irgendwelchen Fundstücken kleine Kunstwerke zu formen!«

Winifred Kraus wich seinem Blick aus.

»Ich vermute, irgendwann ist Ihnen selbst klar geworden, dass es falsch war, ihn in der Höhlenwelt zu isolieren – ohne Sonnenlicht, ohne eine Begegnung mit der Zivilisation, ohne Kontakt zu anderen Menschen und soziale Integration. Aber da dachten Sie wahrscheinlich, es sei schon zu spät.«

Die alte Lady weinte stumm in sich hinein.

Hazen musste ein paarmal tief Luft holen, bis er mit heiser krächzender Stimme einwenden konnte: »Aber er war doch draußen! Er ist schließlich aus seiner Höhlenwelt ausgebrochen und hat einen Mord nach dem anderen begangen!«

»Ja, das stimmt«, bestätigte Pendergast. »Die Frage ist nur, warum? Sheila Swegg hat bei ihren Raubgrabungen an den Hügeln den indianischen Geheimeingang in eine Höhle entdeckt. Es war derselbe Eingang, den die Geisterkrieger benutzt haben, als sie wie aus dem Nichts über die Fünfundvierzig hergefallen sind. Nach dem Gemetzel an den Hügeln hatten ihn die Cheyenne wieder von innen blockiert, damit sie in aller Stille ihren rituellen Selbstmord zelebrieren konnten. Aber Sheila hat den Gang bei ihren Grabungen entdeckt, und das wurde ihr zum Verhängnis … Job muss zutiefst erschrocken sein, als sie plötzlich in seinen Höhlen aufgetaucht ist. Er hatte außer seiner Mutter niemals ein menschliches Wesen zu Gesicht bekommen. Er wusste gar nichts von der Existenz anderer Menschen. Also hat er sie getötet, aber mit Sicherheit nicht vorsätzlich, sondern aus purer Angst. Und dann hat er den geheimen, von ihr frisch freigelegten Höhlenzugang gesehen, ist nach draußen geklettert und hat eine wundersame neue Welt entdeckt. Muss das nicht ein unvorstellbarer Schock für ihn gewesen sein? Denn seine Mutter hatte ihm nie etwas von der Welt oberhalb der Höhlen erzählt. Nicht wahr, Miss Kraus?«

Winifred schüttelte stumm den Kopf.

»Nehmen wir an, es war Nacht. Er hat über sich die Sterne funkeln sehen – zum ersten Mal in seinem Leben! Er hat die Maisfelder und am Bachufer die in geheimnisvolles Dunkel gehüllten Bäume gesehen, hat das Raunen und Wispern des Windes gehört und die feuchtwarme Luft des Kansas-Sommers eingeatmet. Wie anders war diese Welt als die der dunklen Höhlen, in denen er ein halbes Jahrhundert lang gehaust hatte! Und irgendwann wird er wohl auch das helle Licht bestaunt haben, das aus Medicine Creek zu ihm herüberschimmerte. In einem dieser Augenblicke haben Sie das Geschick aller Mütter geteilt, Miss Kraus, und Ihren Sohn verloren. Nur mit dem Unterschied, dass Job damals schon über einundfünfzig Jahre alt war! Er war seiner Natur und seinen Anlagen nach ein menschliches Wesen, und Sie wissen doch, Miss Kraus: Man kann den Geist nicht in die Flasche zurückstopfen. Es hat ihn immer wieder danach gedrängt, diese neue, fremde Welt zu erforschen.«

Lautlose Stille lag über dem Zimmer, nur die alte Lady

konnte ein leises Schluchzen nicht unterdrücken. Und schließlich sagte sie: »Als Sheila Swegg tot aufgefunden wurde, wäre mir nie der Gedanke gekommen, dass mein Job etwas damit zu tun haben könnte. Bis er's mir erzählt hat. Er war so glücklich und aufgeregt, als er mir von der neuen Welt erzählt hat, die er entdeckt hatte. Als hätte ich sie nicht längst gekannt! Glauben Sie mir, Mr. Pendergast, er hatte nicht die Absicht, irgendjemanden zu töten. Für ihn war es ein neues aufregendes Spiel. Ich habe ihm zu erklären versucht, dass das ein verbotenes Spiel war, aber er hat mich einfach nicht verstanden.«

Pendergast ließ eine Weile verstreichen, dann sagte er: »Als er älter wurde, haben Sie Job nicht mehr so oft besucht. Sie haben ihm ein-, zweimal in der Woche etwas zu essen und andere Dinge gebracht, die er eben brauchte. Zu dieser Zeit war er mit sich und seiner Höhlenwelt zufrieden, sie war sein Zuhause. Sie wollten das Beste für ihn, aber Sie haben es leider versäumt, ihm etwas über Gesetze und menschliche Moral beizubringen. Und so konnte er nie lernen, Recht von Unrecht zu unterscheiden.«

Und da brach es förmlich aus Winifred Kraus heraus: »Aber ich habe es doch versucht, ihm all das zu erklären! Sie ahnen gar nicht, wie oft ich es versucht habe!«

»Es gibt Dinge, die kann man nicht mit bloßen Worten erklären, Miss Kraus«, erwiderte Pendergast. »Man muss sie erfahren, um das Leben nach ihnen auszurichten.«

Der Sturm rüttelte an dem alten Haus, und Winifred Kraus duckte sich wie unter einer Strafpredigt der entfesselten Naturgewalten.

Pendergast merkte, dass er sie ablenken musste. »Wieso hat er sich eigentlich so krumm gehalten? War das nur eine Folge des Höhlenlebens? Oder hat er sich bei einem Sturz verletzt? Sind die gebrochenen Knochen schlecht verheilt?«

Winifred griff die Frage wie einen Rettungsanker auf. »Er ist abgestürzt, mit zehn Jahren. Es war sehr schlimm, ich dachte, er würde sterben. Ich wollte ihn zu einem Arzt bringen, aber ...«

Weiter kam sie nicht, Hazen fiel ihr ins Wort. In seiner barschen Stimme schwangen all seine Gefühle mit: das Misstrauen gegenüber ihren Erklärungsversuchen, die aufgestaute Wut und die Schmerzen, unter denen er litt. »Aber was hat er mit den grausamen Ritualen in den Maisfeldern bezweckt? Was wollte er damit erreichen?«

Winifred schüttelte den Kopf. »Das weiß ich selber nicht.« Ihre Miene verriet, dass sie tatsächlich vor einem Rätsel stand.

Pendergast nickte. »Vielleicht werden wir nie verstehen, was in seinem Kopf vorgegangen ist, als er die makabren Altäre arrangiert hat. Er wollte wohl seine Empfindungen ausdrücken, er hat vielleicht so etwas wie ein kreatives Spiel darin gesehen. Wir alle haben die in die Felswände eingeritzten Zeichen gesehen – auch eine Art primitive Kunst. Und denken Sie an die Arrangements aus Stöckchen, Bindfaden, Kristallen und Knochen. Das war ein erstes Indiz dafür, dass er kein Serienmörder sein konnte, es passte einfach nicht zum Verhaltensmuster eines Serienmörders. Und das war er ja auch nicht. Er hat keinen geplanten Mord begangen. Er hätte ihn gar nicht planen können. Er war – wenn auch nicht durch eigenes Verschulden – ein amoralischer Mensch, der aus der Gesellschaft ausgeschlossen war.«

Winifred saß mit tief gesenktem Kopf stumm da. Corrie empfand Mitleid mit ihr. Sie erinnerte sich an die Geschichten, die in Medicine Creek über den Vater der alten Lady kursierten: dass er sie für den kleinsten Fehler geschlagen und tagelang auf den Dachboden verbannt hatte, weil er sich in seiner Verbohrtheit einbildete, sein Wort sei unverrückbares Gesetz. Es gab in Medicine Creek allerdings auch Leute, die Zweifel an diesen Geschichten hegten. »Sie ist doch eine so liebenswürdige alte Lady«, wandten diese Leute ein. »Das hätte sie nie und nimmer werden können, wenn in all den bösen Geschichten über ihren Vater auch nur ein Körnchen Wahrheit steckte.«

Pendergast ging mit großen Schritten auf und ab, musterte die alte Lady hin und wieder verstohlen und sagte schließlich wie in einem versonnenen Selbstgespräch: »Es gibt einige Beispiele dafür, dass Kinder tatsächlich unter ähnlichen Umständen aufgewachsen sind. Das Wolfskind von Aveyron zum Beispiel oder den Aufsehen erregenden Fall einer gewissen Jane D., die von ihrer schizophrenen Mutter während der ersten vierzehn Lebensjahre im Keller eingeschlossen wurde. In solchen Fällen hat es sich herausgestellt, dass der Liebesentzug in früher Kindheit zu irreparablen neurologischen und psychologischen Defiziten führt, mit der Folge, dass später weder eine Sozialisierung noch eine sprachliche Entwicklung nachgeholt werden können. In Jobs Fall dürfte der Schaden erheblich größer sein, denn ihm wurde *die ganze Welt* vorenthalten.«

Winifred schlug die Hände vors Gesicht, wiegte sich vor und zurück und stammelte unter Tränen ein ums andere Mal: »Oh, mein armer kleiner Jobie, mein armes, armes Kind!«

Plötzlich schreckten alle hoch: In der Ferne heulte die Sirene eines Rettungswagens. Das Heulen kam rasch näher, und schließlich signalisierte flackerndes Streulicht, dass Hilfe eintraf.

Es kam ihnen wie eine Ewigkeit vor, bis sie draußen Wagentüren schlagen und kurz darauf schwere Schritte auf der Veranda hörten. »Hallo, Leute!«, rief eine sonore, betont herzlich klingende Stimme von draußen. »Hat lange gedauert, aber jetzt sind die Straßen endlich wieder frei. Ich hoffe, hier ist alles in Ordnung?«

»Nein«, rief Pendergast in ruhigem Ton zurück, »hier ist keineswegs alles in Ordnung.«

EPILOG

Die untergehende Sonne malte einen goldenen Schimmer über Medicine Creek, als wolle sie dem Ort den Abendsegen spenden. Der Sturm hatte der Hitzewelle ein Ende gemacht, der Himmel sah wie frisch gewaschen aus, eine Vorahnung vom Herbst lag in der Luft. Soweit die Maisfelder den Tornado überlebt hatten, waren sie inzwischen abgeerntet worden. Wanderkrähen kreisten zu Hunderten über der Stadt, bis sie sich zu guter Letzt in den Stoppelfeldern niederließen, um die letzten süßen Körner aufzupicken. Das Leben nahm fast wieder seinen gewohnten Gang, die Sorgen und Ängste der jüngsten Vergangenheit waren beinahe vergessen.

Corrie lag in ihrem zerknautschten Bett und versuchte, endlich den Roman *Ice Ship* zu Ende zu lesen. Über dem Wohnwagen lag friedliche Stille. Sie hatte das Fenster geöffnet, um die frische Brise ins Zimmer zu lassen. Am Himmel zogen Puffwölkchen ihre Bahn. Am Stadtrand ragte der schlanke weiße Turm der Lutheranerkirche auf, durch die weit offenen Kirchentüren drang Orgelspiel zu ihr herüber. Dann stimmte die Gemeinde ein Lied an, in dem der Herr gepriesen wurde, der aller Menschen Hort und Hirte ist. Klick Rasmussens schriller Sopran übertönte wie gewöhnlich alle anderen Stimmen.

Ein Lächeln stahl sich auf Corries Lippen. Die Abendvesper war der erste Gottesdienst, den Pastor Tredwell abhielt, der neue Geistliche, der die Herzen der Gemeinde im Sturm erobert hatte. Corrie erinnerte sich schmunzelnd an die Geschichte, die ihr jemand erzählt hatte, als sie noch im Krankenhaus lag. Es ging um Smit Ludwig, in der Stadt wurden sie nicht müde, einander zu erzählen, wie der Herausgeber des *Cry County Courier* barfuß und übel zugerichtet aus den Maisfeldern gewankt kam. Fast zwei Tage lang hatte er dort bewusstlos und mit einer Gehirnerschütterung gelegen, und nun – das war die Pointe der Geschichte – eilte er spornstreichs in die Kirche, nicht ahnend, dass dort gerade der Gedenkgottesdienst für ihn gehalten wurde. Seine Tochter, die eigens zu diesem Gottesdienst eingeflogen war, fiel auf der Stelle in Ohnmacht. Und dem armen Pastor Wilbur verschlug es mitten in seiner gedrechselten, reich mit Zitaten geschmückten Predigt die Sprache. Ludwig erholte sich dagegen so rasch und gründlich, dass er noch im Krankenhaus auf seiner klapprigen Schreibmaschine das erste Kapitel eines Buches über seine Begegnung mit dem sagenumwobenen Mörder tippen konnte. Darin beschrieb er, dass der Kerl ihm lediglich die Schuhe weggenommen, ihn selbst jedoch für tot gehalten und im Maisfeld liegen gelassen hatte.

Corrie legte ihr Buch weg, räkelte sich zurecht und sah durchs Fenster den kleinen Wölkchen nach. Das Footballteam der Stadt hatte mit dem Training begonnen, in zwei Wochen fing die Schule wieder an. In der Stadt kursierte das Gerücht, die KSU habe beschlossen, ihr Versuchsfeld irgendwo in Iowa anzulegen. Aber darin sah kaum noch jemand ein großes Unglück, ganz im Gegenteil. Pendergast schien der Meinung zu sein, dass die Farmergenossenschaft mit ihren Vorhersagen über die langfristigen Folgen gentechnischer Veränderungen durchaus richtig liege. Die Mehrzahl der Einwohner hatte das Projekt ohnehin abgeschrieben, weil sich inzwischen alle für die Idee erwärmt hatten, das Höhlensystem zu einem Nationalpark auszugestalten, der reichen finanziellen Segen in die Stadtkasse spülen sollte. Ein paar raffgierige Spekulanten träumten bereits vom größten geschlossenen unterirdischen System in Amerika seit der Entdeckung der Carlsbad Caverns. Nun, irgendwann würde sich erweisen, ob die Blütenträume reiften oder wie eine Seifenblase zerplatzten.

Corrie seufzte. Ihr konnte das im Grunde egal sein. Noch gerade mal ein knappes Jahr, dann waren Medicine Creek und seine Probleme für sie nur noch vage Erinnerungen.

Während draußen die Sonne unterging und die Nacht sich ankündigte, schlüpfte sie aus dem Bett, war mit zwei, drei Schritten bei ihrem Schreibtisch, zog das unterste Fach auf, tastete den Boden ab, löste das Klebeband, mit dem sie die Geldscheine befestigt hatte, und zählte nach. Eintausendfünfhundert Dollar, alles noch da. Ihre Mutter hatte das Versteck nicht gefunden. Und überhaupt – nach allem, was passiert war, hatte sie aufgehört, auf Corrie herumzuhacken. Am ersten Tag nach der Entlassung aus dem Krankenhaus war sie sogar sehr nett zu ihr gewesen. Aber Corrie wusste, dass das nicht so bleiben würde. Ihre Mutter arbeitete wieder, und da konnte es nicht lange dauern, bis sie wieder die Wodkafläschchen anschleppte, sich betrank und übellaunig wurde. Jede Wette, dass sie nach spätestens zwei Tagen wieder mit dem leidigen Thema Geld anfing.

Nachdenklich schob Corrie die Geldscheine von einer Hand in die andere. Pendergast hielt sich nun schon eine ganze Woche in der Stadt auf, um mit Hazen und der State Police an der Beweissicherung für die gerichtliche Anhörung zu arbeiten. Er hatte sie angerufen und ihr gesagt, dass er morgen abreisen werde und ihr gern Adieu sagen wolle. Und, hatte er hinzugefügt, bei der Gelegenheit würde er gern sein Mobiltelefon mitnehmen.

Nur darum geht's ihm natürlich, dachte sie verbittert, er will sein dämliches Mobiltelefon wiederhaben.

Zugegeben, er hatte sie wiederholt im Krankenhaus besucht und sich jedes Mal sehr besorgt und herzlich gegeben, aber irgendwie hatte sie sich mehr erhofft. Sie schüttelte über sich selber den Kopf. Womit hatte sie denn gerechnet? Dass er sie als seine Assistentin mitnehmen würde? Lächerlich! Außerdem schien es irgendetwas zu geben, was er dringend in New York erledigen musste. Aus mehreren Telefonaten hatte sie herausgehört, dass es um einen gewissen Wren ging. Mehr wusste sie nicht, Pendergast hatte jedes Mal mit dem Mobiltelefon am Ohr rasch das Zimmer verlassen. Nun gut, das alles ging sie nichts mehr an. Er fuhr weg, und für sie fing in zwei Wochen die Highschool wieder an: das Seniorjahr, ihr letztes Schuljahr in Medicine Creek. Das letzte Jahr in der Hölle.

Zumindest würde sie keinen Ärger mehr mit Sheriff Hazen bekommen. Irgendwie komisch, seit er ihr das Leben gerettet hatte, schien er eine Art väterliche Zuneigung für sie zu empfinden. Richtig cool war er gewesen, als sie ihn nach ihrer Entlassung aus dem Krankenhaus besucht hatte. In gewisser Weise hatte er sich sogar bei ihr entschuldigt, zwar nicht mit Worten, aber durch sein ganzes Gehabe. Als sie sich nämlich bei ihm für ihre Rettung bedankt hatte, waren ihm tatsächlich ein paar Tränen über die Wangen gekullert.

Nein, hatte er gesagt, er habe viel zu wenig getan, praktisch so gut wie gar nichts. Sie hatte ihm angemerkt, wie nahe ihm der Tod seines Deputy immer noch ging. Der arme Mann. Er wirkte regelrecht gebrochen.

Ihr Blick fiel auf die Geldscheine, die sie in der Hand hielt. Morgen würde sie Pendergast erzählen, wofür sie das Geld zusammengespart hatte. Aber erst, wenn er schon die Türklinke in der Hand hielt.

Die Idee war das Ergebnis langen Grübelns während ihres Krankenhausaufenthalts. Am Schluss war sie sogar überrascht gewesen, dass ihr die Lösung nicht schon früher eingefallen war. Ihr blieben noch zwei Wochen bis zum Schulbeginn, sie besaß Geld, und sie konnte sich wieder frei bewegen, weil der Sheriff die Anklage wegen öffentlicher Ruhestörung zurückgezogen hatte. Was sollte sie noch in Medicine Creek halten? Freunde, die diesen Namen verdienten, hatte sie nicht. Und wenn sie hierblieb, würde ihre Mutter so lange hadern und betteln, bis sie ihr das Geld abgeluchst hatte.

Sie hatte sich von Anfang an keine Illusionen gemacht. Vielleicht fand sie ihn gar nicht. Und wenn sie ihn fand, konnte sich herausstellen, dass er im Grunde nur ein Taugenichts war, einer von den ewigen Verlierern, die nie etwas auf die Reihe bringen. Schließlich hatte er ihre Mutter geheiratet und sie dann verlassen. Er hatte keinen Penny Unterhalt gezahlt, seine Tochter nie besucht, ihr nie geschrieben und sie nie angerufen. Er war ein Egoist, dessen war sich Corrie inzwischen sicher.

Sei's drum, er war ihr Vater. Sie spürte, dass es richtig war, ihn zu suchen. Und jetzt hatte sie Zeit und das nötige Geld, um es zu tun.

Es konnte nicht so schwierig sein, ihn zu finden. Ihre Mutter hatte sich immer wieder über seine Ziellosigkeit und Sprunghaftigkeit beklagt. Nachdem er eine Weile durch den Mittleren Westen getrampt war, hatte er sich in Allentown in Pennsylvania niedergelassen, wo er für junge Bürschchen mit viel Taschengeld Automotoren frisierte. So viele Jesse Swansons konnte es ja in Allentown nicht geben. Natürlich, ein paar Tage musste sie für die Fahrt nach Pennsylvania schon einrechnen, aber das Geld, das Pendergast ihr gegeben hatte, reichte fürs Benzin, die Benutzung mautpflichtiger Straßen, Motels und notfalls sogar für Reparaturen.

Selbst wenn sich herausstellte, dass er tatsächlich ein Luftikus war, ihre Erinnerungen an ihn waren schöne Erinnerungen. Sie hatte die Tage genossen, an denen er zu Hause gewesen war. Er hatte sie ins Kino, auf den Minigolfplatz und weiß Gott wohin mitgenommen. Er war ihr ein guter Vater gewesen, einer, mit dem es immer was zu lachen gab. Was zählte es da schon, dass er angeblich ein Loser war? Für ihre Schulkameraden war sie auch eine Verliererin. Er hatte sie geliebt, da war sie sich ganz sicher. Auch wenn er sie mit einer zänkischen, verrückten, trunksüchtigen Mutter allein gelassen hatte.

Gib deine Hoffnungen nicht auf, Corrie!

Sie faltete die Geldscheine und stopfte sie sich in die Hosentasche, zog unter dem Bett den Plastikkoffer hervor und kramte ein paar Kleidungsstücke zusammen. Ihr Entschluss stand fest: Gleich morgen früh, ehe ihre Mutter aufwachte, würde sie sich aus dem Wohnwagen schleichen, Pendergast Adieu sagen und Medicine Creek den Rücken kehren.

Der Koffer war schnell gepackt, sie schob ihn wieder unter das Bett, kuschelte sich unter die Decke und war innerhalb von Minuten eingeschlafen.

Irgendwann wurde sie in der Stille der Nacht wach. Sie richtete sich benommen auf und starrte ins Dunkel. Ihre Mutter konnte sie nicht aufgeweckt haben, die hatte heute Nachtschicht im Club und …

Direkt vor ihrem Fenster gurgelte etwas, es hörte sich wie unbeholfenes Plappern an. Die Benommenheit war im Nu vergangen, Angst kroch ihr unter die Haut. Irgendetwas plätscherte draußen, sie hörte deutlich, dass ein paar Tropfen an die Wand des Wohnwagens klatschten.

Sie schielte auf den Wecker: zwei Uhr nachts. Beinahe hätte sie vor Erleichterung laut gelacht. Diesmal war es wirklich Mr. Dades Sprinkleranlage! Sie lehnte sich entspannt zurück und wollte schon wieder unter die Decke kriechen, aber dann stand sie doch auf, um das hochgeschobene Fenster zu schließen. Sie blieb einen Moment stehen und atmete in tiefen Zügen die frische, nach feuchtem Gras duftende Nachtluft ein.

Und als sie dann das Fenster schließen wollte, reckte sich wie aus dem Nichts eine klobige Hand aus dem Dunkel und blockierte den Schubmechanismus.

Corrie starrte vor Schreck wie gelähmt auf die abgebrochenen Fingernägel. Dann wich sie stumm zurück.

Ein mondweißes, unförmiges Gesicht tauchte im Viereck des Fensters auf und schob es wieder hoch. Und da sah sie, dass das Gesicht gar nicht weiß, sondern mit Blut besudelt und übel zugerichtet war. Fast im selben Moment erkannte sie den bestialischen Gestank wieder, der ihr panische Angst einflößte und grässliche Erinnerungen in ihr wachrief.

Sie zog sich schrittweise zur Tür zurück. Unterwegs fischte sie das Mobiltelefon aus ihrer Hose und drückte mit zitternden Fingern zweimal die Anruftaste, sodass sich der Teilnehmer melden musste, der sie zuletzt angerufen hatte: Pendergast.

Ein Pranke drückte den Aluminiumrahmen des Fensters ein, Glas splitterte, Scherben fielen auf den Boden.

Corrie drehte sich um und rannte barfuß los – durch den kurzen Flur ins Wohnzimmer und weiter in Richtung…

Wieder ein kraftvoller Schlag, die Wohnwagentür flog auf. Und auf einmal stand er vor ihr: Job. Er lebte! Ein Auge schien zu fehlen, eine gelbliche Flüssigkeit tröpfelte aus der leeren Höhle. Die lächerliche, unpassende Kinderkleidung war verschmutzt und mit Blut verkrustet. Der eine Arm hing – offenbar gebrochen – schlaff herunter, aber der andere langte nach ihr.

»Muuuhhh!

»Nein!«, schrie sie. »Nein, geh weg!«

Er stieß ein unverständliches keuchendes, röhrendes Plappern aus. Sie machte kehrt, rannte in ihr Zimmer zurück und schob von innen den Riegel vor. Ein einziger Schlag genügte, um die Verriegelung aufzubrechen. Ohne auf die herumliegenden Glasscherben zu achten, versuchte Corrie, ihrem Verfolger durch das aufgebrochene Fenster zu entkommen. Wenn es ihr gelang, bis zur Hauptstraße zu kommen, hatte sie vielleicht eine Chance, sich zu verstecken, ein Auto anzuhalten oder weiß Gott was zu tun! Bis zur Einfahrtsschranke waren es nur dreißig Meter.

Sie hetzte an den Wohnwagen vorbei. Aber dicht hinter ihr muhte, röhrte und brabbelte es schon wieder. Sie riskierte einen hastigen Blick nach hinten und sah, dass Job in unglaublichem Tempo wie ein Känguru an ihr vorbei durch das Gras hüpfte. Er wollte sie offensichtlich überholen, um ihr den Weg abzuschneiden.

In ihrer Verzweiflung änderte Corrie ihre Taktik, schlug immer wieder neue Haken und rannte schließlich blindlings ins offene Gelände hinter den Wohnwagen.

Und auf einmal hörte sie schwach und verschwommen eine Stimme aus dem Mobiltelefon. Sie riss es hoch, drückte es ans Ohr und hörte Pendergast in beruhigendem Ton sagen: »Ich komme, Corrie, ich bin gleich da!«

»Bitte, machen Sie schnell!«, schrie sie zurück. »Er wird mich umbringen!«

»Ich komme so schnell wie möglich. Rennen Sie, Corrie, laufen Sie um Ihr Leben!«

Sie schwang sich, fast am Ende ihrer Kräfte, über den Zaun an der Grenze zu den abgeernteten Maisfeldern, schnitt sich an den scharfen Stoppeln die Füße wund und hämmerte sich unablässig ein, dass sie nicht aufgeben dürfe.

»Muh! Muh! Muuuhhhh!«

Er musste dicht hinter ihr sein. Ihr wurde klar, dass sie ihm nicht entkommen konnte. Auch wenn sich Pendergast noch so sehr beeilte, er würde zu spät kommen.

Was blieb ihr noch? Bis zum Bachufer schaffte sie es nie und nimmer. Sie hatte sogar den Eindruck, in die falsche Richtung zu rennen, immer weiter von der Stadt weg.

Irgendwo in der Ferne hörte sie eine Polizeisirene. Viel zu weit weg, als dass Pendergast rechtzeitig bei ihr sein konnte. Es gab nichts, was sie retten konnte. Job würde sie einholen, sie packen, ihr von hinten den gesunden Arm um den Hals legen und sie erwürgen oder ihr das Genick brechen.

Sie blieb stehen, fuhr herum und rief mit flehentlicher Stimme: »Job!«

Sie keuchte vor Anstrengung. Irgendwie musste sie ihm klarmachen, dass sie ihm nicht feindlich gesinnt war.

»Job, warte…«

Aber es war schon zu spät. Die mächtige Pranke holte aus und versetzte ihr einen Schlag, der sie zu Boden warf. Job beugte sich mit unverständlichem Lallen über sie und sprühte ihr, die Pranke wieder zum Schlag gereckt, einen Schwall Speichel ins Gesicht.

»Wir sind Freunde!«, schrie sie verzweifelt.

In Erwartung des tödlichen Schlags schloss sie die Augen. Eigentlich war es nur der Versuch, sich von ihren Ängsten abzulenken, als sie haspelnd sagte: »Wir sind Freunde! Ich will deine Freundin sein!« Mit keuchendem Atem wiederholte sie ein ums andere Mal unter Schluchzen: »Deine Freundin, deine Freundin, deine Freundin...«

Stille. Nichts geschah. Sie schluckte und schlug zaghaft die Augen auf.

Die Faust war immer noch zum Schlag erhoben, aber Jobs Gesicht hatte sich zu einer Fratze verzerrt, die wohl so etwas wie ein Lächeln sein sollte.

»Du und ich«, brachte sie heraus, »wir sind Freunde.«

Ein Zittern überlief Job, sein gesundes Auge fing aufgeregt zu zwinkern an. »Du spill mit Job?«, fragte er.

»Ja, ich werde mit dir spielen, Job. Wir sind Freunde. Freunde spielen gern miteinander.«

Die erhobene Faust senkte sich. Jobs Mund verzerrte sich zu einer bizarren Grimasse, aber Corrie war sich nun sicher, dass es ein unbeholfenes, groteskes Lächeln sein sollte.

»Feunde«, lallte er glücklich. »Job spill mit dir.« Er richtete sich unbeholfen auf und kam schwankend auf die Beine. »Job spill!«

»Ja, wir spielen, wir sind Freunde, du und ich«, brachte Corrie vor Atemnot keuchend heraus. »Corrie und Job sind Freunde!«

Das Sirenengeheul wurde lauter. Corrie hörte Bremsen quietschen und Türen schlagen. Sie versuchte, sich hochzustemmen, merkte aber, dass die Beine sofort wieder unter ihr wegknickten. Sie versuchte es noch einmal – ganz vorsichtig, damit er nicht auf den Gedanken kommen konnte, sie wolle ihm womöglich weglaufen.

»Feunde«, wiederholte Job versonnen, als sei ihm bei dem Wort eine halb verschüttete Erinnerung gekommen.

Und dann rannte er hinkend, aber in ungeduldiger Vorfreude auf das über alles geliebte Versteckspiel flink wie ein Wiesel ins Dunkel.

Der Rolls-Royce stand mit Staub bedeckt auf dem Parkplatz vor Maisie's Diner. Der einst spiegelblanke Glanz war ein Opfer des Sandsturms geworden. Pendergast lehnte, die Hände tief in den Hosentaschen vergraben, im fahlen, kühlen Morgenlicht reglos und ohne Rücksicht auf seinen frisch gebügelten, makellos sauberen schwarzen Anzug an der verschmutzten Nobelkarosse.

Corrie bog mit ihrem Gremlin von der Hauptstraße ab und lenkte den Wagen in eine Parkbucht. Der Motor spuckte, bevor er abstarb, keuchend eine schwarze Wolke aus. Corrie stieß die Tür auf und stieg aus.

Pendergast richtete sich auf. »Guten Morgen, Miss Swanson! Erlauben Sie mir bitte, noch einmal zu fragen: Ich werde auf dem Weg nach New York ohnehin durch Allentown kommen. Sind Sie absolut sicher, dass Sie mein Angebot, Sie mitzunehmen, ausschlagen wollen?«

Corrie nickte. »Da geht es um etwas, was ich lieber allein erledigen will.«

»Ich könnte den Namen Ihres Vaters aus unserer Datenbank abrufen und Sie so gegebenenfalls vorab darauf vorbereiten, dass Sie Ihren Vater in – sagen wir – einer unerfreulichen Situation antreffen.«

Corrie schüttelte den Kopf. »Nein, ich möchte es im Voraus gar nicht wissen.« Und als der Agent sie besorgt musterte: »Machen Sie sich keine Sorgen, Special Agent Pendergast! Ich bin hart im Nehmen und erwarte sowieso keine Wunder.«

Pendergast sah sie lange an, dann sagte er: »Nun gut, dann erhoffe ich mir, dass Sie wenigstens mein zweites Angebot annehmen werden.«

Er kam einen Schritt näher, zog aus den unergründlichen Tiefen seines Jacketts einen Umschlag und hielt ihn ihr hin.

»Was ist das?«, fragte Corrie irritiert.

»Betrachten Sie es als vorzeitiges Geschenk anlässlich Ihres Schulabschlusses.«

Corrie riss den Umschlag stirnrunzelnd auf. Er enthielt eine auf ihren Namen ausgestellte mündelsichere Spareinlage über den Betrag von fünfundzwanzigtausend Dollar.

»Nein«, sagte sie spontan, »das kann ich nicht annehmen!«

Pendergast schmunzelte. »Sie können nicht nur, Sie müssen es annehmen!«

»Nein, wirklich nicht!«

Pendergast schien einen Moment lang zu überlegen, dann sagte er: »Dann lassen Sie mich wenigstens erklären, warum Sie es annehmen müssen. Letzten Herbst ist mir das Erbe eines entfernten reichen Verwandten zugefallen. Die näheren Umstände möchte ich nicht weiter erläutern, aber Sie können sich vorstellen, dass er seinen Reichtum nicht mit guten Werken erworben hat. Ich gebe mir viel Mühe, sein Verhalten zu rechtfertigen, aber es bleibt eben die Tatsache, dass an diesem Geld Blut klebt und der Name der Familie Pendergast durch ihn beschmutzt wurde. Um etwas von seiner Schuld wiedergutzumachen, bemühe ich mich, einen Teil des Erbes Leuten zukommen zu lassen, die es verdient haben. Sie, Corrie, sind das Musterbeispiel für jemanden, der es verdient hat. Ich würde sogar sagen: Wenn es jemand verdient hat, dann Sie.«

Corrie senkte den Blick, sie hätte es nicht fertig gebracht, Pendergast in die Augen zu sehen. In ihrem ganzen Leben hatte ihr nie jemand irgendetwas geschenkt. Es war ein merkwürdiges Gefühl, beschenkt zu werden, erst recht von jemandem, der sie nur flüchtig kannte und ihr gegenüber immer zurückhaltend gewesen war. Und auf einmal hatte Pendergast ihr die Spareinlage in die Hand gedrückt. Insgeheim argwöhnte sie, dass er sie auf die Probe stellen wolle.

Sie sah sich den Sparbrief genauer an. »Mündelsichere Anlage? Was bedeutet das?«

»Nun, wenn ich das richtig sehe, dauert es noch ein Jahr bis zu Ihrem Highschoolabschluss, nicht wahr?«

Corrie nickte.

In Pendergasts Augen lag ein seltsames Funkeln. »Haben Sie mal etwas von der Phillips Exeter Academy gehört?«

»Nein.«

»Das ist eine private Internatsschule in New Hampshire. Ich habe dort einen Platz für Sie vormerken lassen.«

Corrie starrte ihn verdutzt an. »Wollen Sie damit sagen, dass das Geld nicht für das College bestimmt ist?«

»Mir war das Wichtigste, eine neue Umgebung für Sie zu finden. In Medicine Creek ersticken Sie.«

»Aber … aber eine Internatsschule? In New Hampshire? Da passe ich nicht hin!«

»Meine liebe Corrie, was ist denn so wichtig daran, irgendwo hinzupassen? Das bedeutet im Klartext: sich anzupassen. Und darum habe ich mich nie bemüht. Ich bin sicher, dass Sie dort gut zurechtkommen. Sie werden dort andere treffen, die sich genau wie Sie nicht um jeden Preis anpassen wollen. Sie werden dort viele Studenten kennenlernen, die sich nicht anpassen wollen, aber intelligent, wissbegierig und kreativ sind. Ich komme im Herbst auf der Fahrt nach Maine dort vorbei und werde mir die Schule persönlich ansehen.« Er hüstelte leise in die Hand.

Corrie merkte ihm an, wie ergriffen er war. Sie konnte nicht anders, sie musste ihn herzlich umarmen. Natürlich reagierte er zunächst stocksteif auf die unverhoffte Umarmung, doch dann entspannte er sich plötzlich. Er schien sogar ein wenig gerührt zu sein.

»Entschuldigen Sie, dass ich mir meine Gefühle so unverhohlen anmerken lasse«, sagte er verlegen. »In der Familie, in der ich aufgewachsen bin, war es nicht üblich ...« Er verstummte mitten im Satz. Und dann erlebte Corrie etwas, was sie nie für möglich gehalten hätte: Der nüchterne, beherrschte Special Agent Pendergast lief sogar ein wenig rot an.

Sekunden später hatte er sich wieder im Griff: Er deutete eine seiner altmodisch galanten Verbeugungen an, neigte sich über Corries Hand und hauchte einen Kuss darauf. Danach drehte er sich schnell um, stieg in seine Nobelkarosse und war bald in die Hauptstraße eingebogen.

Seltsam, irgendwie hatte Corrie das Gefühl, sein Blinklicht sei so etwas wie ein Abschiedsgruß. Sie sah den Rücklichtern des Rolls eine Weile nach, dann stieg sie in ihren Gremlin. Ein letzter Blick auf ihr Gepäck: Hatte sie auch nichts vergessen? Der Plastikkoffer, ein paar Musikkassetten, einen kleinen Stapel Bücher – alles da. Den Umschlag mit der Spareinlage legte sie ins Handschuhfach, und weil der Klappverschluss schon lange nicht mehr funktionierte, beschloss sie, den Draht, der den Deckel ersatzweise zuhalten musste, diesmal besonders fest zuzudrehen. Sie startete den Motor, ließ ihm ein paar Sekunden Zeit, auf Touren zu kommen, lenkte den Gremlin rückwärts aus der Parkbucht und bog ebenfalls in die Hauptstraße ein.

Rechts von ihr lag Ernies Tankstelle. Irgendetwas machte sie neugierig, sie bremste ab und schielte hinüber. Und da sah sie Brad Hazen, den Sohn des Sheriffs, ihren alten Gegner. Er war gerade dabei, Art Ridders azurblauen Caprice aufzutanken, in der einen Hand den Füllstutzen, die andere lässig in die Hüfte gestemmt. Der Trottel merkte nicht, dass er seine Jeans dabei tiefer schob. Die graue Unterhose guckte heraus, und sogar der Ansatz seines breiten Hinterns war zu sehen!

Plötzlich musste sie an Sheriff Hazen denken. Er tat ihr

leid, denn hinter seiner harten Schale steckte ein guter Kern. Ein anständiger Kerl wie er hatte es wirklich nicht verdient, einen Sohn wie Brad zu haben. Sie musste daran denken, wie Hazen im Krankenhaus gelegen hatte, den stiernackigen Hals und den verletzten Schädel auf einem Stützkissen hochgebettet, das Gesicht über Nacht um Jahre gealtert. Und wie er in Tränen ausgebrochen war, als sie über Tad Franklin gesprochen hatten…

Vielleicht, dachte sie, steckt in seinem Sohn Brad auch ein guter Kern, vielleicht braucht er nur noch ein paar Jahre, bis seine guten Seiten zum Vorschein kommen? Doch dann schüttelte sie den Kopf und trat aufs Gaspedal. Was auch aus Brad werden mochte, wenn die Flegeljahre hinter ihm lagen: Sie kehrte Medicine Creek gerade den Rücken, sie würde es also nie erfahren.

Im Rückspiegel sah sie, wie die Konturen des Ortes allmählich verschwammen, die abgeernteten Stoppelfelder huschten an ihr vorüber, über ihr wölbte sich blau der Himmel. Ihr wurde von Minute zu Minute klarer, dass all das nichts mehr mit ihr zu tun hatte. Sie war unterwegs in eine neue, größere, offenere Welt. Es machte keinen Sinn, alte Hassgefühle mitzuschleppen. Und so schloss sie im Stillen Frieden mit Medicine Creek – und sogar mit Brad Hazen.

Sheriff Dent Hazen stand auf dem Flur und unterhielt sich mit zwei Männern der State Police. Sein Kopf war immer noch mit einem dicken Verband umwickelt, der rechte Arm lag in Gips. Als Pendergast eintraf, ging er auf ihn zu und reichte ihm zur Begrüßung die Linke.

»Macht die Genesung Fortschritte?«, fragte der Agent. »Wie lange wird es dauern, bis der Arm verheilt ist?«

Hazen verzog grimmig das Gesicht. »Angeln werde ich erst wieder können, wenn die Saison vorbei ist.«

»Tut mir aufrichtig leid, das zu hören.«

»Sie haben vor, uns zu verlassen?«, fragte Hazen.

»Ja. Aber ich war zuversichtlich, Sie hier anzutreffen, und wollte noch ein letztes Mal vorbeischauen, um mich für Ihre tatkräftige Unterstützung zu bedanken. Ohne Sie wäre mein Urlaub bestimmt nicht so … so interessant verlaufen.«

Hazen nickte. In seiner finsteren Miene spiegelten sich Zorn und Verbitterung wider. »Gleich werden Sie den großen Auftritt der alten Lady und ihres geliebten Hätschelbabys erleben«, murmelte er mürrisch.

Pendergast sagte ihm nicht, dass er vor allem deshalb in die psychiatrische Abteilung des Luther-Krankenhauses von Garden City gekommen war, obwohl er sich von der Begegnung mit Mutter und Sohn keine neuen Erkenntnisse erhoffte.

Und das war es, was ihn wurmte: Es ärgerte ihn immer, wenn er einen Fall abschließen musste, obwohl ungeklärte Fragen offen blieben. Andererseits ahnte er, dass es in diesem Fall lange dauern würde, bis alle Fragen geklärt waren. Wenn sie denn je geklärt wurden …

Hazen deutete auf einen gegenüberliegenden Raum. »Sie können den Auftritt durch die Einwegscheibe verfolgen, eine Spezialeinheit aus Garden City hat sie eingebaut. Kommen Sie!« Vor der Einwegscheibe hatten sich bereits etliche Psychiater, Verhaltensforscher und Medizinstudenten mit aufgeklappten Notebooks versammelt und tuschelten leise miteinander. Pendergast und Hazen kamen gerade noch rechtzeitig, um zu sehen, wie hinter der Scheibe zwei Uniformierte Job im Rollstuhl hereinschoben. Die Hälfte seines Gesichts war unter einer Bandage verborgen, die Schulter und ein Arm lagen in Gips, beide Beine waren an den Rollstuhl festgeschnallt.

»Sehen Sie sich den Bastard an!« Das unversöhnliche Gemurmel des Sheriffs war wohl eher für ihn selbst als für fremde Ohren bestimmt.

Die Uniformierten schoben den Rollstuhl in die Mitte des Raumes und bezogen links und rechts von Job Posten.

»Ich wüsste für mein Leben gern, warum der Mistkerl all diese Scheußlichkeiten begangen hat!«, brummelte Hazen vor sich hin. »Was hatte er überhaupt draußen in den Maisfeldern zu suchen? Krähen aufzuspießen und Stott wie ein Mastschweinchen gar zu kochen! Und Tad so grausam umzubringen!« Seine Stimme versagte, ein halb verschlucktes Schluchzen schüttelte ihn.

Pendergast sagte nichts, er wusste, dass tröstende Worte Hazen nicht geholfen hätten.

Die Tür im Hintergrund ging auf, Winifred Kraus kam herein, auf den Arm eines Polizisten gestützt. Sie hielt ein abgewetztes, schmales Büchlein in der Hand und sah sehr blass und eingefallen aus, aber als sie Job sah, verklärte sich ihr Gesicht.

»Jobie, mein Liebes! Ich bin's, Mommie!«

Ihr Stimme – durch einen Lautsprecher in den Beobachtungsraum übertragen – hörte sich seltsam metallisch verzerrt und unpersönlich an.

Job hob den Kopf, sein Gesicht verzog sich zu einem grotesken Lächeln. »Momma!«, lallte er.

»Schau mal, ich habe dir ein Geschenk mitgebracht. *Dein* Buch, erkennst du es wieder?«

Sie kam zu ihm und schob sich in einen Sessel neben dem Rollstuhl. Den Uniformierten schien so viel vertraute Nähe nicht geheuer zu sein, aber weder Job noch Winifred schenkten ihnen Beachtung. Winifred legte den Arm um ihren Sohn, streichelte ihn und summte leise vor sich hin. Job schmiegte sich an sie, und mit ein wenig Fantasie konnte man aus seiner Grimasse ein glückliches Lächeln herauslesen.

»O Gott!«, murmelte Hazen. »Sehen Sie sich das an! Sie wiegt ihn wie ein Baby!«

Nach einer Weile legte sich Winifred Kraus das schmale Büchlein mit Kinderreimen auf den Schoß, schlug es auf und sagte: »Ich werde jetzt anfangen, dir daraus vorzulesen. Das magst du doch, nicht wahr?« Und so fing sie in hohem Singsang mit kindlicher Stimme zu lesen an:

»Eine kli-kla-kleine Maus
Guckt aus ihrem Loch heraus,
Schnuppert in der warmen Luft
Einen si-sa-süßen Duft,
Läuft ins Maisfeld und fängt an
Zu futtern, was sie finden kann.
Doch vierundzwanzig Kri-kra-krähen
Haben unsre Maus gesehen.
Und hacken sie voll List und Tücke
In lauter kli-kla-kleine Stücke.«

Jobs unförmig dicker Kopf nickte im Rhythmus ihrer Stimme den Takt mit, und sobald sie eine kleine Pause einlegte, quoll ein halb enttäuschtes, halb ungeduldiges »Oooooooh« aus seinem Mund.

»Gott im Himmel!«, stöhnte Hazen. »Das Monster und seine Mutter! Mir wird schlecht, wenn ich das sehe!«

Winifred Kraus schlug die nächste Seite auf. Job schnurrte wie ein zufriedenes Kätzchen und zog eine Grimasse, die wohl ein strahlendes Lächeln sein sollte. Und dann las Winifred Kraus ihm den nächsten Kinderreim vor.

»Wie füttert man kleine Jungs groß und stark?
Zur Not tut's ein Brei aus süßem Quark.
Noch besser schmeckt freilich ein richtiger Mann,
Den setzt man mit Butter und Zucker an
Und lässt ihn in kochendem Wasser garen
und verschlingt ihn sodann mit Haut und Haaren.«

Hazen fasste Pendergasts Hand. »Ich hau ab, ich kann's nicht länger ertragen. Leben Sie wohl, wir sehen uns spätestens in der Hölle wieder!«

Sie schüttelten sich die Hand, dann wandte Pendergast sich wieder der Szene zu, die Mutter und Sohn in trauter Zweisamkeit zeigte.

»Guck mal, was für eine schöne bunte Zeichnung! Guck sie dir nur an, Jobie!«

Sie hielt ihm die bunte Illustration hin, und als Pendergast den Kopf ein wenig reckte, erhaschte auch er einen Blick darauf. Es war ein altes, fleckig gewordenes Buch mit Eselsohren, aber die Illustration war unbeschädigt.

Er erkannte das Bild sofort. Die Offenbarung traf ihn wie ein Schlag ins Gesicht. Unwillkürlich zuckte er zusammen.

Winifred Kraus lächelte glücklich, blätterte zur nächsten Seite um und rückte das schmale Buch auf ihrem Schoß zurecht. Job zappelte vor Freude und Ungeduld und lallte ein ums andere Mal sein aufgeregtes »Ooooooh«, bis die Mutter zu lesen begann:

»Was schmeckt kleinen Jungs besonders gut?
Na, Schnecken natürlich und Schlangenbrut.
Und abgebissene Nasenspitzen …«

Pendergast hörte nicht mehr hin, er wollte nicht länger bleiben. Die Professoren und Studenten in seiner Umgebung merkten gar nicht, dass sich eine schwarz gekleidete Gestalt an ihnen vorbeizwängte. Sie waren schon zu sehr damit beschäftigt, tuschelnd zu diskutieren, ob sich wohl in einem ihrer schlauen Lehrbücher etwas finden lasse, was eine Möglichkeit für Jobs Heilung eröffnete, oder ob hier jede Anstrengung vergebens war.

DANKSAGUNG

Lincoln Child möchte Special Agent Douglas Margini danken, der, ob es nun um Polizeiarbeit oder elektrische Gitarren ging, immer einen guten Rat für ihn hatte. Sein Dank gilt ebenso seinem Cousin Greg Tear und seinen Freunden Bob Wincott und Pat Allocco, die ihm während der Arbeit am Manuskript zuverlässige Ratgeber waren. Herzlichen Dank schuldet er Chris und Susan Yango, Tony Trischka, Irene Soderlund, Roger Lasley, Patrick Dowd, Gerard und Terry Hyland, Denis Kelly, Bruce Swanson sowie Malou und Sonny Baula, die immer Verständnis dafür hatten, dass ein Autor bei seiner Arbeit gelegentlich zum Einsiedlerkrebs wird. Lee Suckno dankt er für all die Mühe und Hilfe. Und besonders liegt ihm am Herzen, seinen Eltern Nancy und Bill Child, seinem Bruder Doug, seiner Schwester Cynthia, seiner Tochter Veronica und vor allem seiner Frau Luchie für ihre Zuneigung und Unterstützung zu danken. Schließlich dankt er der Stadt Northfield in Minnesota, die ihm ein Zuhause und mit ihren nostalgischen Reminiszenzen zum Inbegriff des Charmes und der Anmut amerikanischer Kleinstädte geworden ist, wo der Horizont der Menschen dennoch nicht am Gartenzaun endet.

Douglas Preston ist es ein Anliegen, Bobby Rotenberg für seine geduldige Durchsicht des Manuskripts und für zahlreiche wertvolle Ratschläge zu danken. Er dankt seiner Schwester Selene für ihre zahlreichen Anregungen, vor allem bei der Ausgestaltung der Romanfigur Corrie, und fühlt sich tief in der Schuld von Karen Copeland für ihre unersetzliche Hilfe und Unterstützung. Ebenso dankt er Nicolò Capponi für die faszinierenden Gespräche über Litera-

tur und viele wundervolle Ideen. Bany Turkus gebührt Dank für eine unvergessliche Fahrradtour durch die Hügel der Toskana und, nicht zu vergessen, auch seiner Frau Jody. Seinen italienischen Freunden dankt er dafür, dass sie ihn, wenn er wieder einmal lange Stunden am Computer gesessen hatte, an all das erinnert haben, was das Leben sonst noch zu bieten hat. Und wie könnte er bei seiner Erinnerung an zauberhafte Tage in Italien Andrea Pinketts vergessen? Seine innigste Dankbarkeit gehört jedoch seiner Frau Christine und seinen Kindern Aletheia und Isaac für ihre immerwährende Liebe und Unterstützung.

Und wie immer danken beide Autoren den Menschen, ohne die ihre Bücher nicht entstanden wären: Jaime Levine, Jamie Raab, Eric Simonoff, Eadie Klemm und Matthew Snyder.

Die Handlung ist im Südwesten von Kansas angesiedelt, dennoch sind die Kleinstadt Medicine Creek, die Cry County und einige andere Orte entweder Fiktion oder – genau wie die Leute, von denen wir erzählen – so weit abgewandelt, dass sie kaum noch Ähnlichkeit mit der Realität haben. Auch bei der Geografie und der Landwirtschaft haben wir uns, der Handlung zuliebe, nicht immer und in allen Details an die tatsächlichen Gegebenheiten gehalten.

Weltbild Buchverlag – Originalausgaben –
Genehmigte Lizenzausgabe 2009 für
Verlagsgruppe Weltbild GmbH,
Steinerne Furt, 86167 Augsburg

Projektleitung: Dr. Ulrike Strerath-Bolz
Übersetzung: Klaus Fröba
Umschlaggestaltung: Zeichenpool, München
Umschlagabbildung: © Shutterstock (Landschaft: David P. Smith; Höhle und Person: Anthony Bolan)
Satz: Uhl + Massopust GmbH, Aalen
Gesetzt aus der Sabon 10,5/12,5 pt
Druck und Bindung: CPI Moravia Books s.r.o., Pohorelice

Gedruckt auf chlorfrei gebleichtem Papier

Printed in the EU

ISBN 978-3-86800-085-6